BEST 嚴選

奇幻基地出版

刺客正傳1

經典紀念版

The Farseer 1

刺客學徒

Assassin's Apprentice

羅蘋・荷布 著

嚴韻 譯

Robin Hobb

獻給吉勒

以及

已逝的橘色萊夫

與

美洲獅佛雷迪

牠們是刺客中的王子

無可責備的貓兒

【出版緣起】

讓想像飛翔

城邦媒體出版集團首席執行長　何飛鵬

人活在眞實與想像之間。

眞實有具象的一切：工作、學習、親人、朋友……；想像則無所不能：可能存在、也可能發生，但更可能永遠不實現、也不可能發生。想像塡補了眞實的不足，可能也引領了眞實的未來方向，更彌補了人類眞實的痛苦，形成一個可以寄託的空間。

奇幻文學是人類諸多想像的一部分，和許多的創作類型一樣，自成一個流派、各自吸引一群讀者，形成一個以想像爲主軸，與眞實相去甚遠的虛擬世界。

在西方，這個閱讀（創作）類型是成熟的，從中古的騎士、古堡、魔怪，到演化成科幻……等不同特性的分支類型。本身就有足夠的閱讀人口，不斷形成創作的動力。

有時候也會因爲某些事件、作品，一下子使奇幻文學成爲大眾關注的焦點，像《哈利波特》、《魔戒》等作品，不但擴張了奇幻文學的版圖，也給奇幻文學帶來新的生命。

在華文世界裡，沒有西方式的奇幻文學，或者說沒有出版機構，有計畫大規模地引進西方式的奇幻作品。但是我們逃不過穿透力強大的奇幻話題，《哈利波特》、《魔戒》都是例證。可是中國有它自己的奇幻傳統，從《鏡花緣》、《東周列國演義》、《西遊記》，到近代的武俠，其想像與虛擬的特質，其實是東西相互輝映的。

我們可以確定，奇幻文學已在中國社會萌芽，雖然人口可能不夠多，雖然讀者的理解可能像瞎子摸象一般，人人不同，人人只得其中一小部分，但作爲一個出版工作者，我們要說：是時候了！應該下定決心，在閱讀花園中，撒下奇幻的種子，並許願長期耕種、呵護。

「奇幻基地」出版團隊是在這樣的心情與承諾下成立的。以基地爲名，意義深遠。這是奇幻讀者永遠的家，這是意義之一，家是不會關門的，永遠等待奇幻讀者的遊子們，隨時回來，補充知識、停留、分享。當然也是所有奇幻作者、工作者的家，長期陪伴奇幻文學前進。

不擇類型、不論主流與支流、不論傳統或現代、不論西方或中國本土，這種寬容的出版涵蓋面，則是基地的第二項意義。讀者可以想像，未來奇幻基地的出版園地，繁花似錦，眾聲喧譁。

從原點出發，奇幻基地是城邦出版團隊的新許願，讓想像飛翔，在眞實之外，有一個讀者可以寄託的世界，有興趣的，大家一起來！

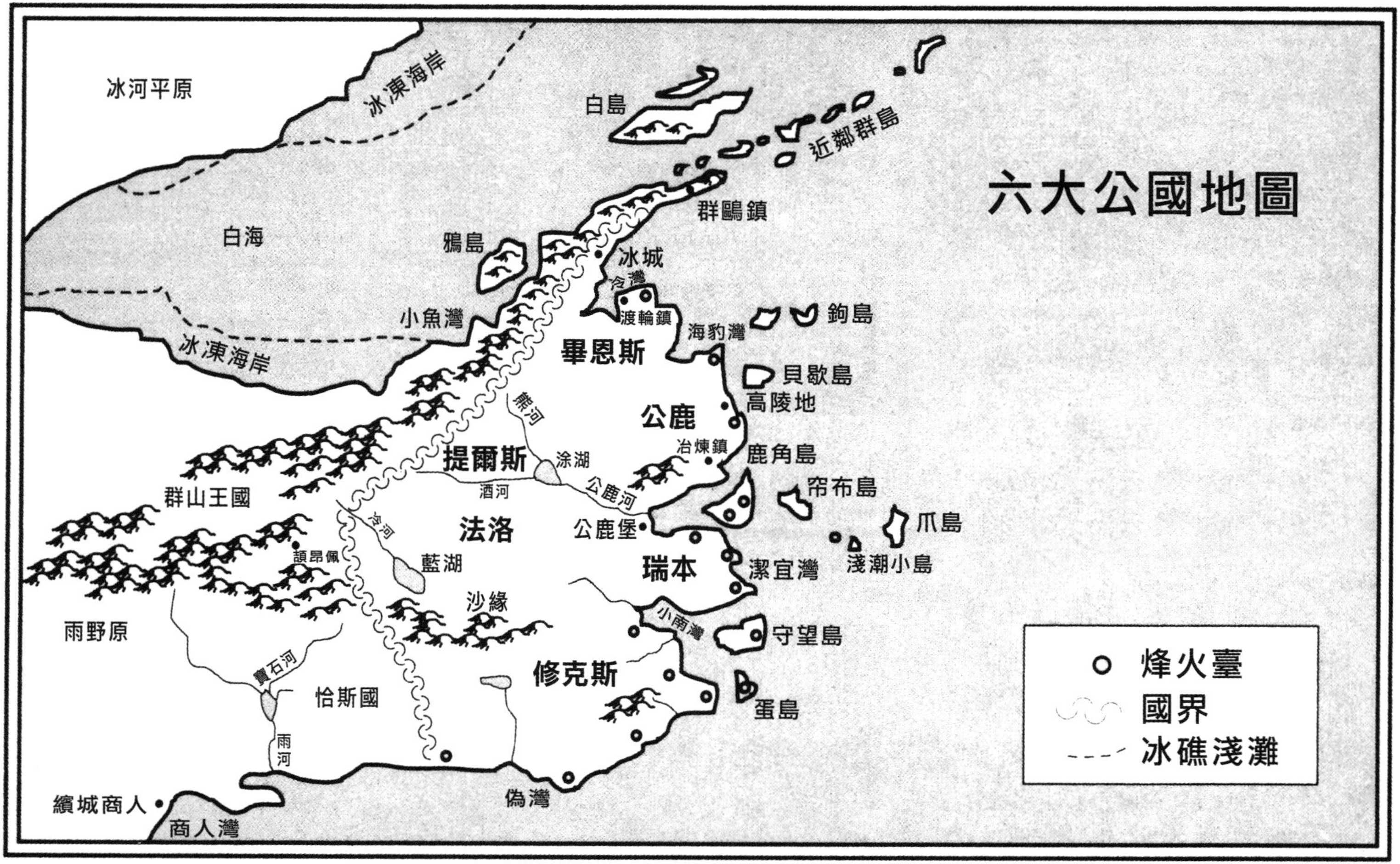
六大公國地圖
冰河平原
冰凍海岸
白海
冰凍海岸
小魚灣
鴉島
白島
近鄰群島
群鷗鎮
冰城
冷灣
渡輪鎮
海豹灣
鉤島
畢恩斯
貝歇島
高陵地
公鹿
熊河
冶煉鎮
鹿角島
提爾斯
涂湖
酒河
公鹿河
帘布島
群山王國
法洛
公鹿堡
爪島
冷河
頡昂佩
藍湖
瑞本
潔宜灣
淺潮小島
沙緣
小南灣
守望島
雨野原
寶石河
修克斯
恰斯國
蛋島
雨河
繽城商人
商人灣
偽灣
烽火臺
國界
冰礁淺灘

刺客學徒

目錄

1

早期歷史

六大公國的歷史，也就是統治此六國的「瞻遠」家族的歷史。要完整敘述這段歷史，必須遠遠追溯到第一大公國建立以前，當時瞻遠家族是從海上發動攻擊的外島人，是出身於外島冰冷海岸的海盜，前來劫掠氣候較為溫和的沿岸地區。但我們並不知道這些早期祖先的名字。

關於第一位真正的國王，現在僅存的也只有他的名字和一些誇張的傳奇。他的名字很簡單，就叫做「征取者」，或許家族內命名的傳統也就是從他開始，後代子女的人生和為人處事都會受到自己名字的形塑。民間信仰認為這些名字是以魔法締繫於新生兒身上，王室的子裔絕不會違叛他們名字所代表的美德。名字穿越火焰、浸透海水、送進風中，締繫加諸這些上天揀選的孩子。他們是這樣告訴我們的。這是個美麗的幻想，也許以前曾經有過這種儀式，但歷史告訴我們，光這樣是無法讓孩子堅守其名字所代表的美德……

我的筆遲疑蹣跚，從指節僵硬的手指間滑落，在費德倫的紙上畫出一道蟲爬過般的痕跡。我又浪費了一張上好的紙，更懷疑動手寫這部作品本身就是件徒勞無益的事。我不知自己能否寫出這段歷史，也不知是否每一頁都會洩露出我以為早就消亡不存的苦澀之情。我認為自己心中所有的怨恨都已療癒，但每當我手中的筆尖碰觸紙張，一個受傷男孩的血就隨著來自大海的墨水汩汩流出，最終使我疑心是否每一個仔細寫出的黑色字母都是一道疤痂，底下藏著某道猩紅的久遠傷口。

以前，每當討論到寫作六大公國的歷史這件事時，費德倫和耐辛的反應都非常熱烈，我因此說服自己，認為這番努力是有價值的。我說服自己相信，動筆寫作可以讓我暫時忘卻自己的痛苦，而且有助於打發時間。但我每思索一件歷史事件，都只是喚醒我自己層層的孤寂和失落。我怕到頭來我必須完全放棄這部作品，否則就不得不重新思索把我變成如今這個人的那些事物。因此我一而再、再而三重新開頭，卻總是發現我寫的是自己的開始而不是這片土地的開始。我甚至不知道我是想向誰解釋自己。我的一生是一張由祕密織成的網，就連時至今日，把那些祕密說出來依然不安全。我把它們全寫在上好的紙張上，是否只會帶來火焰和灰燼？也許吧！

我的記憶最遠可以上溯到我六歲的時候，六歲之前則什麼都沒有，只有一道空白的鴻溝，任憑我絞盡腦汁也無法穿越。在月眼城的那一天之前什麼都沒有，但從那天起一切就突然開始了，充滿令我無法招架的強烈色彩和豐富細節。有時候那情景似乎太過完整，我會納悶它到底是不是我真正的記憶。我是從自己腦海中回憶起那一切，還是從別人的一再講述中聽來的？有數不清的廚房女傭、各種層級的僕役、大批大批的馬僮都曾向彼此解釋過我的由來，也許這個故事我已經從太多人的口中聽了太多遍，因此現在回想起來它就像是我自己的實際記憶。那些詳盡的細節是因為一個六歲小孩把周遭發生的一切都看在眼裡？或者這段記憶之所以如此完整，是由於「精技」所引致的整體鮮明感受，以及後來我為了控制自己對精技的癮頭而服用的那些帶來痛苦與渴望的藥物？最後這點最有可能，甚至是非常可能。我希望事情不是這樣。

這段記憶幾乎是生理性的：天光漸弱之際那凜冽的灰霾、把我淋得濕透的無情大雨，甚至握住我小手的那隻長滿老繭的粗糙大手。有時候我會納悶地尋思那一握。那隻手又硬又粗，一把將我的手握進掌中；但那也是隻溫暖的手，握著我的感覺並不粗暴——只是很堅定。它不讓我在結冰的街道上滑倒，卻也不讓我逃離我的命運。那隻手是毫無商量餘地的，就像那冰冷的灰色大雨潑灑在砂石小路被踩得凌亂的冰雪上；小路位在一棟建有防禦工事的建築物巨大木門外，這建築物在月眼城內兀自矗立，像一座城外有城的堡壘。

那雙扇木門不只是在一個六歲小男孩的眼中非常高大，而是本身就高得足以讓巨人通過，足以使我身旁巍然而立的這個瘦高老人顯得矮小；而且這兩扇門在我看來非常奇怪陌生，雖然現在我想不出當時我會覺得什麼樣的門或房子是熟悉的。總之，那兩扇刻有花紋、安裝黑鐵鉸鍊樞紐、掛著鹿頭裝飾、黃銅門環閃閃發亮的門，是當時的我所不曾看過的。我記得雪水泥濘浸透了我的衣服，我的雙腳雙腿又濕又冷，然而我卻想不起來自己曾在冬季將盡之前那段惡劣的氣候中長途步行過，也不記得有被人背抱著。不，一切都在那裡開始，就在那巨大的雙扇木門前，我的小手被那個瘦高老人緊緊攥住。

那情景幾乎像是木偶戲的開場。是的，現在我可以這樣看見它。布幕拉開，我們站在巨大的門前。老人掀起黃銅門環用力敲了一下、兩下、三下，發出響亮的叩門聲。然後舞臺外傳來一個人的聲音，不是從門裡面發出來的，而是在我們身後、我們來時的方向。「爸爸，求求你。」女人的聲音懇求著他。我轉過身想看她，但雪又開始下了，像一層蕾絲面紗覆蓋在眼睫和外套袖子上。我不記得當時我有看到任何人。我確定自己沒有努力試圖掙脫老人緊握著我的手，也沒有喊出，「媽媽、媽媽」。我只是站在那裡，像個觀眾，聽見堡壘內傳來靴子的聲響，然後是門內鎖門打開的聲音。

她又喊了最後一次。現在我仍然能清晰聽見那聲音，那個如今在我聽來十分年輕的聲音裡充滿了絕望。「爸爸，拜託，我求你！」那隻緊握住我的手一陣顫抖，但顫抖究竟是出於憤怒還是其他的情緒，我是永遠也不得而知。像一隻烏鴉飛搶掉在地上的麵包塊，老人動作迅速地彎腰抓起一塊凍結的髒雪，一言不發狠狠丟出去，站在旁邊的我一陣畏縮。我不記得有聽見呼痛聲或者雪塊打在人身上的聲音，只記得門扇一下子往外推開，老人連忙拉著我退後。

還有一點：如果這只是我聽來的故事，我或許會想像開門的人是家僕，但並非如此。不，記憶呈現在我面前的是個全副武裝的士兵，是個戰士，頭髮有點灰白，肚皮上的肥油多過肌肉，但並不是什麼裝腔作勢的家僕。他以軍人訓練有素的懷疑眼光上下打量老人和我，然後什麼也沒說，站在那裡等我們表明來意。

我想這讓老人有點困窘，但在他心頭激起的不是畏懼而是怒氣。他突然放開我的手，一把抓住我的外套後背將我拽向前去，像是把一隻小狗仔遞給可能的新買主。「我把小孩帶來給你們。」他用沙啞的聲音說。

守衛繼續盯著他看，眼神中不帶批評之意，甚至連好奇心也沒有。於是老人進一步說明。「我已經養了他六年，他父親從來沒說過半個字、沒給過一毛錢、沒有來看過他一次，儘管我女兒告訴我說，他知道他在她身上播了個野種。我不打算繼續養他了，也不想辛辛苦苦耕田供他衣服穿。是誰播的種，就該誰養。我自己的家人已經夠我忙的，我老婆年紀大了，這小孩的媽也要靠我過日子，因爲現在有這麼隻小狗仔在她腳邊跑來跑去，不會有哪個男人想娶她的。所以你就把他帶去給他父親吧！」然後他突然放手，我摔倒在守衛腳邊的石階上。我連忙坐起來，就我記得是沒怎麼受傷，抬起頭來看這兩個人之間接下來會發生什麼事。

守衛低頭看著我，嘴唇微噘，不是表示批評，只是在思考該如何將我歸類。「誰的種？」他問話的聲調並不是出於好奇，只是要求更詳盡的資訊好確切回報給長官。

「駿騎的。」老人說著已經轉過身離我而去，小心翼翼的步伐踩踏在砂石小路上。「駿騎王子。」他加註這個頭銜的時候也沒回頭。「王儲大人。這是他的種，所以就讓他養吧！至少他總算有了個小孩，也該高興了。」

守衛看了愈走愈遠的老人一會兒，然後一言不發彎身揪住我的衣領，把我拉到不擋路的地方好讓他關上門。他鬆手放開我，很快把門關牢，然後站在那裡低頭看著我。他並不眞正感到驚奇，只是用軍人的態度接受自己職務中比較怪異的部分。「起來，小子，往前走。」他說。

於是我跟在他後面走過一條光線黯淡的長廊，經過一間間幾乎毫無裝飾的簡樸房間，房間的窗扇依然緊閉著對抗寒冬；然後終於走到另外一處關著的門前，這雙扇門是用貴重潤澤的木材製成，並有雕刻花飾。他在這裡稍稍停頓，整理自己的服裝儀容。我記得相當清楚，他單膝跪下把我的襯衫拉直，在我頭上粗略拍弄一兩下把頭髮撫平，但他這麼做究竟是因爲一時好心、想讓我給人留下良好印象，還是因爲只想讓自己帶來的東西看起來稱頭點，這我就無從得知了。他重新站起來，在門上敲了一下，並沒有等裡面的人回應，至少我沒聽到任何回應，他便推開門，把我趕到他前方，接著關上背後的門。

先前那條走廊很冷，這間房間則很暖；先前那些房間空蕩無人，這房間則充滿活力。我記得房裡有很多家具，有氈毯、有帷幔，架子上滿是木牘和卷軸，還有雜亂堆放的零碎東西，任何經常使用又舒適的房間都是這樣。龐大的壁爐裡燃著火，讓房裡充滿暖意和好聞的樹木氣味。一張大桌子斜放在壁爐旁，桌子後面坐著一個矮壯結實的男人，緊皺著眉俯身研究攤在面前的一疊文件。他沒有立刻抬起頭來，因此我得以對他那頭相當濃密的凌亂黑髮研究了好一會兒。

最後他終於抬起頭來，黑色的雙眼似乎僅一瞥就把我和守衛打量完畢。「什麼事，傑森？」他問，就連當時年紀很小的我，也聽得出他面對煩人雜事打擾時語氣中的無奈。「這是什麼？」

守衛往我肩上輕推一把，把我往那男人推近了一呎左右。「惟眞王子，這小孩是一個老農夫帶來的。他說這是駿騎王子的私生子。」

有一小段時間，這個坐在桌後受到打擾的男人困惑地看著我。然後他神色一亮，表情非常近似饒富興味的微笑，站起身繞過桌子走出來，雙手握拳扠腰，站在那裡低頭看著我。他的仔細打量並沒有讓我感到威脅，事實上，我的長相似乎有什麼地方讓他感覺非常愉快。我好奇地抬頭看他。他留著黑色短鬍子，跟他的頭髮一樣濃密凌亂，臉頰則飽經風霜，黑色雙眼上方是兩道濃眉。他胸膛厚實，肩膀緊緊繃住襯衫的布料，紮實的拳頭上滿是疤痕，右手手指上也沾有墨漬。他盯著我看，笑容愈來愈大，最後出聲大笑起來。

「好傢伙，」最後他說。「這小子長得確實滿像阿駿的，是不是？艾達神在上，誰會相信我那位聲名顯赫又潔身自愛的哥哥會做出這種事？」

守衛沒回答，那男人當然也不預期他會回答。他繼續直挺挺站在那裡，等待下一項指令。十足軍人中的軍人。

男人繼續以好奇的眼光注視著我。「幾歲？」他問守衛。

「農夫說六歲。」守衛抬起手搔搔臉頰，然後似乎突然想起自己正在對長官報告，於是趕快放下手。「大人。」他補充說。

男人似乎沒注意到守衛不甚合乎紀律的動作。黑色的雙眼上上下下掃視我，微笑裡的興味更濃了。

「所以，算上大肚子的時間，一共差不多七年。是了，沒錯，那是齊兀達人想封閉隘口的第一年，駿騎在這裡待了三四個月，逼他們開放隘口。看來他逼開的東西不只是隘口而已。好傢伙，誰想得到他會做出這種事？」他頓了頓，然後：「媽媽是誰？」他突然質問。

守衛不安地動了動。「不知道，大人。門口只有老農夫一個人，他只說這是駿騎王子的私生子，說他不想繼續養他、給他衣服穿了，還說是誰播的種就該誰養。」

男人聳聳肩，彷彿這一點無關緊要。「這小孩看起來被照顧得不錯。我敢說要不了一個星期，最多兩個星期，她就會哭哭啼啼跑到廚房門口來，因爲她想念她的小狗仔。要是我沒先查出她是誰，到那時候也就知道了。喂，小子，他們怎麼叫你？」

繫住他皮背心的皮帶有一個繁複的鹿頭形皮帶釦，顏色隨著壁爐裡搖曳的火光變幻，一下呈黃銅色，一下是金色，一下又變成紅色。「小子。」我說。我不知道當時我只是在複誦他和守衛叫我的名字，還是我眞的除此以外沒有其他的名字。一時之間那男人顯得意外，臉上掠過一抹或許可能是憐憫的神色，但那神色很快就消逝了，表情只剩下爲難或者是有點不高興。他回頭一瞥仍在桌上等著他的地圖。

「唔，」他打破沉默說。「得先看顧著他，至少等到阿駿回來。傑森，安排一下，讓這小孩至少今天晚上有東西吃、有地方睡，我明天再來想想要拿他怎麼辦。咱們總不能讓鄉下地方到處都有王室私生子亂跑吧！」

「是的，大人。」傑森的回話既不表示同意也不表示反對，只是領受命令。他一手重重按在我肩上，讓我轉身朝門口走去。我的步伐有點猶疑，因爲這房間明亮舒適又溫暖，我冰冷的雙腳已經開始發癢，我知道要是可以再待久一點，我整個人就會暖透。但我無法違逆守衛的手，只能任由他把我帶出溫暖的房間，回到那一條條陰鬱冷暗的走廊。

從溫暖明亮的房裡出來，走廊顯得更暗了，而且好像怎麼走也走不到盡頭，守衛大步走過一條又一條走廊，我努力要跟上他的步伐。也許是我發出了哀鳴聲，也或許是他對我不夠快的腳步感到不耐煩，總之他突然一轉身抓住我，輕輕鬆鬆就把我放在他肩上坐著，彷彿我毫無重量。「你這濕答答的小狗崽子。」他語調不帶怨氣，扛著我走過走廊、轉過轉角、上樓又下樓，最後終於來到一間有著黃色燈光的大廚房中。

那裡有另外六七個守衛坐在長凳上，就著一張滿是磨損痕跡的大桌子吃喝，桌後的爐火足足比先前那書房裡的大了一倍。廚房裡有食物和啤酒的氣味，有男人的汗味，有潮濕羊毛衣物的氣味，還有木柴的煙和油脂滴入火焰的味道。牆旁排滿大大小小的木桶，梁椽上掛著一塊塊帶骨的深色燻肉，大桌上滿是食物和杯盤。一大塊插在烤肉叉上的肉已經從火上移開，油脂正一滴滴落在石頭爐臺上。這豐盛的香味讓我的胃突然縮成一團。傑森穩穩把我放在桌子最靠近爐火的一角上，輕搖了一下一個男人的手肘，那人的臉正埋在杯子裡。

「哪，博瑞屈，這小狗仔現在是你的了。」他轉身走開，我很感興趣地看著他從一條深色麵包上掰下一塊跟他拳頭一樣大的麵包，抽出腰帶上的刀切下一輪乳酪的一角，他把麵包和乳酪塞進我手裡，然後走到爐火旁，開始在那一大塊帶骨的肉上割起夠一個成年男人吃的分量。我毫不浪費時間，馬上把麵包和乳酪塞進嘴裡，我身旁那個叫做博瑞屈的男人放下杯子，回頭怒視著傑森。

「這是什麼？」他說這話的口氣很像溫暖房間裡的那個男人。他也有亂糟糟的黑色頭髮和鬍子，但他的臉是狹長、有稜有角的，臉的顏色像是一個長期待在戶外的人。他的眼睛偏棕色而不是黑色，手指很長，雙手看來很靈活，身上有馬、狗、血和羽毛的味道。

「他就交給你管了，博瑞屈。惟眞王子說的。」

「爲什麼？」

「你是駿騎的人，不是嗎？負責照顧他的馬和他的獵犬、獵鷹？」

「所以？」

「所以，他的小私生子也歸你管，至少等到駿騎回來，決定拿他怎麼辦爲止。」傑森把那厚厚一片還在滴油的肉朝我遞過來，我看看這手拿的麵包、又看看那手拿的乳酪，兩個我都不想放下，但我也好想吃那塊熱騰騰的肉。他看出我的左右爲難，聳聳肩，把肉隨手放在我身旁的桌面上，我盡可能把麵包都塞進嘴裡，移動身子好盯著肉看。

「駿騎的私生子？」

傑森聳聳肩，正忙著替自己張羅麵包乳酪和肉。「那個把他帶來的老農夫是這麼說的。」他把肉和乳酪放在厚厚一片麵包上，張嘴大咬一口，然後邊嚼邊說，「他說駿騎總算有個小孩就該高興了，現在應該自己養他、照顧他。」

一陣不尋常的靜默忽然充塞整個廚房，這些男人吃到一半突然停下來，手裡還拿著麵包或杯子或木盤，眼睛都看向那個叫博瑞屈的人。他把杯子小心放在不靠桌邊太近的地方，聲音安靜平穩，字句清晰。「如果我的主人沒有子嗣，那也是艾達的旨意，而不是因爲他欠缺男子氣概。耐辛夫人的身體向來嬌弱，而且——」

「話是這樣說沒錯啦！」傑森很快表示同意。「現在證據就坐在這裡，證明他的男子氣概一點問題也沒有，我只是這個意思而已。」他匆匆用袖子一抹嘴。「長得跟駿騎王子再像不過了，就連他弟弟剛才也是這麼說的。耐辛夫人沒辦法讓他的種子開花結果，也不是王儲的錯嘛——」

博瑞屈突然站了起來，傑森連忙後退一兩步，才明白博瑞屈的目標是我不是他。博瑞屈抓住我肩膀，把我轉過去面對火光。他一手穩穩托住我下巴，抬起我的臉朝向他，我嚇了一跳，手裡的麵包和乳酪都掉了，但他不管這個，逕自就著火光研究我的臉，彷彿我是一張地圖。他與我四目相視，那雙眼睛裡有某種狂野的神色，彷彿在我臉上看到了什麼讓他受傷的東西。我想縮身避開那眼神，但他的手緊抓住我讓我無法退卻，因此我努力表現出一副叛逆的樣子回瞪他，看見他不高興的臉上突然出現了類似猶豫驚異的神情。最後他閉上眼睛，似乎是要阻絕某種痛苦。「這會大大考驗夫人的意志和耐心極限。」博瑞屈輕聲說。

他放開我的下巴，動作僵硬地彎下身去撿起我掉在地上的麵包和乳酪，拍拍上面的灰塵遞還給我。我盯著他的右腿看，那條腿從小腿到膝蓋都包著厚厚的繃帶，讓他彎身的時候無法彎腿。他重新坐下，拿起桌上的壺斟滿杯子，又喝了口酒，從杯緣上方打量著我。

「這小孩是駿騎跟誰生的？」坐在桌子另一頭的一個男人不知輕重地問。

博瑞屈放下杯子，眼神轉向那人。一時之間他沒有開口，我感覺到沉默又盤旋在上空。「我想這小孩的母親是誰是駿騎王子的事，輪不到別人在廚房裡閒嗑牙。」博瑞屈溫和地說。

「話是這樣說沒錯啦！」那守衛連忙表示同意，傑森也像隻求偶的鳥一樣點點頭。我年紀雖小，卻也訝異不知這人是什麼來頭，他雖然一腿綁著繃帶，但只要一個眼神或一個字就能讓一屋子粗魯的男人安靜下來。

「這小子沒有名字，」傑森自告奮勇打破沉默。「就叫『小子』。」

這句話似乎讓每個人都講不出話來，甚至博瑞屈也一樣。我在持續的沉默中吃光了麵包乳酪和肉，還喝了一兩小口博瑞屈遞給我的啤酒。其他人三三兩兩離開廚房，他還坐在那裡邊喝酒邊看著我。

「嗯，」最後他終於說。「要是我對你父親的認識沒錯，他會好好面對現實、做該做的事，但是他認為該做的事是什麼，就只有艾達知道了。八成是最讓人難受的事。」他又沉默地看了我一會兒。「吃飽了嗎？」最後他問。

我點頭，他僵硬地站起身，把我從桌上抱下地。「來吧，蜚滋*。」他說著走出廚房，沿著另一條走廊走去。他那條硬邦邦的腿讓他走起路來甚是難看，或許跟他啤酒喝多了也有點關係，總之我要跟上他是毫無困難。最後我們來到一扇厚重的門前，一名守衛點頭讓我們通過，看我的眼神像是要把我吞下去似的。

屋外吹著凜冽的寒風，隨著夜色降臨，白天融化變軟的冰雪又重新凍結了。路面在我腳下喀啦作響，風似乎鑽進了我全身上下衣服的每一條縫隙。先前廚房裡的爐火烤熱了我的雙腳和褲子，但是並沒有完全烘乾，此刻寒意緊緊抓住了我的雙腿。我記得屋外一片黑暗，還記得我突然覺得好累，一股簡直讓人想哭的可怕睡意拉扯著我，在我跟著那個腿上包著繃帶的男人穿過寒冷黑暗庭院的時候。高牆聳立在我們四周，牆頭不時有守衛晃動，只有在他們的黑影偶爾擋住夜空中的星星時才看得見他們。但博瑞屈身上的某種特質讓我不敢哀聲叫苦或者跟他求饒，只能頑強地跟在他身後走。我們走到一棟建築物前，他拉開一扇沉重的門。

---

*譯註：Fitz用在名字的字首，有「……之子」的意思（如現在頗為普遍的Fitzgerald這個姓，本意就是「Gerald之子」），尤其是指國王、王子的私生子，所以博瑞屈隨口用這個詞來稱呼他；又由於此詞用來稱呼人是有貶意的（跟直接叫他bastard差不了多少，只不過fitz同時還指出父親方面的王室血緣），因此本書音譯為「蜚滋」，借取「蜚」短流長由此而「滋」生之意。

門開處傳出暖意、動物氣味、微弱的黃色光線，一個睡眼惺忪的馬僮從稻草堆中坐起來眨著眼睛，像隻羽毛亂糟糟的雛鳥。博瑞屈簡短出聲，他又重新睡下，閉上眼睛在稻草堆裡蜷縮成一小團。我們走過他身旁，博瑞屈把門關上，拿起放在門邊光線微弱的煤油提燈，帶我繼續往前走。

於是我進入了一個不同的世界，一個夜晚的世界，有牲畜在廄房內移動、呼吸，有獵犬把頭從交疊的前腿上抬起來打量我，牠們柔和明亮的眼睛在提燈的光線中看來或綠或黃。我們經過馬廄，廄房裡的馬匹一陣小小騷動。「獵鷹就是在最裡面的那一頭。」我們經過一間又一間廄房，博瑞屈說。我聽了進去，把這當作是他認爲我應該知道的事。

「這裡。」他終於說。「這裡就行了，至少現在暫時這樣。我要是知道還能拿你怎麼辦就有鬼了。要不是怕耐辛夫人傷心，我會覺得你是老天跟主人開的一個好玩笑。喂，大鼻子，過去一點，讓這個小孩在稻草堆裡有地方睡。對啦，你就過去靠著母老虎，牠會收容你，要是誰想來煩你，牠可會狠狠凶他一下。」

此刻我面對著一間寬敞的廄房，裡面有三隻獵犬。牠們已經醒過來趴起身，邊聽著博瑞屈的聲音邊在稻草堆上搖著粗尾巴。我不太有把握地走到牠們之間，最後靠著一隻老母狗躺了下來，牠口鼻周圍的毛都發白了，還有隻形狀已經不完整的耳朵。比較年長的那隻公狗帶著懷疑的眼神看著我，另一隻半大不小的幼犬「大鼻子」則對我大表歡迎，又是舔我耳朵、又是輕啃我鼻子、又是往我身上抓來抓去的，我伸出一隻手臂環抱住牠讓牠安靜下來，然後依照博瑞屈的建議窩在牠們之間睡下，他往我身上蓋過來一條充滿馬毛氣味的厚毯子。隔壁廄房裡一匹很大的灰馬突然動了起來，一蹄重重踹在木板牆上，然後把頭伸過來看看這裡半夜三更怎麼會這麼熱鬧。博瑞屈心不在焉地摸摸牠，加以安撫。

「這裡是偏遠的要塞，每個人都得將就著住，等你到公鹿堡就會舒服多了。不過今天晚上你就暫時待在這裡，既暖和又安全。」他又站了一會兒，低頭看著我們。「馬匹、獵犬和獵鷹。駿騎，我替你照顧這些牲畜已經好多年了，而且照顧得很好；但是你這個私生子，哎，我可一點都不知道要拿他怎麼辦。」

我知道他不是在跟我說話。我的頭伸在毯子外，看著他拿起掛在鉤子上的提燈信步離開，一邊走一邊自言自語嘀嘀咕咕。如今我仍清楚記得那天晚上，記得溫暖的獵犬、扎人的稻草，甚至記得終於在緊靠著我的幼犬身旁睡著的那一覺。我飄進牠的腦海，分享了牠模糊的夢境，其中有無盡的追逐，追趕的獵物我始終沒看到，但那鮮明強烈的氣味引我往前奔跑，穿過蕁麻、荊棘、碎石堆。

在那場獵犬的夢之後，我記憶的準確度有所動搖，就像服藥後那種色彩鮮豔、輪廓尖銳的夢境。經過第一天晚上，接下來的那段日子在我腦海裡就完全沒有那麼清晰的印象了。

我記得冬季將盡時那些潮濕的日子，我學會了從馬廄到廚房該怎麼走，也能隨時任意進出廚房。有時候會有個廚師在那裡，把肉掛在爐臺的鉤子上，或者使勁揉麵團，或者從酒桶裡偷喝一杯；更多時候廚房裡沒有廚師在，我就自行取食放在桌上沒收起來的任何東西，並且和那隻很快就跟我形影不離的幼犬慷慨分享食物。男人進進出出、吃吃喝喝，用好奇的眼神打量著我，我逐漸把他們的那種眼光視爲尋常。這些人似乎都長得一個樣，穿著粗糙的羊毛斗篷和緊身褲，身強體壯，動作流暢，前襟的紋飾是一頭飛躍的公鹿。我在場時他們有些人會覺得不自在，我也漸漸習慣了只要我一離開廚房身後就會傳來幾個人的嘀嘀咕咕聲。

博瑞屈是那段日子的一個常數，他照顧我就像照顧駿騎的那些牲畜一樣，給我吃飯、喝水、梳洗、運動，這裡說的運動通常是他做其他工作時我跟在他旁邊跑來跑去。但這些記憶都很模糊，諸如洗澡換衣服等細節大致都已在腦海中褪色，因爲這些事情在六歲的孩子看來都是平靜又正常的。我當然記得那隻幼犬大鼻子，牠一身光滑的紅毛，短短的有點刺人，我們夜裡一起蓋那條馬毯睡覺時，牠的毛常會穿過我的衣服讓我覺得扎。牠的眼睛綠如銅礦石，鼻子是煮熟肝臟的顏色，嘴巴內壁以及舌頭是摻雜著黑色斑點的粉紅。我們不是在廚房裡吃東西，就是在庭院裡或者廄房的稻草堆裡打滾。我不知道我在那裡待了多久，總之這就是我在那裡的世界；我想時間應該不長，因爲我不記得天氣有變化。我對那段時間的記憶全都是颳著狂風的濕冷日子，還有每天白晝融化一些、但一到晚上就又結凍的冰雪。

關於那段時間我還記得另一件事，但是記憶的輪廓並不尖銳，反而是溫暖、色澤柔和的，像是在光線黯淡的房裡看到一幅華麗古老的掛毯。我記得幼犬的扭動讓我醒了過來，看見一盞提燈被人舉在我上方，發出黃色的光。兩個男人俯身看著我，但博瑞屈僵硬地站在他們身後，因此我並不感到害怕。

「你把他吵醒了啦！」其中一人警告著說。他是惟眞王子，也就是我第一天晚上在那間溫暖明亮房間中見到的那個男人。

「那又怎麼樣？我們一走他就會繼續睡了。該死的，他連眼睛都像他父親。我敢說不管在哪裡看到他，都認得出他的血緣。但是你和博瑞屈的腦袋怎麼連跳蚤都不如？不管他是不是私生子，小孩都不該跟牲畜養在一起啊！你們眞的沒別的地方可以安置他了嗎？」

說話的這個人下巴和眼睛長得像惟眞，但除此之外毫不相似。他比惟眞年輕得多，臉頰上沒有鬍子，帶有香味、梳得平順的頭髮比較細，而且是棕色的。夜晚凜冽的寒意凍得他雙頰和前額泛紅，但這種紅是新添上去的，不像惟眞那種飽經風霜的紅通通臉色。此外，惟眞的服裝跟手下一樣，都是編織緊密、色彩含蓄的實用羊毛料，只有前襟用金銀線繡成的紋飾比較明亮；但跟他一起來的那個年輕男子身上則是閃閃發亮的猩紅和淡黃，垂墜的斗篷也比一般包裹身體所需的寬度足足寬了一倍。斗篷下的緊身背心是華麗的奶油色，綴滿蕾絲，頸間的絲巾用一只飛躍雄鹿形狀的金胸針扣住，鹿眼鑲的是一顆閃爍光芒的綠色寶石。他說起話來措辭仔細，跟惟眞的簡單字句比較起來就像是繁複金鍊跟簡單鍊結的對比。

「帝尊，這一點我根本沒想過。我哪知道什麼養小孩的事？我把他交給博瑞屈，他是駿騎的手下，所以就這麼照顧他——」

「我不是有意要對王室血脈不敬，大人。」博瑞屈是眞的很困惑。「我是駿騎的手下，我依我認爲最好的方式照顧這小孩。我可以替他在守衛室裡弄個地鋪，但他年紀似乎太小了，不適合跟他們待在一起，因爲他們整天整夜進進出出，又打架又喝酒的吵吵鬧鬧。」從他的語調聽來，他顯然不喜歡跟那些人待在一起。「他在這裡睡覺比較安靜，而且這隻小狗也很喜歡他，還有我的母老虎整夜看著他，任何想傷害他的人都會被咬。兩位大人，我自己也不太知道要怎麼帶小孩，當時在我看來——」

「沒關係，博瑞屈，沒關係的。」惟眞靜靜地開口打斷他。「就算這件事需要經過考慮，該動腦筋想的人也是我，不是你。我把這件事交給了你，現在也不打算找碴。艾達在上，他這樣已經比這村子裡很多小孩過得好得多了，目前暫時把他安置在這裡沒關係。」

「等他回來公鹿堡之後就必須有所不同了。」帝尊聽起來不怎麼高興。

「那麼父親是希望我們帶他一起回公鹿堡？」問話的是惟眞。

「我們父親是這麼希望的，但我母親不希望。」

「哦。」惟眞的語調顯示他沒有興趣繼續討論這一點，但帝尊皺著眉頭繼續說下去。「我母后對這件事一點也不高興，她花了很多時間向父王提出建言，但是徒勞無功。母親和我都贊成把這小孩……撇到一邊去，這樣比較明智。王位繼承的順序已經夠混亂了，不需要額外添亂子。」

「我看不出現在有什麼混亂的，帝尊。」惟眞平穩地說。「先是駿騎，接下來是我，然後是你，再然後是我們的表弟威儀。這個私生子要排也只輪得到第五。」

「我很清楚你排在我前面，你不需要一有機會就把這件事拿出來耀武揚威。」帝尊冷冷地說，低頭怒視著我。「我還是認爲最好不要把他放在身邊。萬一耐辛到最後還是沒有給駿騎生下合法的繼承人怎麼辦？萬一他決定要承認這個……小孩怎麼辦？如此一來可能會造成貴族之間的分裂。我們何必找這個麻煩？母親和我都是這麼說的。但我們都知道，我們的父王不是個行事匆促的人；平民百姓都說，看黠謀做什麼事就知道黠謀是什麼樣的人。他禁止我們私下敲定解決這件事情。『帝尊，』他用他那種口氣說。『不要做你無法撤回的事，除非你已經先考慮過你一旦做了它之後就無法做什麼。』然後他哈哈大笑。」帝尊也短促苦澀地笑了一聲。「我眞是受夠了他的幽默感。」

「哦。」惟眞簡短地應答。我躺著不動，心想，不知道他是正在努力要想通國王的那句話，還是制止自己回應弟弟的抱怨。

「你當然能看出他這麼做的原因。」帝尊告訴他。

「原因是？」

「他還是偏心駿騎。」帝尊的口氣充滿厭惡。「儘管他做出這一切，儘管他結了個愚蠢的婚、娶了個怪異的妻子，儘管他搞出這個爛攤子。現在他認爲這件事能改變民心，讓人民對他產生好感，也能證明駿騎是個男人，生得出孩子。或者說證明他也是人，跟其他人一樣都會犯錯。」帝尊的語調洩露出他對這幾點都很不同意。

「這會讓人民更喜歡他，更支持他當未來的國王嗎？因爲他在娶妻之前跟某個野女人生了個孩子？」從惟眞的語氣聽來，這種邏輯令他相當困惑。

我聽出帝尊的聲音裡泛著酸。「國王似乎就是這麼想的。他難道不在乎這件事會讓王室蒙羞嗎？但我猜駿騎不會希望把他的私生子拿來派上這種用場，尤其是因爲這件事跟親愛的耐辛有關係。可是國王已經下令，要你們回公鹿堡的時候把私生子一起帶回去。」帝尊低頭看著我，一副大爲不滿的樣子。

惟眞短暫出現困擾的神色，但他仍點點頭。博瑞屈臉上籠罩了一層陰影，是提燈的黃色燈光無法趕走的。

「我主人對這件事難道一點發言的餘地都沒有嗎？」博瑞屈大膽表示異議。「我覺得，如果他想撥一筆錢給這小孩母親的家人、把他撇到一邊去，那麼，爲了不傷耐辛夫人的心，他當然應該可以這樣周到謹愼的——」

帝尊王子輕蔑地哼了一聲，打斷他的話。「他早在上那個女人之前就應該周到謹愼了。耐辛夫人又不是全天下第一個必須面對她丈夫私生子的女人。因爲惟眞處理不當，這裡每個人都知道他的存在，現在再把他藏起來也沒用了。而且，博瑞屈，既然事關王室私生子，我們沒有誰能光顧著不傷感情就好。把這樣一個小孩留在這種地方，就像是留下一把武器在國王的脖子上晃來晃去，這一點連養狗的人都看得出來吧！就算你看不出來，你主人也看得出來。」

帝尊的聲音裡多了冰冷嚴厲的意味，先前我從沒看過博瑞屈對任何東西顯得畏縮，現在卻看到帝尊的這番話讓他一陣瑟縮。這使我感到害怕，我把毯子拉起來蓋住頭，往稻草堆深處鑽，我身旁的母老虎喉嚨深處發出輕微的嗥叫聲，我猜帝尊因此後退了幾步，但我不確定。不久後他們就離開了，就算他們又多說了什麼，我也完全不復記憶。

日子一天天過去，我想是兩三個星期之後，我發現自己雙手緊抓著博瑞屈的皮帶坐在他身後，試著用我短短的腿夾住胯下的馬身，離開那個寒冷的村鎮，往南朝較溫暖的地區前進。那段旅程長得似乎永無止境。現在想起來，駿騎一定曾在某個時候來看過他的這個私生子，在關於我的這件事情上對他自己做出了某種判決。但我不記得有跟我父親見過面，我腦海中對他唯一的印象，是來自掛在公鹿堡牆上一幅他的畫像。很多年之後我瞭解到，當時他的外交政策發揮了非常好的效果，其締結的條約及達成的和平一直延續到我十幾歲的時候，也贏得了齊兀達人對他的尊敬甚至喜愛。事實上，我是他那一年唯一的失敗，但卻是項重大的失敗。他趕在我們之前回到公鹿堡，宣布放棄王位繼承權，等我們抵達的時候，他和耐辛夫人已經離開宮廷，以細柳林爵士與爵士夫人的身分遷出公鹿堡。我去過細柳林，這地名跟實景毫無關聯。那是一處溫暖的河谷，中央有一條和緩的河流穿過一片廣裔平原，兩旁是和緩起伏的山丘，適合種植葡萄和穀物，適合生養胖嘟嘟的小孩。這是個柔和的居處，遠離邊界，遠離宮廷政治，遠離任何駿騎到那時爲止的生活重心。對於一個本來會成爲國王的男人，這等於是將他放牧到遠處，是一種溫和又不失身分的放逐，等於是用天鵝絨悶住一名戰士，讓一個具有鮮見才華的外交家從此無言。

就這樣，我來到了公鹿堡，是一個我從沒見過的男人的獨生子也是私生子。惟眞王子成了王儲，帝尊王子在王位繼承的順序上前進了一步。就算我這輩子除了出生和被發現之外什麼都沒做，也已經在整片國土上留下了長遠的痕跡。我無父無母地在宮廷中成長，宮中所有的人都視我爲某種造成刺激的催化劑。而我也確實變成了催化劑。

2 他們叫我「新來的」

關於征取者有許多傳奇故事，他是頭一個將公鹿堡收歸己有、建立第一大公國的外島人，並開啟了一脈相傳的王室血裔。其中一個故事說，他所參與的那趟出海劫掠之旅是他第一次也是唯一一次離開他出生的那個氣候寒冷、環境惡劣的島嶼，去攻擊搶奪其他地方。據說當他看到公鹿堡那些用木材建造起來的防禦工事時，他宣稱：「如果這裡有火、有食物，我就再也不要離開了。」那裡確實有火有食物，而他就再也沒有離開。

但家族裡的傳言則說他不善於航海，其他外島人安之若素的大風大浪、鹹魚口糧讓他暈船難受。據說他和他的船員在海上迷失了好多天，要是他沒有成功攻占公鹿堡，他手下的水手們一定會把他給淹死。然而，大廳裡那幅舊織錦掛毯上的他看起來肌肉結實、堅毅健壯，帶著一抹凶狠的微笑站在船首，由划手們搖著槳將他送向古老的公鹿堡，那裡搭建著圓木和修整打磨得很差的石塊。

公鹿堡位在一處非常適合下錨停泊的海灣，一條可供航行的河流在此入海，且地形有利防守，這就是它的發展起源。某個名字已經佚失在歷史迷霧中的小領主看出這裡具有控制河上貿易的潛力，建造了此地第一座要塞。顯然，建立這座要塞是爲了保衛河流和海灣，抵擋那些每年夏天都沿著河來大肆劫掠的外島強盜。但他沒有料到強盜還能藉助背叛行爲滲透進堡壘之內，把塔樓和城牆變成他們的立足之地，逐步上溯占領統治了整條河，用修整打磨過的石塊將原本的木材要塞改建成塔樓城牆，然後將公鹿堡變成第一大公國的心臟地帶，最後更變成了涵蓋六大公國的王國首都。

統治六大公國的瞻遠家族就是那些外島人的後裔。許多代以來，他們都與外島人保持聯繫，常常航行到該地去求親，爲他們的親屬帶回黑髮黑眼的豐腴新娘。因此王室和貴族成員仍然流有濃厚的外島人血液，生下的孩子有著黑髮和深色眼睛，肌肉發達，矮壯結實。隨著這些特徵而來的還有對於「精技」的偏好，以及這種血脈所具有的其他一切危險和弱點。我也遺傳到了這些東西。

但我對公鹿堡的第一次體驗跟歷史或遺傳都沒有關係。當時它對我而言只是旅程的終點，一路充滿了各色各樣的聲音和人群、馬車、狗、建築物、蜿蜒的街道，最後通往峭壁上一座龐大的石建堡壘，俯視著在它庇蔭之下的城市。博瑞屈的馬累了，這城市的鵝卵石路常常黏答答的，馬蹄踩上去會打滑。我緊緊抓著博瑞屈的皮帶，全身又痛又累，連抱怨的力氣都沒有了。我抬過一次頭，盯著我們上方那些灰色的高塔和壁壘城牆，雖然有我所不熟悉的溫暖海風吹拂，它們看起來依然冷冽嚴峻。我前額抵著他的背，那一大片廣裔水域帶有鹹味碘味的氣味讓我覺得反胃噁心。我就是這樣來到公鹿堡的。

博瑞屈的房間在馬廄上方，離鷹籠不遠。他把我還有獵犬和駿騎的獵鷹一起帶去那裡。他先照料獵鷹，因爲旅途勞頓已經讓牠變得形容憔悴。獵犬們回到家非常興奮，渾身上下充滿無限精力，讓疲憊不堪的我覺得很煩。大鼻子朝我吠了六七聲，我好不容易才讓牠那獵犬笨腦袋明白我累了，沒心情跟牠玩。牠的反應是很典型的幼犬反應，就是去找以前同一窩的同伴玩，馬上就跟其中一隻有點認眞地打起架來，被博瑞屈大喝一聲制止了。他雖然是駿騎的下人，但當他身在公鹿堡的時候，他就是獵犬、獵鷹、馬匹的主人。

打點好他自己的動物之後，他在馬廄裡走了一圈，檢視他不在時別人做了什麼、沒做什麼。清掃馬廄、梳理馬匹的馬僮馬夫還有養鷹人像魔法般紛紛出現，來爲自己受到批評的分內工作辯護。我跟在他後面到處跑，直到走不動爲止。最後我終於投降了，疲累地倒在一堆稻草上，這時他似乎才注意到我，他臉上先是出現不耐煩的神色，然後是無比的疲憊。

「喂，你，柯布。你帶小蜚滋到廚房去，把他餵飽，然後帶他回到我房間去。」

柯布是個黑髮黑眼的矮個子男孩，負責養狗，年約十歲。他剛剛受到稱讚，因爲一窩在博瑞屈不在的時候生的小狗仔健康良好，現在他的笑容消散了，懷疑地看著我。博瑞屈沿著馬廄隔間繼續走下去，一大群負責照顧動物的僕役也緊張兮兮跟著他走了，我們還在大眼瞪小眼。然後那男孩聳聳肩，半彎下腰面對我。「你餓了嗎，蜚滋？我們去給你找點吃的吧？」他帶著誘人的口吻問，完全就是他剛才把小狗仔哄出來給博瑞屈看的語調。我點頭，因爲他把我看成跟小狗仔沒什麼兩樣而鬆了一口氣，然後跟著他走。

他好幾次轉過頭來看我有沒有跟上。我們一走出馬廄，大鼻子就蹦蹦跳跳跑過來找我。這頭獵犬明顯跟我感情很好，使得柯布對我的看法也略有提升，他繼續用簡短的語句鼓勵我們兩個，告訴我們馬上就有東西吃了，「快來吧，別跑去聞那隻貓了，快來吧，這樣才乖嘛。」

馬廄裡非常忙碌，惟眞的人忙著打理他們的馬匹和馬具，博瑞屈忙著挑剔別人在他不在時所做的一切達不到他標準的工作。人們來來去去與我們擦身而過，各有不同的差事：一個男孩肩上扛著一塊巨大無比的燻肉，一群咯咯笑的女孩各抱著沉沉一疊用來鋪地的蘆葦和石南，一個滿臉不高興的老人拎著一籃活蹦亂跳的魚，還有三個身穿雜色衣、手拿鈴鐺的年輕女人，她們的聲音跟鈴聲一樣清脆歡快。

我的鼻子告訴我說快接近廚房了，但人來人往的密度也隨之增加，等我們走到一扇門前的時候，進進出出的人簡直是擠成一團。柯布停下腳步，大鼻子和我停在他身後，忙著聞嗅香味。他看著門裡門外的人潮，自顧自皺了皺眉。「這裡滿滿都是人，每個人都忙著準備今天晚上歡迎惟眞和帝尊的宴會。任何有點身分地位的人都會到公鹿堡來參加。駿騎遜位的消息傳得飛快，所有的公爵都來了，要不就是派了代表來商量這件事，我聽說連齊兀達都派了人來，好確保駿騎不在之後他所簽的條約仍然會被遵守——」

他閉上了嘴，突然感到尷尬，但他的尷尬究竟是因爲他正在跟造成我父親遜位的我談我父親，還是因爲他把一個六歲小孩和一隻幼犬當作有智力的談話對象，這我就不確定了。他瞥視四周，重新評估眼前的狀況。「在這裡等我。」最後他告訴我們，「我溜進去拿點東西出來給你們吃。我比較不會被別人踩到……或者逮到。你們不要亂跑。」他做了個堅定的手勢強調這道命令。我向後退到不會擋路的地方靠著牆蹲下，大鼻子也乖乖坐在我旁邊。我帶著欽佩的眼神看著柯布混進擁擠的人群中朝門口走去，像條鰻魚般滑溜地進了廚房。

柯布離開我視線範圍之後，我的注意力就轉而被眼前這一大堆人吸引。從我們面前走過的這些人多半是僕役和廚子，也有若干賣藝人、商人、送貨的人。我以一種疲倦的好奇看著他們來來去去，當天我已經見到太多事物了，所以並不覺得他們非常有趣。我好想躲到一個遠離這些繁忙活動的安靜地方，這種渴望幾乎超過了對食物的渴望。我癱坐在地上，背靠著被太陽曬暖的城堡牆壁，頭抵住膝蓋，大鼻子靠著我。

大鼻子硬邦邦的尾巴敲打在地上的動作讓我醒了過來，我抬起埋在膝頭的臉，看見面前有一雙棕色高筒靴。我的視線沿著粗糙的皮革長褲和粗劣的羊毛襯衫往上看，看見一張長著毛扎扎鬍子的臉，頂著一頭胡椒灰的頭髮。那人盯著我看，一邊肩上扛著一小桶酒。

「喂，你就是那個私生子？」

這個詞我很常聽到，所以我知道它指的是我，雖然我並不完全瞭解它的意思。我緩緩點頭，那人臉色一亮，大感興趣。

「嘿，」他大聲說，現在已經不是在跟我說話，而是在對來來往往的那些人說。「那個私生子就在這裡，一板一眼的駿騎的意外產品。長得跟他還滿像的，你們說是不是？小子，你媽媽是誰？」

那些來來去去的人大部分還是繼續走他們的，只朝坐在牆邊的這個六歲小孩好奇地瞥上一眼，但扛酒桶男人問的問題顯然令人很感興趣，因爲有好些人都回過頭來，幾個剛走出廚房的商人也靠過來想聽我的答案。

但我沒有答案。對我來說母親就一直是母親，而且就算我先前對她有任何印象，現在也已經差不多消失殆盡了。因此我沒有回答，只是抬頭瞪著他看。

「喂，那你叫什麼名字，小子？」他轉向那些聽眾透露說，「我聽說他沒有名字。不但沒有高高在上的王室名字來塑造他的人格，甚至連可以用來罵他的鄉下小名也沒有。沒錯吧，小子？你有名字嗎？」

旁觀的人愈來愈多，有些人眼中出現憐憫的神色，但沒人插手干預。大鼻子多少感染了我的情緒，牠側身躺下，以懇求的態度露出肚子、搖著尾巴，這古老的犬類信號意思向來都是：「我只是隻小狗，沒辦法保護自己，請你發發慈悲。」如果他們是狗，就會把我從頭到腳聞一聞，然後退開。但人類沒有這種守分寸的天性，因此，那人見我沒回答，就又踏近一步再問一次，「你有名字嗎，小子？」

我慢慢站起來，前一刻還暖暖抵著我的背的牆壁如今成了讓我無處可逃的冰冷障礙。我腳邊的大鼻子仰躺著在塵土中扭動，發出一聲哀求的嗚叫。「沒有。」我輕聲說，那個男人作勢要靠近一點聽我講什麼，**「沒有！」**我沿著牆橫走，大喊出聲並抗斥他。我看見他搖搖晃晃後退一步，抓不穩肩上的酒桶，於是酒桶掉在鵝卵石路面上摔裂了。圍觀的人群中不可能有人明白這到底是怎麼回事，我自己當然也不明白。大部分的人都在笑，因爲看到這麼大的一個人被小孩嚇得倒退。那一刻確立了我脾氣大、性情倔的名聲，天還沒黑這消息就傳遍了全城，說那個私生子挺身面對折磨他的人。大鼻子連滾帶爬站起來，跟我一起逃跑。我瞥見剛從廚房裡鑽出來的柯布，他臉上緊繃著困惑的神情，手上拿著派餅，看見大鼻子和我跑掉。如果他是博瑞屈，我可能會停下來，信任他會保護我的安全，但他不是博瑞屈，所以我繼續跑，讓大鼻子在前面帶路。

我們穿過浩浩蕩蕩的僕役群，只是又一個跟狗在院子裡賽跑的不起眼小孩，沒有人會注意。大鼻子把我帶到一處牠認爲是全世界最安全的地方。在遠離廚房、遠離內堡的地方，母老虎在一棟東倒西歪的、存放豆子的附屬建築物角落底下挖了個洞，完全不理會博瑞屈的照管，自己在這裡生了一窩小狗仔，大鼻子也是其中之一；而且牠把小狗仔在這裡藏了將近三天，然後博瑞屈才自己找來，他的氣味是大鼻子記憶中第一個人類的氣味。建築物底下的通道相當窄，但我還是勉強擠進去了，半暗的洞裡又暖又乾。我們躲在那裡，怦怦亂跳的心臟很快就穩下來了，在平靜中沉入無夢的深沉睡眠，這種睡眠只屬於溫暖的春日下午，只有小狗才能享有。

幾小時後，我打個寒噤醒過來，天完全黑了，初春白晝那種稀薄的溫暖已經消失。我一醒大鼻子也跟著醒了，我們一起又擠又蹭的鑽出洞外。

夜空高掛在公鹿堡上方，星星閃著明亮的寒光。海灣的氣息更強了，彷彿白天那些人、馬、烹飪的氣味都只是暫時的東西，一到晚上就得降服於大海的力量。我們沿著空無一人的小徑走，穿過操練場，經過糧倉和榨酒間，一切都靜止沉默。接近內堡時，我看見火把仍在燃燒，聽見人們仍在高聲交談，但一切似乎都多了種疲憊感，歡宴的最後殘餘逐漸消滅，等待黎明照亮天空。不過我們還是遠遠繞過內堡，因為我們已經不想再碰到人了。

我跟在大鼻子身後走回馬廄，接近那沉重的門扇時，我在想不知要怎麼進去。但隨著我們逐漸走近，大鼻子的尾巴猛搖起來，然後就連我這不靈光的鼻子也在黑暗中聞出了博瑞屈的氣味。他坐在門邊的木箱上，此時起身說道，「原來你們在這裡啊！」他的語氣安撫了我。「進來吧！快進來。」他站著打開沉重的門，讓我們進去。

我們跟在他身後穿過黑暗，從一排排廄房之間走過，經過在馬廄裡睡下的馬夫和馴馬師，接著經過我們自己的馬匹、獵犬，以及在牠們之間睡覺的馬僮，然後來到一處階梯，沿著分隔馬廄和鷹籠的牆壁通往樓上。我們跟在博瑞屈身後踩著那吱吱嘎嘎的木頭臺階往上走，然後他打開了另一扇門。桌上一根淌著燭淚的蠟燭發出微弱的黃光，一時讓我睜不開眼睛。我們跟著博瑞屈走進一間斜屋頂的房間，裡面有博瑞屈的味道，還有跟博瑞屈活計相關的皮革、油、軟膏、藥草的味道。他牢牢關上門，走過我們身邊，用桌上那根快燒完的蠟燭重新點一根蠟燭，我聞到他身上有甜甜的酒味。

光線變亮，博瑞屈在桌旁的一張木椅上坐下。他看起來很不一樣，身上的衣服是棕色和黃色的高級薄布料，皮背心上還扣著一小段銀鍊。他一手平攤在膝蓋上掌心朝上，大鼻子立刻走向他。博瑞屈搔搔牠下垂的耳朵，親熱地捶了牠肋骨一下，朝牠滿是灰塵的一身毛皺起臉。「你們兩個還眞是哥倆好、一對寶。」他這與其說是在跟我講話，不如說是在跟狗講。「看看你們兩個，髒得跟乞丐一樣，我今天為了你們還在國王面前撒謊，這是我這輩子第一次對國王說假話。看來駿騎失寵，連我也得被拖下水啦！

我跟他說你洗過澡了，睡得正熟，因爲這一路下來你累壞了，要見你還得先等一等，這可讓他不怎麼高興。不過，算我們運氣好，他有更重要的大事要處理。駿騎遜位讓很多貴族都不高興，有些人把這當作對他們有利的大好機會，有些人則很不滿，覺得他們敬仰的未來國王就這麼莫名其妙沒了。黠謀正在努力安撫他們每一個人，還放出風聲說這次是惟眞去跟齊兀達人談判的；如果有人會相信這種話，那法律應該禁止他自己一個人行動，因爲他智力太低了。但他們總歸是來了，來重新看看惟眞，心裡納悶不知他到底會不會、又是什麼時候會成爲他們的下一任國王，也不知他會是個什麼樣的國王。駿騎放棄王位、搬到細柳林去這件事，讓六大公國整個騷動起來，簡直像拿著棍子去捅蜂窩一樣。」

博瑞屈的視線從大鼻子那張熱切的臉上轉開。「唔，蜚滋，我猜你今天嚐到了一點苦頭。你一溜煙跑不見，差點沒把可憐的柯布給嚇死。我看看，你有沒有受傷？是不是有人對你動粗？我早該知道的，一定有人會把這一切騷動都怪到你頭上。過來吧，來啊！」

我猶豫不前，他移動到火爐旁，勸誘地拍了拍用毯子鋪成的地鋪。「你看，這裡有你睡覺的地方，都準備好了。桌上還有麵包和肉，夠你們兩個吃的。」

他的話讓我注意到桌上那個蓋著蓋子的盤子。大鼻子的感官確認了鮮肉的存在，我也突然間只聞到滿屋的肉香。博瑞屈大笑看著我們衝向桌旁，我把食物塞進嘴裡之前先分了一份給大鼻子，也得到他無言的讚許。食物的分量足夠我們吃得飽飽的，因爲博瑞屈並沒有低估一個小男孩和一隻幼犬在經過一天折騰之後會餓到什麼地步。然後，儘管我們先前睡了那麼長長一場午覺，但緊挨著爐火的毯子看起來突然變得好誘人，於是塡飽肚子的我們便蜷縮在一起，在背後火光的烘烤下睡著了。

第二天我們醒來的時候，太陽早已高掛天空，博瑞屈也不見了。大鼻子和我吃了昨晚那條麵包殘餘的部分，再把剩下的骨頭啃得乾乾淨淨，然後離開博瑞屈的房間下樓來。沒人質問我們，也沒人注意到我們。

外面又開始歡宴作樂的混亂一天，如果說堡內有任何變化，也只是人變得更多更擁擠而已。來來去去的人群掀起塵土，混雜的說話聲交織在風聲和遙遠的波浪聲中。每一個氣味、每一個景象、每一個聲音，大鼻子都全部吸收進去，這種雙重的感官衝擊讓我頭暈眼花。我四處走動，從人們交談的零星片段中聽出，我們抵達的這個時候正值某種歡樂集會的春季儀式。駿騎遜位的事仍然是人們談論的主題，但木偶戲和雜耍表演也照樣在每一個角落搭起戲臺表演起來。最少有一齣木偶戲已經把駿騎的失寵改編成了粗俗的黃色喜劇，完全沒被認出的我站在人群中，不知道爲什麼提到「在鄰居田地裡播種」的對白會讓這些大人捧腹大笑。

我們很快就受不了人群和噪音，我讓大鼻子知道我想逃開這一切。我們經過守衛、通過厚厚城牆上的大門走出堡外，守衛只顧著和進進出出來玩的人打情罵俏，跟在一家賣魚人身後離開的小男孩和狗並不太能引起他的注意。我們沒有看到什麼吸引我們的事物，因此就一直跟著那家人走過大街小巷，遠離城堡，進入公鹿堡城內。一路上有愈來愈多氣味，讓大鼻子非檢查一下、然後在每一處角落撒尿不可，因此我們落在他們身後愈來愈遠，最後只剩下牠和我在城裡亂逛。

當時公鹿堡是個風大、陰冷的地方，街道歪歪扭扭，坡度很陡，鋪路的石頭被駛過的馬車壓得鬆動的鬆動、脫落的脫落。風吹來了被沖刷上岸的海藻和魚肚腸的氣味，海潮嘩啦啦的節奏之上有海鷗和海鳥的哀叫聲，譜成詭異的旋律。這座城緊緊攀附著黑色的岩壁，就像帽貝和藤壺緊緊攀附著大膽伸進海灣的木樁和碼頭。房子是用岩石和木材建成，另外有比較精細繁複的木造房舍建在岩壁更高處，深深嵌進壁面。

跟充滿慶祝活動和人群的堡裡比起來，公鹿堡城顯得比較安靜。我們兩個既沒有概念也沒有經驗，不知道這座海岸邊的城市可不適合六歲小孩跟幼犬到處亂逛。大鼻子跟我熱切地四處探索，憑著鼻子找到了麵包店街，穿過一處幾乎完全空蕩蕩的市場，然後沿著倉庫和停放小船的棚屋一路走，這裡是全城位置最低的一層，離水很近，我們有時走在木造碼頭上，有時走在砂石地上。在這裡，該做的工作仍然照常進行，跟上方堡裡的嘉年華氣氛沒什麼相關。隨著潮起潮落，船隻要停靠碼頭、貨物要搬下船，打魚過活的人必須遵照的是水族的時節，而不是人類的日程。

我們不久就遇到了其他小孩，有些在幹活的父母身旁幫點小忙，有些則跟我們一樣閒著。我很容易就跟他們打成一片，不需要什麼自我介紹或者成人世界的客套禮數。其中大部分孩子的年紀都比我大，但也有些跟我一樣，甚至更小，他們似乎都不覺得我自己一個人到處跑有什麼好奇怪的。他們向我介紹了城裡各處重要的景物，包括上一次漲潮時被沖上岸的一頭腫脹的死牛。我們還去看了一艘正在搭造的新漁船，碼頭上滿是捲捲的刨花木屑，還有一灘灘瀝青的強烈氣味。有個架子上曬的燻魚很不謹慎地乏人照看，就成了我們六七個人的午餐。就算跟我一起玩的這些小孩比那些幫忙幹活的小孩衣衫襤褸又粗魯吵鬧，我也沒注意到，而且如果有人告訴我說這些消磨時光的同伴是一群乞丐頑童，說他們因為會順手牽羊而不准進入堡內，我一定會很震驚。彼時彼刻我只知道這一天突然變得熱鬧又有趣，有一大堆地方可以去、一大堆事情可以做。

有幾個比較凶、個子比較大的小孩本來想給我這個新來的傢伙一點顏色瞧瞧，不過幸好有大鼻子在我身旁，只要有人不懷好意地推撞我一把，牠就會齜牙咧嘴。最後他們看我並沒有要挑戰他們領導地位的意思，也就讓我跟著他們到處跑。我對他們的各種祕密都恰如其分地大感佩服，而且我甚至敢說，經過了那長長的一下午，我對城內貧窮的這一區的瞭解已經超過許多在高處長大的本地人。

他們沒問我叫什麼名字，直接就叫我「新來的」。其他小孩的名字都很簡單，例如德克或凱瑞，要不就是很能說明他們的特點，例如「撿網的」和「小花臉」。最後這個叫小花臉的，如果換個好環境可能會是個漂亮的小女孩，她比我大一兩歲，非常能言善道，腦筋又快。她跟一個十二歲的大男孩吵了起來，但對他的拳頭毫無懼色，她伶牙俐齒的罵人話不久就讓大家都嘲笑起那個男生。她冷靜地迎接勝利，讓我對她的強悍敬佩得目瞪口呆。但她臉上和細瘦的手臂上滿是一層層紫色、藍色、黃色的瘀血，一隻耳朵下方還有乾涸的血跡，跟她的名字不太符合，因爲這花花的血跡不是在臉上。儘管如此，小花臉依然是個很活潑的孩子，聲音比在我們頭上盤旋的海鷗還尖還響。

到了將近傍晚的時候，凱瑞、小花臉還有我坐在一處多岩石的岸邊，身後不遠處是補網人的架子。小花臉教我怎麼把緊攀在岩石上的貝類弄下來，用一根削尖的棍子純熟地撬鬆牠們給我看。當她正在示範如何用指甲把殼裡耐嚼的貝肉給挖出來的時候，另一個女孩朝我們喊過來。

那女孩整潔的藍色斗篷被風吹得緊裹在她身上，這披風和她腳上的皮鞋顯示她跟我這些玩伴不是同一掛的人。她也沒有過來加入我們的盛宴，只走近到我們可以聽見她聲音的地方，叫道，「莫莉，莫莉，他到處在找妳。他一個小時前醒過來，酒幾乎都醒了，一發現妳不在、火也熄了之後，就開始到處喊妳的名字。」

小花臉的臉上掠過叛逆和恐懼交雜的神情。「妳快跑吧，琪妮，謝謝妳。下一次潮水把海藻蟹的窩沖出來的時候，我會記得找妳的。」

琪妮很快點個頭表示知道了，然後立刻轉身匆匆沿原路跑走。

「妳是不是有麻煩了？」我問小花臉，因爲她沒有繼續翻開岩石找貝類。

「麻煩？」她不屑地哼了一聲。「看情形。要是我爸爸保持清醒的時間夠長、足夠找到我，那我可能就會有一點小麻煩，但很有可能他今天晚上又會喝個爛醉，不管拿什麼東西丟我都丟不中。很有可能！」她堅定地重複一次，因爲凱瑞想開口表示不同意。說完這句話，她就轉回身去繼續在岩石海灘上找我們的貝類。

我們在退潮後留下的小池裡發現了一隻有很多條腿的灰色生物，正蹲在那裡研究，一隻沉重的靴子喀啦一聲踩在長滿藤壺的岩石上，讓我們全都抬起頭來。凱瑞大喊一聲就沿著海灘逃跑了，連頭都沒有回一下。大鼻子跟我往後一跳，牠緊靠住我，牙齒勇敢地齜了出來，尾巴則膽小地縮在肚子底下。莫莉．小花臉要不是動作不夠快，就是已經無奈地接受了即將發生的事。一個瘦高的男人伸手往她頭側就是一巴掌。這人鼻子是紅的，瘦骨嶙峋，拳頭像是瘦巴巴手臂末端打的一個結，但力道還是大得足以把莫莉打趴下去。藤壺割傷了她被風吹得發紅的膝蓋，她橫向移動躲避他笨拙向她踢去的一腳，我看見混雜海鹽的沙子沾滿了她那新的傷口，不禁替她感到疼痛。

「妳這隻該死的小臭貓！我不是叫妳留在家裡看著蠟燭的料嗎！結果妳給我跑到海灘上來亂挖，讓油脂在鍋裡變硬。今天晚上堡裡的人一定會要買更多蠟燭，這下子我要拿什麼去賣給他們？」

「拿我今天早上做的那三打去賣啊！你一共就只有給我三打燭芯，你這個老醉鬼！」莫莉勇敢站起身來，儘管眼睛裡已經湧起了淚水。「不然你要我怎麼樣？把所有的柴火都燒光好讓油脂保持軟軟的，然後等你終於給我更多燭芯的時候，才發現根本沒柴火可以生火熱鍋？」

海風大作，男人在風中搖搖晃晃。風吹來一陣他身上的味道，大鼻子很有智慧地告訴我那是汗水和啤酒的味道。一時之間那男人看來似乎有點悔意，但發酸的腸胃和作痛的頭讓他又凶狠起來，他突然彎身撿起一截發白的漂流木。「不許妳頂嘴，妳這小野種！在這裡跟小乞丐混在一起，天知道你們在做什麼！我敢賭妳又去偷人家的燻魚了，妳還嫌我的臉丟得不夠嗎？妳要是敢跑，等我抓到妳的時候就有妳好看的。」

她一定是相信了他的話，因爲她只縮成一團任由他朝她走過去，舉起兩條細瘦的手臂護住頭，但似乎又改變了主意，只用雙手掩住臉。我驚駭得站在那裡動彈不得，大鼻子感受到我的怖懼，哀叫著在我腳邊尿了出來。我聽見漂流木狠狠揮下來的呼嘯聲，胸口的心臟似乎側跳了一下，一股古怪的力量從我腹部湧出朝那男人推去。

他倒在地上，就像前一天那個扛酒桶的男人一樣，但這人是抓著自己的胸口倒下去的，那根用來當武器的漂流木飛了出去，沒有造成傷害。他頹然倒在海灘上，全身一陣抽搐痙攣，然後靜止不動。

幾秒鐘後莫莉睜開緊閉的眼睛，縮身躲避她仍然預期會落在她身上的那一擊。當她看見她父親倒在滿是岩石的海灘上，驚愕之情讓她的臉一片慘白。她朝他飛奔過去，哭喊著，「爸爸，爸爸，你還好嗎？求求你，不要死，我太壞了，對不起！不要死，我會乖的，我發誓我一定會乖的！」她不顧自己流著血的膝蓋，在他身旁跪下，把他的臉轉過來好讓他不會吸進沙子，然後徒勞無功地試著扶他坐起來。

「他剛才差點打死妳。」我告訴她，自己也試著想搞清楚整個情況。

「不是。如果我不乖，他有時候會打我幾下，但是他絕對不會打死我的，而且在他清醒又沒有生病的時候，他會哭，求我不要太不乖、不要惹他生氣。我應該更小心一點，不要惹他生氣的。哦，新來的，他好像死了。」

我自己也不確定，但過了一會兒，他發出一聲可怕的呻吟，稍稍張開了眼睛。他頭暈目眩地聽著莫莉責罵她自己，讓她急切地扶他起來，甚至也接受了我遲疑的幫忙。他靠在我們兩人身上，沿著遍布岩石的海灘一腳高一腳低的往前走，大鼻子跟在我們身後，一會兒吠叫，一會兒繞著我們跑。

少數幾個看見我們經過的人並沒有多加理會我們，我猜這景象對他們來說已經是司空見慣了。我幫莫莉扶她父親走到一處製作蠟燭的小工坊前，每走一步她都邊吸著鼻子邊向我道歉。我在那裡跟他們分開，和大鼻子一起穿過彎彎曲曲的街道，找到通往城堡的上坡路，一邊走一邊不停納悶著不同人的生活方式。

一旦我發現了城區和乞丐孩子的存在，他們每一天都像磁鐵一般吸引著我。博瑞屈白天忙著工作，晚上忙著參與「春季慶」的飲酒作樂，我的進進出出他很少管，只要每天晚上都看得到我睡在他壁爐前的地鋪上就好。事實上，我想他基本上不知道該拿我怎麼辦，只想到讓我吃得飽能夠健康長大，以及夜裡安全睡在屋裡就好。他一直是駿騎手下的人，現在駿騎貶謫了自己，那他的前途又將如何呢？他必定十分擔心這一點。另外他的腿傷也是個問題。儘管他對敷藥包紮很有一套，治好牲畜的病痛是家常便飯，但在自己身上卻似乎發揮不了功效。有一兩次我看見他拆開傷口上的包紮，看見拒絕癒合、依舊腫脹流膿的赤裸裸傷口，駭得我一陣瑟縮。一開始博瑞屈總是狠狠咒罵這傷口，每晚咬著牙加以清潔並重新上藥，但隨著日子一天天過去，他的態度轉變成了厭煩的絕望。最後傷口終於癒合，但腿上留下一道蚓結的疤，他走路也從此瘸了。難怪他沒心多管別人丟給他照顧的一個私生子。

於是我自由地跑來跑去，大部分時間都沒人注意我，這種自由只有小小孩才能享有。等到春季慶結束的時候，城堡門口的守衛對我每天進進出出已經司空見慣了，他們八成以爲我是跑腿打雜的小孩，這種小孩堡裡有很多，年紀只比我大一點點而已。我學會一大早到堡裡的廚房去偷東西，好讓大鼻子和我能大快朵頤吃頓早餐。到處翻找其他的食物——麵包店烤焦的麵包皮、海灘上的貝類和海草、晾在架子上沒人看管的燻魚，是我每天慣常進行的活動。最常跟我作伴的是莫莉．小花臉。那天之後，我就很少看到她父親打她了；大部分時間他都喝得酩酊大醉，醉得找不到她、也沒辦法實踐他先前對她所做的威脅。我很少再想起自己那天所做的事，只慶幸莫莉不知道她父親倒地是我害的。

城區變成了我的世界，城堡則是我回去睡覺的地方。時值夏季，這在海港城市是個美好的季節，不管我走到哪裡，都看見公鹿堡城處處充滿活力，人事物來來去去。貨物從各個內陸大公國沿著公鹿河運下來，載貨的大型平底船上有滿身大汗的船員，經驗豐富老到地談著淺灘、沙洲、地標、河水的漲退。他們載來的貨先是往上送到城裡的商店或倉庫，然後又往下搬到碼頭上和即將出海船隻的船艙裡。航海的水手滿口粗話，很看不起河川駁船上那些充滿內陸習氣的船員；他們談的是海潮、風暴、黑得連星星都不肯出來導航的黑夜。此外，漁民也在公鹿堡的碼頭停泊，他們是這些人當中最和氣的，至少漁獲豐收的時候是如此。

凱瑞教我摸熟了碼頭和酒館，一個男孩要是腳程快，在城裡陡斜的街道上跑來跑去送口信，一天可以賺到三分甚至五分錢。我自認犀利又大膽，接受比較低的工資來跟比較大的男孩競爭，因爲他們跑腿一趟就要求兩分錢甚至更多。我想我這輩子就數那個時候最勇敢了。現在我只要閉上眼睛，就能聞到那段光輝歲月的氣息：乾船塢裡用來填塞甲板的船隻填絮、瀝青，以及剛刨下來木屑的味道，修船工人在那裡拿著鉋刀和木槌工作；非常新鮮的魚的甜味，還有捕回來的魚在熱天擺太久的要命臭味；太陽下一大捆一大捆羊毛的氣味，加上裝著沙緣出產的香醇白蘭地的橡木桶味；一堆堆等著要給船首艙增添香氣的「祛熱」稻草，跟一箱箱硬甜瓜的味道混合在一起；從港灣吹來的海風攪拌著這一切，再加上鹽碘調味。大鼻子靈敏的感官，讓我注意到所有牠聞到的東西。

凱瑞和我跑腿差事的內容很多，例如把去跟妻子道別的領航員找回來，或者送一份辛香料的樣品去給店裡的買主。港務長可能會派我們跑去告訴某艘船的船員說，不知哪個笨蛋綁錯繩子，現在潮水已經快把他們的船給沖走了。但我最喜歡要到酒館去的差事，那裡總是有人在說故事、講閒話。典型的故事內容不外乎航程中的新發現，與可怕風暴對抗的勇敢船員，還有害船沉沒的愚蠢船長。許多傳統故事我都牢記在心，但我最喜歡的故事不是出自職業講古人之口，而是出自於水手本身，他們所講的內容不是全家大小的床邊故事，而是一艘艘船之間口耳相傳的警告和消息，在眾水手同飲白蘭地或分食黃色的花粉麵包時相互傳遞。

他們談著捕過的豐富漁獲，說漁網重得幾乎把船壓沉，或者談著看過的奇異魚類及鳥獸，當滿月的光輝照在船後波痕時曾經驚鴻一瞥。有些故事是關於在我們大公國海岸地區與沿海小島上被外島人劫掠的村莊，還有些故事是關於海盜、海戰，以及由於自己內部有人叛變而遭占領的船隻。最吸引人的是「紅船劫匪」的故事，這些外島人既是海盜也打家劫舍，不但攻擊我們的船隻和城鎮，甚至連其他外島人的船隻也不放過。有些人對這些故事嗤之以鼻，認為根本沒有什麼紅色龍骨的船或者跟海盜同行作對的外島海盜，對講這些故事的人也多所嘲笑。

但凱瑞、我和大鼻子會坐在桌底下，緊靠著桌腿，邊啃一分錢一條的甜麵包、邊睜大眼睛聽這些紅色龍骨船的故事，聽說船上的桁頂吊著十來個人，而且可不是死人，是被捆住的活人，海鷗會飛下來啄食他們，啄得他們扭動尖叫。我們會一直津津有味聽著這些嚇人的故事，直到連又熱又悶的酒館感覺起來都陰森森冷颼颼，然後再跑回碼頭上去賺另一分錢。

有一次，凱瑞、莫莉和我用漂流木做了一艘小筏，在碼頭底下用根長竿子撐著來來去去。我們把小筏綁在那裡，漲潮之後小筏撞散了碼頭的好一塊區域，還撞壞了兩艘小帆船，我們一連好幾天都害怕別人會發現我們是罪魁禍首。還有一次，一個酒館老闆打了凱瑞幾耳光，說我們兩個是小偷，我們的報復方式是把發臭的鯡魚塞在酒館桌面下方與支撐物之間的空隙裡，魚腐爛發臭，招了好幾天的蒼蠅，他才終於發現是怎麼回事。

在這段四處亂跑的經驗中，我學會了好些行當的皮毛：買魚、補網、造船，還有打混。關於人性，我學到的更多。在找我送口信的人當中，我很快就能判斷出誰會說話算話付我一分錢，誰又會在我回來找他收錢的時候嘲笑我。我知道可以向哪個麵包師傅乞討，也知道哪些商店偷起來最容易。大鼻子始終跟在我身旁，我和牠已經建立起非常深厚親密的牽繫，很少把自己的頭腦跟牠的頭腦完全分開來。我用牠的鼻子、牠的眼睛、牠的利牙就像用自己的一樣方便自然，一點也不覺得有什麼奇怪的。

就這樣，夏天過去了一大半。但是在一個晴朗的日子，太陽高掛在比海更藍的天空中，我的好運終於結束了。那天莫莉、凱瑞和我從一間燻製房偷了一串美味的豬肝香腸，正沿著街道逃跑，香腸的原主追在後面。大鼻子也一如往常跟我們在一起，另兩個孩子已經把牠視爲我的一部分了。我們兩個是「新來的」和「大鼻子」，而在我把我們共享的戰利品丟出手之前，牠就已經知道要跑到那裡去接了，他們可能只覺得這是很聰明的一個花招。因此事實上我們一共是四個人，沿著擁擠的街道拚命往前跑，香腸在髒兮兮的手和濕答答的嘴之間傳來傳去，香腸的主人則在我們身後徒勞無功地咆哮追趕著。

然後博瑞屈從一家店裡走出來。

我正朝他的方向跑去，剎那間我們兩人都驚慌地認出了對方。他臉上那黑暗的神情讓我對自己該採取什麼行動毫無懷疑。快逃，我瞬間下了決定，然後閃開他向我伸過來的雙手，結果卻突然迷惑不已地發現我不知怎麼竟直朝他撞了過去。

我不想多說接下來發生的事。總之我被結結實實責罵一頓，罵我的不只是博瑞屈，還有火冒三丈的香腸主人。除了大鼻子之外，跟我一起闖禍的另兩個人已經消失在街道的曲折角落裡。大鼻子走過來躺在地上露出肚皮，等著博瑞屈打罵。我難受不已地看著博瑞屈從錢袋裡掏出硬幣付給香腸的主人，同時他緊揪著我襯衫的後領，幾乎把我拎了起來。等香腸的主人離開、一旁圍觀看我倒楣的幾個人也散了，他才終於鬆手，用一種令我吃驚的厭惡眼神看向我。他反手又在我後腦勺打了一下，命令道，「馬上回家。」

我們以史無前例的速度跑回家去，回到壁爐前的地鋪，驚恐不安地等著。等了又等，等著漫長的下午過去，等到夜色初降。我們兩個都餓了，但是也知道現在不是跑出去找東西吃的時候。先前博瑞屈臉上有某種神色，是比莫莉爸爸的怒氣更可怕的。

博瑞屈終於回來時，已經完全入夜了。我們聽見他上樓的腳步聲，雖然我的感官不如大鼻子靈敏，但也分辨得出他喝了酒。我們縮成一團，看著他走進光線黯淡的房間，他呼吸沉重，花了比平常還久的時間才從我放在桌上的那根蠟燭引火多點燃幾根。點好了蠟燭，他坐在長凳上打量著我們兩個。大鼻子哀鳴一聲，側身躺下擺出幼犬的哀求姿態，我也很想這麼做，但只能害怕地看著他。過了一會兒，他開口說話。

「蜚滋，你會變成什麼樣子？我們兩個會變成什麼樣子？你身上流著王室的血，卻跟乞丐小偷一起滿街亂跑，像動物一樣成群結隊。」

我沒說話。

「這也不能只怪你，我想我也有錯。過來這裡。過來吧，小子。」

我往前走了一兩步，不想靠他太近。

看到我小心翼翼的樣子，博瑞屈皺起眉頭。「你受傷了嗎，小子？」

我搖頭。

「那就過來這裡。」

我遲疑著，大鼻子也猶豫不決地哀鳴。

博瑞屈困惑地低頭看牠，我可以看見他的頭腦正在努力穿透酒精造成的迷糊。他看看狗、再看看我、再看看狗，臉上逐漸出現嫌惡的表情。他搖搖頭，慢慢站起來，拖著受傷的腿從桌子和狗旁邊走開。房間角落有一個小架子，上面放著各式落滿灰塵的工具和物品，博瑞屈慢慢伸出手拿下其中一件。那東西是木頭和皮革做成的，因爲很久沒用變得硬邦邦，他揮了一下，短短的皮條俐落打在他腿上。

「你知道這是什麼嗎，小子？」他用慈祥的聲音溫和地問。

我啞然搖頭。

「打狗的鞭子。」

我茫然看著他，因爲我和大鼻子都沒有任何相關經驗能告訴我該如何反應。他一定看出了我的困惑。他和氣微笑，聲音也保持友善，但我感覺到有什麼東西隱藏在他的態度之中，等待著。

「這是一種工具，蜚滋，一種教導的用具。如果有小狗不全神貫注——如果你對小狗說『過來』，牠卻不肯過來——嗯，只要用這東西打幾下，打痛了，小狗就學會乖乖聽話了。只要狠狠抽幾鞭，小狗就能學會全神貫注。」他口氣平常，垂手讓鞭子短短的皮條部分輕輕在地板上搖晃，突然把它整根朝大鼻子輕拋過去，狗兒發出驚恐的叫聲往後彈開，然後衝過來躲在我背後。

博瑞屈在壁爐旁的長凳上緩緩沉坐下去，掩住眼睛。「哦，艾達神啊！」他吐出一聲，介於詛咒和祈禱之間。「我看到你們兩個一起跑來跑去的時候，就已經猜到、懷疑到了，但是埃爾神在上，我不想猜對。我一點都不想猜對。我這輩子從來沒拿那根該死的東西打過任何一隻小狗，大鼻子根本沒有理由害怕它。但是你跟牠共用頭腦，所以牠才會怕它。」

不管先前的危險是什麼，我感覺到它已經過去了。我跌坐在大鼻子旁邊，牠爬到我的膝上焦慮不安地用鼻子拱我的臉，我要牠安靜下來，建議我們等著看接下來會發生什麼事。我們一人一狗坐在那裡，看著動也不動的博瑞屈，他終於抬起臉來，我驚詫地發現他看起來好像剛哭過。就像我母親一樣，我記得當時我是這樣想的，但怪的是我現在想不起任何她哭泣的影像，只記得博瑞屈那張哀傷的臉。

「蜚滋，小子。過來這裡。」他輕聲說，這次他聲音裡有某種不可不服從的東西。我站起身走向他，大鼻子跟在我腳邊。「不。」他對狗兒說，指指他靴子旁邊的地方，然後把我抱起來跟他在長凳上排排坐。

「蜚滋。」他開口，然後又頓了頓，深呼吸一口氣，再重新開口。「蜚滋，這樣是錯的。你跟這隻小狗做的是很不好的事，非常不好，是違背自然的，比偷東西或者說謊更壞，因爲這使得人不足以成爲人。你聽得懂我的意思嗎？」

我茫然看著他。他嘆口氣，再試一次。

「小子，你身上流著王室的血。不管是不是私生子，你總歸是駿騎的親生兒子，繼承悠久的血脈。你現在做的這件事是錯的，貶低了你。懂嗎？」

我啞然搖頭。

「你看，就是這樣。你現在連話都不說了。現在我要你跟我說話。是誰教你這麼做的？」

我試著開口。「做什麼？」我的聲音感覺起來粗嘎沙啞。

博瑞屈的眼睛瞪得更圓了，我感覺到他努力控制自己。「你知道我說的是什麼事。是誰教你跟狗同在，跟牠一起看，讓牠跟你一起看，互相告訴對方事情？」

我仔細想了一下。沒錯，我和大鼻子之間確實是這樣。「沒有人教我，」最後我回答。「就是自然而然變成這樣。我們兩個常常在一起。」我加上最後一句，心想這樣或許就能解釋這件事了。

博瑞屈注視我，臉色凝重。「你講起話來不像小孩子。」他突然指出。「但我聽說過，具有古老『原智』的人就是這樣，他們從一開始就不完全是小孩子。他們總是知道得太多，長大之後甚至知道得更多。所以，在古時候，追捕並燒死這些人並不算是犯罪。我說的這些你聽得懂嗎，蜚滋？」

我搖頭，他對我的沉默不語皺起眉頭，於是我勉強加上一句，「但是我在努力。古老原智是什麼？」

博瑞屈的神色先是不可置信，然後是懷疑。「小子！」他語帶威脅，但我只是看著他。過了一會兒，他總算相信我是眞的不知道。

「古老原智。」他緩緩開口。他的臉色暗下去，低頭看著雙手，彷彿在回憶一項古老的罪惡。「這是來自野獸血緣的力量，就像精技是來自一脈相傳的王室血緣。一開始它像是一種好東西，讓你能夠跟動物溝通，但是它會逐漸占據你、把你拖下去，讓你成爲跟牠們一樣的動物。最後你身上完全不剩下任何人性，你會跑來跑去，吐出舌頭，舔血，彷彿獸群就是你所知所有的一切，不管是誰看到你，都不會認爲你曾經是個人。」他說著說著聲音愈來愈低沉，沒有看我，轉過頭去看壁爐裡逐漸減弱的火焰。「有些人說，到那種地步，人就變成了獸形，但是他屠殺的時候卻是帶著人類的激情，而不像動物的獵殺只是單純爲了充飢。他是爲殺而殺……」

「你想變成那樣嗎，蜚滋？把你身上王室的血液淹沒在野蠻獵殺的血液裡？跟野獸混在一起變成野獸，只因爲這樣能帶給你一些知識？還有更糟的，想想在你完全變成野獸之前會發生什麼事。鮮血的味道是不是會刺激你的情緒，看到獵物是不是會讓你的思路通通停擺？」他的聲音變得更輕，我聽見他接下來問我話時語氣中的作嘔之感，「你是不是會渾身發燒、滿身大汗地醒過來，只因爲某個地方有哪隻母狗在發情，你的同伴聞到了牠的味道？你是不是要帶著這種知識上你妻子的床？」

我坐在他身旁縮成一小團。「我不知道。」我小小聲說。

他轉頭看著我，勃然大怒。「你不知道？」他怒吼。「我已經告訴你事情會變成什麼樣子，你居然還說你不知道？」

我舌頭發乾，大鼻子瑟縮在我腳邊。「可是我就是不知道啊！」我抗議。「在我還沒做出這些事情之前，我怎麼知道我會做什麼？我怎麼說得上來？」

「好，如果你說不上來，那就讓我來說！」他咆哮，這時我才完全感覺到他先前是如何抑制住自己的怒火，也感覺到他那天晚上喝了多少酒。「狗走，你留下來。你留在我這裡，讓我可以看住你。如果駿騎不肯讓我跟著他，那麼我至少可以爲他盡這一點力，我會確保他兒子長大成人，而不是變成狼。就算要我們兩個的命，我也要做到！」

他從長凳上突然一斜身，要去抓大鼻子的後頸。至少他是這麼打算的，但狗兒和我都遠遠跳開他身旁，一起衝向門口，可是門上了閂，我還來不及拉開門閂，博瑞屈已經趕了過來，一腳擋開大鼻子，伸手抓住我一側肩膀把我從門邊拉開。「過來這裡，小狗。」他下令，但大鼻子逃到我身邊。博瑞屈喘著氣站起來，在門邊對我們怒目而視，我感覺到他思緒深層怒吼的伏流，那股憤怒引誘著他，要他乾脆把我們兩個都打死算了。他控制住那股憤怒，但這短暫的一瞥已經足以讓我驚恐不已，當他突然朝我們撲來，我用盡全心恐懼的力量向他抗斥過去。

他突然倒下去，像一隻飛到一半被石頭擊中的鳥。他在地板上坐了一會兒，我彎下身體緊緊抱住大鼻子。博瑞屈慢慢搖頭，彷彿要甩掉頭髮上的雨水，站起來，巍然籠罩住我們。「他天生就流著這種血，」我聽見他自言自語嘟噥著。「一定是從他該死的母親那邊遺傳來的，我不應該感到意外。但這小孩需要受教。」然後他直視我的眼睛，警告道，「蜚滋，你絕對不許再對我那麼做，絕對不許。現在，把狗給我。」

他再度往我們走來，我隱約感覺到他隱藏的暴怒，於是忍不住又使力抗斥他。但這次我的攻擊撞上了一堵牆，力量反彈回來，我一個踉蹌倒下去，那股黑暗壓著我的頭腦，使我幾乎暈厥。博瑞屈俯身向我，「我警告過你了。」他輕聲說，那聲音宛如狼嗥。然後，我最後一次感覺到他的手指抓住大鼻子的後頸，動作並不粗魯地把狗拎起來，走向門口。他很快就打開了先前我沒能打開的門閂，不久我便聽見他咚咚咚下樓的沉重靴聲。

過了一會兒我恢復神智站起來，往門飛撲過去，但博瑞屈不知怎麼把門鎖上了，我徒勞無功地拉扯著把手。隨著大鼻子被帶到離我愈來愈遠的地方，我對牠的感受也愈來愈薄弱，最後只剩下一股絕望的孤寂。我先是哀鳴，繼而號叫，指爪拚命抓著門，尋找我和牠的聯繫。突然閃過一陣紅熾的疼痛，然後大鼻子就走了，牠的狗類感官完全離我而去，我放聲尖叫哭號一如任何六歲小孩，徒然捶著厚厚的木頭門板。

博瑞屈彷彿過了好幾個小時才回來。我筋疲力盡趴在門前喘氣，聽見他的腳步聲時我抬起頭來。他打開門，我試圖從他身邊衝出去，但他敏捷地抓住了我衣服的後背，一把將我拽回房裡，然後把門砰然關上，鎖住。我無言地撲在門上，喉頭發出一聲哀鳴。博瑞屈疲憊地坐下。

「想都不要想，小子。」他警告我，彷彿他能聽見我正瘋狂計畫著下一次他放我出去時我要如何如何。「牠走了。那隻小狗走了，眞是可惜得要命，因爲牠的血統很好，牠這一支血統的歷史幾乎跟你的一樣悠久，但我寧可浪費一隻獵犬也不要浪費掉一個人。」見我還是沒動，他又說，語氣幾乎是慈祥的，「放手吧！別再一直想牠盼牠了，這樣比較不會那麼難過。」

但我無法放手，也聽得出他並不眞的指望我能就此忘懷。他嘆了口氣，慢慢起身準備就寢。他沒再跟我說話，只熄了燈躺上床，但他沒睡，離天亮還有好幾個小時他就起來了，把我從地上抱到被他躺暖的毯子裡，然後再度出門去，好幾個小時都沒回來。

至於我，我滿心悲痛，發起高燒，躺了好多天。我相信博瑞屈告訴別人說我是得了某種小孩子常見的病，於是大家都沒來吵我。好多天後他才准我出門，而且不是我自己一個人出門。

之後博瑞屈費盡心力，確保我沒有機會跟任何野獸建立深厚的感情牽繫。我確信他認爲他是成功了，就某種程度而言也確實是如此，因爲我沒有再跟哪一隻獵犬或者哪一匹馬建立起特殊單一的感情牽繫。但我並不覺得自己是受到他的保護，而是覺得被囚禁，他就是典獄長，狂熱激切地努力確保我與世隔絕。全然的孤寂從此種在我心裡，深深在我身上扎下了根。

3

盟約

精技最初的起源可能永遠都將是個謎，可以確定的是王室家族的成員特別具有強烈的精技天分，但這種天分卻並不僅限於王室之內。有句俗諺說的好像有點道理：「當大海的血脈與平原的血脈同流，精技就會開花結果。」有趣的是，外島人似乎並不特別具有精技的天分，祖先純粹是六大公國的原住民以及沒有與外島人混血的人也是如此。

萬事萬物都會尋找一種節奏，並在那節奏中尋找一種和平，這是不是就是世界的本質？我確實一直認爲如此。所有的事，不管是多麼驚天動地或者多麼怪異，發生之後沒多久就會被日常生活必須繼續的例行公事給沖淡。走在戰場上、在屍體堆中尋找傷者的人，仍然會停下腳步咳嗽、擤鼻涕，仍然會抬起頭注視排成人字形飛翔的大雁。我見過農夫繼續耕田播種，離他們僅僅幾哩外就有軍隊在交鋒作戰。

我的情況也是這樣。現在回想起來，我對自己感到驚異。我與母親分離，莫名其妙被帶到陌生的城市、陌生的地區，父親也不要我，把我丟給他的手下照顧，然後跟我作伴的幼犬又被奪走了，但我一朝醒來，終究還是得繼續過著小男孩的生活。所謂小男孩的生活，對我而言就是在博瑞屈叫我的時候起床，跟他一起到廚房去，在他身旁吃飯，然後繼續如影隨形跟著他。他鮮少讓我離開他的視線。我跟在他腳邊，看著他進行各項工作，然後也幫忙做些小事。入夜後我跟他一起坐在長凳上吃飯，他銳利的眼睛盯著看我是否遵守餐桌禮儀。然後我就上樓到他房裡去，要不就是我沉默地看著爐火、他在一旁喝酒，要不就是我沉默地看著爐火、等他回來。他會一邊喝酒一邊幹活，例如修補或製作馬具、調製藥膏，或者熬一劑要給馬喝的瀉藥。他幹他的活，我邊看著他邊學，但就我記憶所及，我們兩個幾乎很少交談。有將近三年的時間我就是這樣度過的，想起來十分奇怪。

有時候博瑞屈會被叫去協助打獵或者替牝馬接生，於是我逐漸學會像莫莉一樣，偷空找出點零碎的時間做自己想做的事。偶爾他喝太多了，我也會大膽溜出去，但這樣溜出去是很危險的。一等到我自由脫身，就會趕快去找城裡的那些小玩伴，跟他們到處亂跑，直到我不敢繼續待下去爲止。我非常想念大鼻子，那感覺強烈得就像是博瑞屈砍掉了我的手臂或腿一樣，但我們兩人都沒有提過這件事。

現在回想起來，我想他當時跟我一樣孤單。自我放逐的駿騎不讓博瑞屈跟他一起走，他只能留下來照顧一個私生子，而且這個私生子還具有某項他視爲變態的天分；在他的腿傷終於癒合之後，他發現他再也不能像以前那樣靈活地騎馬、打獵，甚至走路。對博瑞屈這樣的男人來說，這必定很難受。就我所知，他從來沒對任何人抱怨過，但是話說回來，我也想像不出他當時可以去跟誰發牢騷。我們兩個人被鎖在寂寞之中，每天晚上看著對方，都在對方身上看見害自己落入寂寞的罪魁禍首。

但一切事物都會過去，尤其是時間，於是在接下來的幾個月、幾年當中，我慢慢在事物的安排秩序中有了個位置。我負責替博瑞屈拿東西，在他還沒想到要叫我去拿之前就已經把東西取來給他；他照料完牲畜之後，我負責收拾乾淨；另外我也負責確保獵鷹有乾淨的水可喝，並且幫出門打獵回來的獵犬抓掉身上的扁蝨。人們習慣了我的存在，不再直盯著我看，還有些人對我好像完全視若無睹。博瑞屈逐漸不再看我看得那麼嚴，我也比較能自由來去了，但我還是小心不讓他發現我跑去城裡逗留。

堡裡也有其他小孩，很多與我年紀相仿，有些甚至跟我有親戚關係，如堂兄弟姊妹之類的，但我從來沒跟他們任何人建立起真正的感情牽繫。比較小的孩子被母親或保母照顧著，比較大的孩子則各有事務要忙。他們大部分人對待我的態度並不惡劣，我只是完全不屬於他們那個圈子而已。因此，儘管我可能會連著好幾個月見不到德克或凱瑞或莫莉，但他們仍是我最親近的朋友。我自己在堡內四處探索，此外，冬天晚上所有人都會聚集在大廳裡聽吟遊歌者唱歌、看木偶戲，或者玩室內遊戲，這種種經驗讓我很快就知道哪裡歡迎我、哪裡不歡迎我。

我盡可能躲開王后，因爲她只要一看到我就一定會挑我的毛病，然後責罵博瑞屈。帝尊也是個危險人物。他基本上已經長成一個大男人了，但是將我一把推開，或者隨便踩過我正在玩的任何東西，這種事他做起來一點都不會覺得不好意思。他的小心眼和愛記恨是我從來沒在惟眞身上看到過的特質。倒不是說惟眞曾經特別花過半點時間跟我相處，但我們偶爾碰面的時候，場面從來不會不愉快，如果他注意到我，他會揉揉我的頭髮或者給我一分錢。有一次一個僕人拿了一些木製小玩具到博瑞屈的房間來，有士兵、有馬匹，還有一輛馬車，油漆都掉得差不多了，他說惟眞在自己的衣箱角落發現了這些玩具，想到我或許會喜歡。一直到現在回想起來，在我曾經擁有過的任何東西當中，那些玩具依然是我最爲珍惜的。

馬廄裡的柯布是另一個危險區。如果博瑞屈在場，他跟我講話和對待我的態度都還不錯，但如果博瑞屈不在場，他對我就沒有好臉色。他的意思很清楚，他不想要我在他工作的地方礙事又礙眼。後來我終於想通他是嫉妒我，認爲博瑞屈因爲要照顧我，所以不再像以前那樣對他感興趣了。他從來沒有做出明顯的惡劣舉動，從來沒打過我也沒隨便亂罵我，但我可以感覺到他很討厭我，因此我盡量避開他。

堡裡的士兵守衛都很能容忍我，僅次於公鹿堡城裡的那些小孩，他們大概是最接近我可稱之爲朋友的人。但不管這些男人對一個九歲、十歲的男孩多有耐心，我和他們之間實在沒什麼共通點。我看他們擲骰子賭錢、聽他們說故事，但我完全不去找他們的時間還是比跟他們混在一起的時間多出太多。而且，雖然博瑞屈從來不禁止我去守衛室，但他也明白表示他並不贊成我到那裡去。

因此，我既是、也不是堡內的一員。有些人我避開，有些人我觀察，有些人我服從，但沒有一個人讓我覺得和他有感情深厚的牽繫。

然後，在我快滿十歲的某天早上，我在大廳裡的桌子底下玩，跟好幾隻幼犬打鬧成一團。當時還是一大清早，前一天有些慶祝活動之類的，宴會進行了一整天又大半夜，博瑞屈醉得不省人事。此時不管貴族還是僕役幾乎都還沒起床，廚房裡也沒什麼東西能供我塡飽肚子，但大廳那些桌子上多的是碎裂的糕餅和一盤盤的肉，還有一籃籃蘋果、一大塊一大塊乳酪；簡言之，就是充滿了小男孩很樂意搜刮一番的食物。大狗已經叼走了最好的骨頭，各自退回大廳裡自己的角落，剩下一堆幼犬爭搶比較小塊的食物。我拿了一塊相當大的肉餅，在桌子底下跟我比較偏愛的那幾隻幼犬分著吃。自從大鼻子死去之後，我就小心不讓博瑞屈看見我跟任何一隻幼犬有特別好的感情；當時我仍不明白他爲什麼不許我跟獵犬建立親密感情，但是我不會拿狗兒的命去跟他爭。我正輪流跟三隻幼犬你一口我一口吃著肉餅時，聽見有腳步聲在鋪滿蘆葦的地板上慢慢接近，還有兩個男人低聲討論事情的說話聲。

我以爲是廚房的僕役來清理善後了，於是從桌下鑽出來，想在他們走之前再多抓幾塊好吃的東西。但是被突然冒出來的我嚇了一跳的不是僕役，而是老國王本人，也就是我的祖父。緊跟在他身側的是帝尊，他眼神遲鈍、背心皺巴巴的，顯然昨夜也參與了飲酒作樂。國王最近才剛找來的弄臣小跑步跟在他們身後，蛋殼般的臉上是一雙淡色的凸眼；他的模樣實在太怪了，膚色像麵團，渾身上下穿著黑白相間的雜色衣，我幾乎不敢看他。跟他們形成強烈對比的是黠謀國王，他眼神明亮，鬍子和頭髮都剛梳整過，衣物也一塵不染、無懈可擊。一時之間他似乎很驚訝，然後說，「你看，帝尊，這就是我剛才跟你說的意思。機會出現，某人把握住它；那個人通常是年輕人，或者是受到年輕的精力和飢渴驅使的人。王室不能忽略這些機會，或者任由機會被別人創造。」

國王繼續漫步走過我身邊，對他的主題高談闊論，帝尊則用滿是血絲的眼睛對我投以威脅性的一瞥。他一揮手，意思是我應該趕快消失，我很快點了下頭表示明白，我先衝到桌子旁邊把兩顆蘋果塞進衣服，當我正拿起一個幾乎完整無缺的醋栗塔時，國王突然一轉身伸手指向我，弄臣也模仿他的動作，我僵立在原地。

「看看他。」老國王命令道。

帝尊惡狠狠瞪著我，但我不敢動。

「你會把他變成什麼樣的人？」

帝尊一副摸不著頭腦的神情。「他？他是蜚滋啊！駿騎的雜種，一天到晚就只知道鬼鬼祟祟、順手牽羊。」

「笨蛋！」黠謀國王微笑，但眼神仍然強硬。弄臣*以爲國王在叫他，露出乖巧的微笑。「你耳朵是不是被耳屎塞滿了？我說的話你一個字都沒聽見嗎？我不是問『你看他是什麼樣的人』，而是問『你

*譯註：弄臣是裝瘋賣傻，或以滑稽的手段言行逗樂（甚至不著痕跡勸諫）君主的人物，中國古代也有很多類似的例子，如《史記》〈滑稽列傳〉中的淳于髡等人；英文稱之為fool，也就是愚人、笨蛋的意思，因此這裡弄臣以為國王在叫他。

會把他變成什麼樣的人』。他就站在這裡，年輕、強壯、懂得動腦筋，雖然他生錯了床，但他身上流的王室血液完全不比你少。所以你會把他變成什麼？工具？武器？同志？敵人？還是你會把他就這麼放著，等別人利用他來對付你？」

帝尊瞇眼看我，然後眼神瞥過我，發現廳裡沒有別人，於是困惑的眼神又轉回我身上。我腳邊有隻幼犬哀鳴一聲，提醒我說我們剛才分東西吃到一半，我警告牠，要牠安靜。

「這個雜種？他只是個小孩啊！」

老國王嘆口氣。「今天是。今天早上、此時此刻，他還是小孩，等你下次一轉身，他就已經變成少年，甚至更糟的是變成成年男人，到時候你再想拿他來做什麼就來不及了。但是，帝尊，如果你現在把他拿來加以塑造，等到十年以後，他就會對你忠心耿耿。他不會是滿心怨懟的、可能被人煽動覬覦王位的私生子，而會是忠實的追隨者，在血緣上和精神上都與王室家族團結在一起。私生子是一種獨一無二的東西，帝尊。如果你給他戴上家徽戒指，把他派出去，他就成了沒有任何外國君王敢拒絕的外交使節；有些地方你不敢把王子送去冒險，但是可以安心派他去。想想看，一個既是、又不是王室血親的人可以有多少用途。交換人質？聯姻和親？私下進行的工作？用刀進行的外交？」

國王最後的幾個字讓帝尊睜大了眼睛。一陣停頓，我們都在沉默中呼吸，注視著彼此。帝尊開口，聲音聽起來像是喉嚨裡卡了塊乾麵包。「你當著這個小孩的面講這些事，說要拿他當工具、當武器，你以爲他長大之後不會記得你這些話嗎？」

黠謀國王大笑，笑聲在大廳的石壁間迴盪。「記得？他當然會記得，這點我確定得很。帝尊，你看看他的眼睛，那雙眼睛裡有聰明才智，可能還有精技的潛力。我要是對他說謊就太笨了，而我要是毫無解釋就開始訓練、教育他，那就更笨了，因爲那樣他的腦袋就會等著其他的種子來生根發芽。你說對不對，小子？」

他穩穩注視著我，我突然醒悟到自己也正在回看著他。在他講那整段話的時候，我們都牢牢看著對方、讀著對方。這個身爲我祖父的男人眼裡有著誠實，一種無情的、硬邦邦的誠實，其中沒有安慰，但我知道我可以確定它永遠會存在那裡。我緩緩點頭。

「過來這裡。」

我慢慢走向他。當我走到他身旁時，他單膝跪下來，與我視線同高。弄臣嚴肅地跪在我們旁邊，認眞地看看我的臉、又看看他的臉。帝尊低頭對我們三人怒目而視。老國王對他的私生子孫兒下跪，當時我根本沒想到這場面的反諷之處，只是嚴肅地任他拿走我手裡的醋栗塔，丟給跟在我身後的那幾隻幼犬。他拿下扣在頸間絲巾上的胸針，輕輕別在我簡樸的羊毛襯衫上。

「現在你是我的人了。」他說，這番將我收歸己有的宣言的重要性超過我們共同的血緣。「你不需要吃別人的剩菜。我會照顧你，照顧得好好的。如果有任何人表示要給你更多、更好的東西，要你反過來對付我，那麼你就來告訴我他們要給你什麼，我會給你一樣多、一樣好的東西。你永遠不會覺得我小氣，也不可能用『沒有受到善待』當作反過來對付我的理由。你相信我嗎，小子？」

我點頭，這種啞然的方式依然是我的習慣，但他目光堅穩的棕色眼睛要求得更多。

「是的，陛下。」我開口。

「很好。我會下達一些關於你的命令，你要遵守。如果有哪項命令讓你覺得奇怪，就告訴博瑞屈，或者來告訴我。你只要到我的房門口，拿出那個胸針，他們就會讓你進來。」

我低頭瞥了胸針一眼，一顆紅色寶石在銀飾間閃爍。「是的，陛下。」我再度努力開口。

「啊！」他輕聲說，我在他的聲音裡聽見一抹遺憾，納悶那是爲什麼。他的眼神放開了我，我突然重新意識到自己身在何處，意識到幼犬和大廳，意識到帝尊臉上更添厭惡之情地看著我，意識到弄臣不明所以地熱切點著頭。然後國王站起來，轉身走開，我全身一陣冷，彷彿突然脫下一件斗篷。這是我第一次在一個主人手下體驗到精技的滋味。

「你不贊成對不對，帝尊？」國王的語氣很家常隨意。

「吾王可以隨他的心意行事。」帝尊滿臉不高興的樣子。

黠謀國王嘆口氣。「我問的不是這個。」

「我母后當然不會贊成的。對這個小孩施恩只會讓人覺得你承認了他，這會讓她、還有別人開始胡思亂想。」

「呵！」國王吃吃輕笑，彷彿覺得這話很有意思。

帝尊立刻激動起來。「我母后不會同意的，也不會高興。我母后——」

「她已經不同意我、也不高興我很多年。現在我對這一點幾乎沒感覺了，帝尊。她會嘮嘮叨叨、拚命抗議，然後再一次告訴我說她要回法洛去當女公爵，之後讓你繼位當公爵。而且，如果她非常生氣，她還會威脅我說，等她回去之後，法洛和提爾司都會起來叛變，另外組成一個王國，由她來當女王。」

「之後讓我繼位當國王！」帝尊叛逆地加上一句。

黠謀自顧自點點頭。「我果然沒猜錯，她的確在你腦袋裡灌輸了這種遺毒很深的叛亂思想。聽著，小子。她可能會罵罵人、朝僕人摔摔鍋碗瓢盆，但除此之外她絕對不會多做什麼，因爲她知道，當一個和平王國的王后比當一個叛變大公國的女爵要好，而且法洛完全沒有理由要背叛我，除了她自己腦袋裡發明出來的那些理由之外。她的野心向來都大過她的能耐。」他頓了頓，直視帝尊。「對王室之人而言，這是非常糟糕的缺點。」

帝尊盯著地板，我可以感覺到他壓抑的一波波憤怒。

「走吧！」國王說。帝尊像獵犬一樣乖乖跟在後面，但他走前瞥向我的那一眼充滿了怨毒之色。

我站在那裡看著老國王離開大廳，感覺到一股由此而來的失落。這個人眞奇怪。儘管我是私生子，但他還是可以以我的祖父自居啊！這樣只要他開口，我就會願意對他效忠，可是他卻選擇用物質來收買我的忠誠。蒼白的弄臣走到門口時停了一下，回頭看我一眼，用那雙瘦窄的手做了個難以理解的手勢，意思也許是侮辱，也許是祝福，或者就只是愚人隨便亂揮手而已。然後他微笑，對我吐舌頭，接著轉過身去匆匆跟上國王。

雖然國王已經做出承諾，但我還是把甜食糕餅塞滿了衣襟，在馬廄後面的遮蔭處跟那些幼犬全都分著吃光了。我們不習慣吃這麼大一頓早餐，之後好幾個小時我的胃都發出不舒服的咕嚕聲。幼犬擠在一起睡著了，但我的情緒在懼怕和期待之間擺盪，我多麼希望不會發生任何事，多麼希望國王會忘記他對我說的話。但是他沒有忘。

當天晚上相當晚的時候，我終於拾級而上，走進博瑞屈的房間。一整天我都在想早上的那些話對我可能意味著什麼，但這是多此一舉。因爲我一進房間，博瑞屈就放下他正在修補的馬具，把全副注意力都轉到我身上。他沉默地盯著我思索了一陣子，我也迎視他的眼神。有些東西已經變了，我感到畏懼。打從博瑞屈把大鼻子弄走以來，我就一直相信他對我也同樣掌有生殺大權，相信他要除掉一個小鬼頭就跟除掉一隻小狗一樣容易。這並不妨礙我對他產生親近的感覺，人不見得要愛才會感到依賴。這種可以倚靠博瑞屈的感覺，是我生活中唯一眞正穩定的事物，而現在我感覺到連它也開始四分五裂了。

「所以，」他終於開口，他的語調讓這個詞帶著已成定局的意味。「所以，你就非得要跑到他面前去，是不是？就非得要讓別人注意到你不可。好吧！他已經決定要拿你怎麼辦了。」他嘆了口氣，那種沉默變了，短暫的片刻之間，我幾乎覺得他對我感到憐憫。但過了一會兒他又開口說話。

「我明天得替你挑一匹馬。他建議我挑一匹年輕的馬，建議我同時訓練你們兩個，但是我說服了他，說一開始最好先給你一匹年紀比較大、比較穩的馬。我跟他說，一次教一個。但我有我自己的理由，要讓你跟一匹比較……不那麼容易受影響的馬在一起。你要乖乖守規矩，如果你亂搞，我會知道的。你聽懂了嗎？」

我很快向他點點頭。

「回話，蜚滋。面對那些教師和師傅，你得開口說話才行。」

「是的，大人。」

非常典型的博瑞屈作風。要把一匹馬交到我手上是最令他擔憂的一點，處理完他自己擔心的事，其他部分他說起來就相當輕鬆了。

「從今以後，你天一亮就要起床，小子。早上你跟我上課，學照顧馬、駕馭馬，還要學怎麼樣好好用獵犬去打獵，讓牠們注意遵守你的命令。我要教你的是人類控制牲畜的方式。」他重重強調這最後一句，頓了頓確認我聽懂了。我心一沉，但還是點點頭，然後又趕快加上一句「是的，大人」。

「下午你跟他們上課，學使用武器之類的，最後八成還要學精技。冬天在屋裡上課，我想一定是學語言、符號、寫字、讀書、算數等等。還有歷史。我不知道你學這些要幹嘛，但是你得好好學，讓國王滿意，他可不是個可以隨便得罪的人，更不要說惹他生氣了。當然最明智的做法是根本不要讓他注意到你，不過我沒警告過你這一點，現在已經來不及了。」

他突然清清喉嚨，吸了口氣。「哦，還有一件事會改變。」他拿起先前在縫補的那片皮革，俯身繼續幹活，彷彿是在對他的手指頭說話。「從現在起你會有自己的房間了，在城堡樓上，王室成員都住在那裡。要不是你拖到這麼晚才回來，你現在就已經在那裡睡覺了。」

「什麼？我不明白。房間？」

「哦，所以你想說話的時候還是說得很溜嘛？你聽到我說的話了，小子。你會有自己的房間，在城堡樓上。」他頓了頓，然後乾脆地說，「我終於又有自己的隱私了。哦，對了，明天他們還要替你量身做衣服，還有靴子，不過我可不懂他們幹嘛要給還在長大的腳丫子套上靴子，實在沒道——」

「我不想住到城堡樓上的房間去。」雖然跟博瑞屈相處的生活是如此壓抑沉重，但我突然覺得這還是比未知要好得多。我想像一間又大又冷、石壁石地板的房間，陰影躲在角落裡。

「嗯，反正你還是得去。」博瑞屈不為所動地宣布。「而且你早就該去了。就算你不是光明正大生的，你總歸還是駿騎的種，把你像隻小流浪狗一樣放在馬廄裡，唔，實在不像樣。」

「我不介意。」我絕望地冒險說道。

博瑞屈抬起頭，用嚴厲的眼神看著我。「喲，你今天晚上還眞有談興，是吧？」

我低頭不看他。「你就住在這裡，」我賭氣指出，「你也不是小流浪狗啊！」

「我也不是王子的私生子。」他簡潔地說。「從今以後你就住在城堡裡，蜚滋，就是這樣。」

我壯起膽子看向他，他又低下頭對著自己的手說話了。

「我寧願自己是小流浪狗。」我大著膽子說，滿心的恐懼讓我聲音都變了，我又加上一句，「你不會讓他們對小流浪狗這麼做的，一下子改變牠所有的一切。他們把那隻獵犬寶寶送給古林斯比爵士的時候，你還把你的舊襯衫跟牠一起送去，讓牠有個聞起來像家的地方，可以慢慢適應新環境。」

「唔，」他說，「我沒有……過來這裡，蜚滋。過來，小子。」

我像小狗般走過去，走向我唯一的主人，他在我背上輕拍一下揉揉我的頭髮，就像我是頭獵犬般。

「好啦，別害怕，沒什麼好怕的。再說，」他說，我聽出他的語氣有所軟化，「他們只是告訴我們說你會在城堡樓上有自己的房間，沒有人說你每天晚上都要睡在那裡啊！如果哪天晚上你覺得那裡太安靜，還是可以下來這裡嘛，蜚滋，嗯？這樣可以吧？」

「我想是吧！」我咕噥著說。

接下來兩個星期，變化來得既快且猛。天一亮博瑞屈就叫醒我，把我又刷又洗，我頭髮披散在眼睛上的部分被剪短，其餘部分則綁成辮子垂在背後，就像堡裡其他成年男子那樣。他叫我穿上我最好的衣服，結果發現衣服穿在我身上已經變得太小，他嘖了一聲，聳聳肩說就先湊合著穿吧！

接著我們到馬廄去，他把那匹已經分配給我的牝馬指給我看。那匹馬的毛皮是灰色略帶一些斑點，鬃毛、尾巴、鼻子和腿的下半部則是黑色，好像沾了煤灰一樣，所以牠的名字就叫「煤灰」。這是一匹溫馴的馬，體型優美，受到很好的照料，很難找到比牠更不具挑戰性的坐騎了。我本來還孩子氣地希望至少能騎到一匹精神抖擻的閹馬，但是得到的卻是煤灰。我試著隱藏失望之情，但博瑞屈一定是感覺到了。「你覺得牠不怎麼樣，是吧？唔，蜚滋，你昨天是有多少匹馬啊，讓你現在對煤灰這麼一匹乖巧健康的馬不屑一顧？你對牠要溫和一點，牠現在懷了小馬，是克己爵士那匹脾氣壞得很的棗紅色種馬的種。之前柯布一直在訓練牠，想把牠訓練成追獵用的馬，不過我決定牠比較適合給你騎。他有點不高興，但我答應他把煤灰生出來的小馬交給他從頭訓練起。」

博瑞屈給我準備了一個舊馬鞍，堅決表示不管國王怎麼說，我得先表現出像樣的騎術，他才會讓人給我做個新馬鞍。煤灰步伐平穩，敏捷回應韁繩和我膝蓋的動作，柯布把牠訓練得好極了。牠的性情和思緒讓我想到安靜的池塘。就算牠正在想事情，想的也不是我們正在做的事，但博瑞屈非常仔細地監視著我，我不敢冒險試圖瞭解牠的思緒，於是我盲目地騎著牠，只能用我的膝蓋、用轠繩、用重心的轉移來跟牠交談。這番努力很耗體力，讓我早在這第一堂課還沒結束之前就筋疲力盡，博瑞屈也知道，但他並沒有因此允許我早退。我依然得給牠梳洗、餵食，然後清理我的馬鞍和馬具，直到牠的鬃毛梳理得毫無糾結，馬鞍的舊皮革被油擦得發亮，我才得以離開，自己到廚房去吃飯。

但當我拔腿要朝廚房後門衝去的時候，博瑞屈一手按在我肩上。

「你不能再去那裡吃了，」他告訴我，語調堅定。「那裡只適合守衛、園丁之類的人去。貴族和他們的貼身僕人是在另一個廳裡用餐，從今以後你就要到那裡去吃飯。」

說著，他把我連推帶搡地弄進一間光線微弱的房間，房裡有一條長桌，另外在房間前端還有另一張更高的桌子。桌上擺滿了各式食物，用餐者的進度也各自不一，因爲當國王、王后、王子像今天這樣都不在的時候，坐高桌的人就不管正經八百的那一套了。

博瑞屈把我輕推到桌子左側的一個座位上，這位子大概在長桌中間略偏前段的部分，但也沒有太前面。他自己也在同一側坐下，但是位置比較低。我飢腸轆轆，而且也沒什麼人死盯著我看到讓我緊張的地步，於是我很快就吃掉了分量相當多的一餐。從廚房直接偷出來的食物比較熱、比較新鮮，但這種事情對發育中的男孩並不重要，我餓了一個早上，因此胃口非常好。

塡飽了肚子，我正想著某一片堤岸旁的沙地，那裡被午後的太陽曬得暖暖的，有很多兔子洞，是小獵犬和我常去消磨昏昏欲睡下午時光的地方。我起身準備離桌，但背後立刻有個男孩走過來說，「少爺？」

我環顧四周看他在跟誰說話，但其他人都正忙著吃飯。這男孩比我高、比我大好幾歲，於是我驚詫地抬頭盯著他看，他直視我的眼睛，又問，「少爺？你吃完了嗎？」

我點點頭，驚訝得說不出話來。

「那麼請你跟我來。是浩得派我來的，你今天下午要在操練場學習使用武器。我是說，如果博瑞屈已經幫你上完課的話。」

博瑞屈突然出現在我身旁，單膝跪地，令我大吃一驚。他一邊說話，一邊把我的上衣拉直、頭髮撫平理順。

「我跟他暫時是上完課了。哪，別一副這麼吃驚的樣子，蜚滋，你以爲國王會說話不算話嗎？把你的嘴巴擦乾淨，快去吧！浩得比我還嚴格，武器操練場上可不容許遲到，快跟布蘭特去吧！」

我乖乖照做，心直往下沉。我跟在那男孩身後走出餐廳，試著想像一個比博瑞屈更嚴格的師傅。那是件非常可怕的事情。

一走到餐廳外，男孩畢恭畢敬的態度立刻消失。「你叫什麼名字？」他質問著，帶我沿著碎石小徑往武器室和操練場走去。

我聳聳肩，假裝突然對小徑兩旁的灌木很感興趣。

布蘭特心知肚明地哼了一聲。「喂，他們總要叫你什麼吧！那個老瘸腿博瑞屈是怎麼叫你的？」

這男孩對博瑞屈明顯的輕蔑讓我吃驚，我脫口而出，「蜚滋。他叫我蜚滋。」

「蜚滋？」他竊笑。「是啊，他是會這麼叫沒錯。那個老傢伙說話倒是直得很。」

「他的腿是被野豬弄傷的。」我解釋。這男孩的口氣好像博瑞屈的跛腿是他爲了出風頭而做的蠢事。不知怎麼地，他嘲弄的口吻讓我覺得被刺傷。

「我知道！」他不屑地哼了一聲。「他腿上那傷口深得都見骨了。那頭長著獠牙的大野豬差點就撲倒駿騎老兄，但是被博瑞屈擋住了。結果博瑞屈和六頭獵犬都倒了楣，我聽說。」我們穿過一堵爬滿常春藤的牆上的門洞，操練場突然開展在我們面前。「駿騎走過去的時候還以爲那豬已經快死了，他只要再補刺牠一下就好，結果牠猛跳起來朝他衝過去，而且把王子的長矛都撞斷了，我聽說。」

我一直緊跟著這個年紀比我大的男孩，聚精會神聽著他的每一字每一句，這時他突然轉身衝著我來。我嚇了一跳，差點摔倒，跌跌撞撞往後退。男孩嘲笑著我。「我看那年一定是博瑞屈代替駿騎倒楣的一年吧，嗯？我聽別人都這麼說，說博瑞屈用自己的瘸腿換駿騎逃過一死，又把駿騎的私生子拿來變成自己的寵兒。我倒想知道，你怎麼突然就可以接受武器訓練了？沒錯，他們還給了你一匹馬，我聽說？」

他的聲調裡除了嫉妒還有別的東西。如今我已經知道，有很多人總是把別人的好運當成是自己吃虧。我感覺到他的敵意逐漸升高，彷彿我擅自闖進了一隻狗的地盤，但如果對方是狗，我就可以跟牠思緒相接，向牠保證我沒有惡意，但布蘭特身上卻只有那股敵意，像風暴逐漸集結。我心想，不知他是不是要動手打我，也不知他預期我會回手還是逃跑。我幾乎已經決定要跑了，這時一個穿著一身灰的胖子出現在布蘭特身後，一手緊緊抓住他的後頸。

「我聽說國王下令要讓他接受訓練，是的，還有給他一匹馬讓他練習騎術。對我來說這理由就夠了，對你來說也應該夠了，布蘭特。而且我聽說你是被派去把他找來這裡，然後就該去向特勒姆師傅報到，他有差事要叫你做。你聽說的不是這樣嗎？」

「是的，女士。」布蘭特的狠勁突然沒了，只一個勁的點頭。

「你『聽說』了這麼多大八卦，我倒要提醒你，智者是不會把自己知道的事全都說出來的，還有，到處傳故事的人腦袋裡是空空如也。你聽懂了嗎，布蘭特？」

「我想是的，女士。」

「你想是的？那我就講得更明白一點。不要再到處多管閒事亂嚼舌根了，把你該做的事情做好。給我勤快點、甘願點，說不定哪天別人也會說你是我的『寵兒』。我可是可以讓你忙得沒時間講閒話的。」

「是的，女士。」

「你，小子。」她突然轉向我，這時布蘭特已經沿著小徑匆匆跑走了。「跟我來。」

這老女人沒有停下來看我有沒有照做，只是逕自大踏著步伐穿過開闊的操練場，我要小跑步才跟得上。操練場緊實的土地被曬烤得硬邦邦的，烈日灼燒著我肩膀，我幾乎立刻就開始流汗。但這女人走得這麼快，卻似乎絲毫沒有不適。

她全身上下都是灰色：深灰長罩衫、淺灰緊身褲，還有一件將近及膝的灰色皮圍裙。我猜她是某種園丁之類的，不過她腳上穿的灰色軟靴讓我覺得納悶。

「他們找我來上課……跟浩得上課。」我氣喘吁吁地說。

她冷淡簡短地點點頭。我們走到武器室的陰影中，脫離露天操練場上的亮晃晃陽光，我緊瞇的眼睛感激地睜開來。

「我要上的是武器課。」我告訴她，以防她聽錯了我先前的話。

她再次點點頭，推開門，這座有點像穀倉的建築是間武器室，我知道這裡放的是練習用的武器，精良的鋼鐵武器是收在城堡裡的。武器室裡光線溫和，略微涼爽，還有木頭、汗水，和剛鋪上的新鮮蘆葦的味道。她腳步毫無遲疑，我跟著她走到一座架子旁，上面架著一根根削了皮的棍棒。

「挑一根。」她告訴我。從她叫我跟她走以後，這是她第一次對我說話。

「我是不是應該先等浩得來？」我怯怯地問。

「我就是浩得。」她不耐煩地回答。「現在你挑一根木杖，小子。在其他人到之前，我要先跟你一對一，看看你的資質、看看你知道多少。」

她沒花多少時間就搞清楚我幾乎什麼都不知道，而且很容易畏縮。她用自己手上的棕色棍棒只消幾下敲擊閃避，就扣住我的棍子，把它從我震得發麻的手中甩出去。

「嗨——」她說，聲調不嚴苛也不慈祥，就像園丁看到一顆用來當種子的馬鈴薯上稍有病蟲害時可能發出的聲音。我朝她探尋過去，在她身上發現跟那匹牝馬一樣的安靜之感，一點也不像博瑞屈那樣防著我。我想那是我第一次意識到，有些人是完全不會感覺到我向他們伸出觸角的，有些動物也是。我其實可以更進一步往她腦海探尋進去，但發現她對我絲毫沒有敵意已經讓我鬆了好大一口氣。於是我乖乖站著不敢輕舉妄動，任由她檢視。

「小子，你叫什麼名字？」她突然質問。

又來了。「蜚滋。」

我的輕聲回答讓她皺起了眉頭，於是我挺直身體，把聲音放大一點。「博瑞屈叫我蜚滋。」

她稍微瑟縮了一下。「這的確是他的作風。見到母狗就叫母狗，見到雜種就叫雜種，博瑞屈就是這種人。嗯……我想我看得出他的理由。你是蜚滋，我也就叫你蜚滋。好，現在我要讓你知道爲什麼你選的那根棍棒對你來說太長、太粗。然後你再重選一根。」

她解釋完，我選了另一根棍子，然後她慢慢引導我進行一段練習，這段練習當時看來複雜得無以復加，但不到一個星期就變得非常簡單，就像把我那匹馬的鬃毛編成辮子一樣簡單。我們剛結束這段練習，她的其他學生就一湧而入，共有四個人，都跟我年紀相差不到一兩歲，但都比我有經驗得多。情況頗爲尷尬，因爲這下子學生的人數變成單數，沒有人想跟新來的對打練習。

我不知怎麼熬過那一天，不過到底是怎麼熬過的，現在我很幸運地已經一片模糊想不起來了。我記得她終於放我們走的時候，我已經全身痠痛，別人沿著小徑衝回城堡，我則悶悶不樂地一個人走在後面，咒罵自己幹嘛要惹國王注意。走了很久的上坡路才走到堡內，餐廳裡又擠又吵，我累得沒什麼胃口，我想我只吃了肉湯和麵包。我離桌一拐一拐走向門口，一心只想著溫暖又安靜的馬廄，這時布蘭特又攔住了我。

「你的房間準備好了。」他只說了這麼一句。

我絕望焦急地看向博瑞屈，但他正在跟旁邊的人說話，完全沒注意到我哀懇的眼神。因此我再度跟在布蘭特身後，這次是走上一道寬敞的石階，走進堡內我從來沒探索過的部分。

我們在一處樓梯間平臺停步，他拿起那裡桌上的一座分枝燭臺，點燃插在上面的幾根蠟燭。「國王一家人就住在這一廂。」他若無其事地告訴我。「國王的臥室就在這條通道底，跟馬廄一樣大。」我點頭，盲目相信他告訴我的話，後來才發現像布蘭特這種跑腿小廝根本不可能進入王室成員住的廂房，要更重要的僕役才進得去。他帶我往上又走了一層，再度停步。「客房在這裡。」他說著用燭臺比了比，火光隨著他的動作流動。「當然是重要的訪客才有得住。」

我們又往上爬了一層，樓梯比前兩層明顯窄了許多。我們在接下來的樓梯間平臺再度停下腳步，我惶惶然看著往上愈來愈窄、愈來愈陡的樓梯。但布蘭特沒有帶我繼續往上走，而是沿著這一廂前行，經過三扇門，然後他拉開一扇木門的門閂，用肩膀頂開門。這扇門感覺很沉重且開啟得不甚順暢。「這房間好一陣子沒用了。」他高高興興地指出。「但現在這就是你的房間了，歡迎你來住。」他說著把燭臺放在一口箱子上，然後就關上沉重的門離開，留下我一個人在一間半明半暗的陌生大房間裡。

我不知怎麼地克制住自己，沒有跟在他後面跑出去，也沒有開門，而是拿起燭臺點燃牆上的燭臺。

多了兩組燭光，陰影縮回角落裡。壁爐裡有一堆小得可憐的火，我翻動它一陣，主要是希望多點火光而非爲了取暖，然後開始探索起我的新房間。

這是間簡單的方形房間，有一扇窗子。牆壁和我腳下的地面用的是相同的石材，只有一面牆上掛著織錦掛毯，讓石壁看起來比較柔和一點。我高舉蠟燭想仔細看看它，但照不見太多東西，只看得出畫面上有一隻閃閃發光、長著翅膀的生物，還有一個看起來像國王的人在牠面前懇求著。後來別人告訴我，這掛毯描繪的是睿智國王與「古靈」爲友的情景，不過當時我只覺得它看來十分不祥不善，於是轉身走開。

這房間有人敷衍打掃過一番，地上鋪散著乾淨的蘆葦和芳香藥草，平整的羽毛床看起來剛拍打過，床上放著兩條毯子，是高級的羊毛。圍著床的簾幕已經拉開，箱子和凳子也都撢過灰，這些就是房裡僅有的家具。但是，一張不但鋪著床單還掛有簾幕的眞正的床、一張附有椅墊的凳子、再加上一口可以放東西的箱子，我從來不曾獨自享有過這麼多家具，而且還是我一個人專用的，這使它們看起來更大了。此外還有壁爐，我大膽地往裡面又添了一塊柴薪；還有窗子，前面放著一張橡木椅，此刻窗扇緊閉擋住夜風，但外面看出去八成就是海。

箱子的樣式很簡單，四角鑲有黃銅，外表顏色深暗，但打開後裡面是淺色的，還有木頭的清香。箱裡有我寥寥可數的幾件衣服，是從馬廄那裡拿過來的，另外還加了兩件睡衣，和一條捲起來放在角落的毛毯，除此之外別無他物。我拿出一件睡衣，關上箱子。

我把睡衣放在床上，然後自己也爬上床。現在要睡覺還嫌太早，但我全身痠痛，而且似乎也沒別的事情可做。此刻博瑞屈一定已經坐在下面的馬廄房間裡，邊喝酒邊修理馬具什麼的，爐子裡會生著一堆火，還有馬匹動來動去的聲音隱約從樓下的廄房傳來，房間裡會充滿皮革、油，以及博瑞屈的味道，而不是潮濕的岩石和灰塵味。我套上睡衣，把衣服踢到床腳，安穩地躺在羽毛床上；床褥涼涼的，我皮膚緊繃著冒出雞皮疙瘩。我的體溫讓床慢慢暖起來，我也逐漸放鬆。這一天緊湊又艱苦，我全身上下每一塊肌肉似乎都又痛又累，我知道我應該先下床熄滅蠟燭，但實在沒有那個力氣爬起來，也沒有那個意志力去吹熄蠟燭，讓房裡陷入更深的黑暗。於是我昏沉沉打著盹，半睜半閉的眼睛看著壁爐裡那堆勉強掙扎的小火。我多希望自己身在別的處境，而不是這間被人遺忘的房間，也不是博瑞屈那充滿緊繃感的房間，我想要的是一種安寧平靜，或許我一度曾在某處得到過這種感覺，卻已不復記憶。我就這麼昏沉沉睡著了。

4

學徒生涯

征服日後變成法洛大公國的那片內陸地區的，是凱旋國王。關於他有一個故事。他剛把沙緣納入自己的統治下沒多久，就派人去把那個原先——要不是凱旋征服了她的國土的話——會成為沙緣女王的女人找來。她驚恐不安地前往公鹿堡，滿心畏懼很不想去，但又怕如果請求人民把她藏起來的話，她的子民會承受更可怕的後果。抵達之後，她既驚詫又有點懊惱地發現凱旋並不打算把她當成女僕，而是要她教導他的子女，讓他們學習她國家的語言和習俗。她問他為什麼選擇讓子女學習她國家的風俗，他回答，「統治者必須與所有子民同在，因為人只能統治自己所知道的東西。」後來，她心甘情願地嫁給他的長子，得到了雅範王后的封號。

我醒來，陽光照在我臉上。有人進過我房間，打開窗扇迎接白晝，還在箱子上放了臉盆、毛巾和一壺水。這些東西令我感激，但即使是洗了臉我也沒有比較神清氣爽。這一覺睡得我迷糊遲鈍，想到別人可以進我房間、隨意走動卻不會吵醒我，讓我覺得頗不自在。

我猜得沒錯，窗外就是海景，但我沒時間仔細欣賞。我瞥一眼太陽就知道自己睡過頭了，於是連忙穿上衣服匆匆下樓到馬廄去，沒有停下來吃早餐。

但博瑞屈那天早上沒什麼時間給我上課。「你回城堡裡去，」他建議我。「急驚風師傅已經派布蘭特到這裡來找過你了，她要給你量身做衣服。你最好趕快找到她，她可是人如其名，如果你打亂了她一整個早上的安排，她是會不高興的。」

我小跑回城堡，前一天渾身的痠痛全都回來了。雖然我很怕找到這位急驚風師傅讓她幫我量身做一些我確信我一點都不需要的衣服，但是今天早上不用騎馬也確實讓我鬆了一口氣。

我從廚房一路問人，終於在跟我臥房隔幾扇門的一間房間裡找到了急驚風師傅。我膽怯地停在門口往裡面探頭探腦，看見三扇長窗讓房內充滿陽光和鹹鹹的微風，一側牆邊放著一籃籃線團和染色羊毛，另一側牆邊的高架上擺滿了彩虹般色彩繽紛的布匹。兩名年輕女子隔著織布機交談，遠端角落有一個不比我大幾歲的男孩，正隨著紡輪不疾不徐轉動的節奏搖晃。毫無疑問，背對著我、身形寬闊的那個女人就是急驚風師傅。

兩個年輕女子注意到我，談話中斷。急驚風師傅轉過身來看她們盯著什麼瞧，片刻之間我已經落入她的手裡。她沒有浪費時間自我介紹或問我叫什麼，也沒有解釋她要幹什麼。我發現自己站在圓凳上，被人忙著翻來轉去、量這裡量那裡，他們不管我會不會覺得窘，甚至好像根本沒把我當人看。她對年輕女子說話，把我身上的衣服批評得一文不值，非常平靜地說我讓她想起駿騎小時候的樣子，說我的身材和膚色等等都跟他在我這個年紀的時候很像。然後她拿起各式布匹在我身上比，要求她們發表意見。

「那一塊。」其中一個織布的年輕女子說。「那種藍很配他的深色皮膚，要是穿在他父親身上也很合適。還好耐辛永遠不用見到這個男孩，他活脫就是駿騎的翻版，她要是看到他一定會自尊心完全掃地的。」

我披掛著各式羊毛料站在那裡，第一次聽到公鹿堡裡其他每個人都一清二楚的事。織布女子詳細討論著當初我的存在是如何傳到公鹿堡，早在我父親能親自告訴耐辛之前，耐辛就已經知道了這件事，並因此痛苦不堪。因爲耐辛不孕，雖然駿騎沒說過她半句壞話，但所有人都猜想到身爲王儲的他沒有子嗣來繼承頭銜是多難受的事。耐辛把我的存在視爲對她的極致責難，流產過許多次的她健康狀況本來就不佳，這下子更是身體和精神都徹底瓦解。駿騎放棄王位除了是要端正視聽，也是爲了病弱的妻子著想，把她帶回她出身的溫暖和緩地區去。聽說他們在那裡的生活優裕舒適，耐辛的健康慢慢有了起色，而比以前沉靜許多的駿騎正在逐漸學習管理他那些遍布葡萄園的山谷。可惜耐辛把駿騎一時有失檢點的行爲也怪在博瑞屈頭上，還說她無法忍受再看到他，可憐的老博瑞屈傷了腿又被駿騎拋下，早已不如過去的意氣風發了。以前的他可是會讓堡裡每個女人經過時都放慢腳步的，如果妳吸引了他的目光，幾乎每個到了可以穿裙子的年紀的女性都會對妳又羨又妒。現在呢？大家都叫他老博瑞屈，可是他明明還是壯年，而且他受到太不公平的對待了，有哪個僕人對主子做的事能插上嘴的？不過，她們想，到頭來這一切的結果倒還是不錯的，再說惟真當王儲不是比駿騎好得多嗎？駿騎太正直高貴了，讓所有人在他面前都自慚形穢；他修身律己不肯有半點放鬆，雖然他充滿寬大爲懷的騎士精神，不會鄙夷譏嘲其他自律不嚴的人，但人們總覺得他完美的舉止像是在沉默地責備其他人。啊，不過後來冒出了這個私生子，嗯，這可證明他並不是他這麼多年來假裝的那種完人。至於惟真嘛，他可是男人中的男人，一個讓人們可以把他當成國王來看的國王。他四處騎馬奔馳，跟手下並肩作戰，就算他偶爾會喝醉酒或者行事有欠愼重，唔，至少他敢作敢當，就像他的名字一樣誠實。這樣的男人，人們能夠瞭解、也願意服從。

這一切我都沉默但貪婪地全聽了進去，任她們拿起一樣又一樣的布料往我身上比，邊爭論邊選擇該用哪塊布。這下子我更明白為什麼堡裡的小孩都不跟我玩了。就算這些女人覺得我聽到她們對話可能會產生某些想法或情緒，她們也沒表現出任何跡象。我記得急驚風師傅唯一對我說的話是叫我洗脖子時要仔細一點。之後急驚風師傅就把我趕出房外，彷彿我是隻煩人的雞，我也終於能到廚房去吃點東西了。

那天下午我繼續去上浩得的課，一直練習到我手都快舉不起來，手中的杖簡直像是神祕地足足增加了一倍的重量。然後是吃飯、睡覺，第二天早上起床繼續去上博瑞屈的課。學習占據了我所有的時間，就算有丁點餘暇也都得做跟我上課有關的差事，不是替博瑞屈照料牲畜，就是替浩得打掃整理武器室。不久後的某天下午，我發現有人在我床上放了整整三套衣物，連長襪都包括在內。其中兩套相當普通，跟我年紀差不多的小孩大部分似乎都穿著那種熟悉的棕色，但第三套則是用藍色的薄布料做成，胸口用銀線繡了一隻公鹿的頭。博瑞屈和其他兵士身上的標誌是一隻飛躍的公鹿，公鹿頭我只有在帝尊和惟眞穿的衣服上見過，因此我詫異地看著它，同時也納悶那道斜斜劃過整個鹿頭圖案的紅色縫線。

「這表示你是私生子。」我問博瑞屈這件事時，他老實不客氣地告訴我。「你身上流著受到承認的王室血液，但依舊是私生子。就這樣。這只是一種能迅速顯示出你是王室血脈、卻又不是合法繼承人的方式。如果你不喜歡，也可以改變它，我相信國王一定會答應讓你擁有自己的名字和紋飾。」

「名字？」

「當然，這是很單純的要求。私生子在貴族家庭裡很少見，尤其在國王自己家更少見，但並不是從來沒有過。」他以教我妥善保養馬鞍為由，我們在馬具間裡走來走去，檢視所有舊的和沒用過的馬具。維護及挽救舊馬具是博瑞屈古怪的癖好之一。「你給自己想個名字、設計個紋飾，然後向國王——」

「什麼名字？」

「咦，你想取什麼名字就取什麼名字啊！這一套馬具看起來是毀了，有人沒把它擦乾就收起來，上面長霉了。不過我們看看能不能稍微挽救它一下。」

「那樣感覺起來不眞實。」

「什麼？」他把一堆臭烘烘的皮革朝我遞過來，我接下。

「如果我自己給自己取名字，感覺起來就不像是我眞正的名字。」

「唔，不然你打算怎麼樣？」

我吸了口氣。「國王應該爲我命名。或者你。」我硬著頭皮繼續說，「或者我父親。你不認爲應該這樣嗎？」

博瑞屈皺起眉頭。「你的想法眞是怪。這件事你先自己想一想吧，你會想到適合的名字的。」

「蜚滋。」我語帶諷刺地說，看見博瑞屈一咬牙。

「我們把這些皮革修理一下吧！」他靜靜地建議。

我們把皮革拿到他的作業臺上，開始動手擦拭。「私生子也不是那麼少見，」我提出。「而且城裡的私生子都有父母取的名字。」

「在城裡私生子是沒那麼少見。」過了一會兒博瑞屈表示同意。「士兵和水手會到處嫖妓，一般人都是這樣，但是王室不一樣，任何有半點自尊心的人也不會這樣。要是在你更小的時候，我夜裡跑出去嫖妓，或者把女人帶回房間裡來，當時你會怎麼看我？現在你又會怎麼看女人？怎麼看男人？談戀愛沒關係，蜚滋，也沒人不許年輕人親個嘴什麼的，但是我見過繽城那裡的情形，商人把漂亮女孩或結實小伙子帶到市場裡，好像他們是雞或者馬鈴薯。那些人生的孩子或許有名字，但是除了名字之外幾乎什麼都沒有；就算結婚，他們也不會停止原來的……習慣。如果我有一天找到了適合的女人，我要讓她知道我不會再去找別人，也要知道我的孩子都確實是我的。」博瑞屈幾乎慷慨激昂起來。

我沮喪地看著他。「那我父親是怎麼回事？」

他突然看起來很疲倦。「我不知道，小子。我不知道。那時候他還年輕，才二十歲左右，而且離家很遠，努力要扛起沉重的擔子。這些都不是理由、也不是藉口，不過你和我也就只能知道這麼多了。」

就這樣。

我的生活依照例行公事進行，晚上有時候跟博瑞屈一起待在馬廄裡，偶爾有吟遊歌者或者木偶戲班子來的時候，也會去大廳看看表演，更偶爾會有某天晚上我可以溜到城裡去，但第二天就得為睡眠不足付出代價。下午我總是在跟這個老師或那個教練上課。我逐漸明白這些是夏季課程，到了冬天我就要開始上跟動筆寫字有關的課。在我到那時為止短短的人生裡，我從來沒這麼忙過，但儘管我的每一天都被塞得滿滿的，我發現大部分時間自己依然是孤單一人。

寂寞。

每個夜裡寂寞都找上我，任我徒勞無功地在那張大床上試著想找一個溫暖的小角落。以前我睡在馬廄上博瑞屈的房間裡，那些夜晚是模糊朦朧的，白天操勞了一天的牲畜在樓下睡覺、挪動、踢腿，那種暖和又疲倦的滿足充滿了我的夢境。馬和狗都會作夢，你只要看過獵犬隨著夢中的追逐而嗚叫、抽動就會清楚這一點。牠們的夢像是烘烤優質麵包時逐漸揚起的那種甜美氣味。但如今我孤身被房裡的石壁圍繞，終於有時間作那些吞噬你、使你疼痛的人類的夢。我身旁沒有溫暖的母獸可以倚靠，沒有手足或親戚睡在附近的廄房中，我只能無眠地躺在那裡想著我父親和我母親，不知他們兩人為什麼都能這麼輕易把我從他們的人生中抹去。我聽見別人當著我的面隨意交談，以自己的理解對那些話的內容做出可怕的詮釋。我想著，不知等我長大、等老黠謀國王死去之後，我的處境會變成什麼樣子。有時候我也會想，不知莫莉．小花臉和凱瑞是否想念我，還是他們把我的突然消失和突然出現都視為理所當然。但大部分時候還是寂寞最使我作痛，因爲在這整座大城堡中，沒有一個讓我感覺是我的朋友，能與我爲友的只有動物，但博瑞屈已經禁止我跟牠們親近了。

一天晚上，我疲倦地上了床，飽受自己各種恐懼的折磨，最後才勉強睡去。有光線照在我臉上驚醒了我，但我在醒過來的同時就知道有哪裡不對勁。我睡得不夠久，而且這光線是黃色的、搖曳的，不像慣常照進我窗戶的陽光那麼白亮。我不甘願地動了動，睜開眼睛。

他站在我床尾，手持油燈。油燈在公鹿堡很少用，但吸引我眼神的不只是奶油色的燈光而已，那男人本身就很奇怪。他身上穿的長袍是沒染過、有洗過的羊毛色，但洗的次數不多，也不是最近洗的；他不甚整潔的頭髮和鬍子也差不多是同樣的顏色，給人同樣的印象。雖然他頭髮是這種灰撲撲的顏色，我還是看不出他有多大年紀。有些痘症痊癒之後會在人臉上留下瘢痕，但我從沒見過像他這樣的大痲子，滿臉都是小小的痘疤，那憤怒的粉紅色和紅色像是小型燙傷，就算在油燈的黃色燈光下看來還是鮮明無比。他的雙手好像只有骨頭和肌腱，被薄紙般的白色皮膚包覆。他正看著我，就連在油燈光線中那雙眼睛依然是我見過最銳利的綠色，讓我想到正在狩獵的貓，那時的貓眼也是像這樣混合了歡快和凶猛。我把被子往上直拉到下巴。

「你醒了，」他說。「很好，起來跟我走。」

他突然轉身從我床旁走開，但沒走到門口，而是走到我房裡的一個角落，介於壁爐爐臺和牆壁之間。我沒動，他回頭瞥了我一眼，把燈舉高。「快點，小子。」他不耐煩地說，用手杖敲了床柱一下。

我下床，光腳踩在冰冷地板上時瑟縮了一下。我伸手想拿衣服和鞋子，但他不肯等我。他回頭瞥視一下看看我爲什麼沒有跟上，那銳利的眼神嚇得我丟下衣服發起抖來。

於是我穿著睡衣無言跟在他身後，沒有任何可以跟自己解釋的原因，只因爲他要我跟他走。我隨他穿過一扇從來不存在的門，走上一道盤旋向上的狹窄階梯，只有他高舉在頭上的油燈照明。他的影子落在他身後、落在我身上，因此我是走在游移的黑暗之中，每踏一步都要伸出腳試試。臺階是冰冷的岩石，飽經磨損，十分光滑，而且非常平坦。階梯一路往上、往上、再往上，我覺得我們爬的高度已經超過了堡內任何塔樓的高度。一陣凜冽的微風吹過臺階，吹進我的睡衣，但讓我打顫畏縮的不只是寒意而已。我們不停往上走，最後他終於推開一扇門，門雖沉重但開啓得無聲又順暢，我們進入了一間房間。

房裡有好幾盞油燈用細鍊子掛在視線所不能及的天花板上，發出溫暖的光線。房間很大，是我臥房的三倍有餘，其中一端在呼喚著我，因爲那裡擺了一張巨大顯眼的木製床架，鋪著厚厚的羽毛床墊和靠枕，地板上交疊著一張張地毯，有猩紅、有豔綠、有深藍也有淺藍，還有一張桌子，木材是野蜂蜜的顏色，桌上放了一籃熟得恰到好處的水果，我可以聞到那些水果的香味。房裡到處隨意散放著羊皮紙的書籍和卷軸，彷彿它們的稀有是不足掛齒的。三面牆上都掛滿織錦壁毯，描繪著高低起伏的開闊鄉野，遠處還有森林覆蓋的山麓。我舉步朝那裡走過去。

「往這邊。」我的嚮導說著，冷酷地帶我走向房間的另一端。

這裡的情景就大不相同了。一張石板大桌占據顯要位置，桌面滿是汙漬和灼痕，桌上有各式工具、容器和用品，有天平、有研缽與杵，還有許多我叫不出名字的東西。大部分東西上都覆蓋著薄薄一層灰，彷彿幾個月、甚至幾年前，這裡的事情進行到一半就突然被拋下了。桌子那頭有一層架子，凌亂堆放著許多卷軸，其中有些鑲滾著藍邊或金邊。房裡的氣味既是嗆鼻也是芬芳，另一層架子上有一捆捆正在晾乾的藥草。我聽見一聲窸窣，瞥見遠處角落有動靜，但男人沒給我仔細研究的時間。應該烘暖房間這一頭的壁爐張著冰冷的黑色大嘴，爐內的舊餘燼看來已經反潮沉澱。我把四處打量的眼神收回來，抬頭看著我的嚮導，我臉上的驚惶神色似乎讓他感到意外。他轉過身去，自己也打量起這間房，思考了一下，然後我感覺到他出現一種又尷尬又不高興的情緒。

「這裡很亂。我想不只是很亂。不過，嗯，我想也過了滿長一段時間了。而且不只是滿長一段。呃，很快就會整頓好的。不過應該先來做個介紹，而且我想你只穿睡衣站在這裡確實會有點涼颼颼。過來這裡，小子。」

我跟著他走到房間舒適的那端。他坐在一張鋪有毛毯的光禿禿木椅上，我的光腳感激地埋進一張羊毛地毯裡。我站在他面前等著，那雙綠色的眼睛在我身上巡梭，沉默持續了幾分鐘，他開口說話。

「首先，讓我來把你介紹給你自己。你的血統在你全身上下再明顯不過了。黠謀選擇承認這一點，因爲不管他再怎麼否認，也不能說服任何人相信你沒有王室血統。」他頓了一下，似乎有什麼事讓他覺得很有意思。「可惜蓋倫不肯教你精技。不過多年以前這是有限制的，因爲怕它變成太普遍的工具。我敢打賭要是老蓋倫願意試試教你，一定會發現你學得來，但是我們沒時間去擔心不會發生的事。」他若有所思地嘆了口氣，沉默一會兒，突然又開口繼續說下去。「博瑞屈已經教會你工作和服從，這兩樣博瑞屈都很擅長。不要對自己有錯誤的認知，你並不特別強壯、或敏捷、或聰明，但你足夠頑強，可以扳倒任何比你強壯或敏捷或聰明的人，而這點對你自己比對別人更危險。但這點不是你現在最重要的事。」

「你現在是國王的人了。你必須開始瞭解，現在立刻就開始瞭解，這是你整個人最重要的一件事。他供你吃、給你穿、讓你受教育，而目前他要求的回報只是要你對他忠心。日後他會要求你爲他效力。你是國王的人、你對他完全忠心，這就是我要求的條件，因爲如果你不是效忠國王，把我的記憶教給你就太危險了。」他頓了頓，我們彼此對視了好一陣子。「你同意嗎？」他問，這不只是個單純的問題，更是訂立一項協議。

「同意。」我說。他還在等我開口，於是我又說：「我保證。」

「很好。」他衷心地說。「好了，現在來講其他的事。你以前有沒有見過我？」

「沒有。」一時之間我醒悟到這點實在很奇怪，因爲雖然堡裡常有陌生人出入，但這個男人顯然已經在堡裡住了很久、很久，而幾乎所有住在這裡的人我都叫得出名字，或者至少認得出長相。

「你知道我是誰嗎，小子？知道你爲什麼在這裡嗎？」

我搖頭，對這兩個問題很快提供一個否定的答案。「嗯，別人也都不知道。所以你要注意繼續保密。你要清楚記住——你不可以跟任何人提我們在這裡幹什麼，也不可以提你學到的任何事。懂嗎？」

我的點頭一定是讓他滿意了，因爲坐在椅子上的他似乎變得比較放鬆。他瘦骨嶙峋的雙手抓著自己羊毛長袍下的膝蓋。「很好，很好。好，你可以叫我切德。我應該叫你什麼呢？」他頓了頓等我回答，但我沒吭聲，於是他自己回答說，「小子。這不是你我的眞名，但是在我們相處的時間當中這樣就夠了。所以呢，我是切德，是點謀替你找來的又一個老師。他花了一點時間才想起來我在這裡，然後又花了些時間才壯起膽子要我教你。我呢，也考慮了更長的時間才同意教你。不過這些都已經解決了。至於我要教你什麼嘛……嗯。」

他起身走向火爐旁，側頭盯著它，然後彎身拿起一根撥火棒，攪動餘燼掀起新燃的火焰。「基本上，就是謀殺、殺人、外交策略性刺殺的精妙藝術。或者是把人弄瞎、弄聾，或者是讓人四肢軟弱無力、或麻痺、或咳嗽咳得虛弱、或陽痿、或提早老化痴呆、或發瘋、或……不過這不重要。這些都是我的本行，而且也會變成你的本行，如果你同意的話。但是你從一開始就要知道，我是要教你殺人。爲你的國王殺人。不是用浩得教你的那種花俏方式殺，不是在有人看得到你、替你喝采的戰場上殺。不是。我是要教你陰狠、隱密、有禮的殺人方式。你要不就是會喜歡上它，要不就是不會喜歡上它，這不是我能管得了的。但我會確保你學會怎麼做。我也會確保另一件事，這是我給點謀國王訂下的規定，就是讓你知道你學的是什麼，不像我，在你這個歲數的時候完全不知道自己學的是什麼。所以，我是要教你成爲刺客。這樣可以嗎，小子？」

我再度點頭，感覺不太有把握，但是不知道還能怎麼做。

他看著我。「你會說話，不是嗎？你除了是私生子，不會也是個啞巴吧？」

我嚥了口口水。「不是的，大人。我會說話。」

「嗯，那就跟我說話，不要光點頭。告訴我你對我的身分、還有我剛剛做出的提議有什麼意見。」

他邀我開口說話，但我仍然啞口無言站在那裡。我盯著那張滿是痘疤的臉、那雙手上薄如紙張的皮膚，感覺到他閃著微光的綠色眼睛注視著我。我舌頭在嘴裡動了動，卻只找得到沉默。他的態度引人願意開口，但他的相貌還是比我想像過的任何東西都更嚇人。

「小子。」他說，那聲調溫和得嚇了我一跳，讓我猛然抬起頭迎視他的眼神。「就算你恨我、就算你唾棄這堂課，我也可以教會你。就算你覺得無聊、就算你懶惰或者愚笨，我也可以教會你。但是如果你怕我，不敢跟我說話，我就沒辦法教你，至少不能用我希望的方式教會你。而且如果你決定你不想學這樣東西，我也沒辦法教你。但你必須開口告訴我。你已經學會把自己的想法緊緊守住，幾乎連你自己都害怕知道自己在想什麼，但是，試試看把你的想法說出來，現在，對我說。你不會因此被處罰的。」

「我不太喜歡……」我突兀冒出一句。「殺人這件事。」

「啊——」他頓了頓。「說起來，當年我也不喜歡。其實我現在還是不喜歡。」他突然深深嘆了口氣。「每一次時刻來臨，你都必須做決定。第一次會是最困難的。但是我現在告訴你，你要等到很多年以後才需要做決定，而同時，你有很多需要學的東西。」他遲疑了一下。「是這樣的，小子。學習永遠都不是錯的。就算學習怎麼殺人也不能算錯，或者算對。這只是一種可以學習的東西，一種我可以教你的東西，如此而已。你認爲你可以現在暫時先學會怎麼做，等以後再決定要不要去做嗎？」

居然問一個小男孩這種問題。就連在那個時候，我內心都有某種被激怒似的情緒，對這個說法嗤之以鼻，但是我年紀那麼小，根本想不出怎麼反駁拒絕。而且我也感到好奇。

「我可以學。」

「很好。」他微笑，但他臉上有一股倦意，看起來並不怎麼開心。「這樣就夠了，夠了。」他環顧房內。「我們乾脆今天晚上就開始好了，從打掃開始。那裡有一支掃把。哦，對了，先把你的睡衣換掉……啊，這裡有一件破破的舊袍子，你暫時先穿這個吧！我們總不能讓洗衣服的人覺得奇怪，爲什麼你的睡衣上有樟腦和緩痛草的味道，是吧？好，你掃掃地，我來把東西收拾整齊。」

接下來幾個小時就這麼過去。我把石板地掃過、拖過，在他的指揮下清理大桌子上的各式器具。我把晾在架子上的藥草翻個面，把一堆缽碗擦乾淨、收好，把某種黏黏的不新鮮的肉切成一塊一塊，餵給他關在角落籠子裡的三隻蜥蜴吃，牠們囫圇把肉整塊吞下去。他跟我並肩工作，似乎很感激有人作伴，跟我隨口閒聊，彷彿我們兩個都是老人，或者都是小男孩。

「還沒學寫字？也沒學算數。要命！那老傢伙在想什麼啊？嗯，我會讓這情形趕快改善的。小子，你的額頭長得像你父親，皺眉的樣子也很像他，有沒有人告訴過你？啊，『偷溜』，原來你在這裡，你這個小壞蛋！你這段時間又幹了哪些壞事啦？」

一隻棕色的黃鼠狼從一幅織錦掛毯後出現，切德介紹我們彼此認識，讓我拿裝在桌上一只碗裡的鵪鶉蛋餵牠，後來看見偷溜亦步亦趨跟著我想求我繼續餵牠時還大笑起來。他把我在桌底下發現的一只黃銅手環給了我，提醒我說戴著它可能會把我的手腕染綠，並告誡我如果有人問我它的來路，我就說是在馬廄後面發現的。

後來我們停下來，吃蜂蜜蛋糕、喝熱呼呼的加了辛香料的葡萄酒。我們一起坐在壁爐前的地毯上，就著一張矮桌吃喝，我看著火光在他滿是疤痕的臉上舞動，不知道自己先前爲什麼會覺得這張臉很嚇人。他注意到我在看他，臉扭曲著形成一個微笑。「看起來很眼熟，是不是，小子？我是說我的臉。」

我並不覺得眼熟，我瞪著看的只是他蒼白皮膚上那些醜怪的疤而已。我疑惑地盯著他，想搞清楚他的意思。

「別操心這個了，小孩，它會在我們所有人身上都留下痕跡，你遲早也會有一份的。但是現在呢，嗯……」他站起身伸個懶腰，長袍底下露出瘦巴巴的蒼白小腿。「現在已經不早了。或者該說是很早，看你想的是前一天的結束還是後一天的開始。你該回去睡覺了。好，你會記得這一切都是一個非常黑暗的祕密，對不對？不只是關於我和這間房間，而是整件事，包括半夜起床、上課學殺人等等。」

「我會記得。」我告訴他，然後又加了一句，因爲我感覺這樣說對他是有意義的：「我保證。」

他輕笑，然後點點頭，神色幾乎是悲哀的。我換回睡衣，他送我走下樓梯，舉著燈站在我床邊看我爬上床，然後替我蓋好毛毯，打從我離開博瑞屈的房間以來從來沒人對我這麼做過。我想他還沒離開我床邊我就已經睡著了。

第二天早上布蘭特被派來叫我起床，因爲我睡得太晚了。我昏沉沉醒來，頭很痛，但一等到他離開，我馬上跳下床跑到房間的角落。我推推石壁，冰冷的石塊抵著我的手，灰泥和石材的裂縫間也完全沒有跡象顯示出那道我確信一定在這裡的密門。我絲毫不認爲切德只是一場夢，而且就算我眞的這麼想，我手腕上還有那只簡單的黃銅手環可以證明他不是夢。

我匆匆更衣，到廚房拿了一大塊麵包加乳酪邊走邊吃，走到馬廄還沒吃完。博瑞屈對我的遲到很是生氣，把我的騎馬技術和馬廄差事都挑剔得體無完膚，我到現在還清楚記得他是怎麼罵我的。「不要以爲你在城堡裡有間房間、衣服上有個紋飾，就可以變成四體不勤的混混，躺在床上打呼睡到七晚八晚，然後起床梳梳頭髮就好。我絕對不許你變成這樣。就算你是私生子，但你是駿騎的私生子，我要讓你成爲一個會讓他驕傲的男人。」

我頓了頓，手裡還握著給馬梳毛的刷子。「你說的是帝尊，對不對？」

我這突如其來的問題讓他嚇了一跳。「什麼？」

「你說的那種混混整個早上賴床、除了對頭髮和衣服小題大作之外什麼都不做，帝尊就是這樣。」

博瑞屈的嘴張開又閉上，被風吹得通紅的臉頰變得更紅了。「不管是你還是我，」他咕噥著說，「都沒資格批評任何一位王子。我說的只是一般情況，大男人不該把整個早上睡掉，小男孩更不該。」

「王子也絕不應該。」我說完之後自己也有些吃驚，不知道這念頭是哪裡來的。

「王子也絕不應該。」博瑞屈聲調凝重地同意。他正在隔牆廄房裡忙著處理一匹閹馬發炎的腿，那馬突然縮了一下，我聽見博瑞屈悶哼著努力抓穩牠。「你父親從來不會因爲前一天晚上喝酒，第二天就睡到中午以後才起來。當然啦！我從沒見過像他那麼會喝酒的人，但這也是自律的問題。而且他從來不需要人等著準備去叫他，他會自己起床，也要求他手下每個人都學他的榜樣。雖然不是所有人都喜歡他這種作風，但他的士兵很尊敬他，因爲這種領導者自己會先做到他對底下人的要求。在他年輕時，還沒跟耐辛夫人結婚前，有次他在某座比較小的城堡吃晚餐，他們安排我坐在離他不遠的地方，這對我是一大榮耀，我也因此聽到一些他跟堡主女兒的對話。這女兒的座位安排在王儲旁邊當然是別有用意的。她問他覺得她身上戴的翡翠怎麼樣，他把她那些珠寶稱讚了一番。『我先前還在想不知你喜不喜歡珠寶呢，王子閣下，因爲你今天晚上沒有穿戴任何珠寶。』她一副打情罵俏的樣子說。他相當嚴肅地回答她，他的珠寶跟她的一樣閃亮，而且比她的大得多。『哦，那你把那些珠寶收在哪裡呢，我眞想看看。』嗯，他回答說，當晚稍後、等天再黑一點的時候，他很樂意帶她參觀一番。我看見她臉紅了，她以爲會有個私下約會之類的。稍後他確實邀請她跟他一起上城垛，但也帶了一大半的晚餐賓客去，然後他指著那些沿海瞭望臺在黑暗中清晰閃亮的燈光，告訴她說他認爲這些是他最美最珍貴的寶石，他是用她父親交的稅金來保持它們如此閃閃發亮。接下來他又指著堡主自己堡壘的防禦工事、指著那些守夜衛兵點起的燈光，對賓客說，當他們看見這位公爵時，就應該把這些閃亮的燈光看作戴在他額頭上的珠寶。這對公爵和公爵夫人是相當大的讚美，在場的其他貴族也都聽進去了。那年夏天外島人的劫掠行動很少成功。這就是駿騎統領的方式，以身作則，並且用得體動聽的話令人心服。任何眞正的王子都應該這樣。」

「我不是眞的王子，我只是私生子。」這個我常聽到但鮮少說的詞從我嘴裡冒出，感覺很古怪。

博瑞屈輕輕嘆了口氣。「你要當一個配得上你血統的人，小子，不要去理會別人怎麼想你。」

「我總是要做這些困難的事，有時候我覺得煩透了。」

「我也是。」

我思索他這句話，在沉默中沿著煤灰的肩膀一路往下梳理。仍蹲在那匹閹馬旁的博瑞屈突然開口。

「我對你的要求不會超過我對自己的要求，這點你知道。」

「我知道。」我回答，對他進一步討論這件事感到意外。

「我只是希望在你身上盡我最大的力量。」

這是我從來沒想過的觀點。過了一會兒，我問，「因爲如果你可以讓駿騎對我感到驕傲、對你培養我的成果感到驕傲，或許他就會回來？」

博瑞屈雙手把藥膏揉進馬腿的規律聲響慢了下來，然後突然停止，但他仍蹲在馬旁，靜靜的話聲隔著板牆傳過來。「不，我並不這樣想。我不認爲有任何東西會讓他回來。而且就算他回來，」博瑞屈說得更慢了，「就算他回來，他也不會是同一個人了。我是說，不會像他以前那樣。」

「他離開全都是我的錯，對不對？」織布女子的話在我腦海中迴響。**要不是有這個男孩，他依然會是未來的國王。**

博瑞屈頓了很久。「我想任何人的出生都不是他自己的錯……。」他嘆了口氣，語句似乎更加遲疑。「而且當然沒有哪個小孩希望自己成爲私生子。不，駿騎的失勢是他自己造成的，雖然我這樣說很難受。」我聽見他繼續給馬腿抹藥。

「也造成了你的失勢。」我對著煤灰的肩膀輕聲說，想都沒想到他會聽見。

但過了一會兒我聽見他咕噥著，「我自己還算混得不錯，蜚滋。算混得不錯。」

他手上的事做完，走進煤灰的廄房裡。「你今天跟城裡的三姑六婆一樣愛講話，蜚滋。怎麼了？」這下子輪我停下來納悶了。我想是因爲切德的關係，因爲有人要我瞭解自己在學什麼並且對之有發言權，讓我終於能開口問出所有我已經悶在心裡許多年的問題。但是我不能直接這麼說，因此我聳聳肩回答了一句實話，「我只是納悶這些問題納悶了很久。」

博瑞屈咕噥著接受了我的答案。「唔。你會問問題就是有進步，雖然我不能保證總是可以給你答案。聽見你像個人一樣講話比較好，讓我比較不擔心你會被野獸搶過去。」說到最後這一句他瞪著我，然後一拐一拐走開。我看著他離去，想起我第一次見到他的那天晚上，他只要一個眼神就讓整屋子的男人不敢開口。他已經不是當時的那個人了，而且改變他舉止態度、改變別人看他的眼光的，不只是他這條瘸腿而已。人們依然承認他是馬廄的主人，在這裡沒有人能質疑他的權威，但他不再是王儲最倚重的左右手了，除了負責照看我之外，他根本就已經不是駿騎的人。難怪他看我的眼神總是帶著怨恨。這個造成他失勢的私生子並不是他自己生的。打從我認識他以來，我對他的戒心第一次摻雜了憐憫。

5

忠誠

在某些王國、某些地區，男孩的繼承權慣常優先於女孩，但六大公國從來不是這樣，頭銜的繼承完全是依照出生的順序來決定。

繼承頭銜的人應該將自己視為產業的管理人。如果某大公國的爵士或女爵做出愚蠢的事，譬如一次砍伐太多的森林樹木，或者沒有好好照顧葡萄園，或者讓牲畜太過於近親交配而影響品種素質，人民可以起而要求國王還他們公道。這種事曾經發生過，每一個貴族也都清楚知道它還可能再發生。人民的福祉是屬於人民的，如果他們的公爵管理不力，他們有權反對。

持有頭銜的人結婚時也應該牢記這一點，他所選擇的伴侶必須同樣願意扮演管理人的角色，因此，兩人當中頭銜比較低的那一個必須將頭銜傳給接下來的弟弟或妹妹，因為一個人只能真正管理好一處產業。有時候這會造成紛爭歧見。黠謀國王娶了欲念夫人，如果她當初沒有選擇接受他的求婚成為王后的話，她就會是法洛女公爵。據說她後來對自己的這個決定感到後悔，深信要是她繼續當女公爵的話，權力會大得多。她嫁給黠謀的時候很清楚自己是他的第二任王后，也知道前任王后已經給他生了兩個王位繼承人。她從來不掩飾自己對兩位年長王子的輕蔑，常常指出她比黠謀國王的第一任王后出身尊貴得多，所以她認為她的兒子帝尊比他那兩個同父異母的哥哥更有王室血統。她給兒子取名為帝尊，就是為了想把這個觀念灌輸到別人腦袋裡。對她的計畫來說很不幸的是，大部分的人都覺得這種做法很沒品味。有些人甚至嘲弄地稱她為「內陸女王」，因為她喝醉或服藥時會無情地宣稱她有足夠的政治影響力，可以把法洛和提爾司合併成一個新的王國，只要她一聲令下，這王國就會脫離黠謀國王的統治。但大部分人都把這些話當成是她在麻醉劑影響之下——不管是酒精還是藥草——的胡言亂語。然而，在她終於被自己的癮頭拖垮之前，她確實造成了內陸大公國和沿海大公國之間的嫌隙不合。

我逐漸開始期盼在黑夜裡與切德碰面。我們的會面從來沒有時間表，也看不出有任何模式可循。有時候，前一次和後一次的會面可能會相隔一星期，甚至兩星期，有時候他卻會一個星期內連著每天晚上都來找我，讓我在進行白天的工作時睏得東倒西歪。有時候，城堡裡的人一就寢他就來找我了，有時候則是在清晨時分。對一個發育中的男孩，這樣的時間安排是很繁重的，但我從來沒想到要向切德抱怨或拒絕他哪次的召喚。現在想起來，他大概也從來沒想過夜裡上課對我會造成困難。他自己就是晝伏夜出，晚上給我上課在他看來一定是再正常不過的時間安排；而我所學到的東西，卻也古怪地適合世界比較黑暗的時刻。

他的課範圍廣得不得了。比如我可能會一整晚費力研究他那一大本植物圖鑑裡的插圖，而且第二天還要找到六株符合這些插圖的樣本。他從來不給一點暗示，不會告訴我該到廚房的花園還是森林的陰暗角落去找這些藥草，但我還是找到了，而且在這個過程中學到很多觀察的技巧。

我們有時候也會玩遊戲。比方說，他會叫我第二天去找廚娘莎拉，問她今年的煙燻豬肉是不是不如去年的肥，然後當天晚上我必須把整段對話盡可能一字不漏地回報給切德，還要回答他的十二個問題，關於她站的姿勢、她是不是左撇子、她是不是好像有點重聽、當時她在煮什麼等等。我害羞寡言的個性從來不能當作沒完成這類任務的藉口，於是我發現自己結識並熟悉了堡內許多地位比較低的人。雖然我問的問題是切德指示的，但每個人都很高興我對他們的事情感興趣，非常願意跟我分享專業經驗；不知不覺中，我逐漸得到了「聰明的小傢伙」或者「好孩子」之類的名聲。多年以後我才明白到，這一課不只是訓練我的記憶力，更教會我如何跟平民百姓打成一片、瞭解他們的想法。從那之後，許多次只消一個微笑、一句稱讚我的馬被照顧得很好的話，再加上隨口問馬僮一個問題，就讓我得到了用全王國的錢也無法從他口中買來的資訊。

其他的遊戲除了訓練我的膽量之外，也訓練我的觀察力。有天切德給我看一股線，要我在不可以問急驚風師傅的情況下，查出她究竟把這種線收在哪裡，這線的顏色又是用哪些植物染的。三天後，他還要我偷偷摸走她最好的一把大剪刀，藏在酒窖裡的某一層酒架上，三個小時之後再物歸原位，整個過程都不可以被她或任何人察覺。這類練習一開始訴求的是小男孩淘氣的天性，我也很少失手。要是我眞的失手，後果我都得自己負責。切德已經警告過我，如果別人因此大發雷霆，他不會來替我解圍，同時他也建議我要準備好說得過去的理由，來解釋我爲什麼會出現在不該出現的地方，或者拿到我不該拿到的東西。

我因此變得很會說謊。現在想起來，我不認爲這是他無意之間教給我的。

這些是我的刺客基礎入門課。接著還有更多。熟練靈巧的手部動作，以及悄悄移動不爲人察覺的藝術；要打一個人哪裡，他才會死去而一聲也叫不出來；要戳一個人哪裡，他才會死去而不流太多血。我全都學得又快又好，在切德對我反應靈敏的稱讚之下日有所進。

不久後，他開始派我在堡裡做一些小事。他從不事先告訴我這是爲了測試我的技巧，還是眞的是他想辦成的事情。對我來說兩者並無差別，只要是切德交付的任務我一律全心全意、全力以赴。在那一年的春天，我給酒杯動了手腳，讓一群來訪的繽城商人代表團喝得大醉，醉得遠超出他們想像的程度。同一個月稍後，我把到堡裡來的木偶戲班子的一具木偶藏起來了，結果那人只好搬演「成對杯子的故事」這齣輕鬆的民間傳說，而不是他當天晚上本來打算要演的冗長歷史劇。「盛夏宴」時我在一個年輕女僕的下午茶裡加了某種藥草，讓她和她的三個朋友拉肚子，當天晚上無法侍宴。秋天時我把一匹馬的馬蹄後方的毛用線綁起來，讓牠走起路來暫時一拐一拐的，讓馬主，也就是一位來訪的貴族，在公鹿堡多待了兩天。我從來不知道切德派我去做這些事的理由是什麼。在那個年紀，我專心想的是該怎麼去做一件事，而不是爲什麼要做它。我相信這正是當時他要教會我的東西：那就是學會服從，不問爲什麼下令。

有一項任務讓我做得非常愉快，就連當時我也知道那不只是切德心血來潮的一時興起而已。他在即將破曉的最後一刻黑暗中把我叫去。「皆薩普爵士和他的夫人已經來作客兩個星期了。你見過他們，男的鬍子很長，女的總是在弄她的頭髮，就連在餐桌上也不例外。你知道我說的是誰嗎？」

我皺起眉頭。這陣子有很多貴族聚在公鹿堡開會，討論外島人劫掠愈來愈頻繁的問題。就我瞭解，沿海大公國想要更多艘戰船，但內陸大公國則反對分攤這筆稅金，認爲這純粹是沿海地區的問題。皆薩普爵士和大麗花夫人是內陸人。皆薩普和他的鬍子似乎都很急躁易怒，總是激動萬分；大麗花夫人則似乎對會議內容絲毫不感興趣，大部分時間都在探索公鹿堡。

「女的頭上總是戴著花？兩個人老是在吵架？」

「就是他們。」切德加強語氣回答。「很好，你知道她是誰。現在，你的任務是這樣，而且我沒有時間跟你一起計畫該怎麼做。今天不知什麼時候，任何時候都有可能，她會派一個侍女到帝尊王子的房間去送某樣東西——一張紙條，一朵花，某個東西。你要在帝尊看到東西之前把它從他房裡拿出來。懂了嗎？」

我點頭，開口想說話，但切德突然站起來，幾乎是把我攆出了房間。「沒時間了，天馬上就要亮了！」他宣布。

我設法躲進帝尊的房間，等著那個侍女來。看她溜進來的樣子，我相信這絕對不是她第一次做這種事。她把一小捲紙張和一朵花苞放在帝尊的枕頭上，溜出房間，沒多久這兩樣東西就進了我的衣服，然後放在我自己的枕頭底下。我想這整件任務當中最困難的部分是克制自己不去拆開那個紙捲。當天夜裡我把紙捲和花交給了切德。

接下來的幾天我等著看好戲，相信一定會鬧出什麼事，希望看見帝尊狼狽不堪的樣子，但讓我驚訝的是，一點事也沒發生。帝尊還是老樣子，除了態度比平常還刻薄，而且似乎跟每一位仕女都打情罵俏得更凶。至於大麗花夫人則突然變得對會議內容非常有興趣，而且大力支持徵稅建造戰船，讓她丈夫覺得莫名其妙。王后對她改換陣營非常不高興，於是在她起居室舉行的一項品嚐香檳活動就沒有邀請大麗花夫人參加。這整件事讓我大惑不解，但當我最後終於向切德問起時，他訓了我一頓。

「你要記得，你是國王的人。有任務交給你，你就去做，能把交代給你的任務完成，你就應該滿足了：你就只需要知道這麼多。只有點謀可以運籌帷幄，計畫他要怎麼下他的棋局，你和我，我們都只是棋子，也許。但我們是他最好的棋子，這點你可以放心。」

但稍早切德已經發現我的服從是有限度的。爲了讓那匹馬跛腳，他建議我割斷那馬的腿筋。我連想都不會想要這麼做。我以一個從小跟馬一起長大的人的老到經驗告訴他，要讓一匹馬跛腳有很多方法，而且都可以不必傷害到牠，他應該信任我去挑選最合適的方法。當時他並沒有說什麼責罵的話，也沒有對我的行動表示讚許。在這件事和許多其他事情上，他都沒有透露自己的意見。

差不多每隔三個月，黠謀國王會把我召喚到他的起居室去，通常是在一大清早。我會站在他面前，那時他通常是在洗澡，或者是讓僕役把他的頭髮混著金線綁成辮子（只有國王才能綁這種辮子），或者是等貼身侍從把他的衣服取出來放好。他會從頭到腳仔細打量我，審視我發育得好不好、打理得乾不乾淨，彷彿我是一匹他考慮要買的馬。他會問一兩個問題，通常是問我的馬術或者武器學得怎麼樣了，並嚴肅聆聽我簡短的答案。然後他會問，這問題幾乎已經成了固定的形式：「你認爲我有遵守跟你的約定嗎？」

「是的，陛下。」我總是如此回答。

「那麼你也要守約，盡到你的職責。」他總是如此回覆，這就表示我可以走了。而且不管在場服侍他或開門讓我進出的僕役是哪一個，都似乎從來沒有注意到我、也完全沒聽見國王的話。

到那年深秋將盡、寒冬將至之際，我被指派了最困難的任務。當夜我幾乎是一吹熄床頭蠟燭就被切德找去了。我們坐在切德房裡的壁爐前，吃著蜜餞，喝一點加了辛香料的葡萄酒。他對我前一回的搗蛋行動大爲稱讚，就是去把晾在洗衣房院子裡曬衣繩上的每一件襯衫都裡外翻個面，不能被別人逮到。這項任務滿難的，最難的地方在於，聽到兩個比較年輕的洗衣工認爲我的惡作劇是水妖精搞的鬼，因此當天拒絕繼續洗衣服時，躲在一個大染缸裡的我不能笑出聲來。一如往常，切德在我向他報告之前就知道整個來龍去脈了。更讓我覺得好玩的是，他告訴我說，管理洗衣房的流役師傅下令要在院子裡的每一個角落和每一口水井都掛上、圍上金絲桃，以防止水妖精來打擾明天的工作。

「你滿有這方面天分的，小子。」切德吃吃笑著揉揉我的頭髮。「我幾乎要認爲不管我派給你什麼任務你都能做了。」

他坐在爐火前他那把直椅背的椅子上，我坐在他身旁的地上，背靠著他一條腿。他拍拍我，就像博瑞屈會拍拍一頭表現得不錯的年輕捕鳥獵犬一樣，然後他傾身向前，輕聲說，「但我有一項挑戰要給你。」

「什麼挑戰？」我急切地問。

「這事不容易哦，就算是像你手腳這麼俐落的人也一樣。」他警告我。

「試試看就知道！」我也向他挑戰。

「哦，或許再過一兩個月吧！等你學了更多東西之後。今天晚上我有個遊戲要教你，可以訓練你的眼睛和記憶力變得更犀利。」他伸手從一個袋子裡掏出一把什麼東西，在我面前短暫打開一下手掌：彩色的石頭，然後手就合上了。「這裡有黃色的嗎？」

「有。切德，你說的挑戰是什麼？」

「有幾顆？」

「我看到兩顆。切德，我敢打賭我現在就能做到。」

「有可能超過兩顆嗎？」

「可能吧，如果有石頭完全埋在上面那一層的底下，但我覺得不太可能。切德，是什麼挑戰？」

他張開他那瘦骨嶙峋的老手，用細長的食指翻動石頭。「你說對了，只有兩顆黃的。我們再來一次吧？」

「切德，我做得到的。」

「你認為你做得到，是不是？你再看一次石頭。一、二、三，又不見了。有紅色的嗎？」

「有。切德，到底是什麼任務？」

「紅色的是不是比藍色的多？從國王的床頭小几上拿一樣私人物品來給我。」

「什麼？」

「紅色的石頭是不是比藍色的多？」

「不是，我是說，你說任務是什麼？」

「錯啦，小子！」切德興高采烈地宣布，攤開手掌。「你看，三顆紅的，三顆藍的，一樣多。要是你想達成我的挑戰，你得看得更仔細才行。」

「還有七顆綠色的，我早就知道了，切德。但是……你要我去偷國王的東西？」我還是不敢相信自己的耳朵。

「不是偷，只是借，就像你上次借急驚風師傅的剪刀一樣。這種惡作劇又不會造成什麼傷害，不是嗎？」

「是不會，只不過如果我被逮到，我會被鞭打，或者更糟。」

「而且你害怕被逮到。你看，我剛剛就告訴你了，最好再等一兩個月，等你的技術更好一點再說。」

「我不是怕被處罰，只是如果我被逮到……國王和我……我們有約定……。」我的聲音變小、消失，我困惑地看著他。切德給我上課，是黠謀和我所做的約定的一部分。我們每次見面，在他開始給我上課之前，他都會正式提醒我那份約定。我向國王也向切德保證過我會忠誠事主，如果我採取違逆國王的行動，就是破壞了我們的約定，這點切德一定看得出來呀！

「這只是遊戲而已，小子。」切德耐心地說。「沒別的意思，只是小小淘氣一下，沒有像你想的那麼嚴重。我選擇這項任務，只是因爲國王的臥房和東西是被看守得最嚴密的。隨便誰都可以把裁縫的剪刀拿走，但是要進入國王本人住的地方、拿走某樣屬於他的東西，就眞正需要一點神不知鬼不覺的技巧了。要是你能做到這一點，我就能相信我用來教你的時間沒有白費，會覺得你很感激我教給你的東西。」

「你知道我很感激你教給我的東西。」我很快地回應。問題根本不在這裡，切德似乎完全沒抓到我的重點。「要是我那麼做，我會覺得……不忠，好像我是用你教我的東西去欺騙國王，幾乎就像是我在嘲笑他一樣。」

「啊！」切德往椅背一靠，臉上露出微笑。「你不用煩惱這個，小子，黠謀國王是開得起玩笑的。不管你拿什麼來，我都會親自把它還回去，這樣他也可以看出我把你教得多好、你學得多好。如果你這麼擔心，就拿一樣簡單的東西好了，不必一定要是他頭上的王冠或者手上的戒指啊！比方他的梳子，或者放在房裡的任何一張紙——甚至他的手套或皮帶也可以。不用拿什麼貴重的東西，只要意思一下就好了。」

我想我應該停下來考慮一下，但我知道我不需要考慮。「這事我不能做。我是說，我不會去做。我不會去偷黠謀國王的東西。其他人的房間隨便你挑，只要你說了我一定會去做。你記得我把帝尊的紙捲拿來那次吧？你等著看，我可以溜進任何地方，然後——」

「小子？」切德慢慢開口說話，聲調帶著不解。「你不信任我嗎？我跟你說沒關係的，我們只是要進行一項挑戰，又不是叛國。而且這次要是你被逮到了，我保證我會馬上出面把一切都解釋清楚，你不會被處罰的。」

「問題不在這裡。」我慌亂地說。我可以感覺到切德對我的拒絕愈來愈困惑不解，我挖空心思拚命要想辦法向他解釋。「我保證過要對黠謀忠心的，這件事——」

「這件事跟忠不忠心一點關係也沒有！」切德凶了我一句。我抬起頭，看見他眼裡閃爍著怒氣，我嚇了一跳，從他身旁退開。我從沒見過他這樣怒沖沖瞪著我。「你這是什麼意思，小子？你是說我要你背叛國王嗎？別這麼白痴了。這只是一項簡單的小測驗，讓我可以衡量你的程度，也讓黠謀自己看看你學了多少，結果你卻猶猶豫豫的不肯去做。說什麼忠不忠心，你只不過想掩飾你是個膽小鬼而已。小子，你眞讓我丟臉，我以爲你不會這麼沒骨氣，否則當初我根本不會答應教你。」

「切德！」我滿心驚恐地哀求他。他的話讓我一陣天旋地轉。他抽身離開，繼續用冰冷的聲音說下去，我只覺得我的小世界在四周搖搖欲墜。

「你最好回你床上去吧，小鬼頭。好好想一想你今天晚上是怎麼侮辱我的，居然暗示我會對我們的國王不忠。滾吧！下樓去，你這沒膽量的傢伙。等我下一次找你來的時候……哈，如果我眞的會再找你來，你要不就乖乖準備服從我的命令，要不就根本不必來了。現在你走吧！」

切德從來不曾這樣對我說話，就我記憶所及，他根本沒有對我大聲過。我幾乎是滿心茫然不解地盯著他長袍袖子裡伸出來的那隻滿是痘疤的細瘦手臂，盯著那根帶著無比蔑視之意指向門口和樓梯的手指。我站起身來，感覺身體非常不舒服。一陣天旋地轉，我得扶住一把椅子才走得下去，但我還是走了，遵照他的命令，因爲我想不出來還能做什麼。切德已經變成了支撐我世界的梁柱，讓我相信我是有點價值的，現在他卻要把這一切都完全抹煞。不只是抹煞他的讚許，更是抹煞我們共度的時光，抹煞我以爲我這輩子能有點成就的那種感覺。

我走下樓梯，跌跌撞撞，搖搖欲墜，這道階梯從來沒這麼長、這麼冷過。底層的門在我身後吱嘎關上，留下我在全然的黑暗之中。我摸索著走到床邊，但身上的毛毯無法溫暖我，那一夜我根本無法成眠，只能痛苦的輾轉反側。最糟糕的一點是，我心裡根本沒有半點猶豫不決。我不可能去做切德要我去做的那件事。所以，我會失去他。沒有了他的教導，我對國王一點價值也沒有。但痛苦之處並不在於此，痛苦的是從此我的生活就失去了切德。我簡直想不起來以前我那麼孤單寂寞到底是怎麼熬過來的，現在要重回那種過一天算一天、做一件事算一件的單調空虛生活，感覺起來像是不可能做到的事。

我絕望地試著想自己能怎麼做，但似乎沒有任何答案。我可以直接去找點謀，拿出我的胸針獲准進入他房間，然後把我兩難的處境告訴他。但他會怎麼說呢？他會不會把我當成愚蠢的小男孩？他會不會說我應該服從切德的命令？更糟的是，他會不會說我不服從切德是對的，他會不會因此對切德動怒？對一個小男孩來說，這些問題實在太困難了，我找不到任何能幫助我的答案。

早晨終於到來，我把自己拖下床，照常去向博瑞屈報到。我在一片無精打采的灰暗中動手做事，博瑞屈先是責罵我，後來則開始問起我是不是肚子不舒服。我只告訴他說我沒睡好，他就讓我走了，沒有強灌我喝他先前說要我喝的藥水。武器課的情況也沒好到哪裡去，我完全心不在焉，讓一個比我小很多的男孩結結實實地一棒打在我頭上。浩得責備我們兩人都太不小心了，叫我坐下來休息一下。

我回到城堡內，頭痛欲裂，雙腿發抖。我回到房裡，因爲我既沒胃口吃午飯，也沒精神承受午餐時刻的喧譁對話。我躺在床上，只打算稍閉一下眼睛，但卻沉沉睡去。睡到下午過半我醒了過來，想到沒去上下午的課會挨罵，但這並不足以讓我打起精神爬起來，因此我又昏然入睡，直到吃晚飯的時候才被一個女僕叫醒，是博瑞屈要她來看看我怎麼了。我告訴她說我胃裡泛酸，要禁食一陣子等情況好轉。她離開後，我迷迷糊糊打著瞌睡，但並沒眞正睡去。我睡不著。夜色在我沒點蠟燭的房裡逐漸加深，我聽見城堡裡其他人紛紛就寢。在沉寂的黑暗中，我等待著我不敢回應的召喚。要是那扇門打開了怎麼辦？我不能去見切德，因爲我不能服從他的命令。哪種情形比較糟：是他沒有召喚我，還是他給我開了門我卻不敢去？我不停折磨自己，等灰濛濛的晨光逐漸潛入屋裡，我得到了答案。他根本懶得召喚我。

一直到現在，我依然不喜歡回想接下來的那幾天。我縮著身體熬過每一日，苦惱得完全無法好好吃頓飯、睡個覺，完全無法集中精神做任何事，每個老師對我的責備我也黯然接受。我的頭痛得沒完沒了，我的胃始終揪成一團，讓我對食物毫無興趣，光是想到吃我就覺得疲倦。博瑞屈容忍了我兩天，然後逼我喝下打蟲藥和補血劑，這兩樣東西的組合讓我把當天吃進去的一點點東西也都吐了出來。吐完後他要我用梅子酒漱口，結果一直到今天，我喝到梅子酒都還會乾嘔。然後，讓衰疲不堪的我驚訝的是，他把我拉上樓去到他的房間裡，要我一整天待在那裡休息。到了晚上，他把我趕到城堡裡，盯著我喝下一碗稀湯、吃下一大塊麵包。他本來要把我帶回他房裡去過夜的，但我堅持要回自己房間。事實上，我是非待在我房裡不可，因爲我必須知道切德是否至少有試著找我去，不管我能不能去。又一整個無眠的夜，我在黑暗中盯著房裡更黑暗的一個角落看。

但他沒有召喚我。

灰色的晨光透進房間窗戶，我翻過身繼續待在床上，沮喪淒涼的無望之感沉重壓住我，我無力反抗。我所有的選擇都只會帶來灰暗的結果，我無法起床面對徒勞無益的另一天。我落入一種隱隱頭痛、類似睡眠的狀態，任何聲音聽起來都太響太吵，我總是太熱或太冷，不管我再怎麼調整床單被褥也徒然。我閉上眼睛，但就連我的夢境都是明亮擾人的。有爭吵的聲音，很大聲，好像吵架的人就在我床上一樣，而且非常令人喪氣，因爲聽起來好像是同一個人自己在跟自己爭吵，一下子站在這邊、一下子又站在那邊。「讓他崩潰好了，就像你以前讓另外那個崩潰一樣！」他氣憤嘟噥著。「你那些愚蠢的考驗！」然後：「再怎麼小心也不爲過，你不能隨便就信任別人。流著什麼樣的血，就會變成什麼樣的人。這只是考驗一下他夠不夠堅韌罷了。」「『尖刃』？如果你想要的只是不用大腦的刀子，那就自己去打一把好了，打得扁扁的。」然後話聲變得比較安靜：「我不忍心這麼做。我不會再次被利用。如果你是想考驗我的脾氣，那你已經惹火我了。」然後：「別跟我說什麼血親、什麼家族，你要記得我是你的誰！她擔心的不是他忠不忠心，也不是我忠不忠心。」

氣憤的聲音分裂、融合，變成另一番爭論，這次爭吵的聲音比較尖銳。我睜開眼睛，我房間暫時變成了戰場。我醒過來，聽見博瑞屈和急驚風師傅很激動地在爭我到底該歸誰管。她手上拿著籐籃，籃裡伸出幾支瓶子，芥末子膏藥和甘菊茶的味道飄過來，濃得讓我想吐。博瑞屈牢牢站在我床前擋住她，手臂交抱在胸前，母老虎坐在他腳邊。急驚風師傅的話像小石子在我腦袋裡喀啦作響，「在城堡裡」、「這些乾淨的床單」、「知道照顧男孩」、「那隻臭狗」。我不記得博瑞屈有說話。他只是站在那裡，堅實得我連閉著眼睛都能感覺到他。

後來他離開了，但母老虎在床上，不是在我腳邊，而是靠在我身邊，雖然牠大口喘著氣，也不肯離開我下床到比較涼爽的地板上。等我再度睜開眼睛已經是薄暮了，博瑞屈剛把我的枕頭拿開，拍打了一下，正笨手笨腳想把比較涼的那一面塞回我的頭底下。然後他重重在床上坐下。

他清清喉嚨。「蜚滋，我從來沒見過你這個樣子。至少你的毛病不是出在肚子或者血液。要是你年紀大一點，我會懷疑你是有了女人的問題。你看起來像一個連醉三天的士兵，可是你沒喝酒。小子，你到底是怎麼了？」

他低頭看著我，一臉誠懇的憂慮。他擔心某匹牝馬可能會流產，或者看到獵人帶回來被野豬傷到的獵犬時，也是這種表情。這表情觸動了我，我不由自主朝他的腦海探尋。一如往常，我碰到了一堵牆，但母老虎輕輕嗚叫一聲，鼻子湊上我的臉。我試著在不洩露切德的事的情況下表達內心的感受。「只是我現在是自己一個人，好孤單。」我聽見自己說，就連我自己聽來都覺得這是一句軟弱無力的抱怨。

「自己一個人？」博瑞屈皺起眉頭。「蜚滋，我在這裡啊！你怎麼會說你是自己一個人？」

對話就此結束，我們彼此對視，都無法瞭解對方。之後他端食物來給我，但沒有堅持要我吃，然後他把母老虎留下來陪我過夜。有一部分的我在想，不知要是那扇門開了牠會作何反應，但更大一部分的我知道我不必擔心這一點，那扇門再也不會打開了。

又是早上了。母老虎用鼻子拱拱我，嗚叫著想出去。我已經沮喪難過得不在乎博瑞屈會不會逮到我了，所以就朝牠的腦海探尋。牠又餓又渴，而且憋尿憋得膀胱都快爆了。牠的不適突然也變成了我的不適。我穿上衣服，帶牠下樓去到戶外，然後再回廚房去吃東西。廚娘看見我高興極了，我從來想像不到任何人看到我會這麼高興。她給了母老虎一大碗昨晚剩的燉肉湯，然後堅持要給我煎六片厚厚的燻肉，放在今天第一批烤出來的熱烘烘麵包皮上。母老虎靈敏的鼻子和旺盛的食慾刺激了我自己的感官，我發現自己大吃起來，不是用我平常的胃口吃，而是以一隻小動物對食物的感官享受著。

然後牠帶我從廚房到馬廄去，雖然在我們進去之前我把自己的心智從牠身上抽了回來，但跟牠的這番接觸讓我多少恢復了一點精神。我進門時博瑞屈正在做些什麼，他直起身打量我一番，瞥了母老虎一眼，自己皺眉咕噥幾句，然後遞給我一個奶瓶和燈芯。「人不管有什麼心事，」他告訴我，「絕大部分都可以用工作還有照顧其他東西來治好。那隻捕鼠狗幾天前生了，其中有一隻小狗太虛弱，沒法跟其他小狗競爭。你去試試看能不能讓牠活過今天。」

那是一隻很醜的小小狗，有斑紋的毛色底下露出粉紅的皮膚。牠仍然緊閉著眼，等牠長大時會用到的額外皮膚堆皺在牠的鼻子上。牠細細的小尾巴看起來跟老鼠尾巴一模一樣，我心想，那母狗難道不會因爲自己生的這些小狗長得像老鼠而把牠們咬死嗎？牠衰弱又被動，但我用溫奶水和燈芯一直去撩弄牠，直到牠吸了一點奶，然後又往牠全身弄了不少奶水，讓牠母親會願意舔一舔牠、用鼻子撫蹭牠。我把牠正在吸奶的比較強壯的一隻姊妹抓起來，把牠塞到那個奶頭旁。反正這隻小母狗的肚子已經圓鼓鼓的了，牠繼續吸奶只是因爲頑固而已。牠長大會是白色的，有一塊黑斑覆蓋在一邊眼睛上。牠抓住我的小指吸了起來，我已經可以感覺到牠上下顎日後將擁有的強大力量。博瑞屈曾經告訴過我，捕鼠狗可以撲上去緊緊咬住公牛的鼻子，不管公牛怎麼甩怎麼動牠都不會鬆口。他討厭會教狗去做這種事的人，但顯然很尊敬敢單挑公牛的狗。在我們這裡，捕鼠狗就是用來抓老鼠的，人們會定時帶牠們去巡邏存放玉米和其他穀物的穀倉。

我整個早上都待在那裡，中午很滿足地離開，因爲看到那隻小狗的小肚子已經喝奶水喝得圓滾滾的。下午我們耙挖廄房裡的糞便。博瑞屈讓我忙個不停，我一完成一項工作他馬上就再交代另一項，我除了工作沒時間做任何事。他沒跟我交談也沒問問題，但似乎總是在離我不到十幾步的地方工作，彷彿他把我說我自己一人好孤單那句話當了眞，決心待在我可以看見他的地方。一天工作結束之際，我又回去看那隻小狗，牠比早上有元氣多了。我把牠抱在懷裡，牠爬到我脖子底下，鈍鈍的小鼻子拱來拱去要找奶喝，拱得我好癢。我把牠拉下來看著牠，牠長大以後鼻頭會是粉紅色的，人家說粉紅鼻頭的捕鼠狗打起架來最凶狠，但現在牠的小腦袋裡只有一片模糊的溫暖安全感、加上想吸奶、再加上喜歡我的氣味。我用我的保護將牠圍繞，稱讚牠現在變得好強壯。牠在我手中扭動著，這時博瑞屈從廄房的隔板探過頭來，用指節往我頭上敲了一記，小狗和我同時嗚叫出聲。

「夠了！」他堅定地警告我。「這不是人該做的事，也不能解決讓你難受得不得了的不管什麼事。現在把小狗還給牠媽媽。」

我還了，但是很遲疑，而且一點也不確定博瑞屈說得對，跟一隻小狗建立起深厚牽繫眞的不能解決問題嗎？我渴望牠那個溫暖的小世界，那裡只有稻草、手足、乳汁和母親。在那一刻，我無法想像還有比這更好的世界。

然後博瑞屈和我去吃飯。他把我帶到士兵的食堂去，那裡沒人管你吃相好不好看，也沒人要你非講話不可。被人忽視的感覺令人安慰，食物在我頭頂上方傳來傳去，沒人殷勤勸我多吃，但博瑞屈看著我確定我有吃東西，然後我們坐在廚房的後門旁喝酒。之前我喝過麥酒、啤酒和葡萄酒，但從來沒像博瑞屈現在示範的這樣專心致志。廚娘大著膽子出來罵他怎麼可以拿烈酒給小男孩喝，他靜靜瞪了她一眼，讓我想起我第一次見到他的那天晚上，他爲了捍衛駿騎的名聲讓一屋子的士兵都閉上了嘴。於是廚娘走開了。

他親自把我送回房間，把我的衣服從頭上拉下脫掉，我搖搖晃晃站在床邊，他隨手把我放倒在床上，拿毛毯往我身上一蓋。「現在你睡覺。」他用濁重的聲音對我說。「明天我們繼續做同樣的事。然後後天……直到有一天你醒過來，發現不管你煩惱的是什麼事，它都沒有殺死你。」

他吹熄我房裡的蠟燭，然後離開。我頭很昏，這一整天的工作讓我全身痠痛，但我還是睡不著。我發現自己在哭。喝酒像是鬆開了我內在緊緊綁住的、讓我控制住自己的某個結，我哭了起來，而且不是靜靜的哭。我先是抽泣，然後打嗝，然後下巴顫抖著大聲哭號。我喉嚨發緊，鼻水流個不停，我哭得好厲害，哭得簡直喘不過氣來。我想，那一夜我哭出了自從我外公強迫我母親拋棄我的那天以來所有我未曾流下的淚水。「媽媽！」我聽見自己喊著，突然間有一雙手臂抱住我，緊緊抱住了我。

切德抱住我搖晃著，彷彿我是個小小孩。就算在一片黑暗中我也認得出他那雙瘦巴巴的手臂，還有他身上那混合了藥草和灰塵的味道，我不敢置信地緊緊抓住他，一直哭到聲音沙啞，哭到嘴巴發乾、再也哭不出聲。「你是對的。」他嘴靠著我的頭髮靜靜地說，帶著平撫的聲調。「你是對的。我要你去做一件錯事，你拒絕是對的。再也不會有人這樣試驗你了，至少不會是我。」等我終於平靜下來，他離開了一下，然後拿了一杯飲料回來，那飲料微溫、幾乎無味，但不是水。他把杯子湊在我嘴邊，我什麼也沒問就喝了下去。然後我躺回床上，突然變得好睏，馬上就睡著了，完全不記得切德什麼時候離開我房間。

快天亮的時候我醒來，胃口大開地吃了一頓早餐，然後去向博瑞屈報到。我做起事動作俐落、全神貫注，完全不明白他今天為什麼一副頭痛又壞脾氣的樣子。他一度嘀咕了一句「像他父親一樣能喝酒」，然後讓我提早離開，叫我要吹口哨到別的地方吹去。

三天後的黎明，黠謀國王召喚我去。他已經著裝完畢，房裡有一個托盤，盤裡放著超過一人份的食物。我一到，他就叫貼身侍從退下，要我坐下。我在他房裡那張小桌旁拉了張椅子坐下，他沒問我餓不餓，就親自動手端食物給我，然後坐在我對面開始吃起來。我明白他這番表示的特殊意義，但還是吃不下太多東西。他談的都是食物，完全沒提約定或者忠誠或者信守承諾之類的事。他看我吃完了東西，就把自己的盤子也推開，身體不自在地動了動。

「是我出的主意。」他突然說，聲調幾乎是嚴厲的。「不是他。他從頭到尾都不贊成，是我堅持要這麼做。等你長大就明白了。我不能冒險，不能在任何人身上冒險。但是我答應他會親自告訴你這一點：這完全是我自己出的主意，不是他。我再也不會要求他這樣考驗你夠不夠堅韌了，這是國王對你的保證。」

他做個手勢，表示我可以走了。我站起身來，但同時從他的托盤上拿起一把雕花小銀刀，是他先前用來切水果的。我拿刀的時候直視他的雙眼，公然把刀收進袖口，黠謀國王睜大了眼睛，但是一個字也沒說。

兩天之後的夜裡切德把我找去，我們繼續上課，彷彿從來不曾有過中斷。他說話，我聽，我跟他玩那個彩色石頭的遊戲，沒有錯過一次。他派了項任務給我做，然後我們說說笑笑，他讓我看只要拿一根香腸就可以逗得黃鼠狼偷溜跳起舞來。我們又相處得好融洽了。但是，那天晚上要離開他房間之際，我走到他的壁爐前，一言不發把那把刀放在他的壁爐架中央；說得更確切一點，我是一把將它戳進了木質的壁爐架。然後我就走了，沒提這件事，也沒迎視他的眼神。事實上，我們從不曾提起這件事。

我相信那把刀現在還在那裡。

6

駿騎的影子

關於給王室子女取指涉各項美德或才能的名字，此事有兩種傳統看法。其中一種是最普遍為人相信的，認為這些名字有種莫名的約束力，若一個將來會接受精技訓練的孩子被取了這類型的名字，精技便會發揮某種力量將名字與孩子的性格融合，他或她長大之後必定要發揮自己名字所代表的美德。堅信這第一種傳統看法的人，非常傾向於一見到小貴族就會脫帽致敬。

另一種更古老的傳統看法認為這類名字完全是意外巧合，至少一開始是這樣。據說征取者國王和統御者國王——他們是統治這片將來會變成六大公國土地的第一及第二個外島人——的名字根本不是這樣取的，只是因為他們在自己異邦母語裡的原名跟六大公國語言的「征取者」和「統御者」發音很類似，所以後人就用這兩個同音異義的詞來稱呼他們，而不是稱呼他們的原名。但就王室的考量而言，最好還是讓平民百姓相信，如果一個男孩被取了高貴的名字，他長大就一定會具備高貴的本性。

「小子！」

我抬起頭來。閒靠在爐火旁的另外六七個男孩連動都沒動一下，女孩們當然更不予理會，只有我走上前，在跪著的費德倫師傅面前的矮桌對面就位。他控制了某種音調變化，讓大家一聽就知道小子指的是「男生」還是「那個私生子」。

我跪坐下來，膝蓋伸進矮桌下，然後把我的那張木髓紙呈給費德倫。他逐行審視我仔細寫好的字母，我則神遊太虛起來。

冬天到來，讓我們像收成的穀子一樣被存放進這大廳裡。屋外，一場海上風暴正狠狠地吹襲著城堡的牆，巨浪一陣陣撲打崖壁，力量之大，有時連我們腳下的岩石地板都爲之震動。厚重的烏雲把冬季每天僅剩的幾小時稀薄陽光也偷走了，我感覺屋外和屋內都有一層黑暗像霧氣般籠罩著我們，那黯淡穿透了我的眼睛，讓我明明不累卻覺得睏。有短暫的片刻我讓自己的感官伸展出去，感覺到睡在大廳角落、不時微微抽動身體的那些獵犬的冬季倦怠，就連在牠們的腦海裡我也找不到任何使我感興趣的思緒或影像。

三座大壁爐裡都生了火，爐前各聚著一群人。在其中一座壁爐前，製箭工正忙著幹活，這樣如果明天天氣夠好、可以打獵的話才有箭可用。我渴望跟他們在一起，因爲薛芙那柔和的聲音正高低起伏地說著某個故事，不時被聽眾會心的笑聲打斷。在最遠的那座壁爐前，孩童尖細的聲音合唱著一首歌，我聽出那是〈牧羊人之歌〉，是教人數數兒的歌。幾個母親在旁邊守著他們，一面織蕾絲一面用腳打拍子，老哲登枯瘦的手指彈著豎琴，讓那些小孩幾乎算是沒有唱走調。

我們這座壁爐前，則是年紀夠大、可以坐得住的孩子在學寫字。負責監督我們的是費德倫，什麼都逃不過他那雙銳利的藍眼。「這裡，」他指著紙上的字對我說。「你忘記把這些字加上一橫了。還記得我先前是怎麼教你的嗎？正義，把眼睛張開，繼續寫你的字，要是你再打瞌睡，我就派你去搬柴火來。善慈，如果你再偷笑，你就幫他一起去搬。除了這裡沒寫好之外」——他的注意力突然又回到我的作業上——「你的字跡進步很多，不只是大公國的字體，外島的符文字母也寫得不錯。不過符文在這種質料差的紙張上沒辦法眞的寫好，這種紙太鬆散、太容易吸墨了，寫符文字母最適合的是用樹皮搗碎做的結實紙張。」他一根手指撫過他正在寫的那張紙，欣賞它的質地。「如果你繼續好好努力，在這個冬天結束之前我就讓你抄一份《安居王后的藥方》，你說怎麼樣？」

我試著微笑，試著表現出受寵若驚的樣子。抄書的工作並不常交給學生去做，因爲上好的紙張太稀有，只要一筆不小心就會毀了一張紙。我知道《安居王后的藥方》內容相當簡單，只是敘述種種芳香藥草的特性和預言，但任何抄書工作都是一項榮譽。費德倫又給了我一張空白的木髓紙，我準備起身歸位，他舉起一隻手阻止我。「小子？」

我停頓。

費德倫表情有點不自在。「這件事我不知道要問誰，只能問你。按照正常做法，我應該要問你父母的，但是……」謝天謝地，他沒把這句話講完。他用沾染了墨漬的手指搔搔鬍子，若有所思。「冬天就快結束，我也要繼續上路了。你知道我夏天做什麼嗎，小子？我在六大公國到處漫遊，採集製作墨水用的藥草、漿果和植物的根，準備我需要的各種紙張的原料。這種生活滿好的，夏天自由自在四處走，整個冬天就待在城堡裡作客。文書這一行挺不錯的。」他若有所思看著我，我也看著他，不知他到底要講什麼。

「每隔幾年我會收一個學徒。有些學徒成功出師，到其他比較小的城堡去當文書；有些學徒沒耐心、不夠仔細，或者記不清楚各種墨水。我認爲你很適合。你想不想當文書？」

這問題完全出乎我意料之外，我啞口無言盯著他看。重點不只是在於當文書這件事而已，而是在於費德倫居然願意讓我當他的學徒、跟著他到處走、學習他那一行的訣竅。自從我跟老國王立下約定，已經過了好幾年，我除了有些晚上跟切德見面，或有些下午可以偷空溜去找莫莉和凱瑞之外，從來沒想過有誰會想跟我作伴，更不用說有誰會認爲我是當學徒的好材料了。費德倫的提議讓我說不出話來。他一定是感覺到我的困惑，於是露出他那既年輕又年老的和善微笑。

「嗯，考慮一下吧，小子。文書是個好職業，而且你還有什麼其他的前途？咱們私下說，我認爲到公鹿堡外面去一陣子或許會對你有好處。」

「到公鹿堡外面去？」我驚異地複述。彷彿有人拉開了一層簾幕，我以前從來沒想過這一點。突然間，從公鹿堡通向遠方的一條條道路在我腦海中閃閃發亮，我曾經被迫研讀的那些無聊地圖變成了我可以前往的地方。這念頭讓我呆住了。

「是的，」費德倫輕聲說。「離開公鹿堡。隨著你一天天長大，駿騎的影子會變得愈來愈淡，沒有辦法永遠遮蔽你、庇蔭你。在他的保護力完全消失之前，你最好能找到自己，擁有你自己的人生和志趣。但你不用馬上答覆我。考慮一下，或許可以跟博瑞屈商量商量。」

然後他把我的作業還給我，讓我回座位去。我想著他說的話，但我商量的對象不是博瑞屈。在另一天剛開始的凌晨時分，切德和我湊著頭蹲在地上，我把偷溜打翻的一只紅瓦罐的碎片撿起來，切德則忙著搶救散落四處的黑色細小種子。偷溜攀在一幅被墜得下垂的織錦掛毯上，吱吱叫著表示歉意，但我可以感覺到牠覺得這情景很是有趣。

「這些種子是遠從卡利巴來的耶，你這瘦不拉嘰的小毛怪！」切德責罵牠。

「卡利巴，」我說，然後又擠出一句：「穿過我們跟沙緣的邊界，再走一天就到了。」

「沒錯，孩子。」切德咕噥著表示稱讚。

「你有沒有去過那裡？」

「我？哦，沒有。我剛才的意思是說，這些種子是從那麼遠的地方來的，我得派人到冷杉梢去買。那裡有一座大市場，吸引了六大公國和許多鄰國的商人去做生意。」

「哦，冷杉梢。你有沒有去過那裡？」

切德想了想。「年輕的時候去過一兩次吧！我現在最記得的是那裡很吵又很熱，內陸地方都是那樣——太乾太熱了，我巴不得趕快回公鹿堡。」

「你去過的地方有沒有哪裡是你喜歡的，比公鹿堡更喜歡？」

切德慢慢直起身子，蒼白的雙手滿滿捧著細小的黑色種子。「你何必東拉西扯的，想問什麼就直接問吧！」

於是我把費德倫的提議告訴他，也告訴他我突然醒悟到地圖不只是線條和色彩而已，更是不同的地方以及各種可能性，我可以離開這裡成爲另一個人，當文書，或者——

「不。」切德輕聲但突兀地說。「不管你去到哪裡，你依然是駿騎的私生子。費德倫比我原先以爲的要聰明，但他還是不明白，不明白整體的情況。他看得出來，你在這宮廷裡必定永遠都是個私生子，永遠都像是個賤民，但他不瞭解的是，在這裡你受黠謀國王的賞賜、上課學東西，就近在國王的眼前，對他不會造成威脅。你在這裡當然是處在駿騎的影子底下，這點當然能保護你，但如果你離開這裡，你不但不會因此變得不需要這種保護，而且會成爲一個危險人物，對黠謀國王造成威脅，對他繼承人的威脅更大。你不會享有四處遊歷、單純自由的文書生活，某一天早上人們可能會發現你喉嚨被割斷死在客棧的床上，或者身上中了箭死在路上。」

我渾身一陣冷顫。「可是為什麼？」我輕聲問。

切德嘆了口氣，把手中的種子放進一個盤子裡，輕輕撣手把黏在他手指上的種子撥下來。「因為你是王室的私生子，逃不出你血統的影響和控制。我說了，你現在對黠謀不造成威脅，因為你太年輕，而且你就在他眼前，他隨時可以盯著你。但他在思考未來的事，你也應該這麼做。現在局勢相當不穩定，外島人的打劫行動愈來愈大膽，沿岸地區的人民開始嘀咕不滿了，說我們需要派更多船在沿岸巡邏，還有人說我們自己也要有戰船，他們來搶我們，我們就搶回去。但那些內陸大公國一點也不想出錢建造任何一種船，尤其不肯要戰船，因為這可能會讓我們跟外島人全面開戰。他們抱怨國王不關心他們的農耕需要，一心只想著沿海地區。山區的人對於讓人通過他們的隘口也愈來愈吝嗇了，交易的費用每個月愈來愈貴，所以商人也開始互相嘀咕抱怨。南邊的沙緣和更往南的地方在鬧旱災，日子難過，每個人都在咒罵，彷彿連旱災也該怪在國王和惟真頭上。要喝酒聊天，惟真是個很不錯的對象，但他不像駿騎既懂得帶兵打仗又有外交手腕；與其在冬季惡劣的天候中長途旅行、只為了跟其他大公國保持聯繫，他寧願去打打冬天的公鹿，或者坐在爐火旁聽吟遊歌者唱歌。如果情況再不改善，人們遲早會說，『嗯，生個私生子也沒什麼大不了嘛，駿騎應該掌權管事的，他一定可以很快就改善這一切。就算他有點太堅持、太循規蹈矩，但至少該做的事情他都有做到，沒讓外國人把我們全踩在腳底下。』」

「所以駿騎還是可能繼位成為國王？」這問題讓我全身起了一陣奇異的震顫，我立刻開始想像他勝利地回到公鹿堡，我們終於見面，然後……然後怎麼樣？

切德似乎在細讀著我的臉。「不，小子，非常不可能。就算人民想要他回來，我想他也不太可能違反他對自己訂下的懲罰，或者違反國王的意願。但這會造成人們的不滿和埋怨，而不滿和埋怨可能會引發暴動、衝突，哦，還有相當不善的整體氛圍，不適合讓私生子到處亂跑。處置你只有兩種方式，一種是殺了你，另一種是把你變成國王的工具。」

「國王的工具……我懂了。」一股壓迫感籠罩住我，我先前短暫瞥見的高掛在黃土路上的藍天，還有騎著煤灰走在路上的我，突然間都消失了。現在我想到的是關在狗舍裡的獵犬，或者是頭上罩著布套、腳上綁著帶子的獵鷹，站在國王的手腕上，被放出去的時候只是爲了履行國王的意志。

「情況不一定那麼糟。」切德靜靜地說。「大部分的監獄都是我們自己造的。人也能自己建造自己的自由。」

「我永遠也去不了任何地方了，是不是？」雖然旅行是新近才出現在我腦袋裡的概念，但我卻突然覺得它重要萬分。

「我想不是這樣。」切德到處翻尋，想找個東西來蓋住那個裝了滿滿種子的盤子，最後終於拿一個比較小的盤子扣上去了事。「你會有機會去很多地方，私下去，在家族的利益考量需要你去的時候。但這點跟其他隨便哪一個王子都沒有太大的不同。你以爲駿騎可以選擇要到哪裡去進行外交工作嗎？你以爲惟眞喜歡被派去視察遭到外島人劫掠的城鎮，還得聽人民抱怨說要是他們有更堅固的防禦工事或者更多的駐防軍隊，這一切就都不會發生了？眞正的王子並沒有多少自由可以決定他要去哪裡、要把時間花在什麼事情上。駿騎現在大概比以前任何時候都有更多的自由和時間。」「只不過他不能回公鹿堡？」

我靈光乍現冒出的這句話讓我凍結在原地，雙手還捧著瓦罐的碎片。

「對，只不過他不能回公鹿堡。如果前王儲有事沒事就跑出來，會使民心動盪，這樣可不成。他最好還是靜靜悄悄的遠去。」

我把碎片扔進壁爐。「至少他還能去別的地方，」我咕噥著。「我連進城都不行……」

「這對你有那麼重要嗎？到公鹿堡城那麼一座髒兮兮、油膩膩的小港口去？」

「那裡有其他人……。」我遲疑了一下。就連切德也不知道我城裡的那些朋友。然後我一口氣說下去。「他們叫我『新來的』，他們看到我的時候不會每次都想著『私生子』。」我從來沒把這一點形諸語言文字，但說出來之後，城裡對我之所以有吸引力的原因突然就變得非常清楚。

「啊！」切德說著嘆了口氣，肩膀隨之動了動，但他沒說話。過了一會兒，他開始告訴我，只要讓人同時吃下大黃和菠菜就可以使他生病，如果分量夠多，他甚至會死，而從頭到尾餐桌上都不必出現任何毒藥。我問他，那要怎麼讓同桌吃飯的其他人不會也跟著生病，然後我們的討論就愈扯愈遠。一直到後來我才發現，他說的那些關於駿騎的話幾乎像是預言一樣。

兩天後，我相當驚訝地聽說費德倫要求我替他辦一兩天的事。更讓我驚訝的是，他給了我一張單子，上面列出各種他要我到城裡去買的東西，給了我足夠買東西的錢，然後還額外給了我兩個銅板。我屏息以待，隨時預期博瑞屈或其他哪個師傅會不准我出門，但他們只叫我快去辦事。我手挽籃子走出堡壘大門，突來的自由讓我暈頭轉向。我回想自己上一次得以從博瑞屈身旁溜開到底是幾個月前的事，震驚地發現已經有一年或超過一年的時間了。我立刻決定要重新加強我對城內的熟悉度。出門前沒人告訴我該什麼時候回去，我確信自己可以偷到一兩個小時的時間，不會有人知道。

費德倫那張清單上的東西千奇百怪，讓我跑遍全城。我想不通一個文書要乾燥的「人魚髮」或者一大堆「森林堅果」幹嘛，猜想也許他是要用這些東西來做彩色墨水吧！我在一般的店裡找不到這些東西，於是往下走到港邊的市集，在那裡你只要有塊毯子可以鋪在地上、有東西要賣，就可以自稱商人。人魚髮這種海藻我很快就買到了，人家還告訴我說這是海鮮濃湯常用的材料。堅果我花了比較久的時間才找到，因爲這是產在內陸而非海邊的東西，這裡賣內陸東西的商人比較少。

但最後我還是找到了，同一個攤子還放了一籃籃豪豬刺做的筆、刻花木珠和堅果核，還有用搗碎樹皮製成的織品。守攤子的是個老女人，她的頭髮沒有變白或變灰，而是變成銀色。她的鼻子直挺挺的、線條剛硬，眼睛像是放在顴骨上方的架子裡。這種種族相貌特徵在我看來既陌生卻又奇怪的熟悉，我突然知道她是從山區來的，感覺背脊上一陣寒意。

「基沛。」我買好東西時，隔壁攤子的女人說。我瞥了她一眼，以為她是在跟剛剛收了我的錢的老女人說話，但她卻瞪著我看。「基沛。」她相當堅持地又說一遍，我納悶這個詞在她的語言裡是什麼意思，聽來似乎是在要求什麼事或什麼東西，但老女人只是冷冷地看向街上，於是我向這個比較年輕的女人聳聳肩表示歉意，一邊把堅果裝進籃子一邊轉過身去。

我才剛走出十幾步，就聽見她又尖叫了一聲「基沛！」我轉過頭去，看見兩個女人扭打成一團。老女人緊緊抓住年輕女人雙手的手腕，後者奮力又打又踢想掙脫開來，她周遭的其他商人都警覺地站起身，把東西收起來以免遭到波及。我本想走回去看熱鬧，但另一張更熟悉的臉出現在我眼前。

「小花臉！」我大喊。

她轉過身正對著我，剎那間我以為自己認錯人了。我上次看到她是一年前的事，一個人怎麼可能變得這麼多？她深色的頭髮以前都梳在耳後編成俐落的辮子，現在卻披散過肩，而且她身上穿的不是皮背心和寬鬆長褲，而是女用襯衫配裙子。這身成人的服裝讓我一時講不出話來，本想轉過身去假裝我叫的是別人，但她那雙黑色眼睛挑釁地看著我，冷冷地問：「小花臉？」

我堅守立場。「妳不是莫莉．小花臉嗎？」

她抬起一隻手撥開臉頰上的幾綹髮絲。「我是莫莉．製燭商。」我看見她眼中浮現認出我的神色，但她的聲音卻冷冰冰又加了一句：「我不確定我認識你。先生貴姓大名？」

困惑中，我不假思索採取行動，朝她的腦海探尋。我發現她很緊張，更驚訝的是發現她感到畏懼，我用思緒和聲音試著平撫她。「我是新來的。」我毫不猶豫地說。

她吃驚地睜大眼睛，然後大笑起來，把這當成是一個玩笑。她在我倆之間豎立起的障礙像肥皂泡沫一樣破了，突然間我又像以前那樣熟悉她。我們之間有種溫暖的情誼，總是讓我想起大鼻子。愈來愈多人聚集圍觀那兩個扭打的女人，但我們轉身離開，沿著鵝卵石街道往上走。我稱讚她的裙子，她平靜地告訴我說她已經穿了好幾個月的裙子，覺得裙子比長褲好穿。這條裙子是她母親留下的，人家告訴她說現在已經找不到這麼好的羊毛料，染的紅色也不像它這麼鮮豔了。她稱讚我的衣服，我這才突然想到，或許我在她眼中也像她在我眼中一樣變了很多。這時我身上穿著我最好的一件襯衫，長褲幾天前才剛洗過，腳上的皮靴也跟士兵的一樣好，雖然博瑞屈老是在抗議，說我的腳長得太快，沒多久就又穿不下了。她問我進城做什麼，我告訴她我來替堡裡的寫字師傅跑腿買東西，還告訴她說師傅需要兩根蜂蠟做的蠟燭。後面這一點完全是我捏造出來的，但這樣我就可以繼續陪她一起走過彎彎曲曲的街道。她說著話，我們的手肘不時友善地相碰。她自己手上也挽著籃子，裡面有幾包東西和幾把藥草，她說那是用來給蠟燭增添香氣的。她認爲蜂蠟比油脂能吸收香氣得多了。她做的香味蠟燭是全城最好的，就連城裡的另兩個蠟燭商也承認這一點。這個，你聞聞這個，這是薰衣草，味道很香對不對？她母親最喜歡薰衣草了，她也是。這個是「壓碎甜」，那個是香蜂草。這個是「打穀人的草根」，她自己不是很喜歡，但有些人說用它做的蠟燭治療頭痛和冬天的鬱悶很有效。梅維絲．剪線告訴莫莉說，莫莉母親以前曾經用它和其他藥草混在一起做出一種很棒的蠟燭，連疝氣痛的小寶寶聞了都會平靜下來，所以莫莉決定試驗一番，看看能不能找出其他的藥草，重新創造出她母親的配方。

她這麼冷靜地對我炫耀她的知識和技術，讓我急著想讓她對我刮目相看。「我知道打穀人的草根，」我告訴她。「有人用它來做藥膏，治肩膀和背部的疼痛，它的名字就是這麼來的。但是如果把它蒸餾成酊劑，倒進葡萄酒裡攪拌均勻，喝起來絕對嚐不出它的味道，而且成年男人喝下去之後會睡上整整兩天一夜，小孩喝下去會一睡不醒。」

她聽著我說話，眼睛瞪得大大的，聽到最後一句時臉上更出現了怖懼的神情。我沉默下來，感覺到那種尖銳的尷尬又出現了。「你怎麼會知道這種事？」她屏息問我。

「我……我有次聽到一個到處旅行的產婆跟我們堡裡的產婆聊天，」我當場編了起來。「她說了……一個很可憐的故事，說有個男人受傷，人家給他喝這個幫助他休息，可是他的小孩也喝到了。眞的是好可憐。」她臉上的表情軟化了，我感覺到她對我的態度又變得溫暖起來。「我說這件事，只是想讓妳知道要小心，別把那草根放在小孩拿得到的地方。」

「謝謝，我會小心的。你對藥草和草根感興趣嗎？我不知道文書也關心這些東西耶。」

我突然醒悟到她以爲我是文書的幫手小廝，也看不出有任何理由要告訴她我並不是。「哦，費德倫用很多種東西來做染料和墨水。他抄寫出來的東西有些很簡單樸素，但有些很華麗，上面畫滿了鳥啊、貓啊、烏龜啊、魚啊的。他給我看過一本藥草圖鑑，頁緣的裝飾部分畫著書裡每一棵藥草的綠葉和花。」

「我眞希望能看到那本書。」她誠心誠意地說，我馬上就開始動起腦筋，想著要怎麼把書弄出堡外幾天。

「我說不定可以幫妳弄到一本來讀讀……不能給妳，但是可以讓妳研究幾天。」我遲疑地表示。

她大笑起來，但笑聲中有輕微的不快。「說得跟眞的一樣，我又不識字！哦，不過我想你幫文書跑腿辦事，大概也學會認一些字了吧？」

「多少學了一點。」我說著給她看我的購物清單，承認單子上的七個詞我都看得懂，驚訝發現她眼中流露出羨妒的神情。

她突然一陣羞窘，放慢步伐，我注意到我們快走到她家的蠟燭店了。我在想，不知她父親還打不打她，但我不敢問。至少她臉上沒有挨打的痕跡。我們走到店門口，暫停腳步，她突然做了某個決定，一手按在我衣袖上，吸了口氣然後問，「你可不可以幫我讀個東西？就算只讀出一部分也好？」

「我試試看。」我表示。

「我……現在我開始穿裙子，我父親就把我母親的東西都給我了。她年輕的時候在上面那城堡裡當貴婦的更衣侍女，他們教會她識字。我有幾份她寫的東西，我想知道上面說些什麼。」

「我試試看。」我重複一次。

「我父親在店裡。」她只說了這麼一句，但她傳達出的某種感覺已經足以讓我瞭解她的意思。

「我是來這裡替文書費德倫買兩根蜂蠟蠟燭的，」我提醒她。「要是沒買到，我就別想回堡裡去了。」

「不要表現出跟我很熟的樣子。」她警告我一聲，然後打開店門。

我跟在她後面進去，但放慢腳步，彷彿我們只是湊巧在門口碰到的，不過我大可不必這麼小心翼翼，她父親坐在壁爐旁一張椅子上睡得很熟。他的改變之大，令我震驚。他本來就瘦巴巴的，現在根本只剩下一把骨頭，臉看起來像是一個凹凸不平的水果派上面蓋著一層沒烘焙夠的麵皮。切德把我教得很好，我看了看那人的指甲和嘴唇，雖然他遠在房間那一頭，我也看得出他活不長了。也許他現在不再打莫莉只是因為他已經沒力氣打人了。莫莉做了個手勢，示意我安靜，然後消失在店面與住家之間的隔簾後，我則打量起這間店。

這地方感覺不錯，雖然不大，但天花板比公鹿堡城大部分店鋪和住屋的天花板都高。我想是因為莫莉很勤奮，店裡才保持得這麼整潔，充滿了她這一行的香味與柔和光線。一根燭芯兩端各裹一根蠟燭，因此她的貨品兩兩成對，掛在一層架子的長木釘上。另一個架子上放的是商店用的實用型粗胖蠟燭。店裡甚至還有三盞用上過釉的陶土做的油燈，讓買得起這類東西的人買。除了蠟燭之外，我發現店裡還有一罐罐蜂蜜，這是順理成章的副產品，因爲她在店後面養了幾巢蜂，以便提供蜂蠟來做她最好的產品。

然後莫莉重新出現，招手要我過去。她拿著幾根蠟燭還有幾片木牘走向一張桌子，把東西放在桌上，然後緊抿著唇退後一步，彷彿在想她自己這樣做到底對不對。

木牘是以傳統方式製成的，順著樹木的紋路裁切成簡單的木板，用砂紙打磨光滑，字句仔細寫在板上，然後塗上一層黃黃的松香讓字跡深入木頭。木牘一共五片，字跡非常漂亮，其中四片詳盡又精確地描述了製作療效蠟燭的數種配方，我輕聲唸給莫莉聽，看得出她邊聽邊拚命要把內容背起來。輪到第五片的時候，我遲疑了一下。「這個不是配方。」

「唔，那是什麼？」她低聲追問。

我聳聳肩，唸給她聽。「『今天我女兒莫莉．小花束出生了，她就像花束一樣甜美可愛。爲了緩解產痛，生她的時候，我點了兩根月桂果實的長蠟燭，還有兩個杯型蠟燭，是用兩把度慰磨坊附近長的小紫羅蘭再加上一把紅根切碎薰香製成的。希望等到她自己生孩子的時候她也會這麼做，希望她的生產過程跟我一樣順利，更希望她的孩子跟我的孩子一樣完美。我相信一定會的。』」

上面就只寫了這些，我唸完後，沉默逐漸生長、綻放。莫莉從我手中把最後這片木牘拿過去，兩手持著它、眼睛直盯著它，彷彿在字裡行間讀著我沒有看到的東西。我挪了挪腳，窸窣聲讓她想起我還在這裡，她沉默地把五片木牘收起來，又消失在簾子後面。

她回來之後，很快走到架子旁拿了兩根長長的蜂蠟蠟燭，然後又從另一個架子上拿下兩根粗胖的粉紅色蠟燭。

「我只需要——」

「噓。這些我都不收你錢。野莓花的這兩根蠟燭會讓你睡得安穩，我很喜歡這種味道，我想你也會。」她的聲音很友善，但當她把東西放進我籃子裡時，我知道她是在等我走。不過她還是把我送到門口，輕輕打開門以免吵醒她父親。「再見，新來的。」她說，然後對我露出一個眞實的微笑。「小花束。我從來不知道她是這樣叫我的。街上的小孩都叫我小花臉，我想年紀比較大的小孩聽過她給我取的這個名字，覺得它很好笑，後來他們八成根本忘記我本來不叫小花臉了。嗯，我不在乎，現在這個名字又歸我所有了。我母親給我取的名字。」

「很適合妳。」我突然紳士風度發作衝口而出，然後她盯著我看，我臉頰發燙，匆匆離開店門口。我吃驚地發現下午已經接近尾聲，都快入夜了，連忙衝去把剩下的東西買齊。清單上的最後一項，黃鼠狼皮，我是在一家店外隔著已經關上的窗扇求了半天才買到的，店主老大不高興地開了門，抱怨說他想趁熱吃頓晚飯都不行，但我謝他謝個不停，他大概覺得我有點呆頭呆腦的。

我正匆匆走在通往堡壘最陡峭的路段時，意外聽見身後傳來馬蹄聲。馬匹是從城裡的碼頭區過來的，而且騎的人拚命驅趕著牠們。這太離譜了。城裡沒人養馬，因爲這裡的路太陡、太多岩石，讓馬難有用武之地，而且整個城區都擠在一小塊地方，騎馬與其說是爲了方便不如說只是因爲虛榮。所以這一定是堡裡馬廄的馬。我一步踏到路旁，看看是誰居然膽敢冒著惹博瑞屈大發雷霆的風險，在這麼滑又這麼凹凸不平的石子路面上、這麼黯淡的光線下，用這麼快的速度騎馬。

我大吃一驚地發現，騎在博瑞屈最心愛、最自豪的那一對黑馬背上的兩個人竟然是帝尊和惟眞。帝尊手持一根插有羽飾的官杖，帶著極重要訊息來到公鹿堡的使者都拿這種手杖。看見我沉默站在路旁，他們兩個猛然一勒馬，動作之突然、之猛烈，使帝尊騎的那匹馬往旁邊滑了一下，差點跪倒下去。

「要是你害那匹馬摔斷膝蓋，博瑞屈會抓狂的！」我驚慌喊著往他跑去。

帝尊驚叫出聲，然後稍隔片刻，惟眞大聲笑起他來，但笑聲中餘悸猶存。「你也跟我一樣以為他是鬼。喝，小伙子，你可把我們嚇了好大一跳，一聲不吭站在這裡，看起來又那麼像他。你說是不是啊，帝尊？」

「惟眞，你眞是個笨蛋。不要亂講話。」帝尊恨恨地猛扯了馬轡一把，然後把自己的上衣拉平。「你這麼晚在這條路上幹什麼，小雜種？你搞什麼鬼，在這個時間還想溜到城裡？」

帝尊對我總是一派鄙視，我已經習慣了，但他這麼激烈地對我凶倒是新鮮事，通常他只是避開我，或者站得離我遠遠的，彷彿我是新鮮的堆肥。被他罵我感到意外，於是很快回答，「我是要回堡裡，不是從堡裡出來，大人。我今天到城裡替費德倫跑腿買東西。」我舉起籃子為證。

「是哦，當然了。」他譏刺冷笑。「說得跟眞的一樣。你這未免也太巧了，小雜種。」他再度把這個詞朝我拋來。

我一定是露出受傷又困惑的神情，因為惟眞用他一慣的粗率態度哼了一聲說，「別理他，小子。你剛才把我們兩個都嚇了一跳。一條河船剛進城來，掛著代表特殊訊息的旗子，所以帝尊和我就騎馬下去，誰曉得居然是耐辛派來的人，說駿騎死了。然後我們一路騎上來，結果又看見一個跟他一模一樣的男孩沉默地站在前面，我們當然容易想到是——」

「你眞是個白痴，惟眞。」帝尊呸了一聲。「國王都還不知道這個消息呢，你就大呼小叫的讓全城人都聽得見。還有，別讓這個雜種以為他長得有多像駿騎，根據我聽到的說法，他腦袋裡已經裝了夠多亂七八糟的念頭了，而這都得感謝我們親愛的父親。快走吧！我們還得去傳信。」

帝尊又猛一扯馬轡把馬拉得抬起頭來，然後馬刺一踢向前奔去。我看著他離開，我發誓一時之間我心裡只想著回到堡裡之後要先繞到馬廄去一趟，看看那匹可憐的馬嘴部的瘀血有多厲害。但不知道為什麼我抬頭看著惟真，說，「我父親死了？」

他坐在馬上靜止不動。雖然他比帝尊塊頭大又重，但坐在馬上的樣子還是比較穩、比較像樣，我想這是因為他身上的軍人特質。他沉默地看了我一會兒，然後說，「是的，我哥哥死了。」那一刻他給了我承認，承認我們是親屬，承認他是我叔叔，我想我對他的看法也從此改觀。「上來坐在我後面吧，小子，我載你回堡裡。」他提議。

「不了，謝謝。要是我在這種路面上兩人騎一匹馬，博瑞屈會剝了我的皮。」

「這倒是沒錯，小子。」惟真和藹地表示同意，然後說：「抱歉，讓你用這種方式聽到這個消息。我剛剛沒有多想。這件事感覺起來實在不像是真的。」剎那間我瞥見他真實的哀傷，然後他傾身向前對馬說了句話，馬揚蹄前奔。不一會兒，路上就又只剩下我一個人了。

天空下起細細的雨霧，最後一絲天光也消失了，我還站在那裡。我抬頭望著城堡，星空映襯著它黑色的輪廓，這裡那裡透出一點燈光。一時間我想要放下籃子跑走，跑進黑暗中，再也不回來。如果我跑掉了，會有任何人來找我嗎？我納悶。但我只是把籃子換到另一側手臂上，開始慢慢地、艱難地往山坡上爬。

7

一項任務

謠傳欲念王后是被毒死的。我決定在此寫下我所確知的事實。欲念王后確實是被毒死的，但是長期毒害她的是她自己，跟國王完全無關。他常常勸她不要這麼濫用麻醉劑，也請過許多醫生和藥草大夫來，但每當他終於說服她戒掉一種東西時，她馬上就會發現另一樣東西可試。

在她人生中最後一個夏天的尾聲，她變得更加坐立難安、擾動不寧，會同時服用好幾種東西，也不再嘗試掩飾自己的癮頭。她的舉止對黠謀是相當大的折磨考驗，因為每當她喝醉或燻煙燻得火氣上升，就會胡亂做出離譜的指控、說出很難聽的話，完全不在乎她是在什麼場合、旁邊有誰在場。你或許會以為她晚年耽溺酒精藥癮的行為會讓追隨她的人感到幻滅失望，但正好相反，他們宣稱黠謀要不是逼得她自毀，就是動手毒死了她。但我可以說我確知她的死並不是國王造成的。

博瑞屈把我的頭髮剪得只剩一根手指那麼寬的長度，以示服喪。他把自己的頭髮剃光，甚至連鬍子和眉毛都剃了，表示他的哀傷。他頭上蒼白的皮膚跟紅通通的臉頰和鼻子形成強烈對比，讓他看起來非常奇怪，比到城裡來的那些用松脂固定頭髮、牙齒染成紅色黑色的森林男人還奇怪。見到森林來的野人經過時，小孩子會盯著他們看、用手遮著嘴巴竊竊私語，但是小孩看到博瑞屈的時候則是一聲不吭地退縮躲開。我想是因爲他的眼神的關係。那段時日，博瑞屈的眼睛比骷髏頭上的眼洞看起來還沒生氣。

帝尊派了一個人來，責罵博瑞屈不該剃頭、不該把我的頭髮剪短，這是國王駕崩時的服喪哀悼方式，不該用在放棄王位繼承權的人身上。博瑞屈只是瞪著那個人看，直到把他瞪走爲止。惟眞把自己的頭髮和鬍鬚剪短了一掌寬度，這是爲兄弟服喪的方式。堡裡有些守衛也各自把辮子剪短了不同的長度，這是軍人爲死去的同袍服喪的方式。但博瑞屈把他自己和我弄成這樣是太極端了點，別人見到我們都會一直盯著看，我想問他，我爲什麼要爲一個我從沒見過、也從不曾來看過我的父親服喪，但他那結凍般的眼睛和嘴角的神情讓我不敢開口。沒人對帝尊提起他把每一匹馬的馬鬃都剪下了一綹，並將剪下的所有毛髮全拋進火中表示獻祭，毛髮被火燒得發出臭味。我大概知道這表示博瑞屈把我們靈魂的一部分跟駿騎一起送上天，是他祖母那邊的人傳下來的習俗。

博瑞屈好像也死了，變得宛如行屍走肉。一股冷冰冰的力量驅動他的身體，他每一件工作都做得完美無缺，但不帶溫情也沒有滿足感。僕役以前競相爭取他表示讚許的點頭，現在卻轉移眼神不迎視他的目光，彷彿爲他感到羞恥。只有母老虎沒有拋棄他，不管他到哪裡，這隻老母狗都悄悄跟在他身後，儘管他沒有看牠一眼、摸牠一下，但牠依然跟隨著他。有一次我出於同情抱了抱牠，甚至大膽往牠的腦海探尋，但卻只碰上一片可怕的麻木，讓我不敢與之思緒相觸。牠跟牠的主人一起哀傷。

凜冽的冬風在懸崖四周吹襲呼嘯，日復一日毫無生機的寒冷否決了春天的任何可能性。駿騎葬在細柳林。堡內舉行了「哀悼齋戒」，但爲時甚短也很低調，只是遵循禮節而非眞正的哀悼。眞心哀悼他的人似乎被認爲是有欠品味，他的公眾生活早在他遜位之後就該結束了，這下子他居然死去，再度招引大家對他的注意，眞是太不應該了。

我父親死後整整一星期，我被那道從祕密階梯吹來的熟悉的風叫醒，看見黃色的燈光在召喚我。我爬起來連忙跑上階梯，跑進我的避難所。能夠逃離這陌生奇怪的一切眞好，我又可以去跟切德混合藥草、燒出奇怪的煙了。自從駿騎死後，我就覺得自己古怪地懸浮在空中不上不下，我實在不想繼續這樣下去。

但他房裡工作臺的那一頭是暗的，壁爐冷冰冰。切德坐在他自己的壁爐前，招手要我去坐在他椅旁。我坐下，抬頭看著他，但他瞪著爐火看。他抬起一隻滿是疤痕的手，放在我硬邦邦的頭髮上，一時間我們就這麼坐著，一起看著火。

「嗯，就這樣啦，孩子。」他終於開口，就只說了這麼一句，彷彿不需要再多說什麼。他揉揉我的短髮。

「博瑞屈把我的頭髮剪掉了。」我突然告訴他。

「是啊！」

「我恨死這頭髮了，躺在枕頭上的時候又刺又扎，害我都睡不著覺，把長袍的兜帽戴上的時候，帽子也扁扁的立不起來，而且我這樣子看起來好蠢。」

「你這樣子看起來是一個哀悼父親的兒子。」

我沉默了一陣。之前我把自己的頭髮想成是博瑞屈那種極端髮型的稍長版本，但切德說得對，這是兒子爲父親服喪的頭髮長度，不是臣民爲國王服喪的髮型。這只讓我更生氣。

「但我爲什麼要爲他服喪？」我把先前不敢問博瑞屈的問題拿來問切德。「我根本不認識他。」

「他是你父親。」

「他只是在某個女人身上種下了我，一知道我的存在，他就離開了。這是哪門子的父親，他根本沒關心過我。」終於把這番話說出來，讓我覺得叛逆。博瑞屈深沉強烈的哀痛和眼前切德的沉靜悲傷令我憤怒。

「你並不知道這一點。你只聽得到那些講閒話的人的說法。你年紀不夠大，有些事情你還不瞭解，你也從來沒見過一隻野鳥假裝受傷，好引誘獵食者來追牠而不是去抓牠的子女。」

「我不相信。」我說，但突然間我這句話不那麼有把握了。「他從來沒做過任何事讓我覺得他關心我。」

切德轉過身看著我，那雙眼睛凹陷、發紅，眼神看起來更蒼老了。「要是你知道他關心你，其他人也會知道。等你長大成人之後，或許你會瞭解他付出了多大的代價，爲了讓你安全、爲了讓他的敵人忽視你，而不與你相認相識。」

「嗯，這下子我這輩子再也沒機會跟他『相認相識』了。」我慍怒地說。

切德嘆了口氣。「如果他承認你是他的繼承人，你的這輩子會結束得很早。」他頓了頓，然後謹慎地問，「孩子，你想知道他什麼事？」

「所有的事。但你又知道他什麼？」切德愈寬容，我就愈鬧彆扭。

「打從他一出生我就認識他了。我跟他……合作過，就像俗話說的，『有如手和手套那樣緊密無間』。」

「你是那隻手還是那隻手套？」

不管我多無禮，切德就是不生氣。「那隻手。」他略想了一下說。「一隻悄悄動作、不爲人知的手，戴著天鵝絨般的外交手套。」

「什麼意思？」雖然我想發脾氣，但還是忍不住感到好奇。

「有些事情可以做，」切德清清喉嚨。「有些事情可以發生，讓外交工作比較容易進行，或者讓某一方比較願意坐下來談。有些事情可以發生……。」

我的世界傾覆了。現實像幻象一樣猛然出現在我眼前，我終於完全瞭解切德是什麼人、我自己又將變成什麼人。「你的意思是說，某個人可以死，然後就比較好跟他的繼承人坐下來談，他會比較願意順從我們的目標，不管是出於恐懼還是出於……」

「感激。是的。」

拼圖的每一片突然就位成形，一陣冰冷的怖懼撼動我全身。所有的課程和仔細的教導原來全都是爲了做這種事。我起身要站起來，但切德突然一手抓住我肩膀。

「或者某個人可以活下去，比別人以爲他能活的時間更長兩年、或五年、或十年，以老人的智慧和寬容讓協商更容易進行。或者某個咳嗽咳得快死的孩子可以被治好，母親在感激之餘突然看出我們的提議對所有相關人士都有好處。這隻手並非總是造成死亡，孩子。並非總是這樣。」

「但次數也夠多了。」

「關於這一點，我從來沒對你撒過謊。」切德的聲音裡有兩樣東西是之前我從沒自他口中聽見過的：爲自己辯護，還有傷心。但年輕人是無情的。

「我不認爲我想繼續跟你學東西了。我想我要去見黠謀，叫他另外找別人來替他殺人。」

「決定權在你。但我建議你不要這麼做，至少現在暫時不要。」

他的冷靜反倒讓我不知所措。「爲什麼？」

「因爲這會讓駿騎爲你所做的一切努力全都化爲烏有。此時此刻，這麼做不是個好主意。」他的一字一句深思熟慮、緩慢道來，充滿了實情。

「爲什麼？」我發現自己低聲說。

「因爲有些人想要把駿騎的故事徹底結束，而最好的方法就是除掉你。那些人會密切注意你對你父親的死有什麼反應。你是否因此胡思亂想、坐立不安？這下子你會不會變成問題人物，就像他以前一樣？」

「什麼？」

「孩子。」他說著把我拉近他身旁，我第一次聽出他語氣中的親近、占有之情。「此時此刻，你必須安靜、小心。我能瞭解博瑞屈爲什麼把你的頭髮剪短，但老實說，我眞希望他沒這麼做，眞希望沒有人因此又想起駿騎是你父親。你還只是隻小雛鳥……但是，聽我說。現在暫時什麼都不要改變，繼續做你平常做的事，等六個月或一年之後再做決定。但是現在——」

「我父親是怎麼死的？」

切德的眼睛搜索我的臉龐。「你沒聽說他是從馬上摔下來的嗎？」

「聽說了。我也聽到博瑞屈咒罵那個講這消息的人，說駿騎絕對不會從馬上摔下來，那匹馬也絕對不會把他掀下來。」

「博瑞屈必須少講兩句。」

「所以我父親是怎麼死的？」

「我不知道。但我跟博瑞屈一樣，都不相信他是從馬上摔下來的。」切德沉默下來，我頹然坐在他瘦巴巴的光腳旁，瞪著爐火看。

「他們也打算殺我嗎？」

他沉默了很久。「我不知道。只要我阻止得了，我一定不會讓你被殺。我想他們首先需要說服黠謀國王說這麼做有必要，而如果他們說服了他，我會知道的。」

「所以你認爲是堡裡的人下手的？」

「我是這麼認爲。」切德等了很久，但我保持沉默，拒絕問出口。他還是回答了。「我事前完全不知情，這件事跟我完全沒有半點關聯。他們連找都沒來找我，大概是因爲他們知道我不只會拒絕他們，還會設法確保這事絕對不會發生。」

「哦。」我稍微放鬆了一點點，但他把我訓練得太好了，我已經太熟悉宮廷權謀的思考方式。「那麼，如果他們決定要除掉我，大概也不會來找你。他們也會怕你警告我。」

他一手扶住我下巴，把我的臉轉過去，與他四目相對。「你父親的死對你來說就應該是很足夠的警告了，不管是現在還是將來。小子，你是個私生子。我們永遠都是一項風險、一個弱點，永遠都是可以犧牲的消耗品，除非我們是他們爲了確保自身安全絕對不可少的必需品。這幾年來我教了你不少東西，但這一課你一定要永遠牢牢記住。如果你讓他們不再需要你，他們就會殺了你。」

我睜大眼睛看著他。「他們現在就不需要我啊！」

「是嗎？我會老，而你年輕又溫馴，還有王室家族的臉孔和模樣。只要你不顯露出任何不當的野心，你就會沒事。」他頓了頓，然後以小心的態度強調說，「我們是國王的人，小子，完全專屬於他，你以前可能想像不到有多『專』。沒人知道我是幹什麼的，絕大多數人也早已經忘記我是誰，或者說我以前是誰。如果有任何人知道我們，也是國王自己告訴他的。」

我坐在那裡，把一切謹慎拼湊起來。「那麼……你說過是堡裡的人下的手。但如果他們沒有用到你，那就表示不是國王下的令……。是王后！」我說，突然感到很有把握。

切德的眼神沒有洩露他的思緒。「這是個很危險的假設。如果你認爲你必須因此採取什麼行動，那就更危險了。」

「爲什麼？」

切德嘆了口氣。「如果你腦中突然出現一個想法，然後你在沒有證據的情況下判定那是眞的，你就會看不見其他的可能性。把每種可能都想一想，小子。也許那是件意外。也許駿騎是被他在細柳林得罪的人殺死的。也許這跟他身爲王子一點關係也沒有。也或許國王另外有一個我完全不知道的刺客，下手害死兒子的是他自己。」

「你說的這些連你自己都不信。」我很有把握地說。

「對，我不相信，因爲我沒有證據，不能宣稱這些說法是事實，就像我也沒有證據能說你父親的死是王后動的手。」

關於我們那段對話，現在我只記得這些，但我確信切德是刻意要引導我思考有誰可能謀害我父親，讓我對王后更加提防。我牢牢記住這一點，而且不只是在事情剛過的那段日子。我繼續做我的日常工作，我的頭髮慢慢長長，等到夏天眞正開始的時候，一切似乎都已恢復正常。每隔幾星期就有人會派我到城裡去跑腿買東西，不久我發現不管派我出門的是誰，清單上總會有一兩樣東西最後出現在切德的房裡，所以我猜是他讓我得以享有那些短暫的自由時光。我不見得每次進城都有機會跟莫莉相處，但我只要站在她店外櫥窗旁，等她注意到我，兩人至少點個頭，也就夠了。有一次我在市場聽到有人說她的香味蠟燭品質很好，說從她母親去世以來一直沒人能做出這麼好聞又有益健康的蠟燭，我微笑起來，爲她感到高興。

夏天來了，溫暖的氣候降臨海岸地帶，外島人也來了。有些人是正派商人，帶著寒冷地區的貨品來交易——毛皮、琥珀、象牙、一桶桶的油——也帶著荒誕不經的故事來講述，這些故事依然能讓我汗毛直豎，就像我還是小小孩的時候那樣。我們的水手並不信任他們，說他們是間諜，還有更難聽的話。但他們的貨品很豐富，而且他們帶來向我們買葡萄酒和穀子的黃金，成色足又沉甸甸，我們的商人也就收了。

還有另一種外島人也會來造訪我們沿岸地區，雖然不會離公鹿堡太近。他們來的時候帶著刀劍、火把、弓箭、撞門柱，到已經飽受多年肆虐的那些村莊去燒殺擄掠、強姦民女。有時候這像是一場複雜而血腥的競賽，他們要找到疏於防備或兵力不足的村子，我們則是要用看起來似乎容易攻擊的目標來引誘他們，等他們一到，就以其人之道還治其人，把這些海盜也燒殺擄掠一番。但如果這是一場競賽，那年夏天我們輸得很慘，我每次進城去都聽到許多地方一片殘破的沉重消息，聽到人們的抱怨嘀咕。

駐守公鹿堡的士兵都覺得我們好像被人耍得團團轉，我也有同感。外島人的船總能避開我們的巡邏船隻，而且從來不會掉進我們的陷阱，還專門攻擊我們兵力最不足、最意料不到的地方。最感挫折狼狽的是惟眞，因爲駿騎遜位後，捍衛王國的任務就落在他身上。我在酒館裡聽到有人咕噥著說，自從他失去了哥哥提供的明智忠告之後，一切情況都變糟了。還沒有人說惟眞的壞話，但是讓人不安的是，也沒有人發言強力支持他。

我孩子氣地將那些劫掠視爲事不關己。遭到劫掠當然是很不幸的事，我對那些房子被燒光、東西被搶走的村民也稍稍感到同情，但我平平安安身在公鹿堡，幾乎完全感覺不到其他海港那種隨時隨地都畏懼警戒交加的處境，也感覺不到那些年復一年重新建立家園、卻年復一年看見自己的努力再度付之一炬的村民的苦楚。不過我這種天眞無知的狀態持續不了多久。

一天早上，我去博瑞屈那裡「上課」，雖然我治療牲畜、訓練年輕小馬的時間跟他給我上課的時間一樣長。我基本上已經取代了柯布在馬廄裡的位置，他則去帝尊手下當馬夫並負責照顧狗。但那一天我很驚訝，因爲博瑞屈把我帶到樓上他房間裡，要我在桌旁坐下，我深怕又要把一整個早上花在修理馬具這種單調又累人的工作上。

「我今天要教你禮儀。」博瑞屈突然宣布，語調中帶有些許懷疑，彷彿不太相信我有能力學會這種東西。

「跟馬相處的禮儀？」我不敢置信地問。

「不是，那些你已經懂了。是跟人相處的禮儀。同桌吃飯的時候該怎麼樣，然後大家坐在一起聊天的時候又該怎麼樣，是這種禮儀。」

「爲什麼？」

博瑞屈皺起眉頭。「因爲，出於某種我不明白的理由，你要陪惟眞去潔宜灣見瑞本大公國的克爾伐公爵。克爾伐爵士沒有跟修克斯大公國的歐姆西爵士合作派人駐守沿海的瞭望臺。歐姆西指控他，說他的瞭望臺完全沒人駐守，讓外島人的船可以長驅直入，甚至在守望島外面下了錨，然後從那裡去劫掠歐姆西國內的村莊。惟眞王子要去跟克爾伐談談這些問題。」

我馬上就進入狀況。這在公鹿堡城裡已經是人盡皆知的閒話了。瑞本大公國的克爾伐爵士轄下有三座瞭望臺，其中兩座一左一右包住潔宜灣的瞭望臺總是有充足的人員駐守，因爲這兩座瞭望臺保護著瑞本大公國最優良的港口。但守望島上的那座瞭望臺對瑞本沒有太大用處，沒有保護到什麼克爾伐爵士認爲重要的東西；他國土的海岸是陡峭高聳的岩岸，如果有人想來打劫，很難不撞上礁岩，而他的南部沿海地帶則鮮少受到騷擾。守望島本身基本上只住著海鷗、山羊，還有一大堆蛤蜊，然而修克斯大公國若想及時保衛他們的小南灣，這座瞭望臺至關緊要，因爲海峽進出口在這裡一覽無遺，而且這座瞭望臺坐落在一處天然高丘上，若燃起烽火，大陸方面很容易就能看見。在歇姆西自己的轄下，蛋島上有一座瞭望臺，但是蛋島基本上只是漲潮時堆積起來的一堆沙罷了，沒辦法眞的看清楚整個海域的狀況，而且這座瞭望臺老是需要修理，因爲沙地的地形經常改變，風暴捲起的浪潮偶爾還會把它淹沒，但是從這裡可以看見守望島上的烽火，從而將警訊傳遞到國內。問題是守望島的瞭望臺要有人點燃烽火才行。

傳統上，守望島的漁場和可以挖蛤蜊的沙灘是瑞本大公國的領土，因此派人駐守那座瞭望臺的責任也歸瑞本大公國管。但若要派遣部隊到那裡戍守，就要有士兵、有士兵吃的食物，還要提供點燃烽火用的木材和油，更要維修瞭望臺本身，讓它不被席捲那座小荒島的強烈風暴摧毀。士兵不喜歡去那裡駐守，謠傳把人派到那裡去等於是含蓄的懲罰，用來對付不聽話或缺乏政治勢力的部隊。克爾伐不止一次在喝酒時宣稱，如果派人駐守那座瞭望臺對修克斯大公國那麼重要的話，那歇姆西爵士就應該自己想辦法。不過對守望島周圍的漁場和盛產貝類的海床，瑞本大公國倒是無意出讓。

結果，初春時修克斯的村莊遭到劫掠，不僅田地無法及時播種，而且大部分懷孕的綿羊不是被殺、被偷，就是四散奔逃不見，於是歇姆西爵士對國王大表抗議，說克爾伐沒有盡到派人駐守瞭望臺的職責。克爾伐加以否認，說那個地方很少需要動武捍衛，所以他派在那裡的一小批人就已經足夠了。「守望島瞭望臺需要的是看守的人，不是士兵。」他宣稱。至於看守瞭望臺的人，他找來的是一群老人，男女都有。其中少數曾經是軍人，但大部分都是潔宜灣的邊緣人；有些人說那些都是賴債的人、扒手、年老的娼妓，支持克爾伐的人則堅稱他們只是需要固定工作的年長國民。

這些情況，我都已經透過酒館閒話還有切德給我上的政治課瞭解得很清楚，清楚得遠超過博瑞屈的想像，但我閉上嘴，耐著性子坐在那裡聽他詳細又艱難地解釋。這不是我第一次感覺到他認爲我反應有點遲鈍。他把我的沉默誤以爲是腦筋不好，不知道我只是覺得沒有必要開口說話。

因此，現在博瑞屈費勁地開始教我禮儀，他說大部分的男孩都是跟自己家裡的大人在一起就自然而然可以學到。每天第一次見到別人時，或者進入一間裡面有人的房間時，我要跟他們打招呼，沉默不語、悄悄走開是不禮貌的。我應該用別人的名字來稱呼他們，如果他們年紀比我大，或者政治地位高——他提醒我，我這一趟出門碰到的人幾乎全都是這樣——我就也要叫出他們的頭銜。然後他滔滔不絕講了一大堆規矩講究：對方是誰，以及在什麼情況之下，出房間時我必須讓對方先走（幾乎任何人、在任何情況下都比我優先）。接下來是餐桌禮儀。要注意我被安排坐在哪裡；要注意坐在那桌主位的人是誰，並配合他吃飯的速度；要怎麼樣在敬酒的時候不喝得過量；還有不管坐在我附近的人是誰，都要說些有趣的話，或者我比較可能做到的是專心聽人家講話。如此這般，沒完沒了，最後我開始作起白日夢，恨不得我們是在清理一大堆馬具。

博瑞屈狠狠戳了我一下，讓我回過神來。「還有，你也不許這個樣子。你看起來一副白痴相，坐在這裡猛點頭、心思不知飛到哪裡去了，別以爲沒人會注意到你在發呆。別人糾正你的時候你也別這樣瞪著眼。坐直坐正，臉上帶著愉快的表情。我說愉快的表情，不是空洞的微笑，你這傻子。哎，蜚滋，我該拿你怎麼辦？你惹麻煩的時候我要怎麼保護你？他們又到底是爲什麼要突然把你帶出去？」

最後這兩個自問的問題洩露了他眞正擔心的事。我先前沒看出這一點，或許是有點笨。他們沒有要帶他去，只帶我去，他看不出這到底有什麼說得通的原因。博瑞屈在宮廷外圍生活得夠久了，知道要非常謹慎。從他開始負責照顧我以來，這是我第一次要離開他的監視範圍。我父親才下葬沒有多久。於是，雖然他不敢明說，但他納悶我還回不回得來，不知道會不會有人藉這個機會悄悄除掉我。我領悟到，要是我「消失」了，對他的自尊心和名譽會是多大的打擊。於是我嘆了口氣，謹慎地說也許他們是想多帶一個人去幫忙照顧馬和狗。惟眞對他那隻獵狼犬力昂的訓練毫無進展，兩天前他才稱讚我把牠管得很好。我把這事說給博瑞屈聽，看見這個小藉口效果這麼好，令人很有滿足感。他臉上先是出現鬆了一大口氣的神色，然後是驕傲，因爲他把我調教得好。話題立刻從禮儀轉移到該怎麼正確照顧獵狼犬。先前的禮儀課讓我疲倦，把獵犬的相關知識又聽一遍則簡直是枯燥到痛苦的地步，等到他放我去上其他課的時候，我一溜煙就跑不見了。

那一天接下來的時間我都恍恍惚惚、心不在焉，浩得威脅我說，要是我再不專心，她就要好好鞭打我一頓。然後她對著我搖搖頭，嘆了口氣，跟我說去吧，等我有心上課的時候再回來。我當然樂得照辦。我腦袋裡什麼也裝不下，一心只想著我要離開公鹿堡、要眞的出門旅行了，而且是一路去到遙遠的潔宜灣。我知道我該奇怪他們爲什麼要帶我去，但我相信切德很快就會告訴我。我們會走陸路還是水路去？我眞希望剛才有問博瑞屈這件事。我聽說過通往潔宜灣的道路狀況不太好，但我不介意。煤灰和我從來不曾一起展開長途旅行。但是如果走海路，坐上一艘眞正的船……

我繞路走回堡內，這條小徑穿過一片長著稀疏樹木的多岩山坡，若干樺樹和幾棵赤楊在這裡掙扎求生，不過主要還是沒什麼特色的灌木叢。陽光和微風在高處的樹枝間嬉戲，灑下斑駁光影，讓白晝的空氣中充滿興奮。我抬頭透過樺樹的葉子看向耀眼陽光，再低下頭來時，國王的弄臣站在我面前。

我驟然停下腳步，大吃一驚，隨即反射性地往兩旁看看國王在哪裡，雖然他會出現在這裡是很荒謬的事。但這裡只有弄臣一個人，而且是在戶外，在太陽底下！想到這裡，我雙臂和脖子上的皮膚都繃了起來，汗毛直豎。堡裡每個人都知道國王的弄臣受不了日光。每個人都知道。但是，儘管每個僕役和廚房女傭閒聊時都很有經驗地這麼說，此刻弄臣就站在這裡，淺色頭髮在微風中飛揚。在他蒼白膚色的對照下，他那身絲質雜色衣的紅和藍看起來鮮豔得驚人，但他的眼睛倒不像在堡內光線黯淡的走廊上時那麼沒有顏色。他在日光下僅僅幾呎外盯著我看，我注意到他眼中有一抹很淡很淡的藍，彷彿是一滴淡藍色的蠟滴在白色淺盤中。他的皮膚也並非那麼蒼白，因爲在這裡、在斑駁的陽光下，我看得出他全身的皮膚都透出一點粉紅。我突然膽怯地醒悟到，那是血的顏色，是紅色的血透過一層層皮膚所顯露出來的顏色。

弄臣毫不理會我在低聲說什麼，他高舉一根手指，彷彿不只是要讓我的思緒暫停，更是要讓我們周遭的時間暫停。但我專注無比地盯著他的手指，弄臣露出滿意的微笑，露出東一顆西一顆小白牙，像是嬰兒的新生微笑出現在男孩的嘴邊。

「蜚滋！」他尖聲說。「蜚滋瘋隻匪溝髮捉。只非吠有。」他突然停下來，又對我露出那個微笑。我不甚確定地回看著他，沒說話也沒動。

那根手指又高舉起來，這回是朝著我搖動。「蜚滋！蜚滋風之費狗法座。支沸非疣。」他歪著頭看我，他那蒲公英絨毛般的頭髮隨著這個動作又朝另一個方向飄揚。

我逐漸沒那麼畏懼他了。「蜚滋。」我小心地說，用食指點點自己胸口。「蜚滋，就是我。對，我叫蜚滋。你迷路了嗎？」我試著讓聲音聽來溫和又安慰，不想嚇到這個可憐人。他一定是不知怎麼跑到城堡外面來了，所以他看見一張熟悉的臉孔才這麼高興的樣子。

他用鼻子深吸一口氣，然後猛搖頭，搖得他滿頭頭髮飛散開來，像被風吹襲的蠟燭火焰。「蜚滋！」他強調地說，聲音有點發啞。「蜚滋豐知肥狗發作。只飛廢油。」

「沒事的。」我安撫地說，稍微彎下身，雖然我其實並不比弄臣高很多。我攤開手掌，輕輕做了個招手的動作。「來吧!來，我帶你回家，好嗎?別害怕。」

弄臣突然垂下雙手，然後抬起臉朝著天空翻白眼。他眼神定定的重新看向我，噘起嘴來彷彿要吐口水一般。

「快來吧！」我又朝他招手。

「不！」他說，聲調明顯的很是惱火。「聽我說，你這個白痴。蜚滋逢治妃狗發作。只費肥油。」他鞠個躬，轉過身沿著小徑往上走。

「等一下！」我追問，尷尬得連耳朵都紅了。要怎麼才能不失禮地跟人家解釋說，多年來你一直以爲他不只是弄臣而且還是智障？我不知道。所以我只說：「你說這麼一大堆又飛又發的東西是什麼意思？是在取笑我嗎？」

「不是。」他暫停腳步，轉過身說，「蜚滋逢治妃狗發作。只費肥油。據我瞭解，這是一個訊息，是要人採取一項重大行動。你是我認識的人當中唯一一個能忍受別人叫他蜚滋的人，所以我想這訊息是要傳給你的。至於它是什麼意思，我怎麼知道？我是弄臣，不是解夢的人。再見。」他再度轉過身去，但這次沒有沿著小徑繼續往上走，而是離開小徑踏進旁邊的一叢灌木。我匆匆追上去，但是等我跑到他離開小徑的那個地方，他已經不見了。我站著不動往這片空曠、灑滿光影的樹林裡張望，心想應該可以看到他經過之後還在搖晃的某棵灌木，或者瞥見他的雜色外套。但是毫無蹤跡。

而且他那段莫名其妙的訊息也毫無意義。我走回城堡，一路努力思索這次奇怪的遭遇，但最後我把它撇到一邊，覺得這事雖奇怪，但只是偶發事件而已。

切德當天晚上沒找我，而是隔天晚上。我滿腔熱切好奇，沿著階梯飛奔而上，但是跑到最上層時我停了下來，知道我的問題得稍後再問了。因爲切德坐在那張石桌旁，偷溜蹲在他肩上，他面前攤著一卷新的卷軸，一杯酒壓著卷軸的一端，彎彎的手指慢慢往下移，似乎在讀著某種清單。我走過去的時候瞥了一眼，上面列著村名和日期，每一個村名底下列著一項項統計——多少戰士、多少商人、多少隻綿羊或多少桶麥酒或多少斤穀子等等。我坐在桌子另一側等。我已經學會了不要打斷切德正在做的事。

「孩子，」他輕聲說，眼睛仍然看著卷軸。「如果有個流氓從你背後偷襲你、往你頭上敲，你會怎麼做？但是他只在你背對他的時候偷襲你。你會怎麼應付？」

我稍微想了一下。「我會轉過身去，假裝在看別的東西，不過我手上會拿一根又粗又長的棍子，等他來敲我，我就猛然轉身狠狠打他的頭。」

「晦，是的。唔，這招我們試過了。但不管我們多麼若無其事，外島人似乎總是知道我們設下了圈套，從來都不會攻擊我們的誘餌目標。嗯，事實上，我們倒是騙過了一兩批普通盜匪，但是紅船劫匪從來不上當，而他們才是我們想傷害的對象。」

「爲什麼？」

「因爲他們對我們造成的傷害最嚴重。是這樣的，小子，我們已經習慣被打劫了，甚至可以說我們已經適應了。我們會多種一畝田、多織一匹布、多養一頭牛，我們的農民和城裡人總是試著多準備一點，而且要是有人的穀倉被燒掉，或者有哪間倉庫在打劫的混亂中失火，大家都會去幫忙重新把它蓋起來。但是紅船劫匪並不是以搶奪爲主、然後在搶奪的過程中造成破壞，他們是專門來破壞的，不管眞正搶走什麼東西幾乎好像都只是順手而已。」切德頓了頓，盯著一面牆，彷彿要看穿牆壁似的。

「這沒有道理，」他困惑地說，比較像是自言自語而非對我說話。「至少我看不出有什麼道理。這像是殺死一頭每年都生下健康強壯小牛犢的母牛一樣。紅船劫匪把還長在田裡的穀子和稻草都燒光，把帶不走的牲口殺死。三個星期之前在托恩斯比，他們放火燒了磨坊，把放在磨坊裡一袋袋的穀子和麵粉都割破。這麼做對他們有什麼好處？他們爲什麼冒著生命危險專門來造成破壞？他們並沒有試圖侵占領土，也從來沒對我們表示過任何不滿或冤仇。小偷可以防，但是他們專門殺戮破壞，行事毫無章法規則可言。托恩斯比不會再重建了，那裡的生還者既沒有那個心力也沒有那個資源，他們離開那裡，有些人去投奔其他城鎮的親戚，有些人流落到我們的各個城市裡行乞。這個模式我們已經太常看到了。」

他嘆了口氣，搖搖頭釐清思緒，當他抬起頭來，注意力就完全集中在我身上了。切德有這種本事，可以把一個問題完完全全放到一邊去，讓人簡直以為他已經把它給忘了。此刻他宣布的口吻彷彿這是他唯一關心的事：「惟真要去潔宜灣跟克爾伐爵士講理，你要跟他一起去。」

「博瑞屈跟我說了，但是他想不通原因，我也是。為什麼？」

切德露出不解的神情。「你幾個月以前不是抱怨說你在公鹿堡待煩了，想去看看六大公國的其他地方嗎？」

「當然，但我不太相信這是惟真帶我去的原因。」

切德哼了一聲。「惟真根本不會注意他身邊的隨從有誰。他沒耐心關注細節，所以他不像駿騎那麼會處理人的問題，不過惟真是個好軍人，長遠看來，這或許是我們最需要的。是的，你說得對，惟真完全不知道為什麼要帶你去……目前還不知道。黠謀會告訴他說你受訓擔任間諜，暫時就只會告訴他這麼多，這點黠謀和我一起討論過了。你準備好要開始回報他為你做的一切了嗎？你準備好要開始為家族效力了嗎？」

他的語氣是如此平靜、看著我的眼神是如此坦然，我問接下來的問題時要保持平靜幾乎也變得容易。「我會需要殺人嗎？」

「也許。」他在椅子上動了動。「這一點要你來決定。下決定然後去做……跟只是接到命令說『就是這個人，必須動手』是不一樣的。下決定困難得多，我一點也不確定你準備好了。」

「這種事會有準備好的一天嗎？」我試著微笑，但我咧嘴而笑的動作像是肌肉痙攣。我試著抹去那笑容，但是沒辦法。一股奇異的震顫傳遍我全身。

「大概不會。」切德沉默下來，然後決定我已經接受了任務。「這次有位老貴婦也會一起去，她要到潔宜灣去探親，你就當她的隨從。這工作沒什麼難的。百里香夫人年紀很大了，身體不好，她出門都是坐封閉式的轎子*，你就騎馬走在轎子旁邊，確保她不會被顛得太厲害，如果她要喝水你就拿水給她，負責這一類的小事。」

「聽起來跟照顧惟眞的獵狼犬沒多大差別。」

切德頓了頓，然後微笑。「好極了，這項工作也交給你。這一路上，你要讓每一個人都少不了你，這樣你就有理由出現在所有地方、聽見所有的事，沒人會質疑你在那裡幹什麼。」

「我眞正的任務是？」

「多聽多打探。黠謀和我都覺得那些紅船劫匪對我們的戰略和長處未免太瞭解了。克爾伐近來很不捨得出錢好好派兵駐守守望島的瞭望臺，他兩次置之不理，修克斯大公國的沿海村落也兩次都因爲他的疏忽付出代價。他是純粹怠忽職守，還是已經做出叛國的行爲？克爾伐是不是跟敵人合作，從中牟利？我們要你到處探聽一下，看你能查出什麼。如果你查到的一切都顯示他是無辜的，或者如果你只有強烈的懷疑而沒有證據，就把消息帶回來給我們。但是如果你查出他叛國，而且非常確定，那麼我們愈早除掉他愈好。」

「意思是？」我不太確定這是我自己的聲音，聽起來那麼隨意、那麼從容。

「我準備了一種粉末，不管是加在菜裡、酒裡都無色無味。至於要怎麼用它，我們信任你能隨機應變、小心謹慎。」他掀開桌上一個陶盤的蓋子，盤子裡有一個用上好紙張做成的紙包，那紙比費德倫給我看過的任何紙張更薄更細緻。怪的是，我第一個念頭是我的文書師傅一定會非常愛用這種紙。紙包裡裝著再細不過的白色粉末，吸附在紙張上，輕得足以飄浮在空中。切德用一塊布掩住口鼻，小心倒了一點在摺起來的油紙上，然後把油紙包遞給我，我攤開手掌接下死亡。

「它會怎麼樣發揮作用？」

「不會發揮得太快。他不會當場死在餐桌上，如果你問的是這個意思的話。不過如果他多喝幾杯，就會覺得不舒服。據我對克爾伐的瞭解，我猜想他會抱著咕嘟翻騰的肚子上床，然後一睡不醒。」

我把粉末收進口袋。「惟眞知道嗎？」

切德思考著。「惟眞是人如其名，要是他跟一個即將被自己毒死的人同桌吃飯，他是不可能隱藏得住的。不，在這次的任務中，偷偷進行會比說出事實對我們更有利。」他直視我的眼睛。「你的工作是獨自進行，除了你自己之外，沒有人能給你建議。」

「我懂了。」我在高高的木頭圓凳上動了動。「切德？」

「什麼事？」

「你的第一次也是這樣嗎？」

他低頭看著雙手，伸出手指撫摸左手背上那些可怕的紅色疤痕。沉默延長下去，但我繼續等待。

「當時我比你現在大一歲。」最後他說。「而且我只負責去做，不包括決定該不該做。這樣說夠了嗎？」

不知道爲什麼，我突然尷尬起來。「我想是夠了。」我含糊不清地說。

*譯註：西方的轎子litter跟我們一般容易聯想到的中國古代的轎子不同，比較像是個有人抬、有頂蓋的臥榻或座椅，前後左右通常是沒有遮蔽的（或只罩一層紗帳），所以若四面八方以簾幕掩蓋不透風的話才需特別說明是「封閉式」。

「很好。我知道你沒有惡意，但是男人不會談他跟女士在枕邊共度的時光，我們刺客也不會談……公事。」

「連老師對學生都不會說嗎？」

切德轉過頭，看向天花板黑暗的角落。「不會。」過了一會兒，他又說，「兩個星期之後，你或許就會明白為什麼了。」

關於這件事，我們就只講過這麼多。

據我的估算，那年我十三歲。

8

百里香夫人

要談六大公國的歷史，就必須研究其地理。黠謀國王的宮廷文書費德倫很喜歡這個說法，我也從來不曾認為這個說法有錯。也許一切歷史都是在敘述自然疆界。隔在我們和外島人之間的大海與冰層使我們成為兩個不同的民族，而六大公國的豐美草原和肥沃牧地所生產的富饒物產使我們成為敵人；或許這就是六大公國歷史的第一章。熊河與酒河創造出提爾司那些富饒的葡萄園及果園，高高聳立在沙緣的繪緣山脈既保護也孤立了那裡的人民，使他們易受我們有組織的軍隊攻擊。

我突然驚醒過來，月亮還掛在天空。我居然還能睡著，這點已經很讓自己吃驚了。前一天晚上在博瑞屈的監督下，我的行前準備進行得無微不至，所以要是我能自己作主，我恐怕一吞下早餐的燕麥粥就會出發了。

但一群人要一起做任何事的時候，情況當然不是這樣。等我們終於集合完畢、準備好，太陽早就出來了。「王室的旅行，」切德警告過我，「永遠沒辦法輕車簡從。惟眞是背著國王之劍的重量上路的。

所有看到他經過的百姓，都知道他是誰。消息必須比人先到，傳到克爾伐和歇姆西的耳朵裡，讓他們曉得國王要伸手解決他們之間的紛爭了，一定要讓他們這下子希望他們先前從來沒鬧過糾紛。這就是有效統治的祕訣，讓人民願意以一種不需統治者出手干預的方式生活。」

因此惟眞帶著大張旗鼓的陣仗出門，這顯然讓軍人性格的他覺得很煩。他精選的部隊穿著代表他的顏色、配戴著瞻遠家族的公鹿標誌，騎馬走在一般部隊的前面，在少不更事的我看來，這陣仗夠氣派的了。但爲了不給人造成太軍事化的印象，惟眞還帶了貴族旅伴同行，這樣晚上也好有人一起談天助興。在騎著良馬的貴族後面有獵鷹獵犬和照顧牠們的人、樂手和吟遊詩人、一個木偶戲班、幫貴族男女拿這個搬那個的僕役，還有負責打理他們服裝髮型和負責做他們愛吃的菜的僕役，再接下來是背載行李的馱獸，浩浩蕩蕩一路排下去。

我的位置差不多在一行人的中間。我坐在神態安詳的煤灰背上，旁邊有一座華麗的小轎，架在一前一後兩匹溫馴的灰色閹馬身上。一個比較靈光的馬僮叫阿手的分配到了一匹小型馬當坐騎，他負責照管抬轎的那兩匹馬，我則負責管載我們行李的那匹騾子，並照顧轎子裡的人，也就是那位年紀非常大的百里香夫人。我以前從沒見過她。等到她終於出現要上轎的時候，她全身都用斗篷、面紗、絲巾包得密不通風，我唯一的印象是，她是瘦削型而非圓胖型的老人，還有她的香水害得煤灰打噴嚏。她上了轎，在一堆靠墊、毯子、毛皮和布巾中坐定，然後立刻命令我們把簾子放下拴好，儘管這天早上的天氣很好。兩個扶她出來上轎的小侍女高高興興跑開了，只剩下我是她唯一的僕人。我的心一沉。我本來預期那兩個侍女至少有一個會跟她一起坐在轎子上的，這下子，等她過夜用的帳篷搭好之後，誰來照顧她的私人需要？我對服侍女人根本沒概念，更何況是一個年紀很大的女人。我決定遵循博瑞屈對年輕男性應付年長女性的建議：要殷勤體貼有禮貌，神情愉快，態度宜人。親切的年輕男性很容易贏得老婦人的喜愛，博瑞屈是這麼說的。我接近轎子。

「百里香夫人？您坐得還舒服嗎？」我問。過了好一段時間她仍沒回應。也許她有點重聽。「您坐得還舒服嗎？」我大聲一點問。

「不要來煩我，小伙子！」這是她出人意料的激烈回話。「如果我要找你，我會叫你。」

「對不起！」我趕快道歉。

「我說了，不要來煩我！」她憤慨地粗聲說，然後又壓低聲音加了一句，「沒教養的笨蛋。」

我學乖了沒回話，但我的驚慌氣餒之情驟增十倍。這下子甭想有什麼愉快宜人的旅途了。號角聲終於響起，我看見惟眞的旗幟在前方遠處舉了起來，一陣陣往後飄揚的塵土顯示我們打頭陣的部隊已經上路了。經過一段感覺好漫長的時間，我們前面的馬匹終於動了。阿手指揮抬轎的馬匹開始走，我發出啾啾聲對煤灰下令，牠熱切踏出步伐，騾子則認命地跟在後面。

我現在仍然清楚記得那一天。我記得前面的大隊人馬揚起厚厚的塵沙，阿手和我低聲交談，因爲我們第一次大笑出聲時，百里香夫人就罵了一句，「不要吵！」我也記得我們沿著起伏的海岸道路前進，亮藍色的天空高掛在一座座山丘上。在山丘頂上看見的大海景致令人爲之屛息，往下走到山谷則有充滿濃濃花香、讓人昏沉欲眠的空氣。還有那些牧羊女，她們在一堵石牆上坐成一排，紅著臉吃吃笑，對經過的我們指指點點，綿羊點綴在她們身後的山坡上。看見她們把顏色鮮豔的裙子拉起來在一側打個結，把腿和膝蓋露在風中、陽光下，使阿手和我輕聲驚呼。煤灰對我們緩慢的前進速度感覺煩躁無聊，可憐的阿手則一直得輕踢他那匹上了年紀的小型馬，要牠跟上速度。

那天行進途中我們歇了兩次，讓騎馬的人下來伸伸腿，也讓馬匹喝水。百里香夫人沒有下轎，只有一次用刻薄的語氣提醒我說我早該拿水來給她了。我咬牙沒回話，端了水給她喝。這是我們最接近對話的一次。

太陽還沒下山我們就停了下來。阿手和我架起百里香夫人的小帳篷，她則坐在轎子裡吃晚餐，那個裝著冷肉、乳酪和葡萄酒的籃子是她很周到地為自己準備的。阿手和我沒那麼有口福，吃的是士兵的口糧：硬麵包、更硬的乳酪、肉乾。我吃到一半，百里香夫人要求我把她從轎子上護送到帳篷裡。她全身又包又裹地下了轎子，宛如準備迎接暴風雪，那身華服有各種顏色，陳舊的程度不一，但全都曾經是昂貴又剪裁精緻的衣服。此刻她重重靠在我身上小碎步向前走，我聞到一股令人作嘔的混合氣味，有塵土、有霉味、有香水，還有隱隱的尿味。到了帳篷門口她尖酸刻薄地打發我走，還警告我說她有刀，叫我別想進她帳篷去打擾她。「我可是很會用刀的，小伙子！」她威脅我。

我們睡覺的安排也跟士兵一樣：裹著自己的斗篷睡在地上。但夜色溫和，我們升起一小堆火。阿手咯咯笑著取笑我，叫我別想對百里香夫人起色心，否則可有把刀在等著我呢！我氣得跟他扭打成一團，直到百里香夫人尖聲威脅我們，說我們害她睡不著覺。然後我們輕聲交談，阿手告訴我說沒人羨慕我這差事，還說任何在旅途上服侍過她的人從此都躲她躲得遠遠的。他還警告我說我最糟糕的工作還等在前頭，但堅決拒絕告訴我是什麼工作，儘管他已經笑得快流出眼淚來了。我輕易就睡著了，因為孩子氣的我已經把我真正的任務暫時拋開，等到必須面對它的時候再說。

黎明時分我醒來，聽見啁啾的鳥叫，還聞到百里香夫人帳篷外一個滿得快溢出來的夜壺發出的惡臭。雖然我早就習慣清理馬廄和狗舍，不會一聞到臭味就想吐，但我還是費盡全力才逼迫自己把夜壺倒空清乾淨再還給她。那時候她已經在帳篷裡數落我不管是冷水還是熱水都還沒拿來給她，也沒有用她已經擺出來的材料煮好燕麥粥。阿手不見人影，已經跑去跟士兵分享火堆和口糧，留下我自己一個人應付這個暴君。等我終於把早餐做好用托盤端上（她批評我把托盤上的東西擺放得亂七八糟），然後再把鍋盤洗好全部還給她時，其他人幾乎都已經準備好要動身了，但她就是不准我們拆掉帳篷，一直要等到她已經安安穩穩坐進轎子裡才可以動手。我們在極度匆忙緊迫中好不容易及時打包完畢，最後我終於騎在馬上，半點早餐都沒吃到。

幹了這麼一早上的活，我餓得要命。阿手略表同情地端詳我悶悶不樂的臉，比了個手勢要我騎得離他近一點。他靠過身來跟我說話。

「除了我們以外，每個人都聽說過她。」他說著朝百里香夫人的轎子偷偷點了個頭。「她每天早上製造的惡臭已經是傳奇了。白毛說她以前也常跟著駿騎一起出門……。她在六大公國到處都有親戚，除了去探親之外沒別的事好做。部隊裡每個人都說他們早就學會離她遠遠的，否則她會叫他們去做一大堆沒用的差事。哦，還有，白毛要我把這個拿給你，他說，只要你負責服侍她，就別想坐下來好好吃頓飯了，不過他每天早上會試著幫你留點東西。」

阿手遞給我一團口糧麵包，裡面夾著三條涼掉的油膩燻肉。那滋味眞是太美妙了，我狼吞虎嚥吃了起來。

「沒教養的小子！」百里香夫人在帳篷裡尖聲叫道。「你跑到前面去幹什麼？一定是在講上面人的壞話。回你自己的位置去！你跑到前面那麼遠的地方，怎麼能好好照顧我？」

我趕快拉住煤灰的韁繩，回到轎子旁邊，嚥下一大口麵包和燻肉，問道：「夫人需要什麼東西嗎？」

「不要邊吃東西邊說話。」她凶我。「也不要再來煩我了。蠢蛋。」

如此這般。道路沿著海岸線前伸，我們步調緩慢，花了整整五天才到潔宜灣。路上除了兩座小村莊之外，我們見到的風景一律都是狂風吹襲的峭壁或草原，偶爾還有幾棵長得歪七扭八、發育不良的樹木，然而在我看來這一切都充滿了美景和驚奇，因爲每轉過一個彎我就又來到了一個從沒見過的地方。

旅程中，百里香夫人這個暴君愈來愈變本加厲，到了第四天她簡直就是從頭到尾抱怨個不停，而且她抱怨的事情我幾乎都無能爲力。比如她的轎子搖得太厲害了，讓她想吐；我從溪流裡打來的水太冷，從我自己水袋裡倒出來的水又太溫；我們前面的人馬掀起太多塵沙，她確信他們一定是故意的；還有叫他們別再唱那些粗俗的歌了。疲於奔命之餘，我根本沒時間去想要不要殺克爾伐爵士的問題，就算我眞的想要認眞去想。

第五天出發沒多久，我們看見了潔宜灣冒出的炊煙，到中午已經可以看清比較大的建築物以及城鎭上方崖壁上的瞭望臺。潔宜灣的地勢比公鹿堡緩和多了，我們走的路蜿蜒往下穿過一處寬闊的谷地，潔宜灣裡的藍色海水朝我們遼闊開展。這裡的海岸是沙岸，用來打魚的全都是吃水淺的平底船，或者是如海鷗般精神抖擻破浪而行的平底小漁船。潔宜灣的水深不及公鹿堡，無法供大船下錨，因此不像我們那裡是貨運貿易港，但在我看來依然是個滿適合居住的好地方。

克爾伐派遣儀仗衛隊來迎接我們，他們跟惟眞的部隊互行正式禮節，耽誤了一些時間。「就像兩隻狗在互相聞屁眼。」阿手酸酸地說。我腳踏馬蹬站起來，可以看見行列最前方的繁文縟節，也不得不點頭同意他的話。最後我們終於又動起來了，不久就進入潔宜灣城內。

其他人都直接到克爾伐的城堡去了，但阿手和我得護送百里香夫人的轎子穿過若干窄街小巷，去到她堅持要住的那間客棧。從負責打掃房間的女傭臉上表情看來，百里香夫人以前也住過這裡。阿手把轎子和扛轎的馬送到馬廄去，但我還得護送她到房間，忍受她沉重地靠在我身上。我納悶，不知她到底是吃了什麼調味可怕的東西，才會每呼一口氣都像是在考驗試煉我。到了房門口，她叫我退下，還警告說如果我七天後不準時出現的話就有我好看的。我帶著對女傭的同情離開，因爲我聽到百里香夫人正大聲痛罵著她以前遇到過的那些亂偷東西的女傭，同時要求她床上的床單一定要鋪得如何如何。

我心情輕鬆地騎上煤灰，叫阿手動作快點。我們策馬慢跑穿過潔宜灣的街道，在惟眞的大隊人馬進入克爾伐的堡壘之際趕上隊伍。衛灣堡建在缺乏天然屛障的平地上，但是有一層層城牆和一條條壕溝圍繞護衛著它，而敵人就算越過了這一道道防禦工事，也還得面對城堡本身堅固的石壁。阿手告訴我說，進犯此地的敵人從來沒攻進過第二條壕溝以內，我可以相信。我們經過時有工人正在維修城牆和壕溝，但他們都停了下來，驚奇地看著王儲來到衛灣堡。

等城堡的大門在我們身後關上，另一道沒完沒了的歡迎儀式又開始了。我們這麼一大批人馬全都得站在中午的大太陽底下，等克爾伐和衛灣堡對惟眞表示完歡迎之意。號角響起，官方禮儀進行的嘰嘰咕咕聲被人馬雜沓的聲音掩蓋得聽不清，不過最後終於結束了，人馬突然都動了起來，因爲前方的隊形已經散開。

騎馬的人下馬，克爾伐的馬廄僕役突然出現在我們之間，告訴我們可以把馬帶到哪裡去喝水，我們可以在哪裡過夜，還有，對任何一個士兵來說最重要的是，我們可以在哪裡洗澡吃飯。我跟阿手同行，牽著煤灰和他的那匹小型馬正朝馬廄走去，聽見有人在叫我的名字，我轉過身看見公鹿堡的西格正把我指給一個穿著代表克爾伐顏色制服的人。

「他在那裡——蜚滋就是他。喂，蜚滋！這位是坐穩，他說惟眞要找你到他房裡去，力昂生病了。」

我幾乎可以感覺到食物從我嘴巴裡被奪走，但我吸了口氣，遵照博瑞屈先前的建議對坐穩露出愉快的神色。不過我懷疑這個一臉陰鬱的人根本沒注意到我的表情，對他來說我只是這忙亂的一天當中又一個礙事的小子罷了。他把我帶到惟眞的房間前就走了，顯然對能回到馬廄去感到鬆了一口氣。我輕輕敲門，惟眞的手下立刻開了門。

「啊！你來了，感謝艾達。進來吧，狗不肯吃飯，惟眞覺得牠一定病得很重。快點，蜚滋。」

這人身上的制服有惟眞的標誌，但我不記得曾經見過他。有時候發現有那麼多我毫不認識的人都知道我是誰，實在滿令人驚慌的。惟眞正在鄰接的房裡，一邊洗澡一邊大聲吩咐某個人說他今晚要穿哪件衣服，但我要管的不是他，而是力昂。

既然博瑞屈不在場，我就肆無忌憚地朝牠探尋而去。力昂抬起瘦骨嶙峋的頭，用一副受苦受難的樣子看著我。牠趴在沒生火冷冷的壁爐旁的一角，身體底下壓著惟眞汗涔涔的襯衫。牠太熱了，牠覺得好無聊，而且要是我們不打算去打獵的話，牠想要回家。

我刻意做個樣子，雙手摸摸牠渾身上下，把牠的嘴唇掀起來檢查牠的牙齦，然後一手按在牠肚子上，最後在牠耳朵後面搔了搔，告訴惟眞的手下說，「牠沒事，只是肚子不餓。先給牠一碗冷水吧，等牠想吃飯了，牠會讓我們知道的。我們先把這些全拿走，天氣這麼熱，東西壞得很快，萬一等會兒牠還是把它吃下去的話，可就會眞的生病了。」我指的是一個已經裝滿了派餅碎片的盤子，是先前人家端來給惟眞吃的食物剩下來的部分。這些全都不適合狗吃，但我實在太餓了，要我吃那些剩餘碎片我倒是不介意；事實上，看到它讓我的肚子咕嚕咕嚕叫了起來。「我在想，我可以到廚房去問問他們有沒有新鮮的牛骨頭可以給牠。牠現在想要的不是食物，倒是玩具……」

「蜚滋，是你嗎？進來吧，小子！我的力昂是怎麼了？」

「我去要骨頭。」那人要我放心，我起身走向通往鄰接房間的入口。

惟眞滿身滴著水從浴缸裡站起來，接過僕役遞過來的毛巾。他俐落擦著頭髮，然後邊擦身體邊問，「力昂怎麼了？」

惟眞就是這樣。我們已經好幾個星期沒說過話了，但是他完全不來寒暄問好那一套。切德說這是他的缺點，沒辦法讓他底下的人覺得自己受他重視。現在想起來，我想他是覺得如果我在這段期間發生了什麼大事，別人一定早就告訴他了。我很喜歡他那種直率乾脆的態度，他認爲既然沒人告訴他有什麼事不對勁，那麼一切一定都進行順利。

「牠其實沒什麼，大人，只是天氣太熱、旅行太累，有點沒精神而已，讓牠在涼爽的地方休息一晚就好了。不過我想最好不要餵牠吃糕餅碎片之類油膩的東西，因爲天氣太熱了。」

「嗯。」惟眞彎腰擦腿。「你八成說得對，小子。博瑞屈說你對獵犬很有一套，我不會忽視你說的話的。我只是看牠都在發呆，而且平常牠通常吃什麼都很有胃口，尤其是我吃的東西。」他看起來有點不好意思，彷彿被人逮到他在柔聲逗哄小嬰兒。我不知道該說什麼。

「大人，如果沒別的事，我是不是該回馬廄去了？」

背對著我的他回頭瞥了我一眼，露出不解的神色。「這樣好像有點浪費時間吧！阿手會照顧你的馬，不是嗎？你得洗個澡、換衣服，才能準時去吃晚餐。恰林？你有沒有水可以給他洗澡？」

正彎身把惟眞的衣服擺放在床上的侍從直起身來。「馬上來，大人。我也會把他的衣服準備好。」

接下來的一個小時中，我在這世界上的地位似乎突然倒轉過來。事前我已經知道這會發生，博瑞屈和切德都試著讓我做好準備，但突然從公鹿堡一個無足輕重的閒雜人等搖身一變列入惟眞的正式隨從，實在讓人有點膽怯。每個人都認定我知道這是怎麼回事。

我還沒進浴缸，惟眞就已經穿戴妥當走出房間了，恰林告訴我說他是要去跟他的侍衛隊長商量事情。恰林這麼喜歡東家長西家短讓我很感激，他並沒有認爲我的地位太高而不敢跟我閒聊、抱怨。

「我會幫你在這裡打個地鋪，讓你今晚在這裡過夜。我想你睡地上不會冷的。惟眞說他要你住得離他近一點，而且不只是爲了照顧獵犬而已。他是不是有其他差事要交給你做？」

恰林滿懷希望地暫停下來。爲了掩飾我的沉默，我把頭埋進微溫的水裡，洗去頭髮上的汗水和塵沙，然後冒出頭來呼吸。

他嘆了口氣。「我會把你要穿的衣服拿出來放好，你把髒衣服交給我，我替你洗。」

我洗澡的時候有人在旁邊服侍的感覺已經很奇怪，著裝的時候也有人監督就更彆扭了。恰林堅持要把我皮背心的縫線拉直，確保我身上這件新做的、最稱頭的襯衫那過於寬大的袖子完全垂下來，保持最惱人的長度。我重新長出的頭髮已經長得足以打結，他動作迅速、令人疼痛地把糾結的地方梳開。對一個習慣自己穿衣服的男孩而言，這番仔細修飾檢查的過程似乎永無止境。

「流著什麼樣的血，就會變成什麼樣的人。」一個驚異的聲音在門口說。我轉過身來，看見惟眞注視著我，他臉上的表情既是傷感也是覺得有趣。

「他看起來跟駿騎在這個年紀的時候一模一樣，不是嗎，大人？」恰林聽起來對自己的成果滿意得不得了。

「確實是。」惟眞頓了頓，清清喉嚨。「沒人能懷疑你父親是誰，蜚滋。我父親叫我把你好好帶出去，不知道他心裡有什麼打算？他名叫黠謀，也確實狡黠又擅謀略；不知道他預期得到什麼收穫。啊，算了。」他嘆了口氣。「這是他當國王的作風，就讓他照他自己的方式去做吧！至於我的作風呢，只是要去問問那個老花花公子爲什麼不好好派人守住瞭望臺。來吧，小子，我們該下樓了。」

他轉過身，沒等我就逕自離開。我正要匆匆追上去，恰林拉住我手臂。「記住，跟在他左後方三步的地方。」於是我就保持這個位置。他沿著通道走下去，我們陣容中的其他人也都從自己房裡出來，跟在王子身後，每個人都穿上了最華麗、最繁複的服飾，要徹底利用這個機會，在公鹿堡以外的地方讓別人看見他們、羨慕他們。跟他們其中某些人的打扮比起來，我這過長的衣袖算是很合理的了，至少我鞋子上沒有掛著叮叮噹噹的小鈴鐺，或者相互輕聲撞擊的琥珀珠子。

惟眞在一道階梯的最上方暫停腳步，聚集在下方的人群頓時噤聲。我看著那些抬頭看王子的人，在他們臉上讀出人類的每一種情緒。有些女人忸怩傻笑，有些女人則似乎輕蔑冷笑。有些年輕男人擺出最能展示他們服裝的姿勢，其他穿得比較樸素的人則立正站好，似乎是在守衛。我讀到羨慕、愛意、鄙視、畏懼，在其中幾張臉上還有恨意。但惟眞只稍微瞥了所有人一眼，就舉步下樓，人群在我們前方讓路分開，克爾伐爵士本人正在另一頭等著帶我們進入飯廳。

克爾伐跟我預料中的樣子很不一樣。惟眞說他是花花公子，但我看到的是一個老得很快的男人，又瘦又煩惱，一身奢華的服飾彷彿是對抗時間的盔甲。他逐漸變灰的頭髮在腦後綁成一條細細的辮子，彷彿他仍是一名士兵，而他走起路來則是劍術非常高明的人那種獨特的姿勢。

我以切德教我看人的方式看著他，我們還沒坐下，我已經覺得自己很瞭解他了。但直到我們在餐桌旁就位之後（我的位子離王公貴族不很遠，令我很是意外），我才眞正看進這人的靈魂深處，不是因爲他做了什麼，而是他夫人前來一同用餐時的舉止態度。

我猜克爾伐的賢雅夫人沒比我大幾歲，全身上下裝飾得像個喜鵲巢*一樣，我從來沒見過這麼炫耀奢侈卻又這麼缺乏品味的一身打扮。她落座，忸怩作態、小動作一堆，看起來像隻求偶的鳥；她身上的香味如潮水般湧來，聞起來也是銅臭多過花香。她帶了一隻小狗一起來，是隻毛皮滑亮、一雙大眼的雜種小狗，她柔聲呢喃著把牠放在膝上，小狗靠著她，下巴搭在桌上。她的眼睛一直看著惟眞王子，想看他有沒有注意到她、有沒有對她印象深刻。我看著克爾伐看著她對王子搔首弄姿，同時心想，我們這個

*譯註：喜鵲有收集囤積零零碎碎發光小東西的習慣。

瞭望臺乏人駐守的問題有一大半就出在這裡。

那頓晚餐對我是一大考驗。我餓得要命，但是禮儀不准我露出很餓的樣子。我照博瑞屈教我的方式吃飯，等惟眞拿起湯匙我才動手，一旦他對某道菜失去興趣之後我也就得住口不吃。我渴望一大盤滿滿的好肉，再加上可以用來把肉汁都吸乾擦淨的麵包，但是我們吃到的卻是加了奇怪調味料的幾小塊肉、充滿異國風情的糖煮水果、蒼白的麵包，還有被煮得沒了顏色然後再加以調味的蔬菜。這場面令人印象深刻，因爲這麼多好好的食物都被所謂的時髦烹調方式給糟蹋了。我看得出惟眞跟我一樣胃口缺缺，心想不知是否所有人都看得出王子覺得這頓飯並不怎麼樣。

切德把我調教得很好，超過我自知的程度。我對坐在我身旁的一名年輕女子有禮地點著頭，附和她說現在在瑞本很難買到好的亞麻布了，同時還能拉長耳朵去聽餐桌那一頭重要的談話片段。沒有半句話講到我們之所以來這裡的原因，那是明天惟眞要和克爾伐爵士關起門來討論的事，但我聽到的很多東西都跟派人駐守守望島瞭望臺的事情有關，讓人多了其他不同的視角來觀察此事。

我聽到有人咕噥著說，現在的路況不像以前維持得那麼好。有個女人表示她很高興看到衛灣堡的防禦工事又開始進行修繕了。另一個男人抱怨說，內陸的強盜實在太猖獗，他的貨物穿過法洛之後能有三分之二運到這裡就很不錯了。這點似乎也是我身旁女子之所以會抱怨缺乏好布料的原因。我看著克爾伐爵士，看著他是如何寵溺地欣賞他年輕妻子的一舉一動。我聽見切德做出評語，彷彿他就在我耳邊低聲說話一樣：「這個公爵的心思沒有放在治理他的大公國上。」我懷疑道路的維修費用還有維持通商道路免受盜賊侵擾的士兵的薪資，全都穿戴在賢雅夫人的身上；或許她那副鑲滿珠寶、叮叮噹噹的耳環本來應該是拿去支付派人駐守守望島瞭望臺的費用的。

晚餐終於結束，我的肚子是飽了，但是飢餓的感覺完全沒有得到滿足，因爲那頓飯吃了半天不知道是在吃什麼。餐後有兩名吟遊歌者和一名詩人來表演餘興節目，但我沒有去聽詩人精雕細琢的句子或歌者所唱的民謠，而是專心聽別人的閒聊內容。克爾伐坐在王子右邊，夫人則坐在左邊，那隻寵狗也跟她坐在同一張椅子上。

賢雅坐在那裡，沐浴在王子蒞臨的光輝中。她的手常常沒事舉起來摸摸耳環，然後又摸摸手鐲，她並不習慣穿戴這麼多珠寶首飾。我懷疑她出身平凡，如今飛上枝頭當鳳凰令她自己都感到驚異畏怯。一名吟遊歌者眼睛盯著她唱著〈苜蓿叢中的美麗玫瑰〉時，她的臉紅了。但隨著時間逐漸過去，我愈來愈累，也看得出賢雅夫人愈來愈不行了。有一次她打起呵欠，舉手想掩嘴卻已經太遲。她的小狗已經在她膝頭睡著了，不時在牠那小腦袋的夢境中抽動幾下、輕叫幾聲。她愈來愈睏的模樣看起來像個孩子，她抱著小狗彷彿那是個洋娃娃，頭向後靠在椅子的一角，有兩次還打起瞌睡來。我看見她偷偷捏自己的手腕，努力要讓自己保持清醒。克爾伐把歌者和詩人召喚上前打賞的時候，她明顯地鬆了口氣，然後她挽著夫君的手臂一起回房，懷裡抱著那隻狗始終沒鬆手。

我也鬆了一口氣，上樓回到惟真房間的前廳。恰林幫我弄來了一床羽毛被褥和幾條毛毯，這地鋪非常舒適，跟我自己的床不相上下。我渴望睡覺，但恰林示意要我進惟真的臥室。惟真一派軍人本色，不喜歡若干小廝守在旁邊幫他把靴子脫下來等等，只有恰林和我隨侍在此。惟真脫下衣服就隨手一丟，恰林唸唸叨叨跟在王子後面把衣服撿起來撫平，然後馬上把惟真的皮靴拿到角落去打上更多的蠟。惟真套上睡衣，轉身面對我。

「怎麼樣？你有什麼可以報告的？」

於是我向他報告，就像對切德報告一樣，把我聽到的一切都敘述一遍，盡可能原字原句轉述，並說明這是誰對誰講的。最後我加上了自己對這一切個中含意的猜測。「克爾伐娶了個年輕的妻子，用財富和禮物就很容易讓她高興。」我總結。「她對自己這個地位的職責一點概念也沒有，更不要說她丈夫的職責了。克爾伐怠忽職守，把金錢、時間、心力全都用來取悅她。這樣說很不敬，但我猜想他已經不太能展現雄風了，所以就用禮物來彌補、來滿足他的年輕新娘。」

惟真沉重地嘆了口氣。我講到後半段時他已經躺上床了，現在他戳戳一個太軟的枕頭，把它摺起來讓頭底下比較有東西墊住。「可惡的駿騎，」他心不在焉地說。「這種問題是他的專長，不是我的專長。蜚滋，你講起話來就跟你父親一樣。要是他在的話，他會找出某種含蓄的方法來處理這整件事。換成阿駿，事情早就解決了，他只要露出微笑，在哪個人手上吻一下就好。但我的作風不是這樣，我也不會假裝是這樣。」他不自在地在床上翻來覆去，彷彿預期我會跟他爭辯他的職責。「克爾伐是個男人，也是個公爵，他有他的職責，就是要派人好好駐守那座瞭望臺。這事情很單純，我打算就這麼直接跟他說：派些像樣的士兵去守那座瞭望臺，讓他們留在那裡，給他們好一點的待遇讓他們願意好好盡力。在我看來這很單純，我也不打算把事情變成外交舞蹈。」

他在床上沉重地一轉身，突然背朝著我。「熄燈，恰林。」恰林照做，動作之迅速讓我一下子站在黑暗裡，得摸索著走出臥室、走向我的地鋪。我躺下來，想著惟真只看到了整體情勢當中的那麼一點點。沒錯，他是可以強迫克爾伐派人駐守瞭望臺，但是用強迫的方式不能使他派人好好的駐守，也不能使他對此事感到驕傲自豪。這要靠外交手腕。而且他難道沒注意到道路維修、修繕防禦工事，還有強盜橫行的問題嗎？這一切現在都必須解決，而且解決的方式要既能讓克爾伐保住面子，又能讓他與歐姆西爵士的關係得到改善和鞏固。還有，該有人去教教賢雅夫人認清自己的職責。問題實在好多。但是我的頭一靠上枕頭，我就睡著了。

9

只費肥油

黠謀國王在位第十七年，弄臣來到公鹿堡；除了這一點之外，人們對弄臣幾乎一無所知。據說弄臣是繽城商人所送的禮物，至於他的出身來源就只能用猜的了。有一種說法是弄臣被紅船劫匪俘虜，繽城商人把他從他們手中搶了回來；另一種說法是，弄臣還是嬰兒的時候，在一艘隨波逐流的小船上被人發現，船上有一把鯊魚皮做的陽傘替他遮陽，還有石南和薰衣草墊在他身下讓他少受顛簸。這顯然只是幻想胡編出來的。對於弄臣來到黠謀國王的宮廷之前的生活，我們一無所知。

弄臣是人類，這一點幾乎可以確定，不過他的父母雙方不見得都是人類。有些故事說他是「異人」生的，這點幾乎可以確定不實，因為他的手指和腳趾完全沒有蹼，也從不曾顯露出半點害怕貓的樣子。弄臣不尋常的相貌特徵（例如缺乏血色）似乎是來自人類之外的遺傳，而非只是個人長相的突變，不過這點我也可能猜錯。

關於弄臣的事，我們所不知道的部分幾乎比我們所知道的部分更意味深長。弄臣來到公鹿堡時到底幾歲，人們一直猜測紛紜。以我個人的經驗，我可以確定的是弄臣當時比現在看起來年輕得多，各方面也都顯得比現在年少，但是因為弄臣沒有出現什麼老化的跡象，所以也許當時的他並不像一開始看來那麼年輕，而是處在特別長的童年的尾聲。

弄臣的性別也一直造成爭論。曾有比現在的我年輕魯莽的人直接問他這個問題，他回答說這是他自己的事，跟別人無關。這點我同意。

關於他的預言能力和模糊得討人厭的預言形式，究竟是種族遺傳的天分或者是他個人的天分，這點也沒有定論。有些人相信他能預知一切，就連任何人在任何地方講到他，他都會知道；也有些人認為他只是喜歡說「你看我早就警告過你了吧！」所以把自己講過的一些晦澀不明的話硬拗成預言。也許有時候確實是這樣，但有許多人證物證俱足的實例顯示，他所預測的事情後來確實成真，不管他先前的預言多麼晦澀難懂。

剛過午夜我就餓醒了，躺在那裡聽著自己的肚子咕嚕咕嚕叫。我閉上眼睛，但我實在太餓了，餓得想吐。我爬起來，摸索著去找惟眞放在桌上的那盤糕餅，但僕人已經把它收走了。我跟自己辯論著，但我的肚子贏過了我的頭腦。

我悄悄推開房門，踏進光線微弱的通道，惟眞派在門口的兩名侍衛疑惑地看著我。「餓死了。」我告訴他們。「你們有沒有注意到廚房在哪裡？」

我從來沒碰過一個士兵不知道廚房在哪裡的。我謝過他們，答應找些吃的東西帶回來，然後輕手輕腳沿著陰影幢幢的通道走下去。下樓時踩著的是木頭臺階而非岩石臺階，感覺很奇怪。我用切德教我的方式走路，無聲地放下腳，在走道上最陰暗的部分移動，沿著地板最不可能發出吱嘎聲的地方走。這一切我做來感覺都很自然。

堡裡的其他人似乎都在熟睡，我經過的少數幾名守衛也大多在打瞌睡，沒人質問我要去哪裡。當時我認爲是自己躡手躡腳得很成功，現在我則想，或許他們是認爲一個頭髮亂糟糟的瘦小子不會造成什麼威脅，實在不必多理他。

我輕易找到了廚房，那是一間開闊的大房間，地板和牆壁都是石材，以防失火。房裡有三座大爐臺，火都護得好好的留待明日再用。雖然現在時間已晚，或者該說時間太早，但這地方還是照明充足。一座城堡的廚房是永遠不會完全入睡的。

我看見幾個蓋著蓋子的鍋，聞到麵團正在發的味道。一大鍋燉肉湯放在一座爐臺邊緣保暖，我打開鍋蓋瞄一下，看來從裡面盛出一兩碗也不會讓它少掉太多。我四處翻找，自己給自己安排一餐。一層架子上有好幾條包起來的麵包，我取了麵包兩端的硬皮，另一角則有一盆奶油放在一大桶水裡保涼。沒有任何花俏之處。謝天謝地這裡沒有花俏，只有我一整天都渴望的簡單樸素食物。

第二碗吃到一半，我聽見輕輕窸窣的腳步聲。我帶著最友善、最令人解除戒心的微笑抬起頭來，希望這裡的廚子跟公鹿堡的廚娘一樣心腸軟，但來的是一個侍女，穿著睡袍，肩上披著一條毯子，懷裡抱著她的寶寶。她正在哭。我不自在地轉開視線。

反正她幾乎連看都沒看我一眼。她把包裹著嬰孩的布包放在桌上，拿了個碗來倒滿涼水，一直唸唸叨叨的。她俯身向嬰孩說，「來，我的小可愛，我的小羔羊。來，我的小親親，喝點水比較好，一點點就好了。哦，小甜心，你連舔都沒辦法舔了嗎？那就張開嘴吧，來，張開嘴。」

我忍不住看過去。她動作笨拙地拿著那個碗，試著湊到嬰孩的嘴邊，用另一隻手強迫小孩張嘴，我從沒看過任何母親對小孩使這麼大的勁。她把碗一斜，水倒了出來，我聽見窒悶的咕嚕聲，然後是乾嘔的聲音，我跳起來要去制止她，這時一隻小狗的頭從布包中露出來。

「哦，牠又嗆到了！牠快死了！我的小狗狗快死了，可是除了我以外沒有人在乎。他只會繼續打呼睡覺，我不知道該怎麼辦，我的小親親快死了。」

她緊抱著小狗，小狗幾乎窒息地乾嘔著，牠那顆小小的頭拚命搖了一陣，然後似乎平靜了一點。要是我沒有聽到牠那費力的呼吸聲，我簡直會以爲牠已經死在她懷裡。那雙鼓凸的黑眼睛與我視線交會，我感覺到那隻小狗內心強烈的驚恐和痛苦。

放輕鬆。「來，聽我說，」我聽見自己說，「妳把牠抱得這麼緊是不行的，牠快不能呼吸了。把牠放下來，把布包打開，讓牠自己決定怎麼樣最舒服。妳把牠包成那樣，牠太熱了，所以牠一邊嗆咳的同時還得一邊喘氣。把牠放下來。」

她比我高一個頭，一時之間我以爲我得跟她扭打一陣，但她讓我把裹在好幾層布裡的狗從她懷中抱過來，我解開布包把狗放在桌上。

這隻小狗難受極了。牠站在那裡，頭垂在前腿之間，口鼻部和胸前滿是唾液，肚子又脹又硬。牠又開始乾嘔起來，小小的上下顎張得大開，嘴唇掀起來露出尖尖的小牙。牠舌頭很紅，顯示牠嘔得有多用力。女孩尖叫著撲上前想把牠抱回懷裡，但我粗魯地一把將她推開。「不要抱牠，」我不耐煩地告訴她。「牠是想要把什麼東西給吐出來，妳那樣對牠又抱又擠的，牠根本沒辦法吐。」

她停了下來。「吐？」

「牠的樣子和動作都像是有東西卡在食道裡。牠有沒有可能吃到骨頭或者羽毛？」

她一副嚇壞了的樣子。「那條魚裡有骨頭，可是只是很細小的魚刺啊！」

「魚？是哪個白痴讓牠吃魚的？那魚肉是新鮮的還是壞掉的？」我看過狗在河岸上吃了產卵後力竭而死的腐敗鮭魚，結果病得非常嚴重。如果這隻小狗吃到腐壞的魚肉，就絕對活不成了。

「是新鮮的，而且煮熟了。是我在晚餐時吃的那條鱒魚。」

「唔，那至少牠不太可能會被毒死。現在只是魚刺讓牠難過，不過如果牠把骨頭吞下去，還是可能會死。」

她倒抽一口氣。「不行！牠不能死，牠會好的，牠只是胃不舒服，我餵牠吃太多了。牠會好的！你這廚房打雜的，你哪知道什麼狗的事？」

我看著那小狗又一陣幾乎無法控制的乾嘔，只吐出黃色的膽汁。「我不是廚房打雜的，我是管狗的。事實上，我管的是惟眞本人的狗。如果我們不幫這隻小狗的忙，牠會死，而且很快就會。」

她臉上帶著詫異和驚恐的神色，看著我穩穩抓住她的小寵物。**我是想幫你的忙**。牠不相信我。我撬開牠的嘴，兩隻手指塞進牠食道，狗乾嘔得更厲害了，死命用前爪抓我。牠的爪子也該剪了。我指尖碰到那根骨頭，手指稍轉一下，感覺骨頭動了動，但它是橫著卡在小狗的喉嚨裡。狗發出一聲哽住的嚎叫，在我懷中瘋狂掙扎。我放開牠。「唔。沒有別人幫忙，牠自己是沒辦法把那根骨頭吐出來的。」我指出。

我任女孩對著狗哭哭啼啼，只要她沒有把牠一把抱起來擠在懷裡就好。我從木桶裡挖出一塊奶油，放進我的湯碗裡。現在我需要某個有鉤子或者彎曲得很厲害的東西，而且不能太大。我在各個櫥櫃裡到處翻找，終於找到一把金屬彎鉤，底下連著把手，可能是用來把熱鍋從火上移開的。

「坐下。」我告訴那侍女。

她呆看著我，然後乖乖坐在我指的那張長凳上。

「現在妳把牠抓緊，夾在妳膝蓋中間，不管牠怎麼抓怎麼扭怎麼叫，千萬別放手。還有，抓住牠的前爪，以免牠把我抓成碎片。聽懂了嗎？」

她深呼吸一口氣，然後嚥下口水，點點頭，眼淚嘩嘩的流。我把狗放在她腿上，把她兩隻手放在牠身上。

「抓緊。」我告訴她，然後勾起一坨奶油。「我要用這個油來潤滑牠的喉嚨，然後我得把牠的嘴巴撬開，勾住那根骨頭拉出來。妳準備好了嗎？」

她點頭，眼淚已經不流了，嘴巴緊閉著。我很高興看到她還不算太軟弱，也朝她點點頭。

把那坨奶油弄下去還算是比較簡單的部分，但奶油堵在牠喉嚨裡使得牠更加驚慌，牠一波波的驚恐猛擊著我的自制力。我沒時間把動作放輕放緩了，用力撬開牠嘴巴，把鉤子伸進牠喉嚨裡。我希望我不會勾到牠的肉，但就算我勾到了，唔，反正牠都難逃一死。我把那工具在牠喉嚨裡轉動，牠又扭又叫，還尿了牠主人一身。鉤子勾住骨頭了，我平穩的、慢慢的往外拉。

骨頭隨著一團血沫膽汁出來了，是根要命的小骨頭，根本不是魚刺，而是一隻小鳥胸骨的一部分。我把骨頭拋在桌上。「牠也不應該吃禽鳥類的骨頭。」我用嚴厲的語氣告訴她。

我想她根本沒聽到我的話。小狗趴在她膝上感激地喘息著，我拿起那碗水向牠伸去，牠聞了聞，舔了幾口，然後筋疲力盡地蜷縮成一團。她把牠抱起來捧在懷中，頭靠著牠的頭。

「我要要求妳一件事。」我開口。

「隨便你要什麼。」她嘴埋在牠的毛皮裡說。「只要你開口，我一定給。」

「首先，不要再餵牠吃妳吃的東西了。暫時只給牠吃紅肉和煮過的穀類，而且以牠這種大小的狗，不要餵超過妳一手能捧住的量。還有，不要一天到晚抱著牠，讓牠到處跑跑，這樣牠可以長點肌肉，爪子也可以磨平一點。還有要給牠洗澡，牠的毛皮和呼吸都臭死了，因爲吃了太多太好的食物。否則牠頂多只能再活一兩年。」

她驚嚇地抬起頭來，一手掩住嘴，這個動作跟她晚飯時摸弄自己珠寶的侷促動作感覺非常像，我突然發現自己在罵的這個人是誰。是賢雅夫人。而且我還害她的狗尿得她一身都是。

我臉上的表情一定洩露了我的反應，她愉快地微笑著，把狗抱得更貼近。「我會照你的建議去做，管狗的小子。但是你自己呢？你不想要什麼賞賜嗎？」

她以爲我會向她要錢、要戒指，或者甚至要她堡裡的一份職務。我盡可能保持視線和聲調的穩定，看著她說，「賢雅夫人，我請求妳要求妳丈夫派最優秀的部隊去駐守守望島的瞭望臺，讓瑞本和修克斯兩個大公國之間不再有紛爭。」

「什麼？」

這短短兩個字的問句讓我知道了非常多她的事。這種口音和腔調可不是以賢雅夫人的身分學來的。

「請妳要求妳丈夫派人好好駐守瞭望臺。」

「你一個管狗的小子，幹嘛關心這種事？」

她的問題問得太直接了。不管克爾伐是在哪裡找到她的，她的出身都不高，而且在嫁給他之前也並不富有。我認出她令她感到很愉快，而她把狗用她的毯子包住，自己一個人把牠抱到熟悉的、撫慰人的廚房裡來，這些都顯示她是一個平民女孩，太快被抬舉到高出她原來身分太多的地位。她孤單、沒把握，也不知道自己言行舉止該如何，更糟的是她知道自己無知，這使她得不到安寧，使她的快樂被畏懼侵蝕。如果她不趕快在自己的青春美貌消逝之前學會做公爵夫人，那麼日後她面對的將只有許多年的寂寞和嘲笑。她需要一位心靈導師，一個像切德一樣祕密的人，她需要我給她忠告，此時此刻。但我必須小心謹愼，因爲她不會接受管狗小子的建議，那種事只有平民女孩才會做，而她現在對自己唯一知道的一點就是她已經不是平民女孩了，而是公爵夫人。

「我作了個夢，」我突然靈機一動。「夢境非常清楚，好像看見異象，或者是一種警告。我醒過來之後，覺得自己必須到廚房來。」我讓自己的眼神縹緲起來，她睁大了眼睛。她上鉤了。「我夢見一個女人，她講了一些很有智慧的話，把三個強壯的男人聯合起來變成一堵牆，讓紅船劫匪沒有辦法入侵。她站在他們面前，雙手拿著珠寶，她說，『讓瞭望臺的燈光比這些戒指的寶石更加明亮。讓駐守瞭望臺的警醒士兵環繞我們的海岸，就像這串珍珠以前環繞我的脖子一樣。讓各個城堡再度鞏固起來，對抗那些威脅我們人民的人。因爲我樂意一身樸素走在國王和平民面前，讓保衛我們人民的守軍變成我們國土上的珠寶。』她的智慧和高貴讓國王和各大公國的公爵都驚嘆不已，但最敬愛她的還是她的人民，因爲他們知道她愛他們更勝金銀。」

這段話講得滿笨拙的，一點都不如我希望的那麼聰明巧妙，不過還是抓住了她的心。我可以看得出她正想像自己高貴地挺直身子站在王儲面前，以自己的犧牲奉獻讓他驚嘆不已。我感覺到她熱切想要讓自己變得出眾，讓與她出身相同階級的那些人民以敬佩的口吻談論她。也許她以前是擠奶女工或者廚房女僕，而認識她的人如今也依然這樣看待她。這麼做會讓他們知道她不是個虛有其表的公爵夫人，歐姆西爵士和他的隨從會把她的事蹟傳回修克斯大公國去，吟遊歌者會用歌曲傳唱她說的話，而且她丈夫會有史以來第一次對她感到驚奇。讓他看看她是關心國家和人民的，不只是個被他用頭銜誘騙來的漂亮小傻瓜。我幾乎可以看見這些思緒在她腦中遊行經過。她的眼神變得遙遠，臉上帶著心不在焉的微笑。

「晚安，管狗的小子。」她輕聲說著飄然離開廚房，狗蜷縮在她胸前懷中，她肩披那條毛毯的架勢彷彿那是件貂皮斗篷。她明天會把她的角色扮演得非常稱職。我突然咧嘴一笑，心想不知我是否已經在沒有動用毒藥的情況下完成了任務。我倒沒有真的查出克爾伐是否叛國，但我覺得自己已經根治了這個問題。我敢打賭，在這個星期還沒結束之前，那些瞭望臺就會有精兵駐守了。

我上樓回去睡覺。我把從廚房裡摸出來的一條新鮮麵包交給侍衛，他們放我重新進入惟眞的臥室。衛灣堡某處遠遠傳來某人報時的聲音，我沒有注意聽，只是肚子飽飽地鑽回被褥中，期待著明天賢雅夫人即將演出的好戲。我迷迷糊糊睡去之際還在跟自己打賭，她一定會穿白色的、線條平直的、簡單樸素的衣服，而且頭髮會披散下來。

結果我根本沒機會知道。似乎才剛過幾分鐘我就被搖醒了，我張開眼看見恰林蹲在我旁邊，一根蠟燭微弱的光芒讓影子在臥室牆上拖得好長。「醒醒，蜚滋。」他粗聲低語。「百里香夫人派了個信差跑來堡裡傳信，叫你立刻過去。他們已經在幫你備馬了。」

「我？」我呆呆地問。

「當然。我已經幫你準備好衣服，換衣服的時候安靜點，惟眞還在睡。」

「她要我去幹嘛？」

「我不知道啊！口信沒有講清楚，也許她是生病了。蜚滋，信差只說她要你立刻過去，我想等你到那裡之後就知道了。」

這實在沒給我多少安慰，不過已經足以激起我的好奇心，而且我不去也不行。我不知道百里香夫人跟國王到底有什麼親屬關係，但她可比我重要太多了，我不敢忽視她的命令。我在燭光下迅速換好衣服，同一夜晚我第二次走出房門。阿手已經幫煤灰裝上馬鞍準備好了，還對我被召喚這件事開了一兩個猥褻的玩笑，我回嘴建議他如何自娛打發今晚剩下的時光，然後騎馬離開。駐守城堡大門和防禦工事的守衛都已接到通知，因此揮手放我通行。

我在城裡轉錯了兩次彎，夜裡一切看起來都不一樣了，而且先前來的時候我也沒有很注意走的是哪條路。最後我終於找到了客棧的院子，憂慮的客棧老闆醒著，點起燈守在窗邊。「她呻吟著說要找你來，已經快一個小時了，小老弟。」她焦慮地告訴我。「我擔心她病得很重，但她只肯讓你進房。」

我匆匆沿著通道走向她房門，謹慎敲了一下，原本預期會聽到她尖聲叫我走開，不要來煩她。但是一個顫抖的聲音傳出來，「哦，蜚滋，你終於來了嗎？快進來，小子，我需要你。」

我深吸一口氣，拉開門閂，走進半暗的窒悶房間裡，屏住呼吸抵擋朝我鼻孔襲來的好幾種氣味。我心想，死亡的味道也不會比這難聞多少。

床上掛著沉重的帷幔，房裡唯一的光源是一根插在燭臺上、淌著燭淚、火光搖曳不定的蠟燭。我拿起燭臺，壯起膽子靠近床邊。「百里香夫人？」我輕聲問。「怎麼了？」

「小子。」聲音從房間黑暗的一角安靜傳來。

「切德。」我說，立刻覺得自己從沒這麼蠢過。

「沒時間解釋這一切了，你也不要太沮喪，小子。百里香夫人這輩子騙過了很多人，而且還會繼續騙下去，至少我希望如此。好了，信任我，不要多問，只要照我說的去做。首先，去找客棧老闆，告訴她說百里香夫人病發了，必須安靜休養幾天，叫她無論如何不可以來打擾她，夫人的曾孫女會來照顧她——」

「誰？」

「已經安排好了。告訴老闆說她的曾孫女會帶食物和一切需要的東西來，強調百里香夫人需要安靜，不可以被打擾。你現在馬上就去。」

我去了，而且我一副驚呆的樣子讓我的話很有說服力。客棧老闆保證說她絕對不會讓任何人去敲半下門，因爲她非常不願意使百里香夫人對她的客棧失去好感。從這話我推斷百里香夫人付起錢來一定很大方。

我安靜地回到房間，進房後輕輕關上門。切德拉上門閂，從搖曳不定的殘餘蠟燭引火新點起另一根，把一小張地圖攤在桌上蠟燭旁。我注意到他一身旅行打扮——斗篷、靴子、皮背心、長褲，全都是黑色的。他看來突然判若兩人，身強體健、精力旺盛，我納悶那副穿著舊袍子的老人模樣是否也只是個幌子。他抬頭瞥了我一眼，一時之間我簡直覺得自己面對的是那個充滿軍人氣概的惟眞。但他沒給我時間東想西想。

「惟眞和克爾伐之間的事只能隨他們去了，你和我要到別的地方去辦事。今晚我收到一個消息，紅船劫匪攻擊了冶煉鎭，在這裡。離公鹿堡太近了，不只是侮辱而已，更造成實際的威脅，而且還挑惟眞人在潔宜灣的時候動手，我才不相信他們不知道惟眞不在公鹿堡。但是事情還不只這樣。他們抓了人質拖回船上，傳話到公鹿堡給黠謀國王本人，要求大量黃金，否則就把那些人質放回鎭上去。」

「你的意思是說，他們要是沒拿到黃金就會殺死人質吧？」

「不是。」切德生氣地搖頭，像頭被蜜蜂騷擾的熊。「不是，訊息很清楚。如果我們付贖金，他們就殺了人質；如果不付，他們就會放人。傳話的人是冶煉鎭的一個男人，他太太和兒子被抓去了。他堅持他沒把這訊息傳錯。」

「我看不出這樣有什麼問題。」我哼了一聲。

「表面上，我也看不出有什麼問題。但那個把話傳給黠謀的男人雖然騎了那麼久的馬，到的時候卻還在發抖，也解釋不出原因，甚至連他認爲我們該不該付贖金都講不上來。他唯一能做的就是一而再、再而三的重複說，那艘船的船長帶著微笑下達這道最後通牒，船上的水手聽了他的話都大笑不止。」

「所以你和我要去看看是怎麼回事。現在。在國王正式做出回應之前，在惟真根本還不知道這件事的時候。現在注意看，我們是走這條路來的。看到了沒，它是沿著海岸彎彎曲曲過來的。這是我們要走的小徑，比較直，但是陡很多，而且有些地方遍布沼澤，所以馬車從來不走那裡，但是騎馬的話，走這條路就快得多了。這裡有艘小船在等我們，搭船橫渡潔宜灣會替我們省下很多路程和時間。我們在這裡上岸，然後到治煉鎮去。」

我研究著地圖。治煉鎮在公鹿堡北邊，我在想，不知送消息來給我們的人花了多少時間，也不知等我們到那裡的時候，紅船劫匪會不會已經實行他們的威脅。但是浪費時間猜想也沒有用。

「那你要騎什麼馬？」

「已經安排好了，是信差安排的。外面有匹棗紅色的馬，三隻腳是白的，那就是幫我準備的。信差也會替百里香夫人準備一個曾孫女。小船已經在等我們了，走吧！」

「有個問題，」我說，不理會他對我耽擱時間而顯露出的怒色。「我非問不可，切德。你來這裡是不是因為不信任我？」

「你會這樣問也難怪。不是，我來這裡是為了聽城裡人、女人家的閒談，就像你是要到堡裡去聽一樣。製作女帽的人和賣釦子的人知道得可能比高高在上的國王顧問還多，而且他們甚至不知道自己知道這些事。好了，我們該走了吧？」

於是我們就走了。我們從側門離開，那匹棗紅色的馬就拴在門外。煤灰不太喜歡牠，不過還是保持風度。我感覺得到切德的急躁，但他還是讓馬保持輕鬆的步調，直到我們離開了潔宜灣的鵝卵石街道。等到城中屋舍的燈光被我們拋在身後，我們便策馬慢跑起來。切德帶頭騎在前面，他的騎術之精、在黑暗中找路之不費力都令我驚異。煤灰不喜歡這樣在夜裡趕路，要不是天空中有一輪將近盈滿的月亮，我想我大概沒辦法說服牠跟上那匹棗紅色的馬。

我永遠不會忘記那一夜騎馬行進的路程，不是因爲我們是要飛奔前去救人，而是因爲我們並不是要飛奔前去救人。切德引導著我們，運用著那兩匹馬，彷彿牠們是棋盤上的棋子。這盤棋他並不求快，而是求勝，因此有些時候我們會讓馬喘口氣用走的，碰到小徑上危險的地方也會下馬領著牠們安全通過。

晨光讓天際亮起了濛濛的灰，我們停下來，從切德掛在馬鞍上的袋子裡取出食物來吃。此時我們在一處山丘頂上，樹林濃密得抬頭幾乎看不見天。我聽得見海的聲音、聞得到海的味道，但是完全看不到海。我們走的這條路到這片樹林中只剩下模糊彎曲的小徑，跟鹿群走出的軌跡沒什麼差別。現在我們靜止下來，我可以聽見、聞到四周的生命，有鳥兒鳴叫，還有小動物在灌木叢底下和頭上樹枝間的動作。切德伸個懶腰，然後坐在厚厚的苔蘚上，背靠著一棵樹，拿起裝水的皮袋牛飲一番，再拿起裝白蘭地的小瓶子稍喝幾小口。他看起來很疲倦，白晝的天光比燭光更殘酷地暴露出他的年紀。我心想，不知他能撐到目的地還是會垮掉。

「我不會有事的。」他發現我在看他時說。「我以前曾經在睡得更少的情況下做更艱苦的事。而且如果航程順利的話，我們在船上有五六個小時可以好好休息，所以現在不需要一心渴望睡覺。走吧，小子。」

大約兩個小時之後路開始出現分岔，我們再度選了比較模糊隱晦的那條，沒多久我就幾乎得趴在煤灰的脖子上閃避低垂的樹枝。樹下一片泥濘，還有一大批一大批叮人的小蒼蠅，讓馬匹飽受折磨，還爬進我的衣服裡大快朵頤。這些蒼蠅實在太多、太密了，等我終於鼓起勇氣想問切德我們是不是走錯路的時候，飛擁進我嘴裡的蟲子差點沒把我嗆死。

中午時分，我們出了樹林，來到一處吹著大風、比較開闊的山丘頂。風讓滿身大汗的馬匹涼快了些，也把飛蟲給吹走了。光是能重新直起身子坐在馬鞍上，就已經是一大樂事。這裡路面夠寬，我可以和切德並肩而行。那些怒紅的疤痕斑點在他蒼白的皮膚上顯得格外惹眼，他看起來比弄臣還沒血色，眼睛底下還有黑眼圈。他發現我在看他，皺起了眉頭。

「把情況報告給我聽，不要像個傻子一樣盯著我看。」他簡潔地命令我，於是我照做。

要一邊看路一邊看他的臉很難，但當他第二次哼笑出聲時我朝他瞥了一眼，看見他皺著臉，一副頗覺有趣的神情。我報告完畢，他搖搖頭。

「運氣好。就像你父親一樣運氣好。你的廚房外交可能就足以扭轉局勢了，如果問題只出在這裡的話。我只來得及聽到一點點閒話，但內容也相符。唔，以前克爾伐一直是個好公爵，看起來問題只出在他被年輕的新娘迷昏了頭。」他突然嘆了口氣。「但這樣還是很糟，惟眞到那裡去責備人家沒有把瞭望臺顧好，結果他自己的公鹿堡城也碰上了劫掠。可惡！有太多東西我們不知道了。爲什麼劫匪經過我們的瞭望臺卻沒被發現？他們怎麼知道惟眞離開公鹿堡到潔宜灣去了？他們是否眞的知道這點，還是只是運氣好？還有這項奇怪的最後通牒到底是什麼意思？是在威脅我們，還是在譏嘲我們？」我們沉默地騎了一陣。

「我眞希望我知道黠謀打算採取什麼行動。他派人傳信給我的時候還沒有決定，等我們到冶煉鎭的時候，說不定一切都已經處理完也安排好了。我眞希望我知道他到底『技傳』了什麼訊息給惟眞。人家說，以前懂精技的人更多的時候，一個人只要安靜下來傾聽一會兒，就可以知道他的領導人在想什麼。但這或許只是傳說而已。精技現在已經不會教給那麼多人了，我記得是慷慨國王決定這麼做的。讓精技變得更祕密、變成專屬菁英階級的工具，這樣它就會更有價值；這是當時之所以做這個決定的理由，這種邏輯我從來不太能理解。萬一他們把這套邏輯也用在好的弓箭手或者領航員身上呢？不過我想，這種神祕的氛圍或許是可以讓領導者在人們的眼中顯得更有地位⋯⋯或者對點謀這種人來說，他一定很喜歡讓底下的人納悶，不曉得他是不是眞的可以在他們什麼也沒說的情況下得知他們心裡在想什麼。沒錯，點謀會很喜歡這一套，很喜歡。」

一開始我以爲切德是非常擔心，甚至是在生氣。我從沒聽過他在任何話題上這樣零零碎碎扯個沒完。但是當一隻松鼠從前方跑過，他的馬一個閃避，切德差一點點就摔了下來。我伸出手抓住他的韁繩。「你還好嗎？怎麼了？」

他慢慢搖頭。「沒事，等我們上船以後我就沒事了。我們只要繼續走下去就好，就快到了。」他蒼白的皮膚變成了灰色，他的馬每踏出一步，馬鞍上的他都搖搖晃晃。

「我們休息一下吧！」我建議。

「潮水是不等人的。而且如果我一邊休息一邊擔心船會撞上石頭的話，休息對我也沒好處。不，我們繼續走就是了。」然後他又加了句，「信任我，小子。我知道我能做什麼，不會愚蠢到企圖去做超過自己能力範圍的事。」

於是我們繼續走下去，除此之外也沒什麼我們能做的事。但我騎在他馬頭旁，有需要的時候可以伸出手拉住他的韁繩。海浪濤聲愈來愈大，路也愈來愈陡。沒多久就變成是我在帶頭，不管我想不想。

我們終於完全脫離灌木叢，來到一處俯視沙岸的峭壁。「感謝艾達，他們到了。」切德在我身後咕噥著說。我看到一艘吃水很淺的平底船幾乎快要在岬角擱淺了。一名負責瞭望的男人出聲打招呼，舉起帽子在空中搖晃，我抬起手回應他。

我們半滑半騎往下走，然後切德立刻上了船。這下子兩匹馬都得我來管，牠們倆都很不想踏進水裡，更別說是跨過低矮的欄杆走上甲板了。我試著朝牠們探尋，讓牠們知道我想要牠們怎麼做，但這是我這輩子第一次覺得實在太累了，累得無法集中精神進行探尋。於是在三名水手出力、滿口咒罵，以及我兩度下水之後，我們終於把馬弄上船了。牠們身上馬具的每一吋皮革和每一個釦環都泡到了海水，我要怎麼跟博瑞屈解釋？我在船首坐下時腦袋裡一直想個不停的就是這一點，同時看著船上的划槳手彎腰拿起船槳，往深水划去。

10

恍然發現

時間和潮水是從不等人的，這是一句永恆的格言。水手和漁夫這麼說，意思只是指船行的時間是由大海而非人的方便來決定。但有時候我躺在這裡，等茶緩解了最嚴重的痛苦之後，我會納悶起這句話來。潮水確實不等人，我知道這是真的。但是時間呢？我出生的那個時代是否等待我的誕生而存在？那些事件是不是像賽因坦斯之鐘那些巨大的木頭零件一樣，轟然各就定位，跟我形成胚胎的時機相扣，推動著我的生命？我並不自認偉大，然而，如果我沒有出生，如果我的父母沒有一時屈服於肉慾，有好多好多事都會變得完全不一樣。會變得比較好嗎？我想不會。然後我眨了眨眼，試著讓眼睛聚焦，納悶著不知這些思緒是來自我自己還是來自我血液裡的藥劑。要是能再向切德請益一次就好了，最後一次。

下午向晚，太陽逐漸西沉，有人推推我把我叫醒。「你主人要找你。」他只說了這麼一句，我猛然清醒過來。在頭上盤旋的海鷗、海上的新鮮空氣、挺然昂然晃動前進的船身，讓我想起自己身在何方。

我連忙爬起來，覺得很羞愧，居然連切德是否舒服安頓下來都不知道就睡著了。我匆匆往船尾方向走，走向艙房。

我在艙房裡找到切德，他占據了那張小小的桌子，正俯身研究著一張攤開的地圖，但我注目的焦點是一大鍋魚肉濃湯。他視線沒有離開地圖，做個手勢要我自己動手吃，我當然樂意遵命。配濃湯吃的是船上用的一種粗硬小麵包，還有一瓶酸酸的紅酒。一直到食物出現在面前，我才眞正發現自己有多餓。等我用一塊小麵包擦著盤底時，切德問我，「好一點了嗎？」

「好多了。」我說。「你呢？」

「好一點了。」他用我熟悉的鷹般眼神注視我說。他看起來完全恢復了，我鬆了一口氣。他把我的盤子推開，把地圖攤在我面前。「等到入夜，」他說，「我們就會到達這裡。上岸會比先前上船要艱難得多。如果我們運氣好，也許會颳起及時風，否則我們就會錯過潮水最平靜的時候，波流會比較強勁，說不定我們得在小艇上引導馬匹游上岸。我希望不會，但是你要做好準備，以防萬一。等我們上岸以後——」

「你身上有卡芮絲籽的味道。」我不敢相信自己的話，但我在他的呼吸中聞到了卡芮絲籽和油的味道，千眞萬確。我在春季慶的時候吃過卡芮絲籽蛋糕，每個人都在春季慶吃過那種蛋糕，我知道蛋糕上即使只撒了一點點卡芮絲籽，也能讓人頓時充滿猛然加速、令人暈眩的活力。每個人都是這樣慶祝「春臨節」的，反正一年才一次，無傷大雅。但是我也知道博瑞屈警告過我，絕對不要買一匹身上有半點卡芮絲籽味道的馬，而且他還警告我說，如果有人敢在我們任何一匹馬的糧草裡加卡芮絲籽油被他逮到，他會宰了那個人。赤手空拳活活地宰。

「是嗎？那還眞奇怪。嗯，如果得帶著馬匹游過去的話，我建議你把襯衫和斗篷收進油布包裡，交給我在船上幫你拿著，這樣等我們上岸之後，你至少還有兩件乾的衣服可以穿。從海灘那裡，我們往——」

「博瑞屈說只要你餵馬吃一次卡芮絲籽，那匹馬就再也不一樣了。它會對馬造成影響。他說你可以用它贏得一場賽馬，或者制伏一頭野性難馴的牡馬，但是之後那匹馬就再也不是從前的牠了。他說有些奸詐的馬商會用它讓馬在賣的時候看起來很好，讓牠們顯得精神抖擻、眼睛明亮，但是藥效很快就會過去。博瑞屈說卡芮絲籽讓牠們完全失去疲倦感，所以牠們會一直跑個不停，跑得超過牠們早該筋疲力盡倒下來的時間。博瑞屈告訴我說，有時候卡芮絲籽油的藥效一消失，馬就當場倒地。」這些字句衝口而出，像冷水流過石頭。

切德從地圖上抬起眼睛，溫和地盯著我看。「博瑞屈對卡芮絲籽知道得這麼多，眞有意思。我很高興你這麼認眞聽他的話。現在是不是可以請你同樣認眞地聽我說，我們來計畫下一階段的行程。」

「可是，切德……」

他用眼神牢牢將我定住。「博瑞屈管馬很有一套，他很年輕的時候就已經顯得很有天分了。他說的話通常都是對的……在談馬匹的事情的時候。現在你注意聽我說。我們從海灘走到上面的懸崖時需要提燈，那條路非常難走，我們可能一次只能牽一匹馬上去。但是我聽說還是辦得到的。上去之後，我們越野騎到冶煉鎭去，因爲現有的路都不夠快不夠近。這一帶很多山丘，不過沒有森林。而且我們是在夜裡走，所以只能用星星來當地圖。我希望我們在下午過半的時候就可以到冶煉鎭，我們兩個以旅人的身分進鎭。目前爲止我只決定了這些，其他的就得一個小時一個小時做計畫了……。」

我開口問話的時機就這樣過去了，我本來要問他爲什麼可以服用卡芮絲籽而不死，但這問題卻被他的仔細計畫和詳盡細節給推到一邊去。他又跟我講了半個小時的細節問題，然後叫我離開艙房，說他還有其他事情要準備，說我應該去看看馬匹怎麼樣了，順便盡量休息一下。

馬匹在前面，在甲板上用繩子臨時圍出的一塊地方，底下鋪著稻草，這樣甲板才不會被馬蹄踏壞也不會沾上馬糞。一個臉色不太好看的人正在修理煤灰上船時所踢鬆的一段欄杆。他似乎不怎麼想講話，而馬匹則還算平靜自在。我在甲板上稍微四處走走。我們是在一艘整潔的小船上，這是一艘來往島嶼之間的商船，寬度長過深度。這艘船吃水很淺，讓它可以溯河而上或靠近海灘而不會損傷船身，但是在比較深的水域上航行起來就不甚舒服了。它搖搖晃晃地前進，這裡點個頭、那裡行個禮，像個提了一大堆東西的農婦走在擁擠的市場裡。船上似乎只載了我們。一名水手給了我兩顆蘋果跟馬分著吃，不過他的話也很少，因此跟牠們分吃完蘋果之後，我就在那堆稻草上離牠們不遠處歇了下來，遵照切德的建議休息一下。

風勢很幫我們的忙，船長把我們載到非常靠近那高聳懸崖的地方，近得超過我原先以爲可能的程度。但把馬匹從船上弄下來依然是件討厭的差事，切德先前講了那麼多、警告了半天，我還是沒料到海面上的夜色會如此黑暗。甲板上的幾盞提燈可憐兮兮的沒什麼用，微弱的光線幫不上我多少忙，投射出的影子倒令我更加混淆。最後，一名水手用一艘小艇把切德載上岸，我則跟兩匹不甘願的馬一起下水，因爲我知道如果牽一條繩子拉煤灰，牠會反抗，說不定會把小艇給踢沉。我攀著煤灰，鼓勵牠，信任牠會運用常識帶我們朝岸上發出微光的提燈游去。我用一條長繩子將切德的馬拉在身後，因爲我不希望牠在水裡踢水的動作離我們太近。海水冰冷，夜色漆黑，要是我有點頭腦，就會希望自己身在別的地方，但在一個男孩看來，困難又讓人不快的事也變成了一項對自己的挑戰、一種冒險。

我從水裡走出來，渾身滴水冷颼颼，但是興奮不已。我拉住煤灰的韁繩，哄著切德的馬上岸，等我終於把牠們兩個搞定，切德已經站在我身旁，一手拿著提燈，笑得非常高興。小艇已經離開了，正朝船划去，切德把我的乾衣物交給我，但乾衣物套在我全身濕淋淋的衣服上等於沒用。「路在哪裡？」我問著，身體一陣陣打冷顫，聲音也跟著發抖。

切德嗤笑一聲。「路？你把我的馬拉上岸的時候我去看了一下，根本沒有路，只不過是水從懸崖上流下來的途徑罷了。但我們也只有湊合了。」

情況比他說的要好一點，但也沒好多少，這條小徑又窄又陡，腳下踩的碎石還會鬆動。切德拿著提燈走在前面，我跟著他，兩匹馬成縱列拉在我身後。有一次切德的馬陡然人立起來往後扯，我一下子失去平衡，煤灰想往另一個方向走也害我差點跪倒在地。一直到我們終於爬上崖，我的心才從喉嚨口回到原位。

接著眼前是一片夜色和開闊的坡地，頭頂上是緩緩滑過夜空的月亮和四散分布的星星，挑戰的精神又抓住了我。我想或許是因爲切德的態度。卡芮絲籽讓他雙眼大睜，即使在提燈的光線中都眼神明亮，而他的精力雖然來得不自然，但還是很有感染力，就連馬匹似乎也受到了影響，噴著鼻息甩著頭。切德和我像發瘋一樣哈哈大笑，調整好韁繩，然後上馬。切德抬眼一瞥星星，然後環顧我們面前下降的坡地，隨手輕蔑一甩，把提燈扔到一旁。

「走！」他對著夜色宣布，一踢棗紅馬，馬一躍而出。煤灰也不甘示弱，於是我做了以前從來不敢做的事，那就是夜裡在不熟悉的地形上奔馳。我們沒有全都摔斷脖子眞是奇蹟。但事情就是這樣，有時候好運是屬於小孩和瘋子的。那天晚上我覺得我們既是小孩也是瘋子。

切德帶路，我跟在後面。那一夜，我對向來令我不解的博瑞屈又多了一分瞭解，因爲我也感到了那種非常奇怪的安寧平和之感，來自於把你自己的判斷力都交給別人，對他們說，「你帶路，我跟著你，我信任你不會帶我走向死亡或傷害。」那一夜，我們驅策馬匹奮力向前跑，切德光靠夜空來找路，我完全沒有去想萬一我們迷路了，或者哪匹馬失足受傷了我們該怎麼辦。我絲毫不覺得需要爲自己的行動負責任，一切突然變得簡單又清楚，不管切德說什麼我只要照做就好，信任他會讓一切結果圓滿。我的精神高高騎在那波信心的浪頭上，在那一夜的某一刻我突然想到：博瑞屈在駿騎身上得到的就是這一點，讓他最懷念渴望的也是這一點。

我們整夜騎馬前行。切德會讓馬匹稍事喘息，但是如果換成博瑞屈，他讓牠們休息的次數會更多些。他不止一次停下來仰望夜空，然後再看向地平線的那一端，以確認我們沒走錯方向。「看到那裡那座映襯著星空的山丘沒？你現在看不清楚，不過我知道那座山丘，它的形狀白天看起來就像是賣奶油的商人戴的帽子。它叫崎法蕭，我們要保持它在我們西邊。走吧！」

另一次他在山丘頂上停步，我勒馬停在他旁邊。切德坐著不動，身體挺得直直的，看起來簡直像座石雕。然後他舉起手臂指向某處，手微微發抖。「看到底下那道深谷了嗎？我們有點太靠東邊了，要一邊走一邊修正回來。」

我根本看不見它，它只是星光下模糊景物中的一道深色切口而已。我納悶，不知他怎麼能知道那裡有深谷。經過差不多半小時，他朝我們左邊一比，單獨一盞燈光在一片高地上閃爍。「羊毛莊這裡今天晚上有人沒睡。」他觀察道。「八成是哪個麵包師，把一大早要用的麵團拿出來發。」他在馬鞍上半轉過身，我與其說是看到不如說是感覺到他的微笑。「我出生的地方離這裡不到一哩。來吧，小子，咱們走。我不喜歡想到劫匪居然來到了離羊毛莊這麼近的地方。」

我們繼續前行，走下一處非常陡的山坡，我感覺到煤灰的肌肉緊繃起來，身體重心壓在後腿上，幾乎是滑下坡去。

天際露出灰濛濛的曙光，我又聞到了海的味道。等我們爬上一處坡頂，往下看去已經可以看到冶煉鎮了，時間也依然還早。這地方在某些方面不怎麼樣：只有潮水漲到某個程度的時候這裡才停得了大船，其他時候船得在比較遠的地方下錨，派小艇來回在船和岸之間穿梭。地圖上之所以找得到冶煉鎮，大半是因爲這裡的鐵礦。我並不指望看到一座繁忙熱鬧的城市，但也沒有心理準備看到一縷縷煙從燒得焦黑、沒了屋頂的建築物上升起。不知哪裡有頭沒人給牠擠奶的母牛在哞哞叫。岸邊有幾艘被鑿沉的船，桅杆立在那裡像枯死的樹。

早晨的街道空洞洞的。「人到哪去了？」我把心裡的疑問說了出來。

「死了，被抓去當人質了，或者還躲在樹林裡。」切德的聲音緊繃，我的眼神轉向他，驚訝地在他臉上看到痛苦的神情。他看見我瞪著他看，啞然聳聳肩。「感覺到這些人是屬於你的，感覺到他們的災難是你的失敗……等你漸漸長大就會有這種感受了。這是跟著血緣來的。」他讓我自己去沉思默想，碰了碰疲倦的馬讓牠走起來。我們走下山丘，走進鎮裡。

切德採取的唯一謹愼措施似乎就是走得比較慢一點。我們只有兩個人，沒帶武器，騎著疲倦的馬，走進一處剛被……

「船已經走了，小子。打劫的船一定要有滿滿的划槳手才動得了，尤其是在這一帶沿岸的海流裡。這也是另一個讓人驚訝的地方。他們怎麼會對我們的潮汐洋流熟悉得足以來這裡打劫？又爲什麼要來這裡打劫？來搬鐵礦嗎？他們從商船上搶鐵還比較容易得多。這沒有道理，小子，一點道理也沒有。」

前一夜有很重的露水，鎮裡逐漸升起臭味，是潮濕的被燒焦的房屋的味道。這裡那裡偶有一棟還在悶燒。一些房子前面有各式物品丟了滿街，但我不知道這是由於住戶想搶救一些貨品，還是打劫的人本想把東西搬走，後來又改變了心意。一個沒了蓋子的鹽匣、好幾碼綠色的羊毛織品、一隻鞋、一把破損的椅子：這少數東西無聲但清楚地說明了，原本是安全居家的一切都已經永遠毀損、被踩到泥地裡了。

一股陰森的驚恐籠罩住我。

「我們來得太晚了。」切德輕聲說。他勒馬站住，煤灰也在他身旁停下。

「什麼？」我一下子回不過神來，呆愣地問。

「人質。已經放回來了。」

「在哪裡？」

切德不可置信地看著我，彷彿我發了瘋或者非常笨。「那裡。在那棟建築的殘骸裡。」

我很難解釋在我生命中接下來的那一瞬間發生了什麼，有好多事情都同時發生了。我抬起眼看見一群有男有女、有老有少的人，在某間被燒得只剩空殼子的商店裡面，一邊喃喃自語一邊東翻西揀。他們一身骯髒破爛，但似乎並不在意。我看到兩個女人同時撿起一只大水壺，然後動手互相打起耳光，都想把對方趕走，好占有這份戰利品。她們看起來就像是兩隻爭搶乳酪硬皮的烏鴉，又吼又打又罵，各拽著一邊把手不放。其他人沒理她們，只顧著自己搜刮好東西。

村民會有這種舉動實在非常奇怪。我向來都聽說，在村子遭到劫掠之後，村民都會團結起來清理善後，把倖存未倒塌的房舍打理得可以住人，然後互相幫助挽救重要的財物，分享物資、共體時艱，直到房舍得以重建、商店可以重新開張。這些人幾乎失去了一切，而且親朋好友都死在劫匪手下，但他們看起來似乎完全不在乎，只知為了剩下的丁點物資爭吵打鬧。

光是明白這一點，眼前的景象看起來就已經夠可怕了。

但是我連感覺都感覺不到他們。

在切德把他們指出來之前，我根本沒看見、沒聽見他們，就算我騎馬經過他們身邊也不會注意到他們。另一件同時發生在我身上的重大事件是，這時我突然領悟到我跟我所認識的其他人都不一樣。想像一下，如果有個可以看見東西的孩子在一座盲人村裡長大，村裡的其他人根本連視覺這種感官存在的可能性都想不到，那麼這個孩子便沒有字彙能描述顏色或不同亮度的光線，其他人對這孩子感知世界的方式也毫無概念。我們坐在馬背上盯著那些人看的時候就像是這樣，切德把他心頭的疑問說了出來，聲音中帶著苦痛，「他們怎麼了？他們是哪裡不對勁？」

我知道。

人與人之間來回交織的那些線，一股股連結母親與孩子、男人與女人，一條條延伸到家人和鄰居、寵物和牲口，甚至海中的魚和天上的鳥——這些線全部、全部都不見了。

我這輩子一直都是靠那些感覺之線來得知周遭生物的存在，但對自己的這種感知能力卻一直渾然不覺。除了人類之外，狗、馬，甚至雞也都有這種線。於是我會在博瑞屈進門之前就抬頭看向門，也會知道欄房裡又多了一隻幾乎整個埋在稻草堆裡的新生幼犬。於是切德開啓那道階梯時我會醒過來。因爲我可以感覺到人，這種知覺向來是第一個通知我的，讓我知道也要動用眼睛、耳朵和鼻子，去察看我感覺到的究竟是怎麼回事。

但這些人完全沒有散發出任何感覺。

想像沒有重量或毫不潮濕的水，那些人在我感覺起來就是這樣。他們失去了那種東西，不但不能再算是人，甚至根本不算是活著。我感覺自己彷彿是目睹岩石從地上升起，然後彼此爭吵嘀咕。有一個小女孩發現了一罐果醬，把手伸進去挖出一把來舔，一個成年男人本來在一堆燒焦的布料中翻找，這時轉過身去走向她，一把搶過那罐果醬，把小女孩推開，毫不理會她憤怒的喊叫。

沒有人動手制止。

切德準備下馬，我傾身向前拉住他的韁繩。我對煤灰大喊著不成字句的聲音，牠雖然疲倦，但我聲音中的恐懼讓牠活了起來，牠一躍往前跑去，我一扯韁繩讓切德的棗紅馬跟在我們後面。切德差點摔下馬，但他緊抓住馬鞍，我以我們能達到的最快速度把我們帶出那座死鎮。我聽見我們身後傳來叫喊聲，比狼嚎更冷，冷得像灌進煙囪的暴風，但我們騎著馬，而我嚇壞了。在我們遠遠把那些房舍拋在身後之前，我都沒有勒馬，也不讓切德把他的韁繩奪回去。路徑一彎，我在一小片雜樹林旁終於勒馬停住。現在想起來，恐怕我一直到那個時候才聽見切德生氣地要求我解釋這是怎麼回事。

他沒有聽到很清楚流暢的解釋。我俯身向前，抱住煤灰的脖子，感覺到牠的疲倦和我自己身體的顫抖，也模糊感覺到牠跟我一樣不安。我想到冶煉鎮那些空心的人，又用膝蓋頂了頂煤灰。牠疲倦地踏出腳步，切德跟上，質問我到底是出了什麼問題。我嘴巴發乾，聲音顫抖，沒有看向他，邊喘氣邊混亂地解釋我的恐懼和我感受到的東西。

我沉默下來，我們的馬繼續沿著緊實的泥土路走下去。最後我終於鼓起勇氣看向切德，他正打量著我，彷彿我頭上長出了犄角似的。一旦我發現了自己有這種知覺能力，就無法再忽視它了。我感覺到切德心存懷疑，但也感覺到他刻意跟我拉開距離，稍稍後退、稍稍把自己遮擋起來，面對我這個突然變得有點陌生的人。這更讓我覺得傷心，因爲他面對冶煉鎮的那些人時並沒有這樣後退，而他們比我陌生上百倍。

「他們就像是木偶，」我告訴切德，「像是木頭做的東西活了過來，演出某種邪惡的戲碼。如果他們看見我們，他們會毫不遲疑地殺了我們，只爲了搶走我們的馬匹或披風或一塊麵包。他們……」我尋找字句。「他們甚至連動物都算不上了，他們身上沒有散發出任何東西，什麼都沒有。他們就像是一堆個別分開的小東西，像一排書，或者一堆石頭，或者——」

「小子，」切德說，態度介於溫和與著惱之間。「你要振作一點。我們這一夜跑來非常辛苦，你累了，太久沒睡，所以腦袋就開始出現奇怪的幻覺，讓你睜著眼作夢，還有——」

「不是，」我拚命想說服他。「不是這樣的，這跟睡眠不足沒關係。」

「我們回去那裡。」他合情合理地說。早晨的微風吹過來，他的黑色斗篷飛捲住身體，這情景是如此尋常，我覺得心都要碎了。那個村子裡的那些人和這股單純的早晨微風怎麼可能並存在同一個世界裡？還有語調如此平靜尋常的切德？「那些人都只是普通人，小子，但他們遭遇了非常可怕的事，所以會有奇怪的舉動。我以前認識一個女孩，她親眼看到自己的父親被熊殺死，之後有一個多月的時間她就是這個樣子，只是瞪著眼睛喃喃自語，幾乎完全不動、不照顧自己。等那些人的生活重回正軌的時候，他們會恢復的。」

「前面有人！」我警告他。我什麼也沒看見、沒聽見，只感覺到我新發現的這種知覺像蜘蛛網牽動了一下。我們沿著路往前看去，看見我們正逐漸接近一群衣衫襤褸、魚貫前進的人。有些人牽著扛東西的牲口，有些人或推或拉著裝載髒兮兮家當的車子，他們回頭看見騎在馬上的我們，彷彿我們是從地底冒出、前來追逐他們的魔鬼。

「是『麻臉人』！」隊伍尾端的一個男人喊道，舉起一隻手指向我們。恐懼使他滿是倦容的臉變得蒼白，說話的聲音都啞了。「傳說成眞了。」他警告其他人，他們都害怕地停下腳步瞪著我們。「沒有心的鬼魂占了人的身體，在我們的村子殘骸裡走來走去，然後穿著黑斗篷的麻臉人把疾病帶來給我們。我們的生活過得太軟弱了，所以古老的眾神懲罰我們。我們富饒肥美的生活會害死我們所有的人。」

「哦，眞該死，我原本沒有打算被人這樣看見。」切德低聲說。我看著他蒼白的雙手抓住韁繩，把棗紅馬調了個頭。「跟著我走，小子。」他沒有看向那個仍然伸著顫抖手指指向我們的人。他的動作很慢，幾乎像是懶洋洋的，策馬離開路面，走上滿是草叢的山坡。這種不挑釁的動作方式博瑞屈也用過，用在面對提高警覺的馬或狗的時候。他那匹疲倦的馬不甚甘願地離開平坦的路面。切德的目的地是山坡頂上的一處樺樹林，我不解地看著他。「跟著我走，小子。」我遲疑沒跟上，他扭過頭來命令我。「你想在路上被人丟石頭嗎？那可不是什麼愉快的經驗。」

我小心動作，引導煤灰往旁邊離開路面，彷彿完全沒注意到前方那些恐慌的人。他們在那裡徘徊不去，介於憤怒和恐懼之間。這種感覺像是一道黑紅色的汙漬，抹在這清爽的一天上。我看見一個女人彎下身，看見一個男人轉身離開他的獨輪手推車。

「他們追來了！」我警告切德，雖然他們已經朝我們跑來。有些人手裡握著石頭，有些人拿的是剛從樹林裡折下來的綠枝，每個人看來都很狼狽，是城裡人不得不餐風露宿的模樣。這些就是冶煉鎮其他的村民，是那些沒被劫匪抓去的人。這一切都是在我雙腳一夾馬身、煤灰疲累地往前跑去的那一剎那間我所醒悟到的。我們的馬已經累壞了，跑起來心不甘情不願，儘管石頭如冰雹般砸在我們身後的地面上。要是這些村民有休息夠或者沒那麼害怕，他們輕易地就可以追上我們。但我想他們看到我們逃跑都鬆了一口氣。他們腦袋裡想個不停的是走在他們鎮上的那些人，而不是奔逃的陌生人，不管這陌生人有多麼不祥。

他們站在路上，喊叫著，揮舞手上的木棍，直到我們進入樹林。切德帶頭走在前面，我也沒有多問，任他帶我們走上一條平行的小徑，讓離開冶煉鎮的那些人看不見我們。馬匹又恢復了不甚情願的沉重緩慢步伐。謝天謝地，這些高低起伏的山丘和四散生長的樹木讓我們得以藏身，不被追逐者發現。當我看到一條波光粼粼的小溪時，我一言不發朝它做了個手勢。我們沉默地讓馬匹喝了水，從切德的袋子裡努力倒出一點穀子給牠們吃。我鬆開馬具，用手抓起一把一把的草來擦牠們髒兮兮、濕答答的毛皮，至於我們的食物則是冷溪水和旅行攜帶的粗麵包。我盡力把馬匹打點好。切德似乎沉浸在自己的思緒中，我很長一段時間都沒有去打岔，但最後我實在忍不住好奇，問了那個問題。

「你眞的是痳臉人嗎？」

切德嚇了一跳，然後盯著我看，眼神中既有驚詫也有哀愁。「痳臉人？傳說中疾病和災難的預兆？哦，拜託，小子，你又不笨。那個傳說已經有好幾百年的歷史了，你總不會相信我有那麼老吧！」

我聳聳肩。我想說，「你臉上有痘疤，而且你帶來死亡。」但我沒說出口。有時候切德看起來確實很老，有時候卻又充滿活力，彷彿是個非常年輕的人住在老人的身體裡。

「不，我不是痳臉人。」他繼續說下去，比較像是在對自己說而不是對我說。「但從今天開始，痳臉人出現的謠言會傳遍六大公國，就像風吹花粉一樣。人們會說他帶來了疾病、災禍和上天的懲罰，懲罰那些他們想像自己做錯的事。我眞希望我沒被他們看見，這個王國的人民要擔驚害怕的事情已經夠多了。但我們有比迷信更迫切得多的事情要擔心。不管你是怎麼知道的，你說得沒錯。我非常仔細地把我在冶煉鎭看到的一切都想了一遍，也回想那些拿石頭丟我們的鎭民所講的話，還有他們每個人的神情。從過去的經驗中，我瞭解冶煉鎭的人，他們生性勇敢，不會因爲迷信就驚慌逃走。但我們在路上看到的那些人就是在逃，他們打算永遠離開冶煉鎭，盡量把倖存的東西都帶走。他們離開了自己祖父出生的房子，也丟下了那些彷彿智能不足、在廢墟中搜刮拾荒的親戚。」

「紅船的威脅並不是空話。我一想到那些人就發抖。有些東西出了很大的問題，小子，不知道接下來還會發生什麼事，我想到就害怕。如果紅船可以俘虜我們的人，然後要求我們付錢讓他們殺死那些人，因爲我們害怕被放回來的人都會像那樣——這是多麼可怕的選擇！而且他們又再一次選在我們最沒防範的時候發動攻擊。」他轉向我似乎還要繼續說，然後突然一陣搖晃坐倒下去，臉色發灰。他低下頭，雙手掩住臉。

「切德！」我驚慌叫出聲，衝到他旁邊，但他轉過身去。

「卡芮絲籽最糟糕的一點，」他說，雙手的遮掩使他的聲音變得含糊。「就是它會非常突然的拋下你。博瑞屈警告你要小心它是對的，小子。但有些時候，我們除了差勁的選擇之外別無選擇。像現在這種局勢惡劣的時候。」

他抬起頭，眼神呆滯，嘴巴幾乎是鬆垮垮的。「現在我需要休息。」他說，可憐兮兮的像個生病的孩子。他頹然倒下之際我接扶住他，讓他慢慢躺在地上。我用掛在我馬鞍上的袋子給他當枕頭，把我們兩人的斗篷蓋在他身上。他躺著不動，脈搏緩慢，呼吸沉重，從那個時候一直躺到第二天下午。那天晚上我靠著他的背睡覺，希望能讓他保持溫暖，第二天我把我們僅剩的糧食都拿出來餵給了他。

到了那天入夜，他身體恢復得足以上路了，於是我們開始了一段消沉的旅程。我們緩慢前進，只在晚上走。切德找路，但我帶頭騎在前面，他常常只像是馬背上背的東西而已。我們在那個瘋狂的晚上一夜之間跑完的路程，現在花了兩天才走完。食物很少，我們講的話更少。切德似乎連想事情都會累，而且不管他在想什麼，總之他是覺得太黯淡無望了而不想講出來。

他指出位置，要我生火做訊號，讓那艘船回來接我們。他們派了艘小艇到岸邊來載他，他一言不發上了船，可見他真的是累壞了，就這麼認定我可以把我們疲倦的馬匹弄上船去。於是我的自尊心迫使我完成任務，然後上了船倒頭便睡，睡了這麼多天以來沒能睡好的一大覺。之後我們再度下船，疲倦地往潔宜灣走。我們在深夜回到城裡，百里香夫人又住進了客棧。

到了第二天下午，我終於可以去告訴客棧老闆說，夫人身體好多了，想吃點她廚房裡的東西，請她送一托盤食物到夫人房裡來。切德看起來確實好多了，但他有時候會出很多汗，渾身都是卡芮絲籽那種令人作嘔的甜味。他胃口奇大，也喝非常多的水。但兩天後他就叫我去告訴客棧老闆說，百里香夫人翌日早晨要離開了。

我恢復得比他快得多，有幾個下午的時間可以在潔宜灣城裡亂逛，發呆看著商店和攤販，同時拉長耳朵注意聽那些切德非常重視的閒話。就這樣，我們得知了很多我們先前打算得知的事情。惟眞的外交任務順利完成，賢雅夫人現在大受全城愛戴。我已經可以看出道路和防禦工事的維修工作增加了，守望島的瞭望臺則由克爾伐手下的菁英部隊駐守，而且人們現在都叫它賢雅瞭望臺。但這些閒話也講到紅船溜過了惟眞自己的瞭望臺，還講到冶煉鎭發生的奇怪事件。我不止一次聽到有人看見了麻臉人，而人們圍坐在客棧爐火旁所講的、關於冶煉鎭如今那些居民的故事讓我惡夢連連。

逃離冶煉鎭的人講的故事令人心碎，說他們的親人變得冰冷、沒有心。那些人現在住在那裡，彷彿仍是人類，但過去曾最熟悉他們的人是最不可能被騙過的。那些人光天化日之下所做的事，在公鹿堡不管什麼時間都聞所未聞。人們低聲傳述那裡發生的邪惡，那種種邪惡完全超乎我的想像。船隻不再停靠冶煉鎭了，鐵礦得到別處去挖。聽說甚至連那些逃出來的人都沒有地方願意收留，因爲誰知道他們身上沾染了什麼東西，畢竟麻臉人曾經在他們面前現身啊！但最可怕的反而是聽到平凡百姓說，很快事情就會結束了，那些留在冶煉鎭的東西很快就會自相殘殺死光光，謝天謝地。潔宜灣安分守己的百姓希望那些曾經是冶煉鎭安分守己的百姓的人死去，彷彿這是唯一能發生在那些人身上的好事。而事實上也是如此。

在百里香夫人和我即將歸隊、隨惟眞一行人回公鹿堡的前一夜，我醒過來發現房裡點著一根蠟燭，切德坐在那裡瞪著牆看。我沒說一個字他就轉過身來。「他們必須教你精技，小子。」他的語氣彷彿在說一個痛苦的決定。「邪惡的時代來臨了，而且會與我們同在很長一段時間。在這種時候，好人必須盡其所能創造出各種武器。我會再去找黠謀，這次我會向他提出這個要求。現在已經到了艱險的時刻，小子。我不知道它會不會有過去的一天。」

之後的許多年裡，我也常懷疑這一點。

11

冶煉

麻臉人是六大公國的民間傳說和戲劇中家喻戶曉的人物。一個木偶戲班如果沒有麻臉人的木偶，那就真的是很窮很差的戲班，因為麻臉人不只可以扮演他傳統的角色，還可以用來當作其他一般戲碼裡的災難預兆。有時候麻臉人的木偶就這麼掛在布景上，以便給那場戲增添不祥的氣氛。他的象徵意義在六大公國是處處通行皆知的。

據說這個傳說的根源可以上溯到這片土地初有人居之時，不是外島瞻遠家族征服各大公國的時代，而是更久遠的移民最初在此定居的時代。就連外島人也有這最基本傳說的另一版本，是個帶有警告意味的故事，說的是海神埃爾被拋棄而勃然大怒。

當大海還年輕的時候，第一位古神埃爾是相信各島居民的。他把他的海以及一切海裡游的東西都給了那些人，大海所碰觸到的土地也都變成他們的。有很多年的時間，人民都心存感謝。他們在海裡捕魚，愛在哪裡的海岸居住就在哪裡居住，並搶劫任何敢在埃爾給他們的土地上落腳的人。另外如果有人膽敢在他們的海裡航行，當然也成了名正言順的搶奪目標。這些人興盛起來，變得剛硬又強壯，因為埃爾的大海就像篩子一樣篩選出最優秀的人。他們的生活艱苦又危險，但這種生活讓他們的男孩長成強壯的男人，女孩長成不論在爐臺邊還是在甲板上都一樣無畏的女人。這些人民尊敬埃爾，對這位古神獻上讚揚之詞，要咒罵也只以他的名來咒罵。埃爾對他的子民也非常自豪。

但慷慨的埃爾給他的子民太多祝福了。嚴寒的冬天裡死的人不夠多，他興起的風暴也太溫和，不能征服航海的。於是這些人數目愈來愈多，他們的牛羊牲口也愈來愈多。在年月好、生活容易的時候，軟弱的小孩不會死，他們長大了，待在家裡，開始犁地耕田，來餵飽那些肥腫腫的牲口禽鳥和其他跟他們一樣軟弱的東西。這些挖土的人不會讚揚埃爾的強風和巨浪，他們稱讚或咒罵都是以艾達之名，艾達是掘地、種植、照顧牲畜之人的古神。於是艾達便祝福她的這些軟弱子民，讓他們的植物和牲畜都繁衍增加。這使得埃爾很不高興，但他不理會他們，因為他還有那些活在船隻和浪濤上的堅強子民，他們祝福和咒罵都是以他之名，他也降下風暴和寒冬去鼓勵他們。

但隨著時間過去，對埃爾忠心的子民愈來愈少了。靠土維生的軟弱人民誘惑那些水手，替他們生出只適合種田的小孩，於是他們離開了寒冬海岸和處處冰霜的草原，往南去到生長葡萄和穀物的柔軟土地。每一年，開墾埃爾賜給他們的大海、收成埃爾賜給他們的漁獲的人都愈來愈少，埃爾也愈來愈少在人們祝福或咒罵的話裡聽到自己的名字。到最後，只以埃爾之名來祝福或咒罵的人只剩下一個，這是個瘦巴巴的老人，老得不能出海了，關節腫痛，嘴裡也沒剩幾顆牙。他開口祝福或咒罵都很衰弱，埃爾聽起來只覺得受到侮辱而不覺得高興，因為埃爾不喜歡骨瘦如柴的老人。

最後來了一場暴風雨，本來是要了結那個老人和他的小船的，但是當冰冷的浪濤打在老人身上，他緊抓著小船的殘骸，竟然膽敢喊起埃爾的名字請他發發慈悲，儘管所有人都知道埃爾不知慈悲為何物。老人這瀆神的言詞讓埃爾勃然大怒，他拒絕把老人收進他的大海裡，而是把他沖到海岸上，對他下了詛咒，讓他再也不能出海航行，而且死不了。老人從鹹鹹的浪潮中爬出，臉上身上滿是疤痕，彷彿藤壺曾經緊緊攀附住他。他搖搖晃晃站起來，走進柔軟的土地，不管去到哪裡，看到的都是軟弱的挖土人。他對他們的愚昧發出警告，說埃爾會培養出一批更堅強的新子民，把原先由他們繼承的東西賜給那些新子民；但這些人已經變得太軟弱又太墨守成規，根本不聽他的話。然而不管老人去到哪裡，疾病都會隨之而來。他散播的都是這種膿包痘疹式的疾病，這種病才不管你是強壯還是體弱，是強硬還是軟弱，只要碰上了就會生病。這樣正合適，因為每個人都知道膿包痘疹是從髒汙的塵埃中來的，而且經由挖土翻土來傳播。

故事的內容就是這樣。於是麻臉人變成了死亡和疾病的預兆，譴責那些因為土地肥沃而過著軟弱輕鬆生活的人。

治煉鎮的事件讓惟眞返回公鹿堡之行罩上一層濃密烏雲。惟眞是個務實得幾乎過了頭的人，一等到克爾伐公爵和歇姆西公爵對守望島的事情達成協議，他馬上就離開潔宜灣。事實上，惟眞和他的菁英部隊在切德和我回到客棧前就已經離開了，因此我們一行人的回程有種空洞的感覺。人們在白天、在黑夜的火堆旁都講著治煉鎮的事，光是在我們的車隊裡，那些故事就已經變得愈來愈多、愈來愈加油添醋。

切德繼續扮演他那個惡臭又惡毒的老夫人，讓我回家的旅程非常難挨。我得替她拿這個拿那個、隨時聽命服侍她，一直到她在公鹿堡的僕人出現、護送她回房，我才得以解脫。「她」住在女眷的那一廂，雖然我決心此後要特別注意打聽關於她的閒話，但我只聽到人家說她性情難纏，總是關在自己房裡而已，切德到底是怎麼把她創造出來並維持她虛幻的存在，我始終沒能完全查清楚。

我們不在的時候，公鹿堡似乎經歷了一連串事件的風暴，讓我覺得我們好像離開了十年而不是只有幾個星期。就連治煉鎮的事情都沒能完全搶去賢雅夫人表現的鋒頭。這個故事被一講再講，各個吟遊歌者爭相唱述，看誰唱的內容會成爲標準版本。我聽說，在她非常精彩流暢地講完要讓瞭望臺成爲他們國土上的堂皇珠寶之後，克爾伐公爵還單膝跪下親吻了她的指尖。另一個消息來源甚至告訴我說，歇姆西爵士不但親自向夫人道謝，而且當天晚上還常邀她共舞，差點因此在這兩個大公國之間造成另一種性質完全不同的糾紛。

聽到她這麼成功，我很高興。我甚至不止一次聽到人們悄悄說，惟眞王子也應該給自己找個這樣的夫人。由於他常常出門在外，處理內政、追趕劫匪，人民開始感覺應該有個強而有力的統治者坐鎮在公鹿堡。老國王黠謀名義上仍然是我們的君主，但是，就像博瑞屈說過的，人們通常會向前看。「而且，」他又說，「人們喜歡知道王儲家裡有張溫暖的床在等他，這讓他們有些東西可以幻想。一般人的生活中很少能負擔得起浪漫戀愛，所以他們就把想像力全都放在國王或者王子身上。」

但我知道惟真本人沒時間想溫暖的床，事實上他根本沒時間想任何床。冶煉鎮已經成爲一個先例，也是一項威脅。同樣的消息很快又從其他三個地方傳來，一個緊接著一個。用現在流傳的說法來形容，北方近鄰群島的克羅夫特顯然早在幾星期前就已經被「劫匪冶煉」了。冰封的北方海岸消息傳來得比較慢，但消息的內容同樣陰森可怖。克羅夫特也有居民被擄走成爲人質，紅船劫匪也下達最後通牒說若不付錢那些人就會被放回來，而該城的議會也跟黠謀一樣如墜五里霧中。他們沒付錢，人質也跟冶煉鎮的人質一樣被放了回來，大部分身體狀況都很正常，但毫無人性中的良善情緒。人們低聲傳述，說克羅夫特採取了更爲直接的解決之道。近鄰群島的嚴酷天候孕育出性情嚴酷的人民，但就算是他們，也認爲對那些如今沒有了心的親友舉劍相向是件仁慈的事。

另兩個村子是在冶煉鎮之後遭劫的。岩門的村民付了贖金，第二天海浪沖來了殘缺不全的屍塊，全村聚在一起埋葬了死者。這消息傳到公鹿堡，沒有附加任何替自己辯護的詞句，只有不言而喻的村民看法，那就是如果國王的部隊夠有警戒心的話，那他們村子至少可以事先得知劫匪要來的警訊。

綿羊沼則正面迎接挑戰。他們拒絕付錢，但冶煉鎮的消息已經傳遍各地，他們也做了準備。他們帶著籠頭和手銬腳鐐去迎接被放回來的人質，把自己人領了回去，其中有些人還得先打昏，然後綁起來帶回他們各自的家。全村人團結一致，試著讓這些人恢復以前的樣子。綿羊沼的故事被傳得最多最廣：有個母親凶巴巴地拒絕爲別人送到她面前的嬰孩哺乳，咒罵著說她討厭這個只會哭又濕答答的東西；有個被綁起來的小孩又哭又叫，等到心碎的父親忍不住給他鬆了綁，他卻立刻拿起烤麵包用的長柄叉朝自己的父親撲過去。有些人滿口咒罵、扭打掙扎，對自己的親人吐口水；有些人則安於被綁，過著閒散的生活，吃喝著別人放在他們面前的食物和麥酒，但從來不會說半個字表達謝意或感情。這些人鬆綁後並不會攻擊自己的家人，但也不會去工作，更不會跟大家坐在一起消遣晚上時光。他們動手偷竊毫無悔意，甚至會偷自己孩子的東西；他們隨便亂用錢，吃起東西狼吞虎嚥；他們不會帶給任何人半點快樂，連句親切的話也沒有。但綿羊沼傳來的消息是，村民打算堅持下去，直到這「紅船病」過去爲止。這讓公鹿堡的貴族有了一點點希望，他們讚佩綿羊沼村民的勇氣，發誓說如果他們自己的親人遭到劫匪冶煉，他們一定也會這麼做。

綿羊沼和當地勇敢的居民成爲六大公國重振精神、號召團結的中心點。黠謀國王以他們之名課徵更多的稅，一部分稅金用來買穀子，給那些忙著照顧被綁起來的親人、無暇重整殘破的牲口群或重新耕作燒毀的田野的人；另一部分的稅金則用來建造更多船隻，僱用更多人手，以巡防海岸。

一開始，人們對自己能幫上忙都感到很驕傲。住在海邊懸崖上的人開始自動自發的進行瞭望，信差、送信的鳥、烽火全都設置起來了；有些村子送綿羊和補給品到綿羊沼去，給那些最需要幫助的人。但漫長的好幾個星期過去了，被送回來的人質完全沒有恢復神智的跡象，這些希望和奉獻便開始顯得可悲而非高貴。原先最支持這番努力的人現在宣稱，要是他們被抓去當人質，他們寧願選擇被大卸八塊丟進海裡，也不願回來給自己的家人造成如此的艱苦和心碎。

我想，更糟糕的是，王室本身在這樣的非常時期也不確定要怎麼做。要是國王發布命令，說人民必須或者不可以爲人質付贖金，情況會比較好一點。不管是下令必須付錢或者不可以付錢，總是會有人不同意，但如此一來至少國王表達了自己的立場，人民多少會覺得王室有在面對這項威脅。結果，增加的巡邏和瞭望只讓人覺得公鹿堡本身都被這項新的威脅嚇壞了，卻沒有任何面對威脅的策略。缺乏國王的命令，沿岸的村鎮便自己拿主意，各鎮議會開會決定萬一被冶煉的話該怎麼辦。有些村子決定這樣，有些村子則決定那樣。

「但無論在哪裡，」切德疲憊地告訴我，「他們決定什麼都不重要，重要的是這減弱了他們對王國的忠誠。不管他們是付錢還是不付錢，劫匪都可以邊喝他們的血麥酒邊嘲笑我們，因爲當我們的各處村鎮下這個決定時，他們腦袋裡想的不是『萬一我們被冶煉了』而是『等到我們被冶煉的時候』。於是他們就算身體沒有遭到強暴，在精神上已經先被強暴了。他們看著自己的家人，母親看著孩子，男人看著父母，心裡已經放棄他們了，覺得他們不是得死就是得被冶煉。這樣子王國無法眞正運作，因爲每個城鎮都得各自做決定，脫離了整體；我們會碎成一千個小鎮，每個鎮都只擔心萬一自己被打劫了要怎麼辦。如果黠謀和惟眞不趕快採取行動，這王國會變得名存實亡，只存在它原先統治者的腦海裡。」

「但他們能做什麼？」我質問。「不管下什麼命令，都會是錯的啊！」我拿起火鉗，把我正在顧的那口坩堝往火裡推進一點。

「有時候，」切德咕噥著說，「大膽犯錯比保持沉默要好。哪，小子，如果連你這麼個小男孩都看得出不管決定付錢或不付錢都會是錯的，其他人當然也看得出來，但至少下這麼道命令能讓我們有個全國一致的反應，不會好像每個城鎮都得各自舔自己的傷口。而且除了下這麼一道命令之外，黠謀和惟眞還應該採取其他的行動。」他靠近一點，探頭看看坩堝裡冒泡的液體。「再熱一點。」他建議。

我拿起一個小風箱，小心地鼓起風吹火。「比方說？」

「組織起來，反過去打劫那些外島人。提供船隻和補給給任何願意前去打劫他們的人。禁止人們讓牛羊在海岸邊的草地上吃草，那景象太誘惑人了。如果我們不能派兵去保護每一個村子，那就提供更多武器給村民。看在艾達神耕犁的分上，給他們用卡芮絲籽和顛茄做的藥丸，讓他們裝在小袋子裡掛在手腕上，這樣萬一他們被劫匪抓到，他們可以自殺，避免成爲人質。不管做什麼都好，小子，不管國王在這個時候做什麼，都比現在這樣該死的舉棋不定要好。」

我坐在那裡呆瞪著切德看，我從來沒聽過他講話這麼激動有力，也從沒聽過他這麼明言批評黠謀。

這令我大為震驚，我大氣不敢喘一口，既希望他繼續說，但又幾乎害怕聽見他會說出什麼話。他似乎沒意識到我在盯著他看。「再往裡面一點，不過要小心，萬一它爆炸了，黠謀國王手下的麻臉人可能就要從一個變成兩個了。」他瞥了我一眼。「對，我身上的疤就是這麼來的。不過從黠謀國王最近對我所提出的意見的態度來看，我好像是真的長了膿包痘疹一樣。『你滿腦袋想著不祥的預兆、警告和戒備，』他對我說。『但我認為你想讓那男孩接受精技訓練只是因為你自己沒能受訓。這是個很不好的野心，切德，去除它吧！』簡直像是王后的鬼魂借國王的嘴巴說話似的。」

切德的怨恨讓我靜止不動。

「駿騎。我們現在最需要的是他。」過了一會兒他繼續說。「黠謀按兵不動，惟真是個好軍人，但他太聽他父親的話了。惟真是要當老二的，不是當老大，他不會採取主動。我們需要駿騎。如果他在，他會到那些城鎮去，跟那些有親人被冶煉奪走的人談一談。去他的，他甚至會去跟那些被冶煉的人講話……。」

「你認為這樣做會有什麼好處嗎？」我輕聲問，幾乎不敢動，感覺到切德與其說是在跟我說話，不如說是在自言自語。

「這樣是不會解決問題沒錯，但是會讓我們的人民覺得統治者有參與、很關心。有時候這樣就夠了，小子。但惟真只知道把他的玩具兵搬來搬去、思考戰略，而黠謀眼看著這一切發生，心裡想的不是他的人民，只想著萬一惟真害自己送了命，他要怎麼確保帝尊可以安全又穩妥地掌權即位。」

「帝尊？」我驚詫地脫口而出。那個只知道穿漂亮衣服、趾高氣揚的帝尊？他總是跟在黠謀身後團團轉，但我從來沒把他當作真正的王子，聽到他的名字出現在這種討論裡讓我很是驚愕。

「他已經成了他父親的寵兒。」切德滿臉怒容。「自從王后死後，黠謀就一味的寵他。現在帝尊已經沒有母親可以效忠了，黠謀就企圖用禮物來收買他，他也非常會利用這個機會，專門說老爸喜歡聽的話。而且黠謀也太放任他了，讓他到處亂跑，把錢浪費在沒有用處的旅行上，到法洛和提爾司去聽他母親的人民說那些讓他自以爲重要的話。這小子應該有人管，讓他待在家裡，把時間——還有國王的錢——花在比較負責任的事情上。他到處亂花的錢已經夠裝備一艘戰船了。」然後突然不悅的：「那樣太熱了！會破掉的，趕快把它勾出來。」

但是他的話說得太遲了，坩堝發出冰塊破裂的聲音裂了開來，堝裡的東西使切德的房間充滿辛辣的煙霧，那天晚上的課上不成了，話也沒得說了。

他並沒有很快再召喚我。我其他的課程仍在繼續，但過了好幾個星期切德都沒有找我去，我想念他。我知道他不是對我不高興，只是心裡有事擔憂。有一天我閒下來把自己的意識朝他推去，卻只感覺到祕密和不協調，還有後腦勺挨了狠狠的一下，因爲博瑞屈逮到了我。

「你給我住手。」他罵道，不理會我精心裝出來吃驚又無辜的樣子。他朝我正在清理挖耙糞肥的廄房裡四處瞥視，似乎預期會看到有狗或貓躲在哪裡。

「這裡什麼都沒有！」他驚呼。

「只有糞肥和稻草。」我同意道，揉著後腦勺。

「那你剛才在幹嘛？」

「發呆啊，」我嘀咕。「只有發呆而已。」

「你騙不過我的，蜚滋。」他咆哮。「我的馬廄裡不許你這麼做，不許你用那種變態手段對待我這些動物，也不許你侮辱駿騎的血脈。別忘了我對你說過什麼。」

我咬牙低頭繼續工作，過了一會兒，我聽見他嘆氣走開。我繼續挖，怒氣在心裡沸騰，決心再也不要讓博瑞屈冷不防逮住我。

那年夏天接下來的時間簡直像個漩渦，發生了好多事，我很難回憶事情的進行經過。一夜之間似乎連空氣都不一樣了。我進城去，聽到人們全在談防禦工事、加緊戒備。那年夏天只有又一兩個城鎮被治煉，但感覺起來像是一百個，因爲那些故事被一再重複，在口耳相傳的過程中變得愈來愈大。

「搞得好像大家就只會談這個了。」莫莉對我抱怨說。

夏天傍晚的陽光下，我們在長灘散步。經過悶熱的一天，海風吹來了令人歡迎的一點清涼。博瑞屈被找到春口去了，看看他能不能搞清楚那裡的牲口爲什麼皮上出現一大塊一大塊的腫痛。如此一來我早上就不用上課，但是多了很多很多工作要做，要接替他照顧馬匹和獵犬，尤其柯布也不在，他跟著帝尊到涂湖去了，負責照管帝尊帶去進行一場夏季狩獵的馬匹和獵犬。

但反過來說，我晚上就比較沒人管了，有比較多的時間可以到城裡去。

傍晚和莫莉一起散步，幾乎已經成爲我的例行公事。她父親的健康狀況愈來愈差，每天晚上幾乎不需要喝酒就可以早早、沉沉的睡去。莫莉會準備一點乳酪和臘腸，或者一小條麵包和一些燻魚，我們把東西裝進籃子裡，再帶上一瓶便宜的葡萄酒，沿著海灘走到防波堤的岩石那裡，然後坐在散發出白晝最後餘溫的岩石上，莫莉會把她今天的生意和一整天聽到的閒話講給我聽。我們走動時，手肘有時會相碰。

「莎拉，就是那個屠夫的女兒，她告訴我說她眞是巴不得冬天趕快來。她說風雪會把紅船稍微趕回他們自己的海岸去，我們也可以喘口氣，不用再這麼害怕；然後科提又說我們或許可以不用害怕有更多的治煉，但是我們還是會怕那些到處亂跑的被治煉過的人。謠傳治煉鎮的那些人有的已經離開那裡，因爲現在那裡沒東西可偷了，他們就成群結隊搶旅人的東西。」

「我懷疑。那些搶劫的人很可能只是假裝自己是被冶煉過的人，讓人家不會找到他們頭上。被冶煉過的人沒有剩下什麼人性，根本不可能成群結隊做任何事。」我懶懶地反駁她。我望向港灣彼端，照在水上的強烈陽光讓我幾乎閉上了眼睛。我不用看向莫莉也知道她在我旁邊。這是一種很有趣的緊繃張力，我不是非常瞭解。她十六歲，我差不多十四歲，這兩年的歲數差距像一堵無法攀越的牆擋在我們之間，然而她總是抽空和我相處，也似乎喜歡有我作伴。她似乎也清楚意識到我，就像我意識到她一樣，但如果我朝她稍作探尋，她會退開，停下腳步把跑進鞋子裡的小石頭倒出來，或者突然講起她生病的父親很需要她。然而如果我把我的感覺從那種緊繃中收回來，她又變得沒把握、不太好意思講話，會試著看看我的臉、看看我的嘴型和眼神。我不瞭解這是怎麼回事，我們之間好像緊緊拉著一根線。但現在我聽見她的語氣裡多了一股惱怒。

「哦，我懂了。你對被冶煉的人知道的可眞多啊！比那些被他們搶劫的人知道得還多是不是？」

她刻薄的字句來得突然，讓我不知如何反應，過了一會兒才講得出話來。莫莉完全不知道切德和我的事，當然更不知道我跟他額外去了一趟冶煉鎭，她只知道我是城堡裡跑腿打雜的小廝，不是替文書辦事、就是在馬廄總管手下工作。我不能洩露我親眼見過冶煉鎭，更不用說告訴她我是怎麼感覺到那個情況的了。

「我在馬廄裡，還有晚上在廚房裡聽過守衛聊天，他們那些士兵各式各樣的人看得多了，是他們說被冶煉的人已經完全沒有友誼、沒有家庭、沒有任何人際關係。不過，我想，如果他們當中有一個人開始搶劫旅行者，其他的人也會依樣畫葫蘆，這樣也就跟成群結隊的土匪差不多了。」

「也許吧！」我的話似乎讓她緩和了一點。「你看那裡，我們爬到那上面去吃東西吧！」

「那上面」是岩壁上突出的一塊岩石，而不是防波堤的一部分。但我點頭表示同意，接下來幾分鐘我們努力把自己和食物籃弄到上面去。爬上那裡比我們先前去過的地方要艱難一點。我發現自己在注意看莫莉要怎麼拉裙子，也利用機會扶住她的手臂穩住她，或者拉著她的手幫她爬上比較陡的地方，她則提著籃子不放。剎那間我領悟到，莫莉建議我們爬上這裡，正是因爲她想造成這樣的情況。我們終於爬上那塊突出的岩石，坐下來望向海面，她的餐籃放在我們之間，我品味著我意識到她意識到我的感覺。這感覺讓我想起春季慶那些雜耍人不停往上拋接的好幾根棍棒，來來回回、愈拋愈多、而且愈來愈快。沉默持續了一會兒，直到我們兩個必須有人開口了，我看向她，但她轉頭他顧，看著餐籃裡說，「哦，蒲公英酒啊？我以爲要到冬天過一半之後才有好蒲公英酒可喝。」

「這是去年釀的……有一個冬天的時間足夠它成熟。」我告訴她，然後從她手中接過酒瓶，用我的刀想弄開瓶口的軟木塞。她看著我徒勞無功地弄了一會兒，然後把酒瓶拿過去，取出她自己有刀鞘的細小刀，戳進去扭轉一下就把瓶塞拔了出來，手法之純熟令我羨慕。

她看到我的眼神，聳聳肩。「從我有記憶開始，我就一直在幫我父親拔瓶塞。以前是因爲他醉得沒辦法自己來，現在他就算清醒的時候兩隻手也沒力氣了。」她的話裡摻雜著痛苦和苦澀。

「啊！」我連忙想找比較愉快的話題。「妳看，是『雨之女』耶！」我指向水面，一艘船身苗條的船正划著槳駛進港灣。「我一直覺得它是整個港裡最美的一艘船。」

「它剛剛是出去巡邏的。賣布的商人聯合起來募了一筆錢，幾乎城裡每個商家都出了力，連我也是，雖然我只能捐幾根蠟燭給它點提燈。現在船上有戰士，可以護送船隻從這裡到高陵地去，然後『綠色浪花』在那裡接手，送它們到更北邊的海岸去。」

「這我倒沒聽說。」我覺得驚訝，這樣的事情竟然在堡裡都沒聽說。我的心一沉，因爲連公鹿堡城都開始自己採取行動，不管國王的建議或許可了。我也這麼說了出來。

「唔，如果黠謀國王只會對這個情況嘖嘖出聲皺眉頭的話，人們總得盡量自己想辦法啊！他安安穩穩坐在自己的城堡裡，當然可以叫我們要堅強，反正被冶煉的又不會是他的兒子或弟弟或小女兒。」

我想不出任何話能爲我的國王辯護，這使我感到羞愧。在羞愧的刺激下，我說，「嗯，妳住在底下的公鹿堡城裡，也幾乎跟國王一樣安全啊！」

莫莉穩穩地看著我。「我本來有個親戚在冶煉鎮上當學徒。」她頓了頓，然後小心翼翼地說，「如果我說我們聽到他只是被殺之後都鬆了一口氣，你會覺得我很冷血嗎？有一個星期左右的時間我們不確定他怎麼了，但是最後終於有個看到他死掉的人傳話來。我父親和我都鬆了一口氣。我們可以爲他哀傷，知道他只是生命結束了，我們會想念他，不用再擔心他是不是還活著，像頭禽獸一樣的活著，爲其他人帶來苦難，爲他自己帶來恥辱。」

我沉默了一下，然後說：「對不起。」這話聽來很沒用、很不足，我伸出手去拍拍她動也不動的手。有一秒我幾乎感覺不到她在這裡，彷彿她的痛苦把她震入一種情緒麻木的境地，就像被冶煉的人一樣。但她接著嘆了口氣，我再度感覺到她在我身旁。「妳知道，」我冒險說一句，「也許國王自己也不知道該怎麼辦，也許他跟我們一樣，都不知道要怎麼解決這個情況。」

「他是國王啊！」莫莉抗議。「他名叫黠謀，就應該足智多謀啊！現在大家都在說他之所以不採取行動是爲了要省錢，既然急得要命的商人會自己付錢請傭兵，他又何必掏自己的腰包呢？但是，算了，不說這個了……」她舉起一隻手止住我的話。「我們來到這個安靜又涼快的地方，不是爲了談政治和怕人的事情。告訴我你最近在做什麼吧！那隻有斑點的母狗生小狗了沒？」

於是我們談起其他的事，談起「花斑點」生的小狗，談起有一匹不該亂來的種馬想動一匹發情母馬的腦筋，然後她告訴我說她去撿綠毬果來給蠟燭薰香，去採黑莓，還說她接下來這個星期一定會很忙，一邊要做黑莓醬準備冬天用，一邊又要繼續看店、製作蠟燭。

我們邊聊邊吃喝，看著夏日的夕陽徘徊在海平面上，就快落下了但是還沒完全落下。我感到我們之間那股緊繃的張力是一種愉快的感覺，既懸疑又奇妙。我把它看作是我這種新的奇特感官的延伸，所以我驚訝於莫莉似乎也感覺到它，並對之做出反應。我想跟她談起這一點，想問她意識到其他人存在的方式是否也和我一樣，但我怕萬一我問了，我就會把自己的眞實面貌洩露給她，像我先前對切德洩露一樣；或者她會對我感到厭惡，我知道博瑞屈要是知道了我有這種能力一定會感到厭惡。因此我微笑，我們聊天，我沒有說出自己的想法。

我陪她走過安靜的街道，在蠟燭店門口向她道晚安。她頓了一下，似乎還有什麼事情想說，但她只疑問地看了我一眼，輕聲含糊地說，「晚安，新來的。」

我在綴著明亮星星的深藍色天空下走回家，經過永遠在擲骰子賭錢的守衛，走向馬廄。我很快把各間廄房巡視了一遍，但那裡雖然新添了一窩小狗，依然是一片平靜安寧。我注意到有一片圍欄牧草地內多了兩匹陌生的馬，還有一匹供女士騎乘的馴馬住進了馬廄，心想是某個造訪此地的貴族婦女到宮裡來了吧！我一邊納悶不知是什麼事讓她在夏末來到這裡，一邊欽佩欣賞她優秀的馬匹，然後我離開馬廄往堡裡走去。

出於習慣，我先繞到廚房去一下。廚娘很瞭解馬僮和士兵的胃口，知道普通三餐是不夠我們塡飽肚子的。尤其最近我發現自己一天到晚肚子餓，急驚風師傅則宣稱要是我再繼續長得這麼快，我就得像野人一樣用樹皮做的布包住自己了，因爲她實在不知道要怎麼樣讓我的衣服保持合身。我走進廚房門的時候已經在想著那個大陶碗，廚娘總是在碗裡裝滿軟軟的小圓麵包，上面蓋塊布，另外我還想著某一輪味道特別衝的乳酪，想著來點麥酒配這兩樣東西吃一定很棒。

桌邊坐了一個女人。她本來在吃蘋果和乳酪，但是一看到我進門來，她猛然驚跳起來一手按著心口，彷彿我是麻臉人現身一樣。我暫停腳步。「我無意驚嚇妳，夫人。我只是肚子餓了，想來找點東西吃。我待在這裡妳介意嗎？」

那位夫人慢慢坐回椅子上，我自己心裡納悶，像她階級這麼高的人夜裡一個人待在廚房做什麼。儘管她身穿樸素的乳白色袍子、面有倦容，但她出身名門這一點是很顯而易見的，馬廄裡那匹馴馬顯然就是她騎的，而不是哪個夫人的侍女。如果她是餓醒的，爲什麼不叫個僕人拿東西給她吃就好了？

她緊抓胸口的那隻手抬起來拍撫嘴唇，彷彿是要穩住她急促的呼吸。她開口說話，聲音抑揚頓挫，幾乎像是音樂。「你吃你的吧！我剛才只是有點嚇到了，你……進來得太突然。」

「謝謝妳，夫人。」

我在寬大的廚房裡走來走去，從麥酒桶到乳酪到麵包，但不管我走到哪裡，她的視線都一直跟著我。我進來時她手裡的食物掉在桌上，現在她還是沒去動它。我給自己倒了杯麥酒，轉過身來發現她眼睛睜得大大的看著我。她立刻轉開視線，嘴巴動了動，但什麼也沒說。

「要我幫妳拿什麼東西嗎？」我禮貌地問。「妳要找什麼嗎？想不想喝點麥酒？」

「那就麻煩你了。」她輕聲說。我把剛倒好的那杯端給她，放在她面前桌上。我走近她時她有些退縮，彷彿我身上有什麼傳染病似的。我在想我是不是先前在馬廄幹活時身上沾了臭味，但應該不是，因爲如果我身上有臭味，莫莉一定會提的。在這種事情上，莫莉對我一向很坦白直接。

我給自己倒了另一杯，然後環顧四周，決定我最好還是把食物端回房裡去，這位夫人整個人的態度都顯示出我在場令她很不自在。但我正努力要同時端住麵包、乳酪和杯子的時候，她朝她對面的長凳做了個手勢。「坐下。」她告訴我，彷彿讀出了我的想法。「我不應該把你嚇跑，讓你沒法好好吃飯。」

她的語氣不是命令也不是邀請，而是介於兩者之間。我依她指的位置坐下，手忙腳亂地把食物和酒杯放在桌上，麥酒灑出來了一點。我坐下來，感覺到她看著我，她自己的食物還是放在桌上沒動。我低頭躲避她的凝視，快速吃喝，就像一隻老鼠偷偷摸摸躲在牆角吃東西，懷疑有隻貓等在門後。她沒有粗魯無禮地瞪著我看，但是公然注視我，她這種觀察的眼神讓我雙手不聽使喚，也讓我尖銳地意識到我剛才不知不覺中用袖子擦了嘴。

我想不出該說什麼，但這片沉默令我坐立難安。嘴裡的麵包感覺好乾，我咳了起來，想喝口麥酒把它嚥下去，卻又嗆到了。她眉頭一皺，嘴抿得更緊，即使我眼睛盯著盤子，我還是感覺到她的眼神。我匆匆吃著，一心只想逃離她淡褐色的眼睛和抿成一直線的沉默的嘴。我把最後幾塊麵包和乳酪塞進嘴裡，很快站起身來，匆忙之中撞上了桌子，還差點把身後的長凳給掀翻。我朝門口走去，然後想起博瑞屈曾經教過我有女士在場的時候要怎麼樣告退。我把嘴裡沒咬幾口的食物嚥了下去。

「晚安，夫人。」我含糊咕噥著，心想這樣說不太對，但也想不出更好的話來。我橫著走向門口。

「等一下。」她說，我稍微停步，她問，「你是睡在樓上，還是睡在馬廄那裡？」

「兩邊都有，有時候。我是說，有時睡這裡有時睡那裡。啊，晚安了，夫人。」我轉過身，幾乎是逃了出去，等爬樓梯爬到一半，才想到她問的問題很奇怪。我脫衣服準備就寢時，發現自己手裡還緊抓著喝完麥酒的空杯子。我上床睡覺，覺得自己像個傻瓜，想著不知爲什麼會這樣。

12

耐辛

在侵擾六大公國之前，紅船劫匪早已對他們自己人造成了苦難和禍害。他們起源不明，是某支邪門教派，靠殘酷無情的手段掌握了宗教和政治大權。拒絕加入他們信仰的族長和酋長常常會發現自己的妻兒變成了受害者，加害他們的那種方式我們如今稱之為「冶煉」，以紀念命運悲慘的冶煉鎮。雖然我們認為外島人心腸很硬又殘忍，但他們的傳統非常重視榮譽，對那些違反親族規範的人採取凶殘的懲罰。想像一下，如果兒子遭到冶煉，一個外島父親會多麼痛苦煎熬。當他自己的兒子對他說謊、偷他的東西、侵犯家裡的女眷時，他要不就必須隱瞞兒子的罪行，要不就必須眼睜睜看著兒子因為犯下這些罪行而被活剝皮，既得承受失子之痛，還得面對其他家族從此之後對他家的鄙視。因此，冶煉的威脅非常有效嚇阻了有心反對紅船劫匪政治勢力的人。

等到紅船劫匪對我們沿岸造成嚴重騷擾時，他們已經壓制了外島大部分的反對勢力。公開反對他們的人不是死就是逃，其他人則心不甘情不願地付錢進貢，咬牙面對掌控該教派之人的種種傷天害理行為。但也有很多人樂意加入他們的行列，把用來打劫的船身漆成紅色，從來不質疑他們的行為有哪裡不對。這些皈依的人可能大部分來自比較小、比較不顯赫的家族，以前從來沒有機會變得有勢力，但掌控紅船劫匪的人完全不在乎你的出身如何、祖先是誰，只要你對他忠貞不二。

我又見到那位女士兩次之後，才發現她是誰。我第二次見到她是隔天晚上，差不多同一個時間。莫莉忙著做她的果醬，所以我跟凱瑞和德克到酒館去聽音樂，混了一個晚上。我大概多喝了點，但頂多也只是多喝一兩杯麥酒。我並不覺得昏，也不想吐，但我走路的步伐很小心，因爲我在滿是塵沙的路上已經踩進一個坑洞裡跌了一跤。

廚房的院子裡處處塵埃，鋪著鵝卵石，有供運貨馬車卸貨的地方。鄰接這院子但相互隔開的是一片種有樹籬的區域，大家都叫它「女人花園」，不是因爲這裡只有女人能來，而是因爲負責照顧這裡也熟知這裡的都是女人。這是個宜人的地方，中央有個池塘，許多片低矮的花圃種著芳香藥草、開花植物、爬藤類的結果植物，還有綠岩鋪成的小徑。我知道我這種情況不能直接上床，要是我現在去睡覺，床會好像在打轉搖晃，不到一個小時我就會吐得病懨懨的。這天晚上我過得很愉快，要是最後那樣結束的話就太慘了，所以我沒有回房，而是走進了女人花園。

花園的一角，在一堵被太陽曬暖的牆和一個小池塘之間，長著七種不同的百里香。大熱天聞到這整片香味會讓人頭暈目眩，但現在已經是夜色逐漸深濃的時刻，它們混合的香氣讓我的腦袋比較舒服了點。我掬起小池塘裡的水洗洗臉，然後背靠著那堵仍在夜色中散發陽光暖意的石牆。青蛙呱呱相應，我低頭看著池塘平靜的水面，好讓自己不覺得天旋地轉。

腳步聲，然後一個女人的聲音尖酸地問，「你喝醉了？」

「不算醉。」我友好地回答，以爲來人是管果園的女僕提蕊。「時間不太夠，錢也不太夠。」我開玩笑地又加上一句。

「我想你這是跟博瑞屈學的吧！那人是個醉鬼兼色鬼，也在你身上培養了這種特質。他總是把他四周的人變得跟他一樣低三下四。」

那女人聲音裡的怨恨讓我抬起頭來，在逐漸消逝的天光中瞇著眼辨認出她的模樣，是前一天晚上的那位夫人。她站在花園小徑上，身穿樸素的寬鬆直筒連身衣裙，乍看之下只是個年輕女孩。她身材苗條，個子沒有我高，儘管十四歲的我並不算是特別高。但她的臉是張成年女人的臉，此刻她的嘴巴帶有譴責意味地抿成一條線，淺棕色眼睛上方的棕色眉毛也皺了起來。她有一頭深色捲髮，雖然她試著把頭髮綁住束好，還是有捲捲的一綹綹頭髮散落在她額頭和脖子上。

倒不是我覺得非替博瑞屈辯護不可，只是我現在的情況跟他根本沒有關係。因此我做出回答，意思是說他遠在若干哩外的另一個城裡，我往自己嘴裡灌什麼實在不能要他負責。

夫人又走近兩步。「但他從來也沒把你教好，不是嗎？他從來沒叫你不要喝醉，不是嗎？」

南方有句俗話說，葡萄酒裡有眞言。看來麥酒裡一定也有些眞言，那天晚上我就說了。「事實上，夫人，要是他現在看見我，一定會非常不高興。首先，他會嚴厲責備我沒有站起來跟女士講話。」說著我搖搖晃晃站起來。「然後，他會漫長又嚴格地對我說起教來，告訴我身爲一個雖然沒繼承王子頭銜，但繼承了王子血脈的人應該有什麼樣的舉止。」我勉力鞠躬，居然成功了，然後又耍了個花招直起身來。「那麼，晚安了，花園裡的美麗夫人。祝妳晚安，我這就把粗笨的本人從妳面前移除。」

我走到開在一堵牆上的拱門旁，她叫道，「等一下！」但我的胃靜靜發出了一聲咕嚕抗議，我假裝沒聽見她的話。她沒有追上來，但我確定她一定在看我，於是我把頭抬得高高的，大步穩穩地走，一直到我出了廚房院子還是保持這樣。我走到馬廄，吐在堆肥上，最後在一間乾淨的空廄房裡睡著，因爲通往博瑞屈房間的樓梯感覺起來實在太陡了。

但年輕人恢復精力的速度快得驚人，尤其是在感覺受到威脅的時候。第二天早上我天亮即起，因爲我知道下午博瑞屈就要回來了。我在馬廄洗了個澡，決定身上這件穿了三天的短罩衣該換了，尤其是當我走在我房間外面的走廊上、被那位夫人攔個正著的時候，我更是加倍覺得它髒。她從頭到腳打量我一番，我還來不及說話，她就開了口。

「把你的襯衫換掉。」她告訴我，然後又說，「這條緊身褲讓你的腿看起來像鳥腿一樣，叫急驚風師傅給你換一條。」

「早安，夫人。」我說。這不是在回答她，但驚愕的我只說得出這句話。我認定她非常怪異，比百里香夫人還怪，我最好的做法就是順著她、遷就她。我以爲她會側開身子繼續走她的，但她卻繼續盯著我看。

「你會演奏樂器嗎？」她質問。

我啞然搖搖頭。

「那你會唱歌囉？」

「不會，夫人。」

她一副煩亂的樣子，問道，「那麼或許他們有教你背誦史詩和知識詩篇，關於藥草和治療和航海……那一類的東西？」

「我只學過關於照顧馬匹、獵鷹和狗的知識詩篇。」我告訴她，說的幾乎是實話。這些是博瑞屈要求我學的，切德則教了我一系列關於毒藥和解藥的，但他警告過我那些知識詩篇知道的人不多，不可以隨便背誦。

「但你一定會跳舞吧？也學過作詩？」

我完全被她搞糊塗了。「夫人，我想妳是把我當成別人了。也許妳想到的是國王的外甥威儀，他只比我小一兩歲，而且——」

「我沒有搞錯。回答我的問題！」她幾乎是尖聲質問。

「沒有，夫人，妳說的那些課程是給……出身高的人學的。我沒有上過那些課。」

我每回答一個否定的答案，她就顯得更煩亂。她的嘴巴抿得更直了，淺棕色的眼睛籠罩一層陰影。「這種事絕對不能容許。」她宣布，然後一個轉身，裙襬窸窸窣窣，匆匆沿著通道走去。過了一會兒我走進自己房間，換了襯衫，穿上我最長的一條緊身褲，把那位夫人趕出我的思緒，專心投入當天的工作和課程。

博瑞屈下午回來的時候下著雨，我在馬廄外跟他碰頭，接過他馬的轡頭，他動作僵硬地跨下馬鞍。「你長高了，蜚滋。」他觀察到，用批評的眼光上下打量我，彷彿我是隻展現出人意料潛能的馬或狗。他張開嘴彷彿還要說什麼，然後搖搖頭發出半哼聲。「怎麼樣？」他問，於是我開始報告。

有時候我會驚訝於他跟切德的某些相像之處，他們都預期我會精確記住每一個細節，並以正確的順序敘述上個星期或上個月的每一件事。學會向切德報告並不太困難，他只是把博瑞屈長久以來預期我做的事變得形式、正式化而已。多年後我發現，士兵對長官報告也是這個樣子。

如果他不是博瑞屈而是別人，就會在聽完我概要敘述他不在的這段期間發生的事情之後到廚房去吃東西，或者去洗澡，但博瑞屈堅持要在馬廄裡走一趟，不時停下來跟這個馬夫聊兩句、跟那匹馬輕聲說說話。當他走到那位女士的老馴馬那裡時，他停了下來，沉默地看了那匹馬幾分鐘。

「這匹馬是我訓練的。」他突然冒出一句。廄房裡的那匹馬聽到他的聲音，轉過頭來輕嘶一聲。「『絲綢』。」他輕聲說，摸摸牠軟軟的鼻子，突然嘆了口氣。「所以耐辛夫人來了。她見到你了嗎？」

這個問題可是很難回答，我腦袋裡有一千個思緒同時撞成一團。耐辛夫人，我父親的妻子，而且根據很多人的說法，害我父親遠離宮廷、遠離我的就是她。原來她就是我在廚房裡聊天、喝醉酒打招呼的人，她就是今天早上考問我學了什麼的人。我對博瑞屈咕噥了一句，「沒有正式見過，但我們有碰過面。」

他出我意料之外地大笑起來。「你臉上全寫得清清楚楚了，蜚滋。從你的反應我就看得出來，她沒變多少。我第一次見到她是在她父親的果園裡，她坐在一棵樹上，要求我幫她把腳上的一根小刺拔出來，然後當場就把鞋襪脫下來好讓我動手。當著我的面就脫了，而且她根本不知道我是誰。我也不知道她是誰，還以爲她是哪位夫人的侍女。當然那是很多年以前的事了，連王子殿下都是幾年後才認識她的。我想我當時不比你現在大多少。」他頓了頓，臉上的神情變得柔和。「她有隻討厭的小狗，她走到哪裡都用籃子提著牠，牠老是在氣喘，老是吐出一團團自己的毛。牠叫雞毛撢子。」他頓了頓，露出幾乎是溫情的微笑。「過了這麼多年，我居然還記得。」

「她剛認識你的時候喜歡你嗎？」我很不圓滑地問。

博瑞屈看著我，眼神變得扭曲，他的人消失在那眼神後面。「比現在喜歡。」他突兀地說。「但那都不重要了。說吧！蜚滋，她對你有什麼看法？」

這又是一個難題。我開始講我們幾次碰面的經過，在我敢說的範圍內盡量輕描淡寫帶過細節。花園裡的那段講到一半，博瑞屈舉起了一隻手。

「停。」他靜靜地說。

我沉默下來。

「如果你爲了不想讓自己聽起來像個傻子而省略一些眞相，那你聽起來就會像個白痴。從頭再說一次。」

於是我從頭再說一次，半點都沒瞞他，包括我的舉動和夫人的評語。說完後，我等待他下評斷，但他只是伸出手摸摸那匹馬的鼻子。「有些事情會隨時間改變，」最後他終於說，「有些事情不會。」他嘆了口氣。「唔，蜚滋，你特別有種天分，總是會出現在你最應該避開的人面前。我相信這件事一定會有後果，至於是什麼後果我就一點概念也沒有了。既然這樣，擔心也沒用。我們去看那隻捕鼠狗生的小狗仔吧！你說牠生了六隻？」

「而且六隻全活下來了。」我驕傲地說，因爲那隻母狗向來容易難產。

「希望我們自己也可以活下去。」我們穿過馬廄時博瑞屈嘀咕著，但當我驚訝地抬眼瞥向他，他似乎完全不是在對我說話。

「我以爲你會知道該避開她的。」切德嘟噥著埋怨我。

我已經兩個月沒到他房間來了，這不是我期待的打招呼方式。「我又不知道她是耐辛夫人。我很驚訝沒聽到關於她來這裡的閒話。」

「她非常賣力反對閒話。」切德告訴我。他坐在椅子上，坐在生著小火的壁爐前。切德的房間陰冷，而他一直非常怕冷。此外今天晚上他看起來還很疲倦，不知道我沒見到他的這幾個星期裡他是做了什麼把自己累成這樣，尤其他的雙手看起來特別老，瘦骨嶙峋、骨節凸大。他啜了口葡萄酒，繼續說，「她自有她怪異的方法來對付那些在她背後談論她的人。她向來非常堅持保有隱私，這也是她不會是個好王后的原因之一，不過駿騎可不在乎。他娶她是爲了自己，而不是爲了政治因素。我想這是他第一次在大事上讓他父親失望，之後他做的每一件事就都不能讓黠謀完全滿意。」我坐著，像隻老鼠一動也不動。偷溜走過來蹲在我膝上。切德很少這麼多話，尤其是在說到王室家族的事情時。我大氣不敢喘一口，深怕打斷了他的話頭。

「有時候我想，耐辛身上有某種特質，是駿騎本能知道他自己需要的。他是個深思熟慮、有條不紊的人，行事態度總是正確，總是清楚意識到四周發生了什麼事。他是個有騎士精神的人，小子，符合這個詞最好的意思。他不會屈服於醜陋或心胸狹窄的衝動，這使得他總是散發出一種克制的氛圍，所以不瞭解他的人會認爲他很冷淡或者傲慢。」

「然後他認識了這個女孩……她當時還只是個小女孩。她身上腳踏實地的成分不會比蜘蛛網或者海裡的浪花多，她的想法和她說的話總是一下飛到這裡、一下飛到那裡，看不出其中有任何停頓或關聯。我以前光是聽她講話就累得要命，但駿騎會帶著微笑，驚奇地看著她。或許是因爲她對他完全不覺得敬畏，或許是因爲她並沒有特別想贏得他的樣子。總之，有一大堆更適合婚嫁、出身更高、頭腦更好的仕女全都在追他，他卻選了耐辛。而且他當時結婚時機根本不對，有十幾個可能藉著通婚來結盟的對象，他娶了她就一切可能性都沒了。他選在那個時候結婚的完全沒有好理由，半個都沒有。」

「只不過他想娶她。」我說，然後後悔得眞想咬舌頭，因爲切德點點頭，然後稍微晃了自己一下清醒過來，眼睛不再望著火，而是看著我。

「唔，不說那些了。我不會問你是怎麼讓她這麼印象深刻的，也不會問是什麼改變了她對你的想法，但她上個星期來找黠謀，要求他承認你是駿騎的兒子和繼承人，並且讓你接受適合王子的教育。」

我一陣暈眩。是牆上的織錦掛毯動了，還是我眼睛花了？

「他當然拒絕了。」切德無情地繼續說下去。「他試著向她解釋爲什麼絕對不可能這麼做，但她只是不停的說，『但你是國王啊！對你來說怎麼會有不可能的事？』『貴族絕對不會接受他的，那樣會造成內戰。而且妳想想，把一個完全沒有準備的男孩一下子丟進這一切，對他會有什麼影響？』他這樣告訴她。」

「哦！」我安靜地說。我不記得前一刻我感覺到的是什麼，是欣喜？憤怒？畏懼？我只知道那感覺現在消失了，我有種奇怪的赤裸空虛感，對自己先前居然會有感覺而感到羞辱。

「當然，耐辛完全聽不進他的話。『那就給那男孩做準備，』她告訴國王。『等他準備好了，你再自己下判斷。』這種要求只有耐辛做得出來，而且還是當著惟眞和帝尊的面。惟眞靜靜聽她說，他知道她的要求不會有結果的，但帝尊氣得要命，他太容易激動了，就連白痴也知道黠謀不可能同意耐辛的要求。但黠謀知道什麼時候該妥協，所以在所有其他方面他都對她讓步，我想主要是想讓她閉嘴。」

「在所有其他方面？」我呆頭呆腦地複述。

「有些有助於我們，有些會對我們造成損失，或至少會對我們造成該死的不便。」切德的口氣既氣惱又欣喜。「我希望你白天可以抽得出時間來，小子，因爲我可不想爲了她的計畫犧牲我自己的計畫。耐辛要求讓你接受適合你王室血脈的教育，而且誓言要親自教你，包括音樂、詩詞、舞蹈、歌唱、禮儀……我希望你比我當年更能忍受這些東西。不過學這些東西對駿騎似乎是無傷，有時候他甚至能把這些知識發揮在很有用的地方。但這會花去你白天很多的時間。你還要當耐辛的侍童。你現在當侍童年紀太大了，但她堅持要這麼做。我個人是認爲她覺得很後悔，現在想彌補過去失落的時光，不過這種事情從來都行不通。你武器訓練課的時間得減少，博瑞屈也得另外找一個馬僮了。」

我才不在乎武器訓練。切德常對我指出，一個真正高明的刺客是近身、安靜地完成任務，如果我學好了這行的訣竅，我根本就不用對任何人揮舞長劍。但我跟博瑞屈相處的時間——我又有那種奇怪的感覺，感覺不知道自己有什麼感受。我恨博瑞屈。有時候。他專橫、獨裁、麻木不仁，他預期我做到十全十美，卻又老實不客氣地告訴我說我不會因此得到獎賞。但他也很坦白、很直接，相信我可以做到他的要求……

「你大概在納悶她替我們贏得了什麼好處。」切德渾然不覺地說下去，我聽見他聲音裡有壓抑的興奮。「我已經試著替你要求了兩次，兩次都被拒絕，但耐辛對黠謀嘮叨個不停，直到他投降爲止。是精技，小子。你要接受精技的訓練了。」

「精技。」我複述，完全不知道自己在說什麼。這一切發生得太快了，我跟不上。

「是的。」

我胡亂翻找思緒。「博瑞屈跟我說過一次精技的事。很久以前。」我突然想起了那段對話的情境，是在大鼻子無意間洩露我們的事情之後。他說精技是跟我與動物分享的那種感官完全相反的東西，而我之所以發現冶煉鎮居民的改變也是透過那種感官知覺。接受精技訓練是否會讓我脫離那種感官知覺？那會是一種解放還是一種剝奪？我想到我趁博瑞屈不在的時候跟馬匹和狗兒分享的親密感，也記起了大鼻子，記憶中混合了溫暖與哀傷。在牠之前和之後我都不曾再跟另一個生靈如此親近過。接受精技的新訓練，會不會奪走我這種能力？

「怎麼了，小子？」切德的聲音慈祥但關切。

「我不知道。」我遲疑。但就算是在切德面前，我也不敢透露我的畏懼，或者說，我的汙點。「我想是沒事吧！」

「你聽了太多關於精技訓練的老故事。」他完全猜錯了。「聽我說，小子，情況不可能有那麼糟啦！駿騎就熬過來了，惟眞也是。而且現在我們面臨紅船劫匪的威脅，黠謀已經決定要恢復以前的做法，對有潛力的人都加以訓練。他想建立起一個，甚至兩個小組，來補充他和惟眞能用精技做的事。蓋倫對這件事不太熱中，但我想這樣做是很好的主意。不過我自己是私生子，從來沒獲准接受訓練，所以我也不知道到底可以怎麼運用精技來保衛國家。」

「你是私生子？」這句話衝口而出。我所有糾結的思緒都突然被這項新揭露的事實劈了開來。切德盯著我，對我講的話感到震驚，就像我對他講的話感到震驚一樣。

「當然啊！我以爲你早就猜出來了。小子，你這麼個耳聰目明、感受靈敏的孩子，倒是有些很大的盲點啊！」

我看著切德，彷彿這是我第一次注視他。在他的額頭、他耳朵的形狀、他下唇的線條之中，那些相似之處確實存在，也許先前是被他的疤痕遮住了。「你是黠謀的兒子。」我胡亂猜測，根據的只是他的相貌。他還沒開口，我就知道自己這句話說得太蠢了。

「兒子？」切德陰森大笑。「他要是聽到你這麼說，一定會咆哮不已！但實情會讓他的臉色更難看。小子，他是我同父異母的弟弟，不過他是在婚床上懷的胎，我則是在沙緣附近的軍事行動中懷的。」他輕聲又說，「我母親懷上我的時候是軍人，但是後來回家鄉去生下我，之後嫁給了一個製陶工人。我母親死後，她丈夫叫我騎上一頭驢，給了我一條她生前戴的項鍊，叫我把項鍊帶到公鹿堡去拿給國王。我當時十歲。那時候從羊毛莊到公鹿堡的路又長又難走。」

我想不出該說什麼。

「不說這個了。」切德堅定地直起身子。「蓋倫會教你精技。黠謀硬逼他同意，他最後終於讓步了，但是有條件，就是每一個學生在接受他訓練的期間別人都不可以插手干預。我眞希望事情不是這樣，但是我無能爲力，你自己要多小心了。你知道蓋倫吧？」

「一點點。」我說。「只知道別人說的關於他的事情。」

「你自己知道什麼？」切德考問我。

我吸了口氣，思索著。「他都是一個人吃飯，我從來沒看他跟別人坐在同一桌，不管是跟士兵爲伍還是在飯廳裡。我從來沒看過他沒事站著閒聊，不管是在操練場、洗衣場，還是任何一處花園裡。我看到他的時候他總是正要去哪裡，而且總是匆匆忙忙的。他和動物相處得很差，狗不喜歡他，他把馬控制得太過頭了，把牠們的嘴巴和脾氣都搞壞掉。我猜他跟博瑞屈年紀差不多。他的衣著很講究，幾乎跟帝尊一樣花俏。我聽過別人說他是王后的人。」

「爲什麼？」切德很快地問。

「唔，那是很久以前的事了。一天晚上，有個叫該擊的士兵跑來找博瑞屈，有點醉了，也受了點傷。他跟蓋倫打了一架，蓋倫用一根小鞭子之類的東西打到他的臉。該擊要博瑞屈幫他包紮一下，因爲那時候很晚了，而且那天晚上他不應該喝酒，好像是快要輪到他値班守衛了還是什麼的。該擊告訴博瑞屈說，他無意間聽到蓋倫說帝尊的王室血統比駿騎和惟眞多出兩倍，都是因爲愚蠢的習俗，才讓他坐不上王位。蓋倫還說帝尊的母親比黠謀的第一任王后出身高貴。這點大家都知道是事實，但該擊之所以氣得跟他打起來，是因爲蓋倫說欲念王后比黠謀本人更有王室血統，因爲她父母兩邊都有瞻遠家族的血統，黠謀卻只有父親那邊有，所以該擊動手想打他，但蓋倫往旁邊一閃，用某個東西打中了他的臉。」

我頓了頓。

「還有呢？」切德鼓勵我繼續說下去。

「所以他比較喜歡帝尊，比較不喜歡惟眞，甚至也比較不喜歡國王。至於帝尊，嗯，帝尊也接受他，對蓋倫的態度比他通常對僕人或士兵的態度還要友善。有少數幾次我看過他們兩個在一起，帝尊好像在徵詢他的建議。他們兩人在一起的時候看起來有點滑稽，蓋倫好像是在模仿帝尊似的，穿著打扮和走路的姿勢都學他。有時候他們兩個看起來幾乎是非常相像。」

「是嗎？」切德傾身靠近我，等待著。「你還注意到了什麼？」

我在記憶裡搜尋更多關於蓋倫的第一手知識。「我想差不多就這些了。」

「他有沒有跟你說過話？」

「沒有。」

「我明白了。」切德彷彿是在對自己點頭。「你又聽說過他什麼？你懷疑什麼？」他是想引我做出某個結論，但我猜不出是什麼結論。

「他是內陸人，從法洛來的。他一家人跟著黠謀國王的第二任王后一起來到公鹿堡。我聽人家說他怕水，不敢坐船或游泳。博瑞屈尊重他，但是不喜歡他，他說蓋倫是個擅長也確實做到自己的工作的人，但是博瑞屈不可能跟不善待動物的人處得好，即使那人不善待動物只是出於無知。廚房的人不喜歡他，他總是把年紀比較小的那些僕人罵哭，說那些女孩的頭髮掉到他的食物裡，或者手很髒不洗乾淨，說那些男孩太粗魯了，不知道該怎麼正確端上食物，所以那些廚子也不喜歡他，因為學徒心情差的時候工作就做不好。」切德還是滿臉期待地看著我，彷彿在等待聽到很重要的事。我絞盡腦汁回想還聽到哪些閒話。

「他戴著一條鑲了三顆寶石的項鍊，是欲念王后給他的，爲了獎賞他某次的特別服務。唔，弄臣很討厭他。他有次告訴我說，四下無人的時候蓋倫會罵他怪胎，還拿東西丟他。」

切德揚起眉毛。「弄臣會跟你說話？」

他的聲調不只是不可置信而已。他在椅子上突然坐直，酒杯裡的酒潑了出來灑在他膝蓋上，他心不在焉地用袖子去擦。

「有時候。」我謹愼地承認。「不是很常，只有他想講的時候，才會突然冒出來跟我說一些話。」

「一些話？什麼樣的話？」

我突然想到我一直沒把那個「蜚滋逢治肥油」的謎語講給切德聽，不過現在講這個好像太複雜了。「哦，只是些古怪的話。差不多兩個月前，他攔住我，跟我說第二天很不適合打獵。可是那天天氣很好，博瑞屈那頭大公鹿就是那天打到的，你還記得吧！也是同一天我們碰到了一隻狼獾，牠把兩隻獵犬咬得重傷。」

「我記得牠差點也傷了你。」切德傾身向前，臉上帶著某種奇怪的滿意神色。

我聳聳肩。「博瑞屈騎馬把牠撞倒了，然後他痛罵我一頓，說要是狼獾傷了煤灰，他一定會把我打成笨蛋。我哪知道牠會突然朝著我來呀！」我稍作遲疑。「切德，我知道弄臣很奇怪，但我喜歡他來找我講話。他說的都是謎語，他會罵我，開我的玩笑，還會大搖大擺發表意見，叫我做這個做那個，比方說我該洗頭髮了，或者我不該穿黃色等等，可是……」

「怎麼樣？」切德探問著，彷彿我說的話非常重要。

「我喜歡他。」我詞不達意地說。「他會嘲弄我，但他的嘲弄感覺上是好心的。他讓我覺得，呃，覺得自己很重要，因爲他選擇來跟我說話。」

切德靠回椅背上，伸手遮住嘴邊的微笑，但我不瞭解他在笑什麼。「信任你的直覺。」他簡潔地告訴我。「弄臣對你做的任何建議你都要留心。還有，繼續把他會來跟你說話的這件事保密下去。有些人可能不會喜歡這件事。」

「誰？」我追問。

「黠謀國王吧，也許。畢竟弄臣是他花錢買下來的。」

我腦袋裡冒出了十幾個問題，切德看見我臉上的表情，舉起一隻手阻止我。「現在不要多問。你現在知道這些就夠了，事實上，你現在知道這些已經太多了。不過你說的這件事讓我很驚訝。把別人的祕密說出來不是我的作風，如果弄臣想讓你知道更多，他可以自己告訴你。不過我記得我們剛才是在討論蓋倫吧！」

我嘆了口氣靠回椅子上。「蓋倫。總之，對那些無法跟他抗衡的人來說他很討厭，他穿衣服很講究，他一個人吃飯。我還需要知道什麼，切德？我碰過嚴格的老師，也碰過討人厭的老師。我想我會學會應付他的。」

「你最好學會。」切德講得非常認眞。「因爲他恨你。他恨你的程度超過他愛你的父親。他對你父親的情感之深，令我覺得很可怕。沒有人值得別人那樣盲目的全心奉獻，就算王子也一樣，何況那全心奉獻來得很突然。至於你，他恨你的程度更加強烈，讓我覺得害怕。」

切德的語調裡有某種東西，使我胃部升起一種發冷欲嘔的感覺，那種不自在的感受讓我幾乎要吐了。「你怎麼知道？」我追問。

「因爲黠謀指示他收你做學生的時候，他就是這樣告訴黠謀的。『那個私生子不是應該搞清楚自己是哪根蔥嗎？你給他的那一切不是應該就已經很夠他滿足了嗎？』然後他拒絕教你。」

「他拒絕？」

「我跟你說過了。但黠謀很堅持。而且他是國王，蓋倫以前再怎麼是王后的人，現在也得服從他，所以蓋倫態度緩和了一點，說他會試著教你。你每天都要去見他，從一個月以後開始。在那之前，你歸耐辛管。」

「在哪裡？」

「在一座塔頂，叫做『王后花園』的地方。他們會允許你進去那裡。」切德頓了頓，彷彿想警告我，但又不願嚇到我。「你要小心，」最後他說，「因爲在那花園的四壁之間，我沒有任何影響力。在那裡我等於是瞎子。」

這警告很奇怪，我認眞聽了進去。

13

鐵匠

耐辛夫人從很小的時候就是個怪人。在她還是小小孩時，她的保母就發現她頑固獨立，卻又缺少能照顧自己的常識。其中一個保母說，「她寧願身上的蕾絲帶子一整天都沒繫好，因為她自己不會繫，也不肯讓別人替她繫。」十歲時，她已經決定避開傳統上認為適合她這階級女孩的那些課程，專門對一些很不可能派上用場的手藝感興趣：製陶、刺青、調配香水，以及種植、繁衍植物，尤其是外國植物。

她完全不顧忌長時間跑出去沒人監督，她喜歡林地和果園勝過她母親的庭院和花園。你可能以為這樣會培養出一個堅韌、務實的孩子，但事實卻不然，她似乎總是長疹子、被刮傷、遭到叮咬、常常迷路，而且對人獸始終沒有合理的戒心。

她的教育絕大部分都是自己學來的。她年紀很小就學會了閱讀和算數，之後不管碰上任何卷軸、書本、木牘她都一視同仁大讀特讀。她的教師都感到挫折，因為她很容易分心又常常缺課，但這卻似乎完全不影響她的學習能力，她幾乎學什麼都是又快又好。然而她毫無興趣把學來的知識付諸運用，她腦袋裡滿是奇幻的想像，用詩詞和音樂取代了邏輯和禮數，對社交和賣弄風情的技巧毫無興趣。

然而她嫁給了一位一心一意熱烈追求她的王子，這段姻緣引起軒然大波，成為他失勢的開始。

「站直站好！」

我僵住。

「不是這樣！你看起來像隻火雞，脖子伸得長長的等人家來砍。放鬆一點。不是，你的肩膀要往後挺，不要往前拱。你站的時候兩隻腳老是這麼往外蹶嗎？」

「夫人，他還只是個男孩，他們總是這樣的，全身骨頭硬邦邦的東凸西凸。讓他進來放輕鬆點吧！」

「哦，好吧。你進來吧！」

我點頭對一名圓臉的侍女表示感激，她回了我一個有酒窩的微笑。她朝一張白鑞長凳比個手勢示意我坐下，但上面堆滿了枕頭和披肩，幾乎沒有容身之處。我湊著邊邊坐下，打量耐辛夫人的起居室。

這裡比切德的房間還亂。要不是我知道她最近才剛來，我會以爲這裡的東西是堆積多年的結果。就算把房裡的每樣東西都完整列出清單也無法描述這情景，因爲它的特殊之處主要在於物品的混雜亂放所造成的效果。一隻陳舊的靴子裡插著一把羽毛扇、一隻擊劍用的手套，還有一把香蒲。一隻黑色的小型㹴犬和兩隻胖嘟嘟的幼犬睡在一個籃子裡，籃裡鋪著一頂毛皮帽兜和幾隻羊毛長襪。一組用象牙雕成的海象趴在一片講述釘馬蹄鐵相關事項的木牘上。但房裡最主要的元素還是植物。一叢叢肥滿的綠意溢出陶盆，許多茶杯和高腳杯和水桶都裝著插條和切花和綠葉，缺了把手、裂了縫的杯子裡冒出一條條藤蔓。種失敗的植物很明顯，是一盆盆泥土裡伸出的光禿禿枝條。這些植物盤據、擠滿了每一處早上或下午可以照到陽光的地方，看起來像是花園湧進了窗子，在屋裡的一片凌亂之中長了起來。

「他大概也餓了吧，妳說是不是，蕾細？我聽說男孩子都是這樣。我想我床邊的小桌子上有一些乳酪和小圓麵包，幫我拿給他好嗎，親愛的？」

耐辛夫人站在離我約有一臂之距開外，越過我朝她的侍女說話。

「我不餓，眞的，謝謝。」我趕在蕾細笨重站起身來之前冒出一句。「我來這裡是因爲我接到指示，每天早上要來向妳報到，妳要我來多久我就來多久。」

我這番話經過了小心的重新措辭。黠謀國王眞正對我說的是，「每天早上到她房間去，不管她認爲你該做什麼你照做就是，免得她來煩我。一直做到她對你就像我對她一樣受不了爲止。」他這麼老實不客氣地說話讓我很吃驚，因爲我從來沒看過他像那天那樣煩亂。我匆匆告退時惟眞正好進門來，他看起來也是一副疲態。他們兩個講話、動作的樣子都像前天晚上喝了太多酒，然而前一夜我在晚餐桌上看到他們兩個，他們都沒喝酒，氣氛也很不歡樂。我經過惟眞身旁的時候他揉揉我的頭髮。「愈長愈像他父親了。」他對走在他身後滿臉怒容的帝尊說。帝尊狠狠瞪了我一眼，走進國王的起居室，大聲關上門。

於是我就來到了這裡，在這位夫人的房間裡，她繞著我走來走去，越過我對別人說話，彷彿我是隻可能會突然攻擊她或者在地毯上大小便的動物。我看得出來這讓蕾細覺得很是有趣。

「是的。這我已經知道了，因爲，是這樣的，是我去要求國王把你送到這裡來的。」耐辛夫人小心翼翼對我解釋。

「是的，夫人。」我在狹小的位置上動了動，試著表現出聰明有禮的樣子。回想起我們先前碰面的那幾次，也難怪她把我當成笨蛋了。

一陣沉默。我環顧房裡，耐辛夫人往一扇窗子看去，蕾細坐在那裡自顧自偷笑，假裝在編織蕾絲。

「哦，對了。」耐辛夫人像俯衝的獵鷹一樣，迅雷不及掩耳地俯身拎起了那隻黑色的幼犬。牠驚訝地尖聲吠叫起來，牠母親老大不高興，抬頭看著耐辛夫人把牠塞給我。「這隻給你。牠是你的了。每個男孩都該有個寵物。」

我接住那隻扭動著的幼犬，趕在她放手之前托住牠的身體。「或者你比較想養鳥？我臥室裡有一籠鳴禽，如果你要的話可以給你一隻。」

「呃，不用了，小狗很好。小狗棒極了！」後面這句話是對那隻幼犬說的。牠尖聲咿咿咿叫著，我的本能反應就是向牠探尋，要牠平靜下來。牠母親感覺到我與牠做的接觸，表示讚許，然後漫不經心趴回籃子裡，跟另外那隻白色幼犬一起繼續睡。黑色幼犬抬起頭來，直視我眼睛。在我的經驗裡，這是相當不尋常的，大部分的狗都會避免長時間直視對方。但牠還有個不尋常的地方，就是牠意識清晰。我在馬廄裡偷偷摸摸試驗過，大部分牠這個年紀的幼犬都只有模糊的自我意識，而且多半是關於母親和奶水和立刻切身的需要，但這個小傢伙卻已經很有自我認知感，而且對周遭發生的一切非常感興趣。牠喜歡蕾細，因為她會餵牠碎肉塊，牠對耐辛有戒心，不是因為她殘忍，而是因為她常絆到牠，而且她總是會在牠費盡九牛二虎之力爬出籃子之後又把牠放回去。牠覺得我聞起來很刺激，馬、鳥、其他狗的味道在牠腦中就像各種顏色，只是意象，牠還不知道那些東西的形狀或實際狀態，但還是覺得非常非常有趣。我替牠把那些味道描繪出圖像，牠爬在我胸口，興奮地對我又聞又舔。**帶我走，帶我去看，帶我走**。

「……有沒有在聽？」

我一陣瑟縮，預期博瑞屈狠敲我一下，然後才回過神來意識到自己在哪裡，意識到雙手扶臂站在我面前的這個小個子女人。

「我想他有點不對勁。」她突然對蕾細說道。「妳有沒有看到他剛才坐在那裡盯著那隻小狗看的樣子？我還以為他要發什麼病了。」

蕾細和氣地笑笑，繼續編織。「倒滿像妳的，夫人，妳有時候拿著妳那些葉子啦、植物啦開始東種西種，結果一直盯著泥巴看，就是那個樣子。」

「唔，」耐辛顯然不太高興地說，「成年人陷入沉思是一回事，」她堅定地指出，「小男孩呆站著一副傻相又是另一回事。」

待會兒，我對幼犬承諾。「對不起，」我說，試著做出悔悟的樣子。「我只是被小狗分心了。」牠蜷縮在我的臂彎，隨口啃起我的皮背心。很難解釋當時我的感覺。我需要把注意力放在耐辛夫人身上，但緊靠在我懷裡的這個小東西正散發著愉悅和滿足。突然被別人當成他世界的中心是種讓人暈陶陶的感覺，即使那個「別人」只是隻八週大的幼犬。這使我醒悟到我一直以來有多麼孤單，又孤單了多麼久。「謝謝妳。」我說，我聲調裡的感激之情連自己都覺得意外。「非常謝謝妳。」

「只是隻小狗而已。」耐辛夫人說，我驚訝地發現她幾乎是有點羞愧的樣子。她轉過身去看向窗外。幼犬舔舔自己的鼻子，閉上眼睛。**溫暖。睡覺。**「講講你自己的事。」她突然要求我。

我吃了一驚。「妳想知道什麼，夫人？」

她挫折地做了個小手勢。「你每天都做什麼？他們教了你什麼？」

於是我試著告訴她，但我看得出她不滿意。我每次提到博瑞屈，她的嘴唇都會輕微一抿。她並不覺得我的武藝課程很怎麼樣，關於切德我則什麼都不能說。聽到我學了語言、讀寫和算數，她不甚甘願地點頭表示贊同。

「唔，」她突然打斷我的話。「至少你不是完全無知。只要你能讀，就可以學任何東西。如果你有心的話。你有心學嗎？」

「我想有吧！」這答案不甚熱烈，但我已經開始覺得有點不高興了。即使她送了我這隻幼犬，也抵不過她對我所學事物的輕視。

「那麼我想你就要學，因爲我有心要你學，就算你現在還沒有心學。」她的態度突然變得嚴格，這種迅速轉變讓我很是迷惑。「小子，他們怎麼叫你？」

又是這個問題。「叫我小子就好。」我嘀咕。睡在我懷中的幼犬發出難受的哀鳴，我強迫自己爲了牠平靜下來。

看到耐辛臉上掠過一抹震驚的表情，讓我有點滿足感。「那我就叫你，嗯，湯瑪斯好了。平常就叫湯姆吧！這樣可以嗎？」

「大概吧！」我刻意說。就算博瑞屈給狗取名字也比她要用心。我們馬廄裡沒有「小黑」或「小花」，博瑞屈給每隻牲畜取名字都很認眞，彷彿牠們是王室成員，取的名字都符合牠們的模樣個性，或者代表他希望在牠們身上看到的特質。就連煤灰的名字底下都藏了一把溫和的火焰，讓我逐漸對牠感到敬重。但這個女人卻隨隨便便一開口就叫我湯姆。我低下頭，讓她看不見我的眼神。

「好吧！」她略顯輕快地說。「明天同一時間來這裡，我會幫你準備一些東西。我警告你，我希望你心甘情願又努力認眞的學。再見，湯姆。」

「再見，夫人。」

我轉身離開。蕾細的眼神跟著我，然後轉回去看她主人，我感到她很失望，但不知道她失望什麼。現在還早，我今天跟她的這第一堂課只花了不到一小時，空下來的這段時間都是我自己的。我朝廚房走去，打算騙些殘羹剩菜來給我的小狗吃。把牠帶去馬廄是比較省事的做法，但這樣博瑞屈就會知道牠的存在了，接下來會發生什麼事我一點也不心存幻想。小狗會就此留在馬廄，名義上是我的，但博瑞屈會確保我們之間新建立的親密牽繫被斬斷。我絕不打算讓這種事情發生。

我計畫好了。從洗衣工那裡弄一個籃子來，稻草上鋪件舊襯衫給牠當床。牠現在的大小便量不會太多，等牠長大之後我和牠的深厚牽繫會讓牠很容易接受訓練。現在牠每天得自己待在我房裡一段時間，但等牠大一點之後，就可以跟我到處跑了。總有一天博瑞屈還是會發現牠的存在，但我堅決把這個念頭推開，到時候再想辦法吧！現在牠需要一個名字。我把牠從頭到腳打量一番。牠不會長成那種捲毛、愛亂叫的㹴犬，而是會有一身平滑短毛，脖子粗粗的，嘴鼻部像個煤斗。但就算牠長成成犬，也不會高過人的膝蓋，所以這名字不能太沉重。我不想讓牠變成好鬥成性的狗，所以不能叫「開膛手」或「衝鋒」。牠會是頑強、有韌性、又很警覺的。也許叫「緊握」吧！或者「哨兵」。

「或者『鐵砧』。或者『冶煉』。」

我抬起頭。弄臣從一處壁龕走出來，跟著我沿通道走下去。

「為什麼？」我問。我已經不再問弄臣怎麼能猜到我在想什麼了。

「因為你的心會在牠身上受到錘鍊，你的力量會在牠的火焰中淬鍊堅韌。」

「聽起來有點太戲劇化了。」我反對。「而且冶煉現在已經變成不好的詞，我不想讓我的小狗背上這個惡名。前兩天我才在城裡聽到一個喝醉的人對一個扒手大吼，『希望你的女人被冶煉。』街上每個人都停下來盯著他看。」

弄臣聳聳肩。「或許吧！」他跟我走進我房裡。「那就叫『打鐵』或『鐵匠』。讓我看看牠？」

我遲疑地交出小狗。牠動了動醒過來，在弄臣的雙手中扭來扭去。**沒味道，沒味道**。我大為驚訝地同意小狗的訊息。雖然有牠的小黑鼻子替我發揮作用，我們還是聞不出弄臣身上有什麼味道。「小心，別把牠摔著了。」

「我是弄臣，又不是笨蛋。」弄臣說，不過他還是在我的床上坐下，把小狗放在他身旁。鐵匠立刻開始嗅來嗅去，把床單弄得皺成一團。我坐在牠另外一邊，以防牠爬得太靠近床的邊緣。

「所以，」弄臣用隨意的口氣問，「你打算讓她用禮物收買你嗎？」

「有何不可？」我試著擺出一副輕蔑的樣子。

「那樣會是個錯誤，對你們兩人來說都是。」弄臣一擰鐵匠的小尾巴，牠扭過身對他發出小小狗的咆哮。「她一定會想送你各種東西，而你得收下，因爲你沒有辦法不失禮地拒絕她。但你必須決定那些禮物是在你們兩人之間搭起一座橋，還是蓋起一堵牆。」

「你認識切德嗎？」我問得突兀，因爲弄臣的口氣聽起來太像他了，我突然很想知道。除了黠謀之外我從未跟任何人提起切德，也沒聽過堡裡有任何人說起他。

「不管是切的還是砍的，我知道什麼時候該閉上嘴巴。你也應該學會這一點。」弄臣突然站起來，走到門口，停留了一下。「她只有最初的那幾個月恨你，而且也不是眞正的恨你，只是盲目嫉妒你母親，因爲她可以爲駿騎生個孩子，耐辛卻不能。之後她就心軟了，想派人來接你，想把你當成她自己的孩子來撫養。也許有些人會說她只是想占有任何跟駿騎沾上關係的東西，但我認爲不是這樣。」

我呆瞪著弄臣看。

「你嘴巴張成這樣，看起來像條魚。」他觀察道。「但是你父親當然拒絕了，他說這樣會顯得他好像正式承認了他的私生子。但我認爲根本不是這樣，我想是因爲那樣做對你會有危險。」弄臣做了個奇怪的手勢，一條肉乾就出現在他手指間。我知道肉乾本來就藏在他袖子裡，但看不清楚他是怎麼把它變出來的。他把肉乾拋到我床上，小狗貪婪地撲了上去。

「如果你願意，你可以傷害她。」他提出。「看到你一直都這麼孤單，她內疚得不得了，而且你長得太像駿騎了，隨便你說什麼都會像是從他嘴裡說出來的。她就像一顆有瑕疵的寶石，你只要對準地方敲一下，她就會碎成千百片。她現在其實就差不多半瘋了，你知道。要不是當初她同意駿騎遜位，他們絕對沒辦法殺他，至少不能殺得這麼輕鬆如意又不必顧慮後果，現在她自己也知道這一點。」

「他們是啥？」我追問。

「應該說他們是誰？」弄臣糾正我，然後咻一下就沒了蹤影。等我跑到門口時他已經不見了，我用探尋的方式找他，但什麼也沒找到，簡直好像他被冶煉過一樣。想到這一點我打了個冷顫，走回鐵匠身旁，牠正在把肉乾咬成爛糊糊的一塊一塊，搞得滿床都是。「弄臣走了。」我告訴鐵匠。牠隨便搖幾下尾巴表示知道了，繼續啃牠的肉乾。

牠是我的，是送給我的。不是馬廄裡我負責照顧的狗，而是我的狗，且博瑞屈不知道，也不受他管轄。除了衣服和切德給我的那只黃銅手環外，我沒有什麼東西，但牠足以彌補我歷來所有可能的缺憾。

牠是隻毛色光亮的健康小狗，現在牠的毛皮很平滑，但等牠長大之後就會變得硬邦邦、刺扎扎的。我把牠舉起來對著窗戶的亮光，可以看見毛皮上有淺淡的雜色斑點，所以牠長大了就會是隻黑色帶斑點的狗。我發現牠下巴有一塊白，左後腳上也有一塊。牠的小牙緊緊咬住我的襯衫袖子，猛咬猛甩，發出凶狠的小小狗咆哮。我跟牠在床上扭打一番，直到牠全身軟趴趴地熟睡過去，然後我把牠移到牠的稻草鋪墊上，遲疑地去上下午的課，做下午的工作。

剛開始跟耐辛上課的那第一個星期對我們兩個都很不好受。我學會總是保持一線注意力在牠身上，這樣我沒有跟牠在一起的時候牠就不會覺得太過寂寞而嚎叫起來，但這麼做需要練習，所以我覺得精神有點不太集中。對此博瑞屈皺眉不滿，但我說服了他，讓他相信這是因爲我跟耐辛上那些課的關係。

「我實在不知道那女人要我怎麼樣。」第三天我告訴他。「昨天上的是音樂課。在兩個小時之內，她試圖教我彈豎琴、吹海笛，然後是吹長笛，每一次我好不容易快要摸索出幾個音了，她就把我手上的樂器奪過去，叫我再試另外一種。最後她說我沒有音樂天分，我們就下課了。今天早上上的是詩詞。她開始教起我那首關於療眾王后和她的花園的詩，那首詩很長，講的是她種的那一大堆藥草，還有每一種藥草是做什麼用的。她老是把句子唸錯，等我也把錯的句子複述出來的時候她就生氣，說我一定知道貓薄荷不是拿來敷的，說我是在取笑她。最後她說我害她頭痛得厲害，課上不下去了，我幾乎是鬆了口氣。然後我問她要不要我去摘點『仕女之手』的花苞來給她治頭痛，她馬上坐起來說，『你看！我就知道你是在取笑我。』我不知道要怎麼才能取悅她，博瑞屈。」

「你幹嘛要取悅她？」他滿臉怒容，我沒有接續這個話題。

那天晚上蕾細到我房間來找我。她敲敲門，然後進房，皺起了鼻子。「如果你要把那隻小狗養在這裡，最好弄些芳香藥草來撒在地上，還有，替牠清理大小便的時候用一點醋加水來洗。這裡聞起來簡直像馬廄一樣。」

「確實有點像。」我承認。我好奇地看著她，等著。

「我拿這個來給你。你似乎最喜歡它。」她伸手遞出海笛。我看著那些用細皮繩綁在一起的粗短管子，在那三樣樂器中我最喜歡這個。豎琴的弦太多了，長笛聽起來聲音太尖，就算耐辛吹起來也一樣。

「是耐辛夫人要給我的嗎？」我不解地問。

「不是。她不知道我把它拿走了。她會以爲它是埋在她那一大堆東西裡不見了，這種事常發生。」

「妳爲什麼把它拿來？」

「讓你練習。等你練習得比較好一點的時候，把它拿回來吹給她聽。」

「爲什麼？」

蕾細嘆氣。「因為這會讓她感覺好一點，也就會讓我的日子好過得多。沒有比服侍像耐辛夫人這麼心裡難受的人更糟糕的事了。她一心渴望你能擅長某種東西，她一直在試你，希望你會突然展現出某種才華，這樣她就可以把你拿出去現，告訴別人說，『看吧，我早說過他有天分。』哪，我自己也有兒子，我知道男孩子不是這樣的。他們不會在你盯著看的時候學會東西、或者長大長高、或者變得有禮貌守規矩，但是只要轉過身去，再轉回來，他們就變啦，變得更聰明、更高大、迷倒每個人，除了他們自己的母親之外。」

我有點摸不著頭腦。「妳是要我學會吹這個，好讓耐辛高興？」

「好讓她覺得她給了你什麼東西。」

「她給了我鐵匠。不管給我什麼東西都比不上牠。」

蕾細對我這句突如其來的誠懇之言頗為驚訝，我自己也是。「唔，那你可以這麼告訴她。不過你也可以試著學會吹海笛、或者背誦一首抒情詩、或者吟唱一篇古老的祈禱文，這樣她大概比較能瞭解。」

蕾細離開後，我坐在那裡想，情緒半是憤怒半是惆悵。耐辛希望我能爭氣爭光，自覺必須找出一樣我能做的事情，彷彿我在她來之前從來沒做過、成就過什麼似的。但我仔細想想自己做過的事、想想她對我所知的部分，醒悟到我在她腦中的形象必然相當平庸。我會讀會寫，會照顧馬和狗；我也會調製毒藥、製作安眠藥劑、偷偷夾帶東西、說謊、做掩人耳目的靈巧手勢，不過這些能耐就算她知道也不會讓她高興。那麼我除了當間諜和刺客之外，還能做些什麼嗎？

第二天我很早就起床，去找費德倫。我向他借畫筆和顏料，這點讓他很高興，他給我的紙比平常練習時用的好，要我答應把成果拿給他看。我走上樓梯，心想不知當他的學徒會是什麼滋味，一定不會比人家最近安排我做的這些事更難吧！

但結果，我自己決定要做的這項工作比耐辛要我做的任何事都難。我可以看見鐵匠趴在牠的墊子上睡覺，牠背部的彎曲不會跟符文字母的彎曲差多少，牠耳朵的陰影也不會跟我辛苦臨摹的那些費德倫畫的植物圖片差多少。但它們確實差很多，我浪費了一張又一張的紙，最後終於突然看出，是小狗周遭的陰影呈現出牠背部的彎曲和牠後腿的線條。我需要少畫而不是多畫一點，要畫我眼睛看到的而不是我腦袋裡知道的東西。

等我把畫筆洗乾淨收好，時間已經晚了。有兩張的成果足以悅目，還有一張我自己很喜歡，雖然那張看起來柔和模糊，比較像是夢見的小狗而不是眞實的。比較像是我感覺到的而非看到的，我心想。

但當我站在耐辛夫人房門外時，我低頭看著手裡的紙張，突然覺得自己像是個三歲小孩，拿著一朵被壓扁的枯萎蒲公英要送給母親。對一個少年來說，這算是哪門子的消遣？如果我眞的是費德倫的學徒，那麼這種練習還算合適，因爲好的文書除了字要寫得好之外，也要會繪圖和裝飾字母。但我還沒敲門，門就開了，我站在那裡，手指上還沾著顏料，手裡的紙張潮潮的。

耐辛老大不高興地叫我進去，說我已經遲到了。我一言不發，坐在一張椅子的邊緣，椅子上有揉成一團的斗篷和繡到一半的刺繡。我把我的畫放在旁邊的一疊木牘上。

「我想你可以學會背誦詩詞，只要你願意。」她說，態度有點粗蠻。「所以你也可以學會寫詩，只要你願意。節奏和格律只不過是……這畫的是那隻小狗嗎？」

「原本是這麼打算的。」我嘀咕，感覺這輩子從來沒這麼窘得一塌糊塗過。

她小心拿起那幾張紙一一檢視，先是拿近了看，然後伸直手臂拉遠了看。她盯著模糊的那張看得最久。「這是誰幫你畫的？」她終於問。「這並不能當作你遲到的藉口，不過這個人能把眼睛看到的東西畫在紙上，顏色這麼逼眞，我可以好好善用他。我手上有的那些植物圖鑑都是這個毛病，所有的藥草都畫成同一種綠，不管它們長起來是灰色還是有點粉紅色。那種木牘要拿來學東西的話根本沒有用——」

「我猜這小狗是他自己畫的，夫人。」蕾細和氣地打斷她說。

「而且這紙質眞好，比我以前用過的——」耐辛突然頓了頓。「你，湯瑪斯？」（我想這是她第一次記得用她替我取的這個名字來叫我。）「你畫得這麼好？」

在她不可置信的眼神下，我勉強很快點了個頭。她又把那幾張畫拿起來。「你父親連條曲線都畫不好，除非是在地圖上畫。你母親會畫畫嗎？」

「我完全不記得她，夫人。」我僵硬地回答。就我印象所及，從來沒人這麼勇敢地問我這種問題。

「什麼，一點也不記得嗎？可是你當時已經六歲了，你一定記得什麼吧——她頭髮的顏色，她的聲音，她是怎麼叫你的……。」她臉上那神情是不是痛苦的飢渴，一種她不太能承受得到答案的好奇心？一時之間，我幾乎確實記起了些什麼，一股薄荷的味道，還是……消失了。「完全不記得，夫人。如果她想要我記得她，應該就會把我留在身邊吧，我想。」我關上自己的心門。一個沒有把我留在身邊、連找都沒來找過我的母親，我不記得她也沒什麼對不起她的吧！

「唔。」我想這是耐辛第一次醒悟到她提了一個棘手的話題。她望向窗外陰灰的天色。「有人把你教得很好。」她突然指出，表情有點太過開朗。

「費德倫。」她什麼也沒說，於是我補充道，「妳知道，就是宮裡的文書。他想要我當他的學徒。他對我寫的字很滿意，現在開始叫我臨摹他的那些圖。這是說，在我們有時間的時候。我通常都很忙，而他通常都出門去忙著找新的製紙用的草。」

「製紙用的草？」她心不在焉地說。

「他有一些紙張，本來有好幾捆的，可是快用完了。那紙他是跟一個商人買的，那商人是跟另一個商人買的，另一個商人又是跟另一個人買的，所以他不知道它原先來自哪裡，不過人家告訴他說是用搗碎的草做的。他那種紙的品質比我們製作的任何一種都要好得多，很薄、有韌性，時間久了也不會那麼容易碎，且吸墨量很適中，不會吸得太多讓符文字母的形狀邊緣變得模糊。費德倫說要是我們能複製這種紙，就能改變很多事。有了品質好又結實的紙，隨便誰都可以拿到一份城堡裡木牘知識的副本。要是紙變得比較便宜，就可以有更多小孩學會讀寫，至少他是這樣說的。我不明白他爲什麼這麼──」

「我不知道這裡有人也對這種事情感興趣。」夫人的臉色突然亮了、活了起來。「他有沒有試過用搗碎的百合花根來做紙？我做過，還滿成功的。還有一種紙，是用祁努埃樹的樹皮做成線，然後把那線織起來，再濕壓成紙。這樣做出來的紙很結實又有韌性，但是紙面的吸水效果不好。不像這種紙……」她朝手裡的幾張紙又瞥了一眼，沉默下來。然後她遲疑地問，「你這麼喜歡那隻小狗？」

「是的。」我簡單地說，我們突然四目相視。她盯著我的眼睛看，那種心有旁騖的眼神是她望向窗外時常出現的。突然間，淚水湧滿她的眼。

「有時候，你實在太像他了，你……」她哽咽。「你應該是我的孩子才對！太不公平了，你應該是我的孩子！」

她激烈地喊出這句話，我還以爲她要打我，但她卻跳上前來一把抱住我，同時絆到她的狗又撞翻了一只插著綠葉的花瓶。狗尖叫一聲跳起來，花瓶落在地上摔碎，水和碎片濺得到處都是，夫人的額頭則狠狠撞上我下巴，害我一時之間眼冒金星，什麼也看不見。我還來不及反應，她就猛然轉身，發出像被燙到的貓一樣的叫聲逃回她臥室裡，砰然摔上門。這期間，蕾細一直織蕾絲織個不停。

「她有時候就是這樣。」她和氣地表示，對我朝門點點頭。「明天再來吧！」她提醒我，又加上一句，「你知道，耐辛夫人對你已經滿有感情了。」

14

蓋倫

蓋倫是一名織工的兒子，小時候就來到了公鹿堡。欲念王后從法洛帶來了一批她專用的僕役，蓋倫的父親是其中之一。公鹿堡當時的精技師傅是殷懇，慷慨國王和他的兒子黠謀都是她教的，所以等到黠謀的兒子長成小男孩時，她年紀已經很大了。她向慷慨國王請願說要收學徒，他答應了。蓋倫很受王后的寵愛，於是在太子妃欲念的大力促成之下，殷懇挑了年輕的蓋倫當她的學徒。瞻遠家族的私生子當時跟現在一樣都沒有學習精技的份，但當這種天分意外出現在王室以外的人身上時，王室會栽培並獎勵他。蓋倫無疑就是這樣的一個男孩，展現出奇特、意外的天分，突然吸引了精技師傅的注意。

等到駿騎王子和惟真王子年紀夠大、可以接受精技訓練的時候，蓋倫已經進步到可以在一旁協助了，儘管他只比他們大一兩歲。

我的生活再次尋求平衡，也獲致了短暫的平衡。我和耐辛夫人相處的尷尬逐漸消退，因爲我們明白到我們兩個的相處永遠不會到不拘禮節或非常熟稔的地步。我們兩人都不覺得需要分享感受，只是隔著一段拘謹的距離繞著對方轉，但卻也達成相當程度的相互瞭解。然而在我們互動關係的這種拘謹舞步裡，偶爾也會出現眞正的歡樂之情，有時候我們的舞步甚至十分協調。

等到她終於放棄，不再一心只想把瞻遠家族王子所應該知道的一切都教給我之後，她能教給我的東西就眞的很多，不過，其中絕大部分都不是她當初打算教我的。我確實對音樂有了基本的概念，但這是借用她的樂器和私下花了許多時間練習才達成的。我的職務與其說是她的侍童不如說是替她跑腿的小廝，在替她採買東西的過程中學到了很多調配香水的技巧，也大大增加了我對植物的知識。連切德發現我有剪葉插枝、繁衍植物的新才華時也感到很興奮，他也很熱心關注耐辛夫人和我進行的實驗，例如把一棵樹的嫩芽切接到另一棵樹上，想辦法讓它長出葉片，不過這些實驗成功的很少。她聽過關於這種魔法的傳言，也毫不顧忌地動手試驗。一直到現在，女人花園裡還有棵蘋果樹的一根樹枝結上的是梨子。當我對刺青技藝也表示好奇時，她不肯讓我在自己身上刺，說我年紀太小，還不該做這種決定，不過她一點顧慮也沒有地讓我先是旁觀，最後並從旁協助她，在她自己的腳踝和小腿上慢慢刺塗染料，刺出一圈花冠。

但這一切都是經年累月演變而來的，不是短短幾天就達成。到了第十天，我們建立起對彼此唐突拘禮的相處方式。她見到了費德倫，徵召他加入她用植物根來製紙的計畫。小狗長得很好，每天都讓我更加歡喜。耐辛夫人要我跑腿進城的差事讓我有很多機會跟城裡的朋友見面，尤其是莫莉，她是最佳嚮導，帶我去香料攤子買耐辛夫人調配香水要用的材料。冶煉和紅船劫匪仍然是懸在海平面上的威脅，但在那幾個星期當中那怖懼似乎很遙遠，就像在仲夏白晝記起凜冽寒冬。在那段很短暫的時間裡我是快樂的，而且更鮮有的恩賜是，我知道我是快樂的。

然後我就開始跟蓋倫上課了。

上課的前一晚，博瑞屈把我找了去。去的路上我尋思著，不知道我是哪樣工作沒做好要被他罵。他在馬廄外等著我，兩腳重心換來換去，像一匹被關起來的種馬，一看到我立刻招手，要我跟他到他房裡去。

「喝茶？」他問，我點頭，他拿起爐火上一壺猶溫的茶給我倒了一杯。

「怎麼回事？」我接過茶杯，問。我從沒看過他這麼緊繃的樣子，這實在太不像博瑞屈了，讓我害怕是否會聽到什麼可怕的消息——比方說煤灰病了或死了，或者他發現了鐵匠。

「沒事。」他說謊，而且說得很差勁，他自己也隨即發現。「是這樣的，小子。」他突然吐露。「蓋倫今天來找我。他告訴我你要接受精技的訓練，對我下令說，在他教你的期間，我不可以用任何方式插手干預——不可以提供建議，不可以叫你幹活，就連跟你一起吃飯都不行。他說得非常……直接。」博瑞屈頓了頓，我心想不知他沒說出來的那個更適合的形容詞是什麼。他掉頭他顧。「以前我曾經希望他們給你這個機會，可是他們沒給，我心想，嗯，或許這樣比較好吧！蓋倫會是個很嚴厲的老師，非常嚴厲。我聽別人講過。他會拚命鞭策學生，但他宣稱他對學生的要求並沒有超過他對自己的要求。唔，小子，我也聽人家這麼講過我，如果你能相信的話。」

我讓自己露出小小的微笑，換來了博瑞屈的一臉怒容。

「注意聽我說。蓋倫不喜歡你，這點他毫不隱瞞。當然，他根本不認識你，所以這不是你的錯，完全只是因爲……你的身分，還有你造成的事，天知道那都不是你的錯。但如果蓋倫承認這一點，他就得承認那是駿騎的錯，而我從來沒見過他肯承認駿騎有任何缺失、曾經做錯過任何事……但就算你愛一個人，也該知道他不可能十全十美。」博瑞屈在房裡快步踱了一圈，然後回到爐火旁。

「你只要把你想告訴我的話說出來就好了。」我建議。

「我正在努力啊！」他凶道。「要找出該說什麼可不容易。我甚至連我現在該不該跟你講話都不確定，因爲我不知道這算是插手干預，還是提供建議？但你還沒開始上課，所以我現在說。在他面前盡你的全力。不要對蓋倫回嘴，態度保持恭敬有禮，把他說的話全聽進去，盡力學得又快又好。」他又頓了頓。

「我也沒做其他的打算啊！」我有點刻薄地脫口而出，因爲我聽得出來，這些都不是博瑞屈眞正想說的話。

「我知道，蜚滋！」他突然嘆了口氣，重重坐下與我隔桌相對。他雙手掌根按著太陽穴，彷彿感到疼痛。我從沒見過他如此煩亂的模樣。「很久以前我跟你說過那另外一種……魔法。原智。就是跟野獸同在，幾乎變成牠們的一分子。」他稍微停頓，瞥視四周，彷彿擔心有人會聽見。他傾身靠近我，說話的聲音很輕但很急切。「你要離它遠遠的。我已經盡力想讓你明白那是可恥的、錯誤的，但我從來不覺得你眞正同意這一點。哦，我知道你大部分時間都遵守我的規定，沒有那麼做，但有幾次我感覺到，或者懷疑到，你在瞎搞那種正派人絕不會碰的東西。我跟你說，蜚滋，我寧願……我寧願看到你被冶煉，也不希望你變成那樣。對，不要一副這麼震驚的樣子，我眞的是這麼覺得。至於蓋倫……聽著，蜚滋，在他面前連提都不要提這個事。不要說到它，在他附近甚至連想都不要想它。我對精技知道得很少，但有時候……哦，有時候你父親用精技碰觸到我，感覺起來好像他比我更早知道我心裡的想法，也能看見我連對自己都隱瞞的事情。」

博瑞屈黝黑的臉上突然一陣深暗的潮紅，我幾乎覺得在他那雙黑色眼睛裡看見淚水。他轉過頭去看向爐火，我感覺我們終於要講到他需要說的事情的重點了。是「需要」說，而不是「想要」說。他內心有一股深沉的畏懼，他不允許自己有這股畏懼；如果換作是別人，比較沒有氣概、對自己沒這麼嚴格的人，那股畏懼會讓他爲之顫抖。

「……替你擔心，小子。」他對著壁爐臺上方的石塊講話，聲音又低又含混，我幾乎沒聽懂他在說什麼。

「爲什麼？」簡單的問題最能打開別人的話匣子，切德教過我。

「我不知道他會不會在你身上看出來，也不知道如果他看出來了，他會怎麼做。我聽說……不，我知道這是事實。以前有個女人，事實上只是個女孩，她跟鳥特別要好。她住在西邊的山丘上，人家說她可以把天空裡的野鷹叫下來。有些人很欽佩她，說這是一種天賦，他們把生病的家禽帶去給她看，或者母雞不肯孵蛋的時候把她找來。就我聽說，她做的都是好事。但蓋倫公開說她壞話，說她是個令人厭惡的東西，說要是她繼續活下去生了小孩，對這個世界是有害的。結果有一天早上人家就發現她被打死了。」

「是蓋倫下的手？」

博瑞屈聳聳肩，這動作非常不像他。「他的馬那天晚上離開過馬廄，這點我知道。而且他雙手瘀血，臉上和脖子上有抓痕，但不是女人用手抓的那種抓痕，小子，是爪子抓出的痕跡，就像有老鷹攻擊過他的樣子。」

「而你什麼都沒有說？」我不可置信地問。

他半吠半笑了一聲。「我還沒開口，另外就有人說話了。那女孩的表哥恰好在這裡的馬廄工作，他指控蓋倫殺了她。蓋倫沒有否認。他們到見證石那裡去打鬥一場，由總是坐鎮在那裡的埃爾神來主持公道。在那裡解決問題，得到的答案效力高過國王的宮廷，沒有人能提出反駁。結果那男孩死了，大家都說這是埃爾主持公道，因爲那男孩誣告蓋倫。有個人就這麼對蓋倫說，他的回答是，埃爾的公道在於那個女孩沒能生小孩就死了，還有她那受到汙染的表哥也一樣。」

博瑞屈沉默下來。他說的話讓我覺得頭暈想吐，一股寒冷的恐懼像蛇一樣竄行全身。問題一旦在見證石那裡解決，就再也不能提出抗辯了；那裡的裁決比法律的效力更大，那是諸神的意旨。所以即將給我上課的是一個殺人凶手，如果他疑心我擁有原智，他會想殺了我。

「是的。」博瑞屈說，彷彿聽見了我的思緒。「哦，蜚滋，我的孩子，你要小心，要明智。」一時之間我感到驚訝，因爲他聽起來好像是在替我擔心，但他接著又說，「不要讓我蒙羞，小子，也不要讓你父親蒙羞。別讓蓋倫說我放任王子殿下的兒子長成半人半獸的東西，讓他看看你不愧身上流著駿騎的血。」

「我會盡力。」我嘀咕著。那一夜我滿懷著悲慘恐懼上了床。

王后花園離女人花園很遠，離廚房的花園或公鹿堡內任何其他花園都很遠。事實上它是位在一座圓塔的頂端，朝海的那一側牆蓋得很高，但南側和西側的牆很矮，還有座椅沿牆而立。石壁留住太陽的暖意，並擋住鹹鹹的海風。那裡的空氣是靜止的，幾乎像是彎起手蓋在耳朵上的感覺。然而建立在岩石上的花園自有一種奇特的狂野，這裡有石頭做的水盆，可能以前是給小鳥戲水或當噴泉用的，還有許多裝著泥土的大桶、小盆、長槽，其間夾雜著雕像。以前這些大桶小盆可能曾經種滿綠葉鮮花，但現在僅剩下的植物是幾根枝子還有盆裡泥土上長的青苔，一個爛了一半的棚架上爬著枯萎的藤蔓。這情景讓我心中充滿一種古老的悲哀，其冷猶勝過此時已經出現了的秋末冬初寒意。我心想，這裡應該交給耐辛的，她會讓這裡重新活過來。

我是第一個到的，不久之後威儀也來了。他也有瞻遠家族深色髮膚的特徵，身材像惟真，是矮壯型的，我的身材則像駿騎，個子比較高。他一如往常，對我疏遠但有禮，朝我點了個頭，然後漫步四周看著那些雕像。

其他人很快也來了，人數之多讓我驚訝，總共有十幾個人。除了威儀是國王妹妹的兒子之外，這裡沒有人比我有更多的瞻遠家族血統。這裡有堂表兄弟姊妹和更遠房的親屬，男女都有，年紀有比我大也有比我小的。比我小兩歲的威儀大概是年紀最小的，二十四、五歲的端寧則應該是年紀最大的。這群人的態度收斂低調得頗爲奇怪，其中幾人聚在一起輕聲說話，但大部分都散布四周，摸摸弄弄空洞花園裡的東西或者看看雕像。

然後蓋倫來了。

他從樓梯間走上來，讓身後的門砰然關上，好幾個人驚跳起來。他站在那裡打量我們，我們也沉默看著他。

這麼多年下來，我對瘦子有一點觀察心得。有些瘦子像切德，看起來是太忙、太專注於生活了，要不是忘記吃飯，就是吃進去的東西全都被他們對生活的熱切興趣給燃燒殆盡。另外一種瘦子則憔悴枯槁，臉頰凹陷，骨頭凸出，讓你覺得他對這個世界太不滿了，所以他吃進自己身體裡的每一丁點東西都是不甘不願的。第一眼見到蓋倫，我就敢打賭他這輩子從來不曾眞正享受過半口食物或飲料。

他的衣著讓我不解。那身衣服非常豪奢富麗，領口滾著毛皮，頸上也圍著毛皮，背心上的琥珀珠串粗得足以擋住刀劍，但華麗的衣料緊緊繃在他身上，剪裁非常貼身，讓人納悶是不是裁縫做衣服的布料不夠了。當時有錢人穿的都是寬袍大袖，袖子還故意切割出裂縫、內襯不同顏色，可是他的襯衫卻緊得像貓身上的皮。他腳上穿著緊貼住小腿的高筒靴，手裡還拿著一根馬鞭，彷彿他剛騎完馬就直接過來了。他的衣著看起來並不舒服，再加上他人瘦，給人一種小氣的印象。

他淺色的眼睛不動聲色地掃過王后花園，看看我們，然後立刻判定我們是不夠格的一群。他的鷹勾鼻一噴氣，一副面對不愉快差事的樣子。「清出塊地方來。」他指揮我們。「把這些破爛玩意兒都推到一邊去，堆在那堵牆旁邊。動作快點，我對懶鬼可沒耐心。」

於是花園最後的痕跡也被破壞了。那些花盆和花床是依照原先存在的小徑和樹木的位置擺放的，現在全被清開了，花盆推到一旁，漂亮的小雕像東倒西歪堆在花盆上。其間蓋倫只開過一次口，是對我說的。「快一點，小雜種。」他對正在跟一盆沉重泥土奮戰的我命令道，一鞭抽在我肩膀上。那一下打得並不重，比較像是輕敲一下，但這舉動似乎非常蓄意，使我停住動作看著他。「你沒聽到我說的話嗎？」他質問。我點頭，繼續搬那個花盆，眼角瞄到他臉上出現奇特的滿意神色。我感覺他打我那一下是某種試驗，但我不確定自己有沒有通過。

塔頂變成一片光禿禿的空地，只有一道道綠色青苔和老舊的泥溝顯示原來曾有花園的存在。他要我們排成兩行，照年齡和身材調整我們的位置，然後把男生女生分開，女生排到男生的後面和右側。「我絕對不容許心不在焉的態度或者調皮搗蛋的行爲。你們是來這裡學習，不是來瞎混的。」他警告我們。然後他要我們散開，伸直手臂前後左右都完全碰不到別人才可以。這使得我以爲接下來要開始肢體動作了，但他指示我們站住不動，雙手貼著身側，注意聽他說話。於是我們就站在冷冷的塔頂聽他說教。

「我在這座城堡裡擔任精技師傅已經十七年了。在你們之前，上我課的學生都是一小群一小群，人數很少，課程的進行也很私密。缺乏潛力的人會被安靜地淘汰。當時六大公國只需要有少數人接受這種訓練就可以了，我只訓練最有潛力的人，不浪費任何時間在缺乏天分或紀律的人身上。而且我已經有十五年不曾對任何人進行精技的啓蒙。」

「但我們如今面對邪惡的時代，外島人劫掠我們的海岸，冶煉我們的人民。黠謀國王和惟眞王子用他們的精技保護我們，他們盡了非常大的努力，也獲得非常多的成功，儘管一般百姓作夢都想不到他們做了什麼。我可以向你們保證，外島人要跟我訓練出來的頭腦對抗是沒有機會成功的。他們趁我們不備，或許贏得了幾次雞零狗碎的勝利，但是由我創造出來對抗他們的力量一定會戰勝！」

他淺色的眼睛裡燃著火光，雙手高舉向天。他沉默了很久，抬眼望天，雙臂高舉過頭，彷彿從天空抓下了力量。然後他雙臂緩緩放下。

「這一點我知道。」他用比較平靜的聲音繼續說。「這一點我是知道的。我創造出來的力量一定會戰勝。但我們的國王——願眾神榮耀祝福他——他懷疑我。既然他是吾王陛下，我便遵從他的意旨。他要求我在你們這些血統不夠純正的人當中尋找，看看有沒有哪個人具備足夠的天分和意志力，用心純正，靈魂堅毅，可以接受精技訓練。我會這麼做，因爲國王對我下了命令。傳說中，過去有很多人接受精技訓練，他們跟國王合力擊退了威脅國家的危險；也許眞的是這樣，或者也許這些古老傳說太誇大了。無論如何，國王命令我試著多訓練出一些具備精技的人，因此我會嘗試。」

他完全不理會我們這群人當中的五六個女子，連看都沒看她們一眼。他把她們排除在外的態度實在太明顯了，我納悶她們是哪裡得罪了他。我多少算是認識端寧，因爲她也是費德倫一個得意的學生。我幾乎可以感覺到她熱滾滾的不悅之情。我後面那排有個男孩動了動，蓋倫立刻就跳到他面前。

「覺得無聊了是吧？聽老頭講話很不耐煩？」

「我只是小腿抽筋了，大人。」那男孩很不智地回答。

蓋倫反手打了他一巴掌，打得男孩的頭一陣搖晃。「閉嘴站好，不然就給我離開。對我來說都一樣，反正我已經看出你很明顯缺乏駕馭精技的毅力。但既然國王認爲你有資格來這裡，我就會試圖教導你。」

我內心顫抖著，因爲蓋倫雖然對那男孩說話，眼睛卻瞪著我，彷彿那男孩的動作是我的錯似的。我心中湧起對蓋倫的強烈厭惡之感。學習用棍和用劍的時候，我承受過浩得的擊打，就連在跟切德上課的時候也忍受過不適，因爲他要示範該按人身上的哪裡、該怎麼勒住別人，還有各種讓人安靜下來但不會使他殘廢的方式。博瑞屈也賞過我巴掌、踢過我、打過我，有些是有理由的，有些則是一個忙碌的男人在發洩挫折感。但我從沒看過一個男人打起小男孩是像蓋倫表現出來這般津津有味的樣子。我努力讓自己保持面無表情，不要顯得直瞪著他，但是要看他，因爲我知道如果轉開視線，他就會指控我不專心。

蓋倫滿意了，對自己點點頭，然後繼續說教。要駕馭精技，他首先必須教我們駕馭自己。他認爲關鍵在於勞其筋骨、餓其體膚。明天我們要在太陽出來之前到這裡，不可以穿鞋襪、斗篷或任何羊毛衣物，頭上也不許戴帽子。我們必須一絲不苟地維持身體的乾淨，他勸我們效法他的飲食和生活習慣。我們要避免吃肉、甜的水果、調味的菜、牛奶，還有「輕浮的食物」，他提倡的是粥、冷水、白麵包和水煮的根莖類蔬菜。我們必須避免所有不必要的對話，尤其是跟異性。他長篇大論建議我們避免任何「感官的」渴望，包括渴望食物、睡眠，或溫暖。此外他還通知我們，他已經在餐廳裡替我們特別單獨安排了一桌，這樣我們才能吃適合的食物，不會被別人無謂的閒聊——或者疑問——分心。他說到「疑問」的口氣簡直像是威脅。

然後他要我們做各式各樣的練習。閉上眼睛，把眼珠子盡可能往上轉。努力把眼珠子整個轉過去，轉到可以看見後腦勺的位置。感覺這動作造成的壓力。想像如果你可以把眼睛轉到後面去，你可能看見什麼？你看到的東西是否可敬又正確？眼睛繼續閉著，用一隻腳站。努力保持完全靜止不動。找到平衡，不只是身體的平衡，更是精神的平衡。只要把所有不三不四的念頭趕出腦海，你就可以永遠這麼站下去。

我們站在那裡，眼睛一直閉著，他在我們之間走來走去，我可以靠馬鞭的聲音聽出他在哪裡。「專心！」他會這麼命令我們，或者「你至少要努力試試看吧！」那天我自己至少挨了四下鞭子。那幾下打得不重，就像在輕輕點我一樣，但被鞭子碰是件令人緊張的事，就算打得不痛。最後的那一下高高打在我肩膀上，鞭梢彈起來打在我赤裸裸的脖子上，尖端則打在我下巴上。我痛得皺起臉，但還是勉強沒張開眼睛，用一側疼痛的膝蓋保持平衡。他走開，我感覺一道溫熱的血慢慢從我的下巴流出。

他把我們留了一整天，直到太陽像半個銅幣沉在地平線下，晚風颳起。這段時間他沒有半次放我們去吃東西、喝水，或進行任何其他必須事項。他臉上帶著陰森的微笑看我們魚貫經過他面前，我們直到走進門之後才敢蹣跚逃下樓梯。

我餓壞了，雙手凍得紅腫，嘴巴乾得就算我想講話也講不出來。其他人看起來也差不多，不過有些人比我更難受。我至少習慣長時間工作了，他們其中不少人也習慣待在戶外，比我大一兩歲的欣怡則是習慣幫急驚風師傅織布，她的圓臉被凍得發白而不是發紅。端寧在我們下樓的時候拉著她的手，我聽見她悄悄對端寧耳語了什麼。「要是他對我們有半點注意的話，感覺還比較不會這麼糟糕。」端寧耳語回答她，然後我看見她們兩個害怕地轉過頭去，深怕被蓋倫看見她們兩個交談，那是個令人高興不起來的景象。

那天的晚餐是我在公鹿堡吃過最痛苦的一餐，內容是用水煮穀類做的冷粥、麵包、水，還有水煮的蕪菁泥。蓋倫沒吃東西，監督著我們進餐。餐桌上沒有人說話，我想我們連看都沒看彼此一眼。我吃完分配給我的這份食物，離桌的時候幾乎跟飯前一樣餓。

上樓梯上到一半，我想起了鐵匠，於是走回廚房去拿廚娘替我留的骨頭和零碎剩肉，還有一壺水要給牠的碗添水。我走上樓梯，這些東西感覺起來重得不得了。我覺得奇怪，在寒冷中露天待上比較沒做什麼的一天，居然跟一整天辛苦費力的工作一樣讓我疲倦。

等我回到房裡，鐵匠溫暖的歡迎和吃起剩肉的熱切態度就像有療效的藥膏一樣撫慰了我。牠一吃完飯我們就一起擠在床上，牠想跟我咬打一番，但不久就放棄了。我讓睡意把我攫走。

然後在黑暗中嚇醒過來，深怕我睡過頭了。我朝天空瞥一眼，知道我還來得及在太陽出來前趕到屋頂上去，但是會非常趕。我沒時間洗澡、吃東西，或者替鐵匠清理大小便了，而且蓋倫不准我們穿鞋襪也好，因爲我根本沒時間穿。我在堡裡飛奔，跑上樓梯往塔頂衝去，因爲太累了所以沒精神覺得自己像個笨蛋。前方搖搖晃晃的火把光芒讓我知道前面也有人在跑，等我從樓梯間跑上塔頂，蓋倫一鞭打在我背上。

那一下穿透我單薄的襯衫，意外的疼。我叫出聲來，既是因爲疼痛也是因爲意外。「像個男人一樣站好，駕馭你自己，小雜種。」蓋倫嚴厲地對我說，又一鞭打下來。其他每個人都在前一天的位置上站好了，他們看起來跟我一樣疲倦，而且大部分人看起來也都跟我一樣，震驚於蓋倫對待我的方式。我沉默走到我的位置上，面朝蓋倫站好，但一直到今天我都不知道自己爲什麼那麼做。

「最後一個到的人就是遲到，就會受到這種待遇。」他警告我們。我覺得這是很殘酷的規則，因爲明天要避免被他打的唯一方式就是早到，讓鞭子落在我的某個同學身上。

接著又是充滿難受和隨意虐待的一天。現在我看出來了，而且我想當時我自己內心最深處也知道這一點，但他滿口講的都是要讓我們夠資格配得上精技，要讓我們變得堅韌又強壯。我們站在露天的寒冷裡，冰冷的岩石地面讓赤腳變得麻木，而他把這件事說成一項榮耀。他激起我們的競爭心，不只是彼此競爭，更是跟他給我們塑造出來的寒酸形象競爭。「證明我錯了！」他一而再、再而三說。「我請求你們，證明我錯了，好讓我能給國王看到，至少有一個學生不是在浪費我的時間。」於是我們試著這麼做。現在回顧起來，這一切實在非常奇怪，令我對自己感到驚異，但當時，在短短的一天之內，他成功地孤立了我們，讓我們突然置身在另一種現實中，在此所有禮儀和常識的規則都不管用。我們沉默站在寒冷中，保持各種不舒服的姿勢，閉著眼睛，身上穿的不比內衣多幾件，他則在我們之間走來走去，用他那愚蠢的小皮鞭揮打我們，用他那惡毒的小舌頭辱罵我們。有時他會打你一巴掌或者狠推你一下，當你冷到骨子裡的時候，挨上那麼一下會痛得多。

縮身躲避，或者稍有動搖的人都被罵軟弱。他一整天都在痛罵我們，一再說他是在國王的要求之下才肯來教我們的。他不理女生，而且儘管他常提到過去許多運用精技保衛疆土的王子和國王，卻從沒提起任何也這麼做過的女王和公主。他也完全沒講過他這到底是在教我們什麼，這裡只有寒冷和他要我們做的不舒服動作，還有不確定什麼時候會被打的感覺，我實在不知道當時我們何以拚命要忍耐熬過去。我們這麼快就變成了他的共犯，和他一起貶低我們自己。

太陽終於壯起膽子再度朝地平線落下，但蓋倫還留了兩個驚奇給我們。他讓我們站好，睜開眼睛，自由伸展一下。然後他臨去又對我們說教一番，這次是警告我們提防我們當中那些愚蠢任性、會破壞所有人的訓練的人。他邊說邊在我們之間慢慢走動，在隊伍之間穿來穿去，他經過之處我看到許多人轉動眼睛、深吸一口氣。然後，他這一天第一次走向女生的角落。

「有些人，」他邊走邊告誡我們，「以為他們自己是不用守規矩的。他們以為自己應該特別受到注意，特別被放縱。這種自以為優越的幻象必須從你們腦中趕走，你們才可能學到任何東西。把這種課程教給那些懶鬼和蠢才根本就是浪費時間，但他們也在這裡，所以我會尊重國王的意旨，嘗試教他們。不過我只知道一種方式可以喚醒這種懶惰的頭腦。」

他揮鞭迅速抽了欣怡兩下，端寧則被他推得單膝跪地，挨了四下鞭打。令我羞愧的是，我也跟其他人一起站在那裡，看著他一鞭一鞭打下去，只希望她不會叫出聲來，害她自己挨更多下。

但端寧站了起來，搖晃了一下，然後再度站穩，越過她前面的女孩看向前方，一動也不動。我嘆氣，心頭一塊大石落地。但蓋倫又走回來了，像一隻繞著小漁船轉的鯊魚，現在他說的是有些人自認不必遵守團體紀律，我們其他人只吃有益健康的穀類和純淨食物的時候，那些人卻大口吃肉。我不自在地想著，不知是誰這麼傻，居然敢在課後到廚房去。

然後我感覺鞭子熱辣辣地打在我肩膀上。如果我以為他之前揮鞭是用了全力，這下我可是知道自己錯了。

「你想欺騙我。你以為我不知道廚娘替她親愛的寵物留了一盤吃的，是不是？但是公鹿堡裡發生的事我全都知道，你可別搞錯了。」

我醒悟到他指的是我端回去給鐵匠吃的那盤碎肉。

「那食物不是給我吃的。」我抗議，然後恨不得咬住自己的舌頭。

他眼裡閃著冷冷的光。「只為了避免一點點皮肉之痛，你就願意說謊。你永遠都學不好精技的，你永遠也配不上它。但是國王命令我試著教你們，所以我就試，儘管有你這個出身低賤的傢伙在。」

我羞辱地承受他的鞭打。他邊打邊嚴厲責罵我，告訴其他人說，按照老規矩私生子是不能學精技的，如果我們遵守老規矩，就可以避免發生這種事了。

之後我沉默站在那裡，羞愧地聽他繼續朝我的每個同學身上都打了一鞭意思意思，同時還解釋說，一人有錯我們全都必須被罰。這句話完全不合理，但這並不重要；蓋倫的鞭子打在同學身上遠不如剛才打在我身上重，但這也不重要；重點在於他們全都為我的不守規矩而付出了代價。我這輩子從沒覺得這麼羞恥過。

然後他放了我們，讓我們下樓去吃跟昨晚一樣慘澹的晚餐。這次不管是在樓梯間還是在飯桌上都沒人講話了。飯後我立刻回到自己房間去。

等下就有肉了，我向等著我的飢餓小狗承諾。儘管腰痠背疼、肌肉痠痛，我還是強迫自己打掃房間，清乾淨鐵匠的大小便，然後出去拿了新鮮的蘆葦來鋪地。鐵匠有點生我的氣，因爲牠一整天孤單獨處，而當我想到自己完全不知這要命的訓練會持續多久，我也苦惱起來。

我等到夜深，堡裡所有的僕役下人都睡了，才敢下樓去替鐵匠拿食物。我非常怕蓋倫會發現，但我還能怎麼做？我沿著寬大的樓梯往下走到一半，看見一根蠟燭搖曳的火光朝我接近，我縮身靠在牆邊，突然確信來者一定是蓋倫。但朝我走過來的是弄臣，渾身上下蒼白得像他手裡拿的那根蠟燭，另一隻手則拎了一桶食物，上面還放著一大杯水。他無聲地向我招手，把我帶回我房裡。

進了房，門一關上，他就對我發起話來。「我可以幫你照顧小狗，」他冷淡地告訴我，「但我沒辦法照顧你。用用你的頭腦，小子。他現在只是在虐待你們，哪裡是要教你們什麼東西？」

我聳聳肩，然後痛得一皺臉。「這只是爲了讓我們變得堅強一點，我想不會持續太久，之後他就會開始眞正教我們了。我可以忍過去的。」然後：「等一下，」我對正從桶裡拿出碎肉餵鐵匠的他說，「你怎麼知道蓋倫對我們做了什麼事？」

「啊，那樣就是洩露祕密了。」他輕快地說。「這我可不能做。我是指洩露祕密。」他把桶裡的東西全倒出來給鐵匠吃，替牠的水碗添滿水，然後站起來。

「我可以替你餵小狗，」他告訴我。「我甚至會試著每天帶牠出去走一走，但我可不要清理牠的大小便。」他走到門前稍停了一下。「那是我的界線。你最好也決定你的界線在哪裡，而且要快，非常快。你不知道有多危險。」

然後他就走了，把蠟燭和警告一起帶走。我躺下來睡著了，鐵匠正啃著一根骨頭，自顧自發出小小狗的咆哮聲。

15

見證石

精技，在最簡單的層面上，是在人與人之間架起橋梁連接思緒。運用精技的方法有很多種。例如在戰爭中，指揮官可以把簡單的資訊和命令直接傳送給他手下的軍官，如果這些軍官受過訓練可以接收的話。精技力量強大的人甚至可以影響沒受過訓練者的頭腦或者敵人的頭腦，讓他們充滿畏懼或迷惑或疑慮。這麼有天分的人很少見。但如果一個人具有高得不可思議的精技天分，他甚至有可能直接與古靈對話，而古靈只比眾神本身地位稍低。鮮少有人敢這麼做，而在那些真的這麼做了的人當中，更少有人得到他們所要求的答案。因為，人們說，你可以問古靈，但他們回答的不見得是你所問的問題，而是你應該問的問題，且那個問題的答案也許是你聽了之後就不能繼續活下去的。

因為當你跟古靈交談時，正是使用精技的甜美之感最強烈也是最危險的時候，而這種甜美之感是每一個操習精技的人都必須提防的，不管他是強是弱。在使用精技的時候，你會無比敏銳地感覺到生命，那是一種飄然昂揚的存在感，可能會讓人忘了要繼續呼吸。就算把精技運用在普通的用途上，這種感覺都非常強大、令人難以抗拒，心念不夠堅定的人可能會上癮。但跟古靈交談的那種狂喜歡欣是如此強烈，沒有任何東西可以比擬。運用精技與古靈交談的人，感官和理智可能都因此永遠灰飛煙滅；這樣的人會在譫妄迷亂中死去，但他確實是死在歡樂的譫妄迷亂中。

弄臣說得沒錯，我對自己面對的危險毫無概念。我頑強地一頭栽了進去。此刻我不忍細述接下來那幾週的細節，只消說，每過一天蓋倫就更進一步控制住我們，也變得愈來愈殘忍、愈來愈把我們操弄於指掌之間。少數幾個學生很早就消失了，欣怡是其中之一，她從第四天起就沒有再來。之後我只見過她一次，她悄悄在堡裡走過，臉上帶著羞恥又寒酸的神色。後來我聽說，她退出訓練之後，端寧和其他女同學都不再理睬她，而且後來她們談論起她的態度不是把她當成沒通過一項考試，而是認爲她做出了某種低下、令人厭惡的行爲，永遠不能得到原諒。至今我仍不知道她去了哪裡，只知道她離開了公鹿堡，再也沒回來過。

就像大海挑揀出沙灘上的小圓石，把它們前前後後散落在退潮的不同高度處，蓋倫的責打和輕撫也把他的學生分了開來。一開始，我們每個人都拚命想當他最好的學生，這並不是因爲我們喜歡他或欽佩他。我不知道其他人有什麼感覺，但我心中對他只有恨意，然而這股恨意之強烈，使你下定決心絕對不要被這個人打倒。經過他一天又一天的謾罵，若是從他口中聽到不甘不願表示認可的一個字，就好像受到其他任何師傅的滔滔稱讚一樣。被他貶低辱罵了那麼多天，應該讓我對他的譏嘲不再有感覺，但我卻開始相信起他說的很多話，而且徒勞無功地試著改變自己。

我們時時刻刻爭相吸引他的注意。有些人顯然成爲他的寵兒，威儀就是其中之一，蓋倫常叫我們要多學學他。我很明顯是他最鄙視的一個，然而即使如此，我仍一心想要在他面前表現得出類拔萃。經過第一天之後，我再也不是最後一個到塔頂的人。他打我的時候，我從來不搖晃。跟我一樣特別受他鄙視的端寧也是如此。她變成了蓋倫最卑躬屈膝的追隨者，自從第一次挨鞭子之後再也沒說過半句批評他的話。然而他總是找她麻煩，動不動對她嚴責痛斥，而且打她的次數遠多過打其他女生的次數，但這只讓她更堅決要證明她耐得住他的謾罵侮辱，而且她非常不能容忍任何人對我們接受的教導感到動搖或懷疑，其不能容忍的程度僅次於蓋倫。

冬意逐漸深濃，塔頂又冷又暗，只有樓梯間傳來的一點點光線。這是全世界最與世隔絕的地方，蓋倫就是這裡的神。他把我們冶煉成一個群體，我們相信自己是菁英，是優越的，具有學習精技的特殊榮寵。就連忍受譏嘲責打的我也都這麼相信。我們看不起我們當中那些被他打倒的人，這時候我們只看得見彼此，只聽得見蓋倫的話。一開始我想念切德，也想著不知博瑞屈和耐辛夫人在做什麼，但隨著時間一個月一個月過去，這種不重要的掛慮就不再顯得有意思了。我一心一意只想得到蓋倫的讚許，就連弄臣和鐵匠都幾乎讓我覺得煩。弄臣沉默地來來去去。雖然當我全身瘦痛不已、疲倦不堪，只有鐵匠湊在我臉上的鼻子是我唯一慰藉的時候，我也會對自己很少花時間陪陪我這隻成長中的小狗感到慚愧。

經過寒冷殘忍的三個月，蓋倫把我們削減得只剩下八個人。此時真正的訓練終於開始了，他也讓我們恢復了一丁點的舒適和尊嚴，在當時看來這不只是極大的奢侈，更是蓋倫的恩賜，我們必須心存感激。餐食內容加了點水果乾，我們獲准穿鞋，用餐時可以簡短交談一下——只不過就這樣罷了，但我們全都卑躬屈膝地對之感激不已。但改變才剛剛開始而已。

如今回想起來，那些片段全都透明清晰之至。我記得他第一次用精技碰觸我的時候。我們站在塔頂上，現在人變少了，彼此之間的距離也變得更大。然後他輪流走向我們，在每個人面前稍頓一下，我們其他人則在沉默中恭敬地等待。「把你們的頭腦準備好接受碰觸。要開放自己接受精技，但是不可以耽溺在它的愉悅當中。愉悅不是精技的目的。」

他在我們之間穿梭，沒有按照什麼順序。我們隔得很開，看不見別人的臉，而且我們眼睛若跟著蓋倫的動作轉，也會讓他很不高興。因此我們只聽到他簡短嚴苛的字句，然後聽見每一個被碰觸到的人發出倒吸一口氣的聲音。他嫌惡地對端寧說，「我說的是開放接受它，不是叫妳像隻挨打的狗一樣畏畏縮縮。」

最後他走向我。我照他的話做，就像他先前指示過我們的那樣，試著放開我所有的感官知覺，只對他開放自己。我感覺他的心智拂過我的心智，像是在額頭上輕輕一摸。我穩穩站著面對它。它變得愈來愈強，一股溫暖，一道光亮，但我拒絕被它拉過去。我感覺到蓋倫站在我腦海裡，嚴苛地打量著我，我運用他教我們的專注技巧（想像一個用最純淨的白色木頭做的桶子，把你自己倒進去），得以在他面前站穩，意識到精技帶來的那種歡欣，但不向之屈服。那暖意三次湧遍我全身，但三次我都穩穩站住。然後他退出，不甘願地朝我點了個頭，但我在他眼中看到的不是讚許，而是一抹畏懼。

這第一次的碰觸就像火星，終於點燃了火種。我抓住了它的本質。我還不能做到它，不能把自己的思緒送到外面去，但我有一種無法用言詞述說的了悟。我將能習得精技。有了這份了悟，我的決心更加堅定，不論蓋倫做什麼，都絕對無法阻擋我學會它。

現在想起來，我想他知道這一點，並且因爲某種原因而感到害怕。於是接下來的那段日子，他對我更是變本加厲的殘酷，如今看起來簡直到了不可思議的地步。他罵我、打我，但怎麼樣也不能讓我退卻。有一次他用皮鞭打在我臉上，留下一條清晰的鞭痕，後來我進飯廳的時候博瑞屈湊巧也在那裡，我看見他瞪大眼睛從座位上站了起來，緊咬著牙，那模樣我再熟悉不過了。但我轉開視線低下頭，他站了一會兒，怒視著蓋倫，蓋倫則輕蔑地盯著他，然後，握著拳的博瑞屈轉身離開了飯廳。這下子不會出現衝突場面了，我放鬆下來，鬆了口氣，但是蓋倫接著看向我，他臉上勝利的表情讓我心寒。現在我是他的人了，他清楚得很。

接下來的那個星期，對我而言是痛苦和勝利交雜的。他毫不放過任何貶低我的機會，然而我知道他要我們做的每一項練習我都做得極好。我感覺到其他人摸索著他精技的碰觸，但對我來說這就像張開眼睛一樣簡單。有一次我經歷了極度恐懼的片刻，當時他用精技進入我的腦海，叫我大聲說出一句話。「我是個雜種，讓我父親聲名蒙羞。」我平靜地大聲說出來。然後他又在我的腦海中說話。**你的力量是從別的地方來的，小雜種。這不是你的精技。你以為我找不出來源嗎？**這下子我在他面前膽怯了，從他的碰觸退縮回來，把鐵匠藏進我腦海。他對我微笑，露出滿口利齒。

接下來的那段日子，我們玩著捉迷藏的遊戲。我必須讓他進入我腦海，才能學會精技；一旦他進來了，我就像踩在燒燙的煤炭上跳舞一樣，把我的祕密藏起來不讓他找到。我藏的不只是鐵匠，還有切德和弄臣，還有莫莉、凱瑞和德克，還有其他更老的、我甚至不會對自己洩露的祕密。這一切他都在尋找，我則拚了命把一切在空中輪流拋接，讓他搆不到。但儘管如此，或許正因爲如此，我感覺自己的精技愈來愈強了。「少耍我！」一番交手之後他吼道，然後對震驚得面面相覷的其他學生發起脾氣。「專心做你們的練習！」他對他們吼叫。他從我身旁走開，然後突然轉過身撲向我，用拳頭和穿著靴子的腳攻擊我，我就像莫莉以前那樣，除了護住臉和肚子之外什麼也沒想。他雨點般落在我身上的拳打腳踢比較像是小孩子發脾氣，而不像成年男人的攻擊。我感覺到這些動作都不痛不癢，突然心頭一涼地發現自己正在**抗斥**他。我**抗斥**的力道沒有強到會讓他感覺到，但足以使他的拳腳都不如他企圖的重，而且我還知道他根本不曉得我在這麼做。當他終於放下拳頭、我壯著膽子抬起眼睛的時候，我短暫感覺自己贏了，因爲塔頂上的其他人都在看他，眼神中混合了嫌惡與畏懼。他過火得連端寧都忍受不了了。他面白如紙，轉過身去，那一刻我感覺到他做了個決定。

那天晚上我在房裡，累得不得了，但是疲弱到無法入睡的地步。弄臣留了食物給鐵匠，我正拿著一大根牛肘子逗牠，把骨頭拿在牠就是差那麼一點搆不到的地方，牠咬住我的袖子啃個不停。牠很喜歡這種遊戲，假裝發出凶狠的咆哮聲，咬甩著我的袖子和手臂。牠已經長得很接近牠能達到的最大體型，那粗厚小脖子上的肌肉令我驕傲。我用空出來的那隻手捏牠的尾巴，牠猛然轉身對這番新的攻勢發出咆哮。我把骨頭在兩手間拋來拋去，牠的視線跟著來來回回，張嘴拚命要追咬骨頭。「沒大腦哦，」我逗牠說。「你只想到你想要的東西，沒大腦，沒大腦哦！」

「就像牠主人一樣。」

我嚇了一跳，鐵匠就在那一秒搶到了骨頭。牠咬著它趴下，只敷衍地對弄臣搖了一下尾巴。我坐下，喘不過氣來。「我完全沒聽到開門的聲音。或者關門的聲音。」

他對這句話不予理會，直接說他的重點。「你認爲蓋倫會容許你成功嗎？」

我沾沾自喜地微笑。「你認爲他阻止得了嗎？」

弄臣嘆了口氣坐在我旁邊。「我知道他阻止得了，他也知道。我不確定的是他有沒有那麼狠，但我猜他有。」

「那就讓他試試看吧！」我輕率地說。

「在這件事情上我沒有選擇。」弄臣堅持嚴肅的態度。「我本來是希望能說服你不要去試。」

「你希望我放棄？現在？」我不敢置信地問。

「是的。」

「為什麼？」我追問。

「因為，」他開口，然後挫敗地停下來。「我不知道。有太多事情匯聚在一起。也許如果我抽鬆一根線，結就打不起來了。」

我突然覺得好累，先前勝利所帶來的歡欣在他陰鬱的警告之下崩塌。我不耐煩的情緒占了上風，凶巴巴頂他一句，「要是你沒辦法把話講清楚，那幹嘛還要講？」

他沉默下來，好像我摑了他一掌。「這是另一件我不知道的事。」最後他終於說，然後起身要走。

「弄臣。」我開口叫他。

「對，我是弄臣，弄不清楚的弄。」他說著離去。

就這樣，我堅持下去，變得愈來愈強，對我們上課的進度緩慢感到不耐。我們每天一再做同樣的練習，其他人才逐漸學會對我來說那麼自然的東西。我納悶，他們怎麼會這麼封閉，與外界的一切這麼隔離？他們怎麼會這麼難開啓自己的頭腦，接受蓋倫的精技？我自己該做的不是開啓，而是要對他保持封閉，讓他看不到我不想讓他看的東西。在他敷衍地用精技碰觸我時，我常感覺到有一條觸鬚想溜進我腦海，但我避開了。

「你們準備好了。」他在冷冽的一天宣布。這時是下午，但最明亮的那些星星已經出現在深藍色的天空中。我懷念昨天的雲層，那雲雖然把雪下在我們身上，但至少阻攔住了此刻這更深沉的寒冷。我的腳趾頭在蓋倫恩准我們穿的皮鞋裡動了動，試著恢復暖意和知覺。「先前我用精技碰觸你們，讓你們習慣。現在，今天，我們要來嘗試完全的接合，我會向你們每個人伸探過去，你們也要向我伸探過來。但是要小心！你們大部分人都能抗拒精技碰觸所帶來的令人分心的感覺，但是你們先前感覺到的只是最輕微的一碰而已。今天的會比較強。你們要抗拒它，但仍對精技保持開放。」

他再度緩緩地在我們之間移動。我等著，疲弱但並不害怕。我一直期待要嘗試這麼做，我已經準備好了。

有些人明顯是失敗了，被罵懶惰或者笨蛋。威儀得到稱讚，端寧被打了一巴掌，因爲她伸探得太急切。然後他走到我這裡。

我緊繃備戰，彷彿要面對一場角力。我感覺到他的心智拂過我，也謹愼地把思緒朝他伸探過去。**是這樣嗎？**

對，小雜種。是這樣。

一時間，我們勢均力敵，像坐在翹翹板兩端的孩童。我感覺到他把我們的接觸穩住，然後突然朝我撞進來。那感覺就像是被重重打了一下無法呼吸，但是是心智上而非生理上的，我不是無法呼吸，而是無法駕馭我的思緒。他在我的腦海中洗劫，亂翻我的隱私，我無力相對。但在他掉以輕心的勝利時刻，我找到了一處開口，朝他猛抓過去，試著奪取他的頭腦就像他奪取我的頭腦。我抓住了他，緊握著他不放，在令人暈眩的刹那間我知道自己比他強，我可以隨意把任何思緒硬塞進他腦海。「不要！」他尖叫，我隱約知道他以前某個時候也曾經像這樣，跟一個他鄙視的人掙扎著。「要！」我堅持。「死吧！」他命令我，但我知道我不會去死。我知道我會贏，於是集中意志力，狠狠緊抓住他。

精技並不在乎誰贏。它不容許任何人對任何一個思緒投降，一刻也不行。但我就是這樣。於是我忘了防備精技的那種狂喜至樂，那是它的蜂蜜也是它的尖刺。短暫忘我的歡快湧上我全身，淹沒了我，蓋倫也沉在底下，不再探索我的腦海，只求回到他自己的腦海。

我從來不曾有過像那一刻的感覺。

蓋倫說過那是一種愉悅，我原本預期會出現一種愉快的感受，就像冬天裡的暖意，或者玫瑰的芬芳，或者口中嚐到甜甜的味道。但這感覺跟這些事物完全不像。愉悅這個詞太具象、太生理性了，無法形容我感覺到的那種東西。它跟皮膚或身體毫不相干，滿盈充塞著我，像一股潮水沖刷著我，我無法抗拒。無比的歡欣充滿我心中，在我全身流湧，我忘了蓋倫和其他的一切。我感覺到他逃開了我，也知道這很重要，但我無法去在意。我忘記一切，只知道探索這種感受。

「小雜種！」蓋倫咆哮，一拳打在我頭側。我無助地倒在地上，因為那股疼痛不足以把我從精技的迷醉出神狀態中喚醒。我感覺到他在踢我，我知道身體底下那造成我瘀血刮傷的石頭是冷的，但我卻覺得我被抱著，被包在厚厚一層短暫忘我的歡快中，它不讓我去注意自己被毆打。我的頭腦向我確保，雖然我全身疼痛，但一切都沒有問題，我不需要反抗或逃跑。

某個地方有一波潮水逐漸退去，留下我喘息著擱淺在沙灘上。蓋倫站著俯視我，頭髮和衣服凌亂，滿身大汗。他俯身靠近我，呼出的氣在寒冷中變成白霧。「死吧！」他說，但我沒聽到這兩個字，我是感覺到的。他鬆開我的喉嚨，我倒下。

在精技那吞噬一切的無比歡欣過後，出現的是一股晦暗的失敗和罪惡感，強大得使我身體的疼痛相形失色。我的鼻子在流血，每一下呼吸都很痛，他先前使勁把我踢得在石板地上滾來滾去，我全身的皮膚都刮破擦傷了。各處不同的疼痛彼此強烈牴觸，每一處都喧鬧著要我注意，使我連自己究竟傷得多厲害都搞不清楚，連重新站起來的力氣都沒有。但籠罩在這一切之上的，是知道我失敗了的那種感覺。我被擊敗了，我不配學精技，蓋倫證明了這一點。

我聽見他在對其他人吼，聲音似乎來自很遠的地方。他告訴他們要小心，如果缺乏紀律的人無法讓自己的頭腦避開精技的愉悅，就會受到這種對待。他警告他們所有人，如果一個人想使用精技，卻被精技帶來的那種愉悅所迷惑的話，就會變得沒有頭腦，像個大嬰兒，不會說話，看不到東西，大小便在身上，忘記思想，甚至忘記吃喝，直到死去。這種人連遭人嫌惡都不配。

我就是這種人。我沉入羞愧之中，無助地哭了起來。我活該受到他這種對待，他甚至應該把我修理得更凶才對。我浪費了他的時間，把他盡心盡力的教導變成了自私放縱。我逃離自己，往愈來愈深處躲避，但在我的每一層思緒中都只找到對我自己滿滿的嫌惡和恨意。我最好去死。雖然我就算從塔頂跳下去還是不足以洗除我的羞恥，但至少這樣我就再也意識不到它了。我躺著不動，哭泣著。

其他人離開了，每個人經過的時候都罵我一聲，或吐我口水，或踢我、打我一下，但我幾乎沒有注意到，因爲我比他們更排斥我自己。然後他們都走了，蓋倫站著俯視我，用腳踢踢我，但我無法回應。突然間他無所不在，在我上方、在我下方、在我四周、在我內裡，我無法拒絕他。「你看吧，小雜種，」他無比狡猾又平靜地說。「我早就跟他們說過你不配學，早就跟他們說過這種訓練會害死你，但你就是不肯聽，你拚命要篡奪已經給了別人的東西。結果我又說對了。嗯，能把你除掉，這段時間也就不算白費了。」

我不知道他是什麼時候離開的。過了一段時間，我意識到低頭看著我的是月亮而不是蓋倫。我翻身趴著，雖然我站不起來，但是我可以用爬的，就算爬得不快，就算連肚子都沒辦法完全離地，但我還是可以又拖又扯地把自己往前移。我專心致志開始朝那堵矮牆前進，心想可以把自己拉到一張長凳上，再從長凳上爬到牆頭。然後，往下。結束一切。

在寒冷黑暗中，那一路爬起來好長。我聽見某處有種哀鳴，這也讓我鄙視自己，但當我把自己往前拖的時候，那哀鳴聲愈來愈大，就像遠處的一點火星隨著你走近而變成一把火焰。它拒絕被我忽視，在我腦海裡變得愈來愈響，哀鳴著抵抗我的命運，那細微的小小聲音抗拒著，不許我去死，否認我的失敗；而且它是溫暖光亮的，變得愈來愈強，我試著找到它的源頭。

我停下來。

我躺著不動。

那哀鳴就在我內在，我愈是尋找它，它就變得愈強烈。它愛我，就算我不能、不肯、也並不愛我自己，它仍然愛我；就算我恨它，它仍然愛我。它用小小的牙齒咬住我的靈魂，拚命緊緊拉住我，讓我無法繼續往前爬。如果我試圖繼續爬，它就爆發出一陣絕望的嚎叫，燒灼著我，禁止我打破這份如此神聖的信任。

是鐵匠。

牠為了我身體和心理的痛苦而哭叫，當我停止朝牆邊掙扎爬去的時候，牠歡喜不已，慶幸我們得到了勝利。而我能給牠的回報只有躺著不動，不再企圖毀滅自己，但牠向我確保這樣就夠了，就很多了，就很令牠歡喜了。我閉上眼睛。

月亮高掛天空，博瑞屈輕輕把我翻過身來，弄臣高舉一支火把，鐵匠在他腳邊蹦蹦跳跳。博瑞屈抱住我站起來，彷彿我仍然是那個剛交給他照管的小孩。我短暫瞥見他那張黝黑的臉，但讀不出任何表情。他抱著我走下長長的石階，弄臣舉著火把照路，然後他抱著我走出城堡，回到馬廄樓上他房裡。之後弄臣就離開了，剩下博瑞屈和鐵匠和我。就我記憶所及，沒有人說半個字。博瑞屈把我放在他自己的床上，然後把整張床拉得更靠近爐火。我逐漸恢復溫暖，強烈的疼痛隨之而來，我把身體交給博瑞屈，靈魂交給鐵匠，放開我的頭腦很長一段時間。

我睜開眼睛，看見夜色。我不知道這是哪一夜。博瑞屈仍然坐在旁邊，沒有打盹，連歪倒在椅子上都沒有。我感覺到肋骨部分被繃帶緊緊包紮，抬起一隻手想摸摸看，但手上也有兩根手指上了夾板。博瑞屈眼睛看著我的動作。「那兩根手指頭腫了，而且不只是被凍腫而已。因為腫得太厲害，我看不出是骨折還是扭傷，不過我還是上了夾板，以防萬一。我猜只是扭傷。我想，如果那兩根手指頭是骨折，那麼我包紮的時候就算你昏迷了也一定會痛醒過來。」

他的語氣平靜，彷彿是在告訴我說，他剛給一隻新來的狗打過蟲，以防傳染。他平穩的聲音和平靜的動作能安撫慌張狂亂的動物，在我身上也發揮了效用。我放鬆了，心想既然他這麼平靜，那一定沒有大礙。他一隻手指插進支撐我肋骨的繃帶，檢查鬆緊度。「發生了什麼事？」他邊問邊轉身拿起一杯茶，彷彿我的答案無關緊要似的。

我腦中回溯這幾個星期，試著找出方法來解釋。事件在我腦中跳動、溜走，我記得的只有我的挫敗。「蓋倫給我考試，」我緩緩說。「我沒通過，所以他懲罰我。」說著，一波灰心、羞愧、罪惡感的浪潮撲打上來，沖掉了我在這熟悉環境裡短暫感覺到的安慰。趴在爐火邊睡覺的鐵匠突然醒過來坐直身，我直覺反射式地在牠哀鳴出聲之前就讓牠安靜下來。**趴下。休息。沒事的。**牠照做了，讓我鬆了口氣；更讓我鬆口氣的是，博瑞屈似乎沒意識到我們之間傳達了什麼。他把茶杯朝我遞過來。

「把這個喝了。你的身體需要水分，這些藥草能夠止痛，讓你睡著。現在就把它喝光。」

「這茶好臭。」我告訴他，他點點頭扶住杯子，因爲我雙手瘀血得太厲害，無法彎曲抓握。我把藥草茶喝光，躺回床上。

「就這樣？」他小心地問，我知道他指的是什麼。「他考你一項他教過你的東西，結果你不會，所以他把你搞成這樣？」

「我做不到。我沒有那種……自我紀律。所以他懲罰我。」我回想不起細節，只有羞愧沖湧上來，將我淹沒在悲慘沮喪之中。

「把人打個半死，是沒法教會他自我紀律的。」博瑞屈謹慎地說，把一項事實陳述給一個白痴聽。

他把杯子放回桌上，動作十分精確。

「這不是要教我……我想他認爲我根本就是朽木不可雕。這是爲了讓其他人看看，要是他們失敗了會有什麼下場。」

「沒有什麼値得知道的東西是可以用恐懼來教的。」博瑞屈頑固地說，然後用比較溫暖的態度又說：「只有差勁的老師才會用打罵威脅的方式來教學生。你想想，要是用這種方式來馴服馬或者狗會怎麼樣？就連最笨的狗，也是被摸比被打要容易學會東西。」

「你以前教我某些東西的時候也打過我。」

「是的，我是打過你。但我打你是爲了讓你集中注意力，或者是要警告你，或者是要喚醒你，而不是爲了傷害你，更從來不會打斷你的骨頭、弄瞎你的眼睛、讓你的手動彈不得。從來沒有。你怎麼樣也不能跟任何人說我曾經那樣打過你或任何我照顧的牲畜，因爲那不是事實。」他對我居然會有這種想法感到很憤慨。

「是的，這一點你沒說錯。」我努力想著該怎麼讓博瑞屈瞭解我爲什麼被懲罰。「但這個情況不一樣，博瑞屈，這是另一種學習，另一種教導。」我試著解釋，感覺必須爲蓋倫的公正性辯護。「是我自己活該，博瑞屈。他的教法沒有錯，是我沒辦法學。我盡力了，眞的盡力了，但是我同意蓋倫，我相信不讓私生子學精技是有原因的。我身上有個汙點，有種致命的弱點。」

「狗屎。」

「是眞的。你想想看，博瑞屈，如果你把一匹劣種牝馬跟一匹優良牡馬交配，生出來的小馬雖然可能有父親的優秀，但也同樣可能有母親的缺點。」

一段很長的沉默，然後：「我很懷疑你父親會跟『劣種』的女人同床共枕。如果對方沒有一點優秀之處，沒有一點志氣和聰慧，他是不會、也不可能這麼做的。」

「我聽人說，他是被山上的巫女施法迷住了。」這是我第一次把這個我聽過很多次的故事說出來。

「駿騎不是那種會被亂七八糟魔法迷住的人。他的兒子也不是只會哭、沒志氣的笨蛋，躺在地上說他活該被痛打。」他傾身靠近，輕輕一觸我太陽穴下方，一陣劇烈的疼痛爆發開來，我差點昏過去。

「那種『教導』只差這麼一點點就讓你瞎了一隻眼。」他的脾氣上來了，我閉嘴。他在房裡快步踱了一圈，然後陡然轉過身面對我。

「那隻小狗，牠是耐辛的那隻狗生的，是不是？」

「是。」

「但是你該不會……哦，蜚滋，拜託你告訴我你被打成這樣不是因爲你用了原智的關係。如果他把你打成這樣是爲了那個原因，那麼我對誰也開不了口說半個字，在這整座城堡裡、這整個國家裡也沒都沒臉見人了。」

「不是，博瑞屈，我跟你保證，這件事跟小狗一點關係也沒有。是我自己失敗了，沒辦法學會他教我的東西，是我太軟弱。」

「閉嘴！」他不耐煩地命令我。「既然你這麼說就夠了。我很瞭解你，知道你保證的事一定是眞的，不過你講的其他話一點狗屁道理也沒有。你繼續睡吧，我現在要出去，但是很快就會回來。你休息一下，這是最能治病療傷的方式。」

博瑞屈像是有了某個目標，我的話似乎終於讓他滿意，讓他決定了某件事。他很快換好衣服，套上靴子，改穿一件寬鬆的襯衫，外面只罩了一件皮背心。博瑞屈走出去，鐵匠站起來焦慮地嗚叫，但無法向我傳達牠的擔憂。牠走到床邊爬上來，鑽進被子裡靠在我身旁，用牠的信任來安慰我。我整個人籠罩著晦暗的絕望，只有牠是我唯一的光亮。我閉上眼睛，博瑞屈的藥草茶讓我沉入無夢的睡眠。

那天下午近傍晚我醒過來，一陣冷空氣搶在博瑞屈之前進房。他把我全身檢查一遍，隨手撥開我的眼睛，用能幹的雙手摸摸我的肋骨部位和其他瘀血傷處。他咕噥著表示滿意，然後脫下身上撕破又沾滿泥巴的襯衫，另外換穿一件。他邊換衣服邊哼歌，心情似乎很好，跟渾身是傷又沮喪的我大相逕庭、格格不入，等他再度離開，我幾乎是感到解脫。我聽見他在樓下吹著口哨，大聲向馬夫發號施令，一切聽來都是這麼正常、這麼普通又實際，我對這種日子的渴望強烈得讓自己吃驚。我想要回到那種生活，回到馬匹和狗兒和稻草的溫暖氣味中，回去做單純的工作，然後把一天的工作徹底做好之後筋疲力盡地睡個好覺。我渴望那種生活，但我現在是這麼一文不値的人，一定連那種生活都過不成。蓋倫常常對堡裡做這些簡單工作的人表示輕蔑，對廚房女僕和廚娘他只有鄙視，對馬夫他只有奚落，而那些配劍持弓保衛我們的士兵在他口中則是「流氓和蠢才，只能對著全世界亂揮亂砍，用劍去控制他們不能用頭腦控制的東西」。於是現在我陷入奇怪的掙扎，一方面渴望回去當那種蓋倫已經讓我相信是可鄙的人，一方面心中卻又充滿疑惑和絕望，覺得我連那樣都做不到。

我在床上躺了兩天。照顧我的博瑞屈一副快活的模樣，有說有笑、脾氣很好，讓我完全想不透。他步履輕快、信心十足，看起來年輕了許多。看來我受傷竟讓他心情如此大好，使我更加沮喪。但我在床上躺了兩天之後，博瑞屈告訴我說再繼續躺著不動就有害健康了，如果我希望傷勢恢復得好一點，就該起來動一動。然後他找了一堆小事讓我做，這些事都不吃力，但足以讓我忙不過來，因爲我常常需要停下來休息。現在想起來，我相信他的主要目的其實不在於要我運動，而是要讓我不會閒著，因爲之前兩天我就只是躺在床上、瞪著牆壁、鄙視自己。面對我這麼毫無鬆懈跡象的沮喪，連鐵匠都開始沒胃口吃東西了。然而鐵匠仍是我唯一的眞正安慰。跟著我在馬廄裡走來走去，就是牠這輩子最純粹的享受了，牠把聞到的、看到的東西都傳達給我，強烈得讓我重新記起我初次投入博瑞屈的世界時那種驚奇之感，儘管我現在非常低落。鐵匠對我的占有慾也強到不講理的地步，連煤灰聞我牠都不許，結果被母老虎凶了一下，嚇得牠哀叫著躲到我腳邊。

隔天我求博瑞屈讓我自己運用時間，然後去了公鹿堡城裡。進城的路花了我前所未有的長時間，但我緩慢的步伐讓鐵匠很高興，因爲這樣牠就有時間可以在沿路的每一堆草、每一棵樹旁邊好好聞一聞。我本來以爲見到莫莉可以讓我心情好一點，但我走到蠟燭店的時候她正在忙，因爲有即將開航的船訂了三大批貨。我坐在店裡的壁爐旁，她父親坐在我對面，一邊喝酒一邊瞪著我。雖然生病讓他體力衰退，但他個性卻還是沒改，有些時候他還有力氣坐起來，也就有力氣喝酒。過了一會兒我放棄努力找話講，只是看著他邊喝酒邊罵他女兒，莫莉則忙得團團轉，既要工作得有效率又要親切招待顧客。這一切可悲的、小家子氣的生活令我沮喪。

到了中午，她告訴她父親說她要把店關起來，去送一批貨。她把一個架子的蠟燭交給我拿，自己也抱了一堆，然後我們扣上門閂離開。她父親喝醉了，咒罵聲從我們身後傳來，但她置之不理。一走進清冷的冬風，莫莉就快步走到店後，我也跟著走去。她示意要我安靜，打開後門把手裡的蠟燭通通放了進去，我手上的也放在那裡，然後我們離開。

我們在城裡隨意走了一陣，很少交談。她提起我臉上的瘀血，我只說我摔傷了。冷風無情地吹，市場裡的攤子幾乎全都空著，既沒有顧客也沒有賣主。她對鐵匠用了很多心思，讓牠快樂得不得了。走回店的路上我們在一家茶館停留，她請我喝加了糖和香料的熱酒，跟鐵匠玩了好久，牠整個身體翻過來躺在地上，所有的思緒都在她的親切感情中打滾。我突然想到鐵匠是那麼清楚地意識到她的情緒，然而她卻一點也感覺不到牠的情緒，只除了最膚淺的那些。我輕輕朝她探尋，但發現她今天飄忽不定，像某種香味，剛聞到的時候很強，但在同一陣風裡馬上又變得微弱。我知道我可以更堅持深入，但不知怎麼地覺得這樣沒有意義，一股孤單感籠罩住我，一股致命的憂鬱，想到她對我也永遠只能像對鐵匠一樣僅有模糊的意識。因此我把她對我講的簡短語句當作是小鳥在啄食乾麵包屑，也沒有去觸動她懸垂在我們之間的沉默簾幕。不久後她說她不能再耽擱了，否則就會有麻煩，因爲即使她父親已經沒力氣打她，他還是可以把酒杯摔到地上，或者弄倒一架子一架子的東西，表示被冷落讓他不高興。她說這些的時候臉上帶著古怪的淺笑，彷彿如果我們能想辦法把他的行爲看成是有趣的，這件事就不會顯得這麼糟糕。我笑不出來，她眼神從我臉上移開。

我幫她穿起斗篷，我們離開茶館，走上山坡走進風裡。這種景況突然像是我這一輩子的象徵。走到她店門口，她讓我大吃一驚地抱了抱我，在我下巴上親了一下，那擁抱短暫得像是在市場裡被撞了一下。「新來的……」她說，然後說，「謝謝，謝謝你能瞭解。」

然後她迅速進了店裡關上門，留下發冷又困惑的我。她謝謝我瞭解她，但我卻從來沒有像現在這樣感覺與她隔絕，與所有人隔絕。上坡走回城堡的路上，鐵匠一直嘰哩咕嚕對自己說個不停，說牠在她身上聞到了好多種香味，說她替牠搔到了牠自己就是抓不到的耳朵前面的地方，還說她在茶館裡餵牠吃了一個甜麵包。

我們在下午過半的時候回到馬廄，我做了幾樣工作，然後上樓回到博瑞屈的房間，跟鐵匠一起睡著了。醒過來的時候博瑞屈站著俯視我，微微皺著眉。

「起來，讓我看看。」他命令，我疲倦地爬起來，安靜站著，讓他用靈活的雙手檢查我的傷勢。他對我手的狀況感到滿意，告訴我說現在應該可以拆掉手上的繃帶了，但是我肋骨部分的包紮還要繼續留著，叫我每晚來找他調整包紮的鬆緊。「至於其他部分嘛，保持乾淨乾燥，不要去摳傷口上結起來的痂。要是有哪個地方開始化膿了，就來找我。」他拿個小罐子裝滿一種緩解肌肉痠痛的藥膏，遞給我，我推斷這意思就是說我該走了。

我站在那裡，手裡拿著那一小罐藥，心中湧起一陣強烈的憂傷，然而我找不到半個字可說。博瑞屈看看我，臉色一沉轉過身去。「不許那樣。」他生氣地命令我。

「哪樣？」我問。

「你有時候看我的眼神就像主人一樣。」他靜靜地說，然後口氣又變回尖銳。「哪，不然你打算怎麼樣？一輩子躲在馬廄裡嗎？不行，你必須回去。你必須回去，把頭抬得高高的，跟城堡裡的人一起吃飯，在你自己房裡睡覺，過你自己的生活。對了，還有回去上完那個該死的精技課。」

他前半段的命令聽來已經很困難了，但這最後一項我知道是不可能的。

「我不能回去。」我說，不敢相信他怎麼這麼笨。「蓋倫不會讓我回到那個團體裡，而且就算他讓我回去，我也永遠跟不上我漏掉的進度。我已經失敗了，博瑞屈。我失敗了，結束了，我需要另外找事情給自己做。我想學馴鷹，拜託。」說出這最後一句連我自己都感到有點詫異，因為事實上我以前從來沒想過這一點。博瑞屈的回答跟我說的話奇怪程度不相上下。

「你學不了，因為獵鷹不喜歡你。你太暖了，而且你不夠少管閒事。現在你聽我說，你沒有失敗，你這個笨蛋，蓋倫是想把你趕走。如果你不回去，就是讓他贏了，你必須回去把它學起來。但是——」說到這裡他對我凶起來，眼神裡的怒氣是針對我的，「他打你的時候，你不用像匹拉貨車的騾子一樣呆呆站著。你生來就有權利讓他花時間教你，叫他把你本來就該得到的東西給你。不要逃跑，從來沒有人靠逃跑做出什麼事。」他頓了頓，開口想繼續說什麼，然後又停了下來。

「我缺了太多堂課，我永遠也沒辦法——」

「你什麼課也沒缺。」博瑞屈頑固地說。他轉過身去又加了一句，我讀不出他語調中的意思。「從你離開之後他們就沒上過課，你應該能夠從先前中斷的地方繼續下去。」

「我不想回去。」

「不要浪費我的時間跟我爭辯。」他嚴格地說。「你要是敢這樣考驗我的耐性就試試看。我已經告訴你你該做什麼了，你就去做。」

突然間我又變成六歲小孩，這個男人一個眼神就讓滿廚房的人退縮。我顫抖著，感到畏縮。突然間，面對蓋倫似乎比違逆博瑞屈要來得容易，儘管他又說，「你要把那隻小狗留在我這裡，直到你上完課爲止。把一隻狗整天關在你房間裡實在太不應該，牠的毛會變糟，肌肉也沒辦法好好長。但你最好每天晚上來這裡看牠和煤灰，否則我就唯你是問。而且我才不在乎蓋倫對這點有什麼意見。」

就這樣，我被打發走了。我向鐵匠表達要牠留在博瑞屈這裡的意思，牠很平靜地接受了這一點，讓我既驚訝又傷心。我垂頭喪氣，拿著那罐藥膏沒精打采地走回堡內，從廚房拿了食物回房間吃，因爲我沒勇氣面對餐桌上的任何人。房裡又冷又暗，壁爐裡沒有火，燭臺上沒有蠟燭，腳下骯髒的鋪地蘆葦發出臭味。我去拿了蠟燭和柴薪，生起火，在等待爐火稍微去除岩石牆壁和地板的寒氣的同時，我忙著撿起地上的草堆。然後我依照蕾細的建議，用熱水加醋好好把房裡刷洗了一番。不知怎麼，我拿到的醋是加有龍蒿的，所以刷洗完之後我房裡充滿了這種藥草的味道。我筋疲力盡倒在床上，睡著之前納悶著爲什麼我從來沒發現該怎麼打開那扇通往切德房間的祕門。但我毫不懷疑就算我找到他，他也會把我打發走，因爲他是個說話算話的人，在蓋倫把我教完之前絕對不會插手干預。或者說，在他發現我在蓋倫的課堂上已經完蛋了之前。

弄臣的燭光讓我醒來，我完全不知道現在是什麼時候、自己又是在什麼地方，直到他說，「你現在還有足夠的時間盥洗、吃東西、然後還能第一個到塔頂。」

他拿了一個裝滿溫水的寬口大水壺來，還有從廚房烘爐裡取出的熱呼呼麵包捲。

「我不要去。」

這是我第一次看到弄臣露出驚訝的表情。「為什麼？」

「去了也沒用，我學不成的。我就是沒有那種才能，我已經不想繼續拿頭去撞牆了。」

弄臣的眼睛瞪得更大了。「我以為你原先一直學得很好啊，直到……」

這下子輪到我驚訝了。「很好？你以為他為什麼譏嘲我、打我？是為了獎勵我學得好嗎？不是。我連精技到底是怎麼回事都沒辦法瞭解，其他人全都已經超過我了。我何必再回去？好讓蓋倫更徹底證明他說得再對也不過了嗎？」

「這，」弄臣小心地說，「有點不太對勁。」他思索了一會兒。「之前我要你別再去上課，你不肯。你記得這件事嗎？」

我回想。「有時候我是很頑固。」我承認。

「如果我現在要你繼續上課呢？要你上樓到塔頂去，繼續嘗試呢？」

「你為什麼改變了心意？」

「因為我當時想要預防的事情已經發生了，而你熬了過來沒死掉。所以現在我想……」他話說到一半就中斷了。「你說得對，既然我不能把話講得簡單明白，何必還要講？」

「如果我說過這種話，現在我很後悔。一個人不應該對朋友講這種話。我不記得這件事了。」

他淡淡一笑。「如果你不記得，那我也就把它忘記。」他伸出手拉住我的雙手，他的手帶著種古怪的涼意，讓我渾身一陣冷顫。「如果我請求你繼續去上課，你會願意嗎？以朋友的身分請求你？」

朋友這個詞從他嘴裡說出聽來很古怪。他的語氣毫無譏嘲之意，說得很小心，彷彿把這個詞說出口來可能會粉碎它的意義。他那雙淺淡無色的眼睛牢牢看著我的眼睛，我發現自己沒辦法說不。於是我點頭。

儘管這樣，我起床的動作還是很遲疑。他帶著不動聲色的興趣看著我拉直理平前一夜穿著睡覺的衣服，洗臉，然後吃起他帶來的麵包。「我不想去。」我吃完第一個麵包捲，拿起第二個的時候告訴他。

「我實在看不出這樣能有什麼結果。」

「我不知道他幹嘛還要管你。」弄臣同意道，那熟悉的憤世嫉俗語調又出現了。

「你是說蓋倫？他沒辦法不管我，因爲國王……」

「我是說博瑞屈。」

「他只是喜歡指使我做這個做那個罷了。」我抱怨，但這話就連我自己聽來都很幼稚。

弄臣搖頭。「你完全不知道，是不是？」

「知道什麼？」

「知道馬廄總管把蓋倫從床上拖下來，把他一路拖到見證石那裡去。當然啦，當時我不在場，不然我就可以告訴你蓋倫一開始對他又罵又打，但馬廄總管理都不理他，只是弓起肩膀承受對方的揮打，一句話也沒有說。他緊緊抓住精技師傅的領子，蓋倫幾乎完全噎住了，被他一路往前拖，士兵、守衛、馬夫都跟在後面跑去看，人變得愈來愈多。要是我當時在場的話，我就可以告訴你沒有人敢插手，因爲博瑞屈似乎又是以前的那個馬廄總管了，是一個有著鋼鐵肌肉和凶惡脾氣的男人，發起脾氣來就像發瘋一樣凶猛。以前沒人敢惹他，而那一天，博瑞屈彷彿又是當年的他了，就算他走起路來還是一瘸一拐，也壓根沒有人注意到這一點。」

「至於精技師傅，他又踢又打又咒罵，然後靜下來不動，所有人都懷疑他是要把精技用在抓他的這個人身上，但如果他眞的這麼做了，也一點效果都沒有，馬廄總管只是把他的脖子抓得更緊而已。如果蓋倫有試圖影響別人、想讓他們站在他這邊，那些人也沒有做出反應。也許哽得喘不過氣來又被拖著走，就足以使他無法專心了。或者，也許他的精技並沒有傳言中的那麼強。或者，也許太多人都清清楚楚記得他如何虐待過他們，所以不會受他的詭計影響。又或者，也許——」

「弄臣！快點說下去啦！後來呢？」我全身薄薄出了層汗，顫抖著，不知道自己希望聽到什麼。

「當然啦，我當時不在場，」弄臣甜美地保證。「但我聽人家說，黑黝黝的男人把瘦巴巴的男人一路拖上山坡去，拖到見證石那裡，然後博瑞屈繼續緊抓著精技師傅讓他不能講話，同時做出了挑戰。他們要打鬥一場，不用武器，只有赤手空拳，就像精技師傅前一天毆打某個男孩那樣。在見證石的見證下，如果博瑞屈贏了，就表示蓋倫沒有理由打那個男孩，也沒有權利拒絕教他。蓋倫本來想拒絕接受挑戰，直接去找國王，但是博瑞屈已經呼喚見證石做見證了。於是他們打了起來，就像一頭公牛跟一大捆稻草打鬥一樣，稻草被牛又拋又踩又頂又戳的。打完之後，馬廄總管彎下腰在精技師傅耳朵旁講了句話，然後他和所有其他人就轉身離開了，只留下蓋倫躺在那裡，讓見證石見證他的哀鳴和流血。」

「他說了什麼？」我追問。

「我不在場啊！所以我什麼都沒看見也沒聽見。」弄臣站起來伸個懶腰。「你再不趕快，就要遲到了。」他對我指出這一點，然後離開。我也離開了我房間，一邊驚訝地思索一邊爬上高塔，走到變得光禿禿的王后花園，依然及時成爲第一個到的人。

16

課程

據古代記載，精技使用者是六個人為一組。這些小組的成員通常不包括王室血緣特別濃厚的人，而是僅限於王位繼承順位之人的堂表親以及姪甥輩，或者顯現出才華並被視為有資格學精技的人。最有名的組合之一——「火網小組」就是一個很好的例子，可以說明這些小組的運作方式。火網專屬於遠見女王，跟她手下其他的小組都是由一位名叫策士的精技師傅訓練。小組裡的伙伴是彼此互選的，然後接受策士的特別訓練，將他們連結成一個緊密的單位。他們曾散布六大公國各地，收集或傳播訊息，也曾聚集在一起，讓敵人混淆、困惑、士氣低落。他們的事蹟成為傳奇，民謠〈火網的犧牲〉詳細敘述了他們最後一項英勇事蹟，就是在貝歐島之役中把六個人的力量全部匯集起來輸送給遠見女王。筋疲力盡的女王並不知道他們給她的力量超過他們能負擔的程度，慶祝勝利的宴會進行到一半時，人們發現這六個人在他們的塔裡已經奄奄一息。也許人們愛戴火網小組的部分原因是，這六個成員都有身體上的殘缺：瞎眼、跛腳、兔唇，或被火灼傷毀容，然而他們精技的力量卻比最大的戰船還強，也更能保衛女王。

慷慨國王統治期間天下太平，傳授精技以建立小組的這種做法廢除了，已有的小組也紛紛解散，因為成員年老、或死亡、或純粹是缺乏目標。此後接受精技訓練的人僅限於王子，而且有一段時間精技被視為一門有點古老過時的技藝。等到紅船劫匪開始劫掠城鎮的時候，只剩下黠謀國王和他的兒子惟真還在實際使用精技。黠謀國王努力尋找並徵召以前操習精技的人，但他們大部分都已經年老或者已經不能純熟運用精技了。

黠謀指派他手下的精技師傅蓋倫創造出新的小組以保衛王國，蓋倫決定不遵循傳統，小組的成員不再是互選，而是被指派。蓋倫的教學方式很嚴苛，目標在於把每一個成員訓練成遵守命令毫不多問的單位的一分子，成為國王需要時可以使用的工具。這種性質完全是蓋倫設計出來的，當他把訓練完成的第一個小組呈給黠謀國王時，他表現出來的態度彷彿那小組是他送給國王的禮物。王室家族中至少有一個人對這種概念表示憎惡，但當時情況危急，黠謀國王忍不住要使用這把已經交到他手裡的武器。

那麼深的恨意。哦，他們是多麼恨我。每一個學生從樓梯間走到塔頂上，發現我等在那裡時，都掉頭鄙棄我。我感覺到他們的鄙視，清晰可觸得像是每個人都對我潑了冷水。等到第七個、也是最後一個學生出現之後，他們冰冷的恨意已經像一堵牆圍繞住我。但我沉默從容地站在那裡，站在我平常站的位置上，迎視每一雙看向我的眼睛。我想就是因爲這樣，他們都沒有對我說半個字。他們不得不在我四周站好自己的位置，彼此之間也沒有交談。

我們等待。

太陽升起，甚至已經升到塔頂牆壁的上方了，蓋倫還沒有來。但他們繼續站在位置上等，於是我也這麼做。

最後我聽見他走在樓梯上斷斷續續的腳步聲。他走上塔頂時，照得遍地蒼白發亮的陽光讓他眨了眨眼，然後他瞥見我，明顯嚇了一跳。我站著不動。我們注視對方。他看得出其他人的恨意沉重壓在我身上，這讓他感到滿意，就像依然纏在我太陽穴上的繃帶一樣讓他滿意。但我迎視他的眼神，沒有退縮。我不敢退縮。

然後我意識到其他人的驚惶。不管誰看到他，都不可能不注意到他被打得有多慘。見證石表明他是理屈的，每個看到他的人都會知道這一點。他枯瘦的臉上滿是青一塊紫一塊，下唇中間裂開了，嘴角也有傷。他穿著一件袍子，長袖遮住了雙臂，但這飄拂寬鬆的長袍跟他平常穿的緊緊貼身的織繡襯衫和背心差異實在太大，讓人覺得他看起來像是穿著睡衣。他的雙手也發紫腫脹，但我不記得曾在博瑞屈身上看到任何被打瘀血的地方，因此我的結論是他是用雙手徒勞地試圖護住臉。他仍然拿著那根小皮鞭，但我懷疑他能有效地揮鞭。

就這樣，我們檢視對方。他的滿身瘀血或恥辱並沒有讓我感到滿足，反而近似羞愧。我曾經那麼強烈地相信他是無敵的、優越的，如今見到他也是凡人的證據，讓我覺得自己很愚蠢。這使他沒有辦法保持從容鎮靜。他兩度張開嘴想對我說話，等到第三次，他轉過身背對所有人說，「開始做柔軟運動。我會觀察你們，看你們動作是否正確。」

他的語尾聲音變輕，從疼痛的嘴裡說出。我們乖乖地集體伸展、搖擺、彎身，他動作笨拙地在這塔頂花園裡橫著走來走去，試著不要靠在牆上或者太常休息。先前指揮我們動作的是他皮鞭啪、啪、啪拍在他大腿上的聲音，但現在聽不到了，他只是緊握著鞭子，彷彿怕它會掉到地上。至於我，我很感激博瑞屈先前要我起床動一動。我肋骨部位被緊緊包紮住，因此我的動作沒辦法像蓋倫先前要求我們的那麼有彈性，但我確實很努力試著把動作做得確實。

那天他沒教我們新東西，只複習我們已經學過的，而且課結束得很早，太陽都還沒下山。「你們做得很好。」他無力地說。「讓你們早點下課是你們應得的，因為我很滿意你們在我不在的時候還是繼續練習。」讓我們離開之前，他把我們一個個叫到他面前，用精技短暫碰觸一下。其他人走得很遲疑，一直回頭看，好奇地想知道他會怎麼對付我。剩下的同學愈來愈少，我緊繃起來準備面臨一對一的對峙場面。

但就連這場面也令人失望。他把我叫到他面前，我走過去，保持跟其他人一樣沉默又看似恭敬的態度。我像他們先前那樣站在他面前，他伸手在我臉前和頭上短短揮了幾下，然後用冰冷的聲音說，「你的防心太重。你必須學會放鬆對你自己思緒的戒備，才能學會把思緒送出去或者接收其他人的思緒。走吧！」

於是我跟其他人一樣走了，但是感到遺憾，心裡私下想著不知道他到底有沒有試著用精技觸碰我。我並沒有感覺到它。我走下樓梯，渾身痠痛，滿心怨懟，不知道我為什麼還要繼續努力下去。

我回到房間，然後到馬廄去，粗略幫煤灰刷了刷毛，鐵匠在旁邊看。我還是覺得煩躁不安又不滿。我知道我應該休息，也知道如果我不休息，稍後一定會後悔。**去城裡？**鐵匠建議，我同意帶牠進城。我出了城堡往下走，牠跑來跑去繞著我又聞又轉。早上天氣很平靜，但到下午此時風勢大了起來，海上有一場風暴正在形成。不過這陣風帶著不像冬天的暖意，我感覺到新鮮空氣讓我頭腦變得清醒，被蓋倫的運動弄得糾結作痛的肌肉也在走路的穩定節奏中平撫伸展。鐵匠嘰哩咕嚕傳來的感官訊息把我牢牢拴在周遭切身的這一切裡，讓我無法繼續對我的挫敗想個不停。

我告訴自己說，是鐵匠把我們直接帶到了莫莉的店門口，是牠依循幼犬的習性回到以前曾經歡迎過牠的地方。那天莫莉的父親躺在床上起不來，店裡相當安靜，只有一個客人流連不去，跟莫莉交談。莫莉把他介紹給我，說他叫阿玉，是海豹灣某艘商船上的水手。他還不滿二十歲，跟我講起話來好像把我當成十歲小孩，老是越過我朝著莫莉微笑。他滿肚子紅船劫匪和海上風暴的故事，一隻耳朵戴著鑲了顆紅石頭的耳環，下巴上長著新蓄的捲捲鬍鬚。他是來買蠟燭和一盞黃銅油燈的，但是待得未免太久，不過最後他終於走了。

「把店關起來一下嘛！」我慫恿莫莉。「我們到海灘去走走，今天的風吹起來好舒服。」

她遺憾地搖搖頭。「我的工作進度落後了。如果沒有顧客上門的話，我今天應該整個下午都在做蠟燭的，而如果眞的有顧客上門，我也應該待在這裡。」

我的失望感強烈得不合常情。我朝她探尋，發現她其實很想去。「白天很快就要結束了，」我很有說服力地說，「妳可以今天晚上再做蠟燭嘛！如果有客人來，看到妳的店關著，他們明天還會再來啊！」

她側著頭，露出思索的神情，然後突然放下她手中的那根燭芯。「嗯，你說得對。呼吸點新鮮空氣對我也好。」她一下子拿起斗篷，動作之輕快欣然讓鐵匠高興、讓我意外。我們關店離開。

莫莉踩著她慣常的輕快步伐，鐵匠高高興興地在她身旁蹦跳。我們零零碎碎交談，寒風中，她臉色像玫瑰般粉紅，眼睛似乎更加明亮。我心想，她看向我的次數比平常更頻繁，神色也更若有所思。

城裡很安靜，市場幾乎空無一人。我們緩步走到海灘上，短短幾年之前我們還在這裡奔跑尖叫。她問我有沒有學會在夜裡下樓梯之前要先點上提燈，這話令我一頭霧水，直到我想起來我先前對自己身上傷勢的解釋是說，我在黑暗的臺階上跌了下來。她問我那個教師和那個馬廄總管是不是還意見不合，我這才發現博瑞屈和蓋倫在見證石前的挑戰已經成了本地的某種傳奇。我向她確保一切已經恢復和平。我們花了一點時間採集某種海菜，她說晚上要用它來給濃湯添加點滋味。然後，因爲我氣喘吁吁，於是我們在幾塊岩石後的下風處坐下，看著鐵匠不停跑來跑去追趕海灘上的海鷗。

「對了，我聽說惟眞王子要結婚了。」她開口閒聊。

「什麼？」我驚愕地問。

她放聲大笑起來。「新來的，我從來沒碰過像你這麼跟閒話八卦絕緣的人。你就住在上面的城堡裡耶，怎麼會不知道城裡大家都已經在說的事情？惟眞已經同意娶妻，好確保有人繼承王位。不過我聽城裡的人說，他太忙了，沒時間自己去求親，所以帝尊會替他找一位夫人。」

「哦，不會吧！」我的驚慌之情是發自內心的，想像著大塊頭又粗率的惟眞跟帝尊那種冰糖式的女人配成一對。每當堡裡有任何節慶，比方春臨節、冬之心或秋收日，她們就從恰斯、法洛、畢恩斯來到這裡，或搭馬車、或騎著披掛華麗配飾的馴馬、或坐轎子。她們穿著蝶翼般的禮服，吃起東西像小麻雀，似乎總是飛來飛去，總是停棲在帝尊附近。他會穿著他斑斕的絲綢和天鵝絨坐在她們當中，在她們銀鈴般的悅耳嬌聲中、在她們手裡微顫的扇子和刺繡手帕的環繞中顧盼自得。我聽過別人說她們是「抓王子的人」，就是把自己像櫥窗裡的貨物一樣展示出來，希望嫁入王室的貴族女子。她們的舉動並沒有什麼太不妥的地方，但在我看來顯得有點狗急跳牆，而殘忍的帝尊則先是對這一位微笑，接著整晚跟那一位跳舞，第二天睡得很晚起來吃早餐，然後陪另一位在花園裡散步。我試著想像惟眞手裡挽著這樣一個女人，陪他站在那裡看著舞會上跳舞的人，或者在惟眞思索、繪製他非常喜愛的那些地圖時，她陪在他書房裡安靜地編織。他們不會在花園裡漫步，惟眞散步都是到碼頭上、田野裡，常常停下腳步跟漁民和扶著犁的農民聊天。精巧的鞋子和刺繡的裙子是絕對不會跟著他到那些地方去的。

莫莉在我手裡塞了一毛錢。

「這是幹嘛？」

「買你剛剛想得那麼出神的東西。你坐在我的裙邊上了，我兩次叫你移開你都沒反應。我想我說的話你一個字也沒聽見。」

我嘆口氣。「惟眞和帝尊實在太不一樣了，我沒辦法想像其中一個人替另外一個挑選妻子。」

莫莉露出不解的表情。

「帝尊會挑選一個漂亮、富有、家世好的人，很會跳舞、唱歌、演奏樂器，會打扮得漂漂亮亮、手上戴著珠寶到餐廳吃早飯，身上總是散發出長在雨野原的花朵的香味。」

「惟眞不會喜歡這樣的女人嗎？」莫莉臉上困惑的表情彷彿我堅持說海水是湯一樣。

「惟眞應該配的是一位伴侶，不是戴在袖子上的裝飾品。」我表示我的輕蔑和抗議。「如果我是惟眞，我會要一個能做事的女人。不是只會挑選珠寶、替自己綁辮子而已，她應該要會縫紉，或者照顧她自己的花園，而且要有一樣她自己特有的專長，比方會抄寫卷軸或者懂得藥草。」

「新來的，那不是上流仕女該做的事。」莫莉責備我。「她們是專門打扮得美美當裝飾品的，而且她們很有錢，不適合也不需要做這些工作。」

「當然適合也需要。就拿耐辛夫人和她的侍女蕾細來說吧！她們總是在做這個做那個的，她們的房間像個叢林，滿是夫人種的植物，而且她袍子的袖口有時候會因爲製紙搞得黏黏的，再不然就是栽種藥草的時候頭髮上沾了幾片葉子，但她照樣很美。而且女人漂不漂亮也不是最重要的。我看過蕾細用麻線替堡裡的小孩做了一副小漁網，她的手指又快又靈活，不輸給碼頭邊任何一個織網的男人，那種漂亮跟她的臉一點關係也沒有。還有那個教武器的浩得呢？她非常喜歡打造、鏤刻銀器，她做了一把匕首送她父親當生日禮物，把手的部分是一頭飛躍雄鹿的樣子，但形狀設計得非常巧妙，握在手裡很舒服，一點也不會戳到、刮到、勾到哪裡。就算她頭髮灰白了、臉上滿是皺紋，這種美還是會繼續持續下去，有一天她的孫子會看著那把匕首的精巧手工，心想她眞是個聰明的女人。」

「你眞的這麼認爲？」

「當然。」我動了動，突然意識到莫莉離我好近。我稍微動動身體，但沒有眞正移開她旁邊。在海灘的那一頭，鐵匠又朝一群海鷗衝過去發動攻擊，牠的舌頭伸得都快垂到膝蓋了，但還是奔跑著。

「可是如果貴族仕女做這些事，她們的手會變粗，頭髮會被風吹得乾枯，臉也會被曬黑。惟眞總不應該配上一個看起來像碼頭工人的女人吧？」

「當然應該。總比配上一個像隻養在水碗裡的胖金魚的女人好得多。」

莫莉咯咯笑起來。

「一個在他早上騎『獵人』出去跑跑的時候可以跟他並肩奔馳的人，或者一個看著他剛畫完的一部分地圖、能眞正看得出他畫得有多好的人，這才是惟眞應該娶的。」

「我從來沒騎過馬，」莫莉突然表示反對。「也不認識幾個大字。」

我好奇地看著她，不知道她爲什麼突然顯得這麼消沉。「那有什麼關係？妳夠聰明，什麼都學得會。妳看，妳自己教自己懂了那麼多蠟燭和藥草的事。別告訴我說那是妳父親教妳的。有時候我到妳店裡去，妳的頭髮和衣服全都是新鮮藥草的味道，我一聞就知道妳在試驗給蠟燭調配新的香味。如果妳想讀書寫字，妳可以學。至於騎馬，妳一定會是天生好手，妳平衡感好，又夠強壯……看妳爬崖壁上那些岩石的樣子就知道了。而且動物喜歡妳，妳差不多已經把鐵匠的心從我這裡搶過去了——」

「呿！」她肩膀朝我頂了一下。「你這樣說起來，好像城堡裡該有哪個爵士騎馬下山來把我帶走似的。」

我想到態度僵硬呆板的威儀，或者帝尊朝她假笑。「艾達在上，千萬不要有這種事。跟他們在一起是浪費了妳，他們沒有腦子能瞭解妳，也沒有心能欣賞妳。」

莫莉低頭看著她被勞務弄粗的雙手。「那誰能？」她輕聲問。

男孩都是傻子。這番對話在我們四周發展纏繞，我說出口的每字每句都自然得一如呼吸，並非有意恭維她，也並沒有打算不動聲色的求愛。太陽開始往水面沉去，我們靠近彼此坐在一起，眼前的沙灘像是我們腳下的世界。如果那一刻我說，「我能。」我想她的心會顫動著落在我笨拙的雙手中，就像成熟的果實從樹上掉落。我想她可能會吻我，並出於自願把自己許給我。我突然明白了自己對她的感情究竟是什麼，但卻領會不到它的意義有多麼重大。於是我連這麼一句簡單的實話都講不出口，只是呆坐在那裡，沒一會兒鐵匠就來了，濕答答又滿身沙子的衝向我們，於是莫莉跳起身來以免裙子被牠弄髒，機會就這樣永遠失去了，像被風吹走的水沫。

我們站起來伸伸懶腰，莫莉驚呼時間已經好晚了，我突然感覺全身正在痊癒中的傷處都痛了起來。坐在冷冽的海灘上讓自己的身體變冷是很笨的行為，我絕對不會讓任何一匹馬這麼做。我送莫莉回家，在門前一時之間有些尷尬，她彎下身抱抱鐵匠跟牠說再見。然後就剩下我一個人，旁邊只有隻好奇的小狗，一直想知道我為什麼走得那麼慢，又堅持牠快餓死了，想一路又跑又滾地上山回城堡去。

我緩緩走上坡，身體裡外都冷透了。我把鐵匠送回馬廄，向煤灰道晚安，然後回到城堡裡。蓋倫和他的小跟班們已經吃完寡淡的一餐離開了，堡裡的人大部分也已用過餐，我發現自己又回到舊日常混的地方去。廚房裡總是有食物，廚房外的守衛室裡也總是不缺人作伴。不分日夜、不分時刻，總是會有士兵進進出出，所以廚娘把一口鍋掛在鉤子上用小火燉著，裡面的東西少了就再加水、加肉、加蔬菜。那裡還有葡萄酒、啤酒和乳酪，以及純樸的堡壘守衛，打從我被交給博瑞屈照管的第一天開始，他們就接受我是他們的一分子。於是我在那裡給自己準備了簡單的一餐，不像蓋倫安排的那麼吝嗇，但也不像我渴望的那麼豐盛。這是博瑞屈的教導，我把自己當成一隻受傷的動物來餵。

我聽著周遭的閒聊，重新聚焦進入我已經好幾個月沒有注意到的堡內生活。我驚詫於自己竟然有那麼多事情都不知道，只因爲我一直全心投入蓋倫的課。大部分人都在談給惟眞娶妻的事情。關於此事他們開了些士兵的粗魯玩笑，這是意料中事，此外大家也很同情他這麼倒楣，居然由帝尊來替他選擇未來的配偶。這樁婚事會是政治結盟，這一點從來就沒有疑問。王子的終身大事不可能浪費在愚蠢的人選身上，例如他自己喜歡的人。當年駿騎堅持要向耐辛求愛之所以引起震驚眾怒，很大一部分原因就在於此。她是我們自己疆域內的人，是我們一位貴族的女兒，而且這位貴族跟王室家族的關係本來就已經很好，所以那樁婚姻完全沒有帶來任何政治利益。

但惟眞可不能這樣浪費掉，尤其在紅船沿著我們蜿蜒的海岸造成危害威脅的這個非常時期。所以大家猜得非常起勁，她會是誰？是我們北方白海裡近鄰群島的人嗎？近鄰群島其實都是很小的岩石島，像大地的骨頭突出海面，但如果在那些島上設立一系列瞭望臺，就能讓我們更早得到警訊，知道海上的劫匪進犯我們的水域。出了我們國界往西南方走，越過不屬於人類統御的雨野原，就到了香料海岸；娶一位那裡的公主比較沒有什麼國防上的好處，但有些人主張她可能帶來優厚的通商協定。在東南方離我們數日航程的地方，坐落著許多大島，島上生長著造船工人渴望的樹木；在那裡會不會有哪位國王和他的女兒願意放棄溫暖和風及熟軟水果，把她遠嫁到地形多岩、冰封疆界國度的一座城堡裡？他們會要我們拿什麼來換取一位柔和的南方女子及她島上的高大木材？有些人說毛皮，有些人說穀物。還有我們後方的山區王國，緊守著通往更北方凍原地區的隘口不放；如果娶一位那裡的公主，既可以把她驍勇善戰的人民納入麾下，又可以跟住在他們國境那一頭的象牙工匠與馴鹿牧人通商交易，而且他們南端國界還有通往雨河上流源頭的隘口，那條大河蜿蜒穿過雨野原。我們的每一個士兵都聽說過那些古老的故事，傳說雨河岸邊有許多廢棄的珍寶寺廟，有高大的雕刻神像依然守著祂們的神聖泉水，而且在支流小溪裡還閃爍著細薄沙金。所以或許娶個山區的公主也不錯？

他們詳細討論爭辯著每一項可能性，言談之中充滿對政治的瞭解與熟悉，蓋倫絕不會相信這些單純的士兵能想得到這些。我從他們之間站起身來，羞愧於自己之前竟對他們感到輕蔑；在那麼短的時間之內，蓋倫已經讓我認為他們是只會揮劍的無知之人，四肢發達而毫無大腦。我這輩子都與他們為伍生活，我應該知道他們不是笨蛋才對。不，我本來確實是知道的，但我渴望提高自己的地位，渴望證明我毫無疑問有權操習那種王室魔法，因此不管他怎麼胡說八道我都願意接受。我內心有什麼東西一下子變得清晰，就像木製拼圖關鍵的一塊突然放對了位置。我被「得到知識的機會」給賄賂了，就像別人可能被金錢賄賂一樣。

我上樓回房，對自己頗為不齒。躺下來就寢之際，我決心再也不讓蓋倫欺騙我或說服我欺騙自己，同時也萬分堅定地決心學會精技，不管有多痛苦或多困難。

於是第二天黑漆漆的一大早，我就全心重新投入課程和例行公事。我專心聆聽蓋倫說的每一個字，逼自己把每一項體能或心智的練習都做到我的能力極限。但時間痛苦地過去，先是一個星期，然後是一個月，我覺得自己像隻狗，看著一塊就是差一點點咬不到的肉。其他人身上顯然都正在發生某些變化，他們彼此間建立起分享思緒的網絡，那種溝通讓他們還沒開口就轉身面對彼此，做起共同的體能練習也宛如一體。他們繃著臉、滿心怨恨地輪流跟我配對，但我從他們身上感覺不到任何東西，他們則打著寒噤從我這裡退開，向蓋倫抱怨說我朝他們使出的力量要不是像耳語般微弱，就是像撞門柱般過猛。

我幾乎是絕望地看著他們捉對舞蹈，分享對彼此肌肉的控制，或者一人蒙著眼穿過煤炭的迷宮，由坐在一旁的伙伴引導。有時候我知道我具有精技，我可以感覺到它在我內在增長，像顆正在成長的種子，但我卻似乎無法指揮或控制它。前一分鐘它還在我身體裡，像海潮轟然拍打岩壁，後一分鐘它又不見了，在我體內只留下空蕪的乾燥沙灘。當它有力的時候，我可以迫使威儀站起來、鞠躬、行走，但接下來他又會站在那裡瞪著我向我挑釁，我卻根本無法接觸到他。

而且似乎沒人能碰到我的內在。「放下你的戒心，推倒你的圍牆。」蓋倫氣憤地命令我，站在我面前徒勞無功地試著向我傳達最簡單的指令或建議，而我只感覺到他精技再輕微不過的一拂。但我不可能讓他進入我腦海，就像我不可能乖乖站著任人用劍刺穿我胸肋。儘管我努力試著強迫自己，我還是會閃躲他，不論是肢體上還是心智上的接觸，而我同學們的碰觸我根本感覺不到。

我看著他們一天天進步，自己卻連基本的技巧都還掌握不住。終於有一天，威儀看著一頁文字，他在塔頂另一端的伙伴大聲唸出內容，還有兩組搭檔下著棋，雙方負責決定該怎麼走的人都根本看不到棋盤。蓋倫對他們都滿意極了，只有我例外。每一天下課前他都用精技各碰觸我們一下，我幾乎感覺不到那一下。每一天我都是最後一個才能走，他冷冷地提醒我說，他之所以會把時間浪費在一個私生子身上，只因為國王命令他這麼做。

春天愈來愈近，鐵匠也從幼犬長成成犬了。煤灰在某天我上課的時候生下了一匹優秀的小牝馬，小馬的父親是惟真的一匹種馬。我跟莫莉見過一次，我們幾乎是一言不發地走在市場裡。那裡有一個新的攤子，是個粗魯的男人在販賣鳥獸，全都是被他捕捉、關進籠子的野生動物。他的攤子上有烏鴉、麻雀、一隻燕子，還有一隻滿肚子寄生蟲、衰弱得幾乎無力站立的小狐狸。與其指望任何買主放牠自由，恐怕死亡倒能更快一步讓牠解脫，而且就算我有錢買下牠，牠的情況已經嚴重到打蟲藥會同時毒死寄生蟲和牠的地步。這讓我感到很難受，於是我站在那裡朝鳥兒探尋，向牠們建議說，挑啄起某一條明亮的金屬可能可以打開牠們的籠門。但莫莉以為我只是在盯著那些可憐的動物看，我感覺到她對我變得前所未有的冷淡遙遠。我們送她回家的時候鐵匠哀鳴著求她注意，於是離開前得到她的一個擁抱和一下輕拍。我真羨慕牠這麼會哀求，我自己的哀求好像都沒人注意。

空氣中春意漸濃，所有海港都開始緊張起來，因為打劫的季節不久就要到了。如今我每天晚上都混在守衛堆裡吃飯，仔細聆聽所有傳言。被冶煉過的人在各處公路上搶劫，酒館裡大家都在談他們有多惡劣、又造成了多少破壞。他們這種掠食者比任何野獸都更肆無忌憚、更缺乏慈悲，人們很容易忘記他們也曾經是人，很容易對他們抱持怨毒不已的恨意。

害怕遭到冶煉的恐懼感與日俱增，市場裡販賣著包了糖衣的毒藥丸，讓母親可以在一家人都被劫匪俘虜的時候給孩子吃。謠傳有些海岸邊的村民已經把全部家當打包裝上車，遷移到內地以求遠離海上來的威脅，放棄傳統的漁民和商人營生，改當起農夫和獵人。城裡乞丐的人數確實是愈來愈多了，還有個被冶煉的人來到公鹿堡城裡，大搖大擺走在街上，在市場的攤子上愛拿什麼就拿什麼，大家只能把他當成瘋子，沒人敢對他怎麼樣。第二天他就不見了，有人暗暗耳語說，等著看，他的屍體會被沖上海灘。另有傳聞說惟眞的妻子人選已經找到了，是山區的人，有些人說這是為了確保我們能自由穿越那些隘口，有些人則說我們整個海岸已經面對紅船的威脅了，不能再讓背後有潛在的敵人。還有一個傳聞，不，只能說是最薄弱的耳語，內容太簡短零碎了不能稱之為傳聞，總之說的是惟眞王子的狀況不佳。有人說他疲倦生病，有人則竊笑說他是因為快結婚了而緊張疲勞，還有少數人鄙夷地說他是開始酗酒了，只有在白天他頭痛最厲害的時候才看得到他。

我發現自己對這最後一項傳聞的關切程度超過我的預期。王室成員中從來沒有人對我很注意，至少不是出於個人情感的注意。黠謀確保我受教育、能溫飽，他很久以前就買下了我的忠誠，所以現在我是他的人，根本無須多想。帝尊鄙視我，我也早就學會避開他那不懷好意的瞥視，而且他隨手一推或偷偷一撞的動作曾經足以讓年幼的我站不穩。但惟眞對我一直頗仁慈，一種算是心不在焉的仁慈，而且我能瞭解他對他的狗、馬、獵鷹的愛。我想看到他抬頭挺胸驕傲地站在婚禮上，希望有一天自己能站在他的王位後面，就像切德站在黠謀的王位後面一樣。我希望他一切都好，但就算他不好我也無能爲力，我甚至連見他都沒辦法。就算我們起居的時間相似，但我們的生活範圍卻鮮少有交會之處。

在春天還沒有完全降臨的時候，蓋倫宣布了一件事。當時堡裡其他人都在忙著爲春季慶做準備，市場的攤子都會用砂紙打磨乾淨，重漆上鮮豔的色彩，樹枝也取到室內來用溫和的方式催發，好讓枝上的花朵和細小葉片爲春季慶前夕的宴會增添色彩。但蓋倫要交付給我們的事跟嫩綠新葉和撒著卡芮絲籽的蛋糕無關，也跟木偶戲和狩獵舞無關。在新的季節來臨之際，我們要接受測驗，證明我們夠資格或者被淘汰。

「被淘汰。」他複述，就算他宣布的是那些沒被選中的人要處死，其他學生也不會比此刻更聚精會神了。我麻木地試著徹底瞭解我失敗之後會發生什麼事。我絲毫不相信他會公平地測試我，就算他眞的公平，我也不相信自己能通過測驗。

「你們當中能證明自己有能力的人會成爲一個小組，我想是前所未有的一個小組。在春季慶進行到最高潮的時候，我本人會把你們呈給國王，他看到我的成果會驚嘆不已。你們已經上我的課上了這麼久，應該很清楚我絕不肯在他面前丟臉，所以我要親自測驗你們，測試你們的能力極限，如此才能確定我交在國王手裡的武器足夠鋒利，能達成任務。明天我會把你們四散到王國各處，就像把種子拋向風中。我已經安排用快馬把你們載到目的地，然後你們每個人都會被單獨留在那裡，完全不知道其他人在哪裡。」他頓了頓，我想是讓我們每個人都感覺到整個空間裡振動的緊繃張力。我知道其他人全都協調地震顫共鳴著，分享著共同的情緒，幾乎是用共通的頭腦接受指示。我懷疑他們聽到的遠不只是蓋倫說出來的簡單字句。我覺得自己像個外國人，聽著某種陌生的語言，不瞭解它的慣用語法。我會失敗。

「被留在目的地兩天之後，你們會受到召喚。被我召喚。我會指示你們去哪裡聯絡誰，你們每個人都會得到要回此地所必須的訊息。如果你們都好好學會了我教給你們的東西，那麼我的小組就會在春季慶前夕回到這裡，準備好被呈給國王。」他又頓了那麼一下。「然而，不要以爲你們只要在春季慶前夕之前找到回公鹿堡的路就好了。你們是要成爲一個小組，不是找路飛回家的鴿子，你們回來的方式還有帶回來的同伴，將能向我證明你們是否已經駕馭了精技。準備好明天一早出發。」

然後他一個個放我們走，依然是對每個人碰觸一下、稱讚一句，除了我之外。我站在他面前，盡可能開啓自己，在我敢的範圍之內暴露出自己的弱處，然而精技輕掠過我的腦海，就像風吹。他低頭瞪著我，我抬頭看他，不需要具備精技也知道他既厭惡又鄙視我。他發出輕蔑的聲音，轉開眼神，放我走。我舉步準備離開。

「要是，」他甕聲甕氣地說，「你那天晚上爬過那道牆跳下去，那就太好了，小雜種。好得太多了。博瑞屈以爲我虐待你，但我只是給你一條出路而已，一條最接近你可能達成的光榮出路。離開這裡去死吧，小子，或者至少離開這裡。你光是存在就侮辱了你父親的聲名。艾達在上，我眞不知道你怎麼會存在。像你父親那樣的人怎麼會墮落到跟不知什麼東西睡了一覺，讓你出現在世界上，我眞是怎麼也想不通。」

一如往常，他一講到駿騎就出現狂熱的語調，盲目的崇拜使他的眼神幾乎變成一片空白。他走到樓梯口，然後非常緩慢地轉過身來。「我必須問，」他說，惡毒的聲音裡充滿飢渴的仇恨。「你是不是他的孌童，他讓你從他身上吸取力量？所以他對你這麼有占有慾？」

「孌童？」我複述這個我不懂的詞。

他微笑，這微笑讓他那枯槁的臉顯得更像骷髏。「你以爲我沒發現他是怎麼回事？你以爲這次的測試中你可以自由取用他的力量？門都沒有。你放心吧，小雜種，門都沒有。」

他轉過身走下樓梯，留下我獨自站在塔頂。我完全不知道他最後這幾句話是什麼意思，但他的仇恨之強烈，讓我感到虛弱想吐，彷彿他在我血液中下了毒。我想起他上一次把我留在塔頂的時候，忍不住走到塔緣向下看。城堡的這個角落不是朝海，但塔底仍散布著許多崎嶇的岩石，從這裡跳下去沒人活得成。如果我下得了能維持一秒鐘堅定的決心，那我就可以擺脫這一切，而且博瑞屈或切德或隨便哪個人的想法就再也煩不到我了。

遠處傳來一聲哀鳴的回音。

「來了，鐵匠。」我咕噥著，轉身離開塔緣。

17

考驗

照理說，成人式應該在男孩十四歲生日的那個月舉行。並非所有人都能得到成人式的榮譽，這儀式需要一位「成人」資助並提名那個男孩，另外得找到另外十二名「成人」承認這男孩已經有資格並且做好了準備。我從小生活在士兵群中，知道這儀式是什麼，也知道它非常隆重、非常特別，所以我從不指望能有機會參與。首先，沒人知道我的生日；其次，我不知道有誰是「成人」，更不要說去哪裡找到十二個「成人」來承認我夠資格了。

但是，在我熬過蓋倫那番試煉的若干個月後，某個夜裡我醒過來，發現床邊圍滿了身穿長袍、頭罩兜帽的人，在那些兜帽下的黑暗裡我瞥見了「棟梁」的面具。

任何人都不許將儀式的細節說出來或寫下來。我想我可以說這麼多。每當一個生命——其中有魚、有鳥、有獸——被交到我手裡，我都選擇釋放牠，不是以死來釋放，而是釋放回牠原來的自由存在；因此在我的成人式上沒有動物死亡，因此也沒有人能夠飲宴。但就連在我當時的狀況下，我都能感覺到我四周的流血和死亡已經太多了，已經足以持續到我這輩子的盡頭了，因此我拒絕用雙手或牙齒來殺生。

我的「成人」依然選擇給了我一個名字，所以他應該沒有非常不悅。那名字是古語，古語沒有字母，無法寫出來，我至今也不曾找到任何我願意與之分享我的成人名字的人。但我想，在這裡我可以透露那名字的古老意義：催化劑。「改變者」。

我緊接著就到馬廄去，先見到鐵匠然後是煤灰，想到明天就要離開的難受感覺從心理延伸到生理。我站在煤灰的廄房裡，頭抵著牠肩胛骨之間隆起的部位，覺得頭暈想吐。博瑞屈在那裡看到了我。我認出他的存在，聽見他沿著馬廄走道逐漸接近、愈來愈響的靴聲，然後突然在煤灰的廄房外停下腳步。我感覺到他看進廄房裡，看向我。

「唔，這下又怎麼了？」他用嚴苛的語氣質問，我從他聲音中聽出他對我和我的種種問題有多疲倦。要是我沒那麼沮喪，我的自尊心會讓我站直身子宣稱什麼事也沒有。

但我只是對著煤灰的毛皮嘟噥了一句，「蓋倫明天打算測驗我們。」

「我知道。他很突兀地要求我幫他的白痴計畫準備馬匹，要不是他有國王的蠟印封緘給他這個權威，我早就拒絕他了。而且我也不知道他要那些馬幹嘛，所以別問我。」他粗魯地加了最後這一句，因爲我突然抬起頭看他。

「我不會問。」我惱怒地對他說。就算要在蓋倫面前證明自己的能力，我也會公平競爭，不然就根本不做。

「他設計的這個考驗你一點通過的機會都沒有，是不是？」博瑞屈的語調隨意，但我聽得出他硬起頭皮準備接受我的答案所帶來的失望。

「半點也沒有。」我平板地說，我們兩人都沉默了片刻，聽著我這句沒有轉圜餘地的話。

「唔。」他清清喉嚨，把腰間的皮帶往上一拉。「那你就趕快把它結束，回來這裡。你又不是其他的課都沒學好。一個人不可能嘗試什麼都成功的。」他試著把我學習精技的失敗說得好像無足輕重。

「我想是這樣吧！我不在的時候你替我照顧鐵匠好嗎？」

「我會的。」他轉身轉到一半又轉回來，幾乎是有些遲疑。「那隻狗會有多想念你？」

我聽出他眞正要問的是什麼，但試著逃避。「我不知道。上精技課的這段時間我常常拋下牠，恐怕牠根本不會想念我。」

「我懷疑。」博瑞屈若有所思地說，轉過身去。「我非常懷疑。」他說著在左右兩排廄房間走去。我知道他知道了，而且他感到厭惡，不只是因爲鐵匠和我有著緊密的牽繫，更因爲我拒絕承認這點。

「好像我在他面前有承認這一點的自由似的。」我對煤灰嘀咕。我向我的動物們道別，試著告訴鐵匠說，要等到好幾頓飯和好幾晚之後牠才會再見到我。牠扭來扭去，拚命搖尾巴，抗議說我一定要帶牠去，我一定會需要牠的。牠已經長得太大，不好抱起來了，於是我坐下，牠爬到我膝頭，我抱住牠。牠是那麼溫暖又實在，那麼貼近又眞切，一時間我覺得牠說得再對也不過了，我會需要牠才活得過這次的失敗。但我提醒自己牠會在這裡等我回來，我答應牠說，等我回來之後會花好幾天的時間跟牠好好的玩，我會帶牠去很遠的地方打獵，以前我們從來都沒時間這麼做。**現在**，牠提議，**很快**，我承諾。然後我回到堡裡，打包一些換洗衣服和旅途所需的食物。

依我看來，第二天早上的場面充滿誇張的戲劇性，不過沒有什麼意義。其他要接受測驗的人看起來興奮不已，在我們這八個準備啓程的人當中，似乎只有我對那些擾動不安的馬匹和四面罩住的轎子無動於衷。蓋倫把我們排成一排蒙上眼睛，一旁有六、七十人旁觀，大部分是學生的親戚朋友或者堡裡好管閒事的人。蓋倫做了番簡短的演講，表面上是對我們講，但說的都是我們已經知道的事：我們會被帶到並留在不同的地方；我們必須運用精技來合作，才能找到路返回堡裡；如果我們成功，我們會成爲一個小組，爲國王發揮無上的效用，成爲擊敗紅船劫匪行動中不可或缺的一部分。最後這一段讓旁觀者印象深刻，我被帶到轎子旁扶進去時聽到旁人嘖嘖稱奇的聲音。

然後我過了悲慘的一天半。轎子搖來搖去，我呼吸不到新鮮空氣又不能看風景分神，很快就開始頭暈想吐。帶領馬匹的那人發誓保持靜默，也確實做到了。那天夜裡我們短暫停頓，他給了我一頓寡淡的晚餐，內容是麵包、乳酪、水，然後我又被裝進轎子裡，繼續顛跳搖晃。

第二天約莫中午時分，轎子停了，我在協助之下再度下轎。沒有人說半個字，我站在那裡，全身僵硬、頭痛、蒙著眼、站在大風中。當我聽見馬匹離開的聲音，我判斷我已經到達目的地了，於是伸手去解蒙眼布。蓋倫把布綁得非常緊，我花了好一番功夫才解開。

我站在一片山坡草地上，帶我來的人已經走得很遠了，沿著繞過山丘底部的一條路快速前進。草長及我膝，經過冬天而顯得乾枯，但靠近根部的地方是綠的。我看見四周有其他的山丘，坡面冒出岩石，山腳下是一片片林地。這裡山巒起伏，但我可以聞到海的味道，感覺東邊某處潮水正低。我有種揮之不去的感覺，覺得這鄉間景色很熟悉，不是說我以前曾來過我此刻所在的這個地方，但這一帶的地形有種莫名的熟悉感。我轉過身，看見崗哨山在我西邊，它峰頂那兩道鋸齒狀突起是不可能認錯的，我不到一年前才替費德倫臨摹過一張地圖，畫原圖的人就選擇了崗哨山那特殊的峰頂形狀作爲邊緣的裝飾主題。所以，大海在那邊，崗哨山在這邊，我的胃突然一沉，知道自己身在何處了。離冶煉鎮不遠的地方。

我發現自己迅速轉了個圈，掃視四周的山坡、林地和道路。沒有任何人的跡象。我幾乎是狂亂地探尋出去，但只找到鳥和小動物和一頭公鹿，牠抬起頭聞嗅了一番，納悶我是什麼東西。一時之間我感到安心，但接著又記起我以前碰到的那些被冶煉的人是不能用這種感官探測到的。

我走下山坡，走到一處有好幾塊大石突出的地方，坐進岩石形成的遮蔽處。這倒不是爲了擋住冷風，因爲這天的天氣感覺得出春天就快來了；重點是我需要背靠著某樣穩固的東西，而且不要像剛才在坡頂那樣覺得自己是如此明顯的目標。我試著冷靜地想接下來該怎麼做。蓋倫先前建議我們安靜地待在被放下來的地方，沉思冥想，保持感官開放。在接下來兩天的某個時候，他應該會試著聯絡我。

沒有比預期自己失敗更令人灰心喪氣的事。我絲毫不相信他會眞的嘗試聯絡我，更別提就算他試了我也不可能接收到清楚的感受。我也不相信他選擇放下我的地方是個安全的地點。想到這裡，我站起身來，再度掃視四周看有沒有人在看我，然後朝海的味道走去。如果我在我所認爲的地方，那麼我應該會看見鹿角島，而且要是天氣晴朗，還可能看見帘布島。就算只看到一個島，也足夠告訴我目前我離冶煉鎭有多遠。

我一面走一面告訴自己，我只是要看看我走回公鹿堡的路有多遠。只有笨蛋才會以爲被冶煉的人還能造成危險，他們一定都在冬天裡凍死了，要不然就是太餓、太虛弱，沒辦法威脅到任何人。我不相信那些說他們成群結隊搶劫殺人的故事，我不害怕，我只是要看看我身在何處。如果蓋倫眞的想聯絡我，地點應該不是問題，他曾無數次向我們保證過，重要的是他要聯絡的那個人，而不是地點。不管我在海灘上還是山坡上，他一樣能找到我。

午後向晚時分，我站在面臨大海的岩壁頂端。那裡是鹿角島，更遠處那一抹朦朧應該是帘布島。我在冶煉鎭以北，沿著海岸回家的路會直接穿過該鎭的廢墟，想到這點令人不得安穩。

那現在呢？

到了晚上，我已經又回到原來的山坡，擠進兩塊大石之間。我認定，在這裡等跟在其他地方等是一樣的。儘管心存懷疑，我還是要留在我被放下的地方，直到聯絡時間結束。我吃了麵包和鹹魚，少少地喝了點自己帶的水。我的換洗衣服中有另一件斗篷，我用它裹住身體，堅決趕走任何想生火的念頭。不管火堆多小，如果有人在經過這座山丘的泥土路上走過，那火光都會像燈塔般明顯。

現在我認爲，沒有任何事物比一刻都不停歇的緊張感更冗長乏味到殘忍的地步。我試著沉思冥想，試著開啓自己接收蓋倫的精技，同時冷得發抖，拒絕承認自己感到害怕。我孩子氣的那部分不停想像著衣衫襤褸的黑暗人形無聲從我四周的山坡上爬上來，那些是被冶煉的人，會爲了我身上的斗篷和我袋子裡的食物打我殺我。先前我在走回山坡的途中給自己砍了根樹枝，此刻我緊緊把它抓在手裡，但這武器似乎沒什麼用處。有時候我在恐懼中還是盹著了，但夢見的總是蓋倫對我的失敗幸災樂禍，而被冶煉的人則步步逼近將我包圍，於是我總是猛然驚醒過來，拚命環顧四周，看我的惡夢是否成眞。

我看著太陽在樹間升起，整個早上斷斷續續打著盹。下午是一段疲倦平靜的時間，我朝山坡上的野生動物探尋，打發時間。老鼠和鳴禽在我腦海裡只一一呈現出明亮的飢餓火星，兔子也沒多少想法，但有一隻狐狸充滿了尋找交配對象的慾望，更遠處有一頭公鹿在摩擦牠犄角上新生的柔軟部分，目標之明確有如鐵匠在鐵砧旁工作。傍晚非常漫長。夜色降臨，我什麼都沒有感覺到，連精技最輕微的一點壓力都沒有，這點讓我難以接受的程度出人意料。要不是他沒叫我，就是我沒聽到。我在黑暗中吃麵包和鹹魚，告訴自己這不重要。有一段時間我試著鼓起自己的怒氣，但我的絕望太陰濕太黑暗了，怒火無法克服它燒起來。我覺得蓋倫一定騙了我，但我永遠沒辦法證明這一點，就連對自己都不能證明，我永遠都只能納悶，不知道他對我的輕蔑是否眞的有道理。我在全然的黑暗中靠著一塊岩石，樹枝棍子橫放在膝蓋上，決心入睡。

我的夢境混亂難受。帝尊站著俯視我，我又變成了睡在稻草堆的小男孩。他大笑著舉起一把刀，惟眞聳聳肩，對我抱歉地微笑。切德失望地轉身不看我。莫莉越過我朝阿玉微笑，完全忘記我也在場。博瑞屈抓住我襯衫前襟搖晃著我，叫我表現得像個人，不要像頭野獸。但我趴在稻草和一件舊襯衫上，啃著一根骨頭，那肉眞好吃，除此之外我什麼也想不到。

我本來睡得很舒服，直到有人打開馬廄的門沒關好，留了條小縫。一小股要命的冷風吹過馬廄地面、吹向我，我齜牙咧嘴抬起頭來看，聞到博瑞屈和麥酒的味道。博瑞屈穿過黑暗慢慢走來，邊經過我身旁邊咕噥著「沒事，鐵匠。」我垂下頭，他開始爬樓梯。

突然一聲喊叫，有人掙扎著跌下樓梯。我跳了起來，咆哮吠叫。那兩人幾乎落在我身上。一隻靴子踢向我，我狠狠咬住靴子上方的那條腿，咬到的靴子和長褲部分多過皮肉，但他發出憤怒疼痛的嘶聲，向我攻擊。

一把刀插進我體側。

我把牙齒咬得更緊，咆哮著狠咬住不放。其他的狗也醒來了，吠叫著，馬匹也在廄房裡跺腳。**男孩，男孩**，我呼救。我感覺到他跟我在一起，但他沒有來。入侵者踢我，但我不肯鬆口。博瑞屈躺在稻草堆上，我聞到他的血，他沒有動。我咆哮著繼續緊咬住對方，聽見母老虎在樓上拚命撞房門，想跑到主人身邊卻徒勞無功。那把刀再次、三次戳進我身體，我最後一次呼喊我那男孩，然後再也撐不住了。我被那條腿踢甩開，撞上廄房的隔板，血湧進我的嘴巴和鼻孔，我快淹死了。奔跑的腳步。黑暗中的疼痛。我蹣跚走近博瑞屈，把鼻子拱在他手底下，他沒有動。有人聲和燈光逐漸接近，接近，接近……

我在黑暗的山坡上醒來，雙手緊握棍子，緊得失去知覺。我絲毫不認爲那是一場夢，不停感覺到刀插進我肋骨間，嚐到我口中的血腥味。像一首可怕歌曲的副歌，這段記憶一而再、再而三重複，那股冷風，那把刀，那隻靴子，敵人的血在我嘴裡的味道，然後是我自己的血的味道。我努力試著釐清鐵匠看到的東西。有人在樓上等著博瑞屈，拿著一把刀。然後博瑞屈跌下來，鐵匠聞到了血……

我站起來收拾東西。在我腦海中，鐵匠溫暖的小小存在又薄又弱。很微弱，但是還在。我小心探尋，然後停下來，因爲我感覺到牠對我做出反應要耗費非常大的力氣。**別動。靜下來。我就來了**。四周很冷，我的膝蓋在發抖，但背上滿是汗水。我對自己該怎麼做毫無疑問。我大步走下山丘，走向那條泥土路，那是一條商人走的小路、小販的路徑，我知道如果我沿路走下去，必然會走到那條海岸道路。我會走下去，走上那條海岸道路，我會回家去，如果艾達保佑，我會來得及幫助鐵匠。還有博瑞屈。

我大步走著，拒絕讓自己奔跑。穩穩的走比在黑暗裡胡亂奔跑更能讓我有效率地走得更遠。夜色清明，小路直直。一度我想到，如此一來我就終結了任何可以證明我能使用精技的機會，我先前投入的一切，所有的時間、努力、痛苦，全都浪費了。但我不可能坐在那裡繼續耗上整整一天等蓋倫試著聯絡我。若我要開啓自己的腦海等待蓋倫可能的精技碰觸，就必須把腦海中鐵匠的一線微弱存在給清除。我不會這麼做。把一切事情列入考量，精技的重要性遠不如鐵匠。還有博瑞屈。

爲什麼是博瑞屈？我納悶。誰會恨他恨到要去偷襲他？而且就埋伏在他房外。我開始匯聚各項事實，宛如在跟切德報告一般清晰。偷襲他的人跟他夠熟，知道他住在哪裡，因此不可能是在公鹿堡城內酒館裡偶爾得罪的人；這人帶了一把刀來，因此不是只想揍他一頓教訓他一下。刀很鋒利，那人用起刀來也很熟練。那記憶讓我又一陣瑟縮。

以上是事實部分，我謹愼地開始在事實上建立假設。某個熟知博瑞屈習慣的人對他嚴重不滿，嚴重到想殺他的地步。我的步伐突然慢了下來。鐵匠爲什麼沒有意識到那個人等在樓上？爲什麼房內的母老虎先前沒有隔著房門吠叫？要在狗的勢力範圍內溜過去不被牠們注意到，這人必然很會躡手躡腳。

蓋倫。

不，只是我自己一心想推到蓋倫頭上。我拒絕驟下結論。蓋倫的體力絕對敵不過博瑞屈，他自己也心知肚明。就算他拿著刀等在黑暗裡，偷襲喝得半醉的博瑞屈，也不可能辦得到。不，蓋倫或許會想殺他，但是他不會這麼做，不會自己動手。

他會派別人去下手嗎？我思索一番，無法確定。再多想想。博瑞屈不是個有耐性的人，蓋倫是他最近結下的仇家，但不是唯一一個仇家。我一再重組事實，試著做出紮實的結論，但事實實在太少了，不夠建立結論。

我來到一條小溪旁，稍稍喝了點水，然後繼續走下去。樹林愈來愈密，月亮被道路兩旁的樹木遮去一大半。我持續前進，直到小路銜接上那條海岸道路，就像小溪流入大河。我順著這條公路往南走，月光把頗寬的路面照得一片銀亮。

我邊走邊想，度過了一夜。晨光逐漸悄悄讓景物恢復色彩，我感覺累得無以復加，但仍然一心往前。我的擔憂是肩上無法放下的重擔。我緊抓住那告訴我鐵匠還活著一線薄弱的溫暖，同時在想不知博瑞屈怎麼樣了。我完全無從得知他的傷勢有多重。鐵匠聞到他的血，所以他至少被捅了一刀。從樓梯上跌下來又造成什麼傷害？我試著把擔憂放到一邊去。我從沒想過博瑞屈可能這樣受傷，更沒想過我對此會有什麼感覺。我形容不出此刻自己的感覺。就只是空洞吧，我心想。空洞，又疲倦。

我邊走邊吃了點東西，在一條小溪裡給水袋裝滿了水。上午烏雲密布，下了點雨，中午剛過不久又突然放晴。我大踏步繼續前行，本來以爲海岸道路上會有一些人車的，但什麼都沒看到。走到下午向晚，海岸道路逐漸改變方向靠近懸崖，往前越過一處小海灣看去，我已經可以看到那曾經是冶煉鎭的地方。那裡的靜謐令人不寒而慄，沒有炊煙自小屋升起，沒有船開進港口。我知道我走的這條路會直直穿過那裡，這念頭並不令人高興，但鐵匠那溫暖的一線生機拉扯著我前進。

聽見腳步拖擦岩石的聲音，我抬起頭來，幸虧浩得的長期訓練培養出反射動作，才救了我一命。我手握棍子一旋身，在四周揮出一圈防衛的圓，打斷了我背後那人的下巴，其他人退後。他們一共有四個人，全都遭過冶煉，空無一如石頭。被我打中的那人叫喊著在地上打滾，除了我之外沒人理會他。我迅速朝他背上又是一棍，他叫得更大聲了，拚命撲打掙動。就算在那個情況下，我的舉動還是讓自己吃驚。我知道確保受了傷的敵人無法繼續行動是明智的做法，但我知道我絕對不可能像對待那人一樣去踢一隻哀嚎的狗。但跟這些被冶煉的人打鬥就像是在跟鬼魂打鬥一般，我感覺不到他們任何一人的存在，感覺不到我對那受傷男人造成的疼痛，也感覺不到他憤怒或畏懼的回音。我彷彿是在摔門，這股暴力完全沒有受害者，我又打了他一棍以確保他不會突然抓向我，然後越過他跳到路面上的空曠處。

我揮舞棍子，讓其他人無法近身。他們看起來襤褸又飢餓，但我還是覺得如果我逃跑他們一樣能夠追得上我。我本來就已經累了，他們則像飢餓的狼，會一路追到我倒下來爲止。有個人太靠近了，我一棍揮打到他的手腕，他手中生鏽的殺魚刀應聲落地，他尖叫著把受傷的手捧在胸口，另外兩個人還是完全不理會他。我往後跳去。

「你們要什麼？」我質問他們。

「你有什麼？」其中一人說。他的聲音瘖啞遲疑，彷彿很久沒用了，音調也毫無頓挫。他離得遠遠的，慢慢繞著我走，使我跟著一直轉。就像是死人在說話，我心想。這念頭不停在我腦海中迴盪。

「什麼都沒有。」我喘著氣將棍子向前戳，阻止一人再靠近。「我沒有東西可以給你們。沒有錢，沒有食物，什麼都沒有。我的東西都掉在來的路上了。」

「什麼都沒有。」另一人說，我這才第一次發現她原來是個女人，曾經是。現在她只是一具惡意的空洞木偶，黯淡的眼睛突然發出貪婪的光，說道，「斗篷。我要你的斗篷。」

她似乎對自己想到這一點頗爲滿意，因此一時不備被我擊中脛骨。她低頭瞥視腿上的傷，彷彿不解其意，然後繼續一瘸一拐追向我。

「斗篷。」另一個人回音般說。一時之間他們怒視彼此，遲鈍地領悟到雙方是競爭對手。「我，我的。」他又說。

「不。殺你。」她平靜地表示。「也殺你。」她提醒我，又逼近過來。我朝她一揮棍子，但她往後跳開，然後伸手要抓我揮過去的棍子。我一轉身，正好打中那個手腕已經受傷的人，然後躍過他身旁，沿著道路往前跑。我跑的動作很笨拙，一手緊握棍子，另一手努力要解開我的斗篷。最後斗篷終於解開了，我任它落在地上，繼續往前跑。我發軟的雙腿警告我說這是我的最後一招了。幾分鐘後他們顯然趕到了斗篷所在的地方，因爲我聽到他們爲之爭吵的憤怒吼叫嘶喊。我祈禱這足以讓他們四個人都忙不過來，同時繼續往前跑。道路一彎，轉彎的幅度不是很大，但足以讓我脫離他們的視線。我依然繼續跑，然後變成快步走，盡力往前走了好一會兒才敢回頭看。我身後的路寬廣空蕩。我逼自己繼續前進，等到看到似乎適合的地方就離開路面。

我碰上一叢又野又尖的荊棘，勉強穿越到它的中心地帶。我全身發抖、筋疲力盡，縮身蹲在濃密多刺的灌木叢下，伸長耳朵聽有沒有人來追我。我稍喝了幾口水，試著讓自己平靜下來。我沒有時間可以浪費了，我必須趕回公鹿堡去，但我不敢走出來。

到現在我還想不通我怎麼能在那裡睡著，但我確實是睡著了。

我逐漸醒過來，昏昏沉沉，覺得自己一定是身受重傷或臥病已久。我眼睛黏黏的，嘴裡感覺又酸又麻。我強迫自己撐開眼皮，迷惑地環顧四周。天光漸暗，烏雲遮住了月亮。

我實在太筋疲力盡，居然靠倒在荊棘叢上睡著了，儘管有無數的尖刺刺著我。我費了好大功夫才脫身，衣服和皮膚都勾破了，頭髮也扯掉好多根。我像遭到追獵的動物一樣從藏身之處小心翼翼冒出來，不只以我感官之力盡可能探尋遠處，也聞嗅著空氣，瞥視四周。我知道我用探尋的方式不可能找到被冶煉的人，只希望如果有被冶煉的人在附近，森林裡的動物看到他們會有所反應。但一切都很安靜。

我謹愼地回到路上，道路寬闊空蕩。我抬頭看了一下天，然後往冶煉鎭前進，盡量靠路邊走，走在樹影最濃的地方。我試著讓腳步既迅速又無聲，但這兩點都沒有做得很好。我已經什麼都不想了，只想著要戒備，想著必須回到公鹿堡。鐵匠的生命在我腦袋裡只剩再微薄不過的一條細線。現在想起來，當時我心中的情緒只剩下畏懼，是畏懼讓我邊走邊不停回頭看、邊走邊掃視兩旁的樹林。

我走到俯視冶煉鎭的山丘上時，天已經完全黑了。我在那裡站了一段時間看下去，尋找任何生命跡象，然後強迫自己繼續走。起風了，月亮在雲層中斷斷續續露臉。這種光線有還不如沒有，因爲它讓你看到的東西跟看錯的東西一樣多，讓廢棄房屋的角落看起來像有陰影移動，讓街上的一灘灘積水突然閃出刀鋒般的寒光。但冶煉鎭空無一人，港口裡沒有船，煙囪裡沒有炊煙。此地遭遇那場在劫難逃的擄掠之後不久，正常的居民就棄家園而去，現在被冶煉的人顯然也走了，因爲這裡已經沒有能提供溫飽的東西。這個鎭遭到劫掠之後未再重建，經過充滿風暴怒濤的漫長冬季之後，在紅船劫匪手下半毀的事物如今幾乎全毀，只有港口看來還算正常，除了停船的位置都空著之外。弧形的海堤仍然伸向灣內，彷彿一雙彎捧住、保護著港口的手，但這裡已經不剩任何東西需要保護了。

我穿過冶煉鎭的荒寂殘骸。燒得半毀的房屋裡，斷裂的門框上還掛著搖搖欲墜的門，我悄悄溜過，全身發毛。等到離開了空蕩房屋的霉味籠罩，站在碼頭上看向海水時，我終於鬆了一口氣。這條路直接通到碼頭，然後沿著弧形的海灣前進。路肩用粗略打磨的石塊蓋了一堵矮牆，原本能保護路面抵擋貪婪的大海，但在無人整修之下經過一整個冬天潮水和風暴的侵襲，這矮牆也快垮了。石塊逐漸鬆動，而海裡來的漂流木就像撞門柱，現在這些木頭被潮水棄置散落在底下的沙灘上。以前曾經有一車車的鑄鐵沿著這條路送到等待的船隻上。我沿著海堤走，發現本來從上方山丘看來那麼堅固持久的石牆，在無人維修的情況下頂多再撐一兩個冬天就會被大海重新占據。

頭頂上，星星在飛掠的雲塊間不時閃爍著，捉摸不定的月亮也忽隱忽現，讓我偶爾能瞥見港口。潮水唰啦啦的響著，像是個被下了藥的巨人的呼吸聲。這夜晚宛如夢境，我看向海面，看見一艘紅船的鬼影劃破月光，駛進冶煉鎮的港口。船身長而光滑，桅杆上的帆都已收起，慢慢滑進港口，船身和船首的亮紅色像是剛灑出的鮮血，彷彿它是穿過血海而非海水駛來。在我身後的死鎮裡，沒有人發出警訊叫聲。

我呆若木雞，站在海堤上對著那幻影打冷顫，直到吱嘎的槳聲和槳上滴落的銀色水滴使那艘紅船變成眞實。

我趴倒在堤道上，然後沿著平滑的路面半滑半爬到海堤旁滿滿堆積的那些岩石和漂流木中。我嚇得無法呼吸，血全湧進腦袋裡，脈搏轟隆隆，肺裡一點空氣也沒有。我把頭埋在雙臂間，閉上眼睛，試著控制住自己。這時候我已經能聽見水面上傳來微弱但確切的聲響，再怎麼靜悄悄的船都不能避免發出一點聲音。一個男人清喉嚨的聲音，一支槳在釦環裡發出的喀啦聲，某個重物在甲板上發出的砰然悶聲。我等著聽見叫喊或命令聲，顯示我已經被發現了，但是沒有，什麼也沒有。我小心翼翼抬起頭，從一根漂流木發白的根部縫隙看出去。一切都是靜止的，只有那艘船愈來愈接近，划槳手逐漸把船划進港口裡，然後所有的槳整齊一致舉起來，幾乎完全無聲。

不久後我便可以聽見說話聲，他們的語言跟我們的類似，但語調非常粗礪刺耳，我勉強才能聽出字句的意思。有個人拉著一條繩子從船側跳出來，掙扎著上了岸把船繫住，離我趴躲在石塊木頭間的地方僅有兩艘船的長度。另外兩個人持刀跳下船，匆匆爬上海堤，沿著路朝相反方向跑出一段距離，然後就定位，擔任把風的哨兵，其中一人幾乎就站在我正上方。我把自己縮得小小的，靜止不動，在腦海裡緊握住鐵匠，就像小孩抓著心愛的玩具對抗惡夢一樣。我必須回家去、回到牠身邊，所以我不能被發現。我知道我必須做到前者，因此後者似乎也顯得比較有可能了一點。

眾人匆匆下船前行，動作明顯看得出是熟門熟路。我完全想不通他們爲什麼要停泊在這裡，直到我看見他們從船上卸下空了的淡水桶。空空的水桶沿著堤道一一往前滾，我想起了路上經過的那口水井。我腦袋屬於切德的那部分注意到他們對冶煉鎮非常熟悉，因爲停船的地方幾乎就在井旁。這不是這艘船第一次停在這裡補充淡水。「離開前在井水裡下毒。」他建議。但我沒有任何能下毒的東西，也沒有任何勇氣能做任何事，只能繼續躲著。

其他人也從船上下來伸伸腿，我聽見一男一女在爭執。男的希望獲准撿些漂流木來生火烤肉，女的不准他這麼做，說他們還離得不夠遠，火光太容易被看見了。由此可見他們最近剛打劫過，才會有新鮮的肉可烤，而且打劫的是離這裡不遠的地方。她准許了另外一件事，但我聽不太懂，直到我看見他們卸下了兩個滿滿的桶子。有個男人肩上扛著一整條火腿上岸來，啪地放在其中一個直立的桶子上，拿出刀開始切下一大塊一大塊，另一個男人則把另一個桶敲破。他們不打算很快離開。如果他們眞的生了火或者待到天亮，我在這木頭陰影裡根本躲不住。我必須離開這裡。

我肚子貼著沙地和碎石往前爬，穿過一窩窩的沙蚤和一堆堆濕答答的海藻，從木頭石塊之間或底下爬過，咒罵每一株鉤住我的植物，而每一塊鬆動的石頭都擋住我的去路。漲潮了，海水一波波喧嚷地拍打岩石，飛濺的水沫隨風吹來，很快就讓我全身濕透。我試著配合浪濤拍岸的時間做動作，好讓他們聽不見我發出的細微聲音。岩石上滿是尖銳的藤壺，我雙手雙膝上被戳出的傷口裡滿滿是沙。我的棍子變得累贅不堪，但我絕不拋棄我唯一的武器。一直到我早已看不見、聽不見那些劫匪了，我還是不敢站起來，繼續沿著石塊木頭一下子爬、一下子縮住不動。最後我終於冒險爬向道路，爬過路面，好不容易來到一座倉庫的陰影下，貼著牆站起來環顧四周。

一片沉寂。我壯起膽子踏出兩步站到路上，但還是看不到船和哨兵。或許這表示他們也看不到我。我吸了口氣讓自己冷靜下來，朝鐵匠探尋，就像有些人拍拍荷包以確定裡面的錢還在。我找到了牠，但牠微弱又安靜，心智像一潭止水。**我馬上就來了**。我低聲說，深怕讓牠勉強使力回覆我。然後我又開始前進。

風勢無情，被海水浸濕的衣服緊貼著、磨擦著我身體。我又餓、又冷、又累，腳上的濕鞋子讓我難受不已，但我完全沒想到要停下來。我像隻狼小跑前進，眼神不斷游移，豎直耳朵聽背後有無任何動靜。前一刻我面前的路還是空蕩漆黑，後一刻黑暗就變成了人。前面有兩個人，我陡然轉身，後面還有一個。浪潮拍打的聲音掩蓋了他們的腳步聲，時隱時現的月亮只讓我偶爾瞥見逐漸接近包圍我的他們。我背靠著倉庫的堅實牆壁，舉起棒子，等待。

我看著他們偷偷摸摸地悄悄潛近，這令我覺得奇怪，他們爲什麼不大喊出聲，爲什麼不叫全部的人都來看我被逮？但這些人看向我的次數跟看向彼此的次數一樣頻繁。他們不是同一夥的，每個人都希望別人動手殺我而被我殺死，留下戰利品讓自己撿現成的。他們是被冶煉的人，不是劫匪。

我心中湧起一陣可怕的寒意。我想，任何細微的聲響都一定會引來紅船劫匪，所以就算我沒死在這些被冶煉的人手下，劫匪也會結束我的性命。但既然條條大路均是死，就沒有必要急著往前跑了，事情會怎麼樣就怎麼樣吧！他們一共三個人，其中一人有一把刀，但我有一根棍子，而且受過訓練。他們瘦削、襤褸，而且至少跟我一樣餓、一樣冷。我想其中一個是前一天晚上的那個女人。他們如此安靜地朝我包圍過來，我猜他們也知道劫匪在這裡，也跟我一樣怕他們。即使這樣他們還是要攻擊我，那麼他們必然是狗急跳牆了，想到這點令人不安。但緊接著我又想，被冶煉的人會有狗急跳牆或者任何其他的感覺嗎？也許他們是太遲鈍了，不明白這樣做的危險。

切德教給我的那一切詭祕隱晦的知識，浩得那一切對付兩個以上敵人的殘酷又優雅的戰術，全都隨風而去，因爲當前兩個人踏進我的攻擊範圍時，我感覺到我掌握中的鐵匠的微小暖意逐漸消退。鐵匠！我低語，焦急絕望地求牠想辦法撐下去。我幾乎是親眼看到牠尾巴尖端微微一動，最後一次試圖搖尾巴，然後那條線斷了，微小的火星熄滅了，只剩下我孤單一人。

一股黑暗潮水般的力量在我體內瘋狂湧起，我一步跨出，把棍端深深搗進一人的臉，迅速抽回棍子，然後一揮擊中那女人的下巴。我揮擊的力道之大，光禿禿的木棍把她臉的下半段就這麼掃掉了，她倒下之際我又一記痛擊，彷彿棒打一條陷入漁網的鯊魚。第三個人直直朝我衝來，我想他是要貼近到我不好使棍的近距離。我不在乎。我把棍子一丟，跟他扭打起來。他瘦骨嶙峋，全身發臭，我把他推倒在地，他呼在我臉上的氣有著腐肉的惡臭，我對他又抓又咬，跟他一樣毫無人性。是他們害我來不及趕回垂死的鐵匠身旁。我不在乎我對他做了什麼，只要能傷害他就好。他也是這樣。我把他的臉在石子地上拖，把大拇指戳進他眼睛，他咬住我的手腕，把我的臉頰抓得出血。最後他終於被我勒得不再反抗，我把他拖到海堤邊推下去，落在下方的岩石上。

我站在那裡喘氣，雙手仍緊握著拳。我朝紅船劫匪的方向怒目而視，心想有種你們就來呀！但夜色沉寂，只有潮聲、風聲，還有那女人臨死之際喉頭發出的微弱咕嚕聲。紅船劫匪要不是沒聽到我們，就是不希望洩露自己的蹤跡，因此不多察看夜色中的動靜。我在風中等著哪個人耐煩來動手殺我，但毫無動靜。一波空蕩感沖刷過我內心，取代了先前的狂暴。一個晚上死了這麼多人，卻這麼沒有意義，除了對我之外。

我把另兩具殘破的屍體留在半塌的海堤上，讓浪濤和海鷗去解決，轉身走開。我殺他們時感覺不到他們有任何情緒，沒有畏懼，沒有憤怒，沒有痛苦，連絕望都沒有。他們只是東西。我走上返回公鹿堡的漫長路途，終於也感覺不到自己有任何情緒。我想，也許冶煉是一種傳染病，我已經得病了。但我根本不在乎。

現在回想起來，那段路途沒有任何特別清晰的記憶。我一路走個不停，又冷又累又餓。我沒有再遇到被冶煉的人，路上看到的寥寥幾個行人也不比我更想跟陌生人交談。我一心只想著要回到公鹿堡，還有回到博瑞屈身旁。我在春季慶的慶祝活動進行到第二天的時候抵達公鹿堡，門口的守衛一開始想攔住我，我注視他們。

「是蜚滋！」其中一人驚訝得倒抽一口氣。「人家說你死了。」

「閉嘴！」另一個人凶道。這是我認識多年的該擊，他很快地說，「博瑞屈受傷了，小子，他在醫務室。」

我點頭，走過他們身旁。

我在公鹿堡住了這麼多年，從來沒去過醫務室，我小時候生病、受傷，全都是博瑞屈一手負責治療。但我知道它在哪裡。我視而不見地穿過一群群聚集作樂的人，突然覺得我又回到了六歲的時候，第一次來到公鹿堡。當時我緊抓著博瑞屈的皮帶不放，一路從遙遠的月眼城來，他受傷的腿包著繃帶；但他從來沒有把我放到另一匹馬背上，或者交給另一個人照顧。我穿過人群，經過那些鈴鐺和花朵和甜蛋糕，走進城堡內層。士兵營房後面有單獨一座岩石建築，用石灰水刷成白色。那裡沒有人，我直接穿堂入室，經過前廳進入後面的房間。

地板上鋪著乾淨的芳香藥草，又大又寬的窗戶湧進了春天的空氣和陽光，但這房間還是給我一種封閉和疾病的感覺。博瑞屈不該待在這個地方。只有一張床上有人。在春季慶期間，士兵除非眞的爬不起來，否則是不會留在病床上的。博瑞屈閉著眼睛躺在一張窄窄的帆布床上，沐浴在陽光中。我從沒見過他這樣一動也不動。他把蓋在身上的毛毯推開了，他的胸口包紮著繃帶。我靜靜走上前去，坐在他床旁的地板上。他一動也不動，但我感覺得到他，他胸口的繃帶也隨著緩慢的呼吸起伏。我握住他的手。

「蜚滋。」他說，沒有張開眼睛，緊緊握住我的手。

「是的。」

「你回來了。你還活著。」

「是的。我直接趕回來這裡，盡我一切力量趕路。哦，博瑞屈，我眞怕你已經死了。」

「我以爲你已經死了。其他人好幾天前就回來了。」他艱難地吸了口氣。「當然，那雜種留了馬匹給其他每一個人。」

「不對，」我提醒他，仍然沒放開他的手。「我才是雜種，記得嗎？」

「抱歉。」他睜開眼睛，左眼的眼白被血染紅。他試著對我微笑，這時我看出他左臉的腫脹還沒全消。「唔，我們兩個看起來可眞是一對寶。你臉頰上應該敷藥，傷口已經化膿了，看起來像是動物抓的。」

「是被冶煉的人。」我開口，不忍多做解釋，只輕聲說，「他把我放在冶煉鎭北邊的地方，博瑞屈。」

他臉上一陣憤怒的痙攣。「他不肯告訴我，誰都不肯告訴。我甚至派人去找惟眞，請王子殿下要他說出他對你做了什麼，結果沒有回音。我應該殺了他。」

「沒關係，算了。」我說，而且是眞心的。「我回來了，還活著。我失敗了，沒通過他的測驗，但也沒因此而死。你也告訴過我，我生命中還有其他的東西。」

博瑞屈在床上動了動，我看得出來他並沒有因此寬心。「唔，這一點他會很失望。」他打著顫呼出一口氣。「我被偷襲了，有人拿刀捅我。我不知道是誰。」

「傷得多重？」

「相當重，以我的年紀來說。像你這樣的年輕公鹿大概一下子就可以恢復活蹦亂跳了。不過他只捅了我一刀，但是我摔下去撞到了頭，昏迷了兩天。還有，蜚滋，你的狗。這件事太蠢、太沒道理了，但他殺了你的狗。」

「我知道。」

「牠死得很快。」博瑞屈說，彷彿是想藉此安慰我。

這謊言讓我僵起身子。「是死得很勇敢。」我糾正他。「如果牠沒死，你恐怕會被捅不止一刀。」

博瑞屈一動也不動。「你在場，對不對。」最後他終於說。這不是問句，他的意思也非常清楚。

「對。」我聽見自己簡單地說。

「那天晚上你跟狗一起在這裡，沒有試著接收精技？」他憤慨地提高了聲音。

「博瑞屈，事情不是這……」

他一把抽回手，轉過身去，挪得離我盡可能的遠。「你走。」

「博瑞屈，不是因爲鐵匠的關係，我只是沒有精技的天分。所以就讓我保持我有的東西吧！讓我做我本來就是的那種人。我沒有用這種能力做壞事，而且就算不用它，我對動物也很有一套。在你手下我不得不學會對動物有一套。如果我用了它，我可以——」

「你離我的馬廄遠一點，也離我遠一點。」他轉過身來面對我，我驚愕地看見一滴淚滑過他黝黑的臉頰。「你說你失敗了？不，蜚滋，失敗的是我。我從一開始看到這跡象的時候就太心軟了，沒有把你打得完全斷念。『把他好好帶大。』駿騎對我說。這是他對我下的最後一道命令，我卻失敗了，辜負了他，也辜負了你。要是你沒有亂搞原智，蜚滋，你就可以學會精技了，蓋倫就可以把你教會了。難怪他把你送到冶煉鎮去。」他頓了頓。「不管是不是私生子，你本來都可能成爲不辱駿騎的好兒子，但你卻把這一切都拋開了，爲了什麼？爲了一隻狗。我知道人跟狗的感情可以深厚到什麼地步，但人不可以只爲了一隻狗把人生全都——」

「牠不只是一隻狗，」我打斷他的話，語氣幾乎是嚴厲的。「牠是鐵匠，是我的朋友。而且也不只是因爲牠。我決定放棄，不再待在那裡等，回來找你，是因爲我想你可能會需要我。鐵匠好幾天前就死了，這點我知道，但我回來找你，心想你可能會需要我。」

他沉默了好久，我以爲他不肯再對我開口了。「你不需要這麼做。」他靜靜地說。「我會照顧自己。」然後語氣變得比較嚴厲：「你知道這一點。我向來都能照顧自己。」

「還有我。」我向他承認。「你也一直都照顧我。」

「結果這對我們兩個都沒什麼好處。」他緩緩地說。「看看我讓你變成了什麼樣子。現在你只是個……你走吧！你走就是了。」他再度轉身背對我，我感覺到他整個人失去了什麼。

我慢慢站起來。「我會用賀蓮娜葉做成藥水給你沖眼睛，下午拿過來。」

「你什麼都不要拿給我，什麼忙都不要幫我。你走你自己的路吧！要變成什麼樣的人隨你便，我跟你已經沒有關係了。」他朝著牆說，聲音裡對他對我都沒有慈悲。

我離開醫務室前回頭一瞥，博瑞屈沒有動，但就連他的背影看來都顯得變老、縮小了。

我就是這樣回到公鹿堡的，回來的時候跟離開時那個天真的男孩已經不是同一個人了。不像原本人們所以為的那樣，我並沒有死，但關於這一點也沒有什麼大張旗鼓的表示。我不給任何人機會這麼做。從博瑞屈的病床邊離開之後，我立刻直接回房，梳洗換衣服，睡了一覺，但睡得不好。春季慶剩下的期間，我都是夜裡吃飯，獨自在廚房裡吃。我寫了張條子給黠謀國王，提出紅船劫匪可能常常使用冶煉鎮的井，他沒有對此事做出任何回應，我覺得正好。我一點也不想跟任何人接觸。

在華麗誇張的典禮上，蓋倫把他打造完工的小組呈給國王。除了我之外，還有一個人沒能回來，現在我很羞愧地發現自己不記得他叫什麼名字，而且就算我曾經知道他後來發生了什麼事，如今也早已忘記了。我想，當時我大概就跟蓋倫一樣，認為他是個無足輕重、無須注意的人。

那年夏天蓋倫只跟我講過一次話，而且不是直接對我說。春季慶之後不久，我們在庭院中錯身而過，他正邊走邊跟帝尊交談。他們經過我身旁時，他越過帝尊的頭看向我，帶著輕蔑的冷笑說，「活得跟隻貓一樣。」

我停下腳步瞪著他們看，直到他們不得不看向我。我迫使蓋倫迎視我的眼神，然後我點頭微笑。我從未當面質問蓋倫企圖害死我。從那次之後他就對我視而不見，他的視線會從我身旁滑過，如果我走進他正好也在的房間，他會立刻離開。

失去鐵匠，我感覺自己失去了一切。又或許是我在苦澀的怨恨中自己動手毀了我僅剩的丁點東西。有好幾個星期的時間我陰鬱地在堡裡晃來晃去，要是有誰傻到肯開口跟我說話，我就會講些伶牙俐齒的話侮辱他。弄臣避開我，切德沒有找我。我見過耐辛三次。前兩次我應她召喚而去的時候，僅花了最少的心力保持基本禮貌；第三次她聊著玫瑰切枝的話題令我覺得無聊，於是我乾脆起身離開。之後她再也沒找過我。

但終有一天，我感覺我必須向某個人伸出手去。鐵匠在我的生命中留下了一處很大的空洞，而且我沒想到我被馬廄放逐是件這麼痛苦的事。我偶爾碰見博瑞屈時，那場面尷尬得不得了，我們兩人都痛苦地學會了假裝沒看對方。

我好想去找莫莉，想得心都痛了，想告訴她發生在我身上的每一件事，打從我第一次來到公鹿堡之後發生的每一件事。我鉅細靡遺地想像著我們坐在沙灘上，我說著話，然後等我講完了，她不會批判我或試著給我勸告，只是握住我的手留在我身邊。如此一來終於有個人能知道一切，我再也不必對她隱瞞任何事，而且她不會轉身離去。除此之外，我不敢想像更多。我懷抱著絕望的渴望，我的那種恐懼只有喜歡上比他大兩歲的對象的男孩才能體會。如果我告訴她我的一切哀愁，她會不會把我當成個苦命的孩子來憐憫？她會不會恨我以前那麼多事都沒告訴過她？這念頭十幾次讓我不敢走進公鹿堡城裡去。

但大約兩個月之後，我終於壯起膽子走進城，不聽使喚的雙腳又把我帶到了蠟燭店。當時我剛好拎著個籃子，籃子裡有一瓶櫻桃酒，還有四五朵小小的黃色野薔薇，是我刮傷了好大一塊皮膚從女人花園裡摘來的，連園裡那片百里香都敵不過它們的香氣。我告訴自己說我沒有計畫，我不需要把自己的每一件事都告訴她，我甚至不需要見到她，我可以邊走邊決定。但到頭來，所有的決定都早就已經做好了，而且跟我一點關係也沒有。

我到的時候正好看見莫莉挽著阿玉走出來，他們的頭湊得好近，她倚著他的手臂，兩人輕聲交談。在蠟燭店的門外，他彎身注視她的臉，她抬頭與他四目相對。當那男人遲疑地抬起手輕撫她的臉頰，莫莉突然間變成了女人，一個我不認識的女人，我們之間那兩歲的差距是一道好寬好深的鴻溝，我根本沒有希望跨越。我躲在轉角沒讓她看見我，低著頭，他們走過我身旁，彷彿我是一棵樹或一塊石頭。她的頭靠在他肩上，他們走得好慢，似乎走了一輩子才離開我的視線範圍。

那一夜我喝得前所未有的爛醉，第二天醒來的時候，躺在通往城堡路上一處灌木叢裡。

18

暗殺

點謀國王的個人顧問切德．秋星，在紅船戰爭爆發前的那段時期對冶煉事件做了很詳盡的研究。在他的木牘裡，我們看到了以下的內容。「奈塔是漁夫吉爾和農婦萊妲的女兒，住在好水村，該村在春季慶後第十七天遭劫，她被擄走。紅船劫匪冶煉了她，三天後將她放回村裡。她父親在村子遭劫時被殺害，她母親還有五個更年幼的孩子要照顧，分身乏術。奈塔遭到冶煉的時候是十四歲，六個月後她被交給了我。」

「她剛被送來的時候骯髒襤褸，因挨餓受凍而非常衰弱。我派人給她清洗更衣，安置在離我居所方便探視的房間裡。我對待她的方式就像對待野生動物。每一天我都親自拿食物給她，在她吃東西的時候陪在一旁。我派人保持她房間溫暖，床褥清潔，並提供她婦女可能會想要的各種東西：盥洗用的水、梳子，以及一切婦女需要的用品。此外，她房裡還放置了各式各樣針線活所需的物件，因為我得知在她遭到冶煉之前，她非常喜歡女紅，也縫製過好幾件精美的作品。我希望藉此觀察，如果將被冶煉的人安置在舒適的環境下，她是否會逐漸恢復一點過去的樣子。」

「在這樣的環境下，就算野生動物可能也會變得稍微馴服一點，但奈塔對這一切都毫無反應。她不但沒有了女人的習性，就連動物的頭腦也沒有。她用雙手抓東西吃，吃到飽之後就鬆手讓多餘的食物掉在地上，踩在腳底下。她不梳洗，也不以任何方式照顧自己。就連動物，大部分都只會在窩巢裡的一個角落大小便，但奈塔就像隻老鼠把糞便拉得到處都是，連床褥都不例外。」

「如果她想開口或者非常想要某樣東西，她可以說出意義清楚的話。如果她自己選擇開口，通常都是指控我偷她的東西，或者威脅我，要我馬上給她某樣她想要的東西。她對我的態度通常是充滿了懷疑和恨意。我試圖跟她進行正常的對話，她並不理睬，但如果我把食物拿在手上不給她，就能以食物作為交換她回答的條件。她清楚記得家人，但對他們的現況毫無興趣，回答起有關家人的問題就像在講昨天的天氣一樣。關於她被冶煉的那段時間，她只說他們被關在船腹裡，幾乎沒東西吃，飲水也只夠分著喝。就她記憶所及，她沒有被餵食什麼不尋常的東西，也沒有被人以任何方式碰觸，因此她無法提供我任何關於冶煉本身的線索。這令我非常失望，因為我本來希望如果得知這狀態是如何造成的，或許就可能發現該怎麼解除它。」

「我試著跟她講理，想讓她恢復像人的舉止，但徒勞無功。她似乎聽得懂我的話，但不肯採取行動。就連給她兩條麵包，警告她說要留下一條明天吃，否則就得挨餓，她還是會讓第二條麵包掉在地上踩來踩去，然後第二天再把掉在地上的麵包撿起來吃，不管上面沾了什麼髒東西。她對針線活或任何其他消遣活動絲毫不感興趣，連顏色非常鮮豔的孩童玩具都引不起她的興趣。沒有在吃東西或睡覺的時候，她就坐著或躺著，頭腦和身體一樣都閒著不用。如果給她糖果糕點，她會拚命吃到吐，然後繼續吃。」

「我用各式各樣的藥水和藥草茶來治療她，讓她斷食，給她洗蒸氣浴，滌清她的身體。熱水和冷水灌洗對她毫無效果，只讓她發火生氣。我下藥使她睡了整整一天一夜，還是沒有改變，於是我用精靈樹皮讓她兩個晚上睡不著，但這只使她變得脾氣煩躁。我極盡慈愛地寵溺了她一段時間，然後又以最嚴苛的限制對待她，但這對她毫無差別，她對我的態度也毫無改變。如果肚子餓，她會遵照指示行禮、微笑，但她一旦拿到了食物，就再也不理會別人的任何命令或要求。」

「她有很強很凶惡的地盤觀念和對東西的占有慾。她不止一次試圖攻擊我，只因為我離她正在吃的食物太近，還有一次是因為她決定要我手上戴的戒指。她常常殺死被她髒亂房間引來的老鼠，方式是以驚人的敏捷手法一把將牠們抓起，然後朝牆壁摔過去。有一次一隻貓跑進了她房間，下場也是一樣。」

「對於遭到冶煉之後的時間，她似乎沒有什麼概念。如果在她飢餓的時候命令她講她先前的生活，她可以敘述得很清楚，但遭到冶煉之後的日子在她感覺起來全都是同一個漫長的『昨天』。」

「我無法從奈塔身上得知，冶煉是取走了她的什麼還是給她添加了什麼。我不知道冶煉的方式是用吃的、聞的、聽的，還是看的。我甚至不知道冶煉到底是人的作為，還是某個海鬼——有些遠島人宣稱他們能控制那海鬼——的作為。從這項乏味的長期試驗裡，我什麼都無從得知。」

「一天晚上，我在奈塔的飲水裡加了三倍的安眠藥劑。我派人洗淨她的屍體，將她頭髮梳理好，送回她家鄉的村子去安葬。至少這家人的冶煉故事可以結束了。大多數其他的家庭都只能經年累月地自問，他們曾經深愛的那個人後來怎麼樣了。他們大部分還是不要知道的好。」當時，據知遭到冶煉的人已經超過了一千個。

博瑞屈說話算話，他跟我從此斷絕關係，我在馬廄和狗舍也不再受到歡迎。這點尤其讓柯布有種惡狠狠的高興。雖然他常跟帝尊出門在外，但當他在馬廄的時候，他常會擋在門前不讓我進去。「讓我把你的馬牽出來，大人。」他會奉承地說。「馬廄總管希望馬廄裡的動物由馬夫來管。」於是我就得像個沒用的公子哥兒站在那裡，等煤灰被放上鞍轡牽來給我。柯布清理牠廄房裡的糞便汙物，餵牠吃東西，替牠刷毛，看到牠這麼快重新接受他，讓我的心像是被強酸腐蝕。我告訴自己說，牠只是匹馬，不能怪牠。但我又一次遭到了拋棄。

突然間，我的時間多得用不完。以前我早上總是要去博瑞屈手下幹活，現在早上的時間全是我自己的。浩得正忙著訓練生疏的新兵，我雖然還是可以跟他們一起練習，但那些課程內容我早就學過了。費德倫每年夏天都不在，這個夏天也不例外。我想不出該怎麼向耐辛道歉，至於莫莉我連想都沒去想。就連我在公鹿堡的酒館到處大喝特喝的時候也是形單影隻，因爲凱瑞當起了木偶戲班的學徒，德克則出海當水手了。我閒散又孤單。

那是個悲慘的夏天，而且悲慘的不只是我。滿心寂寞苦澀的我逐漸長大得讓我所有的衣服都嫌小，對任何傻到跟我說話的人回以毫不客氣的言詞，同時一個星期有好幾天都醉得人事不知，但我還是知道六大公國正飽受蹂躪劫掠。紅船劫匪愈來愈大膽了，在我們海岸地區四處騷擾，到了這一年夏天，他們終於不只做出威脅，還提出各種要求。他們要求穀物、牲畜，要求我們給他們權利，讓他們在我們的海港愛拿什麼就拿什麼，讓他們的船停靠在我們的岸邊、整個夏天靠我們的土地和人民養活，讓他們自由選擇我們的人民當作奴隸……每一項要求都令人愈發無法忍受，而唯一比他們的要求更令人無法忍受的是，國王每拒絕他們一項要求，他們就進行冶煉。

平民百姓紛紛逃離海港和沿岸的城鎮，他們這麼做情有可原，但這使我們沿岸地區的防線更加空虛。軍隊徵募愈來愈多的士兵，因此也加重稅賦以便支付軍餉，稅賦的負擔和對紅船劫匪感到的恐懼使百姓迭有怨言。更奇怪的是，還有些外島人拋下打劫用的船艦，駕著家族的船隻到我們的沿岸來求我們收容，述說如今被紅船完全統治的外島上所發生的種種混亂與暴虐的離奇故事。他們的到來或許有好有壞。軍隊可以用低廉的薪水招募他們，儘管很少有人眞正信任他們；但至少他們講述的外島在紅船統治下的情境都非常可怕，足以使任何人打消向紅船劫匪的要求屈服的念頭。

我回來之後大約一個月，切德向我打開了他的門。他對我的忽視使我感到惱怒，因而我上樓的速度是前所未有的慢。當我走到他房間，正在用一支杵子搗碎種子的他抬起頭來，一臉倦容。「看到你我很高興。」他說，聲音裡沒有任何高興的味道。

「所以你才這麼快歡迎我回來。」我尖酸地指出。

他研磨的動作停了下來。「對不起。我以爲你或許需要一段獨處的時間來恢復。」他低頭繼續看著那些種子。「這個冬天和春天我也不好過。我們就讓過去的事情都過去，試著繼續下去吧？」

這是個溫和、合理的建議，我知道這麼做是明智的。

「我有選擇嗎？」我諷刺地問。

切德把磨好的種子撥進一個織得很密的濾網裡，將濾網放在一個杯子上讓汁液滴出。「沒有。」最後他終於說，彷彿這是他仔細思考的結論。「沒有，你沒有選擇，我也沒有。我們在很多事情上都沒有選擇。」他注視我，把我從頭到尾打量一番，然後又去戳戳那些種子。「你，」他說，「這個夏天剩下來的時間，除了水和茶之外什麼都不許喝。你的汗水有酒臭味。還有，就一個這麼年輕的男孩而言，你的肌肉太鬆軟。跟蓋倫一起沉思冥想了一個冬天，對你的身體一點好處也沒有，你要開始運動。從今天開始，你每天要爬到惟眞住的塔頂去四次，負責把食物和茶端給他，我等一下會告訴你怎麼調配那種茶。你絕對不許對他擺出一副臭臉，永遠要表現得愉快友善。也許等你服侍惟眞一陣子之後，就會相信我之所以沒有把注意力全都放在你身上是有原因的。這是你在公鹿堡的時候每天要做的事情。有些時候我會派你出去執行其他的任務。」

切德無須多說，就喚醒了我的羞恥心。片刻之間，我對自己人生的觀點一落千丈，從壯烈的悲劇變成青少年的自艾自憐。「這段時間我太鬆懈了。」我承認。

「這段時間你表現得很愚蠢。」切德同意。「你有一個月的時間可以掌握住自己的生活，但你的舉止像個……被寵壞的小鬼頭。難怪博瑞屈對你感到厭惡。」

我從很早以前就不再對切德怎能知道這麼多事感到驚訝，但這次我確定他不知道個中眞正原因，也不想告訴他。

「想殺他的是誰，你查出來了嗎？」

「我沒有……眞的去查。」

這下子切德露出厭惡的神色，然後是困惑。「小子，你完全不是原來的你了。六個月以前，你就算把整個馬廄都拆了也會想知道這個祕密；六個月以前，如果給你一個月的假期，你每天都會有滿滿的事情要做。你在煩惱什麼？」

我低下頭，感覺到他字字屬實。我既想把發生在我身上的一切都告訴他，又不想對任何人說關於那些事情的半個字。「我把我對博瑞屈遭到偷襲所知的一切都告訴你。」於是我就說了。

「看到這件事的那個人，」我說完時他問，「他認識攻擊博瑞屈的那個人嗎？」

「他沒有看清楚那個人。」我避重就輕地回答。沒必要告訴切德我知道他聞起來是什麼味道，但只看到模糊的人影。

切德沉默了一會兒。「唔，盡你可能把耳朵拉長點，我倒很想知道是誰膽子這麼大，居然敢在國王的馬廄裡刺殺馬廄總管。」

「所以你不認爲這是博瑞屈的私人恩怨囉？」我謹愼地問。

「也許是吧！但我們不要驟下結論。在我感覺起來，這件事像是某種初步行動。有人正在建立什麼東西，但這第一塊磚沒有砌好。我希望這點是對我們有利的。」

「你能告訴我你爲什麼這麼想嗎？」

「可以是可以，但我不打算告訴你，我要讓你的頭腦能夠自由找出自己的設想，不受我的干擾。來吧！我現在教你怎麼調配那個茶。」

他沒有問我任何跟蓋倫上課和接受測驗的事，令我十分傷心，他似乎把我的失敗視爲意料中事。但當他給我看他替惟眞調配的茶裡有哪些成分時，那些刺激性藥劑的分量之重讓我大爲驚恐。

這段期間我很少見到惟眞，帝尊倒是一天到晚陰魂不散。這一個月他都來來去去，要不是剛回來就是正準備出去，出門的陣仗也一次比一次奢華富麗。在我看來，他似乎是用替他哥哥找新娘的事作爲藉口，把自己打扮得比哪一隻孔雀都更花枝招展。一般人普遍認爲他有必要這麼做，才能讓交涉的對象印象深刻，但我認爲這是浪費錢，這些錢大可以用在國防上。帝尊不在的時候我感覺鬆了口氣，因爲他對我的敵意最近又突飛猛進，而且用各式各樣的小伎倆表現出來。

我見到惟眞或國王的次數很少、時間很短，他們兩人看來都煩惱又勞累，但尤其是惟眞，看起來幾乎像是呆掉了一樣。他面無表情，心不在焉，只有一次注意到我，然後露出疲倦的微笑說我長高了。我們的對話內容就僅止於此。但我注意到他吃起東西像個病人，胃口很差，避吃肉類和麵包，彷彿咀嚼吞嚥這類食物太耗費力氣，因此只靠粥和湯度日。

「他現在用精技用得太多了。黠謀只告訴我這麼多。但是精技爲什麼會耗盡他的精力，爲什麼會把他的骨髓都快燒乾，他無法對我解釋。因此我給他滋補劑和藥品，試著讓他休息，但他不能休息。他說他是不敢休息，說他必須費盡全力才能欺騙紅船的領航員，讓他們的船撞上岩石，讓他們的船長灰心喪氣。所以他從床上爬起來，坐到窗邊的椅子上，整天就這麼坐在那裡。」

「那蓋倫的小組呢？他們對他沒有用嗎？」我問話的語氣幾乎是嫉妒的，幾乎希望聽到他們沒什麼大用。

切德嘆了口氣。「我想他使用他們就像我使用信鴿一樣。他把他們派到各瞭望臺去，用他們對士兵傳達警訊，從他們那裡接收看到敵船的消息。但保衛沿岸的任務他沒有交付給任何人。他告訴我說，其他人太沒有經驗了，在使用精技的同時可能會暴露出自己。這些我不懂，但我知道他沒辦法繼續撐多久了。我祈禱夏天趕快結束，祈禱冬天的風暴把紅船吹回家去，眞希望有人能跟他輪班接替這項工作。我怕他整個人會油盡燈枯。」

我把這句話視爲是在責備我的失敗，陷入賭氣的沉默。我在他房裡漫無目的走來走去，感覺我好幾個月不曾來過的這個房間既熟悉又陌生。他用來調製藥草的工具一如往常到處堆放，偷溜的痕跡也清楚可見，角落有牠啃過的臭骨頭。一如往常，各式各樣的木牘和卷軸放在好幾張椅子旁。這一堆講的似乎都是古靈的事，彩色的插圖吸引了我的注意，其中一片最老最精細的木牘上畫了一個古靈，看起來像一隻全身金色的鳥，頭部像人，頭髮類似羽毛。我試著拼湊木牘上字句的意思，那是丕旭文，是最南端的恰斯大公國的一種古老語言。塗繪在古老木牘上的很多符號都已經褪色或剝落了，我的丕旭文也不流利。切德走過來站在我身旁。

「你知道，」他溫和地說，「那樣做對我來說不容易，但我還是信守了諾言。蓋倫要求完全控制學生，明言規定不准任何人跟你們接觸，或者用任何方式干預他管教和教導你們的方式。而且我也告訴過你，在王后花園裡我等於是瞎子，一點影響力都沒有。」

「我知道。」我咕噥。

「然而我對博瑞屈的行動倒也不反對。我之所以一直沒跟你聯絡，完全是因爲我對國王做出了承諾。」他謹慎地頓了頓。「我知道這段時間你過得很苦，我眞希望當時我能幫得上忙。你也別覺得太難過，雖然你……」

「失敗了。」在他尋找比較婉轉的說法之際我補上這個詞。我嘆了口氣，突然承認了自己的痛苦。「就這樣吧，算了，切德。我沒辦法改變這個事實。」

「我知道。」然後語調變得更加小心翼翼：「但也許我們可以運用你學到的精技。如果你能幫助我瞭解它，或許我就能設想出更好的方式，讓惟眞不至於累垮。許多年來，關於精技的知識被保密得太厲害……古老的卷軸裡幾乎都沒提到它，只說某某戰役中國王把精技運用在士兵身上而扭轉了情勢，或者某某敵人被國王的精技弄得迷惑失措，但從來沒講過到底是怎麼做，也沒──」

絕望再度緊抓住我。「算了吧！這不是私生子該知道的事，我想我已經證明了這一點。」

沉默落在我們之間，最後切德沉重地嘆了口氣。「唔。也許吧！這幾個月我也在研究冶煉，但我只研究出它不是什麼，還有用哪些方式想改變它是無效的。我找到的唯一療法，是對任何事都有效的一種最古老的方式。」

我把先前正在看的卷軸捲起來綁好，感覺知道接下來會發生什麼事。我沒猜錯。

「國王命令我指派一項任務給你。」

那年夏天，在三個月中，我爲國王殺了十七次人。要不是我先前已經出於自願和自衛殺過人，做起來可能更困難。

這項任務表面看來或許簡單，只需用到我、一匹馬，和好幾籃下了毒的麵包。我騎馬到曾經有旅人遭到攻擊的道路上，等到被冶煉的人來攻擊我，我就逃跑，一路扔下麵包。如果我是普通的士兵，也許不會那麼害怕，但我這一輩子都習慣靠原智來讓我知道四周其他人的存在，因此在我感覺起來，這項工作簡直等於是要我蒙著眼進行。而且我很快就發現，遭到冶煉的人不只是普通工匠平民而已，我毒死的第二批人裡就有幾個是士兵。算我運氣好，他們把我拖下馬來的時候其他大多數人都在忙著爭搶麵包。我左肩上深深挨了一刀，那道疤痕現在還在。他們強壯又善於打鬥，而且打鬥的時候似乎是組成一個團體，或許因爲他們過去還是完整的人時就是受這樣的訓練。我差一點就沒命了，危急中我對他們喊說他們只顧著跟我打，卻讓別人把麵包吃光實在很傻，於是他們把我丟下，我才得以掙扎爬回馬背上逃走。

用在這項任務的毒藥並沒有不必要的殘忍，但爲了使些微劑量也能奏效，我們必須選用藥效強烈的。被冶煉的人得不到好死，但這是切德所能調配出來最快速的死法了。他們熱切從我手中搶過死亡，我不需要見證他們口吐白沫、全身痙攣的樣子，甚至也不需要看見他們散落在路上的屍體。當若干被冶煉的人死掉的消息傳到公鹿堡，切德放出去的傳言早已四處流傳，說他們是吃了游到溪流裡產卵之後死掉腐爛的魚。屍體被親屬收回去安葬，我告訴自己說他們可能鬆了一口氣，告訴自己說那些被冶煉的人只是死得快了一點，免得到冬天活活餓死。於是我習慣了殺人，差不多有二十個人因我而死之後，我才碰上一個需要面對面動手殺死的人。

而殺那個人也沒有原先想像的困難。他是個小貴族，在涂湖外擁有土地。消息傳到公鹿堡，說他一時發脾氣毆打僕人的女兒，把那女孩打成了傻子。這已經足以讓黠謀國王不高興了。那個小貴族完整償付了血債，僕人接受了，也就表示放棄要求國王主持公道的權利。但幾個月後，女孩的表姊來到宮裡求見黠謀國王，請求與國王單獨面談。

我被派去驗證那表姊的說法，親眼看到女孩像狗一樣被綁在小貴族的椅子旁，而且她的肚子漸大，已經懷有身孕。所以，在他一邊用精緻水晶酒杯斟酒敬我、一邊請我跟他說說公鹿堡國王的宮廷裡有什麼新消息的時候，我不難找到機會拿起他的酒杯對著光看，稱讚杯子和酒的品質都很精良。幾天之後我離開，完成了任務，帶著我答應要替費德倫找的紙張樣品啓程回家，小貴族祝我一路順風。當天小貴族就開始身體不適，等到他又流血又口吐白沫地在癲狂中死去，已經是差不多一個月之後的事。那表姊收容了女孩和女孩生下的嬰兒。一直到今天我都毫不後悔，不管是對殺了他這件事本身，還是對我給他選擇的那種痛苦緩慢的死法。

除了爲被冶煉的人散播死亡之外，其餘的時間我都在服侍主人惟眞王子。我還記得我第一次端著托盤走上他那座塔去的情況。我本來以爲塔頂會有守衛或者哨兵，但是沒有。我敲敲門，沒有回應，於是我悄悄進房。惟眞坐在窗邊的一把椅子上，夏天的風從海面上吹進房裡。在悶熱的夏日，這明明是間令人愉快的房間，光線既明亮、空氣又流通，但我卻覺得這裡像牢房。窗邊有他坐的那張椅子，旁邊放了張小桌，房間的角落和牆邊堆積著灰塵和零零星星、早就枯萎的鋪地用蘆葦。惟眞坐在那裡，下巴垂在胸前似乎在打盹，但我的感官察覺到整個房間都因他的努力而震動著。他頭髮凌亂，下巴有一天沒刮的鬍渣，衣服黏在身上。

我用腳把門關上，把托盤端到小桌上放下，站在旁邊靜靜地等。幾分鐘後，他從先前所在的不知什麼地方回來了。他抬頭看我，臉上帶著他舊日微笑的幽魂，然後低頭看托盤。「這是什麼？」

「是早餐，大人。大家好幾個小時之前都吃過了，只有你還沒吃飯。」

「我吃過了，小子。今天一大早。那魚湯難吃死了，應該把廚師吊死才對。沒有人應該一大早起床就面對魚肉的。」他看起來不甚確定，像是某個心智衰退的鄉下老頭在回想青春歲月。

「那是昨天，大人。」我揭開托盤的蓋子。熱麵包加蜂蜜與葡萄乾、冷肉、一盤草莓，還有一小缽用來沾草莓吃的鮮奶油，每一樣東西分量都很少，幾乎像是給小孩吃的。我把冒著熱氣的茶倒進放在一旁的茶杯裡，茶裡調了很濃的薑和薄荷，以蓋過磨碎的精靈樹皮的澀味。

惟眞瞥了茶一眼，然後抬頭看我一下。「切德從來不肯罷休，是不是？」說得那麼隨意隨口，彷彿堡裡每天都有人提起切德的名字似的。

「如果你要繼續下去的話，就需要吃東西。」我不置可否地說。

「我想是吧！」他疲倦地說，轉身面對托盤，彷彿盤子上那些精心擺放的食物只是又一項需要他做的職務。他沒滋沒味地吃了食物，然後很有男子氣概地一口把茶喝掉，是把它當成藥來喝，沒有被薑或薄荷的味道騙過。吃到一半，他停頓下來嘆口氣，往窗外看了一會兒，然後他似乎又回來了，強迫自己把每一樣東西吃光。他把托盤推開靠在椅子上，似乎筋疲力盡。我呆瞪著他看。那茶是我親自調的，那麼多精靈樹皮足以讓煤灰一頭撞破馬廄的牆衝出去了。

「王子殿下？」我說，他沒有動彈，我輕輕碰了碰他的肩膀。「惟真？你還好嗎？」

「惟真。」他複述，彷彿神智恍惚。「對，我比較喜歡你叫我惟真，而不是大人或王子殿下或主人。這是我父親的第一步動作，把你派來。唔，我或許會出乎他的意料。但是，對，你就叫我惟真吧！跟他們說我吃了，說我一如往常的乖乖聽話，把東西都吃了。你去吧，小子，我還有工作要做。」

他似乎努力振作起自己，眼神再度變得遙遠。我盡可能安靜地把盤子堆放在托盤上，朝門口走去，但當我撥開門閂時，他又開了口。

「小子？」

「大人？」

「嗯，嗯！」他搖手警告我。

「惟真？」

「力昂在我房裡，小子，你幫我帶牠出去好嗎？牠很渴望出門跑跑。沒必要讓我們兩個都這樣變得又乾又瘦。」

「好的，大人。惟真。」

於是那隻如今已經過了壯年的老獵犬就交給了我照顧。我每天從惟真的房裡帶牠出來，一起到後山上、懸崖上、海灘邊去打獵，追捕已經多年沒出現在這裡的狼。正如切德所料，我的身體狀況差透了，一開始我得費九牛二虎之力才能跟得上這隻老獵犬。但隨著時間一天天過去，我們恢復了正常水準，力昂甚至抓過一兩隻兔子給我。如今我已經被放逐在博瑞屈的領域之外，於是毫不顧忌地隨時使用原智。但我很早以前就已發現，雖然我能跟力昂溝通，可是我們之間沒有深厚的牽繫，牠並非總是聽我的，甚至也不見得總是相信我。如果牠是隻幼犬，我相信我們之間一定能建立深厚的感情牽繫；但牠老了，牠的心已經永遠給了惟眞。原智不是用來統轄動物的，只是讓人略微瞥見牠們的生活。

我一天三次*爬上那道陡峭盤旋的樓梯，去哄惟眞吃東西，哄他講幾句話。有些時候我好像是在跟一個小孩或者心智衰退的老人說話，有些時候他會問力昂好不好，問我公鹿堡城裡的事情。有時我會出門去進行其他任務，連著好幾天不在堡裡。通常他似乎都沒注意到我不在，但有一次，在我肩上挨了一刀的那次行動之後，他看著我用不靈活的動作把他吃完東西的空盤子堆放在托盤上。「他們一定會張著大鬍子的嘴巴大笑不已吧！如果他們知道我們動手殺死自己人的話。」

我凍住了，不知道該怎麼回答，因爲就我所知，知道我進行那項任務的人只有黠謀和切德。但惟眞的眼神又飄向遠方，我無聲地離開。

我開始把他四周的環境做了些改變，雖然不是刻意這麼做。有一天我在他吃東西的時候把房內掃了掃，然後當天晚上扛了一袋鋪地用的蘆葦和芳香藥草上去。我本來擔心我會打擾到他，但切德教過我怎麼樣安靜行動。我動手幹活沒跟他說話，而惟眞好像也沒注意到我的來去，但房裡變得清爽了，薇薇利亞花和鋪地用藥草的香味混合在一起令人精神一振。有一次我進房的時候，發現他坐在那張椅背硬邦邦的椅子上打盹，於是我拿了幾個靠墊來，他接連好幾天都沒管那些靠墊，然後有一天他終於照自己的喜好把墊子擺起來。房間裡還是空空洞洞的，但我感覺到他需要這樣才能保持專心一志，因此我拿來給他的東西都是提供最基本最簡單的舒適，沒有織錦掛毯或帷幔，也沒有插在花瓶裡的花或者叮叮噹噹、滴滴答答的時鐘，只有一盆盆正在開花的百里香來緩解纏擾他的頭痛，然後在某個風雨交加的日子，拿了條毛毯來替坐在敞開窗前的他遮雨禦寒。

那一天我發現他坐在椅子上睡著了，軟弱無力得像個沒有生命的東西。我把毛毯蓋在他身上、四周掖好，彷彿他是個衰弱的病人，然後把托盤放在他面前，但沒有打開蓋子，好讓食物不會涼掉。我在他椅子旁地板上坐下，靠著一個他沒用到的墊子，傾聽著房裡的沉默。今天感覺起來幾乎是平靜的，儘管敞開的窗子外下著夏季的大雨，還不時吹進一陣陣強風。我一定是盹著了，因爲我醒過來的時候發現他手摸在我頭髮上。

「他們叫你這麼密切地看著我嗎，小子，就連我睡覺的時候也不能放鬆？所以他們是在怕什麼？」

「就我所知是沒有，惟眞。他們只叫我端食物來給你，盡量想辦法讓你多吃點，除此之外就沒有吩咐別的了。」

「那麼毛毯、墊子、一盆盆芳香的花呢？」

「是我自作主張的，王子殿下。沒有人該住在這樣荒涼的房間裡。」這時我突然醒悟到我們沒有開口講話，陡然坐直身子看著他。

惟眞似乎也回過神來，在那張不舒服的椅子上動了動。「感謝這場風暴，讓我休息了一下。我讓他們的三艘船看不見風暴將至，讓那些抬頭看天的人相信這只是一場夏日的小風小雨而已。現在他們拚命划槳，在大雨裡張望，試著保持航向，我也可以稍微眞的睡一下了。」他頓了頓。「不好意思，小子，現在對我來說，有時候用技傳比開口說話更自然。我不是有意要侵入你的。」

「沒關係，王子殿下，我剛才只是嚇了一跳。我自己沒有辦法技傳，只有偶爾才能微弱地用一下，我不知道我怎麼會對你開啓的。」

「叫我惟眞，小子，別叫王子殿下。沒有哪個王子殿下會穿著一件汗濕的襯衫坐著不動，鬍子也兩

*譯註：前文中切德叫蜚滋每天去服侍惟真四次，此處又說三次，疑是作者疏漏，非手民之誤。

天沒刮。不過你說的這是什麼話啊？他們不是安排你學精技了嗎？我記得很清楚，耐辛一直講個不停，最後我父親終於讓步了。」他露出疲憊的微笑。

「蓋倫試過要教我，但我沒有那種能力。人家告訴我說，私生子通常——」

「等一下。」他皺眉打斷我的話，瞬間進入我的腦海。「這樣比較快。」他表示歉意，然後自言自語嘀咕著，「是什麼東西把你蒙蔽得這麼厲害？哦！」然後瞬間又離開了我的腦海，俐落輕鬆得像博瑞屈從獵犬耳朵裡抓出一隻扁蝨一樣。他坐在那裡沉默了很久，我也一樣，納悶著。

「我的精技很強，跟你父親一樣。蓋倫並不強。」

「那他怎麼會變成精技師傅？」我靜靜地問，心想不知惟眞這麼講是否只是爲了讓我對自己的失敗感覺不那麼糟。

惟眞頓了頓，似乎在迴避某個敏感話題。「蓋倫是欲念王后的……寵兒，很得她寵愛。是王后特別大力推薦蓋倫當殷懇的學徒。現在我常想，我們的老精技師傅收他當學徒的時候一定是病急亂投醫，因爲殷懇也知道她自己快死了。我想她那時候決定得太倉促，後來也後悔了，而且我認爲他該受的訓練一半都還不到就成了『師傅』。但我們也只剩下他，所以就是他了。」

惟眞清清喉嚨，看起來有點侷促不安。「我現在盡我可能對你坦白說，小子，因爲我看得出你知道什麼時候該守口如瓶。蓋倫得到這個職位是天上掉下來的好運，不是因爲他有這個實力。我認爲他從來就不曾眞正瞭解當精技師傅的意義何在。他當然知道這個職位很有權力，而且他濫用起權力來也毫不顧忌，但殷懇在世的時候並不只是個位高權重、趾高氣揚的人而已，她是慷慨國王的顧問，也連結著國王和在國王手下施展精技的所有人。她認眞地發掘並教導每一個眞正有精技天分、也懂得如何善用精技的人。現在這個小組，是自駿騎和我長大以來蓋倫訓練的第一批人，而且我認爲他們沒有被教好。不，他們是被訓練，就像猴子和鸚鵡被訓練模仿人類一樣，一點也不瞭解自己所做的事。但我現在手上也只有他們可用。」惟眞看向窗外，輕聲說，「蓋倫絲毫不懂得巧妙，他就跟他母親一樣粗俗，而且也跟她一樣放肆專橫。」惟眞突然頓了頓，臉頰泛紅，彷彿他說了什麼有欠考慮的話。他靜靜地重新開口。「精技就像是一種語言，小子，我不需要對你大吼大叫，也能讓你知道我要的是什麼。我可以很有禮貌地要求，或者暗示，或者點個頭笑一笑讓你知道我想要什麼。我可以用精技影響一個人，讓他以爲他取悅我完全是出於自願。但這一切蓋倫都不懂，他既不懂得善用精技，也不懂得怎麼教人，他只會用蠻力。要降低別人的防禦能力，困乏和痛苦只是其中一種方式，可是蓋倫只相信這種方式。但殷懇運用的是狡點。她會叫我看著一個風箏，或者看著飄浮在一道陽光中的塵埃，然後，突然間她就進入了我的腦海，微笑著稱讚我。而且進入別人的腦海，主要是你自己要願意離開自己的腦海，你懂嗎，小子？」

「多少有點懂吧！」我避重就輕地回答。

「多少有點懂。」他嘆了口氣。「我可以教你精技，只要我有時間。但我沒有。不過，告訴我一件事——在他測試你之前，你上課的情況好嗎？」

「不好。我完全沒有任何才能……等一下！不是這樣的！我在說什麼啊，我這段時間都在想什麼啊？」我雖然坐著，但突然搖晃起來，頭撞到了惟眞椅子的扶手。他伸出手穩住我。

「我想是我太快了。穩住，小子。有人用迷霧蒙蔽了你，讓你迷惑，就像我讓紅船上領航和掌舵的人迷惑一樣。他們以爲他們已經看到了陸地，航向正確，但事實上卻往橫流駛去；他們以爲他們已經經過了某個地方，事實上他們還沒看到那裡。有人讓你以爲你學不會精技。」

「蓋倫。」我很確定地說。我幾乎知道他是在哪一刻對我動了手腳。那天下午他朝我撞進來，之後一切就完全改觀了，這幾個月來，我竟然都活在迷霧裡……

「大概是。不過既然你曾經技傳進入他腦海，雖然時間很短暫，但我想你一定有看到駿騎對他做了什麼。他原先非常痛恨你父親，直到阿駿把他變成一隻言聽計從的哈巴狗。我們兩個對這點都很過意不去，要是我們能想出解除的辦法，而又能不被殷懇察覺的話，我們一定會解除那狀態。但阿駿的精技很強，而且他是在氣頭上那麼做的，當時我們又都只是孩子。反諷的是，他之所以生氣是因爲蓋倫對我做的某件事。就算在駿騎沒有生氣時，被他技傳都像是有匹馬從你身上踩過去，或者該說，比較像是一頭跳進湍急的河流裡。他會很快闖進你腦海，留下他要傳達的訊息，然後立刻消失。」他又頓了頓，揭開一盤湯的蓋子。「我想我是一直認定這些事你都知道，但是你要能知道才有鬼了，誰會告訴你？」

我緊抓住一項訊息。「你可以教我精技？」

「如果我有時間的話。有很多時間的話。你跟阿駿和我都很像，像我們在學精技那時的樣子，不穩定，很強，但不知道要怎麼運用那種力量。而且蓋倫已經……呃，我想是給你留下了疤痕。我的精技很強，但你有些牆是我連穿都穿不透的。你必須學會放倒那些圍牆，這很困難。不過我是可以教你沒錯，如果你和我有一年時間，沒有別的事情需要做的話。」他把湯推到一旁。「但我們沒時間。」

我的希望再度破滅。這第二波失望的浪潮將我整個淹沒，挫敗的石塊刮磨著我。我的記憶全部重新排列清楚，在翻湧而起的憤怒中我一下子明白了發生在我身上的一切。要不是鐵匠，那天晚上我早就從塔頂跳下來摔死了。蓋倫企圖殺死我，跟手上拿刀捅我沒兩樣；如此一來沒有人會知道他是如何毒打我，除了他忠心的小組之外。結果他失敗了，沒有害死我，於是他奪走了我學習精技的機會，讓我變得殘廢，我一定要……我勃然大怒跳了起來。

「哇。慢著，謹愼點。你受了冤枉，但我們現在不能在堡裡起內訌。爲了國王，你要先忍住，直到能夠靜靜把事情解決。」我俯首接受他明智的忠告。他打開一盤菜的蓋子，是一隻烤熟的小禽鳥，又把蓋子蓋回去。「總之，你幹嘛想學精技？這是個悲慘的東西，不適合人做。」

「爲了幫你。」我不假思索地說，然後發現自己說的是眞心話。換成以前，學精技可能是爲了證明自己是個不辱駿騎的好兒子，爲了讓博瑞屈或切德對我刮目相看，爲了提高我在堡內的地位。但現在，我看到了惟眞的所作所爲，看到他日復一日如此辛苦，臣民卻既不稱讚也不知道他做了什麼，我發現我一心只想要幫助他。

「爲了幫我。」他複述道。風勢逐漸減弱了，筋疲力盡的他帶著認命的眼神望向窗外。「把食物拿走吧，小子，我現在沒時間吃了。」

「但你需要體力啊！」我抗議，心裡覺得愧疚，因爲我知道他剛才明明應該吃飯睡覺的，卻把時間浪費在我身上。

「我知道，但我沒有時間了。吃東西是會耗費能量的，這一點還眞怪。我現在沒有半點多餘的能量可以浪費。」他的眼睛開始探尋遠方，直直瞪著，穿過此刻剛開始變小的暴雨。

「我願意把我的力量給你，惟眞，要是我能的話。」

他用奇怪的眼神看我。「你確定嗎？非常確定？」

我不瞭解他這個問題意義有多重大，但我知道答案。「我當然願意。」然後我靜靜地說：「我是吾王子民啊！」

「而且跟我流著同樣的血。」他確認。他嘆了口氣，一時間看來滿心厭恨。他低頭又看看食物，然後再看向窗外。「還剩一點點時間，」他小聲說。「或許還來得及。父親，你眞該死，爲什麼總是你贏？過來吧，小子。」

他的語句有種令我害怕的強度，但我照做。我站在他椅子旁，他伸出一隻手放在我肩上，彷彿需要我支撐他站起來。

我從地板上抬眼看他，我頭底下墊著一個枕頭，身上蓋著我先前拿來的那條毛毯。惟眞站在那裡，探出窗外，他所做的努力讓他全身顫抖著，他發揮的精技力量強大得像一波波怒濤，我幾乎能觸摸得到。「去撞岩石吧！」他深感滿意地說，陡然轉身離開窗邊。他對我咧嘴而笑，是那種熟悉凶蠻的笑，但當他低頭看著我時，那笑容逐漸消失。

「就像一頭乖乖被牽去宰的小牛。」他悔恨地說。「我早該知道你不曉得自己在說什麼的。」

「我怎麼了？」我好不容易問出口。我牙齒打顫，整個身體像被凍得發抖，我覺得我抖得骨頭都快散了。

「你說要給我你的力量，然後我就拿了。」他倒了杯茶，跪下來把杯子送到我嘴邊。「慢慢喝。我剛才太匆忙了。先前我是不是說駿騎用起精技來就像頭公牛？那我又該怎麼說我自己呢？」

他又恢復了原有的率直、坦白和好脾氣，我已經好幾個月沒看到這樣的惟眞了。我好不容易喝下一口茶，感覺到精靈樹皮刺激著我的嘴巴和喉嚨。我發抖得沒那麼厲害了。惟眞自己也拿起那杯子隨口喝了一口。

「以前，」他閒聊般說，「國王會取用小組成員的力量。小組差不多有六個人或更多人，全都彼此相通相應，可以把力量聚在一起供給國王的需要。這才是小組的眞正功用，提供力量給他們的國王或者給他們的頭頭。我想蓋倫並不太瞭解這一點。他的小組是他自己弄出來的東西，就像馬、牛、驢子一樣，全都用挽具套在一起，根本不是眞正的小組，缺乏協同一致的心智。」

「你從我身上取用了力量？」

「是的。相信我，小子，我眞的不願意這麼做，但我剛才突然有這股需要，而且我以爲你知道你在講什麼。你自己說你是『吾王子民』，那是以前用來形容這種人的詞。而且，因爲我們兩個血緣相近，我知道我可以從你身上汲取力量。」他咚一聲把杯子放在托盤上，聲調裡充滿了憎惡。「是黠謀。是他設計了一切，讓輪子轉動，擺錘擺動。小子，只有你一個人負責端食物來給我，這安排並不是偶然，他是故意讓我有取用你的機會。」他在房裡快步踱了一圈，然後停下來俯視著我。「這事再也不會發生了。」

「沒有那麼糟啦！」我虛弱地說。

「不糟嗎？那你怎麼不站起來看看？或者坐起來就好？你只是個小男孩，只有一個人，不是一個小組。要不是我領悟到你一無所知、然後及時收手，你可能就被我殺死了，你的心臟和呼吸會突然停止。不管是爲了誰，我都不要這樣把你吸乾。來。」他彎身輕易地把我抱了起來，放在他那張椅子上。「你在這裡坐一下，吃東西。我不需要這些食物了。等你好一點之後，就替我去找黠謀，告訴他說我說你讓我分心，從現在開始我要他派個廚房小廝來送東西給我吃。」

「惟眞。」我開口說。

「不對，」他糾正我。「要說『王子殿下』，因爲在這件事情上我是你的王子殿下，不接受任何反駁。現在你乖乖吃東西吧！」

我沮喪地低下頭去，但我確實吃了東西，茶裡的精靈樹皮讓我恢復的速度超過我的預期。不久我就能站起來，把盤子堆放在托盤上，端著托盤走向門口。我滿心挫敗失望，伸手撥開門閂。

「蜚滋駿騎·瞻遠。」

我停下動作，被這句話凍結。我慢慢轉過身去。

「這是你的名字，小子，是我親自寫在軍營紀錄上的，在你被送來的那一天。這又是一件我老以爲你已經知道的事。別再只把你自己視爲『那個私生子』了，蜚滋駿騎．瞻遠。還有，別忘了你今天就要去找黠謀。」

「再見。」我靜靜地說，但他已經再度望向窗外。

這就是盛夏時節的我們。切德研究一疊疊木牘，惟眞坐在窗邊，帝尊去替哥哥找個公主當新娘，我則靜悄悄替國王陛下殺人。內陸大公國和沿海大公國在會議桌上對峙，又吵又罵，像爭奪魚肉的貓。黠謀則高踞在這一切之上，像隻蜘蛛把網的每一角都綳得緊緊的，密切注意每一根線的輕微震動。紅船劫匪攻擊我們，像鮫魚一塊塊撕咬牛肉做的魚餌，把我們的人民奪去加以冶煉，而被冶煉的人則成爲我們國家的禍害，變成乞丐或盜匪或他們家人的負擔。人民不敢打魚、不敢交易、不敢耕作海岸邊的河口平原，然而稅賦必須增加，才能餵飽那些士兵和駐守瞭望臺的人，他們人數愈來愈多，卻似乎無法保衛國土。黠謀不甘不願地解除了我服侍惟眞的職務，有一個多月都沒再傳喚我，直到一天早上我突然被找去共進早餐。

「現在根本不是結婚的時候。」惟眞反對。我看著跟國王一同坐在早餐桌上的這個憔悴消瘦的男人，很難相信他跟我小時候那個粗率坦誠的王子是同一個人。短短一個月內，他惡化了好多。一塊麵包在他手裡翻來覆去拿了半天，沒胃口吃，又放了下來。他的臉色和眼神已經失去了戶外生活的痕跡，髮色枯暗，肌肉鬆弛，而且眼白部分發黃。要是他是隻獵犬，博瑞屈一定會給他吃打蟲藥。

我自動插口說，「我前天帶力昂去打獵，牠逮了隻兔子給我。」

惟眞轉向我，臉上有他舊日微笑的幽魂。「你帶我的獵狼犬去獵兔子？」

「那天牠玩得滿高興的。不過牠很想你。牠把兔子叼來給我，我稱讚牠，但牠看起來還是一副若有所失的樣子。」我不能告訴他說那隻獵犬看著我，眼神和舉止全都清楚表示出**又不是獵給你的**。

惟眞拿起杯子，手微微發顫。「我很高興牠能跟你到外面去跑跑，這樣總比——」

「你的婚禮，」黠謀打斷他的話，「能鼓舞民心士氣。我老了，惟眞，而且現在時局動盪，人民放眼望去都是苦惱，我也不敢承諾給他們我們所沒有的解決之道。外島人說得沒錯，惟眞，我們已經不是原先在這裡定居的那些戰士了，我們變成了安士重遷的民族。安士重遷的民族在很多事情上都會受到威脅，那些事情是四處漫遊的游牧民族完全不在乎的，而那些威脅可以毀滅我們。當安士重遷的人尋求安全的時候，他們尋求的是延續。」

聽到這裡，我猛然抬起頭來。這句絕對是切德講過的話。這是否意味切德也有幫忙安排這場婚禮？我變得比較感興趣了，也再度納悶起他爲什麼把我找來參加這頓早餐。

「這是爲了讓我們的人民安心，惟眞。你不像帝尊那樣有魅力，也沒有駿騎那種舉止神態，讓人相信他可以處理任何事情。我這麼說不是怠慢你，你的精技天分是我們家族歷來數一數二的，而且換到很多其他時期，你的戰技和戰術會比駿騎的外交手腕更重要。」

這番話在我聽來可疑，像是經過排練的演講。我看著黠謀頓了頓，往一塊麵包上塗了乳酪和果醬，若有所思地咬下去。惟眞沉默地坐著，看著他父親。他的神色像是既專注又呆滯，彷彿拚命努力保持清醒，但一心卻只想趴下來閉上眼睛。唔，至少惟眞看起來就有累到那種程度。我對精技雖然只有短暫的體驗，但也知道你同時既要抗拒它的誘惑、又要用你自己的意志驅策它是非常困難的，這讓我對惟眞竟能每天使用精技更感驚異。

黠謀的視線從惟眞瞥向我，再回到他兒子臉上。「簡單的說，你需要結婚。更重要的是，你需要生個孩子。這會鼓舞我們的人民，他們會說，『哪，既然我們的王子不怕結婚生子，情況顯然沒有那麼糟糕。要是整個王國都快垮了，他一定不會還有閒情逸致結婚生小孩。』」

「但你和我還是知道情況確實很糟糕，不是嗎，父親？」惟眞的聲音有點啞，帶著我從沒在他口中聽過的苦澀。

「惟眞——」黠謀開口，但被兒子打斷。

「國王陛下，」他用詞正式地說。「你我確實知道我們已經身處災難邊緣。現在，此時此刻，我們一刻都不能放鬆戒備。我沒有時間去談戀愛求親，更沒有時間處理王室娶妻這件事的種種微妙商議細節。現在天氣很好，紅船會來打劫。等到天氣變差，風暴把他們吹回他們自己的港口去之後，我們就必須全心全力加強沿岸地區的防衛，並且訓練人員組成我們自己的打劫船隊。這才是我要跟你討論的。我們需要建立自己的船隊，不是那種在海裡搖來搖去吸引劫匪的胖胖的商船，而是細細長長的戰船，那種我們以前曾經擁有、老一輩造船工人也還知道怎麼建造的船。然後，我們前去攻打外島人——是的，就算在冬季的風暴之中也照打不誤。我們以前曾經擁有那麼優秀的水手和戰士。如果我們現在就開始造船、訓練人員，到明年春天我們應該至少可以抵擋住他們，讓他們進犯不了我們的沿岸，然後到明年冬天或許我們就能——」

「這些都要錢。嚇得要命的人是不太願意交出錢來的。爲了募得我們需要的款項，我們需要讓商人有信心繼續做生意，讓農民不害怕在沿岸的草地和山丘上放牧牛羊。這一切，惟眞，都跟你娶妻有關係。」

惟眞講到戰船時活了起來，此刻又靠回椅子上。他似乎塌了下去，彷彿內在某個結構散開了，我幾乎預期看到他垮倒下來。「就依你的旨意吧，國王陛下。」他說，但他邊說邊搖頭，否定了自己說出的肯定句。「我會照你認爲明智的做法去做，這是一個王子對國王和國家必須盡的職責。但是，父親，以一個男人的身分來說，讓我弟弟去替我挑一個妻子這件事既苦澀又空洞。既然她先看過了帝尊，我敢打賭，等她站在我身邊的時候，一定會覺得我很不怎麼樣。」惟眞低頭看著雙手，那些戰爭和工作留下的疤痕在如今變得蒼白的肌膚上顯得很清楚。在他接下來輕聲說出的話中，我聽見了名如其人的眞實。「我一直都是你的第二個兒子，排在俊美、強壯、又有智慧的駿騎後面，現在我又排在帝尊後面，因爲他聰明、有魅力、會擺樣子。我知道你認爲讓他繼承你的王位比讓我繼承好。我不見得總是不同意你。我生出來就是老二，也被當成老二來養育，我向來都相信我的位置是站在王位後面，而不是坐在王位上。以前我知道繼承你王位的是駿騎，所以我不在乎當老二。他是我哥哥，很器重我，他對我的信心就像是一項榮耀，讓我也變成了他所有成就的一部分。當這麼一位國王的副手，強過當許多小國的國王。我非常信任他，他也非常信任我。但他已經不在了，而帝尊跟我之間沒有這種深厚的感情牽繫也不是新鮮事，你也早就知道這一點。也許是我們疏遠了太久，也許是駿騎和我太親近了，沒有空間容納第三個人。但我不認爲他會找一個能夠愛我的女人，或者一個——」

「他是替你選擇了一個王后！」黠謀嚴厲地打斷他的話，於是我知道這不是他們第一次爭論這一點，也感覺到黠謀對於我聽見這些話感到非常不快。「帝尊選擇那個女人不是爲了你、爲了他自己，或者爲了那一類的蠢事，他是爲這個國家和整個六大公國選擇了一個要擔任王后的女人，這個女人可以帶來我們現在所需要的財富、人力，和通商協定，讓我們熬得過紅船的劫掠。柔軟的小手和芬芳的香水沒辦法替你建造戰船，惟眞。你必須拋開對你弟弟的嫉妒心，如果你對站在你背後的人沒有信心，是沒辦法抵抗敵人的。」

「一點也沒錯。」惟眞靜靜地說，把椅子往後一推。

「你要去哪裡？」黠謀煩躁地質問。

「去盡我的職責。」惟眞簡短地說。「我還有哪裡可以去？」

一時間，連黠謀似乎都吃了一驚。「但你幾乎沒吃什麼……」他話說到一半就講不下去了。

「精技會殺死其他所有的胃口，這點你也知道。」

「是的。」黠謀頓了頓。「此外我還知道，當這種情況發生的時候，人就已經逼近毀滅邊緣了，這點你也知道。對精技的胃口是會吞噬一個人的，而不會滋養他。」

他們兩人似乎都完全忘記了我的存在。我讓自己縮得小小的不惹眼，小口小口啃著我手上的麵包，像隻躲在牆角的老鼠。

「但是只要能拯救一整個王國，區區一個人被吞噬又有什麼關係。」惟眞毫不掩飾聲調中的苦澀，在我聽來，他所指的很明顯不只是精技而已。他把盤子推開。「反正，」他帶著沉重的諷刺口吻說，「你還有另一個兒子可以接替我，戴上你的王冠。他身上沒有精技留下的疤痕，而且他可以自由選擇結婚或不結婚。」

「帝尊沒有學習精技並不是他的錯，他小時候體弱多病，蓋倫沒辦法訓練他。而且誰會料想得到，有兩個嫻熟精技的王子居然還是不夠。」黠謀抗議道。他突然起身走到房間那一頭，站在那裡，靠著窗臺俯望海面。「我盡我所能，兒子。」他壓低聲音說。「你以爲我不關心，你以爲我看不出你被耗損成什麼樣嗎？」

惟眞沉重地嘆了口氣。「不，我知道。是精技造成的疲倦讓我講出這種話，不是我眞心想講。我們兩個至少要有一個人保持頭腦清醒，試著搞清楚這一切到底是怎麼回事。就我而言，我能做的只有把感官伸展出去，然後加以分辨，試著在划槳手當中鎖定領航員，試著找出可以被精技放大的祕密恐懼，找出心念最不堅定的人首先加以擊破。我睡覺的時候會夢見他們，我吃東西的時候他們卡在我喉嚨裡。你知道我向來討厭這麼做，父親，我向來都認爲戰士不該這麼做，不該偷偷摸摸在別人腦海裡窺探。給我一把劍，我會很樂意把他們開膛破肚。我寧願拿刀砍死一個人，也不願讓他自己的頭腦像隻造反的獵犬反咬他一口。」

「我知道，我知道。」黠謀溫和地說，但我不認爲他眞的知道。我至少能瞭解惟眞對他這項任務的厭惡。我得承認我也有同感，覺得這項工作多少讓他變得有點骯髒，但當他瞥向我時，我保持表情和眼神都不帶批判意味。我內心深處潛藏著罪惡感，愧疚自己沒有學會精技，現在幫不上我叔叔的忙。我在想，他看著我的時候不知是否想到要再次取用我的力量。這念頭令人害怕，但我逼自己挺身面對這項要求。但他只對我心不在焉地和藹一笑，彷彿他從來不曾想過這一點，然後他起身走過我的座椅，揉揉我的頭髮，彷彿我是力昂。

「替我帶我的狗出去跑跑，就算只獵兔子也好。我很不想把牠每天獨自留在我房間裡，但牠可憐兮兮、傻兮兮的哀求讓我分心，無法專心做我該做的事。」

我點頭，感覺他散發出一種令我驚訝的情緒，有些類似我與我的狗兒們分開時的那種痛苦。

「惟眞。」

黠謀喚他，他回過頭來。

「我幾乎忘記告訴你我爲什麼找你來了。當然，是山區的那個公主，我想她是叫做珂特根……」

「珂翠肯。我至少還記得她的名字。我最後一次見到她的時候，她還是個瘦巴巴的小女孩。所以，你決定的人選就是她？」

「對。根據我們已經討論過的那些理由。日子也已經挑好了，在我們秋收宴之前十天。你得在收割期剛開始的時候離開這裡，才能及時趕到山區。他們會在那裡舉行儀式，在他們的人民面前給你們兩人完婚並簽署所有的協定，之後等你跟她一起回到這裡，再舉辦正式的婚禮。帝尊傳話來說，你必須——」

惟眞停在那裡，挫敗感令他神色黯然。「我沒辦法去。你知道我沒辦法去。如果我在收割期離開我這裡的職責，等我帶新娘回來的時候就什麼也不剩了。外島人向來都是在最後一個月最貪婪、最魯莽，因爲接下來冬季風暴就會把他們趕回他們自己該死的海岸。你以爲今年會有什麼不同嗎？說不定等我把珂翠肯帶回來的時候，會發現他們在我們的公鹿堡裡大肆慶祝，你的頭插在矛尖上迎接我！」

黠謀國王看來很生氣，但他控制住脾氣問道，「你眞的認爲，如果你鬆懈個二十天左右，他們就能把我們壓迫得那麼厲害嗎？」

「我不是認爲，我是知道，」惟眞疲憊地說。「是非常確定，就像我確定我現在應該待在我的崗位上，而不是在這裡跟你爭論。父親，告訴他們說這事必須延期。等到我們地上有了好一層積雪，等海上起大風把船全都吹回港裡，我就馬上去迎娶她。」

「沒辦法這樣做。」黠謀遺憾地說。「山區的人有自己的信仰，他們認爲冬天舉行的婚禮會造成子女歉收。你娶她的時間必須是在大地萬物結果收成的秋天，或是在山區小田地開始耕種的春天。」

「我沒辦法。等他們山區那裡到了春天，我們這裡的天氣已經很好了，紅船劫匪都來到了我們家門口。他們總不會不瞭解這一點吧！」惟眞的頭左右擺動，像一匹繫著過短韁繩的馬擾動不安。他不想待在這裡。雖然他討厭這項精技工作，但它仍然召喚著他，他想要去做它，那種慾望跟保護國土沒有任何關係。我心想，不知黠謀知不知道這一點，還有惟眞自己知不知道這一點。

「瞭解是一回事，」國王解釋道，「但堅持要他們不顧傳統又是另一回事。惟眞，事情必須這樣辦，現在就辦。」黠謀揉著頭，彷彿頭在痛。「我們需要這樁婚事。我們需要她的軍隊、她的嫁妝，更需要她父親在後方支持我們。這事不能等。你難道不能，比方說，坐著封閉式的轎子去，用不著騎馬分心，在旅途上繼續用精技做你的工作嗎？這樣說不定對你也好啊！不時還可以下轎子走動走動，呼吸點新鮮空氣——」

「不！」惟眞咆哮道，站在窗邊的黠謀轉過身來，看來幾乎像是被窗沿困住。惟眞走到桌邊握拳重捶桌面，我從來不知道他能發這麼大的脾氣。「我說不行就是不行！我不能一邊坐在馬扛的轎子裡又顚又晃，一邊繼續努力阻擋紅船劫匪登上我們的海岸。而且，我絕對不要像病人或者軟腳蝦一樣，坐轎子去迎娶這個你替我選擇的女人，這個我幾乎已經完全沒印象的女人。我絕對不會讓她看到我那個樣子，也絕對不會讓我自己手下的人在我背後偷笑，說，『哦，勇敢的惟眞原來已經變成這個樣了，像個顚巍巍的老頭被人用轎子抬著，去找別人替他拉皮條撮合的對象，彷彿他是個外島妓女一樣。』你的頭腦到哪裡去了，怎麼會想得出這麼愚蠢的計畫？你跟山區的人相處過，你知道他們的性格和習俗，你認爲他們的女人會接受一個這麼病懨懨去娶她的男人嗎？連他們的王室都會把發育不全的嬰孩給遺棄。要是我那樣去到那裡，你會毀了你自己的計畫，同時還讓六大公國任憑紅船劫匪宰割。」

「那麼也許——」

「那麼也許現在就有一艘紅船離我們的海岸不遠，已經看得到蛋島了，而且那艘船的船長已經不再在意他昨晚不祥的夢境，領航員也在修正航線，心想他先前怎麼會把地標搞錯得那麼嚴重。昨天晚上你在睡覺、帝尊在跟他那些朝臣跳舞喝酒的時候我所做的工作現在已經快白費了，而我們還站在這裡嘮叨。父親，就由你安排吧！你愛怎麼安排就怎麼安排，只要我不必做任何事，能專心在好天氣危害我們的這段期間用精技保衛沿岸地區就行了。」惟眞邊說邊走，最後把國王起居室的門重重一摔，最後幾個字幾乎都聽不見了。

黠謀站在那裡，瞪著門看了一會兒，然後一手揉揉眼睛，但我分辨不出那是因爲疲憊還是流淚，或者只是眼睛進了沙子。他環顧房內，看到我時皺起眉頭，彷彿迷惑不解這個東西怎麼會在這裡。然後他似乎想起來我爲什麼在這裡了，冷淡地說道，「唔，剛才進行得還眞順利啊，不是嗎？但無論如何，一定得想出辦法來。等惟眞騎馬前去迎娶他的新娘時，你跟他一起去。」

「都依您的吩咐，國王陛下。」我靜靜地說。

「我就這麼吩咐。」他清清喉嚨，然後轉身再度看向窗外。「那位公主沒有別的兄弟姊妹，只有一個身體不太好的哥哥。哦，他以前曾經很健康強壯，但他在冰之原野上胸口中了箭。根據帝尊聽到的消息，那枝箭整個射穿了他，他胸前和背後的傷口都痊癒了，但他冬天會咳血，夏天騎馬或操練他的士兵也只能撐半個早上。就我們對山區民族的瞭解，他居然還是他們的王儲，這一點實在令人非常驚訝。」

我靜靜想了一會兒。「山區的習俗跟我們一樣，王位繼承是按照出生順序，不分男女。」

「是的，就是這樣。」黠謀靜靜地說，我知道他已經在想七大公國可能會比六大公國更強壯。

「那麼珂翠肯公主的父親，」我問，「他的健康狀況如何？」

「就他的年紀來說，是非常矍鑠健壯的。我確信他能在位很久、治理得當，讓他的繼承人繼承一個完整又安全的王國。」

「到那個時候，我們的紅船問題很可能早就結束了，惟眞也就能自由考慮其他的事情。」

「很可能。」黠謀國王靜靜地表示同意，終於迎視我的眼神。「惟眞前去迎娶他的新娘時，你跟他一起去。」他又說一次。「你瞭解你的職責所在了吧？我信任你會謹愼從事。」

我朝他俯首。「照您的吩咐，國王陛下。」

19

旅程

把群山王國稱之為王國，等於一開始就誤解了那個地區，也誤解了當地的人民。同樣的，把那個區域稱為「齊亓達」也是不正確的，雖然齊亓達人確實占了居民的大多數。群山王國不是一整片統一的鄉野，而是包含了許多依附在山側的小村莊，包含了有著可耕地的小河谷，包含了在通往各隘口的崎嶇道路旁興起、以交易為業的小村落，還有許多部族的牧人和獵人浪跡在村與村之間不適人居的荒涼郊野。這麼多生活型態迥異的人民很難統一，因為他們的利益常常相互衝突。然而奇怪的是，雖然各團體都獨立保持自己的特性習俗，但唯有一股力量是比這點更加強大的，就是他們對「國王」的忠誠。

根據傳統，王室宗裔是從一位先知兼判官開始的，這名女性不僅睿智，更是一位哲學家，創立了一套統治的理論，其基本原則在於統治者是人民最極致的僕人，必須完全無私地為人民服務。從判官變成國王並不是發生在某一特定時刻的事件，而是日積月累的逐漸轉變。隨著頡昂佩神聖判官的公正與智慧名聲四處流傳，有愈來愈多人前去尋求仲裁、判決，也願意接受並遵守判官的決定，因此該地的法律自然而然在整個山區都受到尊重，也有愈來愈多團體採行了頡昂佩的法律。於是判官變成了國王，但令人驚異的是，他們仍維持那條加諸在自己身上的法令，就是為人民服務、犧牲。頡昂佩的傳統中充滿了這類故事，述說許多國王和女王以各種各樣的方式為人民犧牲自己，從抵擋攻擊牧羊人孩童的野獸到自願去敵國當人質不一而足。

人們都說山區民族的性格很嚴酷，甚至接近野蠻。事實上，他們居住的土地是嚴苛的，因此他們的法律也反應這個狀況。嚴重畸形的嬰孩確實會被遺棄，或者更常見的做法是將其淹死或下藥致死。老人通常選擇「退隱」，這是一種自我放逐，讓寒冷和飢餓結束他們病弱的生命。食言的人除了必須付出原本議定價格的雙倍代價之外，可能還得在舌頭上割出一道標記。在六大公國比較安穩地區的人看來，這些習俗可能顯得過時又野蠻，但卻奇怪地很適合群山王國的世界。

到最後，還是惟眞贏了。我相信這番勝利對他一點也不甜美，因爲支持他自己頑固堅持的證據是打劫的頻率突然大增。短短一個月之內就有兩個村子被燒，總共有三十二名居民被抓去冶煉，其中十九個人顯然隨身攜帶如今很流行的小瓶毒藥，於是選擇了自殺。第三個遭到攻擊的城鎮人口比較多，他們成功地保衛了家園，但保衛他們的不是國王的軍隊，而是居民自己組織僱用的傭兵部隊。反諷的是，這些傭兵中有很多人都是外島移民，發揮了他們少有的幾項專長之一。人民對看來毫無作爲的國王也愈來愈有怨言了。

試著跟他們解釋惟眞和小組正在做些什麼是沒用的，人民需要、想要的是擁有自己的戰船來保衛沿岸。但造船需要時間，而那些由商船改爲軍船、已經在海上服役的那些船隻則形狀太圓胖笨拙，比不上那些騷擾我們的造型流線的紅船。承諾明年春天給他們船也安慰不了農民和牧人，因爲今年的作物和牲畜還不知保不保得住。同時，位處內陸的那些大公國也愈來愈不滿，表示他們付更重的稅，保護的卻是跟他們沾不上邊的海岸；至於沿海大公國的領袖們則諷刺地說，如果沒有他們的海港和商船來出口內地的貨物，眞不知道內陸人的日子會好過到哪裡去。在「高層議會」的會議上，至少有一次提爾司的公羊公爵就曾建議說，如果能緩和紅船的劫掠，那麼把近鄰群島和毛皮岬割讓給他們也算不了什麼太大的損失；畢恩斯的普隆第公爵則以牙還牙，威脅要封閉熊河上所有的商船往來，看看提爾司會不會覺得也沒什麼大礙。黠謀國王總算在他們大打出手之前讓會議結束，但法洛公爵已經明白表示他是站在提爾司那一邊的。每過一個月、每分配一筆稅款，雙方的壁壘就更加分明尖銳，顯然需要什麼東西來恢復王國的團結，而黠謀深信這樣東西就是一樁王室婚姻。

於是帝尊跳著他的外交舞步，終於安排讓珂翠肯公主在她自己人民的見證下向代表哥哥的帝尊立誓效忠，惟眞的誓詞則由弟弟代替說出。當然，之後在公鹿堡還會再舉行一場婚禮，由珂翠肯國內指派適合的代表前來見證觀禮。此刻帝尊暫時繼續留在群山王國的首都頡昂佩，使得公鹿堡和頡昂佩之間的使者、禮物，和供給川流不息，幾乎每個星期都有一批人馬出發或抵達，搞得公鹿堡不得安寧。

在我看來，用這種方式來安排一樁婚事既笨拙又難看，雙方要到婚後將近一個月才見得著對方。但政治權宜比兩位當事人的感覺更重要，所以兩地的婚禮慶祝活動都在各自籌畫當中。

我早就從惟眞汲取我力量的那次恢復過來了，但蓋倫用迷霧困惑我的心智所造成的影響，我則花了更多時間才完全瞭解。現在想起來，我相信我很可能會不顧惟眞的忠告直接去找蓋倫理論，但是他離開了公鹿堡。他是跟著一批前往頡昂佩的人馬出發的，要到法洛去探訪親戚；等他回來的時候我就已經上路前往頡昂佩了，所以我碰不到蓋倫。

我又再一次時間多得用不完。我還是照顧力昂，但牠每天只花我一兩個小時而已。我一直沒查出任何博瑞屈遇襲這件事的線索，博瑞屈對我的排斥放逐也毫無放鬆的跡象。我到公鹿堡城裡去過一次，但當我湊巧晃過蠟燭店那裡的時候，卻只見店門緊閉、一片沉寂。我去問隔壁的店家，結果得到的消息是蠟燭店至少十天以前就關了，除非我想買皮革馬具，否則就滾遠點別來煩他。我想起上次看到跟莫莉在一起的那個年輕男子，滿心怨恨地希望他們不幸福也不快樂。

我決定去找找弄臣，只因爲我很寂寞。我以前從來沒試過主動跟他見面，結果他比我想像中的更難見蹤跡。

我在堡裡四處亂逛了好幾個小時想碰到他，最後壯起膽子到他的房間去。多年來我都知道他住在哪裡，但以前從來沒去過，而且也不只是因爲那是堡內比較偏遠的一部分。弄臣不會邀人跟他親近，只會在他所選擇的時機表示出他所選擇的那種親近。他的房間位在一座塔頂，費德倫告訴過我那裡以前是地圖室，可以一覽無遺地看見公鹿堡四周的地勢。但公鹿堡後來加蓋的部分擋住了視野，其他更高的塔取代了它的用途，這裡已經完全沒用處了，只能充當弄臣的房間。

接近收割時期的一天，我爬到那座塔頂房間去。天氣已經又熱又黏了，而這座塔是封閉式的，僅開了射箭用的窄洞，透進來的陽光只能照見我腳步揚起的灰塵。起初陰暗的塔內好像比悶熱的室外涼爽，但我愈往上爬，這塔似乎就變得愈熱愈封閉，等我爬到最後一處樓梯間平臺的時候，已經覺得簡直沒有空氣可以呼吸了。我疲憊地抬起手，握拳敲敲那扇堅固的門。「是我，我是蜚滋！」我叫，但靜止的熱空氣摀住了我的聲音，像一條濕毛毯悶熄火焰。

我是不是可以用這一點當作藉口？我是不是可以說我以爲他可能沒聽見我的聲音，所以進房去看他在不在？或者我是不是可以說我好熱又好渴，所以進來看看他房裡會不會比較涼快通風、有沒有水可以喝？我想原因並不重要。我伸手去拉門閂，一拉就開了，我進入房內。

「弄臣？」我叫，但我感覺得到他不在，不是以我通常感覺到別人在不在的那種方式，而是從房內的一片沉靜感覺到的。然而我站在門內，呆呆瞪著一個人赤裸裸的靈魂。

這裡光線充足，有花，還有各式各樣繽紛的色彩。角落有一架織布機，還有好幾籃顏色鮮豔之至的高級細線。蓋在床上的床罩和掛在開啓的窗戶旁的簾子都是織出來的，我從沒看過這樣的成品，上面織的雖是幾何圖形，卻又能讓人覺得是藍天下開滿花朵的原野。一個寬大的陶盆裡漂浮著花朵，盆底鋪著色彩鮮豔的小石頭，一條細細的銀色小魚在花梗間游動。我試著想像那個毫無血色、憤世嫉俗的弄臣身處在這一整片色彩和藝術中。我朝房裡走了一步，看見一樣讓我的心在胸中猛然一跳的東西。

一個嬰孩。我一開始以爲是，因此不假思索往前又走了兩步，走到它所躺的那個搖籃邊跪下。但那不是個活生生的孩子，而是個洋娃娃，製作的手藝精巧得匪夷所思，我幾乎覺得那小小的胸脯會隨著呼吸起伏。我朝那張蒼白細緻的臉伸出手，但不敢碰。那眉毛的弧度，那閉著的眼睛，那小小臉蛋上的淡淡紅暈，甚至那隻放在蓋毯外的小手，全都完美得超乎我想像任何工藝品能到達的程度。我猜不出它是用何種細緻的黏土製作的，也猜不出是什麼樣的手給娃娃的小臉添上那細小又捲翹的睫毛。那條小小蓋毯上繡滿了三色堇，枕頭是綢緞的。我不知道我在那裡安安靜靜跪了多久，彷彿它眞的是個睡夢中的寶寶，但最後我終於站起身退出弄臣的房間，靜靜關上門。我慢慢走下多得數不清的臺階，既害怕我會碰見弄臣從樓下走上來，又感覺心頭沉重，因爲我發現了堡裡有一個人至少跟我一樣孤單。

那天晚上切德找我去，但我到他房裡的時候，他好像除了要見我之外別無事情交代。我們幾乎是一言不發地坐在黑漆漆的壁爐前，我覺得他看起來從未這麼蒼老過。惟眞被吞噬了，切德也跟著憔悴消瘦，他那雙瘦骨嶙峋的手看起來幾乎像是脫了水，他的眼白滿是血絲。他需要睡覺，但他不睡覺，卻把我找來，然而又那麼靜止沉默地坐在那裡，幾乎沒吃幾小口他放在我們面前的食物。最後我終於決定開口幫他的忙。

「你是不是怕我沒辦法做到？」我輕聲問他。

「做什麼？」他心不在焉地問。

「殺群山王國的王子，盧睿史。」

切德轉身正對面看著我，沉默了很久。

「你不知道黠謀國王派我去做這件事。」我結結巴巴地說。

他慢慢轉回身去面對空洞的壁爐，仔細研究著它，彷彿爐裡有火焰需要他解讀。「我只是製造工具的人。」最後他終於靜靜地說。「使用工具的是另一個人。」

「你認爲這個……任務是壞事，是錯誤的嗎？」我吸了口氣。「根據我聽到的消息，他反正也活不久了。這麼做反而可能比較慈悲，讓死亡在夜裡靜悄悄來到，而不是——」

「小子，」切德靜靜地說。「永遠不要假裝我們是別的什麼東西。我們就是刺客，不是充滿智慧、執行國王慈悲意旨的使者。我們是政治刺客，爲了擴張王國的權力而殺人，如此而已。」

輪到我盯著那些不存在的火焰看了。「你這樣讓我很難去動手。這件事本來就已經夠難了。爲什麼？你爲什麼把我變成現在這個樣子，卻又試著削弱我的決心……？」我的問題沒有問完，不了了之。

「我認爲……算了。也許我只是嫉妒吧，孩子。我想，我覺得奇怪的是黠謀爲什麼派你而不派我。也許我是害怕我對他已經沒用了。也許是因爲，現在我認識了你，我眞希望自己從來沒有動手把你變成……」這下子輪到切德陷入沉默，他的思緒飄向字句無法跟隨的地方。

我們坐在那裡思索我的任務。這不是代國王主持公道，不是處死犯罪的人，只是除去一個妨礙我們國家得到更大權力的人。我靜靜坐著不動，開始懷疑我到底會不會下手，然後我抬起頭看見深深插在切德壁爐臺上方的那把銀質水果刀，我想我知道了答案。

「惟眞替你提出了控訴。」切德突然說。

「控訴？」我無力地問。

「對黠謀提出的。第一，他指稱蓋倫虐待你、騙了你。這一項他是提出正式的控訴，說蓋倫使我們的王國在如今這麼需要精技人才的時候，卻無法藉助你的能力。他非正式地建議黠謀最好跟蓋倫解決這件事，以免你自己動手報復。」

我看著切德的臉，看得出他已經知道了我跟惟眞那番討論的一切內容。我不知道我對此有什麼感覺。「我不會自己去找蓋倫報仇的，惟眞已經要求我不要這麼做了。」

切德看我的眼神裡有無言的讚許。「我也是這麼告訴黠謀的。但他還是跟我說，叫我一定要告訴你他會解決這件事，這一次國王會親自主持公道，你必須靜待並接受他的處理。」

「他會怎麼做？」

「這我就不知道了。我想黠謀自己都還不知道。蓋倫必須受到訓斥，但我們必須記住，如果我們還要繼續訓練其他小組，就不能讓蓋倫覺得太委屈。」切德清清喉嚨，更沉靜地說，「惟眞還向國王做出了另一項控訴。他相當直截了當地指控黠謀和我，說我們願意爲了王國把你犧牲掉。」

我突然明白，這才是切德今晚找我的原因。我沉默不語。

切德放慢語調說，「黠謀宣稱他連想都沒想過這一點。至於我，我根本不曉得這種事情是有可能的。」他又嘆了口氣，彷彿說出這些話讓他很費力。「黠謀是個國王，孩子。他最優先關切的永遠都是他的王國。」

我們之間的沉默延續了很久。「你的意思是說他會把我犧牲掉，一點也不會疑慮不安。」

他眼睛仍然看著壁爐。「你，我，甚至惟眞都可以犧牲，如果他認爲爲了讓王國存續有必要這麼做的話。」然後他轉過來看著我。「永遠不要忘記這一點。」

迎親的大隊人馬要從公鹿堡啓程的前一晚，蕾細來敲我的房門。當時已經很晚了，她說耐辛要見我，我傻愣愣地問，「現在？」

「唔，你明天就要走啦！」蕾細指出，我於是乖乖跟她去，彷彿這邏輯很有道理似的。

我到的時候，耐辛坐在鋪有椅墊的椅子上，身穿睡衣，外披一件刺繡華麗的袍子。她頭髮披散在肩上，我在她指示的位置坐下，蕾細繼續替她梳頭。

「我一直都在等你來向我道歉。」耐辛表示。

我立刻開口要道歉，但她不耐煩地揮手要我閉嘴。

「但我今天晚上跟蕾細討論這件事，發現我已經原諒你了。我判定，男孩就是有某些程度的粗魯必須發洩。我判定你那麼做不是有意的，因此你不需要道歉。」

「但我眞的覺得很抱歉，」我抗議道。「我只是不知道該怎麼說——」

「現在道歉已經太遲了，我已經原諒你了。」她迅即說。「而且現在沒時間了，我想你一定早就該上床睡覺。但是，既然這是你第一次正式進入宮廷生活，我想在你離開之前給你一樣東西。」

我張開嘴，然後又閉上。如果她認爲這是我第一次眞正進入宮廷生活，我也不必跟她爭。

「坐這裡。」她威嚴地說，指指她腳邊。

我走過去乖乖坐下，第一次注意到她膝上放著一個小盒子。那盒子是暗色木質，盒蓋上以淺浮雕的手法刻出一頭雄鹿。她拿出一個耳環往我耳朵上比。「太小了。」她咕噥著說。「要是沒人看得見，那戴珠寶還有什麼意思？」她連著拿起好幾個耳環，比一比又拋下，評語都差不多。最後她拿起一個耳環，看起來像是一小塊銀網上卡了一顆藍色寶石。她對這耳環做了個怪表情，然後遲疑地點點頭。「那個人有品味。就算他別的什麼都缺，但品味倒還是有的。」她再次拿起它往我耳朵湊，然後完全沒有半句警告就把耳環的針戳進我耳垂。

我慘叫一聲，一手舉起來要摀住耳朵，但她打掉我的手。「別像個小娃娃一樣，痛一下就好了。」耳環後面有個勾扣之類的東西，她無情地用手指把我耳朵翻過來，扣好耳環。「好了。他戴起來挺合適的，妳不覺得嗎，蕾細？」

「是挺合適。」永遠都在編織蕾絲的蕾細同意道。

耐辛做了個手勢示意我可以退下了，我起身要走，她說，「你要記得一件事，蜚滋。不管你會不會精技，不管你有沒有繼承你父親的名字，你都是駿騎的兒子，你的舉止要光明磊落。現在快去睡吧！」

「耳朵這樣怎麼睡？」我問，讓她看我指尖沾到的血跡。

「我沒想到這一點。對不起——」她開口說，但我打斷了她的話。

「道歉已經太遲了，我已經原諒妳了。還有，謝謝妳。」我離開的時候蕾細還在偷笑。

第二天我一大早起床，加入前去迎娶的大隊人馬。爲了表示慶賀兩家新結秦晉之好，必須送上豐富的聘禮。有些禮物是送給珂翠肯公主本人的，包括一匹血統優良的牝馬、珠寶首飾、織品衣料、僕役，以及稀有的香水。其他的禮物則是送給她家人和人民的。馬匹、獵鷹、鍛造金飾等送給她父親和哥哥不在話下，但最重要的是送給她王國的那些禮物，因為依照頡昂佩的傳統，她屬於人民的程度超過屬於她家族的程度。因此禮物包括了用來配種繁衍的牛、羊、馬、禽鳥等等，包括了用山區缺少的紫杉做成的強弓，包括了用冶煉鎮出產的精鐵製成的鐵匠工具，還有其他應該有助於改善山區人民生活的禮物。此外，禮物也包括了知識，有出自費德倫之手、繪製非常精美的好幾份植物圖鑑，還有好幾片記載治病療法的木牘，以及一份關於養鷹馴鷹的卷軸，是從鷹牧本人創寫的那一份仔細抄繕而來。這最後一部分的禮物，就是我在隊伍裡表面上負責的工作。

我負責保管的除了這些東西，還有植物圖鑑中所提到的各式各樣藥草和草根，數量豐富，至於不耐久放的藥草則改以種子代替，可以在當地種植。這份禮物相當貴重，我很嚴肅看待這一路妥善維護它的職責，一如我嚴肅看待那另一項任務。每一樣東西都包得好好的，放在一口杉木雕刻的箱子裡。我最後一次檢查每樣東西是否包裹妥當，然後準備把箱子搬到樓下庭院裡，這時聽見弄臣在我身後說話。

「我拿這個來給你。」

我轉過身，看見他站在我房門進來一點點的地方。我連門開的聲音都沒聽見。他伸手遞出一個用細繩綁住的小皮袋。「這是什麼？」我問，試著不讓他在我聲音裡聽到那些花或那個娃娃。

「『海之清滌』。」

我揚起眉毛。「清腸子用的瀉藥？用來當賀禮？我想也許有些人會覺得適合，但我要帶去的這些藥草是可以在山區種植生長的。我不認為——」

「這不是賀禮，是給你的。」

我情緒複雜地收下那個小袋。這是一種藥效格外強勁的瀉藥。「謝謝你想到我。但我旅行的時候通常不容易生什麼病，而且——」

「你旅行的時候，通常沒有被人下毒的危險。」

「你是不是有什麼事要告訴我？」我試著做出輕鬆、開玩笑的語氣。我想念弄臣慣常的怪表情和嘲弄語句，但兩者在這番對話中都付之闕如。

「我只是要說，如果食物不是你自己準備的，你就最好少吃或者根本不要吃。」

「包括那裡的所有宴會和慶祝活動嗎？」

「不，只包括你不想被毒死的宴會和活動。」他轉身要走。

「對不起，」我匆忙開口。「我不是有意要闖進去的。我想找你，當時又好熱，房門沒有扣住，所以我就進去了。我不是有意要窺探的。」

他背對著我沒有轉身，問道，「你覺得那裡很好笑嗎？」

「我……」我想不出該說什麼，想不出該用什麼方法向他保證，我在那裡看到的一切只會留在我自己的腦海裡。他跨出兩步，動手關門。我脫口而出，「看到那裡，讓我希望我也有個地方是專屬於我自己的，就像那個地方是專屬於你的。我希望我也能有一個自己的祕密所在。」

門停住，差一手之寬就要關上了。「聽我一點忠告，你或許能活著回來。思考別人的動機的時候，你要記住不能拿你自己的斗去量他的麥子。他用的度量衡標準可能根本不一樣。」

然後房門關上，弄臣離去。但他這最後一句話夠晦澀、夠令人覺得挫折，因此我想他也許已經原諒了我擅闖他房間的事。

我把海之清滌塞進背心裡，不想帶它，但現在又不敢不帶它。我環顧房間，但這裡一如往常是個光禿禿、實用性的房間。我的行李是急驚風師傅負責打包的，因爲她怕我會把新衣服弄亂弄髒。我注意到我前襟上的圖案已經不再是那頭被斜線劃過的公鹿，改成了一頭低下頭準備以犄角發動攻擊的公鹿。

「這是惟眞下令改的。」我問她的時候她只說了這麼一句。「我比較喜歡這個圖案，比原先那個劃線的鹿頭要好，你不覺得嗎？」

「我想是吧！」我回答，這番對話也就到此爲止。有了名字，有了紋飾。我對自己點點頭，把那箱藥草和卷軸扛在肩上，下樓去跟隊伍會合。

我下樓時遇到惟眞正要上樓，一開始我幾乎認不出他來，因爲他上樓的樣子像個步履蹣跚的老人。我讓到一旁讓他通過，他瞥向我，我才發現是他。那感覺很奇怪，見到一個原本熟悉的人卻宛如陌路。我注意到他的衣服現在簡直像是掛在他身上，原本記憶中他那頭亂蓬蓬的黑髮也摻雜了灰。他朝我心不在焉地微笑，然後彷彿突然想到什麼，攔住了我。

「你要到群山王國去了？去辦婚禮？」

「是的。」

「幫我個忙好嗎，小子？」

「當然。」我說，被他鏽啞的聲音嚇了一跳。

「在她面前爲我說點好話。我當然是要你講實話，不是叫你撒謊，但請你爲我說點好話。我一直覺得你對我滿有好感的。」

「是的，」我對著他逐漸離去的背影說。「確實是這樣，大人。」但他沒轉身也沒回答，我的感覺就跟先前弄臣離開我時一樣。

庭院裡滿是人和動物。這次隊伍裡沒有車，因爲進入山區的道路路況之壞是出了名的，爲了加快前進的速度，因此決定以馱獸代替車子。王室隊伍要是遲到沒趕上婚禮可就難看了，光是新郎不在場就已經夠糟糕。

當作禮物的那些牲畜好幾天前就已經上路了。這趟行程預計要花兩個星期，我們排了三個星期的時間，好有點緩衝餘地。我把那口杉木箱放在一頭馱獸身上綁好繫牢，然後站在煤灰身旁等待。雖然院子裡的地上鋪的是鵝卵石，但炎熱的夏日空氣中還是塵土飛揚。儘管事前經過好一番詳細的計畫，隊伍看起來依然相當混亂。我曾向帝尊最喜歡的貼身侍僕塞夫倫。帝尊一個月前把他派回公鹿堡來，詳細指示他要做什麼樣的衣服。塞夫倫走在阿手後面，慌慌張張告誡著他些什麼，不過不管他勸告的內容是什麼，阿手看來都沒耐心聽。急驚風師傅最後一次交代我如何照顧我的新衣服時曾經透露，塞夫倫要替帝尊帶去的衣服、帽子和配件實在太多，一共要用三頭馱獸才能載得了。我猜想照顧那三隻動物的職責是落在阿手身上，因為塞夫倫雖是個非常好的貼身侍僕，但跟大型動物相處不怎麼拿手。帝尊的手下嘮得笨重地走在他們兩人身後，一副脾氣暴躁沒耐心的樣子。他那寬厚的肩膀上扛了另一口箱子，或許塞夫倫緊張的就是要多載這樣東西的事。他們不久就消失在人群裡看不見了。

我很驚訝地看見博瑞屈，他正在檢查那些配種用的馬匹和要送給公主的牝馬身上的韁繩。我心想，這應該是負責管馬的人該做的事吧！然後我看見他騎上馬，這才明白到他也是這支隊伍的一分子。我環顧四周看看有誰陪他，但除了阿手之外沒看到任何一個我認識的馬僮。柯布已經跟帝尊在頡昂佩了，所以博瑞屈自己擔起這份職責，這點倒不令我驚訝。

威儀也在這裡，他騎在一匹優秀的灰色牝馬上等待，那種毫無表情、神色淡漠的模樣幾乎不像人。身為小組成員的他已經變了很多。他以前是個有點嬰兒肥的年輕男子，話不多，但態度和悅；他跟惟真一樣有一頭亂蓬蓬的黑髮，我聽過人家說他跟惟真小時候長得很像。我心裡想，等到他的精技工作愈來愈繁重，他恐怕會變得更像惟真。他會出席婚禮，為惟真擔任類似一扇窗戶的角色，在帝尊代替哥哥說出誓詞的時候做見證。帝尊的聲音，威儀的眼睛，我忖道。那我是扮演什麼的？他的匕首嗎？

我騎上煤灰，恨不得能趕快啓程，離開這些互道再見、最後再交代幾件事的人。我向艾達神祈禱，希望我們能趕快出門上路。歪歪扭扭的隊伍好像永遠都沒辦法到齊，趕在最後一分鐘綁上、拴上的行李也好像永遠弄不完。然後，幾乎是很突兀地，旗子舉起來了，號角聲響了，一整列的人員、馬匹、背著重物的馱獸也開始移動。我抬頭往上看過一次，看到惟眞在塔頂上走出房外來目送我們離開，我朝他揮手，不過在這麼多人當中他大概是認不出我。然後我們就出了大門，沿著蜿蜒的山丘小徑離開公鹿堡，向西前進。

這條路線會把我們帶到公鹿河的河岸旁，我們將在公鹿和法洛兩大公國交界處附近涉過寬闊淺灘，然後穿過法洛的廣闊平原，見識到我從不曾遭遇過的酷熱，一直到藍湖。到了藍湖之後，我們會沿著一條發源自群山王國、名字非常簡單就叫冷河的河往上游走。通商道路從冷灘開始，穿過山間、山下，然後一路往上再往上通往風暴隘口，繼續延伸到雨野原的濃密蔥鬱森林。但我們不會走到那麼遠，我們只要到頡昂佩，那是群山王國最類似所謂城市的地方。

如果把這種行程中無法避免會發生的一些事排除在外，這趟旅程可以說滿平淡無奇的。等到一開始的三四天過去，一切就穩定下來變成很單調的例行公事，唯一有變化的只是我們經過的地方。一路上每一個小村落的居民都跑出來迎接我們、延遲我們，致上地方官員對王儲婚禮的祝福與恭賀。

不過等我們到達法洛的廣闊平原之後，就很少碰到這類小村莊了。法洛的肥沃農地和貿易城市都在偏北的酒河沿岸地帶，離我們的路線很遠。我們穿過法洛的平原地區，那裡的居民大多是四處游牧的牧人，只有冬天才會聚集起來變成城鎮，沿著通商路徑定居下來度過他們所稱的「綠色季節」。我們經過一群群的綿羊、山羊、馬匹，偶爾也會經過一群那種危險、瘦高的豬，他們稱之爲「哈拉嘎」；但我們與那個地區的人的接觸通常都很有限，只有遠遠看見他們圓錐形的帳篷，或者某個牧人從馬上站起身、高舉著手杖向我們打招呼。

阿手和我又重新熟稔起來。晚上我們會一起生堆小火煮東西、一起吃飯，他會告訴我塞夫倫是多麼緊張兮兮，怕灰塵弄髒了絲袍、怕毛皮領子被蟲蛀、怕天鵝絨在這一路長途跋涉之下磨損成碎片。至於嘮得給他帶來的問題就比較讓人笑不出來了，我自己對那個人的印象本來也不好，阿手則說跟他一起旅行很讓人受不了，因爲他好像老是在懷疑阿手要偷帝尊行李裡的東西。有一天晚上嘮得甚至來到我們的火堆旁，辛苦地做出了一番模糊又間接的警告，不許任何人陰謀偷竊他主人的東西。不過除了這類不愉快的場面之外，我們的晚上都過得很安寧。

好天氣繼續持續，雖然我們白天熱得流汗，但晚上的氣候則很溫和。我把毛毯墊在身體下睡覺，很少需要再另外蓋東西。每天晚上我都檢查我那口箱子裡的東西，盡量讓那些植物的根不要完全乾掉，也盡量避免讓卷軸和木牘在箱子裡移來蹭去造成磨損。有天晚上我被煤灰的一聲響亮嘶鳴驚醒，覺得那口杉木箱的位置好像有點移動，但我很快檢查了一遍箱裡的東西，一切都井然有序。稍後我跟阿手提起這件事，他只問我是不是被嘮得傳染了。

我們經過的村莊和牧人常提供我們新鮮食物，而且給的量都非常慷慨，因此我們一路上沒吃什麼苦頭。在穿過法洛國境的路上，露天的水源或許沒有我們期望的多，但我們每天也都能找到泉水或者積著灰塵的井可以取水飲用，所以這一點也不算太難受。

我很少看到博瑞屈。他比我們所有人更早起床，走在主要隊伍的前面，這樣他照顧的那些馬就可以吃到最好的草、喝到最乾淨的水。我知道他會希望他那些馬到達頡昂佩的時候是處在巔峰狀態。威儀幾乎也是看不見人，雖然名義上這趟行程是由他來管轄，但他把實際的管理工作交給他儀仗衛隊的隊長，至於他這麼做是出於明智還是懶惰，我就不知道了。總之他大部分時間都獨自一人，不過倒是允許塞夫倫服侍他，並跟他睡同一個帳篷、一起用餐。

對我而言，這旅程幾乎像是重返童年。我要負責的事情很少，阿手又是個好旅伴，不需要特別問他他就會說出一大堆故事和閒話。我常會幾乎一整天都沒有想起來，等我們到達目的地之後我要殺死一位王子。

這個念頭通常是在我深夜醒來的時候出現。法洛的夜空似乎比公鹿堡更綴滿繁星，我會一邊盯著星星看，一邊在腦海裡演練各種殺死盧睿史的方法。我有另外一個小木盒，很小心地包在裝著我衣物和私人用品的那個袋子裡。給那個小木盒裝東西的時候，我煞費思索又充滿焦慮，因爲這項任務必須達成得非常完美，事情必須做得乾淨俐落，不可以激起一絲一毫的懷疑。而且時機也很重要，不能讓他在我們還在頡昂佩的時候死掉，不可以有任何事情讓婚禮染上半點陰影；他也不能死在公鹿堡的婚禮舉行、婚姻安全確立之前，因爲這樣可能會被視爲不祥的預兆。要安排這樣的死，可不容易。

有時候我納悶，爲什麼這件事是交給我而不是交給切德。這是不是某種考試，要是我失敗了就會被處死？切德是太老了無法面對這項挑戰，還是太珍貴了，不能冒這項任務的風險？或者只是因爲他照顧惟眞的健康必須寸步不離？如果我制止自己去想這些問題，接下來納悶的內容就變成我是不是該用某種藥粉刺激盧睿史已經受過傷的肺，讓他活活咳死。或許我可以把藥粉灑在他的枕頭和床褥上。或者我是不是該給他某種止痛藥，讓他慢慢上癮，最後在睡夢中死去？我有種沖淡血液的藥，如果他的肺本來就已經慢性出血了，用這種藥或許足以送他上路。我還有一種又快又致命又如水般無味的毒藥，但我得想出辦法，確保他會在某個足夠遙遠的未來吃下去。想這些事都無助於睡眠，然而新鮮空氣和整天騎馬的疲累通常都足以對抗這些念頭，我一覺醒來多半又熱切期待啓程了。

我們終於看到了藍湖，它就像是遠方的一個奇蹟。我已經好多年沒有離開海邊這麼久了，此時很驚訝地發現見到水讓我有多高興。我們隊伍中每一隻動物都在我的腦海裡塡滿了清水的乾淨氣息。愈朝那座大湖走，景物就變得愈綠、愈溫和，我們很難制止馬匹晚上吃太多草。

許多帆船在藍湖上來來往往做生意，船帆的顏色各異，不僅表示他們賣的是什麼，也表示他們是爲哪個家族航行。藍湖旁的住家是建在打入水中的樁基上。我們在那裡受到款待，大啖新鮮的淡水魚，不過以我這個吃慣海水魚的舌頭嚐起來覺得味道很奇怪。我覺得自己儼然是個經驗豐富的旅人，有一天晚上阿手和我簡直對自己太刮目相看了，因爲幾個綠眼睛的女孩吃吃笑著來到了我們的火堆旁。她們來自當地一個買賣穀物的家族，帶著色彩鮮豔的小鼓，每一個鼓的音調都不同，她們打鼓唱歌給我們聽，直到她們的母親邊罵邊找到這裡來，把她們帶回家去。這段經歷沖昏了我們的頭，那天晚上我完全沒想到盧睿史王子的事。

我們現在往西北方前進，搭幾艘我一點都不信任的平底駁船渡越藍湖。到了彼岸，我們發現自己突然來到森林地，法洛的炎熱天氣也只能在記憶裡回味了。我們的路線穿越廣裔參天的杉木林，之間偶爾夾雜著幾棵白樺樹，燒過的地方則點綴著赤楊和柳樹。馬蹄踩在森林小徑的黑土上，四周盡是秋天的甜美氣息。我們看到許多不熟悉的鳥，有一次我還瞥見一頭巨大的雄鹿，那顏色和種類我之前從未、之後也不曾看過。馬匹晚上吃不到很多草，幸好我們從湖邊的居民那裡拿了穀子來。夜裡我們生起火堆，阿手和我共用一個帳篷。

如今我們的路線是一直朝山上走，彎彎曲曲穿過陡峭的山坡與山坡之間，但高度確實是在逐漸上升。一天下午我們碰到了一個頡昂佩來的代表團，是派來歡迎我們並替我們帶路的。之後我們的行進速度似乎就變快了，每天晚上還有樂手、詩人、雜耍藝人表演助興，更有當地的佳餚可吃。他們盡一切力量來歡迎我們、款待我們，但我覺得他們非常奇怪，他們迥然不同的模樣幾乎讓我覺得害怕。我常常要逼自己記住博瑞屈和切德都教過我的禮節，可憐的阿手則幾乎是完全躲著這些新同伴。

從外表看來，他們大多數都是齊兀達人，也就是我預期的模樣：個子高，膚色蒼白，頭髮和眼睛都是淺色，有些人的頭髮則是紅得像狐狸一樣。這個民族的人肌肉都非常結實，男女皆然。他們每個人似乎都帶著一把弓或者投石器，走路顯然比騎馬要自在得多；他們身上穿的是羊毛和皮革，就連最普通、最樸素的人也穿著上好的毛皮，彷彿這只是家常服裝。他們步行走在騎馬的我們身旁，跟上馬匹的速度走一整天，似乎毫不吃力。他們邊走邊唱歌，那些長長的歌曲是用一種古老語言唱的，聽來幾乎偏向哀愁，但他們不時會穿插勝利或高興的呼喊聲。後來我得知他們是把他們的歷史唱給我們聽，好讓我們更瞭解我們藉由王子結盟的是什麼樣的民族。我想他們大多數是吟遊歌者和詩人，用他們的語言說來就是「好客」之人，傳統上都是派他們來接待客人，讓客人還沒到達目的地就很高興自己來了。

接下來兩天，我們走的路愈來愈寬，因為我們離頡昂佩愈來愈近，有其他的小徑和道路匯集於這條路，變成一條寬廣的通商道路，有些地方鋪著一層白色岩石的碎片。我們離頡昂佩愈近，隊伍就變得愈壯觀，因為有許多村莊和部族的代表團也加入了我們的行列，從群山王國的遠處前來，觀看他們的公主與平地那位有權勢的王子締結婚約。不久後，在狗、馬，和他們用來當馱獸的某種山羊包圍之中，在一輛輛裝著禮物的運貨馬車、各行各業各種階層的人一家家一群群的尾隨之下，我們來到了頡昂佩。

20

頡昂佩

「……因此讓他們來吧！我所屬的人民，當他們來到這個城市，讓他們永遠都能夠說，『這是我們的城市、我們的家，我們願意待多久就可以待多久。』讓這裡永遠都有空間，讓牛群和羊群〔以下字句佚失〕。如此，頡昂佩城裡便沒有陌生人，只有鄰居和朋友，隨意來來去去。」犧牲獻祭的意旨在這一點和其他所有事情上都得到了遵守。

多年之後，我在一片殘缺的齊兀達神聖木牘上讀到這些字句，由此終於瞭解了頡昂佩。但在我第一次隨著隊伍騎馬上山前往頡昂佩的時候，我對於所見到的景物感到既失望又驚異。

那裡的寺廟、宮殿，以及公共建築，不管是顏色還是形狀都讓我聯想到巨大的鬱金香花苞。這些建築的形狀，是繼承自當初創建這城市的游牧民族用獸皮撐開搭建的傳統營帳，至於顏色則純粹是因爲山區民族喜歡讓所有東西都色彩繽紛。爲了迎接我們的到來以及公主的婚禮，每一棟建築都重新染色過，因此顏色鮮豔得近乎俗麗。最主要的顏色似乎是深淺不同的各種紫，以黃色襯托搭配，但每一種顏色都不缺。最好的比喻或許是，這就像是突然來到了一片穿透雪地與黑土長出來的番紅花園，因為山區光禿的黑色岩石和深綠色的長青樹使這些建築的鮮豔色彩顯得更加炫目。此外，這座城市本身坐落地點的陡峭程度完全不輸公鹿堡，因此當你從山下仰望，城裡的各種色彩和線條看起來是一層一層的，就像在花籃裡插得錯落有致的花朵。

但當我們逐漸走近，我們看到在各大建築之間充滿了帳篷、臨時搭蓋的小屋，和各式各樣遮風避雨用的小棚架。因為在頡昂佩，只有公共建築和王宮才是永久性的，其他全都是來來去去的人民，到這裡來看看首都，來請他們稱之為「犧牲獻祭」的國王或女王主持公道，來造訪存放著財寶和知識的地方，或者只是來跟其他游牧人交易互訪。部族來來去去，搭起帳篷在這裡住上一個月左右，然後某一天早上就只剩下一片光禿禿的空地，直到另一群人來暫住這塊地方。然而這地方並不混亂失序，街道都規畫得整齊清楚，比較陡峭的地方也建有臺階。全城到處分布設置有水井、浴室、溫泉，垃圾和汙物也有非常嚴格的規定管理。這裡同時也是一個綠色的城市，邊緣都是草地，讓帶著牲畜和馬匹來的人可以在那裡放牧，而搭建帳篷的區域則以遮蔭樹木和水井作為分界。城裡處處是花園、花朵、修剪成各種形狀的樹木，精心照料的程度勝過我在公鹿堡裡看過的任何東西。造訪此城的人在花園裡留下他們的創作，可能是石雕或木刻，或者是塗著鮮豔色彩的陶製動物。就某一方面來說，這裡讓我想起弄臣的房間，因為這兩個地方都充滿了純為追求悅目而創作的色彩和形狀。

我們的嚮導帶我們在城外的一處草地駐足，表示說這塊地方是留給我們用的。經過一番交涉，原來他們預期我們會把馬匹和騾子留在這裡，步行進城。名義上是我們領隊的威儀處理起這件事不太圓滑，我頗感不安、不妥地看著他幾乎是生氣地解釋說，我們帶來的東西太多了，不可能自己扛進城，而且我們隊伍中有很多人長途跋涉這麼久已經很累了，想到要步行上坡更是高興不起來。我咬住嘴唇逼自己安靜站在一旁，看著我們有禮而困惑的東道主。帝尊一定早就知道這些習俗，他爲什麼不事先警告我們，讓我們不至於一到這裡就顯得粗魯又刁蠻？

但這些接待我們的好客之人很快就配合了我們的奇怪習慣。他們請我們先休息，請我們耐心等候一下。有一段時間我們全都站在那裡，徒勞無功地想表現出舒服的樣子。嘮得和塞夫倫過來跟阿手和我站在一起，阿手的酒袋裡還有幾口酒，他分給大家喝了，於是嘮得也不甘願地分享了幾條煙燻肉乾。我們閒聊，但我得承認我根本沒專心，只希望自己有勇氣去找威儀，請他表現得稍微入境隨俗一點，我們是來此地作客的，新郎本人沒來迎娶新娘已經夠糟了。我遠遠看著威儀跟幾個同行前來的老貴族商量，但從他們的手勢和姿態我推想他們全都同意他的看法。

過了一陣子，我們前面上方的路上魚貫出現了許多強健的齊兀達青年男女，是來把我們的東西扛進城裡去的，同時色彩鮮豔的帳篷也一個個搭起來了，給留在這裡照顧馬匹騾子的僕役住。我非常遺憾地發現阿手也得留在這裡。我把煤灰託給他照顧，然後一肩扛著那口裝著藥草的杉木箱，另一肩背著我自己的行李袋，跟其他人一起走進城裡。離開之際，我聞到煎肉和根莖蔬菜烹煮的香味，看到我們的東道主搭建起一座四周沒有圍住的尖頂大帳篷，正在裡面排桌子。於是我想阿手在這裡一定也會挺愜意的，我幾乎希望我沒有別的任務，只要照顧牲畜、探索這座色彩鮮豔的城市就好。

我們沿著上坡進城的蜿蜒街道走沒多久，就有許多高大的齊兀達婦女抬著轎子前來迎接我們。她們熱誠地請我們坐上轎子進城，也一再因我們旅途勞頓而向我們致歉。威儀、塞夫倫、年紀比較大的貴族，還有我們隊伍中絕大部分的仕女看來都非常樂於接受這項邀請，但對我來說，被人抬進城是件非常羞辱的事。可是如果拒絕她們有禮堅持的邀請會更失禮，於是我只好把箱子交給一個顯然比我年紀小的男孩，坐上一座由年紀足以當我祖母的婦女抬的轎子。我臉紅地看到街上的人對我們投以好奇的眼光，我們所經之處，人們都停下腳步聚在一起快速說著話。街上鮮少有其他轎子，就算有，坐轎子的也很明顯是年老體衰的人。我咬著牙，盡量不去想惟眞對我們如此無知的表現會作何感想，試著顯露出愉快的神色看向我們經過的人，把我對他們的花園和優雅建築的欣賞之情表現在臉上。

這一點我大概是表現得滿成功的，因爲我的轎子很快就放慢了速度，讓我有比較多的時間看看東西，抬轎的婦女也比較有餘裕把我可能漏掉沒注意的東西指給我看。她們對我說齊兀達語，很高興地發現我對她們的語言有點粗淺的瞭解。先前切德把他會的一點點教給了我，但他沒能讓我知道這種語言多麼富有音樂性，沒多久我就發現除了發音之外，字詞的音調也同樣重要。幸好我對語言的悟性不錯，於是我勇敢地用錯誤百出的句子跟爲我抬轎的人聊起天來，同時下定決心，等我進了宮、跟王公貴族對話的時候，一定不可以還是這麼一口笨蛋外地人的口音。其中一個女人自動負責把我們經過的一切都說明給我聽，她名叫姜萁，我告訴她我叫做蜚滋駿騎，她自言自語把這詞嘀咕了好幾遍，彷彿是要把它牢牢記住。

我費盡九牛二虎之力，才說服抬轎的人稍微停一會兒，讓我下來仔細看看某一處花園。吸引我的不是那些鮮豔的花朵，而是某棵看起來像柳樹、卻長著螺旋彎曲枝條的樹，跟我平常習慣見到直直的柳樹大不相同。我伸手摸著一根樹枝上豐潤的樹皮，心想要是能把它切枝帶回去，我一定可以誘哄它發出芽來，但我不敢隨便動手剪，怕會被視爲無禮。一名老婦在我身旁彎下腰來，咧嘴一笑，伸出一隻手拂過一片長著細小葉片的低矮藥草，一陣驚人的芳香隨之而起、撲鼻而來，我驚喜的神情讓她大笑起來。我眞想在那裡多待一會兒，但她們一再強調我們必須快點趕上其他人，一起進宮。我猜想宮裡會有正式的歡迎儀式，是不可以缺席的。

我們的隊伍沿著一條層層升高的街道蜿蜒上行，愈爬愈高，最後轎子停在一座宮殿外，宮殿是由許多花苞形的建築聚集組成。主要建築是紫色的，頂上有一點白，讓我想起公鹿堡長在路邊的羽扇豆和海灘豌豆花。我下轎站在旁邊抬頭望向宮殿，但當我轉頭想對為我抬轎的人表示讚嘆的時候，她們卻不見了。過了一會兒，她們再度出現，跟其他的抬轎人一樣穿著橙黃、蔚藍、桃紅和玫瑰色的袍子，走向我們，捧來一盆盆加了香味的水和柔軟的毛巾，讓我們洗去臉上、頸上的風塵僕僕。身穿藍色束腰外衣、腰繫皮帶的男孩和青年則拿來了莓子酒和小塊的蜂蜜蛋糕。等到每一個客人都洗過臉，接受過果酒和蜂蜜的迎接後，他們便請我們跟隨他們走進宮裡。

在我看來，宮殿內部跟頡昂佩的一切一樣陌生。主要建築架構是由中央一根非常粗大的柱子支撐，仔細一看，那竟是一棵巨大的樹，樹下鋪的石板底下還可清楚看見拱起來的樹根。帶著優雅弧度的牆壁也是由樹木支撐，幾天後我得知，這座宮殿的「生長」花了將近一百年的時間。他們先選定一棵中央樹木，清乾淨周圍地區，然後種下一圈輔助支撐的樹木加以照料，在樹木生長的過程中以捆綁和修剪的方式定型，好讓它們全都彎向中央樹木。等樹長到某一個階段，所有多餘的樹枝都被砍掉，上方的樹枝則交織成建築物的頂端。然後開始建牆，最初只是一層編織細密的布，接著塗上亮漆使之變硬，再加上一層又一層用樹皮製成的強韌布料，樹皮布上則塗了當地的某種特殊黏土，再漆上一層用樹脂做的色彩鮮豔的油漆。我後來沒有問是否城裡的每一棟建築都用這種大費周章的方式建成，但宮殿的「生長」確實產生了石頭建築永遠無法模仿的一種生活空間。

宮殿內廣大的空間是開放的，有點類似公鹿堡的大廳，壁爐的數目也差不多。這裡排放著桌子，有幾塊地方明顯是分別用來烹調、織布、紡線和醃製食品的，還有大家庭的其他一切所需。私人房間看來似乎只是加了簾幕的壁龕，或者像是依著外牆搭建的小帳篷房間。另外也有些房間在高處，可以由四通八達的開放式木頭臺階走上去，看起來像是搭在由柱子支撐的平臺上的帳篷，至於支撐這些房間的柱子當然也是樹。我的心一沉，因爲我發現這種房間沒有太多隱密可言，對我需要進行的「靜悄悄」工作相當困難。

我隨即被帶到一間帳篷房間，我的杉木箱和行李袋在房裡等著我，還有加了香味的盥洗用溫水和一盤水果。我很快換下旅途中滿是塵埃的衣服，換上一件有著刺繡圖案和彩色裂縫袖子的袍子，配上急驚風師傅認可的綠色緊身長褲。我再度對袍上繡的那頭具有威脅性的公鹿感到納悶，然後就不去多想了。也許惟眞認爲這個攻擊式的紋飾比較不像原先那個那麼羞辱人，清清楚楚宣布了我的私生子身分。無論如何，這樣就行了。我聽見中央大房間那裡傳來鐘聲和小鼓聲，於是匆匆離開房間去看看怎麼回事。

那棵巨樹下搭起了一座高臺，以花朵和長青樹的枝條懸垂裝飾，威儀和帝尊站在臺上，面對著一名老人，老人左右各有一個穿著簡單白袍的隨從。人群聚集在高臺旁圍成一個大圓圈，我也趕快加入其中。替我抬轎的其中一人不久便出現在我身旁，她此刻穿的是披掛垂墜式的玫瑰色衣物，頭戴常春藤冠，低頭對我微笑。

「現在是怎麼回事？」我壯起膽問。

「我們的伊尤犧牲獻祭，呃，啊，也就是你們說的伊尤國王，現在要歡迎你們。他要向你們所有人介紹他的女兒，去當你們的犧牲獻祭，唔，啊，王后。還有他的兒子，他會替她治理這裡。」她結結巴巴地做了這番解釋，中間停頓了好多次，我也點了好多次頭，鼓勵她繼續說下去。

在我們彼此聽和說都很有困難的情況下，她向我解釋說，站在伊尤國王身旁的那個女人是她的姪女，我不甚流暢地好不容易說出一句讚美，意思是說她看來又健康又強壯。彼時彼刻，我也想不出更好的話來稱讚那個站在國王身旁、看來全心全力要保護他的高大女人。她有一頭濃密的、我已經逐漸習慣在頡昂佩看到的黃色頭髮，一部分綁成辮子盤在頭頂，其餘則披散在背上。她神色凝重，光裸的手臂肌肉發達。伊尤國王另一側的男人年紀比她大，但跟她相像的程度不遜於孿生手足，同樣有著綠玉般的眼睛、直挺挺的鼻子和嚴肅的嘴角，只不過他的頭髮剪得很短，長度僅及領口。我好不容易湊出一句話，問那老婦人說他是不是也是她的親戚，她露出微笑，彷彿覺得我大概是腦筋有點遲鈍，回答說當然是啊，他是她的姪子。然後她噓了我一聲要我安靜，彷彿我只是個小孩，因爲伊尤國王開始說話了。

他說得很慢、很仔細，但即使如此，我還是很高興先前跟抬轎子的人有聊過天，這下才能聽懂他演講的大部分內容。他正式歡迎我們所有人，包括帝尊，因爲他說，先前他只是把他當作點謀國王的使節，現在則是把他當作惟眞王子在場的象徵。這番歡迎的對象也包括威儀，他們兩人都收到了好幾樣禮物，包括鑲有珠寶的匕首、珍貴的香油、豪華的毛皮披肩。披肩披在他們身上時，我懊惱地心想他們兩人看起來都像是裝飾品而不是王子，跟服飾樸素的伊尤國王和他的隨從形成強烈對比，因爲帝尊和威儀都滿戴戒指首飾，身穿的衣服布料華麗、剪裁既奢華又不實用。在我看來，他們兩人都像是愛慕虛榮的紈褲子弟，我希望我們的東道主只會把他們這種陌生奇異的打扮當成是我們外國習俗的一部分。

然後，讓我大感狼狽懊惱的是，國王把那個男隨從叫上前來，向我們介紹他是盧睿史王子，而那個女人當然就是珂翠肯公主，惟眞的未婚妻。

這下子我終於明白，那些替我們抬轎子、拿蛋糕和酒來迎接我們的人並不是僕役，而是王室的女眷，也就是惟眞未婚妻的祖母輩、姑姑阿姨、堂表姊妹，全都遵守頡昂佩的傳統，爲人民服務。我膽寒地想著我先前講話的態度竟然那麼隨便，再度在心裡咒罵帝尊，罵他沒有事先多告訴我們一點這裡的習俗，只知道列出一大堆要我們帶來給他的衣服和珠寶。那麼，站在我身旁的這位老婦人就是國王的妹妹了。我想她一定是感覺到了我的困窘，因爲她慈祥地拍拍我肩膀，對紅著臉結結巴巴道歉的我微笑。

「你又沒有做什麼丟臉的事。」她對我說，然後請我別稱呼她爲「夫人」，叫她姜其就好。

我看著威儀把惟眞挑選的珠寶呈給公主，其中包括鑲著紅色寶石、以白銀編成的細密銀鍊，是要讓她戴在頭上的，還有鑲著較大紅色寶石的銀項圈。有一個做成藤蔓模樣的大銀圈，上面叮叮噹噹掛滿了鑰匙，威儀解釋說這是她嫁到公鹿堡之後家裡的鑰匙，另外還有八枚素銀戒指讓她戴在手上。她站著不動，讓帝尊給她披掛起這些飾品。我自己心裡想，白銀和紅色寶石戴在膚色較深的女人身上會更好看，但珂翠肯的笑容是那麼耀眼，那麼明顯地表現出一個姑娘家的歡喜之情，我四周的人也紛紛彼此低聲交換意見，讚美他們公主如此的打扮。我想，也許她會喜歡我們這種陌生奇異的色彩和飾物吧！

謝天謝地，伊尤國王接下來的演講很短，只說歡迎我們到來，請我們休息、放鬆，好好享受這個城市，如果我們有任何需要，只需問任何一個我們碰到的人，他們一定會盡力達成的。聯姻的慶祝活動將從明天中午開始，爲期三天，他希望我們都能好好休息，玩個高興。然後他和他的子女就走下臺來，跟所有人自在隨意地寒暄閒聊，彷彿我們都是同時值班守衛的士兵。

姜萁顯然是跟定我了，我既然沒辦法有禮地逃離她的陪伴，就決心趁這個機會盡快、盡量多瞭解一點他們的習俗。但她一開始就把我帶到了王子和公主那裡。他們跟威儀站在一起，他似乎正在解釋惟眞要如何透過他見證自己的婚禮，說話的聲音很大，彷彿這樣就能讓他們比較容易聽懂似的。姜萁聽了一會兒，然後顯然決定威儀已經講完了，於是她開口說話，語氣聽起來彷彿我們全都是小孩，她把我們湊在一起吃蛋糕，好讓我們的父母專心談話。「盧睿史、珂翠肯，這個小伙子對我們的花園非常感興趣，也許稍後我們可以安排讓他去跟負責照顧花園的那些人談談。」她又加了一句，似乎特別是說給珂翠肯聽的，「他的名字是蜚滋駿騎。」

威儀突然皺起眉頭，補充她對我做的介紹。「他叫蜚滋，就是那個私生子。」

珂翠肯看起來對我這綽號很是震驚，但盧睿史那張白皙的臉神色一沉。他稍稍朝我轉過來一點，把肩膀對著威儀；不管怎麼說，這種姿態的意思不需要任何語言解釋都很清楚。「是的，」他改用齊兀達語說，直視我的眼睛。「我最後一次見到你父親的時候，他跟我提過你。聽到他去世的消息，讓我非常哀傷。他在世的時候做了很多事，爲我們兩國之間這次的結合鋪了路。」

「你認識我父親？」我笨笨地問。

他低頭朝我微笑。「當然。他第一次聽到你的事的時候，我跟他正在位於這裡東北邊的月眼城一起擬定條約，協商開放一個叫做藍岩隘口的地方。等到我們談完了身爲使節要談的隘口和通商的事，我們就一起坐下來吃飯，以男人對男人的身分討論他接下來該怎麼做。坦白說，到現在我還是不瞭解他當時爲什麼覺得他不可以繼任當國王。每個民族各有不同的風俗吧！不過，經過這次婚禮，我們就能讓兩國的關係更緊密了，你認爲他會不會因此感到高興呢？」

盧睿史把注意力完全集中在我身上，而且他說齊兀達語就等於完全把威儀排除在對話之外。珂翠肯一副興趣盎然的樣子。在盧睿史肩膀的那一端，威儀的臉變得毫無表情，然後他猙獰一笑，笑容裡充滿對我無比的恨意，轉身去重新加入正在跟伊尤國王談話的帝尊身旁那群人。不知爲何，盧睿史和珂翠肯的注意力完全放在我身上。

「我不太認識我父親，不過我想他會很高興看到……」我開口，但此時珂翠肯公主對我粲然一笑。

「是了是了，我怎麼會這麼笨呢？你就是他們稱爲『蜚滋』的那個人。你不是通常都跟黠謀國王的下毒專家百里香夫人一起出門嗎？你不是她的學徒嗎？帝尊提過你的事。」

「他眞是太好心了。」我無力地說，完全不曉得接下來別人對我說了什麼、我自己又回答了什麼。我沒有當場覺得天旋地轉站不穩就很值得慶幸了。同時，我內心第一次承認，我對帝尊的看法不只是厭惡而已。盧睿史以兄長的身分對珂翠肯皺眉表示責備，然後轉過身去跟一個急著要問他某件事的僕役說話。我四周的人群全在夏日的色彩和香氣中愉快交談，我卻覺得五臟六腑都凍成了冰。

我回過神來，珂翠肯正在拉我的袖子。「這邊走，」她對我說。「或者你現在太累了，不想去？如果你想先去休息，也沒有什麼失禮的。據我瞭解，你們當中有很多人都太累了，連走進城都沒力氣。」

「但我們當中也有很多人並不累，很願意藉進城的機會在頡昂佩散個步。我聽說過『藍色噴泉』，也很想去看一看。」我說這句話的時候只稍微遲疑了一下，希望這跟她先前對我說的話有一點關聯。至少這跟毒藥沒關係。

「一定會有人帶你去看的，也許今天晚上。但現在我們從這裡走吧！」她沒再多說或客氣什麼，直接帶我離開了人群。威儀看著我們離開，我看見帝尊轉身低聲對嘮得說了什麼。伊尤國王已經退出人群，在一處高臺上和藹地看著所有的人。我納悶嘮得爲什麼沒有跟馬匹和其他僕役待在城外，但珂翠肯已經拉開了一處繪製門扇，我們這就離開了宮殿的主要房間。

事實上，我們已經來到了戶外，走在石塊鋪成的小徑上，頭頂上是樹木構成的拱頂。這些是柳樹，它們仍在生長的枝條被交錯編織起來，變成了綠色的棚頂，擋住此刻中午的陽光。「而且還能遮雨，至少可以遮掉大部分的雨啦！」珂翠肯注意到我對棚頂的興趣，補充說道。「這條小徑通往遮蔭花園，那是我最喜歡的花園。不過你或許想先看看藥草園？」

「不管是哪個花園我都很樂意去看，公主殿下。」我回答，至少這一點是眞的。遠離人群來到屋外，我可以比較有機會釐清思緒，思考在這棘手的處境該怎麼做。這時我才突然想到，盧睿史王子完全沒有帝尊所說的受傷或生病的跡象。我需要退出這個情境，重新加以衡量，這裡的情況比我預期的複雜得太多了，我沒有心理準備。

但我努力把思緒從我自己的兩難處境轉移開，專心聽公主跟我說話。她咬字清晰，離開了人聲嘈雜的大廳，我發現要瞭解她的話更容易了些。她對花園似乎非常瞭解，並讓我知道園藝並不只是一項嗜好，而是她身爲公主必須具備的知識。

我們邊走邊談，我一直得提醒自己她是位公主，是惟眞的未婚妻。我從來沒遇到過像她這樣的女人。她有一種寧靜尊嚴的神態，不像我常看到的那些比我出身高的人，通常只是清楚意識到自己的地位。但她也毫不遲疑地會微笑，會變得熱切，會彎下身挖掘某棵植物四周的泥土，讓我看看她描述的那種植物的根長什麼樣。她把那塊根上的泥土擦乾淨，用她腰帶上的小刀切了一片中心部位，讓我嚐嚐它特殊的味道。她給我看某種味道辛烈、用來給肉類調味的藥草，堅持要我把它三個品種的葉子都各嚐一片，因爲那些植物雖然看起來很像，但味道非常不一樣。在某一方面，她很像耐辛，卻沒有耐辛那種古怪的習性；另一方面，她又像莫莉，但沒有莫莉爲了生存而不得不發展出的冷硬無情。她跟我講起話來直接又坦率，就像莫莉一樣，彷彿我們兩個地位相當。我開始在想，惟眞可能會發現這個女人比他預期的還令他喜歡。

然而我內心的另一個部分又覺得擔心，不知惟眞會對他的新娘有什麼看法。他不是那種到處獵豔的男人，但只要跟他相處過一段時間的人，都很容易看出他所喜歡的類型。他會報以微笑的女人通常是嬌小、豐滿、深色髮膚的，其中很多是捲髮，笑聲稚氣，有一雙柔軟的小手。這個女人身材又高、皮膚又蒼白，穿著簡單得像僕人，還說她很喜歡自己照料花園，他會對她有什麼看法？在我們的談話中，我發現她談起養鷹馴鷹、養馬配種也頭頭是道，不輸任何一個馬夫。我問她閒暇時喜歡做什麼，她說她有個小工作間，裡面有冶煉爐和打造金屬的工具，還掀起頭髮讓我看她自己做的耳環，那耳環是朵小花的形狀，鍾鍊得非常精細的銀花瓣包圍著一顆白如雪珠的小小寶石。我曾經告訴莫莉說惟眞值得配上一個能幹又活躍的妻子，但現在我卻不知道她能不能迷住他。我知道他會尊敬她，但國王和王后之間只有尊敬是否足夠？

我決心不要自尋煩惱，還是信守我對惟眞的承諾比較重要。我問她帝尊有沒有跟她說過很多她丈夫的事，她突然安靜下來。我感覺到她堅定起自己的意志回答說，她知道他是一位面臨許多國事問題的王儲。帝尊警告過她說，他比她老很多，是個簡單的人，可能不會對她很有興趣。帝尊答應要一直陪在她身邊幫助她調適，盡力讓她在宮裡不感到寂寞，所以她已經有了心理準備……

「妳幾歲？」我衝口而出。

「十八。」她回答，看到我驚訝的表情她微笑起來。「因爲我個子高，所以你們似乎覺得我的年紀遠不只十八歲。」她向我透露。

「唔，那妳是比惟眞小，但你們之間的年齡差距也沒有比許多夫婦大多少。他到明年春天滿三十三歲。」

「我一直以爲他老得多。」她驚異地說。「帝尊解釋說，他們是同父異母。」

「駿騎和惟眞確實是黠謀國王的第一任王后生的，但他們並沒有差很多歲。而且，在不需要爲國事操煩的時候，惟眞也不像妳可能想像的那麼陰鬱嚴肅，他是個懂得開懷大笑的人。」

她側眼瞥了我一下，彷彿想看出我是不是要特意美化惟眞。

「眞的，公主，我看過他在春季慶的時候邊看木偶戲邊笑得像個小孩，而且當大家都到榨酒間去釀製秋天的酒以求好運的時候，他也照樣參加。但他最大的樂趣還是打獵，他有一隻獵狼犬叫力昂，有些男人對自己兒子的疼愛還比不上他疼愛力昂的程度呢！」

「可是，」珂翠肯壯起膽子打岔說，「這只是以前的他吧！因爲帝尊說他是個比實際年紀更蒼老的男人，被國家人民的煩憂壓彎了腰。」

「他是像一棵大樹被雪壓彎了腰，等春天一到就會彈起來恢復筆直。在我離開前，公主，他對我交代的最後一句話是希望我替他在妳面前說些好話。」

她很快垂下眼睛，彷彿想隱瞞她突然變得輕盈的心情。「你講起他的時候，我看到了一個不一樣的人。」她頓了頓，然後緊閉著嘴，不准自己問出那個我已經聽到的問題。

「我一直認爲他是個仁慈的人。他的出身讓他負有重責大任，他非常嚴肅看待他的職責，不肯讓自己不爲人民的需要盡心盡力。所以他才沒有辦法來這裡親自迎娶妳，他正在跟紅船劫匪作戰，無法在這裡跟他們對抗。他放棄了身爲男人的願望，只爲了善盡身爲王子的職責，而不是因爲他自己性情冷淡或者缺乏活力。」

她側眼瞥了我一下，努力抑制臉上的笑意，彷彿我說的都是一個公主不可以當眞的甜言蜜語。

「他比我高，不過只高一點。他的頭髮很黑，他有時候留鬍子，鬍子也很黑。他的眼睛更黑，但當他很熱切、很感興趣的時候，眼睛會閃閃發亮。沒錯，他的頭髮現在確實摻雜了一些灰，是一年以前沒有的；他的工作也確實讓他沒有機會接受風吹日曬，所以他肩膀的肌肉不像以前那樣壯得好像要撐裂襯衫。但我叔叔仍然是個貨眞價實的男子漢，我相信等紅船的危險被驅離我們的海岸之後，他一定會再度騎馬、吶喊、跟他的獵犬一起去打獵。」

「你讓我的精神振作起來了。」她含糊地說，然後直起身子，彷彿她承認了自己的某項弱點。她神色凝重地看著我，問，「爲什麼帝尊講起他哥哥不是這個樣子？我以爲我是要嫁給一個雙手發抖的老頭，他被國事壓得喘不過氣來，只會把妻子當成另一項職責而已。」

「也許他……」我開口，但想不出什麼高尚合宜的方式來說帝尊常常會騙人，只要他能因此達成目標。就算把我殺了，我也想不出他讓珂翠肯對惟眞這麼又厭又怕到底能達成什麼目標。

「也許他……把別的事情……也講得很難聽。」珂翠肯突然把她心裡的疑慮說了出來。她似乎開始擔憂起某件事，深吸一口氣，突然坦白起來。「有一天晚上，我們吃過晚飯在我房裡，帝尊可能有點喝多了。他說了一些你的事，說你以前是個成天擺著臭臉、被寵壞的小孩，懷抱著跟你的出身不配的野心，不過自從國王派你專門替他下毒殺人，你似乎對你的地位感到很滿意。他說這工作似乎很適合你，因爲你從小就喜歡偷聽，喜歡到處偷偷摸摸做些不可告人的事。現在我告訴你這些，不是爲了挑撥離間，只是讓你知道我一開始以爲你是什麼樣的人。第二天帝尊拜託我相信他說的那些話是喝醉了胡說八道，而不是酒後吐眞言，但他那天晚上說的其中一件事對我來說是一項太冰冷的恐懼，我無法完全拋到腦後。他說如果國王把你或者百里香夫人派來，那就是要毒死我哥哥，讓我變成群山王國的唯一繼承人。」

「妳說得太快了。」我溫和地責怪她，同時希望我臉上的微笑沒有洩露出我突然覺得暈眩想吐。「妳說的話我沒有完全聽懂。」我拚命努力想找出該說什麼話。即使我說謊早就是訓練有素，但如此直接的對質仍然讓我感到不自在。

「對不起。但你說我們的語言說得這麼好，簡直就像本地人一樣，彷彿你是回想起而不是新學會這種語言。現在我說慢一點。幾個星期，不，是一個多月以前，帝尊到我房間來。他問說我們兩人可不可以單獨用餐，好多瞭解對方一點，然後——」

「珂翠肯！」盧睿史沿著小徑走來找我們，朝我們喊。「帝尊想找妳去見見那些遠道而來觀禮的爵士和夫人們。」

姜其跟在他身後匆匆走過來，一陣無庸置疑的暈眩感再度襲向我，剎那間我意識到她的神色看起來太胸有成竹了。我自問，如果有人派了用毒高手到黠謀的宮裡來想除掉惟眞，切德會怎麼做？答案太明顯了。

「也許，」姜其突然建議，「蜚滋駿騎現在願意去看看藍色噴泉。莉崔絲說她很樂意帶他去。」

「也許等下午晚一點的時候再說吧！」我努力說出話來。「我現在突然覺得好累，我想我該回房去了。」

他們三個人看起來都不覺得意外。「要不要我派人送點酒去給你？」姜其殷勤地問。「或者要不要喝點湯？其他人很快就會開始用餐了，但是如果你累了，我們也可以把食物送去給你，一點都不麻煩的。」

多年的訓練發揮了效用。我保持姿勢筆直，雖然我肚子突然火燒般痛了起來。「那就太謝謝你們了。」我努力說出，強迫自己稍微鞠了個躬，那簡直像是精緻的酷刑。「我相信我很快就會再加入你們的。」

然後我告退了，沒有跑，也沒有蜷縮成一團倒在地上哀號，雖然我恨不得這麼做。我用走的，帶著欣賞各類植物的神色，穿過花園走回大廳門口。他們三個人看著我離開，輕聲交談，說著我們全都心照不宣的事。

我只剩下一招可以用，也不確定它能不能奏效。回到房間後，我掏出了弄臣給我的海之清滌，心裡想，我吃下那些蜂蜜蛋糕已經多久了？因爲如果換成是我，我就會選擇在蛋糕裡動手腳。我宿命論地決定信任我房裡的那壺水。我腦袋的一小部分說這樣太愚蠢，但一波波暈眩緊接著席捲而來，我已經無力多想別的事了。我用發抖的手把海之清滌倒進水裡，乾藥草吸了水變成綠綠黏黏的一團，我好不容易連灌帶吞的嚥了下去。我知道它會把我的腸胃清空，唯一的問題是，它會來得及嗎？還是齊兀達的毒藥已經擴散到我全身了？

我過了悲慘的一晚，此刻我就不多描述了。沒有人拿湯或者酒到我房間來，在我神智清醒的時刻。我判斷他們會一直等到確定毒藥已經發揮作用之後才來，也就是明天早上。我判斷他們會派一個僕人來叫我起床，僕人會發現我已經死了。我還有到早上的一點時間。

過了午夜，我終於站得起來了。我邁開發抖的雙腿，盡可能安靜離開房間，走進花園裡。我在園裡找到一池水，拚命喝到我覺得肚子快撐爆了才停止。我冒險往花園更深處走去，步伐很慢很小心，因爲我像被毆打過一頓似的全身疼痛，每走一步頭就怦怦作痛。但最後我終於找到了一處有很多果樹的地方，果樹優雅地沿牆栽種，樹上如我期望的結滿了纍纍果實。我動手摘起果子，塞進背心。我會把這些水果藏在房裡，讓我有安全的食物可吃，然後明天我會找個時間、編個藉口到城下去看看煤灰，我馬鞍上的袋子裡還有一些肉乾和硬麵包，希望足夠我熬過這段作客的時間。

我走回房間，心裡想，等他們發現毒藥沒有發揮效用的時候，不知道還會再試什麼其他的方法。

21

王子

關於齊兀達人的「帶我走」這種草藥，當地有一句俗語說：「一片葉入睡，兩片葉止痛，三片葉慈悲送人進墳墓。」

天快亮的時候我終於盹著了，結果又被盧睿史吵醒。他一把推開那片充當我房門的拉門衝了進來，手裡拿著一個裝著液體嘩啦嘩啦響的瓶子，他身上那件寬鬆飄揚的衣服顯然是睡袍。我迅速從床上一翻身滾下來，好不容易站住了，讓床架擋在我們之間。我無路可退，病懨懨的又沒武器，只有腰帶上的一把小刀。

「你還活著！」他驚詫叫道，然後拿著瓶子朝我走來。「快，把這個喝了！」

「我寧可不喝。」我對他說，他前進、我後退。

看到我滿懷戒心的樣子，他稍微停頓下來。「你吃了毒藥，」他小心翼翼地告訴我。「你居然還活著，真是契蘭祖里顯靈的奇蹟。這瓶子裡裝的是瀉藥，可以把毒藥從你身體裡排出去，把它喝了，你可能還有活命的機會。」

「我身體裡已經沒有東西可以排了。」我直截了當告訴他，然後全身發起抖來，連忙扶住一張桌子。「我昨晚跟你們分開的時候就知道我被下毒了。」

「結果你什麼都沒對我說？」他一副不敢置信的樣子，接著轉過身走回門邊，這時珂翠肯怯怯地在門邊探頭探腦，她的髮辮蓬亂，眼睛哭得紅紅的。「事情總算還有挽回的餘地，雖然不是拜妳所賜。」她哥哥語氣嚴厲地對她說。「去，用昨晚剩下的肉替他做碗鹹湯，再拿個甜的糕餅來，量要夠我們兩個人吃。還有茶。快去吧，妳這傻女孩！」

珂翠肯像個小孩一樣匆匆跑開，盧睿史朝床做了個手勢。「來，請你信任我，坐下來。你抖成那樣，會把桌子給掀翻的。我現在對你是開誠布公的，蜚滋駿騎，你我兩人沒有時間彼此不信任了，我們有很多事情必須談談。」

我坐了下來，倒不完全是因為信任他，而是怕自己會站不住倒下去。盧睿史也不多客套，一屁股坐在床尾。「我妹妹，」他嚴肅地說，「個性太衝動了。恐怕可憐的惟眞會發現她與其說是個女人，不如說是個稚氣未脫的女孩，而且這有很大一部分是我的錯，因爲我把她寵壞了。不過，雖然這一點可以解釋她對我的感情，但是不能充當她給客人下毒的藉口。尤其是她馬上就要嫁給那個客人的叔叔了，更是不應該。」

「從被下毒的人的角度來說，我大概會覺得這件事無論什麼時候都不應該。」我說，盧睿史揚頭大笑起來。

「你很像你父親，我相信他在這種情況下一定也會這麼說。但我必須把事情解釋清楚。好幾天前她來找我，告訴我說你來這裡是要殺死我，我告訴她說這不關她的事，我自己會處理。可是，就像我剛才說的，她個性很衝動，昨天她逮到機會就下手了，完全不考慮死掉一個賓客會對這樁仔細協商的婚事造成什麼影響。她一心只想先除掉你，免得等她立下婚約誓詞之後，她就對六大公國有責任了，不可以做出這種事。她那麼快就把你帶到花園去，我早該猜到事有蹊蹺的。」

「是她給我吃的那種藥草？」

他點頭，我覺得自己眞蠢。「不過等你把藥草吃下去之後，你對她說話的態度非常坦白誠懇，讓她開始懷疑你不可能是人家說的那個身分。所以她直接問你，可是你虛與委蛇，假裝聽不懂她的話，因此她又開始懷疑你。但不管怎麼說，她都不應該等了一整夜才來告訴我她對你做了什麼，說她不知道這樣做到底對不對。我要爲這一點道歉。」

「道歉已經太遲了，我已經原諒你了。」我聽見自己說。

盧睿史看著我。「這句話也是你父親常說的。」他瞥向門口，珂翠肯緊接著就出現了。她進來之後，他把拉門拉上，接過她手中的托盤。「坐下，」他語氣嚴峻地對她說，「看我用另一種方式對付刺客。」他把托盤上一個沉重的杯子拿起來，喝了一大口才遞給我，朝珂翠肯又瞥了一眼。「如果這杯子裡有毒，這下子妳也殺了妳哥哥。」他把一個蘋果派掰成三塊。「你挑一塊。」他對我說，然後自己拿了我挑的那塊，再把我挑的第二塊交給珂翠肯。「這樣你就能確定食物沒有問題。」

「既然你已經來告訴我說我昨晚被下了毒，我想你確實不太可能現在又給我吃毒藥。」我承認，然而我的味蕾還是保持警覺，尋找任何些微不對勁的味道。但味道沒有任何不對勁的地方，滋味絕佳、酥皮層層疊疊的派裡塡滿了成熟的蘋果餡和香料，就算我的腸胃沒有這麼空蕩，這蘋果派吃起來還是會非常美味。

「沒錯。」盧睿史口齒不清地說，然後嚥下嘴裡的東西。「如果你是個刺客」——他邊說邊朝珂翠肯瞥了警告的一眼，要她閉嘴——「你現在的處境也正是這樣。有些時候，謀殺只有在別人不曉得那是謀殺的時候才能得到好處。殺死我就是這樣。如果你現在殺死我，事實上，如果我在接下來這六個月當中死去，珂翠肯和姜其都會大叫大嚷，說我是被暗殺的。這樣不太能讓兩國的結盟有個好基礎，你說不是嗎？」

我努力點了個頭。杯子裡的熱湯已經讓我不太發抖了，而這甜甜的派餅美味之至。

「所以啦！我們都同意，就算你是個刺客，現在動手殺我也沒有好處了。事實上，如果我死的話你們反而會有很大的損失，因爲我父親對這項結盟不像我抱著這麼正面的看法。哦，他知道這麼做是明智的，至少暫時是；但我認爲這麼做不只是明智，而是必須。」

「請代我對黠謀這麼說。我們的人口愈來愈多，但可以耕種的土地有限，能靠獵捕野生動物維生的人數也有限。一個國家總有一天必須開放通商，尤其是我們這種多岩石、多山的國家。你或許聽說了，根據頡昂佩的傳統，統治者是爲人民服務的？嗯，我爲他們服務的方式是這樣：我把心愛的妹妹嫁出去，希望能爲我的人民換取到穀物、通商路徑，以及平地來的貨物，並且，在天氣寒冷、我們的草地被雪覆蓋的時候，希望讓他們有權利可以到你們的國土上放牧。爲了這一點，我也願意給你們木材，惟眞會需要用那些巨大又筆直的木材來建造戰船。我們的山脈裡長著你們見都沒見過的白橡木。換作是我父親，就會拒絕這一點，因爲他抱持著老式的想法，不願意砍伐活生生的樹木。他跟帝尊一樣，認爲你們的海岸是一項負擔、你們的海洋是一種很大的阻礙，但我跟你父親的看法一樣——我認爲海洋是一條能通往四面八方的康莊大道，你們的海岸則是我們走上那條大道的途徑。我也不認爲把每年被洪水沖倒、風暴吹倒的樹木用掉有什麼不對的地方。」

一時間我屛住了呼吸。這是一項很大的讓步。我發現自己不禁點頭同意他的話。

「所以，你願意把我的話傳達給黠謀國王嗎？告訴他有我活著當他的盟友比較好？」

我想不出任何理由不同意。

「你難道不打算問他原本到底是不是打算要毒死你？」珂翠肯質問。

「如果他回答是，妳就永遠也不會信任他；如果他回答不是，妳大概也不會相信他的話，會認爲他不僅是刺客還是騙子。何況，這個房間裡有一個承認下毒的人，不是已經很夠了嗎？」

珂翠肯低下頭，雙頰通紅。

「來吧，」盧睿史說著朝她伸出手表示和解。「今天還有一整天的慶祝活動，我們的客人已經沒多少時間可以休息了，我們不應該再吵他。而且我們也該回自己的房間了，免得全家人都開始納悶我們爲什麼穿著睡衣跑來跑去。」

於是他們離開了，留下我躺在床上納悶。我現在面對的是什麼樣的人？我可以相信他們的坦白誠實嗎？或者這是個厲害的騙局，天知道有什麼目的？我眞希望切德在這裡，我愈來愈覺得一切都不是表面上看起來的樣子。我不敢打盹，因爲我知道我要是一睡著，恐怕到天黑之前都再也爬不起來。不久僕役就拿著一壺壺溫水和冷水來了，還端來了一盤水果和乳酪拼盤。我提醒自己，這些「僕役」可能都比我出身高，因此我對他們每個人都非常客氣有禮。稍後我心想，不知道這是否就是維持家庭和諧的祕訣，也就是不管對方是僕役還是王室成員，全都同樣以禮相待。

這一天充滿了許多慶祝活動。宮殿正門大開，人民從群山王國的每一處河谷、山谷前來見證公主立誓。詩人和吟遊歌者表演，更多的禮物交換，包括我也正式呈上了那些植物圖鑑和藥草苗、藥草種子。從六大公國送來供配種繁殖用的牲畜被展示出來，然後再度分送出去，給最有需要，或者最有可能成功繁衍牲畜的人，例如一整個村子可能會共同收到一隻公羊或公牛，再加上一兩隻母羊或母牛。所有的禮物，不管是禽、是獸、是穀物還是金屬，全都送到宮殿裡來展示，供所有人欣賞讚美。

博瑞屈也在這裡，這是我好多天來第一次看到他。他一定是天沒亮就起床了，才能把他那些馬打點得這麼光鮮亮麗，每一隻馬蹄都新上了油，每匹馬的鬃毛和尾巴都用鮮豔的絲帶和鈴鐺編成辮子。要送給珂翠肯的那匹牝馬披掛著最高級的皮革馬具，鬃毛和尾巴上繫了無數小銀鈴鐺，牠每揮一下尾巴就是一陣清脆悅耳的叮噹聲。我們的馬跟山區那種滿身亂毛的小東西不一樣，吸引了很多人圍觀，博瑞屈看起來疲倦卻驕傲，他負責管理的那些馬在一片吵嚷中也都很平靜地站著。珂翠肯花了好一段時間欣賞讚嘆她的那匹牝馬，我看到她有禮又敬重的態度讓博瑞屈也逐漸解凍，不再那麼矜持冷淡。我走近一點，驚訝地聽見他正在用齊兀達語說話，雖然有點不流利，但是很清楚。

但另一件更令我驚訝的事發生在那天下午。食物擺放在一張張長桌上，所有的人都自由取用，包括住在宮殿裡的人和前來參觀的訪客。食物有很多是宮裡的廚房準備的，但更多則是山區人民自己帶來的，他們毫不遲疑地走上前，擺出一輪輪乳酪、一條條深色的麵包、肉乾或燻肉、醃菜，或者一缽缽水果。我本來一定會食指大動的，只不過我的胃還在不舒服。但最令我印象深刻的還是他們拿出食物的態度，在王室成員和臣民之間，不管是取用的人還是提供的人都毫無質疑、毫不猶豫。我也注意到宮殿門口沒有任何哨兵或者守衛，每個人都邊吃東西邊四處走動聊天。

一到正午，人群安靜了下來，珂翠肯公主獨自走上中央的高臺。她以簡單的字句向所有人宣布，如今她屬於六大公國，希望能好好爲那片土地服務。她感謝自己家鄉的土地爲她所做的一切，感謝它長出食物來餵養她，感謝來自冰雪和河流的飲水，感謝山上的微風與空氣。她提醒所有人說，她改變效忠對象不是因爲她不愛這片土地，而是希望能讓雙方的土地都能因此蒙受其利。在她說話和走下高臺的時候，所有人都保持沉默，然後才重新恢復慶祝活動。

盧睿史來找我，看看我情況如何。我盡力向他保證我已經完全復原，儘管事實上我渴望睡覺。急驚風師傅爲我做的服裝是宮廷裡的最新流行，有非常不方便的袖子，有不管我想做什麼、吃什麼都會礙事的長長流蘇，還有緊得不舒服的腰身。我好想離開人群，找個地方鬆開幾根帶子、拆下領子，但如果我現在離開，等我向切德報告的時候他會皺起眉頭，要求我應該知道那些我不在場時發生的事。我想盧睿史感覺到我需要一點安靜，因爲他突然提議我們一起散步到他的狗舍去。「幾年前我的狗多了一點六大公國的血統，我帶你去看看成果。」

我們離開宮殿，走了一小段路，來到一間長而低矮的建築。新鮮空氣讓我頭腦爲之一清，精神爲之一振。他帶我進屋去，一處圍欄裡有隻母狗正管著一窩紅色的幼犬。牠們都是健康的小東西，毛皮滑亮，在稻草堆裡咬來咬去滾成一團。牠們馬上就跑了過來，完全不怕我們。「這些小狗是公鹿堡的品種，就算下傾盆大雨也不會追丟氣味。」他驕傲地告訴我。然後他帶我去看其他的品種，其中包括一隻體型很小、四條腿又瘦又結實的狗，他說牠追獵物可以一路追到樹上。

我們從他的狗舍走出來，走進陽光下，一堆稻草上有隻老狗在睡懶覺。「繼續睡吧，老傢伙。你已經生了夠多的小狗，再也不需要去打獵了，不過你特別愛打獵就是了。」盧睿史親切地對牠說。聽到主人的聲音，那隻老獵犬撐著身體站了起來，走過來充滿愛意地靠著盧睿史，抬頭看我。牠是大鼻子。

我呆瞪著牠，牠那雙銅礦色的眼睛也回看著我。我輕柔地向牠探尋，一時之間牠只感到困惑，然後一波暖意湧上，牠記起了我們曾經共享的情感。牠現在無疑完全屬於盧睿史了，我們之間那種深厚強烈的牽繫已經消失，但牠仍然對我報以豐沛的善意好感，以及我們當年都還是小狗時的回憶。我單膝跪下，撫摸著那身已經變得毛扎扎的紅色毛皮，看進那雙因年老而開始變得渾濁的眼睛。有了肢體上的接觸，剎那間我們的那種深厚牽繫又一如從前。我知道牠正在太陽下舒舒服服地打盹，但不需太費周章就能說服牠一起去打獵，尤其是如果盧睿史也同行的話。我拍拍牠的背，退開，抬起頭發現盧睿史正用奇怪的眼神看著我。「牠還是小狗的時候我認識牠。」我告訴他。

「好多年前，博瑞屈把牠交給一個到處漫遊的文書，送來給我。」盧睿史告訴我。「牠帶給我很大的快樂，陪伴我，跟我一起打獵。」

「擁有牠是你的福氣。」我說。我們離開那裡，漫步走回宮殿，但一等到盧睿史離開我身旁，我就立刻去找博瑞屈。我走過去的時候，他剛得到許可，準備把馬匹帶到戶外空地去，因爲就連最平靜的馬，置身在許多靠得很近的陌生人之間也會變得焦躁不安。我看得出他的難題：他把馬牽出去的時候，留在這裡的其他馬就沒人照看。我走近他，他抬起頭，帶著戒備的眼神。

「如果你容許，我願意幫你把牠們牽出去。」我表示。

博瑞屈的臉色保持淡漠有禮，但他還沒來得及開口，我身後就有一個聲音說，「這是我負責的事，大人。你要是動手照管牲畜，可能會弄髒袖子或者太過勞累。」我慢慢轉身，柯布聲音中的怨毒之意令我愕然。我看看他，再瞥向博瑞屈，但博瑞屈沒說話。我穩穩看著博瑞屈。

「那麼，如果可以的話，我就跟你一起走，因爲我有件很重要的事必須跟你談。」我刻意說得很正式、很拘謹。博瑞屈又凝視了我一會兒。「把公主的牝馬牽過來，」最後他終於說，「還有那匹棗紅色的小牝馬。我來牽那幾匹灰色的。柯布，替我看著其他的馬，我馬上就回來。」

於是我拉著牝馬的轡頭和小牝馬的韁繩，跟在博瑞屈後面走，他慢慢帶著馬匹穿過人群走出門外。「那裡有一片放牧的草地，往這邊走。」他只說了這麼一句。我們沉默地走了一會兒。出了宮殿之後，人群很快就沒那麼擁擠了。馬匹踏在地上的蹄聲聽來悅耳。我們來到了那片放牧草地，草地那一頭有一間小穀倉和一間馬具房。一時之間，回到博瑞屈身旁工作幾乎像是很正常的事，我把卸下牝馬的馬鞍，擦去牠身上緊張的汗水，他則把我們帶來的穀子倒進飼料箱給牠們吃。「牠眞美。」我讚嘆地說。「是從林傑爵士的馬群裡來的？」

「是的。」他截斷了對話。「你說你有事要跟我談。」

我深深吸了一口氣，然後用簡單的字句說，「我剛剛看到了大鼻子，牠很好。牠現在老了，但是過了快樂的一生。博瑞屈，這麼多年來我一直以爲你那天晚上殺了牠。打爛牠的頭，割斷牠的喉嚨，把牠勒死——我想像了十幾種可能，想像了幾千幾百遍。這麼多年來一直如此。」

他不敢置信地看著我。「你相信我會爲了你做的錯事去殺死一隻狗？」

「我只知道牠不在了，我想像不出有其他的可能。我以爲殺死牠是你懲罰我的方式。」

很長一段時間，他動也不動。最後他終於抬頭看向我，我看得出他的掙扎苦痛。「你當時一定很恨我。」

「而且怕你。」

「這麼多年來一直這樣？你難道沒有更瞭解我一點，從來沒有想過，『他不會做這種事的』？」

我緩緩搖頭。

「哦，蜚滋。」他悲哀地說。其中一匹馬走過來用鼻子拱拱他，他心不在焉地拍拍牠。「我以爲你是頑固又彆扭，你以爲你是受到了嚴重不公平的對待。難怪我們一直處得這麼不好。」

「事情還來得及挽回。」我靜靜地說。「這段時間我很想念你，你知道。我非常想念你，儘管我們有那麼多不合的地方。」

我看著他思索，一時間我以爲他會微笑著一巴掌拍上我的肩，叫我去把其他的馬也牽來。但他的神色靜止下來，然後轉爲堅定。「但儘管這樣，你還是照做不誤。你相信我做得出那種事，會殺死你用原智對待的動物，但你還是照做不誤。」

「我對這件事的看法跟你不一樣。」我開口說，但他搖搖頭。

「我們最好還是分開吧，小子，這樣對我們兩個都好。如果完全不瞭解，就不會有誤解。我永遠也不能贊同或者忽視你做的那種事。永遠也不能。等到你可以說你永遠不會再那麼做了，再來找我，我會相信你的話，因爲你從來沒對我說話不算話過。但在那一天到來之前，我們最好還是分開。」

他走回去牽其他的馬，留下我站在草地旁。我站了很久，感覺難受又疲倦，不只是因爲珂翠肯給我下毒的關係。但我回到宮裡，四處走動，跟別人談話、吃東西，甚至沉默地忍受了柯布對我譏嘲的勝利微笑。

那一天感覺起來比我這輩子任何兩天加起來更漫長。要不是我的胃灼痛又咕嚕作響，我一定會覺得這一切既刺激又吸引人。下午和傍晚進行了友善的比賽，項目包括射箭、摔角、賽跑，參賽者不分男女老少，山區似乎有項傳統是，只要能在這種吉祥喜慶的場合贏得這類比賽，就會帶來一整年的好運。然後上了更多的食物，還有歌唱，還有舞蹈，還有一場類似木偶戲的節目，不過是用投射在絲幕上的影子來表演。等到人們開始告退回房，我已經恨不得趕快上床了。能拉上我房間的拉門獨處，眞讓我鬆了一口氣。我正邊把那件煩人的襯衫脫下、邊想著這眞是奇怪的一天時，門上傳來了輕敲聲。

我還沒來得及開口，塞夫倫推開拉門鑽了進來。「帝尊召喚你去見他。」他對我說。

「現在？」我板著臉說。

「不然他爲什麼現在派我來？」塞夫倫質問。

我疲倦地重新穿好襯衫，跟著他走出房。帝尊的房間在宮殿中比較高的一層，那並不是眞的二樓，比較像是建在大廳一側的一處木製露臺。房間的牆是簾帳，也有一處類似陽臺的地方，他下樓之前可以站在那裡往下看。這些房間的裝飾華麗多了，有些圖案顯然是齊兀達風格，如繪製在絲質屏風上色彩鮮黯的鳥類，還有琥珀刻成的小雕像，但很多織錦掛毯、雕像和帷幔在我看來則像是帝尊爲了自己享受而弄來的。我站在他房間的前廳等他洗完澡，等他穿著睡衣晃出來，我的眼皮已經沉重得快睜不開了。

「怎麼樣？」他質問我。

我毫無表情地看著他。「是你找我來的。」我提醒他。

「是的，沒錯。我倒是想知道我爲什麼還需要找你來。你不是受了某些這方面的訓練嗎？你還要等多久才來向我回報？」

我想不出該說什麼。我從來沒想過要向帝尊做報告。向黠謀或切德報告是當然的，還有惟眞。但是帝尊？

「我是不是需要提醒你關於你的職責？報告啊！」

我匆匆整理思緒。「你是要聽我對齊兀達人這個民族的觀察？還是關於他們種的藥草的資訊？還是——」

「我想知道你的……任務進行得怎麼樣了。你採取行動了嗎？你擬好計畫了嗎？我們什麼時候才能看到結果，又是什麼樣的結果？我可不希望王子就這麼死在我腳邊，我卻毫無準備。」

我簡直不敢相信自己聽到的話。黠謀從來沒有這麼粗魯、這麼公開地談過我的工作，就連在我們完全獨處的時候，他也是繞著圈子暗示，讓我自己達成結論。先前我看見塞夫倫走進他另外的房間，但我完全不知道那人現在在哪裡，也不知道他房間的隔音效果如何。帝尊說起話來好像我們是在討論給一匹馬釘蹄鐵一樣。

「你這是傲慢還是愚蠢？」帝尊質問。

「都不是。」我盡可能有禮的回答。「我是力求謹愼，王子殿下。」我加上最後這一句，希望能讓這番對話變得比較正式一點。

「你的謹慎太愚蠢了。我信任我的隨身侍僕，這裡沒有別人，所以你就開始報告吧，我的小雜種刺客。」從最後一句的語氣聽來，他彷彿覺得這話說得又聰明又諷刺。

我吸了一口氣，提醒自己說我是吾王子民，而在這個時候、這個地方，他就是最接近國王的人了。我謹慎地選擇詞句。「昨天，珂翠肯公主在花園裡告訴我說，你已經告訴她我是下毒的刺客，而她的哥哥盧睿史則是我的目標。」

「她說謊。」帝尊立刻接口。「我從沒跟她說過這種話。要不是你笨拙地洩露了自己的身分，就是她只是在探你的口風。我希望你沒有把自己的身分洩露給她，毀了一切。」

他說謊的技術比我差多了。我不理會他說的話，繼續講下去，對他做了一份完整的報告，敘述我被下毒的事，敘述盧睿史和珂翠肯一大早跑到我房裡的情形，更把我們的對話一字不漏地複述出來。等我說完之後，帝尊看他的指甲看了好幾分鐘，然後才開口。「你決定好什麼時候、用什麼方式下手了嗎？」

我試著不顯露出我的驚訝。「在這個情況下，我認爲最好放棄執行任務。」

「沒膽子。」帝尊鄙夷地說。「我就說要父親派那個老婊子百里香夫人來吧！換成是她，早把他送進墳墓了。」

「大人？」我帶著疑問的口氣說。他把切德說成百里香夫人，讓我幾乎可以確定他什麼都不知道。他當然有所懷疑，但洩露切德的身分絕對不是我該做的事。

「大人？」帝尊模仿我的話，我這才第一次醒悟到他喝醉了。在外觀、動作上，他維持得很好，身上沒有酒臭味，但酒意讓他的小心眼全都清楚顯露了出來。他沉重地嘆了口氣，似乎厭惡得連話都說不出來了，然後躺上一張鋪著毛毯和墊子的躺椅。「一切都沒有改變。」他告訴我。「任務已經交代給你，你就去做。如果你夠聰明，就能讓事情看起來像是意外。你先前對珂翠肯和盧睿史那麼天眞坦白，他們兩個都料想不到你會這麼做。但我要你趕快動手，在明天晚上之前辦好。」

「在婚禮之前？」我不可置信地問。「你難道不認爲新娘哥哥的死會導致她取消婚禮嗎？」

「就算取消，也只是暫時的。我把她掌握得好好的，她很容易哄。這件事的那一部分歸我負責，你要負責的就是除掉她哥哥。好了，你打算怎麼做？」

「我不知道。」這樣回答似乎比說「我不打算做」要好一些。我要回到公鹿堡去向黠謀和切德報告，如果他們說我做錯了，那麼我就任他們處置。但我記得帝尊自己的聲音，在好久好久以前，引述黠謀的話。**不要做你無法撤回的事，除非你已經先考慮過你一旦做了它之後就無法做什麼。**

「那你什麼時候才會知道？」他諷刺地質問。

「我不知道。」我虛與委蛇。「做這種事不能草率隨便。我需要研究那個人和他的習慣，探索他的房間，還要知道他僕人的習慣。我必須找出方法——」

「婚禮只剩兩天了。」帝尊打斷我的話。他眼睛的焦點有點渙散。「你說你必須去查的那些事我都已經知道了，所以讓我來替你計畫比較容易。明天晚上來見我，我會給你指令。記住，小雜種，我不要你沒來向我通報就擅自行事。如果你讓我意外，我會很不高興，你則會丟掉小命。」他抬眼注視我，但我臉上保持一片小心的空白。

「你可以走了。」他一副帝王之尊的姿態對我說。「明天晚上同一時間，到這裡來向我報到。不要讓我派塞夫倫去找你，他有更重要的工作要做。你也別以爲我父親不會聽說你的鬆懈怠惰，他會聽說的，他會後悔沒有派百里香那賤女人來做這樁小差事。」他重重往後一靠，打了個呵欠，我聞到一股酒氣和淡淡的燻煙味，心想不知他是否也開始學起他母親的習慣了。

我回到房裡，打算仔細思考我的所有選擇，擬定一個計畫。但我實在太累了，而且身體也還沒完全恢復，於是我頭一碰到枕頭就睡著了。

22

兩難

夢中，弄臣站在我床邊，低頭看著我，搖搖頭。「為什麼我不能把話講清楚？因為你把一切都弄得混淆不清。我看見霧中有一處十字路口，站在路口的永遠都是誰？是你。你以為我幫助你繼續活命是因為我對你特別著迷嗎？不是。是因為你會創造許許多多的可能性。只要你活著，就能給我們更多的選擇；選擇愈多，就愈有可能航向比較平靜的水域。所以我保住你的性命不是為了你自己，而是為了六大公國的利益。你的職責也是如此。你的職責就是活下去，好繼續提供更多的可能性。」

我醒來時跟睡著時同樣困惑爲難，完全不知道該怎麼做。我躺在床上，聽著宮殿這裡那裡傳來逐漸甦醒的聲音。我需要跟切德談談，但這是不可能的，於是我輕輕閉上眼睛，試著照他教導我的方式去思考。「你知道些什麼？」他會這樣問我，還有「你懷疑些什麼？」之類的。

關於盧睿史的健康情況和他對六大公國的態度，帝尊對黠謀國王說了謊。或者，也有可能是黠謀國王對我說謊，扭曲了帝尊向他報告的內容。或者是盧睿史說謊，他對我們的態度並非如此。我思考了一會兒，決定採信我的第一項假設。黠謀從未對我說過謊，這點我是知道的，而盧睿史可以直接讓我死掉就好了，不必匆匆忙忙衝進我房間。所以。

所以帝尊想置盧睿史於死地，是嗎？如果他想置盧睿史於死地，那他爲什麼要把我的身分洩露給珂翠肯？除非是她在這件事情上說謊。我思索著。不太可能。她也許會猜疑黠謀是否有派刺客來，但她爲什麼立刻就決定指控我？不，她是從我的名字認出我來的，而且她知道百里香夫人。所以。

帝尊昨夜兩次說他要他父親派百里香夫人來，但他也把百里香夫人的名字洩露給了珂翠肯。帝尊究竟眞正想害死誰？盧睿史王子？還是百里香夫人，或者我，等暗殺企圖被揭發之後？這一切、還有他安排的這樁婚姻，到底又對他有什麼好處？他又爲什麼堅持要我殺死盧睿史，後者明明是活著對我們更有政治利益？

我需要跟切德談談，但是辦不到。我必須想辦法靠自己做出決定。除非。

僕人再度端來了水和水果。我起身換上那些麻煩又討厭的正式服裝，吃了東西，離開房間。今天跟昨天沒什麼兩樣，這種節日的氣氛已經開始讓我疲倦了。我試著善加利用我的時間，增加我對宮殿的瞭解，包括宮裡的例行公事和地形。我找到了伊尤的房間、珂翠肯的房間、盧睿史的房間，也仔細研究了通往帝尊房間的臺階和支架。我發現柯布跟博瑞屈一樣，都睡在馬廄裡。博瑞屈這麼做不令我意外，他在離開頡昂佩之前一定都不會讓別人接手照管那些公鹿堡來的馬，但柯布爲什麼睡在那裡？是要給博瑞屈留下好印象，還是要監視他？塞夫倫和嘮得都睡在帝尊房間的前廳，雖然宮裡明明還有很多空房間。我試著研究守衛和哨兵的位置及值班時間，卻沒見到半個。而且我一直在注意威儀，等了大半個早上才有機會在四下比較無人的情況下找他講話。「我需要跟你談談。私下談。」我對他說。

他一副惱怒的樣子，瞥視四周看有沒有人在看我們。「不要在這裡談，蚩滋。也許等我們回到公鹿堡之後再說。我有公務在身，而且──」

我已經料到他會有此反應。我打開手掌，讓他看見國王許多年前給我的那枚胸針。「看到了嗎？這是黠謀國王很久以前給我的。這胸針代表了他的承諾，不管我什麼時候需要跟他說話，只要出示這個胸針，就可以進入他的房間。」

「眞感人啊！」威儀挖苦地說。「你說這個故事給我聽有什麼特別原因嗎？也許是爲了讓我對你的重要地位刮目相看？」

「我需要跟國王說話。現在。」

「他不在這裡。」威儀指出，轉身準備走開。

我拉住他的手臂，把他轉回來。「你可以對他技傳。」

他氣憤地甩開我的手，再度環顧四周。「絕對不行。而且就算我能這麼做，我也不肯。你以爲每個會精技的人都可以去打擾國王嗎？」

「我已經對你出示了那個胸針，我保證他不會認爲你是在打擾他。」

「不行。」

「那就找惟眞。」

「我不能對惟眞技傳，除非他先對我技傳。私生子，你不懂，你受過訓卻失敗了，你對精技眞的是一點概念也沒有。這不是在山谷對面向朋友打招呼，這是很嚴肅的事，只能用於嚴肅的目標。」他再度轉身要離開。

「轉回來，威儀，否則你會後悔一輩子。」我盡力把每一分每一毫的恐嚇之意灌注在我的聲音裡。這是個空洞的威脅，我沒有任何方法能讓他後悔，除了去向國王打小報告。「要是黠謀知道你忽視他的標誌，他不會高興的。」

威儀慢慢轉回來，對我怒目而視。「唔，那麼我就做，但你必須保證負起所有責任。」

「我會的。那麼你現在就到我房裡來替我技傳吧？」

「沒有別的地方可用了嗎？」

「你房間？」我建議。

「不，那更糟。別誤會我的意思，私生子，但我不希望人家覺得我跟你有牽連。」

「你也別誤會我的意思，公子哥兒，我對你也有同感。」

最後我們來到珂翠肯的藥草園裡一處安靜角落，威儀坐在一張石頭長凳上閉起眼睛。「我要對黠謀技傳什麼訊息？」

我思索著。訊息必須像個謎語，這樣威儀才不會知道我眞正面臨的問題。「告訴他說，盧睿史王子的健康情況好極了，我們全都可以希望見到他長命百歲。帝尊還是想把禮物給他，但我認爲不合適。」

威儀睜開眼睛。「精技是很重要的——」

「我知道。你告訴他就是了。」

於是威儀坐在那裡，呼吸好幾口氣，閉上眼睛。過了一會兒他睜開眼。「他叫你聽帝尊的。」

「就這樣？」

「他正在忙，而且非常不高興。別再來煩我了，你恐怕已經害我在國王陛下面前出了醜。」

我大可以回敬他十幾種不同的伶牙俐齒答案，但我讓他走開，心裡納悶他到底有沒有向黠謀國王技傳。我坐在石凳上想，我這麼做一無所獲，只浪費了很多時間。我感到一陣誘惑，於是自己嘗試技傳。

我閉上眼，吸氣，專注凝神，開啓我自己。**黠謀，國王陛下**。

什麼也沒有。沒有回答。我懷疑我根本沒有技傳出去。我站起身走回宮裡。

這一天中午，珂翠肯獨自登上那座臺子。她今天說的話也很簡單，就像她前一天宣布她已經與六大公國的人民締繫連結一樣。從這一刻開始，她就是他們的犧牲獻祭了，要服從他們的命令去做一切的事。然後她感謝她自己的人民，她的血中之血，感謝他們養育她、善待她，並提醒他們說，她如今改換效忠的對象不是因爲她不愛他們，而是因爲希望能讓兩個民族都能蒙受其利。她走下臺階時又是一片靜默。明天，她就將以女人對男人的身分，向惟眞立誓效忠。就我的瞭解，明天帝尊和威儀會代替惟眞站在她身旁，威儀會用技傳的方式讓惟眞看見他的新娘對他立誓。

這一天我度日如年。姜其帶我去看藍色噴泉，我盡力表現出感興趣又愉快的樣子。我們回到宮殿後，繼續欣賞更多吟遊歌者的表演，繼續宴飲慶祝，晚上則是山區人民製作的藝品展覽，有雜耍藝人和空中飛人的表演，有狗兒表演雜技，還有矯捷強健的劍手進行表演賽。到處都可見藍色燻煙，很多人都開懷吸用，一邊四處走動交談、一邊把自己的小香爐在面前搖晃著。我明白燻煙對他們來說就像我們的卡芮絲籽蛋糕，是假日特殊放縱一下的享受，但我避開那些罐壺中燃燒冒出的縷縷燻煙。我必須保持頭腦清醒。切德給了我一種能醒酒的藥水，但燻煙的解藥我既沒有也沒聽說過，而且我不習慣燻煙。我找到一個比較清淨的角落，站在那裡假裝全神貫注欣賞一名吟遊歌者的歌聲，但是在帝尊背後看著他。

帝尊坐在一張桌子旁，兩邊各有一個黃銅香爐。威儀神情非常矜持，坐在離他有一小段距離的地方。他們不時交談，威儀的態度很嚴肅，王子的態度很輕率。我離他們不夠近，聽不清他們講話的內容，但我從威儀的唇形看出他提到了我的名字和精技。我看見珂翠肯走向帝尊，注意到她避免直接站在燻煙飄出來的方向。帝尊跟她說了很久的話，帶著微笑、懶洋洋的，有一次還伸手點點她的手和她手上戴的銀戒指。燻煙會讓某些人變得愛講話、愛吹牛，他似乎也是其中之一。她看起來像隻在樹枝上徘徊的小鳥，一下子微笑靠近他，一下子又退後、變得比較正式拘謹。然後盧睿史走過來站在妹妹身後，對帝尊簡短講了幾句話，拉著珂翠肯的手臂把她帶開。塞夫倫出現，重新添滿帝尊的香爐，帝尊露出傻傻的笑容表示謝意，伸手朝整個大廳一比，說了什麼，塞夫倫大笑著離開。過了不久，柯布和嘮得來跟帝尊說話。威儀起身，憤慨地走掉，帝尊臉有怒容，派柯布去叫他回來。威儀回來了，但是並不甘願，帝尊責罵他，威儀氣得瞪起眼睛，然後垂下眼睛服從他。我眞恨不得自己可以靠近一點聽他們在說什麼，我感覺到，絕對有什麼事情正在進行當中。那些事或許跟我和我的任務無關，不過我不太相信。

我又把我所知的貧乏事實重新想了一遍，覺得我一定是漏掉了某件事的意義，但我也納悶我是不是在欺騙自己，也許我對一切都反應過度了。也許最安全的方式就是照帝尊說的去做，讓他承擔所有責任。也許我應該節省時間，把我自己的喉嚨割斷了事。

當然，我可以直接去找盧睿史，告訴他說雖然我盡了一切努力，帝尊還是要置他於死地，然後求他庇護我。畢竟，有誰不會覺得一個受過訓練、已經背叛過一個主人的刺客很吸引人呢？

我可以告訴帝尊說我要殺盧睿史，然後不動手。我仔細想了這一點。

我可以告訴帝尊說我要殺盧睿史，然後殺死帝尊。都是燻煙害的，我告訴自己。只有燻煙才能讓這個想法顯得很明智。

我可以去找博瑞屈，告訴他說我眞正的身分是刺客，請他對我的處境提出建議。

我可以騎公主的馬逃進山裡。

「怎麼樣，玩得還開心嗎？」姜其走過來，挽著我的手臂問道。

我發現我正盯著一個輪流拋擲刀子和火把的人看。「這段經驗我一定永遠難忘。」我對她說，然後建議到涼爽的花園裡去散散步。我知道燻煙正在對我造成影響。

那天深夜，我到帝尊的房間去報到。這次開門讓我進去的是嘮得，帶著愉快的微笑。「晚上好。」他向我打招呼，我走進去，彷彿走入狼穴。房裡的空氣充滿藍藍的燻煙，嘮得的和善似乎就是來自於此。帝尊再次讓我枯等，雖然我低下頭，下巴抵住胸口，淺淺地呼吸，但我知道燻煙還是對我產生了影響。要控制住自己，我提醒自己，試著不去感覺那股昏暈。我在座位上動來動去好幾次，最後終於伸出一隻手公然遮住口鼻，不過這對阻擋燻煙沒什麼功效。

通往內室的門拉開了，我抬起頭，但出現的只是塞夫倫。他朝嘮得瞥了一眼，然後過來坐在我身旁。他沉默了一陣子，我開口問，「帝尊現在可以見我了嗎？」

塞夫倫搖頭。「他現在……有客人。但他把你需要知道的所有事情都告訴我了。」他攤開放在我們兩人之間、擱在凳面上的手，掌心裡有個白色小包。「他替你弄來了這個，相信你一定會同意。加一點點在酒裡溶解，就能讓人死，但是不會死得太快。對方甚至好幾個星期都不會有任何症狀，然後開始出現倦怠感，逐漸愈來愈嚴重。他不會受苦的。」他加了一句，彷彿這是我最關心的一點。

我絞盡腦汁想。「這是葛柯斯樹脂嗎？」我聽說過這種毒藥，但是從來沒見過。如果帝尊有管道弄到它，切德一定會很想知道。

「我不知道它叫什麼，這也不重要。重要的只有這一點：帝尊王子說你今天晚上會用得到。你會找出機會的。」

「他期望我怎麼做？就這麼直接到他房間去，敲敲門，然後把下毒的酒給他喝？這麼做有點太明顯了吧？」

「要是這麼做當然明顯，但是你受的訓練一定讓你能有更細膩的手法吧？」

「我受的訓練告訴我說，這種事情不是可以跟貼身侍僕討論的。我必須親耳聽見帝尊對我下令，否則我不會採取行動。」

塞夫倫嘆了口氣。「我主人已經料到你會這麼說。他的訊息如下：以你所攜帶的那枚胸針和你胸前的紋飾，他對你下達這個命令，如果你拒絕，就等於是拒絕國王陛下，也就等於是犯下叛國罪。他會確保你因此被處以絞刑。」

「但是我——」

「把它拿著趕快走。你等得愈久，時間就愈晚，你去他房間也就顯得愈別有用心。」

塞夫倫突然起身離開。嘮得坐在角落像隻蟾蜍，帶著微笑瞄著我。要是我想保住身為刺客的用處，就得在回公鹿堡之前殺死他們兩人。我納悶他們是否知道這一點。我也對嘮得報以微笑，喉頭嚐到了燻煙的味道。我拿起毒藥離開。

一走下帝尊房間的臺階，我就退到陰影最深的牆邊，盡可能快速爬上帝尊房間的支柱。我像隻貓一樣攀在上面，把自己擠進房間地板的支架縫隙間，等待。又等待。燻煙盤旋在我腦袋裡，加上我本來就感到疲倦，再加上珂翠肯那藥草的效力還沒完全退去，於是我逐漸開始納悶這一切是不是都只是一場夢。我納悶我的笨拙陷阱是否會毫無所獲。最後我思考著，帝尊告訴過我他先前特別要求國王派百里香夫人來。但黠謀派的是我。我回想起切德曾對這一點感到不解，最後回想起他對我說的話。我的國王是不是把我出賣給帝尊了？如果他確實這麼做了，那我又何必對他們任何一人盡忠？最後我看到嘮得離開，然後經過一段似乎非常漫長的時間，跟柯布一起回來。

我沒辦法透過地板聽見很多，但足以辨認出帝尊的聲音，他正在把我這天晚上的計畫透露給柯布。等我確定了這一點，就扭動移出我的藏身處，爬下去，回到自己房間。我在房裡準備了某些特殊用品，堅定地提醒自己說，我是吾王子民。我這麼對惟真說過。我離開房間，輕輕穿過宮殿。大廳裡有平民百姓鋪著蓆子睡在地上，圍繞禮臺形成同心圓，占取最好的位置，明天才能看見他們的公主立誓。我穿過他們之間而行，他們連動都沒動一下。這裡的人如此充滿信任，可是信任的對象錯了。

王室成員的房間在宮殿最後面，離大門最遠。這裡沒有守衛。我經過深居簡出的國王的房門，經過盧睿史的房門，來到了珂翠肯門前。她的房門上繪有蜂鳥和忍冬的裝飾圖案，我心想，要是弄臣看見一定會很喜歡。我輕輕敲門，等待。時間慢慢過去。我又敲了敲門。

我聽見赤腳在木板地上移動的聲音，然後繪有圖案的拉門開了。珂翠肯的辮子新編過，但她臉四周已經有些細小的頭髮散開了。她身上白色的長睡袍加強了她的白皙，讓她看來跟弄臣一樣蒼白。「你需要什麼東西嗎？」她睡眼惺忪地問。

「只需要妳回答一個問題。」燻煙還纏繞著我的思緒，我想微笑，想對她說些聰明風趣的話。蒼白的美女，我心想。我把這股衝動趕開。她在等我發問。「如果我今晚殺死妳哥哥，」我謹慎地問，「妳會怎麼做？」

她連退都沒有退一步。「我當然會殺了你。至少我會要求把你處死，主持公道。現在我已經立誓效忠你的家族了，所以不能親手取你性命。」

「但妳還會舉行婚禮嗎？還會嫁給惟眞嗎？」

「你要不要進房來？」

「我沒有時間了。妳會不會嫁給惟眞？」

「我立誓效忠六大王國，成爲他們的王后。我立誓效忠他們的人民。明天我將立誓效忠王儲，不是效忠一個叫做惟眞的男人。但就算情況不是這樣，你自己想想，何者的約束力最大？我已經被約束了。約束我的不只是我自己的誓言，還有我父親的誓言，再加上我哥哥的誓言。我不會願意嫁給下令殺害我哥哥的男人，但我立誓效忠的不是那個人，而是六大公國。我是被送到那裡，希望能因此使我的人民獲得利益，所以我必須去那裡。」

我點點頭。「謝謝妳，公主殿下，抱歉我打擾了妳安歇。」

「你現在要去哪裡？」

「去找妳哥哥。」

我轉身走向她哥哥房間，她站在那裡沒動。我敲敲門，等待。盧睿史一定坐立難安，因爲他開門的速度快得多。

「我可以進去嗎？」

「當然。」非常有風度，如我預期。一股想吃吃笑的感覺干擾著我的決心。切德要是看到你現在這樣可不會感到驕傲，我告誡自己，並拒絕微笑。

我進房，他關上門。「我們來喝點酒吧？」我問他。

「如果你想喝的話。」他說，不解但有禮。我坐在椅子上，他拔開一只玻璃瓶的瓶塞，爲我們兩人倒酒。他桌上也有一個香爐，還是溫熱的。先前我沒有看到他放縱自己燻煙，他大概是想，等到他在房裡獨處的時候再這麼做比較安全。但誰知道刺客什麼時候會帶著一口袋的死亡來找你？我壓下一個傻笑。他斟滿兩杯酒，我傾身向前給他看我的小紙包，接著仔仔細細把毒藥倒進他的酒，拿起杯子搖晃一番，看著藥粉溶化，然後把酒杯遞給他。

「是這樣，我是來給你下毒的。你死。然後珂翠肯殺死我。然後她嫁給惟眞。」我舉起酒杯啜了一口，是蘋果酒，我猜是法洛出產的，八成是賀禮之一。「這樣帝尊又能得到什麼好處？」

盧睿史厭惡地瞄了瞄他那杯酒，把它放到一旁，從我手中把我那杯酒拿過去喝。他語調中毫無震驚之意，說，「這樣他就除掉你了。我想他不太喜歡有你作伴。他對我一直非常殷勤，送給我和我的王國很多禮物，但如果我死了，珂翠肯就是群山王國的唯一繼承人，這樣對六大公國有好處，不是嗎？」

「我們連現在已有的國土都保護不了。而且我想帝尊會認爲那樣是對惟眞有好處，不是對王國有好處。」我聽見門外有聲響。「這一定是柯布，來把給你下毒的我逮個正著。」我推斷。我起身走到門口，打開門，珂翠肯衝過我身旁進入房間。我很快把拉門關上。

「他是來給你下毒的。」她警告盧睿史。

「我知道。」他嚴肅地說。「他把毒藥倒進我的酒杯了，所以我用他的杯子喝酒。」他拿起瓶子重新把酒杯斟滿，遞給她。「是蘋果酒耶。」他勸哄著搖頭的她。

「我看不出這件事有什麼好笑的。」她凶道。盧睿史和我互看一眼，傻笑起來。是燻煙的關係。

她哥哥親切地微笑。「是這樣的。蜚滋駿騎想通了，今晚他非死不可。有太多人知道他是刺客了。如果他殺死我，妳就會殺死他；如果他不殺死我，他要怎麼回去面對國王？就算國王原諒他吧，大半個宮廷的人都知道他是刺客了，這樣他就沒用了。沒用的私生子對王室是一種多餘的負擔。」盧睿史說完，一口喝乾了杯裡的酒。

「珂翠肯告訴我說，就算我今晚殺死了你，她明天還是會向惟眞立誓效忠。」

他依然不感意外。「她拒絕又有什麼好處？只會讓六大公國與我們爲敵罷了。那樣她就背叛了她對你們人民的誓言，讓我們的人民大大蒙羞，她會被唾棄、被放逐，對誰都沒好處，也不能讓我起死回生。」

「把她嫁給這樣的人，你們的人民難道不會起而反抗嗎？」

「我們會保護他們，不讓他們知道眞相。我是說伊尤和我妹妹會。難道只因爲一個人的死，就要讓一整個王國開戰嗎？別忘了，我是這裡的犧牲獻祭。」

我第一次模糊瞭解到這個詞的意思。

「我可能很快就會在你們面前出醜。」我警告他。「他們告訴我說這種毒藥的藥性很慢，但我看過了，它不是慢性的毒藥。這是『死根』的單純萃取成分，事實上發作得很快。首先它會讓人發抖。」盧睿史把雙手放在桌上，手在抖。珂翠肯看起來快被我們兩個氣昏了。「接著死亡很快就會來到。我想我是會被當場逮住，然後跟你一起被除掉。」

盧睿史抓著喉嚨，然後讓頭陡然往前一垂。「我被下毒了！」他戲劇化地朗誦道。

「我受夠了。」珂翠肯啐了一口，這時柯布猛然拉開門。

「小心叛徒！」他叫道。看見珂翠肯也在，他的臉都白了。「公主殿下，告訴我妳沒喝那個酒！這個雜種叛徒在裡面下了毒！」

我想他的演出效果打了很大的折扣，因爲我們都沒什麼反應。珂翠肯和我對看一眼。盧睿史從椅子上滾到地板上。「哎，別鬧了。」她氣憤地對他說。

「我把毒藥倒進了酒裡。」我親切地告訴柯布。「完全遵照吩咐。」

然後盧睿史的背拱了起來，第一陣痙攣開始發作。

剎那間我彷彿什麼也看不見，醒悟到我被騙了。酒裡有毒。當作禮物的法洛蘋果酒，八成是今天晚上才送給他們的。帝尊不信任我會眞的下毒，但在這個充滿信任、不設防的地方要動手腳太容易了。我看著盧睿史的身體再度拱起，心知我無能爲力。我自己的嘴巴已經開始逐漸麻痺了。我幾乎是不甚在意地想著，不知酒裡的劑量有多重。我只啜了一小口。我是會死在這裡，還是死在絞刑臺上？

片刻之後，珂翠肯自己也明白過來，她哥哥是眞的快死了。「你這個沒靈魂的人渣！」她朝我啐罵，然後跪倒在盧睿史身旁。「你用笑話和燻煙降低他的防心，跟他一起微笑，眼看著他死！」她眼睛閃向柯布。「我要他死。叫帝奪立刻到這裡來！」

我朝門跑去，但柯布的動作更快。當然啦，柯布今天晚上可沒燻煙。他比我動作快、肌肉發達，頭腦也比較清楚。他雙臂擒抱住我把我撲倒在地，臉湊近我的臉，一拳打中我肚子。我認出了這個氣息、這個汗水味，鐵匠死前聞到的就是這個味道。但這次刀是在我的袖子裡，非常鋒利，而且塗了切德所知藥效最迅速的毒藥。我把刀捅進他身體之後，他還有力氣再結結實實揍了我兩拳，然後才倒地垂死。再見了，柯布。他倒下的時候我突然看見一個滿臉雀斑的馬僮在說，「快來吧，這樣才乖嘛！」事情原可以有那麼多種不同的發展。我認識這個男人，殺他就等於殺死了我自己人生的一部分。

博瑞屈一定會非常生我的氣。

這一切思緒都在幾分之幾秒內完成。柯布的手還沒落到地板上，我已經往門口跑去了。珂翠肯的動作更快。現在我想那是個黃銅水壺，當時我只看見一陣強烈白光炸開。

我醒過來的時候全身都在痛。最直接的痛是在手腕上，因爲把我雙手綁在背後的繩結緊得讓人受不了。有人正抬著我。勉強算是抬吧！嘮得和塞夫倫似乎都不在乎我身體某些部分拖在地上。帝尊也在，拿著一支火把，還有一個我不認識的齊兀達人拿著另一支火把帶路。我不知道我身在何方，只知道我們在室外。

「我們沒有別的地方可以關他了嗎？沒有特別安全的地方嗎？」帝尊質問著。對方嘀咕了一句回話，然後帝尊說，「不，你說得對。我們不想在這個節骨眼上惹起軒然大波。明天已經夠快了，而且我也不認爲他還能活到明天。」

一扇門打開，我被一頭丟進去，落在只鋪了一些稻草的泥土地面上。我吸進了灰塵和穀糠，但是沒力氣咳嗽。帝尊用火把比了比。「你去找公主，」他對塞夫倫下令道，「跟她說我馬上就到。看看我們有沒有辦法讓王子比較舒服一點。你，嘮得，把威儀從他房裡找出來，我們需要他技傳，讓黠謀國王知道他救了、養了一隻毒蠍。我需要得到他的許可，才能讓小雜種死。如果他還能活到被判死罪的時候的話。去吧，現在就去。快去！」

他們離開了，那個齊兀達人替他們照路。帝尊留在這裡，低頭看我。他等到他們的腳步聲遠去，然後一腳狠狠踢中我肋骨部位。我叫出聲來，但叫聲不成字句，因為我的嘴巴和喉嚨都麻痺了。「這情景好像似曾相識，對不對？你滾在草堆裡，我低頭看著你，納悶不知是什麼厄運把你帶進了我的人生？真古怪，好多事情的結束就跟開始的時候一樣。」

「而且很多時候，天理公道也是相互循環的。你想想，害死你的是毒藥和背叛，我母親也是一樣。啊，你嚇了一跳。你以為我不知道嗎？我早就知道了。我知道很多你以為我不知道的事，包括百里香夫人的臭味，包括你是怎麼失去精技的，因為博瑞屈不肯讓你繼續汲取他的力量。他一發現幫你的忙會要他的命，馬上就把你拋棄了。」

我全身一陣顫抖，帝尊揚頭大笑，然後嘆了口氣轉過身去。「可惜我不能留在這裡看好戲，但我還有個公主要安慰呢！小可憐，立誓要嫁給一個她已經很痛恨的男人。」

如果不是帝尊離開，就是我離開了。我不清楚。彷彿天空裂開了，我流了出去。「打開自己，」惟真告訴我，「就是不保持封閉。」然後，我想我夢見了弄臣。還有惟真，他雙手抱頭睡著，彷彿是要把思緒留在腦袋裡。還有蓋倫的聲音，在一個黑暗寒冷的房間迴響。「明天比較好。現在他技傳的時候，連自己坐在哪間房間都不太知道了。我跟他的關係不夠密切，沒辦法隔著一段距離這麼做，我們必須有肢體上的接觸。」

黑暗中有一聲吱叫，是像隻老鼠般討人厭的心智，我不認識。「現在就下手。」它堅持。

「別蠢了，」蓋倫責備它。「難道我們要在這個節骨眼上操之過急，搞得全盤皆輸嗎？明天已經夠快了。那部分讓我來操心就好，你必須把這裡清理乾淨，嘮得和塞夫倫知道得太多了，而且那個馬廄總管也煩我們太久了。」

「你讓我簡直是站在一片血海裡。」那老鼠氣憤吱叫著。

「穿過血海走上王位。」蓋倫建議。

「而且柯布也死了，回家的路上誰來照顧我的馬？」

「那就把馬廄總管留下來。」蓋倫厭惡地說，然後邊思索邊講：「等你們回來之後，我親自幹掉他。我不介意這麼做。但其他人最好趕快除掉。或許小雜種在其他的酒裡也下了毒，就是你房裡的酒，然後你的僕人不幸喝到了。」

「大概吧！你得替我找個新的貼身侍僕。」

「我們叫你妻子負責這件事就行了。你現在應該跟她待在一起，她才剛剛痛失她的哥哥，你必須對發生這種事表示驚恐萬分，試著把事情怪在小雜種而非惟眞頭上，但是不要太有說服力。等到明天，你跟她一樣都痛失兄長的時候，我們再看看你們的同病相憐會產生什麼結果。」

「她壯得像頭母牛，又白得像條魚。」

「但是有了山區的國土，你就能有一個足以禦敵的內陸王國。你也知道沿海大公國不會支持你，法洛和提爾司也沒辦法夾在山區和沿海大公國之間獨自生存。何況，等她生下第一個小孩之後，就可以不必讓她繼續活下去了。」

「蜚滋駿騎．瞻遠。」惟眞在夢裡說。黠謀國王和切德在擲獸骨做的骰子玩。耐辛在睡夢中一陣擾動。「駿騎？」她輕聲問道。「是你嗎？」

「不是，」我說。「什麼人都沒有。什麼人都不是。」

她點點頭，繼續沉睡。

當我的眼睛再度能聚焦時，四周一片黑暗，我獨自一人。我上下顎打著哆嗦，下巴和襯衫前襟滿是自己的口水。麻痺感似乎稍微退去了一點點，我想著，不知這是否表示毒藥不會殺死我。我懷疑這有多少差別，我能為自己發言的機會很渺茫。我的雙手沒了知覺，不過這樣至少就不會痛了。我渴得不得了。不知道盧睿史死了沒，他喝的酒比我多得多，而且切德說過那種毒藥的藥效很快。

如同回答我的問題一般，一聲充滿最純粹痛苦的嗥叫朝月亮直奔而去，那聲音似乎縈繞不散，把我的心也隨之拉扯向高空。大鼻子的主人死了。

我全心朝牠撲去，用原智緊緊擁抱住牠。**我知道，我知道**，我們一起顫抖著，因為牠愛的那個人已經到我們再也找不著的地方去了。巨大的孤寂將我們包在一起。

小子？訊息微弱但確實。一隻爪子，一個鼻頭，然後門被擠開了。牠朝我輕聲走來，牠的鼻子告訴我我身上很臭，有燻煙和血和恐懼的汗水味。牠走到我身旁趴了下來，把頭靠在我背上。有了身體接觸，那感情的牽繫又恢復了，現在變得更強烈，因為盧睿史不在了。

他離開了我。我好痛。

我知道。過了很長一段時間。**幫我鬆綁好嗎？**老狗抬起了頭。人的哀傷再強烈也比不上狗，我們應該為此心存感激。但牠依然從苦痛的深淵站了起來，開始用磨損的牙齒啃咬我的繩子，我感覺到繩子一線一線逐漸鬆開，可是我連把它扯散的力氣都沒有。大鼻子轉過頭，開始用後面的牙齒啃起來。

繩子終於斷了，我把手臂往前收，這下子全身的疼痛又變成另一種不同的方式。我的雙手依然沒知覺，但我可以滾到一旁讓臉不至於繼續埋在稻草堆裡。大鼻子和我同聲嘆息。牠把頭靠在我胸口，我伸出一條僵硬的手臂環抱牠。我全身又一陣強烈的顫抖，肌肉緊縮再緊縮，劇烈的抽搐讓我眼冒金星。但那陣痙攣過去了，我還在呼吸。

我再度張開眼睛。光線照得我什麼也看不見，但我不知道那光線是不是眞的。我身旁的大鼻子搖著尾巴，尾巴啪啪拍打在稻草堆上。博瑞屈緩緩在我們身旁蹲跪下來，一隻手溫和地摸著大鼻子的背。我的眼睛逐漸適應他提燈的光，看見了他臉上的哀傷。「你是不是要死了？」他問我。他的聲音是那麼中性，彷彿是石頭開口說話。

「我不確定。」這是我試著說的話。我的嘴巴還不是很聽使喚。他起身拎著提燈走開，我獨自躺在黑暗裡。

然後光線又回來了，博瑞屈提來了一桶水，扶起我的頭，把一些水倒進我嘴裡。「別嚥下去。」他告誡我，但反正我也沒辦法讓吞嚥相關的肌肉發揮效用。他沖了我的嘴巴兩次，然後想讓我喝下一點水，差點沒把我給淹死。我用木頭般僵硬的手擋開水桶。「不。」我好不容易說出來。

過了一會兒，我的頭腦似乎清醒了些。我移動舌頭舔舔牙齒，舌頭有感覺了。「我殺了柯布。」我告訴他。

「我知道，他們把他的屍體抬到馬廄這裡來了。沒人願意告訴我半點事。」

「你怎麼會找到我的？」

他嘆了口氣。「我只是有種感覺。」

「你聽見了大鼻子。」

「對，牠那聲哀嚎。」

「我指的不是那個。」

他靜了很長一段時間。「感覺到某種東西跟實際使用它是不一樣的。」

我想不出如何回答他這句話。過了一會兒我說，「柯布就是那個在樓梯間拿刀捅你的人。」

「是嗎？」博瑞屈思索著。「我確實納悶過爲什麼那些狗都沒怎麼叫。牠們認識他。只有鐵匠有反應。」

我的雙手突然尖銳刺痛地恢復了知覺。我把雙手抱在胸前滾到一旁，大鼻子哀鳴一聲。

「不要那樣。」博瑞屈氣憤地說。

「我現在沒辦法控制。」我回答。「我全身上下都好痛，整個人的感覺到處亂流亂竄。」

博瑞屈沉默不語。

「你要幫我嗎？」最後我問。

「我不知道。」他輕聲說，然後幾乎是用哀求的語調說，「蜚滋，你到底是什麼？你變成了什麼樣的人？」

「我跟你一樣，」我誠實地告訴他。「都是吾王子民。博瑞屈，他們要殺惟眞。如果他們得逞了，帝尊就會變成國王。」

「你在說什麼啊？」

「如果我們待在這裡直到我解釋完整個來龍去脈，就來不及了。幫助我離開這裡。」

他似乎花了很長一段時間考慮，但最後他終於扶我站起來，我緊抓住他的袖子，蹣跚走出馬廄，走入夜色。

23

婚禮

外交的藝術就在於，你運氣好，知道你對手的祕密比他知道你的祕密多。出手的時候永遠都要站在有力的位置上。這些是黠謀的格言，惟真也照之行事。

「你得去把威儀找來，他是惟眞的最後一線希望。」

在黎明前的灰濛中，我們坐在王宮上方的山坡上。我們沒走多遠。這裡地勢陡峭，而且我的身體狀況也沒辦法健行。我開始懷疑帝尊踢我的那腳使蓋倫施加在我肋骨上的舊傷又復發了，我每深呼吸一口氣都有如刀刺。帝尊的毒藥仍然使我全身陣陣顫抖，我的腿也常毫無預兆地突然發軟站不住。我無法自己站立，因爲雙腿不肯支撐我，我連抱住樹幹讓自己站直都沒辦法，因爲手臂毫無力氣。在我們周遭的森林裡，鳥兒開始叫喚著黎明，松鼠正在儲存糧食準備過冬，還有唧唧蟲鳴。在這麼一片生機盎然中，我很難去想自己身體受到的損傷有多少是永久性的。我青春歲月的力量是不是已經結束了，只剩下顫抖和衰弱？我試著把這問題趕出腦海，試著專心思考六大公國所面臨種種更重大的問題。我照切德教導過我的方式，讓自己靜下來。我們四周一片無邊無際的樹海，有種和平安寧的氛圍。我能瞭解伊尤爲什麼不把這些樹砍了當木材用。我們身體下的針葉柔軟，樹木的芬芳撫慰人心，我眞希望我能就這麼躺下睡去，像我身旁的大鼻子一樣。我們的痛苦仍然交雜纏混在一起，但至少大鼻子可以用睡覺來逃離牠的痛苦。

「你有什麼理由相信威儀會幫我們？」博瑞屈問。「就算我能把他弄到這裡來的話。」

我把思緒拉回我們面前的兩難處境上。「我不認爲他有牽扯在這件事情裡，我想他對國王仍然忠心。」我把我所知的訊息講給博瑞屈聽，講得像是我自己仔細達成的結論。用我在自己腦袋裡無意間聽到的聲音是不太可能說服博瑞屈的，所以我不能告訴他說，因爲蓋倫沒有建議殺死威儀，所以他大概對他們的陰謀並無所知。我自己都還不確定我的那段經歷是怎麼回事。帝尊不會精技，就算他會，我又怎麼能聽到另兩人之間的技傳？不，這一定是其他的東西，另外某種魔法。是蓋倫施展出來的嗎？他能使用這麼強大的魔法嗎？我不知道。我不知道的事情太多了。我強迫自己把這一切都放到一邊去，至少目前這訊息符合我所知的事實，符合的程度超過我所能想像的任何假設。

「如果他效忠國王，而且對帝尊沒有疑心，那麼他就也效忠帝尊。」博瑞屈指出，彷彿我是自作聰明。

「那我們就得想辦法強迫他。我們一定要警告惟眞。」

「是啊，當然啦，我只要走進宮裡，拿一把刀抵住威儀的背，帶他大搖大擺走出來就好了，沒人會打擾我們的。」

我拚命想辦法。「賄賂某個人，把他騙到這裡來，然後偷襲他。」

「就算我找得到可以賄賂的人，我們又能用什麼東西來當賄賂？」

「我有這個。」我碰碰耳朵上的耳環。

博瑞屈一看差點跳起來。「你這是哪裡來的？」

「耐辛趕在我離開之前給我的。」

「她沒有權利這麼做！」然後語調靜了點：「我以爲這耳環跟他一起下葬了。」

我沉默地等著。

博瑞屈看向旁邊。「這是你父親的。我給他的。」他靜靜地說。

「爲什麼？」

「只因爲我想給。」他結束這個話題。

我抬起手要拿下耳環。

「不，」他生硬地說。「你戴著吧！但這不是可以隨便拿來當賄賂的東西，而且這些齊兀達人根本不會接受賄賂。」

我知道這一點他說得沒錯。我試著想其他的辦法。太陽就要出來了，一到早晨，蓋倫就會採取行動。也許他已經行動了。我眞希望我知道下方的王宮裡此刻情況如何。他們知道我不見了嗎？珂翠肯準備把自己許諾給一個她會恨的男人嗎？塞夫倫和嘮得死了嗎？如果還沒，我可不可能警告他們，讓他們反叛帝尊？

「有人來了！」博瑞屈趴倒在地。我躺下，認命接受接下來的任何事。我已經沒有任何體力奮戰了。「你認識她嗎？」博瑞屈低聲說。

我轉過頭。是姜萁，前面走著一隻再也不能爲盧睿史爬樹的小狗。「是國王的妹妹。」我沒費事壓低聲音。她拿著一件我的睡衣，小狗很快就來到我們四周歡快蹦跳，嬉鬧著對大鼻子發出邀請，但大鼻子只是哀愁地看著牠。姜萁隨即大步走向我們。

「你必須回宮裡來，」她劈頭就說，「而且要趕快。」

「我回宮裡，」我對她說，「幾乎就等於是趕著去送死。」我看向她身後，尋找其他追蹤而來的人。博瑞屈已經站起來了，擺出護衛我的姿勢。

「你不會死。」她冷靜地承諾。「珂翠肯已經原諒你了。我從昨晚就一直在跟她談，但剛剛才說服她。她已經引用了她身爲親屬的權利，原諒傷害親屬的親屬。按照我們的法律，如果親屬原諒了親屬，其他人就不得再有異議。你們那位帝尊想叫她不要這麼做，不過只把她惹得生起氣來。『只要我還在這裡、還在這座王宮裡，我就依然可以引用山區民族的法律。』她對他說。伊尤國王也同意。不是因爲盧睿史的死不讓他傷心，而是因爲頡昂佩法律的力量和智慧必須被所有的人尊重。所以，你必須回來。」

我思索。「那妳原諒我了嗎？」

「沒有，」她哼了一聲，「我不會原諒謀害我姪子的人，但我沒辦法爲你沒有做的事情原諒你。我不相信你會喝你自己下了毒的酒，就算只喝一點點。我們這些最熟知毒藥危險的人是最不會去輕易嘗試它們的。不，這件事是一個自以爲非常聰明、而且認爲其他人都非常笨的人做的。」

我感覺到而非看到博瑞屈降低了防心，但我還是無法完全放鬆。「既然珂翠肯已經原諒我了，那爲什麼不能讓我離開就好？爲什麼我必須回去？」

「現在沒時間說這個了！」姜萁嘶聲說，這是我見過齊兀達人最接近生氣的樣子。「是不是要我花上好幾個月、好幾年，來教你我對平衡的一切知識？有拉必有推，有吸氣必有嘆氣？你以爲沒人感覺得到現在權力是如何在扭轉傾斜嗎？一個公主必須忍受被交換出去，就像用來以物易物的母牛，但我姪女不是擲骰子賭博的獎品。不管殺我姪子的是誰，他顯然也希望你死，我要讓他贏這一把嗎？我不這麼認爲。我不知道我希望誰贏，但在我知道之前，我不會讓任何一方被除掉。」

「這邏輯我能瞭解。」博瑞屈讚許地說，彎下身突然一把把我拉起來。我四周的世界搖晃得異常厲害。姜萁走過來，把我另一側手臂搭在她肩上。他們走，我的雙腳隨之在他們之間的地面上移動，大鼻子爬起來跟在我們身後。就這樣，我們回到了頡昂佩的王宮。

博瑞屈和姜萁直接帶我穿過聚集在庭園和宮殿裡的人群，回到我房裡。事實上，我的經過沒有引起人們太多注意，我只不過是又一個前一天晚上喝太多酒、吸太多燻煙的外地人罷了，大家都忙著找能看得到禮臺的好位子，沒人管我。四周沒有哀悼的氣氛，因此我想盧睿史的死訊還沒發布。我們終於回到我房間，姜萁平靜的臉色轉而一沉。

「這不是我做的！我只拿了你一件睡衣，讓盧塔可以聞出你的味道而已。」

她說的「這」，是我房裡的一片混亂。來者沒有費神掩飾痕跡，但搜得很徹底。姜萁立刻動手整理東西，過了一會兒博瑞屈也幫起她的忙。我坐在椅子上，試著搞清楚狀況。沒人注意的大鼻子蜷縮在角落，我不假思索地朝牠延展安慰，博瑞屈立刻瞥了我一眼，再瞥瞥那隻充滿悲哀的狗，然後轉過頭去。等到姜萁離開房間去替我拿食物和盥洗的水，我問博瑞屈，「你有沒有看到一個小木頭盒子？上面刻著橡實？」

他搖頭。所以那些人拿走了我的毒藥盒。要是能夠，我想再準備一把匕首，或者至少用來灑的粉也好。博瑞屈不可能總是在我身旁保護我，而以我現在這種情形，是絕對無法抵擋別人的攻擊或者逃跑的。但我的幹活工具已經沒了。我懷疑到我房裡來翻箱倒櫃的是嘮得，不知這是不是他這輩子做的最後一件事。姜萁帶著水和食物回來，然後告退。博瑞屈和我盥洗一番，我在他的幫助下好不容易換上雖簡單但乾淨的衣服。博瑞屈吃了顆蘋果，我一想到食物胃就難過，但還是喝了姜萁給我端來的涼涼井水。要我的喉嚨肌肉進行吞嚥還是得花好一番力氣，而且我感覺喝下去的水在身體裡嘩啦啦晃蕩著，很不舒服，但我猜想喝水對我有好處。

我感覺每一分每一秒滴答滴答的過去，不知蓋倫什麼時候會採取行動。

拉門移開，我抬起頭，以爲姜萁又來了，但進來的卻是威儀。他不屑地一揮手，立刻開口說話，急著把差事辦完趕快離開。「我來這裡不是出於自願，是王儲惟眞派我來的，要我傳達他的話。以下就是他的口信，一字不差。聽到消息——」

「你跟他技傳了？今天嗎？他好不好？」

我的問題令威儀冒火。「他怎麼會好。聽到消息，知道盧睿史死了、你牽扯到背叛，讓他哀傷逾恆。他要你向你身邊對你忠心的人尋求力量，因爲你得有力量才能面對他。」

「就這樣？」我問。

「王儲惟眞的訊息就這樣。至於帝尊王子要你去服侍他，叫你動作快，因爲婚禮再過幾小時就要開始了，他必須盛裝出席。至於你那顯然是要用來毒害帝尊的卑鄙毒藥，害死了可憐的塞夫倫和嘮得。現在帝尊得將就著用一個沒受過訓練的貼身侍僕，更衣的時間會變得更長，所以不要讓他等太久。他現在在溫泉浴室試著恢復元氣，你應該可以在那裡找到他。」

「他得用沒受過訓練的貼身侍僕，可眞是一大悲劇啊！」博瑞屈尖酸地說。

威儀氣鼓鼓的像隻蟾蜍。「這不好笑。你手下的柯布不也是死在這個惡棍手裡嗎？你怎麼能忍受幫助他？」

「威儀，要是你的無知保護不了你，我可能會動手驅散它。」博瑞屈站起來，一副危險的模樣。

「你也會面臨控告。」威儀一面撤退一面警告他。「王儲惟眞要我告訴你，他心知肚明你試圖幫助私生子逃走，你服侍他，彷彿他才是你的國王，而非惟眞。你會受到評斷的。」

「這是惟眞說的嗎？」博瑞屈好奇地問。

「沒錯。他說你以前曾是駿騎手下最優秀的吾王子民，但顯然你已經忘記怎麼幫助那些眞正爲國王效力的人了。他要你回想起那些記憶，並且說，如果你不回去站在他面前接受你行爲應得的結果，他會極爲震怒。」

「那些記憶我記得太清楚了。我會帶蜚滋去見帝尊。」

「現在？」

「等他吃完東西就去。」

「我根本吃不下東西，博瑞屈。」我抗議。

威儀對他怒目而視，然後離開。關拉門的時候沒辦法眞的用摔的，但他盡力了。

「我知道，但我們需要一點時間。我注意到了惟眞的遣詞用字，比威儀聽出了更多含意。你呢？」

我點頭，感覺挫敗。「我也聽懂了，但是那超過我的能力範圍。」

「你確定嗎？惟眞不這麼認爲，而且他懂這些事。你也說柯布來殺我就是這個原因，因爲他們懷疑你在取用我的力量。由此可見蓋倫也相信你做得到。」博瑞屈走向我，動作僵硬地單膝跪下，那條瘸腿彎扭地伸在身後。他拉起我無力的手，放在他肩上。「我是駿騎的吾王子民。」他靜靜告訴我。「這點惟眞知道。你也曉得，我自己不會精技。但駿騎要我瞭解，在這種取用力量的過程中，我不會精技不重要，最重要的是我們之間的友誼。我有力量，以前有幾次他需要的時候，我心甘情願地給了他。所以我以前就承受過這種事，而且當時的狀況比現在更糟。試試看吧，小子，如果失敗了，就是失敗了，但至少我們盡力嘗試過。」

「我不知道怎麼做。我不知道該怎麼技傳，更不知道該怎麼汲取別人的力量來技傳。而且就算我會，要是我成功了，可能會害死你。」

「要是你成功了，我們的國王就可能活下去。這是我矢志效忠的目標。你呢？」在他口中，一切都如此簡單。

於是我試了。我敞開腦海，試著聯繫惟眞。我試著取用博瑞屈的力量，雖然我完全不知該怎麼做。但我只聽到鳥兒在宮牆外吱吱喳喳，博瑞屈的肩膀也只是我放手的地方。我睜開眼，不需要告訴他我失敗了，因爲他知道。他沉重地嘆了口氣。

「唔，我想我現在帶你去找帝尊吧！」他說。

「要是我們不去，我們就永遠都得好奇，不知道他要幹什麼。」我接口。

博瑞屈沒笑。「你這種好情緒是迴光返照。」他說。「你的口氣聽起來不像你，反而像弄臣。」

「弄臣會跟你說話嗎？」我好奇地問。

「有時候。」他說著拉住我的手臂扶我站起來。

「好像我愈朝死亡一步步靠近，」我對他說，「每件事就顯得愈好笑。」

「在你看來或許好笑。」他沒好氣地說。「不知道他要幹什麼。」

「要討價還價。除此之外不可能有別的事。如果他想討價還價，那我們可能可以得到些什麼。」

「你這樣說，好像帝尊跟我們其他人一樣，都遵循同一套常識的法則似的。我從來就沒見他做過任何符合常識法則的事。而且我向來痛恨宮廷謀略，」博瑞屈抱怨。「我寧願清理馬廄。」他再度把我拉起來。

如果先前我曾經納悶過，不知死根的受害者有何感受，這下子我可知道了。我不認爲我會因此而死，但我也不知道它會讓我剩下幾分之幾條命。我雙腿發抖，手也握不緊，感覺全身各處的肌肉時時抽搐痙攣，我的呼吸和心跳也不規律。我渴望靜下來聽聽自己的身體，判斷它遭受了什麼樣的損傷，但博瑞屈耐心引導我的腳步，大鼻子垂頭喪氣走在我們後面。

我沒去過溫泉浴室，但博瑞屈去過。那是一座分離的鬱金香花苞形建築，裡面有冒著泡的溫泉，經過引流用來沐浴。一名齊兀達人站在外面，我認出他是前一天晚上持火把的人。就算他覺得我重新出現有點奇怪，他也完全沒顯示出來。他讓我們通過，彷彿知道我們要來，博瑞屈拉著我走上臺階進入室內。

眼前盡是白濛濛的熱氣，帶著一股礦物的味道。我們經過一兩處石凳，走近熱氣的來源，博瑞屈小心踏在光滑的磁磚地上。水自一處中央泉眼冒出，磚造矮牆圍繞在溫泉四周，然後經由溝槽導入其他較小的浴池，水溫因溝槽的長度和池的深淺各有所不同。室內滿是熱氣和泉水奔流的聲音，我覺得很不舒服，因爲我光是呼吸就已經很費力了。我眼睛適應了黯淡的光線，看到帝尊泡在比較大的一處浴池裡。他抬頭看我們走近。

「啊！」他說，彷彿非常滿意。「威儀告訴我說博瑞屈會帶你來。嗯，我想你知道公主已經原諒你謀害她哥哥了？這麼一來，至少在這裡，你就能逃過制裁。我認爲這是浪費時間，但地方習俗必須尊重。她說她現在視你爲親屬的一分子，所以我也得把你當成親屬來對待。她不瞭解你不是合法婚姻生出來的，所以一點親屬權利也沒有。啊，算了。你叫博瑞屈退下，跟我一起來泡泡澡吧？這可能會讓你好過點。你看起來非常不舒服，就像掛在晾衣繩上的襯衫。」他的語氣如此親切友善，彷彿不知我有多恨他。

「你要跟我說什麼，帝尊？」我保持聲音平板。

「你不叫博瑞屈退下嗎？」他又問。

「我沒那麼笨。」

「這點頗有爭議，但是算了。那我想我就得叫他退下了。」

熱氣和泉水的嘈雜聲響使那個齊兀達人完全沒有洩露蹤跡。他比博瑞屈高，博瑞屈轉過身的時候他手裡的棒子已經敲了下來。博瑞屈要不是扶著我，原本其實可以避開，他轉開頭，但棒子敲在他頭殼上發出可怕尖銳的聲響，像斧砍木柴。博瑞屈倒下，我也跟著倒，跌進比較小的一個池裡，池水不到沸騰的地步，但也差不多了。我好不容易滾出池外，但再也站不起來，我的腿不肯服從我。倒在我身旁的博瑞屈一動也不動，我伸出一隻手朝他探去，但是碰不到他。

帝尊站起來朝齊兀達人示意。「死了？」

齊兀達人伸出一隻腳拱拱博瑞屈，簡短點了個頭。

「很好。」帝尊露出短暫的滿意神色。「把他拖到角落那個深池的後面，然後你就可以走了。」他對我說，「一直到婚禮結束大概都不會有人來這裡，他們忙著搶位置觀禮都來不及。而他在那個角落嘛……我想他不會比你更早被發現。」

我無法回應。齊兀達人彎腰拉住博瑞屈的腳踝把他拖走，他那叢深色的頭髮在磁磚地上塗出一道血跡。仇恨混合著絕望，在我全身的血液裡跟毒藥攪在一起，令我頭暈目眩。我心中升起一股冷冷、穩穩的目標感。現在我不可能活下去了，但這並不重要，重要的是警告惟眞，還有替博瑞屈報仇。我沒有計畫，沒有武器，沒有半點機會。那麼就爭取時間，這是切德的忠告。你爲自己爭取到的時間愈多，就愈有可能碰上什麼機會。拖延他。也許會有人來看王子怎麼還沒著裝準備參加婚禮。也許會有別人想在婚禮之前來這裡洗個澡。想辦法拖住他。

「公主──」我開口。

「不是問題。」帝尊幫我把句子接下去。「公主沒有原諒博瑞屈，只有原諒你。我對他做的事完全在我的權利範圍之內。他是個叛徒，必須付出代價。那個幹掉他的人非常敬愛他的盧睿史王子殿下，他對這一切一點意見都沒有。」

齊兀達人頭也不回地離開溫泉浴室，我雙手衰弱地扒著光滑的磁磚地，但什麼也抓不到。同時帝尊忙著擦乾自己的身體。那人離開後，他走過來俯視我。「你不打算求救嗎？」他神色開朗地問。

我吸一口氣，壓下心中的恐懼，鼓足我對帝尊的所有輕蔑。「向誰求救？水聲這麼大，誰聽得見我的聲音？」

「所以你打算保留體力。很明智。雖然沒用，但是很明智。」

「你認爲珂翠肯不會知道發生了什麼事嗎？」

「她會知道你到溫泉浴室來，以你現在的身體狀況來說這是不智之舉。你滑了一跤，沉進好燙好燙的水裡。眞是太不幸了。」

「帝尊，你瘋了。你以爲你可以在身後留下多少具屍體？你要怎麼解釋博瑞屈的死？」

「回答你的第一個問題，滿多具，只要死的都是無足輕重的人就好了。」他彎身抓住我的襯衫拖著我走，我衰弱地掙扎著，像離水的魚。「回答你的第二個問題，唔，一樣。你以爲死一個馬廄總管會有什麼大不了的？你這一介草民把你自己看得太重要了，連你的僕人都變得重要起來。」他隨手把我一放，半壓在博瑞屈身上。他猶溫的身體趴在地板上，血跡在他臉周遭的磁磚上逐漸凝固，鼻子還在滴血。一顆血沫氣泡緩緩在他嘴唇上形成，被他微弱的吐氣給吹破。他還活著。我移動身體擋住他，不讓帝尊發現。要是我能活下去，博瑞屈或許還有機會。

帝尊完全沒注意。他拽下我的靴子放在一旁。「是這樣的，小雜種，」他頓了頓，緩過氣來。「無情自有它的一套法則。我母親就是這麼教我的。如果一個人做起事來似乎完全不在乎後果，別人就會怕他。表現出不可觸碰的樣子，就不會有人敢碰你。你看看這整個情勢。你的死是會讓某些人生氣沒錯，但是會氣得採取行動、危害整個六大公國嗎？我想不會。而且，還有別的大事會發生，你的死相形之下無足輕重，我要是不利用這個機會除掉你就太笨了。」帝尊一副冷靜優越得不得了的樣子。我奮力抵抗，但過著優裕放縱生活的他倒是強壯得出人意表。他脫掉我的襯衫，我覺得自己像隻小貓仔。他把我的衣服疊好放在一旁。「最少量的不在場證明就夠了。要是我太努力表現出無罪的樣子，別人可能會以爲我在乎這件事，然後就可能會也跟著注意起來。所以，我就是什麼都不知道。我的人看到你和博瑞屈在我離開之後進來。現在我要去找威儀，抱怨說你根本沒來找我，我本來是想跟你談談好原諒你的，因爲我答應珂翠肯公主要這麼做。我會非常嚴厲地責備威儀，罵他爲什麼沒有親自帶你來。」他轉頭四顧。「我看看，找個又深又燙的池子。就這個吧！」他把我抬到池邊，我勒住他脖子，但他輕易甩開了我的手。

「再見了，小雜種。」他冷靜地說。「原諒我這麼趕，但你已經耽誤了我不少時間，我必須趕快去著裝，否則就要在婚禮上遲到了。」

然後他把我推進池裡。

池水深度超過我的身高，是設計來讓高個子齊兀達人泡到脖子高度的。熱水把我未經調適的身體燙得好痛，把空氣擠出我的肺，我往下沉。我軟弱無力地一踢池底，好不容易把臉冒出水面。「博瑞屈！」我浪費了這口氣，喊一個無法幫助我的人。水又封住了我，我的手臂和雙腿無法合作。我撞上池壁，藉壁面使力一推，努力再冒出水面喘一口氣。熱水讓我本來就已無力的肌肉愈來愈鬆軟，我想就算池水深僅及膝我也照樣會淹死。

我數不清自己掙扎浮出水面喘氣幾次。我顫抖的手抓不住打磨光滑的岩石池壁，我每試著深吸一口氣，肋骨就如刀刺般作痛。我的力氣已經快流失殆盡了，疲乏之感湧入全身。這麼溫暖，這麼深。像隻小狗被淹死，我想著，感覺到黑暗籠罩住我。小子？有人在探問，但一切盡是漆黑。

這麼多水，這麼熱，這麼深。我再也找不到池底了，更不用說池壁。我軟弱無力地掙扎抗拒水，但它沒有抵抗我。沒有上升，沒有下沉，努力想留在自己身體裡活下去是沒有用的。已經沒有剩下任何東西可以保護了，那就放倒圍牆，看你能不能最後再替國王盡一份力。我的世界的圍牆塌落下來，我像一枝終於射出的箭飛了出去。蓋倫說得沒錯，技傳是沒有距離的，一點距離也沒有。公鹿堡就在這裡，**點謀**！我絕望尖叫。但國王陛下正專注於別的事情，他封閉著擋住我，不管我在他四周如何狂喊。這裡找不到幫助。

力量從我身上消失。我正在某處溺水。我的身體不行了，我這條線微弱不已。最後一個機會。**惟真，惟真**，我呼喊。我找到了他，撲向他，但找不到方向，抓不住東西。他在另一個地方，向另一個人敞開，對我封閉。**惟真**！我哀號，淹沒在絕望中。突然間，彷彿有雙強壯的手抓住了在滑溜崖壁上掙扎攀爬的我，在我即將滑落的那一刻把我抓住、握穩、拉近。

駿騎！不，不可能，是那小子！蜚滋？

你在胡思亂想，王子殿下，那裡沒有人。請專心在我們現在做的事情上。蓋倫把我推開，如毒藥般冷靜陰險。我抵抗不了他，他太強了。

蜚滋？現在我變得微弱，惟真無法確定。

我不知道從哪裡得到了力量，面前有某樣東西垮下，我變得強壯了。我緊抓惟真，像獵鷹緊扣住他手腕。我與他同在那裡，透過惟真的眼睛看見：裝飾一新的正殿，他面前大桌子上的「事件書」打開著，等待紀錄惟眞的婚禮。他四周有少數幾個榮幸受邀的觀禮賓客，穿著最好最華美的服裝、戴著最昂貴的珠寶，來見證惟眞透過威儀的眼睛見證他的新娘立下婚姻誓約。蓋倫以吾王子民的身分照理是準備要提供力量給惟眞，站在惟眞身旁偏後的位置，等著把他完全吸乾。黠謀頭戴王冠身著長袍坐在王位上，對這一切毫無所知，因為他的精技早就在多年生疏之下燃盡遲鈍了，但他卻死要面子不肯承認這一點。

像回音一般，我透過威儀的眼睛看到珂翠肯站在禮臺上，蒼白得像枝蠟燭，面對著她所有的臣民。她正在用簡單和藹的語句對他們說，昨晚盧睿史在冰之原野上受到的箭傷復發，終於不治。她要把自己許諾給他協助安排的這樁婚事，嫁給六大公國的王儲，希望藉此告慰他在天之靈。然後她轉身面對帝尊。

在公鹿堡，蓋倫伸出一隻手爪放在惟眞肩上。

我闖進他與惟眞的連結，把他推開。*小心蓋倫，惟真，小心這個叛徒，他要把你吸乾。不要碰他。*

蓋倫的手緊捏住惟眞的肩膀。突然間一切都變成漩渦，吸著、抽著，要把惟眞的一切都榨乾。而且惟眞身上本來就已經沒剩下多少東西了，他的精技這麼強，是因為他讓它非常快速地從他身上取走非常多。換成是別人，一定會出於自保之心保留一點自己的力量，但惟眞每一天每一日都這樣不顧一切地花費他的力量，只為了阻擋紅船在他的國土靠岸。因此在婚禮此刻他已經沒剩下多少力量了，而蓋倫還在吸取它，且邊吸邊變得更強。我緊緊攀住惟眞，拚命奮戰要減少他力量的流失。*惟真！*我對他喊。*王子殿下。*我感覺到他短暫振作了一下，但他眼前的一切都變得愈來愈暗、愈來愈模糊。他差點栽倒，伸手抓住桌子，我聽見四周的人一陣驚慌。不忠的蓋倫繼續緊抓著他，單膝跪地向他傾身，懇切地喃喃說道，「王子殿下?你還好嗎？」

我把力量全拋向惟眞，先前我從不知道自己還有這些力氣。我敞開自己讓一切全部湧出，就像惟眞技傳的時候那樣。我從不知我有這麼多東西可以給。「你全拿去吧！我反正都是一死。而且我小時候你總是善待我。」我清楚聽見這些字句，彷彿我是開口說出來的，在力量透過我流進惟眞的同時感覺到一道生死牽繫就此斷裂。他突然變得盈滿強壯，獸般強壯，並且滿腔憤怒。

惟眞抬起一隻手緊抓住蓋倫的手，睜開眼睛。「我不會有事的。」他開口朗聲對蓋倫說，站起身環顧房內。「我倒是很擔心你呢，你好像在發抖。你確定你夠強壯，可以進行這件事嗎？你可千萬不要嘗試超過你能力範圍的挑戰啊，否則後果可能不堪設想。」就像園丁從土裡拔起雜草，惟眞微笑著吸取盡那叛徒所有的一切，蓋倫手抓著胸口倒地，只是個徒具人形的空殼子。旁邊的人趕過來照顧他，但惟眞如今精力飽滿，抬眼望向窗外，把心智聚焦在遠方。

威儀，注意聽我說。警告帝尊說他的同母異父哥哥已經死了。惟眞像海濤澎湃轟隆，我感覺到威儀在他強大的技傳力量之下畏縮。蓋倫野心太大了，企圖做超出他精技能力範圍的事。可惜王后的私生子不肯安於她為他謀得的位置，可惜我弟弟無法說服他的同母異父哥哥放棄他那錯亂的野心。蓋倫的舉止超出了他地位應有的分寸，我弟弟應該要小心這種魯莽行為會帶來的後果。還有，威儀，這件事你要私下跟帝尊說。沒有多少人知道蓋倫是王后的私生子、是他的同母異父哥哥，我相信他一定不願意讓醜聞玷汙了他母親的名聲，或者他的名聲。這種家族祕密應該好好守住。

然後，以一股強大得讓威儀跪倒在地的力量，惟眞穿過他端立在珂翠肯腦海中。我感覺到他努力把動作放得輕柔和緩。我等待著妳，我未來的王后。我以我的名字向妳發誓，我跟妳哥哥的死絕對沒有任何牽連。當時我完全不知情，現在我與妳一同感到哀傷。我不希望妳來的時候心裡想著我手上沾了他的血。像一顆綻開的寶石，惟眞把自己的心暴露在她面前，讓她知道她沒有被許配給一個殺人凶手。他無私地把自己最易受傷的部分向她展露，給予信任以求建立信任。她搖晃一下，但是站住了。威儀昏了過去。接觸結束。

然後惟眞推搡著我。**回去，快回去，蜚滋。這樣太過頭了，你會死的。回去，放手！**他像頭熊拍了我一掌，我砰然跌回自己無聲、無視的身體裡。

24

餘波

在頡昂佩的大圖書館裡有一幅織錦掛毯，據傳聞，它其實包含著穿越群山到達雨野原的地圖。就像頡昂佩的許多地圖和書本一樣，這其中的資料被視為具有非常重要的價值，因此必須用謎語和視覺謎題的方式來隱含。在掛毯上的許多圖案之中，有一個膚色黝黑、肌肉結實、手持一面紅盾的健壯黑髮男人，對面的角落則有一個金色皮膚的生物。金色皮膚生物的那部分被蟲蛀及磨損得很厲害，但以掛毯上圖案的比例看來，還是看得出它比人大很多，而且可能長有翅膀。在公鹿堡的傳說中，睿智國王曾經由一條穿越群山王國的祕密路徑，尋覓並找到了古靈的國度。這兩個圖案是否分別代表古靈和睿智國王？這幅織錦掛毯是否記載著穿越群山王國、通往位於雨野原的古靈國度的路徑？

很久以後我才得知，我被找到的時候是靠在博瑞屈身體上，倒在溫泉浴室的磁磚地板上。當時我像得了瘧疾般抖個不停，怎麼叫也叫不醒。是姜萁找到我們的，但她怎麼會想到要到溫泉浴室那裡去，我是永遠也不會知道了。我至今依然猜想她之於伊尤就像切德之於黠謀，也許她沒有擔任刺客，不過總是能知道或查出宮裡發生的幾乎每一件事。無論如何，她接掌了當時的情況，把博瑞屈和我單獨安置在一間與宮殿隔離的房間裡，我猜有一段時間沒有半個公鹿堡來的人知道我們在哪裡或者我們是死是活。在一名老男僕的協助下，她親自照料我們。

我在婚禮後約兩天醒來。那四天是我這輩子數一數二的悲慘時光，我躺在床上，抽搐的四肢不聽我使喚。我常迷迷糊糊打著盹，那是一種死氣沉沉、毫不舒適的瞌睡，不是鮮明地夢見惟眞，就是感覺到他試著向我技傳。我在精技的夢境中分辨不出任何章法，只知道他很替我擔心。我只能偶爾抓到片段內容，例如他進行技傳的那間房間裡窗簾的顏色，或者他試著聯繫上我時心不在焉扭轉著手上戒指的質感。我會被又一陣更激烈的肌肉痙攣給搖醒，讓我深受痙攣抽筋的折磨，然後再度筋疲力盡地瞌睡過去。

我清醒的時候也一樣難受，因爲博瑞屈就躺在同一間房裡的地鋪上，發出粗重的呼吸聲，但除此之外幾乎毫無反應。他的臉整個腫脹變色，幾乎看不出他原先的模樣。從一開始姜萁就沒給我太多希望，說他不一定活得下去，就算活得下去也不一定會是以前的他。

但博瑞屈以前也曾經死裡逃生。腫脹逐漸消退，瘀紫也漸淡，等他終於醒過來之後，他便讓自己很快開始恢復。他把我帶出馬廄之後的事情他全不記得了，我只告訴他他需要知道的部分。讓他知道這些事其實對他並不安全，但這是我欠他的。他比我早下床走動，雖然一開始不時會覺得頭暈和頭痛，但不久之後，博瑞屈就能利用閒暇時間去熟悉頡昂佩的馬廄、探索城內景致了。晚上他回到房裡，我們靜靜談了很多話。我們兩人都避免提及我們知道彼此意見不同的話題，而諸如切德給我上課的這類事情我也不能對他坦白，不過我們大部分談的是他養過、照顧過的狗，還有他訓練過的馬，有時候他也會稍微講到他在駿騎手下的早年時光。有一天晚上我告訴他莫莉的事，他靜了一會兒，然後告訴我說，他先前聽說「香蜂草蠟燭店」的老闆背著一身債務死掉了，他女兒本來打算繼承店的，這下子只能到某個村子去投奔親戚。他不記得是哪個村子，但知道可以去向誰打聽。他沒有嘲笑我，只是嚴肅地告訴我說，在我下次見到她之前我必須先搞清楚自己的心意。

威儀再也沒能施展精技。那天他是被抬下臺的，但他一清醒過來，就立刻求見帝尊。我相信他傳達了惟眞的訊息，因爲在博瑞屈和我休養的那段期間雖然帝尊沒有來看過我們，但珂翠肯來過，她提到帝尊對我們表示非常關切，希望我們能早日從這場意外中完全康復。她告訴我說，我當時痙攣發作跌進池裡，博瑞屈想把我拉出來，卻滑倒撞破了頭。我不知道這個故事是誰編的，或許是姜其吧！我想就連切德也編不出比這更好的故事。但威儀在轉達過惟眞的訊息之後，就不再是小組的首領了，而且就我所知，他再也沒有操習過精技。他離開宮廷，到駿騎和耐辛曾經統治過的細柳林去。據我所知，他後來變得明智了。

婚禮之後，珂翠肯和頡昂佩全城一起爲她哥哥服喪一個月。我病倒在床上，只知道那一個月當中有很多鐘聲、吟誦、大量燒香。盧睿史的東西全都分散送人，伊尤親自把他兒子戴過的一枚簡單銀戒指拿來給我，還有曾經射穿他胸口的那枚箭頭。他沒對我說什麼，只告訴我這兩樣東西是什麼，說我應該珍惜如此一位傑出男人的遺物，至於爲什麼選這兩樣東西送給我，他沒說，我只能自己納悶。

一個月之後，珂翠肯停止服喪，前來祝博瑞屈和我早日康復，說我們到公鹿堡再見。惟眞那短暫片刻的技傳接觸已經讓她對他的疑慮全消，她講起自己的丈夫時帶著寧靜的驕傲，心甘情願地啓程前往公鹿堡，知道自己嫁了一個高尚的男人。

回家的路上輪不到我在行列最前端騎在她身旁，也輪不到我在號角聲、雜技表演和孩童搖鈴聲中進入公鹿堡。那是帝尊的工作，他也把事情做得很體面。我想惟眞從來不曾完全原諒他，但他對帝尊的陰謀置之不理，彷彿那只是小男孩惡作劇的伎倆，我認爲這比任何公開譴責更使帝尊畏怯。在知道下毒這件事的人當中，罪名最後是怪到嘮得和塞夫倫頭上，畢竟毒藥確實是塞夫倫弄來的，而蘋果酒是嘮得負責送的。珂翠肯假裝相信這是野心過大的僕人在主人毫不知情之下做出的事，而盧睿史的死從來沒公開歸因於毒藥，我的刺客身分也沒有洩露。不管帝尊心裡怎麼想，他表面上的舉止就是一名年輕王子優雅體面地護送哥哥的新娘回家。

我休養了很長一段時間。姜其用藥草治療我，她說那些藥草能重建我身上被損傷的部分。我應該把她的那些藥草和技術學起來，但我的頭腦似乎跟我的雙手一樣握不住東西，事實上，那段時間的事情我現在幾乎都不記得了。我復原的速度慢得令人感到挫敗，爲了讓這段時間不那麼枯燥，姜其試著安排我到大圖書館去看書，但我的眼睛很快就累了，而且好像跟我的手一樣容易抖動不穩。大部分日子我都躺在床上思考。有一段時間我納悶不知自己想不想回公鹿堡，不知自己能否繼續擔任黠謀的刺客。我知道如果我回去，我在餐桌上得坐在帝尊之下，抬頭看見他坐在國王陛下的左手邊；我對待他的態度必須宛如他從未試圖殺害我，從未利用我毒死一個我敬佩的男人。有一天晚上我坦白跟博瑞屈談起這件事，他坐著靜靜聽我講，然後說，「我想像不出珂翠肯會比你好受，或者比我好受。我得看著那個兩次企圖殺死我的人，還要叫他『王子殿下』。這必須由你來決定。我很不願意讓他以爲他把我們嚇跑了，但如果你決定我們要到別的地方去，那我們就去。」我想，那時我終於猜到了那個耳環所代表的意義。

我們離開山區時，冬天已經眞正到來了。博瑞屈、阿手和我比其他人晚了很久才回到公鹿堡，因爲我們一路走得很慢。我很容易就感到疲倦，且我的體力還是非常難以掌握。我會出其不意垮倒，像一袋穀子一樣從馬鞍摔落下來，然後他們會停下來扶我重新上馬，我會強迫自己繼續騎下去。許多夜裡我發著抖醒來，連喊出聲的力氣都沒有。這些復發的情況消退得很慢。但我覺得更要命的是有些晚上我不會醒過來，而是沒完沒了地夢見自己溺水。有天晚上我從這種夢境醒過來，發現惟眞站在旁邊俯視我。

你連死人都能吵醒，他和藹地告訴我。我們一定得替你找個師傅，就算不教你別的，也要教你學會稍微控制一點。珂翠肯覺得有點奇怪，我怎麼這麼常夢見溺水。我想我得感謝你，起碼你在我新婚之夜睡得不錯。

「惟眞？」我昏沉沉地說。

繼續睡吧！他告訴我。蓋倫死了，我也把帝尊管得比較緊一點，你不需要害怕了。睡吧，別再作那麼吵的夢了。

惟真，等一下！我盲目想抓住他的動作打斷了微弱的技傳連結，我除了聽他的話睡覺外別無選擇。

我們繼續前行，穿過愈來愈糟的天氣，三個人都早在眞正到家之前就渴望抵達。我相信，博瑞屈是在那趟旅程中才注意到了阿手的能力。阿手相當能幹，讓馬和狗都對他感到信任，後來他輕鬆取代了柯布和我在公鹿堡馬廄裡的位置，他和博瑞屈建立的友誼讓我更加意識到自己的孤單，雖然我不太願意承認這一點。

在公鹿堡宮廷裡，蓋倫之死被視爲悲劇，先前最不熟識他的人講了最多他的好話。顯然他太過操勞了，這麼年輕心臟就不行了。有人談到以他的名字給一艘戰船命名，彷彿他是戰死的英雄，但惟眞從未認可這項意見，所以這件事也沒成。他的屍體被送回法洛埋葬，極盡哀榮。就算黠謀猜到惟眞和蓋倫之間發生的任何事，他也隱瞞得很好，不管是他還是切德都從沒跟我提過這件事。我們失去了精技師傅，連個可以取代他的學徒都沒有，這可不是一件小事，尤其是紅船劫匪就在海外不遠處。這件事倒是有公開討論，但惟眞堅決拒絕考慮任命端寧或者蓋倫訓練出來的小組中的其他人。

我始終不知道黠謀是否把我出賣給了帝尊，我從沒問過他，甚至也沒跟切德提過我的疑心。我想我是不想知道，試著不要讓這件事影響我的忠誠，但當我說「國王陛下」的時候，我心裡指的是惟真。

盧睿史對我承諾過的木材送到了公鹿堡。這些木材得先經由陸路拖到酒河去，然後用平底船送到涂湖，再沿著公鹿河送到公鹿堡來。木材在隆冬前送到，正如盧睿史先前說的一樣巨大又筆直。用這些木材建好的第一艘戰船便以他爲名，我想這點他能瞭解，但是大概不會太讚許。

黠謀國王的計畫成功了。公鹿堡已經很多年沒有任何一位后妃了，珂翠肯的到來讓人們對宮廷裡的生活感興趣起來。哥哥在她大喜之日前夕悲劇性的死去，她卻勇敢繼續成婚，讓人們對她感到好奇，而她對新婚丈夫明顯的敬愛使惟真在他自己國人眼中也成了浪漫的英雄。他們是非常突出的一對，年輕白皙又美麗的她格外襯托出惟眞沉靜的力量。在一場吸引了六大公國大大小小貴族的舞會上，黠謀把他們兩人展示出來，珂翠肯熱烈又流暢地呼籲大家團結起來打敗紅船劫匪，於是黠謀募到了錢，即使在冬天的風暴中，六大公國也立刻開始修築防禦工事。更多的瞭望臺建了起來，大家自願駐守，造船工人爭先恐後以建造戰船爲榮，公鹿堡城裡到處都是自願前來擔任戰船水手的人。那年冬天有一段短暫的時間，人們相信了自己創造出來的傳說，似乎光靠意志力就能擊敗紅船劫匪。我對這種心態抱持懷疑，眼看著黠謀鼓勵促長這種氣氛，不知道等冶煉的現實再度開始的時候他要如何維持住它。

另外還有一位是我必須提及的，牠涉入那場陰謀衝突只因爲牠對我的忠誠。一直到我死，我都會帶著牠留在我身上的疤痕，牠已經磨損的牙齒好幾次深深咬進我手裡，才終於把我從池中拉出來。牠究竟是怎麼辦到的，我將永遠不得而知，但當別人發現我們的時候，牠的頭還靠在我胸前，牠與這個世界的生死牽繫已經斷了。大鼻子死了。我相信牠是慷慨獻出了牠的生命，記起當我們還是小狗的時候曾經善待彼此。人的哀傷再強烈也比不上狗，但我們的哀傷會延續許多年。

尾聲

「你累了。」我那男孩說。他站在我身側，我不知道他已經站了多久。他緩緩伸出手來，從我握不緊的手中把筆拿開，我疲倦地看著那筆在紙頁上一路延續下來遲疑蹣跚的墨跡。我想我以前看過這個形狀，但當時不是墨水。是紅船甲板上一道逐漸乾涸的血跡嗎，而致使那血濺灑甲板的是我的手？或者是一股冒向藍天的黑煙，因為我騎馬去警告一座村子要小心提防紅船時已經太晚了？或者是在一杯單純的水中黃黃地旋轉散開的毒藥，我帶著微笑把那毒藥遞給某個人？是一個女人在我枕上無心留下的一綹頭髮？還是我們把一具具屍體拖離海豹灣那悶燒的瞭望臺時，其中一具屍體腳跟拖劃出來的痕跡？是一個母親臉上的淚痕嗎，她把遭到冶煉的幼兒緊抱在懷裡，不顧他氣憤的喊叫？這些記憶就像紅船，來時既無警訊也無慈悲。「你應該休息了。」男孩又說一遍，我這才發現自己坐著呆瞪著一張紙上的一行墨跡看，那行墨跡完全沒有意義。又毀了一張紙，又白費了一番努力。

「收起來吧！」我告訴他，他把所有紙張收攏起來胡亂堆在一起，我也沒有表示異議。藥草知識與歷史、地圖與思索，在他手裡和在我腦中一樣混成一團。我已經想不起來自己原先到底是打算做什麼。那疼痛又回來了，要平息它是那麼容易，但那種方法會帶來瘋狂，在我之前已經有許多例子證明了這一點。因此我叫男孩去拿兩片「帶我走」葉，跟薑和薄荷加在一起替我泡杯茶。我在想，不知道有一天我會不會叫他拿三片那種齊兀達草藥的葉子來。

某處，有一個朋友輕聲說，「不。」

（《刺客學徒》全書完）

中英譯名對照表

A

Antler Island 鹿角島
August 威儀

B

Bakers' Street 麵包店街
Bayguard 衛灣堡
beach pea 海灘豌豆
Bear river 熊河
Bearns 畢恩斯
Beebalm Chandlery 香蜂草蠟燭店
Besham 貝歇島
Bingtown Traders 繽城商人
Blood will tell 流著什麼樣的血，就會變成什麼樣的人
Blue Fountains 藍色噴泉
Blue Lake 藍湖
Bluerock Pass 藍岩隘口
bond 牽繫
Book of Events 事件書
Bounty 慷慨
Brant 布蘭特
Brawndy 普隆第
Buckkeep 公鹿堡（城）
Buckriver 公鹿河
Burrich 博瑞屈

C

carris seed 卡芮絲籽
carryme 帶我走
Chalced States 恰斯國
Changer, The 改變者
Charim 恰林
Charity 善慈
Chivalry 駿騎
Chranzuli 契蘭祖里
Chyurda 齊兀達人
Claw Island 爪島
Coastal Duchies 沿海大公國
Cob 柯布
Cold Bay 冷灣
Cold Ford 冷灘
Cold (River) 冷河
Croft 克羅夫特
Crossfire Coterie 火網小組
crushsweet 壓碎甜

D

Dahlia 大麗花

deadroot 死根
Desire 欲念
Dirk 德克
Duchy 大公國

E

Eda 艾達
El 埃爾
Elder 古神
Elderling 古靈
elfbark 精靈樹皮
Eyod 伊尤

F

Fair Rose Amidst the Clover
苜蓿叢中的美麗玫瑰
Fallstar · Chade 切德 · 秋星
False Bay 偽灣
Farlander 遠島人
Farrow 法洛
Farseer 瞻遠
Featherduster 雞毛撢子
Fedwren 費德倫
Feisty 狗狗
Ferry 渡輪鎮
Fircrest 冷杉梢
Fish Cove 小魚灣
Fitz 蜚滋
fevergone 袪熱
forester's nut 森林堅果
Forge 冶煉鎮
Fur Point 毛皮岬

G

Gage 該擊
Galen 蓋倫
Gem River 寶石河
Gill 吉爾
Gulls 群鷗鎮
Glacier Plains 冰河平原
Goodwater 好水村
Grace 賢雅
Graciousness 雅範
greencone 綠毬果
great hall 大廳
Greenspray 綠色浪花
Grieving Fast 哀悼齋戒
Grimsby 古林斯比

H

Hands 阿手
haragar 哈拉嘎
Harvestday 秋收日
Harvest Feast 秋收宴
Hasty 急驚風
Hawker 鷹牧

Healsall 療眾
Helenaleaf 賀蓮娜葉
High Council 高層議會
Highdowns 高陵地
High-Summer Feast 盛夏宴
Hod 浩得
honor guard 儀仗衛隊
Hook Island 鉤島
huntdance 狩獵舞

I

Ice Fields 冰之原野
Ice Town 冰城
Icy Shores 冰凍海岸
Inland Duchies 內陸大公國

J

Jade 阿玉
Jerdon 哲登
Jessup 皆薩普
Jhaampe 頡昂佩
Jonqui 姜萁
Justice 正義

K

Kalibar 卡利巴
Keeffashaw 崎法蕭
Kelty 科提
Kelvar 克爾伐
Kerry 凱瑞
Kettricken 珂翠肯
Kex gum 葛柯斯樹脂
kinue 祁努埃（樹）
king's man 吾王子民
Kittne 琪妮
knowledge verse 知識詩篇

L

Lacey 蕾細
lady's hand 仕女之手
Leon 力昂
Lew 流役
Litress 莉崔絲
Long Beach 長灘

M

Man 成人
Man Ceremony 成人式
Master/Mistress 師傅
Merry 欣怡
minstrel 吟遊歌者
Molly莫莉（Nosebleed小花臉／Chandler製燭商／小花束Nosegay）
Mountain Kingdom 群山王國
Moonseye 月眼（城）

Motley 花斑點

N

Near Islands 近鄰群島
Neatbay 潔宜灣
Netpicker 撿網的
Netta 奈塔
Nosy 大鼻子

O

Other Folk 異人
Out Islands 外島
Outislander 外島人

P

pain's ease 緩痛草
Painted Edges Mountains 繪緣山脈
Patience 耐辛
Piche 丕旭文
pleasure 愉悅
Pocked Man 麻臉人

Q

Queen Bidewell's Remedies《安居王后的藥方》
Queen's Garden 王后花園
quest 探尋

R

Rainmaiden 雨之女
Rain River 雨河
Rain Wilds 雨野原
Ram 公羊
Ranger 林傑
Reaptime 收割期
redroot 紅根
Red-Ship Raiders 紅船劫匪
Regal 帝尊
repel 抗斥
Rippon 瑞本
Rockgate 岩門
Rook Island 鴉島
Rowd 嘮得
Ruler 統御者
rune 符文字母
Rurisk 盧睿史
Ruta 盧塔
Ryda 萊妲

S

Sacrifice 犧牲獻祭
Sandsedge 沙緣
Sara 莎拉
Sayntanns 賽因坦斯

Scrim Isle 帘布島
sea demon 海鬼
Sealbay 海豹灣
seamaid's hair 人魚髮
sea pipes 海笛
seapurge 海之清滌
Sentinel 崗哨山
Sequester 退隱
Serene 端寧
Sevrens 塞夫倫
Sheepmire 綿羊沼
Shemshy 歇姆西
Shepherd's Song 牧羊人之歌
Sherf 薛芙
Shoaks 修克斯
Shrewd 黠謀
Sig 西格
Silk 絲綢
Sitswell 坐穩
Six Duchies 六大公國
Skill精技(n.)；技傳(v.)
Skillmaster 精技師傅
Slink 偷溜
Smithy 鐵匠
(blue) smoke（藍色）燻煙
Solicity 殷懇
Sooty 煤灰
Southcove 小南灣
Southlands 南方
Springfest 春季慶
Spingmouth 春口
Spring's Edge 春臨節
Springseve 春季慶前夕
Storm Pass 風暴隘口

T

Tactic 策士
Taker 征取者
Temperance 克己
Thomas 湯瑪斯
Threadsnip, Mavis 梅維絲．剪線
thresher's root 打穀人的草根
throne room 正殿
Thyme 百里香
Tide Shallows 淺潮島
Tilly 提荔
Tilth 提爾司
Tom 湯姆
Tornsby 托恩斯比
Trader Bay 商人灣
Tullume 特勒姆
Turlake 涂湖

V

Verity 惟真
Ververia 薇薇利亞

Victor 凱旋

Vin river 酒河

Vision 遠見

Vixen 母老虎

W

Watch Island 守望島

White Isle 白島

Whitelock 白毛

White Sea 白海

wine press 榨酒間

Winterheart 冬之心

Wisdom 睿智

Wit 原智

(Lord, Lady) Withywoods
細柳林（爵士，爵士夫人）

Witness Stones 見證石

Woolcot 羊毛莊

國家圖書館出版品預行編目資料

刺客正傳1：刺客學徒（經典紀念版）羅蘋・荷布（Robin Hobb）著；嚴韻 譯. -- 二版. --
臺北市：奇幻基地出版, 城邦文化事業股份有限公司出版：英屬蓋曼群島商家庭傳媒股份有限公司城邦分公司發行, 2009

面：　公分. -（Best嚴選；013）

譯自：The Farseer 1 : Assassin's Apprentice

ISBN 978-957-2813-63-8（平裝）

874.57　　92003552

B
E
S 嚴
T 選 013

刺客正傳 1
刺客學徒（經典紀念版）

原 著 書 名／The Farseer 1 : Assassin's Apprentice
作　　　者／羅蘋·荷布（Robin Hobb）
譯　　　者／嚴韻
企畫選書人／黃淑貞
責 任 編 輯／楊秀眞

版權行政暨數位業務專員／陳玉鈴
資深版權專員／許儀盈
行銷企劃主任／陳姿億
業 務 協 理／范光杰
總　編　輯／王雪莉
發　行　人／何飛鵬
法 律 顧 問／元禾法律事務所　王子文律師
出版／奇幻基地出版
城邦文化事業股份有限公司
台北市 104 民生東路二段 141 號 8 樓
電話：(02)25007008　傳眞：(02)25027676
網址：www.ffoundation.com.tw
e-mail：ffoundation@cite.com.tw
發行／英屬蓋曼群島商家庭傳媒股份有限公司城邦分公司
台北市 104 民生東路二段 141 號 11 樓
書虫客服服務專線：(02)25007718．(02)25007719
24 小時傳眞服務：(02)25170999．(02)25001991
服務時間：週一至週五 09:30-12:00．13:30-17:00
郵撥帳號：19863813　戶名：書虫股份有限公司
讀者服務信箱 e-mail：service@readingclub.com.tw
歡迎光臨城邦讀書花園　網址：www.cite.com.tw
香港發行所／城邦（香港）出版集團有限公司
香港九龍九龍城土瓜灣道 86 號 順聯工業大廈 6 樓 A 室
電話：(852) 2508-6231　傳眞：(852) 2578-9337
e-mail：hkcite@biznetvigator.com
馬新發行所／城邦（馬新）出版集團
【Cite(M)Sdn. Bhd】
41, Jalan Radin Anum, Bandar Baru Sri Petaling,
57000 Kuala Lumpur, Malaysia.
Tel: (603) 90563833 Fax:(603) 90576622
email:cite@cite.com.my

封面設計／黃聖文
排　　版／HAMI
印　　刷／高典印刷有限公司
■ 2002 年 11 月 1 日初版
■ 2023 年 12 月 13 日二版 18.5 刷

定價／450 元　特價／299 元

SBN 978-957-2813-63-8
AN 4717702066345

rinted in Taiwan.

廣　告　回　函
北區郵政管理登記證
台北廣字第000791號
郵資已付，免貼郵票

104台北市民生東路二段141號11樓

英屬蓋曼群島商家庭傳媒股份有限公司城邦分公司 收

請沿虛線對摺，謝謝

奇幻基地

每個人都有一本奇幻文學的啓蒙書

奇幻基地官網：http://www.ffoundation.com.tw
奇幻基地粉絲團：http://www.facebook.com/ffoundation

書號：1HB013　　書名：刺客正傳1刺客學徒（經典紀念版）

請於此處用膠水黏貼

奇幻基地

讀者回函卡

謝謝您購買我們出版的書籍！請費心填寫此回函卡，我們將不定期寄上城邦集團最新的出版訊息。

姓名：________________ 性別：□男 □女

生日：西元________年________月________日

地址：________________

聯絡電話：________________傳真：________________

E-mail：________________

學歷：□1.小學 □2.國中 □3.高中 □4.大專 □5.研究所以上

職業：□1.學生 □2.軍公教 □3.服務 □4.金融 □5.製造 □6.資訊

□7.傳播 □8.自由業 □9.農漁牧 □10.家管 □11.退休

□12.其他________________

您從何種方式得知本書消息？

□1.書店 □2.網路 □3.報紙 □4.雜誌 □5.廣播 □6.電視

□7.親友推薦 □8.其他________________

您通常以何種方式購書？

□1.書店 □2.網路 □3.傳真訂購 □4.郵局劃撥 □5.其他

您購買本書的原因是（單選）

□1.封面吸引人 □2.內容豐富 □3.價格合理

您喜歡以下哪一種類型的書籍？（可複選）

□1.科幻 □2.魔法奇幻 □3.恐怖 □4.偵探推理

□5.實用類型工具書籍

有更多想要分享給
我們的建議或心得嗎？
立即填寫電子回函卡

您是否為奇幻基地網站會員？

□1.是□2.否（若您非奇幻基地會員，歡迎您上網免費加入，可享有奇幻基地網站線上購書75折，以及不定時優惠活動：http://www.ffoundation.com.tw/）

對我們的建議：________________

____

____

請於此處用膠水黏貼